STEVEN SAYLOR

Römischer Lorbeer

Buch

Rom im Jahre 56 v. Chr. General Pompeius hat den Osten unterworfen, Caesar erobert Gallien, nur Ägypten mit seinen reichen Kornkammern und unermeßlichen Schätzen entzieht sich noch dem Zugriff des römischen Reiches. In Rom selbst geht die Republik ihrem Untergang entgegen. Inmitten von Korruption, Affären und Intrigen sorgen plötzlich auch noch rätselhafte Morde an ägyptischen Gesandten für Unruhe. Auch der Gelehrte Dio fühlt sich bedroht und bittet seinen ehemaligen Schüler Gordianus um Schutz und Hilfe. Doch auch der kann einen Mord nicht verhindern. Schon bald wird der großmäulige Marcus Caelius der Tat verdächtigt, der sich sofort den besten Anwalt Roms sucht – keinen Geringeren als Cicero selbst. Das Verfahren wird eröffnet, doch die Suche nach der Wahrheit spielt bei dem Spektakel allenfalls eine untergeordnete Rolle. Nur Gordianus geht den Spuren nach, die alle anderen geflissentlich übersehen. Und so bringt er langsam Licht in die Mordfälle ...

Autor

Steven Saylor, der an der Universität von Texas Geschichte studiert hat, legt hier seinen vierten »römischen« Kriminalroman vor. Sein Erstling, *Das Lächeln des Cicero*, wurde von *Publishers Weekly* begeistert als »mitreißende Verbindung von historischem Roman und Krimi« gefeiert und als »höchst empfehlenswerte Lektüre« *(Booklist)* gelobt. Der Autor lebt in San Francisco.

Steven Saylor im Goldmann Verlag

Das Lächeln des Cicero. Ein Krimi aus dem alten Rom. (42949)
Das Rätsel des Catilina. Ein Krimi aus dem alten Rom. (43389)
Die Pforten des Hades. Ein Krimi aus dem alten Rom. (43175)

STEVEN
SAYLOR

Römischer Lorbeer

Ein Krimi aus
dem alten Rom

Aus dem Amerikanischen von
Kristian Lutze

GOLDMANN

Die Originalausgabe erschien 1995 unter dem Titel
»The Venus Throw« bei St. Martin's Press, New York

Der Abdruck der Auszüge aus Marcus Tullius Cicero, *Sämtliche Reden*,
übers. und erläutert von Manfred Fuhrmann,
© 1980, 1996 Artemis & Winkler Verlag.
Gaius Plinius Secundus d. Ä., *Naturkunde (Naturalis historia)*,
übers. von Roderich König, © 1980, 1996 Artemis & Winkler Verlag
erfolgt mit freundlicher Genehmigung des Artemis und Winkler Verlages,
Düsseldorf und Zürich.

Der Abdruck der Auszüge aus
Marcus Tullius Cicero, *Pro Marcus Caelius / Rede für Marcus Caelius*,
übers. und hg. von Marion Giebel, Reclam Verlag, 1994
und
Gaius Valerius Catullus (Catull), *Sämtliche Gedichte*, Lateinisch/Deutsch,
übers. und hg. von Michael von Albrecht, Reclam Verlag, 1995
erfolgt mit freundlicher Genehmigung des
Philipp Reclam jun. Verlages GmbH, Stuttgart

Umwelthinweis:
Alle bedruckten Materialien dieses Taschenbuches
sind chlorfrei und umweltschonend.
Das Papier enthält Recycling-Anteile.

Der Goldmann Verlag
ist ein Unternehmen der Verlagsgruppe Bertelsmann

Deutsche Erstausgabe 4/97

Umschlaggestaltung: Design Team München
unter Verwendung eines Fotos aus dem
Archiv für Kunst und Geschichte, Berlin
Satz: Uhl + Massopust, Aalen
Druck: Elsnerdruck, Berlin
Verlagsnummer: 43611
AB · Herstellung: Heidrun Nawrot
Made in Germany
ISBN 3-442-43611-7

1 3 5 7 9 10 8 6 4 2

Für Rick

INHALT

Als mit den Würfeln ich auch um die Gunst bei Venus mich mühte, sprangen zu meinem Verderb immer die »Hunde« heraus.

PROPERTIUS, *Elegiae IV, viii: 45–46*

Wir hatten von Alexandria gehört; jetzt lernen wir's kennen. Von dort stammen alle Gauklereien, von dort, meine ich, aller Lug und Trug; sie haben schließlich auch alle Schwankstoffe hervorgebracht.

CICERO, *Pro C. Rabirio Postumo, 35*

Demokritos verurteilt den Beischlaf, weil dadurch ein anderer Mensch aus dem Menschen hervorgehe. In der Tat ist es auch besser, ihn seltener zu vollziehen. Dennoch erholen sich ermüdete Wettkämpfer durch den Beischlaf, und die Stimme, wenn sie aus der hellen zur dumpfen abweicht, erneuert sich wieder. Der Beischlaf heilt auch den Schmerz in den Lenden, die Schwäche der Augen, die Geisteskranken und Schwermütigen.

C. PLINIUS, *Historia Naturalis, Bd. XXVIII, 58*

CHRONOLOGIE

Im folgenden sind einige wichtige Ereignisse aufgelistet, die vor Beginn der Handlung von *Römischer Lorbeer* (Mitte Januar 56 v. Chr.) stattgefunden haben:

90 v. Chr.
Gordianus in Alexandria

80 v. Chr.
König Soter von Ägypten stirbt; nach ihm regiert für kurze Zeit Alexander II., danach Ptolemaios Auteles. In Rom herrschte der Diktator Sulla. Ciceros erste große Rede zur Verteidigung von Sextus Roscius (vgl. *Das Lächeln des Cicero*).

76 v. Chr.
Appius Claudius (Vater von Clodia und Clodius) stirbt.

75 v. Chr.
Erster Versuch des Senats, im Sinne eines angeblich testamentarischen Wunsches von Alexander II. zu handeln und Ägypten ins römische Imperium einzugliedern.

72 v. Chr.
Zweites Jahr des Spartakusaufstands
(vgl. *Die Pforten des Hades*).

68 v. Chr.
Clodius stiftet eine Meuterei in der Armee des Lucullus an.

65 v. Chr.
Als Zensor übernimmt Crassus einen erfolglosen Versuch, Ägypten zur tributpflichtigen römischen Provinz zu erklären.

63 v. Chr.
Konsulat Ciceros, Catilinarische Verschwörung (vgl. *Die Rätsel des Catilina*). Caesar und Pompeius versuchen nach dem Ackergesetz des Rullus einen Tribut von Ägypten zu erheben, was von Cicero vereitelt wird.

62 v. Chr.
Clodias Mann Quintus Metellus Celer wird Statthalter von Gallia Cisalpina. Clodius stört die Riten der Bona Dea.

61 v. Chr.
Clodius wird wegen des Bona Dea-Skandals angeklagt und freigesprochen.

59 v. Chr.
Caelius erhebt Anklage gegen Antonius (der von Cicero verteidigt wird). Als Konsul sorgt Caesar dafür, daß König Ptolemaios für den Betrag von 35 Millionen Denar als »Freund und Verbündeter des römisches Volkes« anerkannt wird. In Ägypten erhöht König Ptolemaios zur Verärgerung der Bevölkerung die Steuern. Clodius wird Plebejer, um als Volkstribun kandidieren zu können. Clodia wird durch den Tod von Quintus Metellus Celer zur Witwe.

58 v. Chr.
Clodius wird Tribun. Cicero wird ins Exil getrieben (März). Die Römer besetzen das ägyptische Zypern. König Ptolemaios flieht nach Rom.

57 v. Chr.
Cicero kehrt aus dem Exil zurück (September). Caelius unterstützt Bestias Kandidatur zum Praetor. Eine von Dio angeführte Delegation von einhundert Alexandrinern trifft in Italien ein.

ERSTER TEIL

NEX

I

»Zwei Besucher sind an der Tür, Herr.« Belbo sah mich mit gerunzelten Brauen an und trat unsicher von einem Fuß auf den anderen.

»Ihre Namen?«

»Die wollten sie mir nicht sagen.«

»Bekannte Gesichter?«

»Ich habe sie noch nie gesehen, Herr.«

»Haben sie gesagt, was sie wollen?«

»Nein, Herr.«

Ich dachte einen Moment nach, während ich in die Flammen des Kohlenrostes starrte.

»Ich verstehe. Zwei Männer –«

»Nicht ganz, Herr...«

»Zwei Besucher, hast du gesagt. Sind es nun beides Männer oder nicht?«

»Tja«, sagte Belbo und krauste die Stirn, »ich bin mir ziemlich sicher, daß einer ein Mann ist. Wenigstens glaube ich das...«

»Und der andere?«

»Eine Frau – glaube ich. Vielleicht aber auch nicht...« Er blickte gedankenschwer, aber ohne großes Interesse in die Ferne, als versuchte er, sich daran zu erinnern, was er zum Frühstück gegessen hatte.

Ich hob eine Braue und sah über den glühenden Kohlenrost durch das schmale Fenster in den Garten, wo eine Minerva-Statue über einen kleinen Fischteich wachte. Die Sonne sank bereits. Die Tage des Januaris sind viel zu kurz, besonders für einen Mann von vierundfünfzig Jahren wie mich, alt genug, die Kälte in den Knochen zu spüren. Doch das Tageslicht war noch immer hell genug, um klar zu sehen, jedenfalls klar genug, um zu erkennen, ob ein Mann oder eine Frau vor der Türe stand. Ließ Belbos Sehkraft allmählich nach?

Belbo ist nicht gerade der hellste aller Sklaven, doch was ihm an Geist fehlt, hat er noch immer mit seiner Muskelkraft wettgemacht. Lange Zeit war diese ungeschlachte Masse aus schwellenden Muskeln und strohblondem Haar mein Leibwächter gewesen, doch in den letzten Jahren ist seine Reaktionsfähigkeit spürbar langsamer geworden. Ich hatte gedacht, ich könnte ihn nun als Türsteher beschäftigen, da ich annahm, seine lange Dienstzeit in meiner unmittelbaren Nähe hätte ihn befähigt, die meisten meiner Besucher zu erkennen, während Fremde sich durch seine Größe nach wie vor einschüchtern ließen. Doch wenn er nun noch nicht einmal den Unterschied zwischen einem Mann und einer Frau erkennen konnte, hatte es wenig Sinn, ihn mit dieser Aufgabe zu betreuen.

Belbo hörte auf, in die Ferne zu sinnieren, und räusperte sich. »Soll ich sie hereinführen, Herr?«

»Ich will sehen, ob ich dich recht verstanden habe: Zwei Fremde unbestimmten Geschlechts, die sich weigern, ihre Namen zu nennen, klopfen in der gefährlichsten Stadt der Welt an die Tür eines Mannes, der sein Leben damit zugebracht hat, sich Feinde zu machen, und du fragst, ob du sie hereinführen sollst? Ja, warum denn nicht?«

Mein Sarkasmus war offenbar zu subtil, denn Belbo nickte und verließ das Zimmer, bevor ich ihn zurückhalten konnte.

Kurz darauf kam er mit meinen Besuchern zurück. Ich erhob mich, um sie zu begrüßen, und stellte fest, daß Belbos Augen durchaus noch scharf waren, wahrscheinlich sogar besser als meine eigenen. Hätte ich dieses Paar auf der Straße oder auf dem Forum gesehen, hätte ich sie möglicherweise für das genommen, was sie zu sein schienen: ein recht kleiner junger Mann mit feinen Zügen, bekleidet mit einer schlechtsitzenden Toga und einem breitkrempigen Hut (trotz des nicht gerade sonnigen Wetters), und eine deutlich ältere und größere Frau, eingehüllt in eine Stola, die sie sittsam von Kopf bis Fuß bedeckte. Doch bei näherer Betrachtung kamen mir die beiden doch seltsam vor.

Ich konnte den Körper des jungen Mannes unter den Falten seiner übergroßen Toga nicht erkennen, doch mit seinem Gesicht stimmte irgend etwas nicht; auf seinen Wangen zeigte sich nicht das geringste Anzeichen von Bartwuchs, und seine sorgfältig manikürten Hände bewegten sich mit einer Anmut, die keinesfalls maskulin war. Außerdem schien sein Haar, anstatt flach um seine Ohren und seinen Nacken anzuliegen, nach oben unter den Hut gestopft worden zu sein, was bedeutete, daß es ungewöhnlich lang sein mußte. Seine Haarfarbe war ebenfalls eigenartig – dunkel im Ansatz, wurde es blond, wo es unter der Krempe seines Huts verschwand, den abzunehmen er sich standhaft weigerte.

Was die Frau anging, so verdeckte ein wollener Umhang, den sie sich über den Kopf drapiert hatte, fast ihr ganzes Gesicht. Doch ich konnte erkennen, daß ihre Wangen nicht besonders geschickt rosig geschminkt waren. Die Runzeln an ihrem Hals hingen deutlich lockerer als die Falten ihrer Stola, die sich um ihren beträchtlichen Umfang spannte, besonders um die Körpermitte. Ihre Schultern kamen mir ein wenig zu breit, ihre Hüften hingegen zu schmal vor. Außerdem paßten auch ihre Hände nicht ins Bild, denn römische Matronen setzen alles daran, ihre Haut so blaß als möglich zu erhalten, während ihre dunkel und wettergegerbt war, als wäre sie über viele Jahre der Sonne ausgesetzt gewesen. Abgesehen davon konnte man von einer Frau, die eitel genug ist, sich die Wangen zu schminken, erwarten, daß sie sich auch um ihre Fingernägel kümmert, doch die meiner Besucherin waren ungepflegt und bis zum Nagelbett abgebissen.

Das Paar stand schweigend neben dem Kohlenrost.

»Soviel ich weiß, seid ihr hergekommen, um mir einen Besuch abzustatten«, sagte ich schließlich.

Sie nickten. Der junge Mann schürzte die Lippen und

beäugte mich mit steifer Miene. Die alte Frau wandte den Kopf, so daß der Kohlenrost ihre Augen aufscheinen ließ. Zwischen ihren mit Antimon schwarz gefärbten Wimpern sah ich Besorgnis aufblitzen.

Belbo holte auf einen Wink zwei Faltstühle und stellte sie meinem gegenüber auf.

»Setzt euch«, forderte ich sie auf. Dem kamen sie nach, wobei sie nun noch deutlicher demonstrierten, daß sie nicht waren, was sie zu sein vorgaben. Das Tragen einer Toga ist eine Kunst, wie auch das einer Stola, nehme ich an. Doch beide stellten sich so ausgesprochen ungeschickt an, daß es mir höchst unwahrscheinlich erschien, daß der junge Mann vorher jemals eine Toga oder seine Begleiterin eine Stola getragen hatte. Ihre Unbeholfenheit war schon beinahe komisch.

»Wein?« bot ich an.

»Ja!« sagte der junge Mann und beugte sich mit plötzlich lebhafterem Gesicht nach vorne. Seine Stimme war hoch und seltsam zart, genau wie seine Hände. Die alte Frau versteifte sich und flüsterte mit heiserer Stimme: »Nein!« Sie fummelte nervös an ihren Fingern herum und biß sich schließlich auf den Daumennagel.

Ich zuckte die Schultern. »Ich für meinen Teil brauche dringend etwas gegen die Kälte. Belbo, schick uns eins der Mädchen mit Wasser und Wein. Und vielleicht etwas zu essen?« Ich sah meine Gäste fragend an.

Der junge Mann strahlte und nickte eifrig. Die Frau funkelte ihn an und schlug nach seinem Arm, daß er zusammenzuckte. »Bist du verrückt?« zischte sie. Mir war, als hätte ich einen leichten Akzent ausgemacht, und ich versuchte gerade, ihn einzuordnen, als ich ihren Magen knurren hörte.

»Ja, natürlich, genau«, murrte der junge Mann. Auch er sprach mit Akzent, schwach, doch vage erkennbar östlich. Das war eigenartig, denn nur Bürger Roms tragen die Toga. »Nichts zu essen, danke«, sagte er.

»Wie schade«, sagte ich, »denn vom Frühstück heute mor-

stück, das die Menschen an- und ablegen. Eine Verkleidung, wenn man so will. Meint Ihr nicht auch?«

Der kleine Mann sah mich mit funkelnden Augen an – war er fasziniert oder hatte er nur seinen Becher zu rasch geleert? Seine Begleiterin hielt ihr Gesicht weiterhin im Schatten, doch wieder spürte ich die Hitze ihres Blickes. »Ein *Name* ist nicht dasselbe wie ein *Ding*«, flüsterte sie schließlich.

Ich nickte. »So hat man es mir vor vielen Jahren beigebracht – in Alexandria, um genau zu sein. Und doch haben wir ohne Namen keine Möglichkeit, miteinander über das zu sprechen, wofür diese Namen stehen.«

Der wollene Umhang stimmte mir mit einem ernsten Nicken zu.

»Ein Gegenstand heißt auf Griechisch so, auf Lateinisch wieder anders«, fuhr ich fort. »Doch er bleibt trotzdem derselbe. König Ptolemaios von Ägypten beispielsweise ist König Ptolemaios, egal, ob wir ihn mit dem griechischen Titel *basileus* oder dem lateinischen Titel *rex* anreden.«

Der Gestalt in der Stola stockte der Atem, und sie schien im Begriff, etwas zu sagen, hielt sich dann aber doch zurück.

»Genauso verhält es sich mit den Göttern selbst«, dozierte ich weiter. »Die Römer nennen den Vater aller Götter Jupiter, die Griechen Zeus. ›Jupiter‹ ist die lauthafte Nachbildung eines Donnerschlags in der Luft, während ›Zeus‹ den Klang eines surrenden Blitzes nachahmt. So vermitteln Namen dem Ohr, was das Auge des Menschen wahrnimmt, wie unvollständig auch immer.«

»Genau!« flüsterte mein Gast. Er neigte den Kopf, so daß man seine Augen sehen konnte, die mich mit der Erregung eines Lehrers fixierten, der einen Schüler eine lange zurückliegende, aber nie vergessene Lektion wiederholen hört.

»Trotzdem sind Namen keine Dinge«, sagte ich, »und auch wenn uns das Studium der Nomen faszinieren mag, so ist es doch das Studium der Dinge oder genauer der menschlichen Wahrnehmung derselben, die jeden beschäftigen muß, der danach strebt, die Philosophie zu ergründen. Zum Beispiel:

Ich sehe die Flamme über dem Kohlenrost, doch woher weiß ich, daß sie wirklich existiert?«

Der kleine Mann, der sich während meiner Ausführungen mit weiterem Wein versorgt hatte, lachte laut auf. »Ganz einfach – du hältst deine Hand in die Flamme!«

Ich schnalzte mißbilligend mit der Zunge. »Du mußt ein Anhänger der epikuräischen Schule sein, wenn du glaubst, daß wir allein durch die Sinneswahrnehmung die Existenz der ›Dinge‹ beweisen können. Epikur hat gelehrt, daß alle Empfindungen wahr sind; trotzdem dürfte die Tatsache, daß *ich* mich verbrenne, für *dich* kein Beweis sein, da du gar keinen Schmerz empfinden würdest.«

»Aber ich würde dich schreien hören.«

»Vielleicht; aber es gibt Menschen, die Schmerzen lautlos ertragen können. Wenn ich nicht schreien würde, wäre das Feuer dann weniger real? Oder was, wenn ich schreien würde, und du wärest zufällig taub und würdest gerade in eine andere Richtung blicken – hätte ich mich dann trotzdem verbrannt? Andererseits könntest du, wenn ich schreien würde und du mich hören würdest, nicht wissen, ob mein Schmerz echt oder nur vorgetäuscht ist.«

»Du scheinst dich in diesen Dingen ja sehr gut auszukennen«, sagte der junge Mann lächelnd und nippte erneut an seinem Becher. Ich bemerkte, daß er ein wenig Wein auf seine Toga gekleckert hatte.

»Ein wenig. Philosophie ist natürlich eine Erfindung der Griechen, doch als Römer kann ich immerhin den Versuch unternehmen, sie zu begreifen. Mein alter Patron Cicero hat sich zu einer Art philosophischem Experten entwickelt, um seine Rhetorik zu verbessern. Von den Skeptikern hat er gelernt, daß es immer leichter ist, eine Aussage in Zweifel zu ziehen, als sie zu beweisen – eine nützliche Erkenntnis für einen Anwalt, vor allem, wenn er keine Skrupel hat, schuldige Männer zu verteidigen.«

Ich nahm einen Schluck Wein. Die Atmosphäre im Raum hatte sich vollkommen gewandelt. Der frostige Argwohn meiner Besucher war einem Gefühl des Vertrauens gewichen. Die beruhigende Kadenz des philosophischen Diskurses hatte, wie von mir vermutet, diese Vertrautheit bewirkt.

»Aber genauso wenig wie ein Name ein Ding ist, ist *Erscheinung* gleich *Realität*«, fuhr ich fort. »Zum Beispiel: Zwei Besucher kommen in mein Haus, auf den ersten Blick ein Mann und eine Frau, was offenbar genau der Eindruck ist, den sie erwecken wollen. Doch bei genauerem Hinsehen stellt sich das als bloßer Eindruck heraus und nicht als die Wahrheit; zumindest sagen mir das meine Sinne und meine deduktiven Fähigkeiten. Daraus ergeben sich weitere Fragen: Wenn der Mann kein Mann ist, und die Frau keine Frau, *was sind sie* dann? Wer sind sie? Warum wollen sie als etwas wahrgenommen werden, was sie nicht sind? Wen versuchen sie zu täuschen und warum? Und warum kommen sie in das Haus von Gordianus dem Sucher?«

»Und kennst du die Antwort auf all diese Fragen?« krächzte mein Besucher in der Stola.

»Ich glaube schon, zumindest auf die meisten. Obwohl mir dein Begleiter immer noch einige Rätsel aufgibt...« Ich sah den kleinen Mann, der auf eine Weise lächelte, die ich mir nicht erklären konnte, bis mir klar wurde, daß er nicht mich, sondern jemand hinter mir anlächelte.

Ich drehte mich um und sah meine Tochter Diana in der Tür stehen.

Ihre Haltung wirkte zögerlich, als wäre sie nur kurz stehengeblieben, um einen Blick in den Raum zu werfen und dann weiterzugehen. Sie trug den langärmligen Umhang, den Kinder beiderlei Geschlechts zu tragen pflegen, doch als Dreizehnjährige füllte sie das Kleidungsstück bereits mit unverkennbar weiblichen Rundungen aus. Ihr dunkelblauer Umhang verschwamm mit dem Hintergrund des düsteren Flurs, so daß ihr vom Kohlenrost beschienenes Gesicht in der Luft zu schweben schien. Ihre Haut hatte die Zartheit und den rosigen Glanz, den die angemalten Wangen meines Besuchers auf so unbeholfene Weise nachzuahmen suchten, so daß ihre langen dunklen Wimpern und ihre dichten Augenbrauen noch deutlicher hervortraten. Der Widerschein des Feuers glänzte in ihrem schwarzen, in der Mitte gescheitelten Haar, das ihr über die Schultern fiel. Ihre braunen Augen musterten uns neugierig und ein wenig belustigt. Es war erstaunlich, wie sehr sie ihrer Mutter schon seit jeher geähnelt hatte und wie sie ihr mit jedem Tag immer ähnlicher wurde. Manchmal schien es mir, als hätte ich mit ihrer Erschaffung gar nichts zu tun gehabt, so sehr war sie Bethesdas Ebenbild.

Sie lächelte knapp und wollte gerade weitergehen. »Diana«, rief ich, »komm doch mal bitte kurz her.«

Sie betrat den Raum, jenes rätselhafte Lächeln auf den Lippen, das sie von ihrer Mutter geerbt hatte. »Ja, Papa?«

»Wir haben Besucher, Diana.«

»Ja, Papa. Ich weiß. Ich habe gesehen, wie Belbo ihnen die Haustür geöffnet hat. Ich wollte es gerade Mutter erzählen, doch ich dachte, ich sehe mir sie zunächst noch ein wenig genauer an.«

»Genauer?«

Sie warf mir einen amüsiert-verzweifelten Blick zu, so wie Bethesda, wenn ich mich in Binsenweisheiten ergehe. »Nun, Papa! Schließlich bekommst du nicht jeden Tag Besuch von einem Eunuchen und einem Mann, der sich als Frau verkleidet hat, oder?«

Sie sah meine Besucher an und lächelte süßlich.

Die beiden erwiderten ihr Lächeln nicht, sondern blickten einander bedrückt an. »Ich hab' dir ja gleich gesagt, diese Aufmachung ist sinnlos. Sogar ein Kind kann sie durchschauen!« grummelte der alte Mann in der Stola, der jetzt weder seine tiefe Stimme noch seinen alexandrinischen Akzent weiter verhehlte. Müde schob er den Umhang von seinem Haupt. Sein silbernes Haar war nach hinten gekämmt und im Nacken verknotet, seine Stirn gerunzelt und mit Flecken übersät. Die Hautfalten unter seinem Kinn zitterten, und er sah auf einmal nur noch lächerlich aus, ein unglücklicher alter Mann mit angemalten Wangen und Augen.

Der Eunuch in der Toga bedeckte seinen Mund und kicherte beschwipst. »Aber geschminkt siehst du gut aus!«

»Das reicht!« knurrte der alte Ägypter. Er verzog sein Gesicht, ließ die Mundwinkel hängen und starrte mit leerem Blick in die Flammen, die Augen voller Verzweiflung.

II

»Das ist meine Tochter Gordiana, die wir Diana nennen.« Ich nahm ihre sanfte, glatte Hand in die meine. »Diana, wir haben die Ehre, Dio von Alexandria in unserem Haus zu empfangen: Philosoph, Lehrer, ehrwürdiges Mitglied der Akademie und zur Zeit oberster Botschafter des ägyptischen Volkes in Rom.«

Mit der gelassenen Würde eines vornehmen Mannes, der es gewohnt ist, unter Aufzählung seiner Titel förmlich vorgestellt zu werden, stand Dio da, die Hände vor dem Körper gefaltet, die Schultern gereckt. Seine Selbstbeherrschung stand in merkwürdigem Kontrast zu seiner seltsamen Kostümierung; mit seinem geschminkten Gesicht und seinen weiblichen Kleidern sah er aus wie der Priester eines orientalischen Kultes – und als genau das stellte sich sein Begleiter heraus.

»Dies«, sagte Dio und wies auf den kleinen Eunuchen, der seinerseits aufstand, wenn auch ein wenig wackelig, »ist Trygonion, ein Priester am Tempel der Kybele hier in Rom.«

Der Eunuch verbeugte sich und nahm seinen Hut ab, unter dem eine unnatürlich blondgefärbte Mähne hervorquoll. Er fuhr sich mit den Fingern durchs Haar und schüttelte den Kopf, um seine Locken zu entwirren.

»Ein Philosoph ... und ein *gallus*!« meinte Diana staunend. Das letzte Wort ließ mich zusammenzucken. *Gallus* ist der lateinische Ausdruck für einen kastrierten Priester der Großen Mutter, Kybele. Sämtliche dieser Galloi sind Ausländer, weil es Römern gesetzlich verboten ist, einer zu werden. Bei den Anhängern der Göttin ist das Wort heilig, doch andere benutzen es gelegentlich als Schimpfwort. (»Du schmutziger *gallus*!«) Die Vorstellung, daß Männer zu Eunuchen werden, selbst im Dienst des Göttlichen, bleibt für die meisten Römer fremd und abstoßend. Ich konnte mich nicht daran erinnern, Diana das Wort beigebracht zu haben, doch andererseits verblüffte sie mich ständig mit Dingen, die ich sie nicht gelehrt habe. Vermutlich weiß sie solche Sachen von ihrer Mutter.

»Ja«, sagte Dio trübselig, »löse dieses Rätsel, Gordianus: Was um alles in der Welt könnten ein Philosoph und ein Galloi gemeinsam haben – ein Mann, der nach der Vernunft lebt, und ein Mann, der aus dem Verzicht auf jede Vernunft besteht? Ha! Die Umstände machen seltsame Bettgenossen. Und je verzweifelter die Umstände, desto seltsamer die Bettgenossen.« Er warf einen düsteren Seitenblick auf den Eunuchen, der auf einmal skeptisch dreinblickte. »Natürlich nur metaphorisch. Gibt es diese Redewendung im Lateinischen auch?«

»Zumindest eine sehr ähnliche.«

Er nickte, befriedigt, sich verständlich gemacht zu haben. Sein Lateinisch war in Wahrheit makellos, auch wenn er es mit einem ausgeprägten alexandrinischen Akzent sprach, mit der besonderen Betonung des gebürtigen Alexandriners, dessen Vorfahren und Muttersprache griechisch waren. Als ich ihn jetzt offen sprechen hörte, erinnerte ich mich wieder an diese Stimme. Sie war mit dem Alter rauher geworden, doch unverkennbar noch immer dieselbe, der ich als junger Mann, begierig, über die Welt zu erfahren, was ich nur konnte, auf den Stufen des Serapis-Tempels in Alexandria gelauscht hatte. Dios Stimme trug mich weit zurück in meine Erinnerung und weit weg von Rom.

Nachdem wir einander vorgestellt hatten, nahmen wir bis auf Diana wieder Platz, die sich entschuldigte und das Zimmer verließ, zweifelsohne, um ihrer Mutter Bericht zu erstatten.

Dio räusperte sich. »Erinnerst du dich nun an mich?«

»Meister«, sagte ich, denn so hatte ich ihn in Alexandria genannt, und es kam mir auf einmal seltsam vor, ihn jetzt mit seinem Namen anzusprechen, obwohl ich das Alter jugendlicher Ehrerbietung längst hinter mir gelassen hatte, »natürlich erinnere ich mich an dich. Es wäre schwer, einen Menschen wie dich zu vergessen!«

»Ich hatte gedacht, nach all den Jahren ... Und wie konnte ich, als man mir deinen Namen nannte, sicher sein, daß es derselbe Gordianus war, den ich vor so langer Zeit gekannt hatte? Gewiß, der Name ist ungewöhnlich, außerdem schien man der Ansicht zu sein, daß du als junger Mann in Alexandria gewesen bist, und alles, was ich hörte, klang nach dem Baum, der aus diesem Sproß gewachsen sein könnte – diesen Ausdruck kennt ihr auch, ja? Gut. Verstehst du, daß ich inmitten zahlreicher Gefahren und umgeben von noch zahlreicheren Verrätern nicht offen zu dir kommen konnte? Warum ich gezögert habe, mich dir zu offenbaren? Warum ich selbst deinen überaus köstlichen Wein beargwöhnen mußte?« Er sah mich verlegen an und kaute an einem Fingernagel. »Selbst als ich dich gesehen hatte, war ich mir nicht sicher, daß du der Gordianus bist, den ich in Alexandria gekannt hatte. Die Zeit verändert uns alle, und du trägst jetzt eine Art Maske, wenn du verstehst, was ich meine.«

Er wies auf mein Gesicht. Ich strich mir übers Kinn und begriff, daß er meinen Bart meinte.

Ich lächelte. »Ja, damals war ich glattrasiert. In Alexandria ist es zu heiß für einen Bart, außerdem war ich ohnehin noch zu jung, um eine vernünftige Barttracht sprießen zu lassen. Oder meinst du all das Grau zwischen dem Schwarz? Ich nehme an, graue Haare und Falten sind eine Art unfreiwillige Maske, die jeder trägt, der lange genug lebt.«

Dio nickte und musterte mein Gesicht, während er noch immer zu entscheiden versuchte, ob er mir trauen konnte. »Ich muß sehr vorsichtig sein«, sagte er.

»Ja, ich weiß ein wenig über deine Lage«, stimmte ich zu. »Deine Reise von Alexandria, die Angriffe auf dein Gefolge nach der Landung in Neapolis, die Drohungen gegen dich hier in Rom und die Tatsache, daß der Senat dies alles ignoriert. Auf dem Forum gibt es dieser Tage jede Menge Gerede über das, was die Leute ›die ägyptische Situation‹ nennen.«

»Aber wie hast du erraten, daß es Dio war?« fragte der kleine Galloi und goß sich seinen Becher noch einmal voll. »Unsere Verkleidung hat uns sicher durch die Straßen gebracht. Auf so engem Raum ist sie zugegebenermaßen nicht ganz so überzeugend ...«

»Ja«, sagte Dio, »woher wußtest du, daß ich es war? Mein Gesicht, im Schatten verborgen und geschminkt wie das einer Frau, kannst du nach all den Jahren gewiß nicht wiedererkannt haben. Und meine Stimme kann es auch nicht gewesen sein, denn ich habe versucht wie eine Frau und vor allem so wenig wie möglich zu sprechen, und du hast mich so lange nicht sprechen gehört.«

»Meister, ich weiß nicht genau, warum du zu mir gekommen bist, aber ich nehme an, es hat etwas mit dem Ruf zu tun, den ich mir erworben habe: Man nennt mich den Sucher. Wenn ich nicht einmal eine solche Kleinigkeit durchschauen könnte, wäre dein Besuch doch reine Zeitverschwendung.«

»Kläre mich auf«, sagte Dio mit ausdrucksloser Lehrerstimme.

»Ja, erklär es uns«, stimmte der kleine Galloi lachend zu, hob den Becher und schüttelte seine gefärbten Locken.

»Nun gut. Daß ihr nicht die wart, als die ihr erscheinen wolltet, war mir sofort ersichtig, genau wie Diana und sogar Belbo, meinem Türsteher.«

»Was hat mich verraten?« fragte Dio.

Ich zuckte die Schultern. »Kleinigkeiten. Wer könnte all die Unterschiede in Gang, Haltung und Sprache zwischen Männern und Frauen aufzählen? Ein Schauspieler auf der Bühne kann eine Frau überzeugend darstellen, doch er bereitet sich für diese Aufgabe intensiv vor. Sich lediglich das Gesicht anzumalen und eine Stola überzuziehen, ist noch keine überzeugende Darstellung.«

»Dann war die Scharade also kein bißchen überzeugend? Sei präzise! Ich muß das wissen, weil ich mir, wenn ich in dieser Verkleidung keinen Erfolg habe, eine andere suchen muß. Es könnte den Unterschied zwischen – zwischen Leben und ...« Er biß sich erneut auf die Fingernägel, an denen es jedoch nichts mehr abzukauen gab, so daß er nervös an den Hautfalten seines Halses zupfte.

»Zunächst, einmal haben deine Fingernägel dich verraten. Römische Matronen machen aus ihrer Maniküre ein Ritual.«

»Ah!« Er betrachtete angewidert seine Nägel. »Eine grauenhafte Angewohnheit. Ich habe erst seit meiner Ankunft in Italien wieder damit angefangen und schaffe es einfach nicht aufzuhören.«

»Selbst wenn du dir die Nägel wieder wachsen läßt, würden deine Hände dich verraten. Derartig braune, wettergegerbte Haut – keine römische Matrone hat Hände wie du, genausowenig wie irgendein Bürger von Rang. Nur Sklaven und Bauern haben solche Hände – oder Besucher aus fremden Regionen, wo die Sonne das ganze Jahr über scheint und jeden braun brennt wie eine Nuß, von König Ptolemaios bis zum geringsten Feldsklaven.«

»Ptolemaios!« Dio spuckte den Namen förmlich aus.

»Ja, ich habe deine Erregung bemerkt, als ich ihn vorhin erwähnte – was mich in meiner Vermutung bestärkte, daß wirklich Dio von Alexandria gekommen war, mir einen Besuch abzustatten.«

»Aber du hast noch immer nicht erklärt, wie du überhaupt auf diese Vermutung gekommen bist«, sagte der Galloi. »Kläre mich auf!« befahl er, Dio parodierend.

»Gut, dann eins nach dem anderen: Mein Besucher ist gekleidet wie eine Frau, ist aber keine Frau. Das heißt, mein Besucher muß ein Mann sein, der einen Grund hat, sich zu verbergen – ich gestehe, daß ich die Möglichkeit, daß einer von euch ein Eunuch sein könnte, übersehen habe. Ein Mann mit Problemen, vielleicht sogar in Gefahr – letzteres schien mir wegen deiner Nervosität und der Tatsache, daß du es kategorisch abgelehnt hast, etwas zu essen, obwohl dein Magen knurrte, wahrscheinlich. Deine Hände und dein Akzent verrieten dich darüber hinaus als Ausländer.«

Ich straffte die Schultern. »Aber es gibt einen Punkt, wo die Erläuterung der einzelnen Schritte in einer logischen Reihenfolge zu langatmig und mühselig wird, meinst du nicht auch, Meister? Es ist, als würde man einen Weber auffordern zu erklären, wie ein Teppich gemacht wird, indem er ihn Faden für Faden auseinandernimmt – das gäbe ein schönes Durcheinander! Es soll genügen, wenn ich sage, daß mir, ausgehend von dem, was ich bereits gefolgert hatte, die Vermutung in den Sinn kam, mein Besucher könnte Dio von Alexandria sein. Ich hatte von deiner mißlichen Lage gehört; Gerüchten zufolge hast du dich in Privathäusern hier auf dem Palatin aufgehalten; und mit einem Mal kam mir der Gedanke, daß dieser ausländische Fremde mit dem verzweifelten Gebaren Dio sein könnte. Um diese Möglichkeit zu verfolgen, habe ich dich geprüft. Ich habe über Philosophie, meine Zeit in Alexandria und König Ptolemaios gesprochen. Deine jeweilige Reaktion hat meinen Verdacht erhärtet. Das hat nichts mit Philosophie oder Mathematik zu tun, Meister, aber ich glaube, du willst sehen, wie mein Verstand funktioniert und wie ich die Art zu denken, die du mich vor so langer Zeit gelehrt hast, in der Praxis anwende.«

Dio lächelte und nickte. Seltsam, daß mich noch in meinem fünften Lebensjahrzehnt das Lob eines Lehrers so erwärmen konnte, den ich seit dreißig Jahren nicht gesehen und an den ich seit dieser Zeit kaum gedacht hatte.

»Und was ist mit Trygonion?« fragte Dio.

»Ja, wofür hast du mich gehalten?« fragte der kleine Galloi, und seine Augen blitzten. (Ich sage *seine Augen*, obwohl viele, vielleicht sogar die meisten *ihre Augen* gesagt hätten, weil Eunuchen mindestens ebensooft für Frauen gehalten werden, was ihnen zu gefallen scheint.)

»Ich muß gestehen, du hast mich getäuscht, Trygonion. Ich wußte, daß du nicht warst, was du zu sein vorgabst, aber ich habe mich geirrt. Ich habe angenommen, du müßtest eine junge Frau mit Toga und Hut sein, die versucht, sich als Mann auszugeben.«

Der Galloi warf den Kopf in den Nacken und stieß ein kehliges Lachen aus. »Vermutlich ein logischer Schluß für die, welche die Welt in Kategorien von Entweder-Oder betrachten, ein Ausgleich gewissermaßen: eine junge Frau in einer Toga für einen alten Mann in einer Stola!«

Ich nickte. »Genau. Die Erwartung von Symmetrie hat mich zu einem Irrtum verleitet.«

»Dann hast du mich also für eine Frau gehalten!« sagte Trygonion, ließ sich in seinen Stuhl zurücksinken und fixierte mich mit einem tückischen Blick. »Und wer hätte diese Frau deiner Meinung nach sein können – die Sklavin des Philosophen, seine Tochter, seine Frau?« Er streckte den Arm aus und strich mit seinen Fingerspitzen über Dios runzelige Hand; der Philosoph verzog das Gesicht und lehnte sich zurück. »Oder vielleicht eine Amazone als Leibwache?« Trygonion lachte.

Ich zuckte die Schultern. »Deine Gesichtszüge und deine Stimme haben mich verwirrt. Es gibt nicht viele Eunuchen in Rom; ich habe diese Möglichkeit außer acht gelassen. Ich sah, daß du es nicht gewohnt warst, eine Toga zu tragen, was man von einer Frau erwarten könnte – aber auch von einem Ausländer. Ich habe deinen Akzent bemerkt, aber er ist sehr schwach und nicht ägyptisch; phrygisch würde ich vermuten, jetzt wo ich weiß, daß du ein Galloi bist. Du sprichst Latein fast wie ein Römer. Du mußt schon lange hier leben.«

»Seit zehn Jahren. Ich kam mit fünfzehn hierher in den Tempel der Großen Mutter nach Rom, im selben Jahr, in dem ich mich in ihren Dienst gestellt habe.« Damit meinte er seine Kastration. Dio verzog das Gesicht. »Der Galloi hat dich also vor ein schwierigeres Rätsel gestellt als der Philosoph«, sagte der kleine Priester, offenbar sehr zufrieden mit sich selbst.

»Das ist nur logisch«, erwiderte Dio gereizt, »wenn man das

Bemühen eines Philosophen um Klarheit bedenkt, während die Priester der Kybele eine Religion daraus machen, die Sinne zu täuschen.«

»Und doch hat die Tochter unseres Gastgebers die Wahrheit auf den ersten Blick erkannt«, meinte Trygonion.

»Ein wunderschönes Mädchen«, sagte Dio leise und hob die Augenbrauen.

»Eine derartige Klarsicht bei einem Kind scheint fast übernatürlich, meinst du nicht auch, Gordianus?« Trygonion sah mich herausfordernd an. »Vielleicht ist deine Tochter eine Hexe.«

Dio warf ihm einen finsteren Blick zu und rutschte verlegen hin und her, doch ich beschloß, dem Galloi seinen derben Humor nachzusehen, anstatt mich beleidigt zu fühlen. »Dianas Mutter ist in Ägypten aufgewachsen, wo es viele Eunuchen gibt. Diana hat Ägypten im Blut, vielleicht erkennt sie deshalb einen Eunuchen, wenn sie ihn sieht. Ich würde gern einen Teil ihrer Klugheit für mich in Anspruch nehmen, aber gewisse Einsichten kann sie nur von ihrer Mutter haben.«

»Vielleicht sind sie beide Hexen«, sagte Trygonion.

»Genug der Grobheiten«, knurrte Dio. »Galloi glauben, sie könnten sich alles herausnehmen, unter wessen Dach auch immer. Sie kennen keinerlei Scham.«

»Und das ist nicht alles, was uns fehlt«, sagte Trygonion mit ernstem Gesicht.

Woher ihre Einsicht auch rühren mochte, Diana hatte ihren Finger auch auf das weit erstaunlichere Geheimnis gelegt, das hinter der Verkleidung meiner Gäste schlummert: Was wollten sie hier gemeinsam? Denn es war offenkundig, daß sie keinerlei Zuneigung füreinander hegten.

»Wenn ihr genug Wein getrunken habt«, sagte ich, wohl wissend, daß Trygonion deutlich mehr als einen Becher getrunken, Dio hingegen den seinen kaum angerührt hatte, »und wir genug über eure Verkleidung geredet haben, sollten wir vielleicht von ernsteren Dingen sprechen. Warum bist du zu mir gekommen, Meister, und was willst du von mir?«

Dio räusperte sich. »Du hast das erwähnt, was die Römer ›ägyptische Situation‹ nennen. Ich nehme also an, daß du von dem falschen Testament König Alexanders, Caesars und Pompeius' Plänen, ihre Hände an die ägyptischen Reichtümer zu legen, und dem Massaker an meinen Kollegen weißt, die gekommen waren, den römischen Senat um Gerechtigkeit zu bitten –«

Ich hob die Hand. »Vielleicht solltest du am Anfang beginnen und mir Schritt für Schritt erklären, was dich vor meine Tür geführt hat. Aber zunächst will ich nur eine ganz schlichte Antwort auf zwei einfache Fragen. Erstens, warum bist du zu *mir* gekommen?«

Dio sah mich lange an, bevor er die Flammen auf dem Kohlenrost fixierte. Seine Stimme zitterte. »Ich bin zu dir gekommen, weil es in Rom sonst niemanden gibt, an den ich mich um Hilfe wenden kann, niemanden, dem ich vertrauen kann – falls ich dir tatsächlich trauen kann.«

Ich nickte. »Und zweitens, was willst du von mir, Meister?«

»Ich möchte, daß du mir hilfst –« Er würgte an seinen Worten. Schließlich wandte er den Blick von dem Kohlenrost und sah mich direkt an, so daß der Widerschein der Flammen in seinen Augen tanzte. Sein Kiefer bebte, die Hautfalten an seinem Hals zitterten, als er schluckte. »Hilf mir. Bitte! Ich will, daß du mir hilfst …«

»Wobei soll ich dir helfen?«

»Am Leben zu bleiben!«

III

Mit seiner wallenden dunklen Mähne, seiner hochaufragenden Gestalt (damals noch deutlich weniger beleibt) und seiner freundlichen Art war der Philosoph Dio im Alexandria meiner Jugendjahre eine auffällige Figur gewesen. Wie die meisten Ägypter der Oberschicht war er griechischer Abstammung – mit einem leichten skythischen Einschlag, so behauptete er, der seine Größe erkläre, und ein paar Tropfen äthiopischen Blutes, denen er seine dunkle Hautfarbe verdanke. Auf der Treppe der Bibliothek, die dem Serapis-Tempel angegliedert war, wo sich die Philosophen zur Debatte trafen, war er ein vertrauter Anblick gewesen.

Als junger Mann war ich nach langen Reisen in Alexandria gelandet und hatte beschlossen, eine Weile zu bleiben. Dort hatte ich meine Frau Bethesda kennengelernt oder genauer, dort hatte ich sie gekauft; sie war als sehr junge und sehr hübsche Sklavin auf dem großen Sklavenmarkt angeboten worden. (Sie galt als aufsässig, wie der Händler widerwillig eingeräumt hatte, weswegen ich sie mir überhaupt hatte leisten können; doch wenn das, was sie mir bereitete, Probleme waren, verlangte es mich nur nach noch mehr davon.) So verbrachte ich die heißen alexandrinischen Nächte im Taumel der Lust, während es mich tagsüber, wenn Bethesda sich in meiner schäbigen Bude nützlich machte oder zum Markt ging, zur Treppe vor der Bibliothek, zu Dio zog. Ich war kein Student der Philosophie – für eine formelle Ausbildung fehlte mir das Geld –, doch es war eine Tradition der alexandrinischen Philosophen, auch gemeine Bürger von Zeit zu Zeit kostenlos in eine Debatte miteinzubeziehen.

Heute, dreißig Jahre später, kann ich mich nur an Bruchstücke dieser Gespräche erinnern, doch ich weiß noch genau, wie Dio meine jugendliche Leidenschaft für die Wahrheit mit seinen rhetorischen Rätselfragen bis zur Weißglut anfachte. In jenen Tagen hatte ich alles, was ich brauchte – was für einen jungen Mann nicht viel ist: eine unbekannte Stadt, die ich entdecken konnte, eine Partnerin fürs Bett und einen Mentor. Die Städte, Geliebten und Lehrer unserer Jugend vergessen wir nie.

Dio war Mitglied der Akademie. Sein Mentor war Antichos von Askalon, der einige Jahre später Leiter der Akademie werden sollte; Dio war einer der Meisterschüler des großen

Philosophen. In meiner Unwissenheit fragte ich Dio einmal, wo sich die Akademie befände. Er lachte und erklärte mir, daß der Name zwar ursprünglich von einem bestimmten Ort – einem Hain in der Nähe Athens, in dem Platon gelehrt hatte – stammte, sich jedoch inzwischen auf eine philosophische Schule beziehen würde. Die Akademie überschritt die Grenzen der Sprache (auch wenn natürlich alle bedeutenden philosophischen Werke, einschließlich die der Akademiker, in Griechisch verfaßt waren), bezog alle Menschen ein und gehörte doch niemandem. Wie könnte es bei einer Institution, die sich der Entdeckung der grundlegenden Wahrheiten verschrieben hat, auch anders sein?

Wie weiß ein Mensch, was er weiß? Wie kann er sich seiner eigenen Wahrnehmung sicher sein, ganz zu schweigen von der Wahrnehmung anderer? Existieren die Götter? Kann man ihre Existenz beweisen? Wie ist ihre Gestalt und ihr Wesen, und wie können die Menschen den göttlichen Willen erkennen? Wie können wir wahr und falsch unterscheiden? Kann eine gerechte Tat etwas Böses bewirken oder eine falsche Handlung zu einem guten Ergebnis führen?

Für einen jungen, kaum zwanzigjährigen Römer in einer exotischen Metropole wie Alexandria waren das berauschende Fragen. Dio hatte sich mit allen beschäftigt, und sein Streben nach Erkenntnis war mir eine tiefe Inspiration. Dio war kaum zehn Jahre älter als ich, doch er schien mir unendlich weise und weltgewandt. In seiner Gegenwart fühlte ich mich auf dünnem Eis und enorm geschmeichelt, wenn er sich die Zeit nahm, mir seine Ideen zu erläutern. Auf den Stufen der Bibliothek sitzend, unter von Sklaven gehaltenen Schirmen vor der glühenden Sonne geschützt, erörterten wir den Unterschied zwischen Denken und Sinneswahrnehmungen, ordneten die Sinne nach ihrer Zuverlässigkeit und betrachteten die spezifische Art, in der die Menschen abhängig sind von logischem Denken, Geruch, Geschmack, Gehör, Sehvermögen und Tastsinn, um die Welt zu verstehen.

Dreißig Jahre also waren seither vergangen. Natürlich

hatte Dio sich verändert, schon damals war er mir alt vorgekommen, doch jetzt war er tatsächlich alt. Seine dunkle Mähne war silbern, sein Bauch dick und seine Haut runzelig und faltig. Doch sein breiter Rücken war ungebeugt. Nicht gewohnt, mit bedeckten Armen herumzulaufen, schob er die Ärmel seiner Stola hoch und entblößte ein Paar muskulöse Unterarme, die braun und wettergegerbt waren wie seine Hände. Er sah genauso gesund aus wie ich, und bei seiner Größe und Korpulenz war er vermutlich sogar kräftiger.

Es wäre schwer, einen Menschen wie dich zu vergessen, hatte ich ihm erklärt. Als er mich nun anflehte, ihm zu helfen, am Leben zu bleiben, hätte ich beinahe gesagt, *außerdem siehst du nicht gerade aus wie ein Mensch, den man leicht umbringen könnte.*

Statt dessen wechselte ich nach einer längeren Pause das Thema. »Ich bin überrascht, daß du dich nach all den Jahren an *mich* erinnerst, Meister. Ich war doch nur ein unbedeutender Schüler, und mein Aufenthalt in Alexandria war relativ kurz. Später hörte ich, daß dein Mentor Antichos Philo als Leiter der Akademie nachgefolgt ist; danach muß dein Leben voller Pflichten und Termine gewesen sein: Gespräche mit Königen führen, den Gastgeber für Diplomaten spielen, die Großen und Mächtigen beraten. Wie seltsam, daß du dich der Bekanntschaft eines ungebundenen jungen Römers erinnert hast, der sich gerne auf den Stufen vor der Bibliothek herumtrieb, den Debatten der Älteren lauschte und es hin und wieder wagte, mit ihnen zu parlieren.«

»Du warst schon mehr als das«, sagte Dio. »Du sagst, du wärest ein schlechter Sucher, wenn du nicht die Identität eines Besuchers für mich ergründen könntest. Nun denn, was für ein Philosoph wäre ich, wenn ich einen verwandten Geist nicht als solchen erkennen und im Gedächtnis behalten würde, wenn ich ihn einmal getroffen habe?«

»Du schmeichelst mir, Meister.«

»Ganz gewiß nicht. Ich schmeichle niemandem, nicht einmal Königen. Nicht einmal König Ptolemaios! Was einer der Gründe ist, warum ich mich in dieser schrecklichen Lage befinde.« Er lächelte matt, doch in seinen Augen erkannte ich den gehetzten Ausdruck eines Mannes, der in ständiger Angst lebte. Er stand auf und begann nervös in dem kleinen Zimmer auf und ab zu laufen, während er seine Arme vor dem Körper umklammert hielt und den Kopf schüttelte. Trygonion saß mit gefalteten Händen da und beobachtete ihn mit seltsamer Miene, offenbar zufrieden damit zu schweigen.

»Erinnerst du dich an die Dinge, über die wir auf den Stufen der Bibliothek gesprochen haben, Gordianus?«

»Nur an Bruchstücke, fürchte ich. Doch ich erinnere mich an deine Eloquenz, wenn du über Wahrnehmung und Wahrheit gesprochen hast und darüber, daß die Akademie die Lehren von Platon und den Stoikern keineswegs widerlegt, sondern vielmehr verdeutlicht hätte –«

»Daran erinnerst du dich? Seltsam! Meine Erinnerung an unsere Gespräche ist eine ganz andere.«

»Aber was gab es außer philosophischen Debatten?«

Dio schüttelte den Kopf. »Ich erinnere mich nicht daran, mit dir über Philosophie gesprochen zu haben, obwohl ich das wohl getan haben muß. All das abstrakte Geschnörkel und hochtrabende Gerede – ich muß auf dich einen sehr wichtigtuerischen Eindruck gemacht haben!«

»Keineswegs –«

»Nein, ich erinnere mich vor allem an die Geschichten, die *du* erzählt hast, Gordianus.«

»Was für Geschichten?«

»Über deine Abenteuer in der großen weiten Welt! Über deine lange Reise von Rom nach Ägypten, deinen Besuch bei den sieben Weltwundern und deine Erkundungen in Alexandria. Im Vergleich dazu erschien mir mein eigenes Leben öde. Du gabst mir das Gefühl, ich wäre uralt und das Leben hätte mich links liegengelassen! Während meine Kollegen und ich unter Sonnenschirmen lagerten und die Prinzipien von Gut und Böse diskutierten, warst du auf den Straßen unterwegs und trafst das Gute und das Böse in Fleisch und Blut, nahmst teil am tosenden Drama von Leben und Tod. Wer war ich, daß ich über die Unterscheidung von Wahrheit und Fälschung sprach, wenn neben mir auf der Treppe ein junger Römer saß, der das Rätsel um die im Rhakotis-Distrikt getötete Katze gelöst hatte, wegen der die halbe Bevölkerung der Stadt in Aufruhr geraten war?«

»Daran erinnerst du dich?« fragte ich erstaunt.

»Ich habe es nie vergessen! Selbst heute noch kann ich die Augen schließen und hören, wie du, umringt von ehrfürchtig lauschenden Philosophen und Ladenbesitzern, deine Geschichte erzählst.«

»Eine tote *Katze* hat einen Volksaufstand ausgelöst?« Trygonion sah uns mit schweren Lidern skeptisch an.

»Du warst offensichtlich noch nie in Alexandria, wo Katzen wie Götter verehrt werden«, erwiderte Dio knapp. »Vor ein paar Jahren hat sich ein ähnlicher Zwischenfall ereignet. Der Schuldige war ein Römer, hieß es jedenfalls. Aber bei dem politischen Klima, das zur Zeit in Alexandria herrscht, genügt dem Pöbel jeder beliebige Vorwand, einen Römer durch die Straßen zu jagen, ob er nun ein Katzenmörder ist oder nicht.« Er blieb stehen und atmete zweimal zögernd ein. »Meinst du, wir könnten uns in ein anderes Zimmer zurückziehen? Hier drin ist es zu heiß. Die Luft ist ziemlich stickig.«

»Ich kann Belbo rufen, damit er ein weiteres Fenster öffnet«, schlug ich vor.

»Nein, könnten wir einen Moment nach draußen gehen?«

»Wie du möchtest.«

Ich führte sie in den Garten. Trygonion machte ein großes Getue, schlang die Arme um seinen Körper und klapperte demonstrativ mit den Zähnen, während er entschieden unrömisch an den Falten seiner Toga herumspielte. Dio betrachtete mit abwesender Miene den Fischteich, bevor er den Blick zum sich verdunkelnden Himmel hob, ein paarmal tief einatmete und wieder begann, auf und ab zu gehen, bis er überrascht vor der Statue der Minerva stehenblieb. Die jungfräuliche Göttin hielt in einer Hand einen Speer, in der anderen einen Schild. Auf ihrer Schulter hockte eine Eule, zu ihren Füßen wand sich eine Schlange. Die ganze Statue war mit so lebensechten Farben bemalt, daß es schien, als würde sie die Luft anhalten und uns durch das Visier ihres federbuschgeschmückten Helms mustern.

»Prachtvoll«, flüsterte Dio. Trygonion, ganz treuer Diener der Großen Mutter, gewährte der Göttin der Weisheit nur einen flüchtigen Blick.

Ich trat neben Dio und blickte in das vertraute Gesicht der Statue. »Die einzige weibliche Person im Haus, die keine Widerworte gibt. Aber auch sie scheint mir nie zuzuhören.«

»Sie muß ein kleines Vermögen gekostet haben.«

»Wahrscheinlich, obwohl ich dir den Preis nicht nennen kann. Ich habe sie wie das ganze Haus mehr oder weniger geerbt. Aber die Geschichte, wie es dazu kam, würde ein ganzes Buch füllen.«

Dio betrachtete den Säulengang, der den Garten umgab, und war augenscheinlich beeindruckt. »Diese mehrfarbigen Fliesen über den Türen –«

»Gebrannt von Handwerkern in Arretium. Hat mir zumindest mein verstorbener Wohltäter Lucius Claudius einmal erzählt, als ich noch als Besucher in dieses Haus kam.«

»Und all diese kunstvoll gemeißelten Säulen –«

»Geborgen und, so hat man mir berichtet, unter großen Mühen aus einer alten Villa in Baiae hergebracht, genau wie die Minerva-Statue. Alle von griechischer Art und Baukunst. Lucius Claudius verfügte über einen exquisiten Geschmack und beträchtliches Vermögen.«

»Und jetzt gehört all das dir? Du hast es zu etwas gebracht, Gordianus. Alle Achtung. Als man mir sagte, du würdest in einem schönen Haus auf dem Palatin leben, habe ich mich gefragt, ob das derselbe Mann sein könne, der in Alexandria das Leben eines Vagabunden geführt und von der Hand in den Mund gelebt hat.«

Ich zuckte die Schultern. »Vielleicht war ich ein Vagabund, doch hier in Rom gab es immer das bescheidene Haus meines Vaters auf dem Esquilin, in das ich heimkehren konnte.«

»Siehst du, ich habe dich richtig eingeschätzt, als ich dich damals in Alexandria traf. Ich habe viele weise Männer gekannt, Philosophen, die sich nach Erkenntnis verzehren wie andere Menschen nach edlen Weinen, prunkvoller Kleidung oder schönen Sklaven – wie nach einem glitzernden Besitz, der sie trösten und ihnen die Hochachtung anderer Menschen einbringen kann. Aber du hast nach der Wahrheit gesucht, als ob du sie heiraten wolltest, Gordianus. Du hast die Wahrheit ersehnt, als ob du nicht leben könntest, ohne jeden Morgen ihren Duft einzuatmen. Du hast all ihre Geheimnisse gleichermaßen geliebt – die großen Fragen der Philosophie ebenso wie das praktische Rätsel der Entlarvung des Mörders einer alexandrinischen Katze. Nach der Wahrheit zu streben, ist eine Tugend. Und für deine Tugend haben die Götter dich reich belohnt.«

Ich wußte nicht, wie ich außer mit einem Achselzucken darauf antworten sollte. In den dreißig Jahren seit meiner letzten Begegnung mit Dio hätte ich leicht hundertmal sterben können, oder ich hätte wie so viele andere verarmen können. Statt dessen besaß ich ein Haus auf dem Palatin und zählte Senatoren und wohlhabende Händler zu meinen Nachbarn. Dios Erklärung für mein Glück war so vernünftig wie jede andere auch, obwohl ich den Eindruck habe, daß auch die Philosophen nicht wissen, was Fortuna bewegt, dem einen Menschen zuzulächeln und den anderen zu verspotten. Doch als ich sah, wie er sein zwanghaftes Gerenne wieder aufnahm, konnte ich nicht umhin zu denken, daß Dio trotz seiner jahrelangen Hingabe an die Suche nach Wahrheit ausgezehrt wirkte – wie ein Mann, von dem Fortuna sich abgewendet hatte.

Es war schon geraume Zeit her, seit ich zuletzt länger mit einem Philosophen gesprochen hatte. Ich hatte vergessen, wie gerne sie redeten, lieber noch als Politiker und nicht unbedingt immer auf den Punkt. Wir waren weit von dem Anlaß für Dios Besuch abgekommen. Im Garten wurde es langsam kühl.

»Komm, laß uns ins Haus gehen. Wenn der Kohlenrost zu heiß ist, laß ich dir kühlen Wein bringen.«

»Für mich gewärmten Wein«, sagte Trygonion zitternd.

»Ja, noch ein wenig von dem ausgezeichneten Wein«, murmelte Dio. »Ich bin recht durstig.«

»Auch hungrig?« fragte ich. Mein eigener Magen knurrte.

»Nein!« beharrte er. Doch als er über die Schwelle ins Haus trat, stolperte und taumelte er, und als ich den Arm ausstreckte, um ihn zu stützten, spürte ich, wie er zitterte.

»Wann hast du zuletzt gegessen?«

Er schüttelte den Kopf. »Ich weiß es nicht genau.«

»Du kannst dich nicht daran erinnern?«

»Gestern habe ich es gewagt, das Haus zu verlassen, und in der Verkleidung, in der ich jetzt vor dir stehe, auf dem Markt ein wenig Brot gekauft.« Er schüttelte erneut den Kopf. »Ich hätte mir noch etwas für heute morgen mitnehmen sollen – aber es hätte natürlich vergiftet werden können, während ich schlief...«

»Dann hast du heute noch gar nichts gegessen?«

»An meinem letzten Aufenthaltsort haben die Sklaven versucht, mich zu vergiften! Sogar im Haus von Titus Coponius kann ich mich nicht sicher fühlen. Wenn sich die Sklaven eines Mannes zu einem Mord bestechen lassen, dann kann mir das gleiche bei jedem anderen auch passieren. Ich esse nichts, es sei denn, ich habe die Zubereitung mit eigenen Augen verfolgt oder es selbst auf dem Markt gekauft, wo es unmöglich schon mit etwas versetzt worden sein kann.«

»Einige Menschen haben Sklaven, um ihr Essen vorzukosten«, sagte ich, wohl wissend, daß diese Praxis vor allem in Alexandria verbreitet war, wo inzüchtige rivalisierende Monarchen und ihre Agenten ständig versuchten, einander heimlich aus dem Weg zu schaffen.

»Natürlich haben wir einen Vorkoster!« sagte Dio. »Wie glaubst du, habe ich wohl den Versuch, mich zu vergiften, überlebt? Doch das Problem mit Vorkostern ist, daß sie ersetzt werden müssen, und der Aufenthalt in Rom hat meine Rücklagen erschöpft. Ich habe nicht einmal genug Geld, um nach Alexandria zurückzukehren, wenn das Wetter sich so weit gebessert hat, daß man wieder per Schiff reisen kann.« Er stolperte und fiel fast über den Kohlenrost.

»Du bist ja schon ganz schwach vor Hunger!« wandte ich ein, faßte Dio am Arm und lenkte ihn zu seinem Stuhl. »Ich bestehe darauf, daß du etwas ißt. Das Essen in diesem Haus ist vollkommen sicher, und meine Frau –« Ich wollte ein überschwengliches Loblied auf Bethesdas Kochkünste anstimmen, doch nachdem ich eben als ein Mensch gepriesen worden war, der sich der Wahrheit verpflichtet fühlte, sagte ich nur: »Meine Frau ist gar keine so schlechte Köchin, vor allem wenn sie alexandrinische Gerichte zubereitet.«

»Deine Frau kocht?« sagte Trygonion. »In einem so prachtvollen Anwesen wie diesem?«

»Das Anwesen ist beeindruckender als meine finanziellen Rücklagen. Außerdem kocht sie gern und hat stets eine Sklavin als Hilfe. Da ist sie ja«, fügte ich hinzu, weil in der Tür auf einmal Bethesda aufgetaucht war.

Ich wollte sie förmlich vorstellen, doch der Ausdruck in ihrem Gesicht ließ mich innehalten. Sie blickte von Dio zu Trygonion und wieder zu Dio, der sie in seiner Beinahe-Ohnmacht kaum zu registrieren schien, bevor sie mich mit einem derart finsteren Blick bedachte, daß ich mir auch nach dreißig Jahren des gemeinsamen Zusammenlebens keinen Reim darauf machen konnte. Was hatte ich jetzt wieder falsch gemacht?

»Diana hat mir erzählt, daß du Besuch hast«, sagte sie schließlich. Ihr alter ägyptischer Tonfall machte sich wieder bemerkbar, und ihr Tonfall war noch herablassender als gewöhnlich. Sie musterte meine Besucher so streng, daß Trygonion nervös die Augen niederschlug und auch Dio, der sie endlich bemerkt hatte, blinzelte und zurückwich, als hätte er in die Sonne gestarrt.

»Irgendwas nicht in Ordnung?« fragte ich, während ich ihr von der Seite heimlich eine Grimasse zuwarf, von der ich gehofft hatte, ihr damit ein Lächeln zu entlocken. Ein Irrtum, wie sich herausstellte.

»Ich nehme an, ihr wollt etwas zu essen«, sagte sie mit flacher Stimme. Die Art, wie sie dabei ihren Mund verzog, hätte das Aussehen einer weniger schönen Frau ruiniert.

Ah, das war es, dachte ich – sie hatte schon länger in der Tür gestanden, als ich ahnte, und mein nicht eben enthusiastisches Lob ihrer Kochkunst mit angehört. Trotzdem hätte ein leichtes Heben der Augenbraue genügt, ihr Mißfallen kundzutun. Vielleicht war es die Tatsache, daß ich für eine Reise am nächsten Tag packen mußte und ihr die Arbeit überließ, während ich in meinem Arbeitszimmer Besucher empfing – äußerst dubiose Besucher zudem. Ich warf einen Blick auf Dio, unbeholfen geschminkt und in seiner zerknitterten Stola, und Trygonion, der an seinem gefärbten Haar herumzupfte und unter Bethesdas strengem Blick nervös an den Falten seiner Toga nestelte, und erkannte, wie die beiden auf Bethesda wirken mußten. Bethesda hat sich schon vor langer Zeit mit der Parade zwielichtiger Gestalten durch unser Haus abgefunden, aber sie hat aus ihrer Verachtung denen gegenüber, die sie nicht mochte, nie einen Hehl gemacht. Und es war offensichtlich, daß sie ausgesprochen wenig von dem ägyptischen Botschafter und seinem Begleiter hielt.

»Etwas zu essen – ja, ich denke schon«, sagte ich, die Stimme hebend, um die Aufmerksamkeit meiner Besucher zurückzugewinnen, die von Bethesdas Blick wie gebannt waren. »Für dich, Trygonion?«

Der kleine Galloi blinzelte und brachte ein Nicken zustande.

»Und was dich angeht, Meister – ich bestehe darauf! Ich werde nicht zulassen, daß du dieses Haus wieder verläßt, ohne eine Stärkung zu dir genommen zu haben.«

Dio senkte den Kopf; er wirkte müde und verwirrt und zitterte vor Erregung und zweifelsohne auch vor Hunger. Er murmelte etwas, bevor er schließlich aufblickte und nickte. »Ja – ein alexandrinisches Gericht, hast du gesagt?«

»Was können wir unseren Besuchern anbieten? Bethesda, hast du mich gehört?«

Sie schien wie aus einem Tagtraum zu erwachen und räusperte sich. »Ich könnte ägyptisches Fladenbrot machen... und vielleicht etwas mit Linsen und Wurst...«

»Oh, das wäre sehr gut«, sagte Dio und starrte sie mit einem seltsamen Ausdruck an. Er mochte ein Philosoph sein, aber Hunger und Heimweh können jedem den Verstand trüben.

Auf einmal tauchte Diana an Bethesdas Seite auf. Dio wirkte jetzt noch verwirrter, als er von Mutter zu Tochter blickte. Ihre Ähnlichkeit ist in der Tat verblüffend.

Genauso plötzlich wie sie aufgetaucht war, verschwand Bethesda wieder. Diana blieb noch einen Moment und schien den finsteren Blick ihrer Mutter zu imitieren. Je länger ich mit einer Frau zusammenlebe, desto rätselhafter erscheint mir diese Erfahrung, und seit zwei von ihnen unter meinem Dach leben, ist es noch viel rätselhafter.

Diana machte auf dem Absatz kehrt und folgte ihrer Mutter mit den gleichen raschen, hochmütigen Schritten. Ich sah meine Gäste an. Ich dachte, daß es, verglichen mit dem Bemühen, eine Frau zu verstehen, eigentlich gar nicht so schwierig war, einen anderen Mann zu begreifen – und sei es ein Philosoph in einer Stola oder ein Galloi, der sein Geschlecht aufgegeben hatte.

Eine Sklavin brachte Wein und ein paar Brotrinden, um unseren ärgsten Hunger zu lindern, bis das Essen fertig war. Kälte war aus dem Garten ins Haus gekrochen, so daß ich Belbo aufforderte, Kohlen nachzulegen, während ich die Fensterläden schloß. Ich blickte nach draußen und sah, daß die Dämmerung sich über das Atrium gesenkt und das Antlitz der Minerva in undurchdringlichen Schatten getaucht hatte.

Mit einem weiteren Schluck Wein und einem Happen Brot

im Bauch fand Dio auch endlich die Kraft, von den Ereignissen zu berichten, die ihn in einen Zustand solcher Angst und Ungewißheit versetzt hatten.

IV

»Am besten ich berichte alles der Reihe nach«, seufzte Dio, »soweit das bei einer so verwickelten Geschichte überhaupt möglich ist. Einiges weißt du ja bereits –«

»Hilf meinem Gedächtnis auf die Sprünge«, sagte ich.

»Nun gut. Seit ich denken kann, ist Alexandria ständig von politischen Umwälzungen heimgesucht worden. Die Mitglieder des königlichen Geschlechts der Ptolemäer bekämpfen sich gegenseitig in endlosen Fehden. Für die Einwohner Alexandrias bedeutete das jedesmal blutige Auseinandersetzungen und erdrückende Steuern. Immer wieder hat das Volk sich erhoben und einen Herrscher nach dem anderen aus der Hauptstadt gejagt. Der eine Ptolemaios geht ins Exil, der nächste nimmt seinen Platz ein – ich will hier nicht alle aufzählen. Wer immer gerade siegreich ist, besetzt Alexandria mit seinen großen Kornkammern und dem königlichen Staatsschatz. Das Glück ist bald diesem, bald jenem hold, die Herrscher tauschen ihre Plätze, während die Menschen ihre Machtspiele erdulden müssen. Ich habe vergessen, welcher Ptolemaios gerade auf dem Thron saß, als du in Alexandria warst, Gordianus –«

»Alexander, glaube ich.«

»Ja, richtig; ein paar Jahre später wurde er von einem aufgebrachten Mob aus der Stadt gejagt und starb unter ungeklärten Umständen. Dann übernahm Alexanders Bruder Soter den Thron. Acht Jahre später starb er, ohne einen legitimen Nachfolger zu hinterlassen. Das war vor vierundzwanzig Jahren.«

Dio legte seine Fingerspitzen aneinander. »Der einzige legitime männliche Thronfolger aus dem Geschlecht der Ptolemäer war Soters Neffe, der wie sein Vater Alexander hieß. Als Soter starb, lebte dieser gerade unter der Protektion des Diktators Sulla hier in Rom. Und genau an dieser Stelle kommt Rom ins Spiel. Mit diplomatischer Unterstützung Roms und geliehenem römischen Kapital im Rücken kehrte Alexander II. nach Ägypten zurück, um den Thron zu besteigen. Dazu mußte er jedoch zunächst seine Tante, Soters Witwe, heiraten, die sich weigerte, als Königin abzudanken. Geheiratet hat er sie dann auch – und danach kurzerhand ermordet. Die Königin war sehr beliebt, und ihr Tod entfachte die Wut des Pöbels.«

»Desselben Pöbels, der wegen einer toten Katze randaliert hat?« Trygonion rümpfte die Nase. »Mich schaudert bei dem Gedanken, zu was sie nach der Ermordung ihrer Königin fähig waren.«

»Du eilst der Geschichte voraus«, wies Dio ihn in belehrendem Ton zurecht. »Als nächstes verkündete Alexander II. eine Steuererhöhung, um seine Schulden in Rom zu begleichen. Das war der Tropfen, der das Faß zum Überlaufen brachte. Neunzehn Tage nach seiner Thronbesteigung wurde der neue König von einer aufgebrachten Menge aus seinem Palast gezerrt und buchstäblich in der Luft zerrissen.«

Geschichten wie diese führten Römer gerne an, um sich ob des relativ gesitteten Umgangs in unserer Republik über andere zu erheben.

Als junger Mann habe ich die Politikleidenschaft der Alexandriner geschätzt, obwohl ich mich nie an ihre Neigung zu plötzlichen, extremen Gewaltausbrüchen gewöhnen konnte. Ägyptische Quacksalber verkaufen einen Kräuterumschlag, dessen Name wörtlich übersetzt »Heilmittel zur Behandlung von Menschenbissen« bedeutet, und die meisten Haushalte halten diese Medizin vorrätig – was einiges über die Alexandriner aussagt.

»Damit kommen wir zum Ausgangspunkt der momentanen Krise – der ägyptischen Situation, wie du sie nennst, Gordianus. Nach der kurzen und ruhmlosen Herrschaft ihres

Vetters Alexanders II. traten zwei illegitime Söhne Soters auf den Plan, um ihren Anspruch auf den Thron geltend zu machen.«

»Mutige Männer«, warf Trygonion ein.

»Der eine Bastard hat Zypern übernommen, der andere Ägypten. Und dort regiert er jetzt seit zwanzig Jahren – ein Beweis dafür, daß man sich, auch ohne über eine einzige königliche Tugend zu verfügen, auf dem Thron halten kann. Auf Griechisch lautet sein voller Name« – Dio atmete ein wie ein geschulter Redner – »Ptolemaios Theos Philopator Philadelphos Neos Dionysos.«

»Ptolemaios, Gott: Geliebter des Vaters und Geliebter des Bruders, der neue Dionysos«, übersetzte ich.

Dio verzog die Lippen. »In Alexandria nennen wir ihn schlicht Ptolemaios Auteles – der Flötenspieler.«

»Den Flötenspieler!« Trygonion lachte.

»Ja, König Ptolemaios der Flötenspieler«, bestätigte Dio grimmig, »nach seiner einzigen bekannten Fertigkeit, dem Flötenspiel, dem er Tag und Nacht, ob nüchtern oder volltrunken, frönt. Er läßt im königlichen Palast Sänger auftreten, die er selbst auf der Flöte begleitet, und gibt bei diplomatischen Banketten eigene Kompositionen zum besten. Er organisiert Wettbewerbe, um sein Talent mit dem gewöhnlicher Musiker zu messen. Womit hat Ägypten bloß einen solchen Herrscher verdient? Er personifiziert die niederen Charaktereigenschaften seines heruntergekommenen Geschlechts – er ist träge, zügellos, dekadent, ausschweifend, faul…«

»Er wäre besser ein Galloi geworden als ein König«, meinte Trygonion kichernd.

Dio warf ihm einen Blick von der Seite zu. »Da muß ich dir ausnahmsweise einmal recht geben.«

»Ich erinnere mich an etwas, was Cicero einmal über ihn gesagt hat«, bemerkte ich. »Fast jeder ist der Meinung, daß der Mann, der den Thron Ägyptens innehält, weder von Geburt noch dem Geist nach ein König ist. Und es gibt Menschen, die meinen, daß die Regentschaft des Flötenspielers von Anfang an illegitim gewesen ist – wegen eines Testaments, das sein glückloser Vorgänger aufgesetzt hat...«

»Ah, damit sprichst du den Kern der Sache an«, sagte Dio. »Kurz nach der Ermordung Alexanders II. durch den wütenden Pöbel begann ein Gerücht die Runde zu machen, nach dem Alexander II. ein Testament hinterlassen hatte, in dem er ganz Ägypten dem Senat und dem Volk von Rom vermachte.«

Trygonion zog die Brauen hoch. »Ein prächtiger Hauptgewinn! Die Getreidekammern! Der Staatsschatz! Die Krokodile! Aber diese Legende hat doch bestimmt kein vernünftiger Mensch geglaubt. Solche Großzügigkeit wäre zu grotesk.«

Dio seufzte verzweifelt. »Du demonstrierst deine Unwissenheit nicht nur in Politik, sondern auch in Geschichte, Galloi. So grotesk die Idee erscheinen mag – sie ist nicht ohne Präzedenzfälle. Vor siebzig Jahren hat Attalos von Pergamon Rom sein Königreich vermacht; es wurde Provinz des Imperiums und versorgt die Menschen dieser Stadt mit suventioniertem Getreide. Vor vierzig Jahren hinterließ Apion Rom Kyrene; Apion war ein Ptolemäer und Kyrene einst ein Teil Ägyptens. Und vor nicht einmal zwanzig Jahren hat der letzte König von Bithynien sein Reich ebenfalls Rom vermacht.«

»Aber warum sollte ein König so etwas tun?« fragte Trygonion.

»Um seinem Land das Blutvergießen eines Nachfolgestreits zu ersparen; um seine vermeintlichen Erben nicht an die Macht zu lassen, um sein Volk davor zu schützen, von einem rivalisierenden Königreich erobert zu werden, das vielleicht noch repressiver wäre als Rom; oder schlicht, um sich der Flutwelle der römischen Expansion zu beugen.« Dio seufzte. »In meiner Lebensspanne hat Rom schon Pergamon, Kyrene und Bithynien durch Erbschaft und Pontus und Syrien durch Eroberung genommen. Vor zwei Jahren haben die Römer ohne einen Waffengang Zypern besetzt; König Ptolemaios' Bruder beging Selbstmord. Rom hat den Osten überrannt. Von allen Königreichen, die aus dem Imperium Alexanders des Großen hervorgegangen sind, ist nur noch eines übrig: Ägypten.«

»Und jetzt machen wieder Gerüchte die Runde, Alexander II. hätte Ägypten testamentarisch an Rom abgetreten«, sagte ich. »König Ptolemaios muß unruhig schlafen.«

Trygonion nickte verständnisvoll. »Ich wäre nicht gern der Sklave, der seine Laken wechselt.«

»Du bist vulgär«, murmelte Dio mit zusammengebissenen Zähnen. »Mittlerweile dominiert Rom den Osten. Das ist eine Tatsache, die niemand bestreitet. Doch das ägyptische Volk verlangt einen Herrscher, der sich dieser Dominanz widersetzt. Die Geschichte unseres Landes reicht länger zurück, als sich irgendein Mensch vorstellen kann. Es existierte schon, als Alexander der Große seinen Fuß auf unseren Boden setzte und Alexandria gründete. Das von ihm geschaffene Königreich stand bereits in voller Blüte, als Romulus und Remus noch von der Wölfin gesäugt wurden. Wir haben keinen Bedarf an römischen Sitten und Gebräuchen oder einer römischen Regierung. Doch anstatt sich der römischen Hegemonie standhaft zu widersetzen, zittert König Ptolemaios vor Angst und bietet freiwillig alle nur möglichen Konzessionen an. Das Volk von Alexandria verlangt, daß er Zypern von der römischen Herrschaft befreit und es als Königreich wiederherstellt; statt dessen spielt er den Gastgeber für den römischen Bevollmächtigten, der geschickt wurde, um die Insel auszuplündern. Um das Gerede über das angebliche Testament zum Verstummen zu bringen, macht er Caesar und Pompeius ein ›Geschenk‹ von 35 Millionen Denar, damit Caesar den römischen Senat bestechen und Pompeius seine eigenen Truppen auszahlen kann. Die Rechnung wird dann in Form von höheren Steuern an das ägyptische Volk weitergereicht. Unsere Steuern fließen direkt in die Taschen römischer Senatoren und Soldaten – da könnten wir genausogut gleich römische Provinz werden! Und was bekommt Ptolemaios als Gegenleistung? Der römische Senat erkennt ihn zögerlich als rechtmäßigen König an, und auf dem Kapitol wird zu Ehren von Ptolemaios Theos Philopator Philadelphos Neos Dionysos, dem ›Freund und Verbündeten des römischen Volkes‹, eine Gedenktafel aufgestellt. Freund und Verbündeter zu sein ist eine feine Sache, aber um für dieses Privileg zu bezahlen, preßte er dem ägyptischen Volk immer höhere Steuern ab. Die Wut der Menschen hat Ptolemaios schließlich veranlaßt, aus der Stadt zu fliehen, weil er um sein Leben fürchtete. Er ist den weiten Weg bis hierher nach Rom geflüchtet, wo Pompeius ihn in einer weitläufigen Villa untergebracht hat, in der er über eine große Anzahl von Sklaven verfügen kann.«

»Für 35 Millionen Denar kann er durchaus eine derart königliche Unterbringung verlangen!« meinte Trygonion.

Dio warf ihm einen finsteren Blick zu. »Er verbringt seine Tage damit, Flöte zu spielen und Briefe an den römischen Senat aufzusetzen, worin er darum bittet, gegen den Willen des ägyptischen Volkes wieder auf seinen Thron gesetzt zu werden. Doch dafür ist es zu spät. Seine Tochter Berenice ist bereits zur Königin von Ägypten ernannt worden.«

»Eine Frau?« fragte Trygonion fasziniert.

»Meine Wahl war sie nicht«, sagte Dio hastig. »Philosophen genießen in Alexandria zwar Einfluß, aber das tun die Astrologen auch. Die Sterngucker haben darauf beharrt, daß es der richtige Zeitpunkt wäre, einen weiblichen Sproß der ptolemaischen Linie zur Herrscherin von Ägypten auszurufen.«

»Mir scheint, daß du vielleicht ein wenig hart mit König Ptolemaios ins Gericht gehst, Meister«, wandte ich vorsichtig ein. »Auch er hat sein Leben lang zugesehen, wie der römische Herrschaftsanspruch ein Königreich nach dem anderen geschluckt hat, manchmal durch Krieg, manchmal durch bloßes Taktieren. Er hat sich stets in einer prekären Lage befunden. Er muß sich darüber im klaren sein, daß er seinen Thron nur deshalb so lange behalten durfte, weil die Römer sich untereinander nicht einigen konnten, wer die Belohnung kassieren sollte, wenn Ägypten erst eingenommen wäre. Ich weiß etwas von diesen Dingen, Meister, weil man nicht in Rom leben kann, ohne zumindest ein wenig von dem mitzubekommen, was auf dem Forum passiert. Während der Regentschaft von Ptolemaios hat es schon mehrere Vorstöße des Senats gegeben, wegen des vermeintlichen Testaments Alexanders II. tätig zu werden und den römischen Anspruch auf Ägypten geltend zu machen. Nur die Streitigkeiten und Rivalitäten innerhalb des Senats haben verhindert, daß diese Vorstöße auch in die Tat umgesetzt wurden. Ich erinnere mich, daß Caesar und Pompeius während des Konsulats Ciceros versucht haben, sich in ein Kollegium von Statthaltern berufen zu lassen, das die Übernahme Ägyptens überwachen sollte; Cicero hat diesen Antrag mit einer brillanten Rede vereitelt, indem er wortreich insinuierte, daß Caesar und Pompeius sich am Ende selbst zu Königen machen würden. Jetzt sind die beiden dazu übergegangen, das Geld direkt von König Ptolemaios zu erpressen.«

Erregt setzte Dio an, etwas zu sagen, doch ich hob abwehrend meine Hand. »Hör mich zu Ende an, Meister. Wenn Ptolemaios sich den römischen Wünschen fügt, um an der Macht zu bleiben, selbst wenn er für dieses Privileg mit Silber bezahlt. Wie kannst du ihm das zum Vorwurf machen? Bisher ist es ihm auf die eine oder andere Weise gelungen, die Römer davon abzuhalten, in Alexandria einzumarschieren und den königlichen Palast einzunehmen. Das deutet zumindest für mich darauf hin, daß König Ptolemaios über mehr diplomatisches Geschick verfügt, als du ihm zugestehst.«

»Er hat sich vor den Römern zu tief gebeugt«, sagte Dio streng. »Welchen Unterschied macht es, ob sie uns offen besetzen oder nicht, wenn sie König Ptolemaios als ihren persönlichen Steuereintreiber benutzen können, der uns das Lebensblut aussaugt?«

»Vielleicht; aber ich meine einen Widerspruch zu erkennen, Meister. Warum wehrst du dich so heftig gegen die römische Herrschaft, wenn du euren eigenen Herrscher so sehr verachtest?«

Dio seufzte. »Weil die Herrschaft der Ptolemäer letztendlich dem Willen des Volkes entspricht. Wenn sie schlecht regieren, erhebt sich das Volk und vertreibt sie. Wenn sie erträglich regieren, ertragen die Menschen ihre Herrschaft. Ein solches System ist möglicherweise nicht so perfekt wie Platons ideale Republik, doch es ist dem ägyptischen Volk gemäß, und das schon seit Jahrhunderten. Wenn Ägypten jedoch eine römische Provinz unter der Herrschaft eines römischen Statthalters wäre, würde das Volk zu bloßen Vasallen Roms, und wir hätten keinerlei Mitspracherecht über unser eigenes Schicksal mehr. Wir würden einberufen werden, um in Kriegen zu kämpfen, für die nicht wir uns entschieden haben. Wir würden gezwungen, seinen Gesetzen zu folgen, die ein Senat von wohlhabenden Römern erlassen hat, die zu weit von Alexandria entfernt leben, um die Nöte unserer Bevölkerung zu verstehen. Wir würden zu einem weiteren Außenposten des römischen Imperiums verkommen und müßten zusehen, wie unsere Reichtümer aus Ägypten fortgeschafft werden. Unsere Statuen, Teppiche und Gemälde würden die Häuser reicher Römer schmücken; unser Getreide würde die Mägen des römischen Pöbels füllen, und du kannst gewiß sein, daß die Bezahlung alles andere als gerecht sein würde. Ägypten ist eine große und freie Nation; wir lassen uns nicht zur römischen Kolonie degradieren.« Dio atmete tief ein. In seinen Augen glitzerten Tränen; und seine ernste Miene wurde durch die Schminke, die sein Gesicht bedeckte, auf seltsame Weise noch unterstrichen. Seine tiefen Gefühle konnte die lächerliche Kostümierung nicht überdecken.

»Aber all das ist rein akademisch, wenn du mir die Anspielung verzeihst«, wandte Trygonion höflich, wenn auch mit einem listigen Funkeln in den Augen ein. »Wenn der frühere König Alexander II. tatsächlich ein Testament hinterlassen hat, in dem er Ägypten den Römern vermacht –«

»Kein Mensch in Ägypten glaubt an die Echtheit dieses sogenannten Testaments, weil niemand in Rom in der Lage ist, es zu präsentieren! Das Testament Alexanders II. ist eine Fiktion, ein Betrug, ein Vorwand für den römischen Senat, sich in die inneren Angelegenheiten Ägyptens einzumischen, ein Werkzeug, um den jeweiligen Herrscher Ägyptens die Füße Roms küssen zu lassen. ›Vielleicht bist du momentan an der Macht‹, sagen sie, ›aber ohne unsere Zustimmung ist deine Herrschaft nicht rechtmäßig, und du kannst nie mehr sein als unsere Marionette.‹ Dazu wedeln sie mit einem Fetzen Pergament und nennen ihn ein Testament. König Ptolemaios war ein Narr, sich auf diese Lüge einzulassen. Fürwahr, ein ›Freund und Verbündeter‹! Die Inschrift der Gedenktafel auf dem Kapitol sollte lauten: ›Flötenspieler und Marionette des römischen Volkes‹.«

»Aber jetzt habt ihr die Marionette ersetzt«, sagte ich.

»Der Flötenspieler wird von der Bühne gebuht!« kreischte Trygonion.

Dio biß die Zähne zusammen. »Die Krise um den ägyptischen Thron mag für dich Anlaß zur Belustigung sein, Galloi, aber ich kann dir versichern, daß das ägyptische Volk sie überhaupt nicht komisch findet. Römische Diplomaten und Händler trauen sich dieser Tage in Alexandria kaum vor die Tür – aus Angst, von einem wütenden Pöbel massakriert zu werden. Aufrührer halten Reden wider die römische Gier, und selbst meine Kollegen vernachlässigen die Lehre der Philosophie, um sich an erhitzten Debatten über die römische Bedrohung zu beteiligen. Deswegen bin ich als Anführer einer hundertköpfigen Delegation Alexandriner nach Rom gekommen, um dem römischen Senat die Forderung zu übermitteln, daß er sich aus den inneren Angelegenheiten Ägyptens heraushalten soll, und ihn zu bitten, Königin Berenice offiziell anzuerkennen.«

»Ich erkenne da einen Widerspruch, Meister«, sagte ich leise. »Den römischen Senat um die Anerkennung eurer neuen Monarchin zu bitten, impliziert doch schon, daß der Senat ein Recht hat, sich in eure Angelegenheiten einzumischen.«

Dio räusperte sich. »In der Philosophie streben wir nach

Idealen. In der Politik hingegen streben wir, wie ich zu meiner bitteren Erkenntnis lernen mußte, nach dem, was sich mit den äußeren Umständen in Einklang bringen läßt. So kam ich als Kopf der Delegation nach Rom. Wir dachten, daß so viele wichtige Stimmen nicht einfach überhört werden könnten, nicht einmal von euren hochmütigen Senatoren. Und an diesem Punkt wird aus dieser erbärmlichen Farce eine echte Tragödie!«

Er schlug die Hände vors Gesicht und fing plötzlich an zu weinen, so bitterlich, daß selbst Trygonion verblüfft war. Der kleine Galloi schien in der Tat tief berührt von den Tränen des alten Philosophen; er biß sich mitfühlend auf die Lippe, zerrte an seinen gefärbten Haarsträhnen und rieb sich bestürzt die Hände. Ich habe einmal gehört, daß Galloi, vom Kreislauf irdischer Lust abgeschnitten, zu plötzlichen, extremen und unerklärlichen Gefühlsausbrüchen neigen.

Es dauerte einen Moment, bis Dio sich wieder gefaßt hatte. Die Tatsache, daß ein Philosoph seines Ranges seinen Gefühlen, wenn auch nur für einen kurzen Moment, in einem derartigen Ausbruch freien Lauf ließ, war Zeugnis seiner abgrundtiefen Verzweiflung.

»So hat es sich zugetragen: In Neapolis gingen wir an Land. Dort hatte ich Freunde, Mitglieder der Akademie, die uns Unterkunft angeboten hatten. In jener Nacht kamen mit Knüppeln und Messern bewaffnete Männer in die Häuser gestürmt, in denen wir schliefen. Sie stürzten Möbel um, setzten Vorhänge in Brand und zertrümmerten Statuen von unschätzbarem Wert. Wir wurden aus dem Schlaf gerissen und waren in unserer Benommenheit kaum in der Lage, sie abzuwehren. Knochen wurden gebrochen und Blut vergossen, auch wenn niemand getötet wurde und die Angreifer fliehen konnten. Der Überfall versetzte einige Mitglieder unserer Delegation in solchen Schrecken, daß sie direkt am nächsten Tag die Segel wieder Richtung Alexandria setzten.«

Dio schob erbost den Kiefer vor. »Die Angriffe waren gut organisiert und im voraus geplant. Kann ich beweisen, daß

König Ptolemaios ihr Komplize war? Nein. Aber man muß die Sonne nicht selbst sehen, um anhand der Schatten, die Objekte werfen, zu schließen, daß sie am Himmel steht. Der mitternächtliche Angriff in Neapolis war von König Ptolemaios inszeniert, dessen kannst du gewiß sein. Er wußte, daß wir gekommen waren, ihm sein Thronrecht streitig zu machen. Seine Agenten haben uns erwartet.

Danach begaben wir uns in ein sichereres Quartier in Puteoli, um unsere Strategie für die Verhandlungen mit dem Senat festzulegen. Wir blieben dicht zusammen und stellten nachts Wachen auf, doch begingen wir den Irrtum zu glauben, daß wir bei Tageslicht auf dem Forum sicher sein würden. Eines Nachmittags machte sich eine Gruppe von fünfzehn Männern unter Leitung meines Akademie-Kollegen Onclepion auf den Weg, um Vorräte für unsere Reise nach Rom zu besorgen. Aus dem Nichts wurden sie von einer Gruppe kleiner Jungen angegriffen, die sie mit Steinen bewarfen und mit Flüchen überschütteten. Als Passanten nach dem Grund fragten, erklärten die Jungen, die Alexandriner hätten die Ehre Pompeius' und seiner Truppen mit bösartigen Verleumdungen befleckt. Einige Mitglieder aus Onclepions Gruppe versuchten die Jungen aus reinem Selbsterhaltungstrieb durch Stoßen und Steinwürfe zu vertreiben. Auf einmal schrie einer der Jungen auf, faßte sich an den Kopf und sank in den Staub – mir erscheint es wahrscheinlich, daß er diesen Zusammenbruch nur vorgetäuscht hat, weil man ihn hinterher nirgends finden konnte. Jedenfalls löste dieser Vorfall bei der versammelten Menschenmenge eine Art Massenhysterie aus, und bald hatte sich ein Pöbel aus erwachsenen Männern und Frauen zu den Jungen gesellt, um die Alexandriner, die sich mit dem Rücken zur Wand von drei Seiten umringt sahen, zu steinigen. Hast du je eine Steinigung mit angesehen, Gordianus?« Dio zitterte, und der kleine Galloi neben ihm zitterte aus Mitleid mit. »Dreizehn Männer wurden an jenem Tag getötet, gesteinigt oder zu Tode getrampelt. Nur Onclepion und ein Sklave konnten fliehen. Onclepion hob den Sklaven auf die Mauer, und diesem gelang es, seinen Herrn nach oben zu ziehen. Doch Onclepion ist auf einem Auge erblindet, und sein Sklave hat mehrere Zähne verloren.

Das war die Schande von Puteoli. An jenem Abend verließen weitere Männer die Delegation, so daß am Ende nur sechzig der ursprünglich einhundert Mitglieder übrig waren. Ich hielt es für das Beste, sich auf direktem Weg nach Rom zu begeben, bevor sich weitere Zwischenfälle ereigneten. Die Reise war beschwerlich. Die Ochsen, die wir gemietet hatten, um unsere Wagen zu ziehen, sanken kurz hinter Capua auf die Knie, spuckten blutige Galle und verendeten – zweifelsohne vergiftet, zumal sie alle innerhalb einer Stunde starben. Weitere Mitglieder der Delegation verließen uns.

Auf halbem Weg nach Rom machten wir unweit der Via Appia Station, um die Nacht auf einem Anwesen zu verbringen, das meinem Bekannten Palla gehört. Es ist ein Landhaus im Wald, gedacht für die Wildschweinjagd, schlicht und ohne jeden Luxus, aber für eine große Zahl von Besuchern eingerichtet. Palla selbst war nicht da, er weilte in einer seiner Villen im Norden Roms, doch seine Sklaven waren von unserem Besuch unterrichtet worden. Um uns alle unterzubringen, stellten sie unsere Schlafsofas dicht nebeneinander auf und blockierten die Flure, was sich fast als fatal erwiesen hätte.

Es war ein Schrei Onclepions, der mich in jener Nacht weckte. Zunächst glaubte ich, er schreie vor Schmerz über sein erblindetes Auge. Dann roch ich den Qualm. Nur dem Willen der Götter ist es zu danken, daß in dieser Nacht niemand bei lebendigem Leibe verbrannt ist, denn sämtliche Türen waren von außen mit Handwagen versperrt, wie Sklaven sie benutzen, um Heugarben zu bewegen. Das Haus füllte sich rasch mit Rauch. Im letzten Moment gelang es uns, eine der Türen aufzubrechen. Der Wagen, der sie blockierte, war mit schweren Steinen beladen! Irgendwie konnten wir alle in den Wald entkommen, von wo aus wir zusahen, wie das Haus in Flammen aufging. Ich habe noch nie solche Angst gelitten wie in jener Nacht, weil ich erwartete, daß König Ptolemaios' Lakaien jeden Moment aus dem Wald treten und uns die Wahl lassen würden, zu Tode gehackt zu werden oder in das brennende Haus zurückzukehren. Doch dieser Angriff fand nicht statt. Warum sollte König Ptolemaios einen direkten Angriff riskieren, wenn eine Handvoll Agenten ein Feuer legen und uns möglicherweise alle auf einmal umbringen konnten? Vor allem, wenn ihnen jemand im Haus half.«

»Du glaubst also, daß Ptolemaios Spione in der Delegation hatte?«

»Von Anfang an! O ja, daran habe ich keinen Zweifel, sosehr es mich auch beschämt, das zuzugeben. Wie hätten seine Leute sonst wissen sollen, welche Häuser sie in Neapolis angreifen mußten? Oder wann Onclepions Gruppe zum Markt aufbrach, damit sie die kleinen Jungen auf sie ansetzen konnten? Wie sonst hätte jemand an jenem Morgen in Capua das Wasser im Trog für die Ochsen vergiften können, ohne daß es jemand bemerkte? König Ptolemaios hat Ägypten in den letzten zwanzig Jahren mit Bestechung, Verrat und Terror regiert. Seine Agenten wissen, wie man die Schwachen benutzt und die Starken zum Schweigen bringt.

Am Morgen nach der Zerstörung von Pallas Haus rief ich die Delegation an einem Bach im Wald zusammen, bewacht von Pallas Sklaven, die uns vor dem Angriff warnen sollten, den ich noch immer befürchtete. Ich hatte weitere Desertationen erwartet, doch ich war entsetzt, wie wenige bereit waren, den Weg nach Rom fortzusetzen. Nur fünfzehn Mann! Selbst Onclepion zählte zu denen, die sich an jenem Morgen entschieden umzukehren. Ich erklärte ihnen, daß sie den Winter über in Puteoli oder Neapolis festsitzen würden, weil keine Schiffe mehr fuhren. Aber sie ließen sich nicht umstimmen. Wenn König Ptolemaios erst einmal erkannt hatte, daß sie vor Rom umgekehrt waren und nicht länger vorhatten, vor dem Senat zu sprechen, würde er seine Angriff gegen sie einstellen – so ihre Argumentation, und kein Einwand konnte sie davon abbringen. Onclepion verwickelte mich sogar in eine Scheindebatte über diese Frage. Die geschmacklose Art, in der er seine eigene Feigheit mit Sophisterei zu entschuldigen suchte, stieß mich ab. Noch niederschmetternder war jedoch die Tatsache, daß nach dem Disput fünf Männer, die am Morgen noch zu mir gestanden hatten, behaupteten, Onclepion hätte sie mit seiner Redegewandtheit überzeugt, und sich auf die Seite der Deserteure schlugen!

Von denen, die in Alexandria aufgebrochen waren, um, gerüstet mit gerechter Empörung und der sicheren Gunst der Götter, dem Senat die Stirn zu bieten, waren nur zehn übrig geblieben. Nur von unseren Sklaven begleitet, setzten wir unseren unwürdigen Weg fort. Und in Rom gab es fürwahr keinen triumphierenden Einzug für uns! Statt dessen schlüpften wir wie Diebe durch die Stadttore in der Hoffnung, unbemerkt zu bleiben. Wir verteilten uns über die Stadt, wo wir bei Freunden und Bekannten unterkamen; viele wiesen uns ab, als sie von der Zerstörung von Pallas Besitz und den Widrigkeiten hörten, die unseren Gastgebern in Neapolis und Puteoli widerfahren waren! Derweil baten wir den Senat um eine Audienz – doch der Senat antwortete mit Schweigen.«

Er wandte sich dem Kohlenrost zu und starrte in die Flammen. »Was für ein Winter! Kein Winter in Alexandria war je so kalt. Wie haltet ihr Römer das nur aus? Ich wickele mich des Nachts in Decken und kann doch nicht aufhören zu zittern. Welch ein Elend. Und die Morde…«

Er begann wieder elendig zu zittern.

»Soll ich dir von einem der Sklaven eine Decke bringen lassen?« fragte ich.

»Nein, nein, es ist nicht die Kälte.« Er schlang die Arme um seinen Körper und schaffte es schließlich, tief Luft zu holen, worauf das Zittern sich legte. »Während jener schrecklichen Tage in Neapolis, Puteoli und unterwegs hatte ich nur einen Gedanken: *Wenn wir Rom erreichen*, sagte ich mir, *wenn wir Rom erreichen…*

Aber wie du siehst, war meine Logik fehlerhaft, weil ich den Gedanken nie wirklich zu Ende gedacht habe. Wenn wir Rom erreichen, sind wir nur noch zu zehnt? Habe ich je die Möglichkeit erwogen, daß der Senat uns brüskieren und sich sogar weigern könnte, uns anzuhören? Oder daß es weiteren Verrat und Betrug geben würde, bis ich sogar meinen Glauben an die Männer verloren hatte, denen ich bei unserem Aufbruch aus Alexandria am meisten vertraut hatte? Oder daß wir einer nach dem anderen ermordet werden würden, bis nur noch eine Handvoll übrig war – durch ihr bloßes Überleben als Verräter und Werkzeuge von König Ptolemaios entlarvt? Begreifst du, was mit mir geschehen ist, Gordianus?« Er streckte demütig die Hände aus, und die Verzweiflung war in seinem Gesicht zu lesen. »Ich habe Alexandria voller Sorge, aber auch voller Hoffnung verlassen. Jetzt…«

»Morde, sagst du. Hier in Rom?«

»Ja. Seit unserer Ankunft mindestens drei. Wir waren alle in verschiedenen Häusern untergebracht, bei Männern, denen ich glaubte vertrauen zu können. Ich fürchtete einen weiteren Überfall, bis mir klar wurde, daß Rom Rom und nicht Neapolis oder Puteoli ist. Selbst König Ptolemaios würde es nicht wagen, im Schatten des Senats einen Angriff zu organisieren oder einen Aufruhr zu inszenieren. Solch eklatante Verbrechen tolerieren die Männer, die Rom regieren, an anderen Orten, nicht aber in ihrer unmittelbaren Umgebung. Kein ausländischer König könnte es sich leisten, die Massen aufzuhetzen, Brände zu legen oder in Rom offenen Krieg zu führen.«

»Da hast du allerdings recht. Dieses Privileg reservieren die Senatoren für sich und ihresgleichen.«

»Also hat der König seine Taktik geändert. Anstatt uns alle auf einmal zu töten, ist er dazu übergegangen, uns einen nach dem anderen zu ermorden.«

»Wie?«

»Ohne großes Aufsehen. Durch Gift. Erdrosseln. Erdolchen.«

»Mit Beihilfe eurer Gastgeber?«

Dio zögerte. »Vielleicht. Vielleicht auch nicht. Manchmal lassen sich Sklaven bestechen oder erpressen. Aber auch ihre Herren sind bestechlich und erpreßbar, vor allem wenn der Druck von der Sorte Männer ausgeübt wird, die mit König Ptolemaios verbündet sind.«

»Männer wie Pompeius?«

Er nickte. »Und ich vermute, daß es angesehene Römer – vielleicht sogar Senatoren – gibt, für die es nicht unter ihrer Würde ist, einen oder mehrere Morde zu begehen, um Pompeius' Gunst zu gewinnen oder eine alte Schuld zu begleichen.«

»Vorsichtig, Dio. Bis jetzt hast du nur deinen eigenen König beschuldigt, hinter diesem Gemetzel zu stecken. Jetzt beschuldigst du den Mann, der zufälligerweise Roms beliebtester General und wahrscheinlich der zukünftige Diktator des Imperiums ist.«

»Ich sage dir, das sind die Männer, die hinter den Morden stecken. Ptolemaios selbst hält sich gar nicht mehr in Rom auf. Er hat sich für den Winter nach Ephesos zurückgezogen und alles in Pompeius' Hände gelegt. Und warum auch nicht? Pompeius hat ebensoviel zu gewinnen, wenn der König seinen Thron halten kann, also hat Pompeius die Angriffe auf die Delegation weitergeführt. Seit unserer Ankunft in Rom haben seine Agenten einen nach dem anderen erledigt.«

Ich schüttelte den Kopf. »Du gibst zu, keine Beweise für deine Anschuldigungen gegen König Ptolemaios zu haben, Dio. Hast du einen Beweis, was du Pompeius vorwirfst?«

Er starrte mich wütend an und sagte eine Weile nichts. »Vor ein paar Tagen hat jemand im Haus von Lucius Lucceius versucht, mich zu vergiften«, erklärte er schließlich. »Willst du einen Beweis dafür? Mein Sklave ist elend zugrunde gegangen, nach Luft ringend und sich am Boden windend, nur Augenblicke, nachdem er eine Suppe gekostet hatte, die mir in meinem privaten Gemach serviert worden war!«

»Ja, aber –«

»Und mein Gastgeber Lucius Lucceius ist trotz seiner philosophischen Kenntnisse und seiner erklärten Verachtung für König Ptolemaios ein Freund von Pompeius.«

»Weißt du, woher das Gift stammte?«

»Am selben Tag stattete ein gewisser Publius Asicius Lucceius einen Besuch ab. Ein gutaussehender junger Mann – ich sah ihn zufällig, als er das Haus verließ und fragte Lucceius nach seinem Namen. Am selben Abend wurde mein Sklave vergiftet. Nachdem ich am nächsten Morgen aus Lucceius' Haus geflohen war, stellte ich einige Nachforschungen über seinen Besucher an. Man sagt, Publius Asicius sei ein junger Mann mit lockeren Moralvorstellungen, der der Dichtkunst und dem Wein frönt und ohne programmatische Ziele in der Politik herumdilettiert, bereit, alles zu tun, um sich bei Männern einzuschmeicheln, die seine Karriere fördern könnten.«

Ich seufzte. »Damit hast du eine ganze Generation junger Römer beschrieben, Meister. Viele von ihnen sind eines Mordes fähig, darunter wahrscheinlich auch Publius Asicius. Aber die bloße Nähe zum Tatort ist kein –«

»Angeblich steht Asicuis auch mit einigen größeren Summen, die ihm der General geliehen hat, in Pompeius' Schuld.«

»Trotzdem ...«

»Siehst du, darauf weißt du keine Entgegnung, Gordianus. Die Kette läßt sich zu Pompeius und weiter zu König Ptolemaios zurückverfolgen.«

»Hast du deinen Gastgeber Lucceius mit deinem Verdacht konfrontiert?«

»Noch als mein Vorkoster würgend am Boden lag! Ich bestand darauf, daß Lucceius nach oben kam und die Abscheulichkeit mit eigenen Augen sah. Ich verlangte, daß er herausfand, wie die Suppe vergiftet worden war.«

»Wie hat er reagiert?«

»Er gab natürlich vor, entsetzt zu sein, und sagte, er würde jeden seiner Haussklaven persönlich befragen und wenn nötig auch foltern lassen. Vielleicht hat er es getan, vielleicht auch nicht. Ich habe es keinen weiteren Tag dort ausgehalten und sein Haus am nächsten Morgen verlassen. Ich sagte Lucceius, daß ich im Haus von Titus Coponius zu erreichen wäre, doch er hat keinerlei Anstrengung unternommen, mit mir in Kontakt zu treten.«

Trygonion, der eine ganze Weile geschwiegen hatte, räusperte sich. »Nachdem du dem Haus dieses Mannes lebend entkommen bist, wäre es vielleicht klüger gewesen, Lucceius nicht zu erzählen, wohin du als nächstes gehen wolltest.« Der Galloi verzog das Gesicht und schien wieder streitlustig, doch was er sagte, war durchaus vernünftig.

»Soll ich mich benehmen wie ein Mann auf der Flucht oder ein Verbrecher?« empörte sich Dio. »Von Schatten zu Schatten schleichen in der Hoffnung, daß mich niemand sieht, und beten, daß die Welt meine Existenz einfach vergißt? Ich habe bereits diese lächerliche Verkleidung angelegt, um tagsüber aus dem Haus zu gehen – ist das nicht erniedrigend genug? Ich weigere mich, vollkommen zu verschwinden. Das würde einen absoluten Triumph für König Ptolemaios bedeuten. Verstehst du das nicht? Ich bin alles, was von der Delegation der Einhundert noch übrig ist, die ausgezogen war, für ihr Volk und ihre neue Königin zu sprechen. Wenn ich es zulasse, daß ich aus Angst stumm und unsichtbar werde, hätte ich auch auf meine Reise nach Rom verzichten können. Dann könnte ich genauso gut tot sein!«

Bei diesen Worten zitterte Dio erneut am ganzen Körper und fing wieder an zu weinen. Ich beobachtete, wie er um Fassung rang. In den vergangenen Monaten hatte er viel Elend erduldet und unsagbares Leid mit angesehen, und all seine Mühen hatten ihm nichts als Verbitterung und Scham eingebracht. Seine Ausdauer nötigte mir Respekt ab.

»Meister«, sagte ich, »was genau willst du von mir? Ich kann den Senat nicht zwingen, eure Forderungen anzuhören. Ich kann Pompeius nicht davon abbringen, König Ptolemaios zu unterstützen. Ich kann die Toten nicht zum Leben erwecken und den Verrat, den man an dir begangen hat, nicht rückgängig machen.«

Ich wartete auf Dios Antwort, doch er hatte sich noch nicht wieder gefaßt, also fuhr ich fort. »Vielleicht möchtest du, daß ich die Wahrheit ergründe, auf daß Gerechtigkeit geschehe. Deswegen kommen die Menschen normalerweise zu mir. Doch du scheinst bereits überzeugt, die Wahrheit zu kennen. Ich bin mir nicht sicher, was dir das nützen wird. Das ist nämlich das Eigenartige an der Wahrheit – wie sehr man sich auch nach ihr sehnt, so nutzlos ist sie trotzdem oft. Falls du erwägst, Ptolemaios des Mordes anzuklagen: Ich bin mir nicht sicher, ob befreundete Monarchen unter die Jurisdiktion römischer Gerichte fallen; ich bin mir indes ganz sicher, daß ohne den Senat gar nichts geht, und wir wissen, daß du dich auf den nicht stützen kannst. Wenn du daran denkst, Pompeius anzuklagen, würde ich dir ernsthaft raten, es dir noch einmal zu überlegen. Sicher hat auch Pompeius Feinde, aber keiner von ihnen wäre bereit, ihn öffentlich vor Gericht anzugreifen, egal, wie zwingend die Beweislage auch sein mag. Pompeius ist viel zu mächtig.«

Ich runzelte die Stirn. »Vielleicht willst du diesen Publius Asicius wegen versuchter Vergiftung anklagen. Wenn er Lucceius' Sklaven dazu angestiftet hat, hast du vielleicht eine Chance, vorausgesetzt, Lucceius ist nicht, wie du vermutest, ein Lakai Pompeius' und bereit, gegen Asicius auszusagen. Ein solcher Prozeß könnte durchaus sinnvoll sein. Dieser Publius Asicius kann nicht allzu bedeutend sein, wenn ich noch nie von ihm gehört habe, und das heißt, er ist verwundbar. Ein Prozeß gegen ihn könnte die Aufmerksamkeit auf deine Sache lenken und Mitgefühl auslösen. Trotzdem –«

»Nein, Gordianus«, unterbrach mich Dio. »Ich will keinen Prozeß. Glaubst du vielleicht, ich erwarte von einem römischen Gericht Gerechtigkeit? Ich bin nur hergekommen, um mein Leben zu retten, damit ich meine Mission fortsetzen kann.«

Ich biß mir auf die Lippe. »Meister, ich kann dir unter meinem Dach keine Unterkunft anbieten. Zum einen, weil ich nicht für deine Sicherheit garantieren kann. Auch wenn ich großes Vertrauen in meine Haussklaven setze, wäre dieses Haus gegen so entschlossene Attentäter, wie es deine Feinde offenbar sind, nicht sicher genug. Und dann ist da die Gefahr für meine eigene Familie. Ich habe eine Frau, Meister, und eine junge Tochter –«

»Nein, Gordianus. Ich bitte dich nicht, auch nur eine einzige Nacht unter dem Dach deines prachtvollen Hauses zu verbringen. Ich brauche bloß deine Hilfe, wenn es darum geht zu entscheiden, wem ich trauen kann und wem nicht. Es heißt, du hättest Methoden, die Wahrheit zu ergründen. Es heißt, du hast einen besonderen Sinn dafür. Du sagst, die Wahrheit wäre oft nutzlos, aber jetzt könnte sie mich vielleicht retten. Kann ich meinem neuen Gastgeber, Titus Coponius, trauen? Ich habe ihn in Alexandria kennengelernt. Er ist wohlhabend, gebildet, ein Student der Philosophie – aber kann ich ihm mein Leben anvertrauen? Wird er mich verraten? Ist er nur ein weiteres von Pompeius' Werkzeugen? Du mußt wissen, wie man solche Dinge herausfindet.«

»Schon möglich«, sagte ich vorsichtig, »aber das ist komplizierter, als du vielleicht denkst. Wenn du nur gekommen wärst, damit ich dir einen gestohlenen Ring wiederbeschaffe oder weil du wissen willst, ob ein reicher Händler seine Frau umgebracht hat oder um den Absender eines Drohbriefes zu entlarven. Aber die Art Fragen zu stellen, die ich in deinem Fall stellen müßte, würde fast unweigerlich die Aufmerksamkeit mächtiger Männer wecken ...«

»Pompeius', meinst du«, sagte Dio.

»Ja, vielleicht sogar Pompeius' selbst.« Ich kratzte mich nervös am Kinn. »Ich möchte nicht, daß du mich für einen Feigling hältst, Meister, der es aus Angst vor den Mächtigen nicht wagt, sich zu rühren. In den vergangenen Jahren habe ich mehr als einen der Mächtigen herausgefordert, wenn die

Sache es verlangte. Zum Beispiel den Diktator Sulla, als ich die Wahrheit hinter dem Mord an Sextus Roscius ergründet habe. Oder Marcus Crassus, als er einen ganzen Hausstand von Sklaven ermorden lassen wollte. Sogar Cicero, als ihm seine Macht im Jahr seines Konsulats zu Kopf gestiegen war. Zum Glück haben sich meine Wege bisher noch nie mit denen von Pompeius gekreuzt. Und ich möchte nicht, daß sich das ändert. In dem Maße, in dem ein Mann älter und vermeintlich auch weiser wird, wird er vor allem vorsichtiger.«

»Dann wirst du mir nicht helfen?« Die Verzweiflung in seiner Stimme trieb mir die Schamröte ins Gesicht.

»Ich kann nicht, Meister. Selbst wenn ich es gerne tun würde, wäre es trotzdem unmöglich, zumindest in nächster Zeit, weil ich im Begriff stehe, eine lange Reise zu unternehmen. Bei Anbruch der Dämmerung breche ich auf. Meine Frau war den ganzen Tag mit dem Packen beschäftigt...« Ich hielt inne, überrascht, wie hohl meine Worte klangen. Dabei sagte ich die Wahrheit, die Reise war schon lange geplant. Warum hatte ich trotzdem das Gefühl, Ausflüchte zu machen?

»Dann kannst du mir nicht helfen«, sagte Dio und starrte zu Boden.

»Wenn die Reise nicht so wichtig wäre«, setzte ich an und zuckte hilflos die Schultern. »Aber ich treffe meinen Sohn Meto. Er dient unter Caesar in Gallien. Ich habe ihn seit Monaten nicht gesehen. Jetzt ist er in Caesars Winterlager in Illyrien, nicht eben in der Nähe, aber immer noch ein ganzes Stück näher als Gallien, und er bleibt vielleicht nur kurze Zeit. Ich kann die Gelegenheit, ihn zu sehen, nicht verstreichen lassen.«

»Ich verstehe«, sagte Dio.

»Unter anderen Umständen würde ich dir empfehlen, dich an meinen älteren Sohn Eco zu wenden. Er ist doppelt so schlau, wie ich es je war – aber er begleitet mich. Wir werden mindestens bis Ende des Monats unterwegs sein, vielleicht auch länger. Die unsicheren Straßenverhältnisse im

Winter, du verstehst…« Wieder klangen meine Worte für mich seltsam hohl. Ich rutschte verlegen auf meinem Stuhl hin und her, und mir war plötzlich heiß. »Nach der Reise – das heißt, wenn ich nach Rom zurückkehre, werde ich natürlich…«

Dio fixierte mich mit einem Blick, der meine Nackenhaare hochstehen ließ. Ein derart glasiges Starren hatte ich bisher nur in den Augen von Toten gesehen, und ich war einen Moment lang so irritiert, daß ich kein Wort hervorbrachte. Ich räusperte mich. »Wenn ich nach Rom zurückkehre, werde ich bestimmt einen Boten zum Haus von Titus Coponius –«

Dio senkte den Blick und seufzte. »Komm, Galloi, wir müssen gehen. Hier haben wir nur unsere Zeit vergeudet.«

»Wohl kaum vergeudet, wenn meine Nase mich nicht trügt«, sagte Trygonion fröhlich, als hätte er das, was zwischen mir und Dio vorgefallen war, gar nicht wahrgenommen. Kurz darauf kam eine Sklavin mit einem Essenstablett durch den Flur, gefolgt von zwei weiteren Sklavinnen mit kleinen Klapptischen.

Wir begaben uns in das angrenzende Speisezimmer, wo jeder von uns auf einem Sofa Platz nahm. Die Klapptische wurden vor uns aufgestellt, und Bethesda und Diana kamen herein, allerdings ohne sich zu uns zu gesellen. Die beiden trugen den ersten Gang persönlich auf, wobei sie zunächst unsere Gäste und danach mich mit einer Portion Linsen mit Wurst versorgten und dann zusahen, wie wir kosteten. Unter ihrem strengen Blick nickten der Philosoph, der Galloi und ich und gaben dabei Laute der Anerkennung von uns. Zufrieden zogen Bethesda und Diana sich zurück und überließen das Weitere den Sklavinnen.

So verzweifelt und elend er auch sein mochte, Dio war dennoch ein äußerst hungriger Mann. Er schaufelte das Essen schnell in sich hinein und verlangte nach mehr. Neben ihm schmauste Trygonion noch genußvoller, wenn auch in geradezu widerwärtiger Ermangelung jeglicher Tischsitten. Er schob das Essen mit dem Daumen auf seinen Löffel und steckte die Finger in den Mund. Aber es ist ja bekannt, daß Galloi, von den Ekstasen fleischlicher Lust ausgeschlossen, notorische Vielfraße sind.

V

Die Winternacht senkte sich kalt und klar über Rom. Nachdem meine Gäste gegessen hatten, waren sie rasch aufgebrochen. Das Erzählen seiner traurigen Geschichte hatte Dio erschöpft. Und das üppige Mahl auf leeren Magen hatte ihn ziemlich schläfrig werden lassen. Wegen der mich bedrängenden Schuldgefühle hätte ich meine Weigerung, ihn aufzunehmen, beinahe rückgängig gemacht und war schon bereit, ihm ein Bett anzubieten, und sei es nur für eine Nacht; doch Dio machte mit knappen Worten deutlich, daß er entschlossen sei, den Rückweg zum Haus des Titus Coponius anzutreten. Ich konnte ihm seinen barschen Ton nicht übelnehmen. Er war mit der Bitte um Hilfe zu einem alten Bekannten gekommen und mußte mit leeren Händen wieder gehen. Verzweifelte Männer tun sich schwer, eine Abweisung würdig zu ertragen, auch Philosophen.

Ich bestand darauf, daß Dio sich zu seiner Sicherheit auf dem Heimweg von Belbo begleiten ließ. Das war das mindeste, was ich tun konnte. Trygonion verbarg sein langes Haar unter seinem Hut, Dio bedeckte sein Haupt mit seinem Umhang – und wieder verwandelten sie sich in die Trugbilder einer Römerin und eines Römers. Im Schutz der Dunkelheit verließen sie das Haus, wie sie gekommen waren.

Nachdem meine Gäste gegangen waren, sah ich mich mit der lästigen Pflicht konfrontiert, meine Sachen für die Reise nach Illyrien zu Ende zu packen, wo ich Meto treffen wollte. Bethesda hatte mir schon viel Arbeit abgenommen, aber gewisse Vorbereitungen muß der Reisende selbst treffen. Weil man nur bei Tageslicht reiten konnte und die Wintertage kurz waren, wollte ich früh aufbrechen und entsprechend zeitig ins Bett kommen, doch meine Vorbereitungen nahmen mich bis Mitternacht in Anspruch, was jedoch nicht weiter schlimm war; denn als ich endlich ins Bett kroch, konnte ich nicht einschlafen, und meine Gedanken kreisten um Dio und seine verzweifelte Lage. Ich streckte die Hand nach Bethesdas Schulter aus, doch sie wandte sich ab, offenbar wegen irgendwas beleidigt.

Als ich über den seltsamen Besuch nachdachte, fiel mir auf, daß ich es versäumt hatte, einige wichtige Einzelheiten herauszufinden. Jemand hatte mich Dio empfohlen. Wer? Und was tat er in Gesellschaft des kleinen Galloi? Die beiden wirkten wie Feuer und Wasser, und doch vertraute Dio Trygonion offenbar so sehr, daß er mit ihm verkleidet das Haus verließ.

Sei's drum, dachte ich dösend, diese Fragen hatten Zeit, bis ich aus Illyrien zurückkehrte und Dio wiedersah. Doch im selben Moment fiel mir der Ausdruck wieder ein, den ich in den Augen des Philosophen gesehen hatte – den Ausdruck eines Mannes, der schon tot war. Ich schreckte hoch und war mit einem Mal wieder hellwach.

Ich drehte mich auf die Seite und streckte erneut die Hand nach Bethesda aus. Sie schnaufte vernehmlich und zog ihre Schulter weg. Ich rief leise ihren Namen, doch sie tat so, als ob sie schliefe. Was hatte ich falsch gemacht? Woran hatte sie Anstoß genommen? Ein Strahl des Mondes fiel auf das Bett und erleuchtete ihr Haar. Sie hatte es am Morgen mit Henna gewaschen, um ihm neue Fülle zu geben und die grauen Strähnen farblich zu überdecken. Der Geruch war vertraut, behaglich und erregend. Sie hätte mir helfen können einzuschlafen, dachte ich, doch schien sie ebensowenig bereit, zu meiner Entspannung beizutragen, wie ich bereit gewesen war, Dio zu helfen. Ich starrte auf ihre zerzauste Mähne, ein undurchdringlicher Wald, düster und von keinem noch so kleinen Pfad durchzogen.

Ich wälzte mich hin und her, bis ich mich schließlich wieder aufrichtete. Ich trug bereits eine lange Tunika gegen die

Kälte. Ich schlüpfte in meine Schuhe und griff nach meinem wollenen Umhang.

Unter dem verschleierten Blick der Minerva im Atrium betrachtete ich die funkelnden Sterne am Firmament. Die Luft war kühl und klar. Ich studierte die Sternbilder und versuchte mich zur Ablenkung an sämtliche ihrer lateinischen und griechischen Namen zu erinnern, die ich als junger Mann in Alexandria gelernt hatte: der Große Bär, den Homer den Wagen und wieder andere die Sieben Pflügenden Ochsen genannt hatten; der Kleine Bär, den manche den Schwanz des Hundes nennen; der Steinbock, der für manche den Schwanz eines Fisches hat...

Auch jetzt fühlte ich mich noch nicht schläfrig. Ich mußte einen Spaziergang machen. Ein paar Runden um den Brunnen im Atrium waren kaum genug, meine Ruhelosigkeit abzuschütteln. Ich ging zur Haustür, entriegelte sie und trat über die Schwelle auf die eben gepflasterte Straße.

Nachts ist der Palatin wahrscheinlich das sicherste Viertel Roms. Als ich noch ein kleiner Junge war, war es so bunt gemischt gewesen wie jedes andere Viertel der Stadt auch, mit Reichen und Armen, Patriziern und Plebejern auf engstem Raum. Doch als das römische Imperium begann, sich auszudehnen, wurden einige Familien nicht nur wohlhabend, sondern geradezu phänomenal reich, und der Palatin mit seiner Nähe zum Forum und seiner Erhebung über die weniger angenehmen Gerüche eines Tibers und der überbevölkerten Täler wurde die bevorzugte Wohngegend der Oberschicht. Im Laufe der Jahre waren alle Mietskasernen und beengten Mehrfamilienhäuser Block für Block abgerissen und durch große, von Grünstreifen und Gärten umgebene Stadthäuser ersetzt worden. Zwischen den Villen auf dem Palatin gibt es nach wie vor bescheidene Behausungen, deren Bewohner alles andere als wohlhabend sind (ich selbst bin der lebende Beweis dafür), doch im großen und ganzen ist die Gegend heute eine Enklave der Reichen und Mächtigen. Ich wohne am Südhang, direkt oberhalb des am Forum gelegenen Hauses der Vestalinnen. In der Nähe meines Hauses – kaum weiter als einen Bogenschuß entfernt – leben Roms reichster Mann, Marcus Crassus, und meine alter Patron Cicero, der im vergangenen September triumphal aus dem politischen Exil zurückkehrte und emsig mit dem Wiederaufbau seines Hauses beschäftigt ist, das ein aufgebrachter Mob zwei Jahre zuvor verwüstet hatte.

Solche Männer besitzen jede Menge Leibwächter, und zwar keine gewöhnlichen Schläger, sondern gut ausgebildete Gladiatoren; und solche Männer erwarten zumindest in ihrer unmittelbaren Nachbarschaft Ruhe und Ordnung. Die lärmenden, betrunkenen Banden von Unruhestiftern, die des Nachts andere Viertel terrorisieren, wissen genau, daß der Palatin für sie tabu ist. Vergewaltiger und Diebe begehen ihre Verbrechen an anderen Orten und an verwundbareren Opfern. Daher sind die Straßen auf dem Palatin nach Einbruch der Dunkelheit ruhig, fast menschenleer. Man kann es also durchaus riskieren, an einem kühlen Winterabend allein einen kurzen Spaziergang zu unternehmen, ohne um sein Leben fürchten zu müssen.

Als ich das Gegröle näher kommender Betrunkener vernahm, hielt ich es trotzdem für klüger, mich zu verstecken, bis sie vorbei waren. Ich drückte mich im Schatten eines Eibenzweigs an eine Mauer. Ich stand direkt gegenüber eines uralten dreistöckigen Wohnblocks am Ende meiner Straße. Das Gebäude war außergewöhnlich stabil gebaut und gut erhalten, es befand sich im Besitz der Clodier, einer altehrwürdigen Patrizierfamilie. Es hatte die Sanierung des Palatins überstanden und war noch immer in Läden im Erdgeschoß und Wohnungen in den beiden übrigen Stockwerken eingeteilt. Die gesamte erste Etage war an Marcus Caelius vermietet, den jungen Mann, der mich ein paar Jahr zuvor in Ciceros Prestigeduell gegen Catilina verwickelt hatte. Es waren seine und eine weitere Stimme, die ich jetzt vom östlichen Ende der Straße näher kommen hörte.

Ich hielt mich im Schatten verborgen. Ich hatte von Caelius nichts zu befürchten, doch mir war nicht nach Gesellschaft, vor allem nicht nach betrunkener Gesellschaft. Als er und sein Freund torkelnd näher kamen, sah ich zuerst ihre Schatten wie spinnenartige, in die Länge gezogene Gespenster im Mondlicht. Sie hatten einander die Arme um die Schultern gelegt, taumelten bald hierhin, bald dorthin, lachten und unterhielten sich rufend und flüsternd. Es war nicht das erste Mal, daß ich zufällig Zeuge werde, wie Marcus Caelius in diesem Zustand nach Hause kam. Knapp über dreißig Jahre und gutaussehend – bemerkenswert attraktiv, um genau zu sein –, gehörte Caelius zu jener speziellen Klasse junger Römer, über die Dio am Nachmittag gesprochen hatte, als er Publius Asicius beschrieb, den Mann, der angeblich versucht hatte, ihn zu vergiften: charmante, geistreiche junge Männer aus gutem Hause, aber mit ungewissen Perspektiven, berüchtigt für ihre absolute Skrupellosigkeit, witzig und gebildet, mit einer Vorliebe für ausgiebige Trinkgelage und zotige Geschichten, freundlich, schmeichlerisch und unter keinen Umständen vertrauenswürdig. Caelius und sein Freund kehrten wahrscheinlich von einem nächtlichen Gelage in einer Villa aus der Nachbarschaft zurück. Überraschend nur, daß sie keine jungen Frauen bei sich hatten – vielleicht waren sie sich ja für diese Nacht selbst genug.

Vor dem Eingang zu Caelius' privatem Treppenhaus blieben sie auf der Straße stehen. Caelius pochte gegen die Tür. Während sie darauf warteten, daß ein Sklave öffnete, konnte ich Bruchstücke ihres Gesprächs mit anhören. Als ich Caelius den Namen »Asicius« sagen hörte, fuhr ich zusammen. Wahrscheinlich hatte ich es mir nur eingebildet, dachte ich, herausgefiltert aus einem Seufzer oder einem Zischen, weil ich gerade an Dios Worte gedacht hatte. Doch dann hörte ich es wieder. »Asicius, du Arsch«, sagte Caelius, »du hättest es diesmal fast wieder vermasselt! Zwei schwere Schnitzer hintereinander!«

»Ich?« rief der andere Mann. Ich konnte ihn im Dunkeln nicht richtig erkennen, doch er wirkte genauso groß und breitschultrig wie Caelius. Er lallte ziemlich stark, so daß ich nur Fetzen dessen verstand, was er sagte: »*Ich* bin nicht derjenige, der… du hast versäumt mir zu *sagen*, daß wir… um dann herauszufinden… *bereits!*… und der Ausdruck auf seinem… ach, komm schon, zum Hades mit dir, Caelius, und deinem erbärmlichen Ägypter…«

Die Tür öffnete sich. Caelius und Asicius wollten gleichzeitig eintreten und stießen gegeneinander. Irgend etwas fiel klirrend zu Boden; Stahl blitzte auf. Caelius drehte sich um und bückte sich, um den Dolch aufzuheben. Als er sich wieder aufrichtete, sah er mich auf der anderen Straßenseite im Schatten stehen.

Er blinzelte betrunken und versuchte auszumachen, ob ich ein Mensch oder bloß ein Schatten war. Ich hielt den Atem an. Er kam langsam auf mich zu, den Dolch in der Hand.

»Wohin zum Hades willst du jetzt wieder?« stöhnte Asicius. »Komm, Caelius, es ist kalt hier draußen. Du hast gesagt, du würdest mich wärmen!«

»Halt's Maul!« flüsterte Caelius heiser. Er war schon auf halbem Weg über die Straße und starrte mich direkt an.

»Caelius, was – ist da jemand?«

»Halt's Maul, Asicius!«

Es war so still, daß ich dachte, sie müßten das Pochen meines Herzens hören können. Caelius' Dolch glitzerte im Mondlicht. Er kam näher und stolperte über einen Pflasterstein. Ich zuckte zusammen.

»Ich bin's nur, Nachbar«, sagte ich mit zusammengebissenen Zähnen.

»Ach du, Gordianus!« Caelius grinste und ließ den Dolch sinken. Ich seufzte vor Erleichterung.

»Wer ist es?« wollte Asicius wissen, der angetorkelt kam und unter seine Tunika griff. »Ärger?«

»Oh, wohl nicht«, sagte Caelius. Lächelnd im Mondlicht stehend, sah er aus wie eine Apollo-Statue aus weißem Marmor. »Du suchst doch heute nacht keinen Ärger, oder, Nachbar?«

»Ich mache nur einen Spaziergang«, antwortete ich. »Ich breche morgen zu einer Reise auf und kann nicht schlafen.«

»Ein wenig kalt für einen Spaziergang, oder nicht?« meinte Asicius.

»Für euch ist es ja auch nicht zu kalt«, gab ich zurück.

Asicius sah mich finster an, doch Caelius klopfte ihm auf die Schulter und lachte. »Geh nach Hause und schlaf noch ein bißchen, Gordianus! Um diese Nachtzeit sind nur Menschen unterwegs, die nichts Gutes im Sinn haben. Komm, Asicius. Zeit, sich aufzuwärmen.« Er legte den Arm um die Schulter seines Begleiters und zog ihn zurück zu seiner Tür. Sie verschwanden im Haus, und die Türe wurde zugeschlagen.

In der ruhigen Nacht hörte ich durch die geschlossene Tür ihre gedämpften Stimmen und ihre schweren Schritte auf der Treppe. Die Geräusche verstummten rasch, und dann herrschte absolute Stille. Plötzlich drang die Kälte durch meinen Umhang und ließ mich zittern. Mit raschen Schritten machte ich mich auf den Heimweg. Die ganze Umgebung war entweder in ein fahles Austernweiß getaucht oder lag in undurchdringlichen schwarzen Schatten. Kaltes Mondlicht hatte die Welt versteinern lassen.

Ich schlüpfte wieder ins Bett. Ich hätte noch lange wach liegen und in die Dunkelheit starren können, doch Bethesda drehte sich zu mir um und schmiegte sich an mich, und ich schlief beinahe sofort ein.

Wie verabredet holte mich mein Sohn bei Anbruch der Dämmerung ab. Belbo führte die Pferde aus dem Stall, und zu dritt machten wir uns auf den Weg durch die stillen, grauen Straßen der erwachenden Stadt. Wir folgten der Via Flaminia, passierten das fontinalische Tor und ließen die Gefahren und Täuschungen der Stadt hinter uns – zumindest für eine Weile.

VI

Die Reise verlief ruhig, wenn man von der kurzen, aber wellengepeitschten Überfahrt von Fanum Fortunae am Endpunkt der Via Flaminia an die illyrische Küste absieht. Es gibt nur eine Handvoll Fährleute, die im Winter Passagiere über das Adriatische Meer bringen, und auf unserer Überfahrt entdeckten wir auch, warum – nur mit Mühe konnten wir einem plötzlich aufkommenden Sturm entrinnen, der das Boot, Belbo, die Pferde, Eco und mich auf den Grund des Meeres hätte reißen können.

Bevor wir Fanum Fortunae verlassen hatten, hatte ich darauf bestanden, die berühmte, der Göttin Fortuna geweihte Anlage zu besuchen und ein paar Münzen in ihrem Tempel zu hinterlegen. »Die wären als Trinkgeld für den Fährmann besser angelegt gewesen«, murmelte Eco leise. Doch nachdem wir die feuchte und stürmische Überfahrt hinter uns hatten, war es Eco, der vorschlug, im nächsten Tempel der Fortuna ein Dankesopfer zu bringen. Prasselnder Regen verwandelte das Holzdach in eine Trommel. In dem schlichten kleinen Tempel trieben Weihrauchschwaden, Münzen klimperten, und die Göttin lächelte, während das Zittern in den Knien und das flaue Gefühl im Magen langsam nachließen.

Nachdem wir wieder festen Boden unter den Füßen hatten, erschien uns sogar der beschwerliche und verregnete Weg entlang der zerklüfteten Küste und über stürmische Höhen bis zu Caesars Winterlager wie eine Vergnügungsreise.

Nachdem er sich den Legionen von Gaius Julius Caesar in Gallien angeschlossen hatte, sah ich meinen Sohn oft monatelang überhaupt nicht, obwohl wir in regelmäßigem Briefkontakt standen, was sich auf eine Weise als glücklicher Zufall erwies, die ich nie hätte ahnen können.

Meto schickte seine Briefe per Militärboten. Das ist eine verbreitete Methode, Korrespondenz aller Art zu versenden, da nur sehr wohlhabende Männer sich Sklaven als Briefboten halten können und Militärboten in alle Winkel des Imperiums kommen und verläßlicher sind als Händler oder Privatreisende. Briefe, die Caesars Lager verließen, waren, wie sich herausstellte, nicht wirklich privat; die Boten, die sie überbrachten, lasen sie meist vorher, um sich zu vergewissern, daß sei keine kompromittierenden Informationen enthielten. Einer von Caesars verläßlichsten Boten war so beeindruckt von Metos Stil und Beobachtungen, daß er eine Kopie an einen von Caesars vertrautesten Sekretären weitergab, der es wiederum für lohnend hielt, sie Caesar selbst zu zeigen, woraufhin der große Feldherr Meto aus dem Zelt, wo er bis dahin mit dem Polieren von Waffen betraut gewesen war, zu sich in den Führungsstab abkommandierte.

Offenbar findet der vielbeschäftigte Caesar zwischen der Eroberung Galliens und dem Kampf um die Kontrolle Roms immer noch die Zeit, ein minutiöses Tagebuch zu führen. Während andere Politiker ihre Memoiren als Monument für die Nachwelt hinterlassen, will Caesar, so vermutet Meto, die seinen als Instrument im Wahlkampf einsetzen. Das römische Volk wird so von Caesars herausragenden Führungsqualitäten und seinem Triumph bei der Ausbreitung römischer Zivilisation erfahren und ihn an der Urne scharenweise unterstützen – vorausgesetzt natürlich, der Feldzug in Gallien verläuft weiter wunschgemäß.

Natürlich hat Caesar Sklaven, die sein Wort schriftlich festhalten – Meto sagt, der Feldherr diktiert oft zu Pferde, unterwegs von einem Lager zum anderen, um keine Zeit zu vergeuden –, und außerdem solche, die ihm bei der Zusammenstellung der Notizen helfen. Auch meine Erfahrungen sind die, daß sich die Reichen und Mächtigen die Talente anderer Menschen zunutze machen, wo immer sie können. Es trifft sich, daß Caesar Metos Prosastil mag – ungeachtet der Tatsache, daß Meto als Sklave geboren wurde und, nachdem ich ihn adoptiert hatte, nur sporadisch in Mathematik und Latein unterrichtet worden war, ohne je eine rhetorische Ausbildung genossen zu haben. Eine Ironie des Schicksals liegt auch darin, daß Meto, der sich gegen meinen Willen für die Karriere als Soldat entschieden hat, kein sonnenverbrannter und wettergegerbter Legionär geworden ist, sondern litarischer Adjutant, der sein Zelt nur selten verläßt. Ich denke, für einen Menschen von seiner bescheidenen Herkunft wäre es schwierig, noch höher aufzusteigen, wo doch die Söhne so vieler reicher Patrizier nach Ruhm und Ehre in den oberen Rängen streben.

Man kann aber nicht sagen, daß sich Meto keinen gefährlichen Situationen mehr stellen müßte. Caesar selbst nimmt außergewöhnliche Risiken auf sich – was angeblich der Schlüssel für die Macht ist, die er über seine Männer hat, indem er dem Feind Seite an Seite mit ihnen entgegenritt –, und egal, wie seine täglichen Pflichten aussehen mögen, hat Meto schon eine Menge Schlachten erlebt. Seine Position als Caesars Sekretär bedeutet nur, daß Meto in ruhigen Zeiten keine Katapulte bauen, Gräben ausheben oder Straßen bauen, sondern an den Rohentwürfen seines Kommandanten feilen muß. Gut für Meto, denn er war nie ein besonders ausdauernder Arbeiter oder geschickt mit den Händen. Doch wenn es notwendig wird, sich dem Feind zu stellen, legt er den Stylus beiseite und nimmt das Schwert zur Hand.

Meto hat jede Menge abenteuerliche Geschichten zu erzählen, die sein Bruder aufregend findet, während seinem grübelnden Vater die Haare zu Berge stehen. Hinterhalte bei Nacht, nächtliche Raubzüge, Schlachten gegen Barbaren mit unaussprechlichen Namen – ich lauschte den Einzelheiten und wünschte, ich könnte mir die Ohren zuhalten, während mir Bilder von Meto durch den Kopf schossen, wie er gegen einen riesigen, behaarten Gallier kämpfte, sich unter einem Pfeilregen duckte oder von einem Katapult sprang, das in Flammen aufging. Dabei sah ich ihn mit großen Augen an, gleichermaßen verblüfft, entsetzt, stolz und melancholisch darüber, daß aus dem kleinen Jungen von einst endgültig ein erwachsener Mann geworden war. Obwohl erst zweiundzwanzig Jahre alt, entdeckte ich zwischen seinen widerspenstigen schwarzen Locken ein paar graue Strähnen, und sein Kinn war mit Stoppeln übersät. Seine Sprache war, vor allem wenn er aufgeregt den Hergang einer Schlacht erzählte, vom derben Jargon der Soldaten durchsetzt. Konnte das wirklich derselbe Junge sein, dessen Prosa Caesar so bewundernswert fand? Wenn er sich in seinem Quartier entspannte, trug Meto fast immer dasselbe Kleidungsstück, eine dunkelblaue, oft gewaschene Tunika. Ich bedachte seinen nachlässigen Aufzug mit einer hochgezogenen Braue, sagte jedoch nichts, selbst als ich die zahlreichen großen und kleinen, dunklen Flecken sah, die den Stoff an diversen Stellen verunzierten. Dann fiel mir auf, daß die Flecken sich dort ballten, wo seine Rüstung ihre Gelenke hatte und sein lederner Mantel endete. Es waren Blutflecken – Blut von anderen Männern, das durch seine Kampfmontur gesickert war.

Meto berichtete uns von Bergen, die er überquert, und Flüssen, die er durchwatet hatte, von gallischen Dörfern mit ihrer Fremdartigkeit und ihren eigentümlichen Gerüchen, von Caesars Genialität beim Überlisten der kriegerischen Stämme und der Niederschlagung ihrer Aufstände. (Viele Unternehmungen des großen Feldherrn klangen für mich wie grundlose Grausamkeiten und gemeine Bestechung, doch ich hütete mich, dergleichen laut zu äußern.) Meto bestätigte, daß die Gallier ungewöhnlich groß waren, viele von ihnen richtige Riesen. »Sie halten uns für eine Zwergenrasse und lachen uns ins Gesicht«, sagte er. »Aber sie lachen meist nicht sehr lange.«

Er war begierig auf Neuigkeiten aus Rom. Eco und ich berichteten ihm allen Klatsch, der uns einfiel, einschließlich der jüngsten taktischen Winkelzüge im Zusammenhang mit der ägyptischen Situation. »Pompeius und dein geliebter Führer scheinen sich in der letzten Runde zusammengetan zu haben«, meinte Eco, »um gemeinsam so viel Silber aus König Ptolemaios herauszupressen wie nur möglich. Als Gegenleistung haben sie den Senat dazu gebracht, sich wohlwollend gegenüber seinem Anspruch auf den ägyptischen Thron zu äußern. Jetzt steht Crassus außen vor.«

»Was sollte Crassus von Ägypten wollen?« sagte Meto, der neben seiner Loyalität gegenüber Caesar seine eigenen Gründe hatte, Crassus nicht zu mögen. »Er ist doch schon reich genug.«

»Für seine eigene Vorstellung kann Crassus nie reich genug sein«, sagte ich.

»Wenn er im Spiel bleiben will«, sagte Meto abwesend, während er nach einem Schwert griff und daran herumspielte, »muß er dem Staat einen weiteren militärischen Oberbefehl abringen und ein paar Siege davontragen, um das Volk zu beeindrucken. Mit Silber kann man Wählerstimmen kaufen, aber nur durch Ruhm erwirbt man wahre Größe.« Ich fragte mich, ob diese Worte von Meto selbst oder von Caesar stammten, dessen finanzielle Situation sich immer prekärer gestaltete, während gleichzeitig die Liste seiner Eroberungen immer länger wurde.

»Aber Pompeius hat den Osten befriedet, und jetzt befriedet Caesar Gallien«, sagte Eco. »Was bleibt da für Crassus noch übrig?«

»Er muß sich eben nach etwas Entfernterem umsehen«, meinte Meto.

»Weiter als Ägypten mag ich gar nicht denken«, sagte ich und berichtete, was ich am Abend vor unserer Abreise aus Rom von Dio erfahren hatte. Durch seine Nähe zu Caesar und seinem Stab wußte Meto bereits einiges über die Morde an den ägyptischen Gesandten, ohne das Ausmaß des Skandals zu begreifen. Er schien ehrlich schockiert, und ich fragte mich, wie jemand, der so an das Blutvergießen in der Schlacht gewöhnt war, sich derart über einen bloßen Mord entsetzen konnte. Der Gedanke war mir unbehaglich, weil er die wachsende Distanz zwischen Meto und mir verdeutlichte. Doch als ich fortfuhr, von den seltsamen Umständen von Dios Besuch und der grotesken Verkleidung meiner Gäste zu erzählen, brach Meto in lautes Lachen aus. Sein Gelächter ermunterte mich, noch ein paar Einzelheiten hinzuzufügen, woraufhin er noch heftiger lachte. Plötzlich verblaßten die Blutflecken auf seinem Gewand und die Stoppeln auf seinem Kinn. Die quälenden Berichte und die derbe Soldatensprache waren vergessen. Ich sah das Gesicht des lachenden kleinen Jungen, den ich vor vielen Jahren adoptiert hatte, und fand, wonach ich gesucht hatte und weshalb ich gekommen war.

Eco und ich waren fast einen Monat unterwegs – viel länger als erwartet – und kehrten erst nach den Iden des Februarius nach Rom zurück. Zunächst hielt ein Schneesturm uns auf, dann erkrankte ich an der Lunge. Und als ich gerade wieder so weit genesen war, daß wir reisen konnten, ereilte Belbo dasselbe Schicksal. Es mag Menschen geben, die über die Vorstellung spotten, eine Reise nur deshalb zu verschieben, weil ein Sklave erkrankt ist, doch mir erschien es wenig sinnvoll, mit einem kranken Leibwächter über gefährliche Nebenstraßen zu reiten. Außerdem war es mir ein willkommener Vorwand, noch mehr Zeit mit Meto zu verbringen.

Auf dem Rückweg überquerten wir das Adriatische Meer zufällig wieder mit demselben furchtlosen Bootsmann wie auf dem Hinweg. Diesmal hatte ich keine Probleme, Eco zu bewegen, kurz den Tempel der Fortuna aufzusuchen, bevor wir die Segel setzten. Doch zu unserem Glück war der Himmel blau und das Meer ruhig.

Nach meiner Rückkehr nach Rom war Bethesda merklich besserer Stimmung als bei meiner Abreise. Ihre Aufmerksamkeiten in der Nacht nach meiner Heimkehr hätten das Herz eines schwächeren Mannes wahrscheinlich zum Stillstand gebracht. Es hatte einmal eine Zeit gegeben, in der eine einmonatige Trennung vollkommen ausreichte, unseren Appetit aufeinander zu einem wahren Heißhunger zu steigern; ich hatte geglaubt, diese Tage wären längst vorüber, doch in jener Nacht fühlte ich mich dank Bethesda eher wie ein Vierundzwanzigjähriger denn wie ein bärtiger Großvater von vierundfünfzig Jahren. Trotz der Schmerzen und Beschwerden des langen Ritts vom Vortag wachte ich am nächsten Morgen mit bester Laune auf.

Bei einem Frühstück aus ägyptischem Fladenbrot und Hirsebrei mit Rosinen brachte mich Bethesda auf den jüngsten Stand des städtischen Klatsches. Ich trank meinen Becher warmen und mit Honig gesüßten Wein und hörte nur mit halbem Ohr zu, während sie mir erklärte, daß der geizige Senator von gegenüber das Dach seines Hauses neu decken ließ und daß offenbar eine Gruppe von äthiopischen Prostituierten bei einem reichen Witwer eingezogen war, der am Ende der Straße wohnte. Als sie zu den Forum-Angelegenheiten kam, hörte ich aufmerksamer zu.

Bethesda hatte eine Schwäche für unseren gutaussehenden Nachbarn Marcus Caelius, den ich in der Nacht vor meiner Abreise getroffen hatte. Laut Bethesda war Caelius der Ankläger in einem Prozeß gewesen, der die Stadt in Atem gehalten hatte.

»Ich bin hingegangen, um ihn mir anzusehen«, sagte sie.

»Wirklich? Was, den Prozeß oder den Ankläger?«

»Beides natürlich. Und warum auch nicht?« fügte sie zu ihrer Verteidigung hinzu. »Nachdem ich schon so lange mit dir zusammenlebe, weiß ich eine Menge über Prozesse.«

»Ja, und Marcus Caelius sieht ganz besonders gut aus, wenn er sich zu einer mitreißenden Rede herabläßt – blitzende Augen, hervortretende Adern an Stirn und Hals ...«

Bethesda wollte offenbar etwas erwidern, besann sich dann jedoch eines Besseren und sah mich ernst an.

»Eine Anklage«, sagte ich schließlich. »Gegen wen?«

»Einen Mann namens Bestia.«

»Lucius Calpurnius Bestia?«

Sie nickte.

»Du mußt dich irren«, sagte ich, den Mund voller Hirse.

»Das glaube ich nicht«, erwiderte sie gelassen.

»Aber Caelius hat den alten Bestia im letzten Herbst noch bei seiner Kandidatur für das Amt des Praetors unterstützt. Sie sind politische Verbündete.«

»Jetzt nicht mehr.«

Das war bei Caelius' notorischem Wankelmut – sowohl in der Liebe als auch in der Politik – durchaus vorstellbar. Und selbst wenn er sich öffentlich mit einem Kandidaten und dessen Anliegen einig erklärte, konnte man sich seiner wahren Absichten nie sicher sein. »Welchen Vergehens wurde Bestia beschuldigt?«

»Wählerbestechung.«

»Ha! Im Herbst macht er für Bestia Wahlkampf, und im Frühjahr klagt er den Mann wegen illegaler Wahlkampfpraktiken an. Wahlkampfpolitik!« Ich schüttelte den Kopf. »Wer hat ihn verteidigt?«

»Dein alter Freund Cicero.«

»Ach wirklich?«

Dieser Aspekt an der Sache war interessant. Marcus Caelius hatte im öffentlichen Leben als Schüler und Günstling Ciceros debütiert. In der chaotischen Zeit von Catilinas Revolte hatte er sich mit seinem Mentor überworfen – oder vielleicht auch nur so getan, um als Ciceros Spion zu fungieren. Für die gesamte Dauer jener tumultartigen Zeit war es zumindest mir ein Rätsel geblieben, wem Caelius' wahre Loyalität gehörte. Anschließend hatte Caelius Rom für ein Jahr verlassen, um im Staatsdienst nach Afrika zu gehen. Nach seiner Rückkehr schien er dem Lager seines alten Mentors endgültig den Rücken gekehrt zu haben, er forderte Cicero vor Gericht offen heraus und übertrumpfte den Meisterredner manchmal sogar. Als der Senat Cicero später ins Exil zwang und Ciceros Feinde Amok liefen und sein prachtvolles Haus auf dem Palatin verwüsteten, war es mein Nachbar Marcus Caelius, der mit der Neuigkeit an meine Tür klopfte – und der Klage, daß man von den Fenstern seiner Wohnung keine gute Aussicht auf das Geschehen habe, weswegen er darum bat, von unserem Balkon aus zusehen zu dürfen! Als der grelle Widerschein der Flammen über sein Gesicht tanzte, hätte ich unmöglich sagen können, ob Caelius entsetzt oder belustigt oder vielleicht beides zugleich war.

Nach langen Auseinandersetzungen hatte der Senat Cicero aus dem Exil zurückgerufen; er war jetzt wieder in Rom, und sein Haus auf dem Palatin wurde wiederaufgebaut. Und nun hatte er vor Gericht offenbar erneut rhetorisch die Klingen mit seinem ehemaligen Schüler Marcus Caelius gekreuzt.

»Nun spann mich nicht auf die Folter«, sagte ich. »Wie ist es ausgegangen?«

»Cicero hat gewonnen«, sagte Bethesda. » Bestia wurde freigesprochen. Aber Caelius hat behauptet, die Geschworenen wären bestochen worden, und angekündigt, Bestia erneut anzuklagen.«

Ich lachte. »Ein hartnäckiger Bursche, was? Nachdem er Cicero vor Gericht einmal besiegt hat, kann er es vermutlich nicht ertragen, diesmal von seinem alten Lehrer in die Schranken gewiesen worden zu sein. Oder hat eine einzelne Rede nicht ausgereicht, Bestia angemessen zu verleumden?«

»Oh, was das angeht, war seine Rede sehr erfolgreich.«

»Voller Bösartigkeit, vermute ich.«

»Das kann man sagen! In seinem Plädoyer hat Caelius auch den Tod von Bestias Frau im vergangenen Jahr zur Sprache gebracht und außerdem noch den Tod seiner ersten Ehefrau. Er hat Bestia praktisch beschuldigt, sie vergiftet zu haben.«

»Die Ermordung von Ehefrauen kann doch wohl kaum etwas mit Wählerbestechung zu tun haben.«

»Vielleicht nicht, aber so wie Caelius es ausgeführt hat, wirkte es vollkommen angemessen.«

»Rufmord«, sagte ich, »ist das Fundament römischer Rechtsprechung. Der Ankläger benutzt jedes nur erdenkliche Mittel, um den Ruf des Angeklagten zu zerstören, damit es plausibler erscheint, daß er auch das Verbrechen begangen hat, dessen er gerade angeklagt ist. Das ist ungleich leichter, als echte Beweise zu präsentieren. Dann tut der Verteidiger das gleiche, indem er die Ankläger diverser Abscheulichkeiten bezichtigt, um ihre Glaubwürdigkeit zu unterminieren. Eigenartig, wenn man bedenkt, daß ich früher tatsächlich einen gewissen Respekt, ja sogar Bewunderung für unsere Advokaten gehabt habe. Allerdings, Gerüchte, daß Bestia seine beiden Frauen aus dem Weg geräumt hat, habe ich auch schon gehört Beide sind relativ jung und ohne vorherige Krankheit gestorben, so daß die Leute natürlich vermuten, er hätte sie vergiftet, obwohl auch Gift meist Spuren hinterläßt.«

»Wenn er es so gemacht hat, wie Marcus Caelius angedeutet hat, hätte es nicht viele Spuren gegeben.«

»Und wie soll das gegangen sein?«

Sie lehnte sich zurück und neigte den Kopf. »Bedenke, daß dies vor einem ordentlichen Gericht vor einem gemischten Publikum aus Männern und Frauen gesagt wurde, nicht in einer Taverne oder einer seiner Orgien. Marcus Caelius ist ein sehr unverfrorener junger Mann«, fügte sie, nur halb mißbilligend, hinzu.

»Und ein schamloser Redner. Also, nun rück schon damit raus. Was hat er gesagt?«

»Laut Caelius ist Aconitin das am schnellsten wirkende Gift.«

Ich nickte. Die vielen Jahre, die ich mit der Untersuchung schmutziger Mordmethoden zugebracht habe, haben mich mit den handelsüblichen Giften einigermaßen vertraut gemacht. »Aconitin, auch ›Der Tod des Panthers‹ genannt, man gewinnt es aus dem Blauen Eisenhut. Ja, die Opfer sterben sehr rasch daran. Aber wenn man es in tödlichen Dosen schluckt, gibt es für gewöhnlich erkennbare Reaktionen und deshalb zahlreiche Indizien für ein Verbrechen.«

»Ja, aber laut Caelius wurde das Gift nicht *geschluckt.*«

»Ich fürchte, ich kann dir nicht folgen.«

»Laut Caelius stirbt eine Frau, deren Genitalien mit Aconitin in Berührung kommen, binnen eines Tages.«

Ich zog eine Braue hoch. Selbst bei all meiner Erfahrung mit Giften war mir diese Information neu, und ich wußte nicht, ob ich sie glauben sollte. »Was Caelius sagt, ist möglicherweise wahr – obwohl ich mich frage, wie irgend jemand diese eigentümliche Wirkungsweise entdeckt haben sollte.

Andererseits gibt es vermutlich nicht viel, was Marcus Caelius nicht über weibliche Genitalien weiß.«

»Ha!« Bethesdas Augen funkelten. »Auf diese Entgegnung ist nicht einmal Cicero gekommen.«

Ich hob bescheiden die Hände. »Caelius hat Bestia also beschuldigt, seine Ehefrauen vergiftet zu haben, indem er...« Ich ließ den Satz unvollendet, weil es keine taktvolle Formulierung für die Beschreibung des Tatbestands zu geben schien.

»Er hat Bestia nicht direkt beschuldigt. Nachdem er die Wirkungsweise von Aconitin beschrieben und sich in Rage geredet hatte, hat Caelius mit dem Finger auf Bestia gezeigt und gerufen: ›Richter, ich erhebe nicht anklagend den Finger der Schuld – ich weise *auf den schuldigen Finger!*‹«

Ich verschluckte mich an meinem Hirsebrei. »Skandalös! Ich hatte gedacht, römische Redner hätten ihre Kunst schon zu den niedersten Abgründen der Anstandslosigkeit und des schlechten Geschmacks absinken lassen, da kommt eine neue Generation daher und treibt die Grenzen noch weiter. O Minerva«, fügte ich leise hinzu, als mein Blick auf die Statue im Garten fiel, »bewahre mich vor einem Tag bei Gericht. ›Ich weise auf den schuldigen Finger.‹ Einfach widerlich!«

Bethesda nippte an ihrem Becher mit honiggesüßtem Wein. »Wie dem auch sei, Bestia wurde freigesprochen, trotz Finger und allem.«

»Ich vermute, Cicero hat eine aufrüttelnde Rede zu seiner Verteidigung gehalten.«

Sie zuckte mit den Schultern. »Ich weiß es nicht mehr.«

Ciceros Rede hätte wahrscheinlich einen nachhaltigeren Eindruck hinterlassen, wenn sie von einem so jungen und gutaussehenden Mann wie Marcus Caelius gehalten worden wäre... »Dann war Fortuna Lucius Calpurnius Bestia hold«, sagte ich.

»Im Gegensatz zu seinen Frauen«, erwiderte Bethesda trocken. Für einen kurzen Moment blitzte in ihren Augen so etwas wie Zorn auf, doch dann entspannte ein Lächeln ihre

Lippen. »Wo wir gerade von dem jungen Caelius sprechen, fällt mir ein weiterer Klatsch vom Forum ein«, sagte sie.

»Geht es wieder um Caelius?«

»Nein, um seinen Vermieter.«

»Ich verstehe. Und welche neue Schandtat hat Publius Clodius jetzt wieder begangen?« Clodius war der Besitzer des Mietshauses am Ende der Straße, in dem Caelius wohnte. Er war Mitte Dreißig und ein Patrizier von makelloser Abstammung, hatte sich jedoch in den letzten Jahren eher als Unruhestifter und durch das Schüren populistischer Ressentiments hervorgetan. Als Tribun hatte Clodius hinter dem Plan zur römischen Übernahme Zyperns gesteckt, um seine Idee zu finanzieren, kostenlos Getreide an die Bevölkerung Roms zu verteilen. Als ehemaliger Freund Ciceros hatte er dessen Vertreibung ins Exil fast im Alleingang bewerkstelligt und galt jetzt als dessen Erzfeind. Seine politische Strategie war grobschlächtig, gnadenlos und wenn nötig, gewalttätig. Während Männer wie Caelius die Grenzen der vor Gericht zulässigen Rhetorik überschritten, erweiterten Männer wie Clodius das Repertoire gängiger politischer Einschüchterungsmethoden. Daher war es nicht überraschend, daß die Beziehung der beiden weit mehr war als nur die zwischen Mieter und Vermieter – sie waren politisch und persönlich auf vielfältige Weise verbunden. Es war allgemein bekannt, daß Caelius der Liebhaber oder zumindest einer der Liebhaber von Clodia war, der älteren Schwester von Clodius.

»Na ja, ich habe den Zwischenfall selbst nicht miterlebt, aber auf dem Fischmarkt davon gehört«, sagte Bethesda. »Offenbar war Pompeius auf dem Forum, er kam mit seinem Gefolge zu irgendeinem Prozeß, der an dem Tag eröffnet wurde.«

»War es das Verfahren gegen Pompeius' Verbündeten Milo wegen Störung der öffentlichen Ordnung?«

Bethesda antwortete mit einem Achselzucken.

»Mit Clodius als Ankläger?« fragte ich weiter.

»Ja, das war es wohl, weil Clodius mit einem großen eigenen Gefolge da war, das zum Teil aus ziemlich rauhen Burschen bestand.«

Clodius' berüchtigte Bande von Unruhestiftern als »ziemlich rauh« zu beschreiben, war eine glatte Untertreibung. Es handelte sich um Schläger der primitivsten Sorte, einige bezahlt, andere Clodius aus anderen Gründen verpflichtet und einige auch aus freien Stücken in seinen Diensten, um ihren Hunger nach Gewalt zu stillen.

In der Tatsache, daß ein Mann wie Clodius irgend jemand wegen Störung der öffentlichen Ordnung anklagte, lag eine gewisse Ironie, obwohl seine Anschuldigungen in diesem Fall wohl berechtigt waren. Der Angeklagte, Milo, hielt sich eine Bande von Schlägern, die durch die Straßen tobten, um jeweils die politische Sache zu unterstützen, die ihr Herr und Meister gerade begünstigte. Während Männer wie Pompeius, Caesar und Crassus einander mit finanziellen und militärischen Mitteln befehdeten und um die Weltherrschaft rangen, kämpften Clodius und Milo um die unmittelbare Kontrolle über die Straßen Roms. Die Stärkeren verbündeten sich aus reinem Selbstzweck mit den Schwächeren und umgekehrt. Zur Zeit war Milo Pompeius' starker Arm in Rom, so daß Pompeius verpflichtet war, zu deren Verteidigung beizutragen. Clodius wiederum schien Milo vor allem deshalb zu bekämpfen, um auf diesem Wege Pompeius zu treffen, egal ob er dabei in Caesars, Crassus' oder eigenem Auftrag handelte. Er schien wild entschlossen, jeden Versuch Pompeius' zu hintertreiben, die Kontrolle über die ägyptische Situation zu erringen ...

Diese Gedankenkette rief mir Dios Besuch im vergangenen Monat wieder ins Gedächtnis, und plötzlich wurde mir unbehaglich zumute. »Erinnerst du dich an das seltsame Paar, das mich am Tag vor meiner Abreise nach Illyrien aufgesucht hat?« sagte ich. »Ich habe mich gefragt, ob du von ihnen gehört hast oder ob du weißt ...«

Bethesda bedachte mich mit einem Medusenblick, keinesfalls gewillt, sich in ihrer Geschichte unterbrechen zu lassen.

»Zu Milos Prozeß hatte sich eine große Menschenmenge versammelt, zu viele für den offenen Platz, auf dem der Prozeß abgehalten wurde, so daß sich die Menge bis weit in die umliegenden Straßen erstreckte. Als Pompeius auftauchte, gab es großen Jubel. Du weißt ja, wie die Leute Pompeius bewundern.«

»Der Eroberer des Ostens.«

»Genau. Doch dann tauchte Clodius auf einem hohen Gebäude auf und fing an, auf die Menge hinabzuschreien, die offenbar von seinen Anhängern durchsetzt war. Die meisten Leute waren zu weit entfernt, um zu verstehen, was er brüllte, aber jedesmal, wenn Clodius eine Pause machte, rief der Pöbel unter ihm wie mit einer Stimme: ›Pompeius!‹ Auch diejenigen, die zu weit entfernt standen, um Clodius zu hören oder auch nur zu sehen, hörten, wie Pompeius' Name gerufen wurde. Es war wie ein langsamer Gesang: ›Pompeius!‹ Pause. ›Pompeius!‹ Pause. ›Pompeius!‹ Nun, offenbar hörte Pompeius, daß sein Name gerufen wurde, denn dem Vernehmen nach spitzte er die Ohren, zeigte sein breitestes Grinsen und änderte seinen Weg, um auf die Rufenden zuzugehen, weil er dachte, die Menge würde ihm zujubeln.«

»Typisch Politiker«, bemerkte ich. »Drängt zu seinen Bewunderern wie ein Kalb zum Euter der Mutterkuh.«

»Aber diesmal war die Milch sauer. Als er näher kam, verblaßte das Lächeln auf Pompeius' Gesicht. Als erstes sah er Clodius auf dem Sims des Gebäudes auf und ab laufen, zur Menge sprechen und sich jedesmal vor Lachen ausschütten, wenn der Pöbel mit dem Ruf ›Pompeius!‹ antwortete. Als Pompeius nahe genug war, um zu verstehen, was Clodius brüllte, lief er dunkelrot an.

»Und was hat Pompeius' Wangen derart entflammen lassen?«

»Clodius stellte immer wieder dieselben Fragen, wie bei einem Rätsel, und die Antwort war immer die gleiche – ›Pompeius!‹«

»Und wie lauteten diese Fragen?«

»Wie sein Freund und Mieter Marcus Caelius ist Clodius ein sehr unverfrorener Mann …«

»Bitte, keine falsche Bescheidenheit, Frau. Ich habe dich unehrliche Händler auf dem Markt mit Flüchen belegen hören, bei denen selbst ein Mann wie Clodius schamvoll errötet wäre.«

»Du übertreibst, Mann.«

»Nur ein wenig. Und?«

Sie beugte sich vor. »Der Gesang ging ungefähr so:

Welcher General ist obszön bis auf die Knochen?
Pompeius!
Wer guckt bei den Paraden den Soldaten untern Rock?
Pompeius!
Wer kratzt sich den Schädel wie ein Affe?
Pompeius!«

Letzteres war eine Anspielung auf die an sich harmlose Angewohnheit des großen Feldherrn, sich mit dem Zeigefinger am Hinterkopf zu kratzen, wenn er in Gedanken versunken war, doch ich konnte mir sehr gut vorstellen, daß Clodius eine ziemlich beleidigende Pantomime hingelegt hatte. Die anderen Rätsel waren die üblichen Schmähungen, die sich gegen jeden beliebigen Politiker oder General hätten richten können. Alles in allem war ein solches Gebaren ziemlich lahm und stand auf demselben Niveau wie Caelius' Bemerkung über Bestias schuldigen Finger. Andererseits war Pompeius mit der auf dem Forum herrschenden Meinungsfreiheit nicht so vertraut wie andere Politiker. Er war bedingungslosen Gehorsam gewohnt und nicht die öffentlichen Beleidigungen durch den römischen Pöbel. Generäle sind in der Regel recht dünnhäutige Politiker.

»Doch am Ende«, sagte Bethesda, wobei sie ihre Stimme senkte, »war es Clodius selbst, den es am übelsten getroffen hat.«

»Wie das?«

»Einige von Milos Männern hörten das Geschrei und betraten den Ort des Geschehens. Bald waren es genug, um Clodius und seine Gefolgsleute zu übertönen. Ihre Gesänge waren absolut schockierend.«

»Oh, so schockierend wahrscheinlich auch wieder nicht«, sagte ich beiläufig und modellierte in dem Bemühen, Gleichgültigkeit vorzutäuschen, Täler und Hügel aus dem Rest meines Hirsebreis.

Bethesda zuckte die Schultern. »Du hast recht, eigentlich waren sie überhaupt nicht schockierend, da man all die Gerüchte schon vorher gehört hatte. Obwohl ich mir vorstellen kann, daß sogar Clodius sich vor Scham gewunden haben muß, als er hörte, wie sie vom Mob auf dem Forum gegrölt wurden.«

»Was für Gerüchte?« sagte ich kapitulierend.

»Über Clodius und seine ältere Schwester. Oder vielleicht sollte ich besser sagen: Halbschwester.«

»Clodius und Clodia? O ja, ich habe darüber ein paar häßliche Witze gehört. Ich hatte allerdings bisher nicht das Vergnügen, seine zweifellos reizende Schwester persönlich kennenzulernen, so daß ich es nie wagen würde, Vermutungen über die Geheimnisse *ihres* Schlafzimmers anzustellen. Oder *ihrer* Schlafzimmer.«

Bethesda schnaubte. »Warum ihr Römer so ein Getue um die Beziehungen zwischen einem Bruder und einer Schwester macht, habe ich sowieso nie begriffen. In Ägypten haben derartige Verbindungen, angefangen bei den Göttern, eine lange und heilige Tradition.«

»Ich kann dir versichern, daß es eine vergleichbare Tradition in Rom nicht gibt«, sagte ich. »Was genau hat der Mob gegrölt?«

»Nun, es begann mit einer Anspielung darauf, daß Clodius sich als Junge an ältere Männer verkauft hat –«

»Ja, die Geschichte habe ich schon gehört: Als die Familie nach dem frühen Tod des Vaters in finanzielle Bedrängnis geriet, haben die älteren Clodii-Brüder den kleinen Publius als

Lustknaben vermietet, mit beträchtlichem Erfolg übrigens. Es könnte natürlich auch eine bösartige Lüge sein.«

»Natürlich. Aber der Gesang ging ungefähr so:

Als Clodius noch ein Junge war,
spielt' er das leichte Mädchen.
Den ausgewachsenen Mann sich dann
Clodia zum Gespielen nahm.

Und mehr in der Richtung, nur noch unverblümter.«

»Das griechische Laster kombiniert mit dem ägyptischen«, bemerkte ich. »Und da beschweren sich die Orientalen, wir Römer wären in sexuellen Dingen nicht vielseitig. Wie hat Clodius reagiert?«

»Er hat versucht, mit einem Spottvers auf Pompeius dagegenzuhalten, doch als Milos Männer ihn schließlich übertönten, verschwand er ziemlich schnell – sein Lachen war ihm vergangen. Die Gesänge gingen schließlich in ein Gerangel zwischen Milos und Clodius' Anhängern über.«

»Es artete nicht aus, hoffe ich.«

»Nicht genug, um den Prozeß zu gefährden.«

»Wahrscheinlich nur ein paar harmlose Blessuren. Wie ist der Prozeß übrigens ausgegangen? Hat man Milo der Störung der öffentlichen Ordnung für schuldig befunden?«

Bethesda sah mich leeren Blickes an. »Ich erinnere mich nicht. Ich bin mir nicht sicher, ob ich überhaupt etwas über den Ausgang des Prozesses gehört habe.«

»Wahrscheinlich hat es ohnehin niemanden interessiert. An was sich jeder erinnern und worüber jeder tratschen wird, ist das öffentliche Gerede über den Skandal um den angeblichen Inzest zwischen Clodius und seiner Schwester. Wie groß ist der Altersunterschied – fünf Jahre? Nun, die Witwe genießt den Ruf, eine Vorliebe für jüngere Männer wie zum Beispiel unseren Nachbarn Marcus Caelius zu haben. Ich frage mich, was *er* davon hält, daß der angebliche Inzest seiner Geliebten vom Pöbel in Spottversen besungen wird!«

»Caelius und Clodia haben sich getrennt, und Caelius steht sich auch nicht mehr so gut mit Clodius«, sagte Bethesda.

»Woher willst du das wissen?« fragte ich, verwundert den Kopf schüttelnd. »Du bist doch nicht heimlich auf eines dieser wilden Palatin-Gelage gegangen und hast dich in meiner Abwesenheit mit der dekadenten Jugend herumgetrieben, oder?«

»Nein.« Sie lehnte sich lächelnd auf ihrem Sofa zurück und streckte sich genußvoll. Es war eine unverhohlen erotische Geste, die in mir Erinnerungen an die Lustbarkeiten der vergangenen Nacht wachrief, als wollte sie demonstrieren, daß sie trotz meines Spotts durchaus gut auf eine Orgie auf dem Palatin gepaßt hätte, wenn sie sich nicht in jedem Augenblick ihrer hart erworbenen Würde einer angesehenen römischen Matrone bewußt gewesen wäre, eines Rufs, den sie unbedingt schützen wollte.

»Oder hat dir der junge Caelius, jedesmal wenn ihr euch zufällig auf der Straße begegnet seid, die Geheimnisse seines Liebeslebens offenbart?« fragte ich ironisch.

»Auch das nicht. Aber wir haben so unsere Methoden, unser Wissen zu teilen.«

»›Wir‹?«

»Wir Frauen«, sagte Bethesda schulterzuckend. Was das Netz ihrer Informanten anging, drückte sie sich stets sehr vage aus. Ich habe mein Leben damit zugebracht, Geheimnisse zu lüften, doch bei Bethesda kam ich mir manchmal vor wie ein blutiger Anfänger.

»Was hat zu der Trennung geführt?« fragte ich. »Derart kultivierte Liebhaber wie Clodia und Caelius verlassen einander doch nicht ob solcher Nichtigkeit wie Untreue oder einem kleinen Inzest.«

»Nein, man sagt, es war –« Bethesda hielt abrupt inne und zog die Stirn in Falten.

Ich dachte, sie wollte mich wieder necken und ihren Bericht noch spannender machen. »Was?« fragte ich nachdrücklich.

»Es ging um Politik oder so«, sagte sie hastig. »Ein Zerwürfnis zwischen Clodius und Caelius, und dann Ärger zwischen Caelius und Clodia.«

»Es fehlt nicht mehr viel, und du machst Spottverse wie der Mob auf dem Forum: Clodius und Caelius, und Caelius und Clodia. Du mußt nur noch ein paar obszöne Verben dazwischensetzen. Was für ein Streit? Worüber?«

Sie zuckte gelangweilt die Schultern. »Du weißt doch, daß ich mich für Politik nicht interessiere«, sagte sie, auf einmal fasziniert von ihren Fingernägeln.

»Es sei denn, es handelt sich um eine gute Geschichte. Komm, Frau, du weißt mehr, als du sagst. Muß ich dich erst an deine Pflicht, an deine *gesetzliche Verpflichtung* erinnern, deinem Mann alles zu sagen, was du weißt? Ich befehle dir zu sprechen!« sagte ich spielerisch, bemüht, das Ganze ins Lächerliche zu ziehen. Doch Bethesda war nicht amüsiert.

»Also gut«, sagte sie. »Ich glaube, es ging um etwas im Zusammenhang mit dem, was du immer die ägyptische Situation nennst. Clodius und Caelius haben sich irgendwie zerstritten. Woher sollte ich etwas über die privaten Machenschaften dieser Männer wissen? Und wen kann es schon überraschen, wenn eine alternde Hure wie Clodia für einen attraktiven jungen Mann wie Caelius plötzlich ihren Reiz verliert?«

Ich hatte schon vor langer Zeit gelernt, Bethesdas Launen über mich ergehen zu lassen, so wie man plötzliche Stürme auf dem Meer über sich hinwegfegen läßt, auch wenn ich bis heute nicht gelernt habe, sie ganz zu verstehen. Irgend etwas hatte sie reizbar gemacht, aber was? Ich versuchte mich an etwas zu erinnern, was sie beleidigt haben könnte, doch die plötzliche Kälte im Raum lähmte meine Gedanken. Ich beschloß, das Thema zu wechseln.

»Ach, wen kümmern diese Leute schon?« Ich nahm meinen fast leeren Becher, schwenkte ihn, um die letzten Tropfen darin kreisen zu lassen, und starrte hinein. »Ich habe mich eben gefragt, was aus den seltsamen Besuchern geworden ist, die einen Tag vor meiner Abreise bei mir waren.«

Bethesda sah mich mit leerem Blick an.

»Es ist erst einen Monat her, du mußt dich doch an den kleinen Galloi und den alten alexandrinischen Philosophen erinnern. Er hat mich um Unterstützung gebeten, doch ich konnte ihm nicht helfen, zumindest damals nicht. Hat er sich während meiner Abwesenheit noch einmal gemeldet?«

Ich wartete auf eine Antwort, doch als ich den Blick von meinem Becher hob, sah ich, daß Bethesda in die andere Richtung blickte.

»Das ist eine ganz einfache Frage«, sagte ich sanft. »Hat der alte Philosoph noch einmal nach mir gefragt, als ich weg war?«

»Nein«, sagte sie.

»Das ist seltsam. Ich hatte geglaubt, er würde sich noch einmal melden. Er wirkte so verzweifelt. Ich habe mich um ihn gesorgt, als ich weg war. Aber vielleicht wurde ihm ja anderweitig Hilfe zuteil. Hast du durch dein weit gespanntes Netz aus Spionen und Informanten irgend etwas über ihn gehört?«

»Ja«, sagte sie.

»Und? Was hast du gehört?«

»Er ist tot«, sagte Bethesda. »Ermordet, glaube ich, in dem Haus, in dem er gewohnt hat. Mehr weiß ich auch nicht.«

Die kreisenden Reste meines Weins kamen zum Stehen, der Hirsebrei in meinem Magen wurde zu Stein, und mein Mund war plötzlich wie ausgetrocknet.

VII

Erst einige Tage nach meiner Rückkehr nach Rom fand ich Zeit, Meto einen Brief zu schreiben. Ich berichtete ihm von den Begebenheiten, die sich in meiner Abwesenheit ereignet hatten – Ciceros Sieg über Caelius in dem Prozeß gegen Bestia, trotz des Vorwurfs des »schuldigen Fingers« (die perfekte Anekdote zur heiteren Erbauung von Metos Zeitgenossen), Pompeius' peinlicher Irrtum auf dem Weg zu Milos Prozeß und das obszöne Spottlied über Clodius und Clodia.

Da ich aus Trygonions und Dios Besuch eine solch große Sache gemacht hatte, als ich bei Meto in Illyrien war, hatte ich das Gefühl, ich sollte ihm mitteilen, was aus dem Philosophen geworden war. Nur um ihn auf dem laufenden zu halten, sagte ich mir, als ich zu schreiben begann. Doch beim Schreiben wurde mir klar, daß diese Geschichte der Hauptgrund für den Brief war. Dios Ermordung hatte bei mir ein nagendes Schuldgefühl hinterlassen, und so schmerzhaft sie auch war, erleichterte mich doch die Niederschrift der grausigen Einzelheiten, als ob die Beschreibung einer Tragödie ihre Grausamkeit lindern könnte.

Was meine Korrespondenz anbetrifft, bin ich ganz anders als Meto; meine Prosa wird nie die Bewunderung des großen Caesars auf sich ziehen. Trotzdem möchte ich Abschnitte des Briefes wiedergeben, den ich Meto am letzten Tag des Februarius schrieb:

> Du wirst dich außerdem gewiß an die Geschichte erinnern, mein Sohn, die ich dir über den Besuch Dios erzählt habe, des Philosophen, den ich aus Alexandria kenne, und den kleinen Galloi namens Trygonion. Du hast gelacht, als ich dir ihre groteske Verkleidung beschrieben habe – Dio in den Gewändern eine Frau, der Eunuch in einer Toga, mit der er sich als Römer auszugeben versuchte. Die Fortsetzung der Geschichte ist, fürchte ich, alles andere als lustig.
>
> Dios Befürchtungen bewahrheiteten sich nur wenige Stunden, nachdem er mein Haus verlassen hatte. Am selben Abend, an dem ich die letzten Vorbereitungen für meine Reise zu dir getroffen habe, wurde Dio im Haus seines Gastgebers Titus Coponius hinterhältig ermordet.
>
> Dies erfuhr ich am Morgen nach meiner Heimkehr von

Bethesda. Sie behauptete, keine weiteren Einzelheiten zu kennen. Bethesda hat Dio vom ersten Moment an nicht gemocht, und du weißt ja, wie sie ist – von diesem Augenblick an hätte er für sie ebensogut gar nicht existieren können; selbst ihre Klatschlust scheint von diesem Mord unberührt. Also mußte ich die Einzelheiten selbst herausfinden, indem ich an den richtigen Stellen ein paar diskrete Fragen stellte. Das war zwar nicht schwierig, nahm jedoch einige Zeit in Anspruch.

Offenbar hatte es bereits einen gescheiterten Versuch gegeben, Dio zu vergiften. Er hat bei seinem Besuch selbst davon gesprochen. Anscheinend wurden einige Sklaven seines vorherigen Gastgebers Lucius Lucceius angestiftet (zweifellos von König Ptolemaios' Agenten), Dios Essen zu vergiften, wobei sie jedoch nur Dios einzigen verbliebenen Sklaven töteten, der den Part des Vorkosters übernommen hatte. Dio floh aus Lucceius' in Coponius' Haus.

Von dort kam er zu mir, um mich um Hilfe zu bitten. Wenn ich ihm nur angeboten hätte, die Nacht in meinem Haus zu verbringen! Doch dann hätten seine Mörder ihr blutiges Handwerk vielleicht hier unter meinem Dach verrichtet. Ich denke an Bethesda und vor allem an Diana, und mir schaudert bei der Vorstellung...

Gift hatte nicht zum gewünschten Ziel geführt, also griffen Dios Feinde auf weniger subtile Methoden zurück. Nachdem er mein Haus verlassen hatte, kehrte Dio so schnell wie möglich zu Coponius' zurück – die Dunkelheit war hereingebrochen, und Dio hatte selbst in seiner Verkleidung und trotz der schützenden Begleitung Belbos Angst auf der Straße. Laut Belbos Angaben begleitete Trygonion die beiden bis zu Coponius' Tür und ging dann seiner eigenen Wege, vielleicht zurück zum Haus der Galloi hier auf dem Palatin unweit des Tempels der Kybele. Niemand scheint viel über diesen Galloi zu wissen, und niemand kann seine Verbindung zu Dio erklären.

Das weitere sind Informationen aus zweiter oder sogar

aus dritter Hand, also wahrscheinlich Klatsch, auch wenn ich ihn diesmal für verläßlich halte.

Nach seiner Ankunft in Coponius' Haus schloß sich Dio allein in seinem Zimmer ein und weigerte sich, ein Abendessen zu sich zu nehmen. (Er hatte schon in meinem Haus gegessen und überdies große Angst, vor einem erneuten Giftanschlag.) Im Haus des Coponius begibt man sich früh zu Bett, und kurz nach Einbruch der Dunkelheit waren mit Ausnahme des Sklaven, der an der Eingangstür Wache hielt, alle schlafen gegangen. Irgendwann im Laufe der Nacht (laut Angaben des Wächters noch vor Mitternacht) hörte man ein Geräusch aus dem hinteren Teil des Hauses, wo Dio untergebracht war.

Der Wächter ging nachsehen. Dios Tür war verschlossen. Der Sklave rief seinen Namen und klopfte an die Tür. Schließlich pochte er so laut, daß der im Nebenzimmer schlafende Coponius aufwachte und auf den Flur kam, um zu fragen, was los sei. Schließlich gelang es ihnen, Dios Tür aufzubrechen, und der Philosoph wurde auf seinem Schlafsofa gefunden, mit offenem Mund und weit aufgerissenen Augen auf dem Rücken liegend, seine Brust von klaffenden Stichwunden übersät. Er war auf seinem Nachtlager erstochen worden.

Ein Fenster des Zimmers führte auf einen schmalen Hof. Die Fensterläden standen offen, und der Riegel war von außen aufgebrochen worden. Der oder die Mörder sind offenbar über eine hohe Mauer geklettert, haben sich über die Terrasse geschlichen, sind durch das Fenster in Dios Zimmer eingedrungen, haben ihn ermordet und konnten ungesehen entkommen.

Was für ein erbärmliches Ende für einen so herausragenden Mann! Daß Dio sein Ende voraussah und seine letzten Tage fern der Heimat und in Furcht vor jedem Schatten zugebracht hat, macht sein Schicksal noch grausamer. Daß er am Tag seiner Ermordung zu mir gekommen ist und mich um Hilfe gebeten hat, läßt mich keine

Ruhe finden. Hätte ich die Tat verhindern können? Höchstwahrscheinlich nicht, sage ich mir, denn die Männer, die Dio aus dem Weg räumen wollten, verfügen über Mittel, die weit über das hinausgehen, was mir zur Verfügung steht. Trotzdem erscheint es mir wie ein grausamer Scherz der Götter, daß er nach so vielen Jahren wieder in mein Leben geführt und mir dann sofort erneut brutal entrissen wurde. Ich habe in meinem Leben viel Leid und Blutvergießen gesehen, doch es ist für mich kein bißchen leichter geworden, es zu ertragen. Es wird nur immer unfaßbarer.

Damit ist auch das letzte Mitglied der Delegation aus Alexandria, die vorigen Herbst hier eingetroffen ist, ermordet worden, zurück nach Ägypten geflohen oder sonstwie von der Bildfläche verschwunden. (Die wenigen noch in Rom Verbliebenen haben, so hört man, entweder König Ptolemaios die Treue geschworen oder sind für ihr Schweigen bestochen worden; einige von ihnen waren mit Sicherheit von Anfang an Spione des Königs.) Das römische Volk sollte sich schämen, daß eine solche Abscheulichkeit hier im Herzen der Stadt geschehen konnte. Gewiß, es gibt Stimmen, die sagen, daß die Ermordung Dios so empörend sei, daß der Senat gar nicht anders könne, als Maßnahmen zur Bestrafung der Mörder zu ergreifen (wenn schon nicht gegen König Ptolemaios selbst, dann doch zumindest gegen seine Lakaien). Vielleicht entscheidet sich der Senat sogar, dem König die Anerkennung zu entziehen und statt dessen Königin Berenice zu akzeptieren, was das Ziel von Dios Mission war. Als er noch lebte, wollte man ihm nicht einmal erlauben, offiziell vor dem Senat zu sprechen, aber vielleicht hat er im Tod erreicht, was er sich wünschte: ein Ägypten mit einer neuen, unabhängigen Herrscherin.

Kann aus einer Tragödie wie Dios Ermordung Gerechtigkeit erwachsen? Wenn ich mir die römischen Gerichte und die Personen betrachte, deren Interessen auf dem

Spiel stehen, hege ich daran starke Zweifel. Aber ich versuche, nicht zu lange darüber zu grübeln. Hätte ich Dios Auftrag angenommen, seine Feinde zu entlarven, würde ich mich möglicherweise verpflichtet fühlen, die Sache zu verfolgen und die Mörder ihrer gerechten Strafe zuzuführen. Zum Glück habe ich seinen Auftrag ausdrücklich zurückgewiesen. Ich habe ihm gesagt, daß ich ihm nicht helfen könnte und ihm gute Gründe dafür genannt. Mein Gewissen ist rein. Die Klinge zu finden, die Dios Leben ein Ende setzte, und die Hand zu bestrafen, die sie geführt hat, obliegt nicht mir.

Was immer weiter geschehen mag, es betrifft mich nicht, und darüber bin ich froh.

Wenn ich den Brief heute wieder lese, erkenne ich, daß meine Angaben über die Umstände von Dios Tod von zahlreichen, zum Teil gravierenden Irrtümern gezeichnet sind. Doch in nichts habe ich mich so sehr geirrt wie in diesem letzten Satz, dem ich heute mit Unverständnis begegne. Wie konnte ich so unbekümmert, ahnungslos und selbstzufrieden sein? Wir tappen wie Blinde durch eine uns unbekannte Welt. Vergangenheit und Zukunft liegen gleichermaßen im Dunkel, und das helle Tageslicht kann ebenso viele Gefahren bergen wie die Gefilde der Nacht.

ZWEITER TEIL

NOXIA

VIII

Fast ein Monat verging, bevor ich erneut Gelegenheit hatte, an Meto zu schreiben.

An meinen geliebten Sohn Meto, in militärischen Diensten unter dem Oberbefehl von Gaius Julius Caesar in Gallien, von seinem Vater in Rom, möge Fortuna mit dir sein.

Ich schreibe diesen Brief am 29. Tag des Martius, ein ungewöhnlich warmer Tag für den noch jungen Frühling – wir haben alle Fenster aufgerissen, und die Nachmittagssonne brennt heiß auf meine Schultern. Ich wünschte, du könntest hier bei mir sein.

Doch das bist du leider nicht. Genausowenig wie ich dich sicher in Illyrien weiß, wo ich dich zuletzt getroffen habe. Auf dem Forum habe ich gehört, daß du kurz nach meinem Besuch plötzlich nach Gallien verlegt worden bist. Man sagt, Caesar wolle den Aufstand eines Stammes mit einem schier unaussprechlichen Namen niederschlagen – ich werde nicht einmal versuchen, ihn zu buchstabieren. Ich nehme an, du bist mit ihm gezogen. Gib acht auf dich, Meto.

In Anbetracht der Truppenbewegungen weiß ich nicht, ob dich mein Brief von vor einem Monat erreicht hat oder vielleicht erst nach diesem Brief eintreffen wird, wenn er überhaupt ankommt; doch da einer von Caesars Boten (ein junger Soldat, der schon früher Briefe von mir an dich transportiert hat) im Begriff steht, nach Gallien aufzubrechen, und sagt, daß er meinen Brief mitnehmen will, wenn ich binnen einer Stunde damit fertig werde, schreibe ich sehr schnell und werde dir einfach alle Neuigkeiten mitteilen, die mir einfallen, selbst auf die Gefahr hin, dir von Ereignissen zu berichten, die ohne den rechten Zusammenhang keinen Sinn ergeben. (Zeige diesen Brief bitte nicht deinem Feldherrn. Ich fürchte, ein Mann, der seine Memoiren zu Pferde diktiert, würde Eile kaum als Entschuldigungsgrund für derart verworrene Sätze gelten lassen.)

Hoffentlich hast du meinen letzten Brief erhalten und bist über den Mord an Dio informiert. Darin habe ich über jene gespottet, die meinten, die Ermordung Dios sei zu gravierend, um ohne Konsequenzen zu bleiben, und daß der Skandal die Bestrafung irgendeines Täters nach sich ziehen würde, doch offenbar habe ich mich geirrt, und sie hatten recht, bis zu einem gewissen Punkt jedenfalls.

Der Skandal hat enorme Wellen geschlagen. Dio war sogar noch bekannter und angesehener, als ich gedacht hatte – oder hat ihn sein Tod zu einem Märtyrer gemacht, der in seinem Sterben größer und beliebter ist, als er es zu Lebzeiten je war? Für einen Mann, von dem man jetzt mit solcher Ehrfurcht spricht, ist er in den letzten Tagen seines Lebens jedenfalls ziemlich schäbig behandelt worden, von einem sich sträubenden (und möglicherweise verräterischen) Gastgeber zum nächsten abgeschoben, seine letzten Reserven verbrauchend, bis er keinerlei Mittel mehr besaß. Dieselben Senatoren, die Dio jetzt einen zweiten Aristoteles nennen, haben sich vor gar nicht langer Zeit geweigert, Dio vor ihrer Kammer sprechen zu lassen.

(Da fällt mir das alte Rätsel ein, das Dio mir gestellt hat, als ich ein junger Mann in Alexandria war: Ist es besser, im Leben geliebt und nach seinem Tod verachtet oder im Leben verachtet und nach seinem Tod geliebt zu werden?)

Die Debatte des Senats über die ägyptische Situation dauert an, neu angefacht durch dieses beschämende Ereignis. Derweil ist vor kurzem ein gewisser Publius Asicius des Mordes angeklagt worden.

Ich muß gestehen, daß es mich nicht überrascht hat, daß

man Asicius der Ermordung Dios beschuldigte. Dio selbst hatte den jungen Mann in Verdacht, an dem vereitelten Giftanschlag im Haus von Lucius Lucceius beteiligt gewesen zu sein, wie er mir bei seinem Besuch berichtet hat. Am selben Tag, an dem Dios Vorkoster an einer Vergiftung starb, hatte Asicius Lucceius einen Besuch abgestattet. Das ist, für sich genommen, lediglich ein Indiz. Doch nachdem Dio mein Haus verlassen hatte und kurz danach in seinem Bett erstochen wurde, traf ich Asicius und unseren Nachbarn M. C. zufällig auf der Straße, und auch wenn ich sie nichts direkt Belastendes habe sagen hören, so kommen mir die Umstände, zumindest rückblickend, doch äußerst verdächtig vor.

Als ich nun also hörte, daß man Asicius angeklagt hatte, war ich sehr erleichtert, weil ich dachte: wenn er schuldig ist, bestünde vielleicht die Möglichkeit, die ganze häßliche Wahrheit ans Licht zu bringen – ohne daß ich in die Sache verwickelt würde. (Vermutlich empfindest du bei deiner Arbeit für Caesar manchmal eine ähnliche Erleichterung, wenn eine lästige Pflicht unerwartet und ohne dein Zutun erledigt wird, als ob ein wohlgesonnener Gott beschlossen hatte, dir einen Gefallen zu tun.)

Doch mit der Gunst der Götter hat es ja so eine eigene Bewandtnis.

Wer, glaubst du, trat an, um Asicius zu verteidigen? Jawohl, der beste Strafverteidiger Roms, unser alter Freund Cicero.

Als ich davon erfuhr, sanken meinen Hoffnungen sofort wieder. In einem Prozeß, an dem Cicero als Anwalt teilnimmt, kann vieles passieren, doch die Wahrheit kommt dabei nur in den seltensten Fällen ans Licht. Wenn die Gerechtigkeit triumphiert, geschieht das trotz Ciceros Täuschungsmanövern und unabhängig davon, ob die Wahrheit gesagt wurde oder nicht.

Man sagt, Cicero und Asicius hätten sich beide weit weg von Rom im Süden an der Küste aufgehalten, als Asicius angeklagt wurde – Cicero in Neapolis, Asicius auf der gegenüberliegenden Seite der Bucht in der Villa seiner Familie in Baiae. Um den Zufall zu erörtern, hat Asicius Cicero in seiner prachtvollen Sänfte abgeholt und mit nach Baiae genommen. Nun, es war nicht direkt *seine* Sänfte, sondern eine Leihgabe von – ist es zu fassen? – König Ptolemaios.

(Die Komplizenschaft ist absolut offensichtlich! Man sollte meinen, daß ein Mann, der angeklagt ist, einen Feind von König Ptolemaios ermordet zu haben, seine Verbindung zum König eher verbergen würde, als sich damit zu brüsten, aber wie die meisten Männer seiner Generation kann Asicius offensichtlich sogar in einer solchen Situation der Prahlerei nicht entsagen.)

Die Sänfte war ein riesiger Achtsitzer, kunstvoll verziert (ägyptische Sänften lassen auch die elegantesten römischen Transportmittel vergleichsweise schlicht erscheinen) und bewacht von nicht weniger als einhundert bewaffneten Leibwächtern, die Asicius sich ebenfalls von König Ptolemaios ausgeliehen hatte. (Wenn der König schon die Leibwächter zu Asicius' persönlicher Verteidigung gestellt hat, liegt der Schluß nahe, daß es auch der König war, der Cicero zu seiner juristischen Verteidigung angeheuert hat.) Kannst du dir das vorstellen – Cicero und Asicius, die über den anstehenden Mordprozeß diskutieren, während sie, sich in ägyptischem Luxus suhlend, in einer Sänfte die Küste entlanggetragen werden, gefolgt von einhundert Schwertkämpfern?

Ich habe den Prozeß verpaßt; der Husten, der mich schon in Illyrien geplagt hat, verhinderte meine Anwesenheit.

Bethesda hat sich den Prozeß angesehen, doch du kannst dir ja sicher die Art Bericht vorstellen, mit der sie zurückkam – ich erfuhr, daß Asicius recht attraktiv ist, auch wenn er ein wenig verlebt und blaß wirkt (Bethesda hat gehört, daß er exzessiv trinkt); daß Asicius' Freund, unser gutaussehender junger Nachbar M. C. nirgends zu sehen und daß Cicero so langatmig und langweilig wie immer war.

Ach ja, und daß Asicius von dem Vorwurf, Dio ermordet zu haben, *freigesprochen* wurde.

Jetzt bedaure ich es doch, den Prozeß verpaßt zu haben, weil ich die vorgelegten Beweise gern mit eigenen Augen und Ohren gesehen und gehört hätte. Obwohl ich es überhaupt nicht bedaure, die Tricks verpaßt zu haben, mit denen Cicero die Richter diesmal abgelenkt, verwirrt und am Ende überzeugt hat. So was brauche ich nun wirklich nicht.

Also, die Sache hat ein Ende gefunden, ob nun zum Guten oder zum Schlechten. Der arme Dio bleibt ungerächt, aber sein Vermächtnis wird vielleicht doch noch obsiegen –

Von einem Klopfen abgelenkt, hob ich den Stylus vom Pergament. Ich drehte mich um und sah Belbo in der Tür stehen.

»Der Bote ist zurückgekommen, Herr. Er sagt, er muß deinen Brief jetzt haben, wenn er ihn mitnehmen soll.«

»Führe ihn herein. Er braucht nicht im Flur zu warten«, murrte ich und wandte mich wieder dem Brief zu.

Ich muß abrupt enden. Caesars Bote ist zurückgekehrt. Ich habe diese Stunde törichterweise damit verbracht, dir Forum-Klatsch zu berichten und mir keine Zeit aufgespart, um über die Familie zu sprechen. Wisse, daß alles gut geht. Bethesda ist wie immer, und Diana wird ihrer Mutter mit jedem Tag ähnlicher (schöner und rätselhafter). Ecos Geschäft floriert weiter, obwohl ich oft wünschte, ich hätte ihn ein weniger gefährliches Gewerbe lehren können als das seines Vaters; seine geliebte Menenia hat sich als eine Frau von nicht zu überbietender Geduld erwiesen, vor allem bei der Erziehung der Zwillinge. Stell dir vor: *zwei* sich balgende Vierjährige, die sich die Zehen stoßen und sich erkälten …

Ich muß schließen. Der Bote steht bereits vor mir im Zimmer, blickt auf die Minerva-Statue im sonnendurchfluteten Atrium und wippt ungeduldig mit dem Fuß.

Gib auf dich acht, Meto!

Ich bestäubte das Pergament mit feinem Sand, den ich nach einer Weile wieder wegblies, bevor ich den Bogen zusammenrollte und in einen ledernen Behälter steckte, dessen Deckel ich versiegelte. Als ich, über Ungesagtes nachgrübelnd, dem Boten zögernd den Brief übergab, sah ich mir den Mann genauer an. Er trug die Montur eines Soldaten: überall Lederriemen, martialischer Brustpanzer und blutrote Wolle. Er hatte das Kinn gereckt, und seine Miene war streng.

»Wie alt bist du, Soldat?«

»Zweiundzwanzig.«

Genauso alt wie Meto; kein Wunder, daß der Bursche für mich aussah wie ein Kind, das Soldat spielt. Ich betrachtete sein Gesicht und suchte nach Spuren für das Grauen, das er mit seinen jungen Jahren bereits gesehen haben mußte, doch ich sah nur ausdruckslose Unschuld der Jugend, gerahmt vom Helm eines Legionärs.

Plötzlich geriet seine strenge Miene in Bewegung. Er wirkte regelrecht verwirrt. Da erst begriff ich, daß er an mir vorbei zur Tür starrte.

Als ich herumfuhr, hörte ich Belbo poltern. »Herr, ein weiterer Besucher – ich habe ihm gesagt, er soll in der Halle warten, doch er ist mir einfach gefolgt –«

Zunächst sah ich meinen neuen Gast kaum, weil er durch Belbos massigen Körper verdeckt war. Dann schlüpfte er in mein Blickfeld und machte, was ihm an Körpergröße fehlen mochte, durch den schrillen Glanz seiner Aufmachung wieder wett. Er war vom Hals abwärts in ein Gewand aus leuchtendem Rot und Gelb gehüllt. Silberne Armbänder klimperten an seinen Handgelenken, um seinen Hals hing ein silbernes Kreuz mit Glasperlen, und an seinen Ohren und Fingern blinkten silberne Ringe. Seine Wangen waren weiß geschminkt. Auf dem Kopf trug er einen vielfarbigen Turban, unter dem sein gebleichtes Gesicht in wallenden Locken hervorquoll. Als ich ihn zum letzten Mal gesehen hatte, trug er eine Toga und nicht das Gewand eines Priesters der Kybele.

»Trygonion«, sagte ich.

Er lächelte. »Dann erinnerst du dich an mich?«

»Aber ja. Es ist in Ordnung«, sagte ich zu Belbo, der noch immer unsicher dastand, jederzeit bereit, sich zwischen mich und den kleinen Galloi zu werfen. Er hätte den kleinen Priester problemlos in die Luft heben und in zwei Teile zerreißen können, doch er hielt Abstand, zu ängstlich, den heiligen Eunuchen auch nur zu berühren. Trygonion war in mein Arbeitszimmer marschiert, ohne seine Schritte zu verlangsamen, ungerührt von dem dreimal so großen Mann, der ihn lautstark aufgefordert hatte stehenzubleiben.

Belbo warf dem Galloi einen wütenden Blick zu und zog sich zurück. Hinter mir vernahm ich ein Räuspern; als ich mich umdrehte, sah ich den Soldaten, der meinen Brief in einen ledernen Beutel steckte. »Ich breche jetzt auf«, sagte er und nickte mir zu, während er den Eunuchen mit einer Mischung aus Neugier und Abscheu musterte.

»Möge Merkur dich beschützen«, sagte ich.

»Und möge das Blut der Großen Göttin zwischen ihren Schenkeln wallen und dich reinwaschen!« fügte Trygonion hinzu. Er drückte seine Handflächen zusammen, daß seine Armbänder klimperten, und verneigte sich. Der Soldat runzelte die Stirn und verließ uns hastig, unsicher, ob er gerade gesegnet oder verflucht worden war. Er wollte sich seitlich durch die enge Tür drücken, um den Eunuchen nicht zu berühren, doch Trygonion verlagerte absichtlich sein Gewicht, so daß sich ihre Schultern streiften, und ich sah, wie der Soldat erschauerte. Der Gegensatz war auffällig: hier der strenge, virile junge Römer in Soldatenkluft, dort der kleine, grinsende Galloi von fremder Herkunft in seinem priesterlichen Gewand. Seltsam, dachte ich, daß es der zum Töten ausgebildete Größere und Kräftigere war, der vor Angst zitterte.

Trygonion schien dasselbe zu denken, denn als der Soldat den Flur hinunterstürmte, sah der Eunuch ihm nach und lachte trällernd. Doch als er sich mir wieder zuwandte, erstarb sein Lächeln.

»Gordianus«, sagte er leise und neigte den Kopf zum Gruße. »Ich fühle mich erneut geehrt, Einlaß in deinem Haus zu finden.«

»Es hat ganz den Eindruck, als hätte ich kaum eine Wahl gehabt, wenn man sieht, wie Riesen vor dir weichen und Soldaten in Panik fliehen.«

Er lachte, aber nicht trällernd wie zuvor, als er den Soldaten verspottet hatte. Es war vielmehr ein kehliges Glucksen, wie Männer es wegen einer witzigen Anspielung auf dem Forum austauschen. Der Galloi schien in der Lage, seine Persönlichkeit nach Belieben zu wechseln, von feminin zu maskulin, ohne je ganz das eine oder das andere zu werden, sondern in einem Zustand verharrend, der nichts von beiden war.

»Man hat mich geschickt, dich zu holen.«

»Ach?«

»Ja, man stelle sich vor – ein Priester der Kybele wird wie ein Botenjunge losgeschickt.« Er zog mißbilligend eine Braue hoch, als wäre er von diesem Umstand ziemlich überrascht.

»Von wem losgeschickt?«

»Von einer gewissen Dame.«

»Hat sie auch einen Namen?«

»Aber natürlich – viele Namen, obwohl ich dir raten würde, die skandalöseren zu meiden und sie bei denen zu nennen, die ihr Vater ihr gegeben hat, wenn du dir keine Ohrfeige einhandeln willst. Zumindest bis du sie besser kennengelernt hast.«

»Und welcher Name ist das?«

»Sie wohnt hier auf dem Palatin, nur ein paar Schritte entfernt.« Er wies mit einem gewinnenden Lächeln zu Tür.

»Trotzdem würde ich, bevor wir losgehen, um sie zu besuchen, gern ihren Namen erfahren und was sie von mir will.«

»Es geht um einen gemeinsamen Bekannten. Um zwei gemeinsame Bekannte, um genau zu sein: der eine lebt noch, der andere... ist tot.« Er sah mich ernst an. »Zwei gemeinsame Bekannte«, wiederholte er. »Einer ein Mörder – der andere sein Opfer. Der eine schlendert in diesem Moment mit seinen Freunden scherzend und seine Gegner beleidigend über das Forum, während der andere den Hades durchmißt, ein Schatten unter Schatten. Vielleicht trifft er dort Aristoteles und kann von Angesicht zu Angesicht mit ihm diskutieren, und die Toten können entscheiden, wer von ihnen mehr über das Leben wußte.«

»Dio«, flüsterte ich.

»Ja, ich spreche von Dio – und seinem Mörder. In dieser Angelegenheit bin ich gekommen.«

»Wessen Angelegenheit?«

»Die Angelegenheit meiner Herrin. Sie hat sie zu der ihren gemacht.«

»Wer ist sie?« fragte ich zunehmend ungeduldiger.

»Komm und sich selbst. Sie möchte dich unbedingt kennenlernen.« Er schielte lüstern wie ein Zuhälter, der eine Hure anpreist.

»Sag mir ihren Namen«, erwiderte ich langsam und um Fassung bemüht.

Trygonion seufzte und verdrehte die Augen. »Also gut. Ihr Name ist Clodia.« Er sah den Ausdruck auf meinem Gesicht und lachte. »Ah, wie ich sehe, hast du schon von ihr gehört!«

IX

Als wir gerade das Haus verlassen wollten, trafen wir Bethesda und Diana.

»Wo gehst du hin?« Bethesda warf Trygonion einen kühlen Blick des Wiedererkennens zu, verschränkte die Arme und sah mich an wie Medusa persönlich. Wie hatte diese Frau je irgend jemandes Sklavin sein können, noch dazu meine? Diana stand seitlich hinter ihrer Mutter. Auch sie zog die Schultern zurück, verschränkte die Arme und imitierte den gebieterischen Blick ihrer Mutter.

»Keine Fragen«, sagte ich. Bethesda hielt die Arme verschränkt; die Antwort reichte ihr nicht. »Vielleicht hat der Galloi Arbeit für mich«, fügte ich hinzu.

Sie musterte den kleinen Priester so eindringlich, daß es mich nicht gewundert hätte, wenn er zu Stein erstarrt wäre. Statt dessen lächelte er sie an. Die beiden schienen gegeneinander unempfindlich. Trygonion wirkte kein bißchen eingeschüchtert, Bethesda von seinem Charme kein bißchen eingenommen. »Du solltest Belbo mitnehmen«, war alles, was sie zu sagen hatte, bevor sie ihre Arme löste und den Flur hinunterging. Diana folgte ihr, wobei sie die Bewegungen ihrer Mutter mit geradezu unheimlicher Präzision nachahmte – bis ich herumfuhr und sie unter den Achseln kitzelte. Sie stieß ein kreischendes Lachen aus und rannte los, wobei sie Bethesda anrempelte. Beide drehten sich zu mir um, Diana lachend, Bethesda mit dem zarten Hauch eines Lächelns auf den Lippen.

»Nimm Belbo mit!« wiederholte sie, bevor sie sich umdrehte und weiterging. Jetzt begriff ich: Sie erinnerte sich an Trygonion von Dios Besuch, wußte von dessen Ermordung und sorgte sich nun um mich, da ich mit Trygonion das Haus verließ. Wie rührend!

Zu dritt – der Galloi, Belbo und ich – traten wir in das helle Licht der Nachmittagssonne. In meinem Arbeitszimmer hatte sich die Wärme mild und die Luft süßlich wie zu Frühlingsbeginn angefühlt; doch auf den Straßen hatte die Sonne die Pflastersteine bereits erhitzt, und die Luft war heiß. Trygonion zog aus den Falten seines Gewandes einen winzigen gelben Sonnenschirm hervor, öffnete ihn und hielt ihn hoch.

»Vielleicht hätte ich meinen breitkrempigen Hut aufsetzen sollen«, sagte ich und blinzelte in den wolkenlosen Himmel.

»Es ist nur ein kurzer Fußweg«, sagte der Galloi. »Zwei Blocks geradeaus und dann rechts.«

Wir gingen die Straße hinunter und kamen an dem Wohnhaus vorbei, in dem Marcus Caelius lebte. Die Fensterläden im oberen Stockwerk waren trotz der Hitze geschlossen. Konnte es sein, daß er um diese Tageszeit noch schlief? Was für ein Leben!

Das Haus gehörte dem Unruhestifter Publius Clodius; ich war unterwegs zu seiner Schwester. Was für ein Dorf Rom doch war, dachte ich, und es wurde mit jedem Jahr kleiner. Ich hatte bisher keinen der berüchtigten Clodii kennengelernt; sie waren entfernt mit meinem alten Wohltäter Lucius Claudius verwandt, doch unsere Wege hatten sich nie gekreuzt. Das war mir nur recht. In den letzten Jahren bin ich bei der Auswahl sowohl der Menschen, denen ich helfe, als auch derjenigen, die ich beleidige, immer anspruchsvoller geworden. Und nach allem, was man hörte, waren Clodia und Clodius die Art Zeitgenossen, die man tunlichst meiden sollte.

Ein unbekannter Bürger, der den Diebstahl des Familiensilbers beklagte; ein alter Bekannter, der in anonymen Briefen bedroht wurde; eine junge Ehefrau, die von ihrer rechthaberischen Schwiegermutter fälschlicherweise des Ehebruchs bezichtigt wurde – das waren die Menschen, denen ich in meinem Vorruhestand meine hilfreichen Dienste gewähren sollte. Männer hingegen, die wirkliche Macht in Händen halten, ein weitgespanntes Netz von geheimen Agenten kontrollieren, Totschläger schicken, um ihre Gegner zu zerschmettern – die Pompeii und Ptolemaier dieser Welt –, schienen mir von der Art, die man unter keinen Umständen beleidigen sollte, selbst wenn das bedeutete, daß ich einem alten Freund nicht helfen konnte und also Dio von Alexandria abweisen mußte.

Jetzt befand ich mich auf dem Weg zu Clodias Haus, vorgeblich, um eine Angelegenheit im Zusammenhang mit Dios Ermordung zu besprechen, begleitet von einem Kybele-Priester, der einen knallgelben Sonnenschirm durch die sonnigen Straßen des Palatin trug. Den Göttern gefällt es, die Menschen mit Unerwartetem zu überraschen – außerdem sind sie für ihren grausamen Humor bekannt.

Clodias Haus lag am Ende einer kleinen Sackgasse, die von einer ruhigen Straße abging. Wie die meisten Patrizierhäuser hatte es zur Straße hin eine unscheinbare Fassade. Die fensterlose Front war dünn mit blaßgelber Farbe getüncht, zwei hohe Zypressen rahmten die schlichte Eichenholztür. Ich hatte sie vom Balkon auf der Rückseite meines Hauses schon oft gesehen, ohne ihren genauen Standort zu kennen. Ebenso wie das Haus waren auch die Bäume offensichtlich schon sehr alt.

Der Sklave, der die Eingangstür bewachte, war ein kräftiger junger Mann mit einem ordentlich geputzten, schwarzen Bart und buschigen Brauen, die über seinen schmachtenden braunen Augen zusammengewachsen waren. Er öffnete die Tür ein Stück und grinste, als er Trygonion sah. Von mir oder Belbo nahm er kaum Notiz. »Sie ist gegangen«, antwortete er, verschränkte die Arme und lehnte sich an den Türrahmen.

»Ausgegangen?« sagte der Galloi. »Aber ich habe sie doch gerade erst verlassen, um diesen Mann hier zu holen.«

Der Türsteher zuckte die Achseln. »Was soll ich dir sagen? Du weißt doch, wie sie ist.«

»Aber sie wußte, daß ich sofort zurückkommen wollte«, sagte Trygonion trotzig. »Wohin ist sie gegangen?«

»Zum Fluß runter.«

»Was, zu den Märkten?«

Der Sklave kniff die Augen zusammen. »Natürlich nicht. Du weißt doch, daß sie nicht mehr auf den Markt geht. Sie hat Angst, Milos Männer zu treffen, die irgendwelche Spottlieder über sie anstimmen. Sie tut so, als ob es ihr nichts ausmachen würde, aber du weißt, wie sie es haßt.« Der Sklave zog seine rechte Braue hoch, was bei seinen zusammengewachsenen Augenbrauen einen verblüffenden Effekt ergab. »Sie ist zu dieser bestimmten Stelle an den Tiber gegangen. Sie meinte, es wäre der einzige Ort, an dem es sich an einem so schönen Tag aushalten ließe. Alle werden unten am Fluß sein, hat sie gesagt. Ich nehme an, sie will sich die Schwimmer aus der Nähe betrachten.« Ein plötzliches Zucken seiner Mundwinkel wuchs sich zu einem süffisanten Lächeln aus, als die Hand einer hinter der Tür verborgenen Person auftauchte und wie eine sich windende Schlange über seinen Rücken strich. Offenbar war der junge Türsteher kitzelig, denn er zuckte und spannte seine muskulösen Unterarme an. »Sie hätte mich mitnehmen sollen«, seufzte er, »doch ich bin auch so beschäftigt genug.«

»Hat sie eine Nachricht hinterlassen?« fragte Trygonion verzweifelt. »Sie muß irgendwas hinterlassen haben!«

Hinter der Tür ertönte das Lachen einer Frau, bevor ein lächelndes Gesicht auftauchte und sich an das des stämmigen Türstehers schmiegte. »Keine Sorge, sie hat dich nicht vergessen«, flötete die Frau. Ihre Stimme hatte einen kultivierten Tonfall, und ihr kastanienbraunes Haar war extravagant hochgesteckt, wobei einige Strähnen den Nadeln und Kämmen entwischt waren. Die Falten um ihre Augen und ihren Mund waren kunstvoll mit Schminke überdeckt, doch ich erkannte, daß sie nicht mehr jung war. »Barnabas neckt dich nur! Nicht wahr, Barnabas? Du Schlingel!« Sie biß dem Sklaven spielerisch ins Ohrläppchen.

Barnabas lachte lüstern und riß sich los, sein Ohr aus dem Biß ihrer strahlend weißen Zähne, seinen Hintern aus dem Griff ihrer Hand. »Troll dich!« sagte sie lachend und schnippte mit den Fingern. »Los! Ich werde mich später um dich kümmern.« Sie knurrte kehlig und knirschte mit den Zähnen. Barnabas verschwand.

»Es ist ein hebräischer Name, wißt ihr«, sagte sie, wieder an uns gewandt. »Barnabas, meine ich. Clodia sagt, er bedeutet ›Trost‹. Und sie muß es wissen!« Die Frau lachte, und ich roch den Wein, den sie getrunken haben mußte.

»Was hat Clodia über mich gesagt?« wollte der Galloi wissen.

»Über dich, Trygonion? Hmm, also, nun, wir wissen ja alle, woher dein Name kommt, nicht wahr?« Sie sah ihn wissend an.

»Das tut nichts zur Sache!« fauchte der Galloi. »Was hat sie gesagt, bevor sie gegangen ist?«

Die Gesichtszüge der Frau wurden mürrisch und zerstörten so die Illusion, die ihre Schminke geschaffen hatte. »Also gut. Sie hat gesagt, sie hätte es im Haus keinen Moment länger ausgehalten und sich schon seit Tagen nach ihrem Platz unten am Fluß gesehnt. Also hat sie Chrysis beauftragt, ihren Sänftenträger zu rufen, ein paar Sachen einzupacken, und husch, weg waren die beiden, verschwunden in einer Staubwolke. Sie hat mich gefragt, ob ich mitkommen wolle, doch ich habe ihr erklärt, daß ich zu verzweifelt sei und dringend *Trost* brauchen würde. Ha!« Sie stieß ein gellendes Lachen aus, was erneut ihre strahlend weißen Zähne zum Vorschein brachte. »Da ich also im Haus zurückgeblieben bin, hat Clodia mich gebeten, dir etwas auszurichten, falls du zufällig vorbeikommen solltest. Ich soll dir und deinen« – sie bedachte Belbo und mich mit einem gelangweilten Blick, als ob sie uns erst jetzt bemerken würde – »Freunden sagen, daß ihr zum Fluß hinunterkommen und sie dort treffen sollt. Ist das deutlich genug?«

»Ja, danke«, sagte Trygonion höflich. Er drehte sich um und eilte mit den längsten Schritten, die seine kurzen Beine ihm erlaubten, davon.

»Schneide ihnen die Eier ab, und du siehst, was für eine

Plage sie werden«, murmelte die Frau zwischen zusammengebissenen Zähnen und schlug achselzuckend die Tür zu.

»Eine schreckliche Frau!« sagte Trygonion, als Belbo und ich ihn eingeholt hatten.

»Nicht so schnell«, beschwerte ich mich. »Wer ist sie?«

»Nur eine Nachbarin. Niemand. Eine Base oder so. Ich habe kein Geld für ein Sänfte, du etwa? Na ja, ich nehme an, wir können genausogut laufen.«

Das taten wir denn auch. Als wir den Hang des Palatins hinabwanderten, über die Viehmärkte und die Brücke am westlichen Ufer, erwog ich mehrmals, Trygonion zu erklären, daß ich meine Meinung geändert hätte und umkehren wollte. Was hatte ich schließlich hier zu suchen: herbeizitiert von einer Frau, deren Bekanntschaft ich bisher tunlichst gemieden hatte, um eine Angelegenheit zu besprechen, von der ich mich ausdrücklich distanziert hatte! Gib Kybele die Schuld, dachte ich, als ich ihrem Priester samt seinem entschlossen emporgereckten Sonnenschirm folgte.

Es galt als Zeichen von Wohlstand und gutem Geschmack, einen Flecken Grün am Ufer des Tibers zu besitzen. Solche Grundstücke sind manchmal wie eine Kreuzung aus einem Garten und einem Park, die Besitzer selbst nennen sie *horti*. Normalerweise gehört irgendein Gebäude zu dem Grundstück – manchmal nicht mehr als eine schlichte Unterkunft mit Quartieren für den Gärtner und ein paar Gästen, manchmal ganze Paläste. Die Anlagen selbst sind teils verwildert, teils kultiviert, je nach Größe des Grundstücks, den Vorlieben des Eigentümers und den Fertigkeiten seines Gärtners; Wiesen mit hohen Gräsern und waldige Abschnitte wurden immer wieder von Rosengärten, Fischteichen, Brunnen und gepflasterten, von Statuen gesäumten Wegen unterbrochen. Clodias *horti* lagen vergleichsweise nahe am Zentrum. Vor hundert Jahren war die Umgebung wahrscheinlich noch ländlich gewesen, doch seitdem hatte sich die Stadt gewaltig ausgedehnt. Es war ein wirklich beneidenswertes Flußgrundstück, das sich vermutlich schon seit Generationen im Besitz der Familie befand.

Die Aura hohen Alters wurde durch das Anwesen selbst noch verstärkt, das an diesem so warmen und windstillen Tag wie ein Ort wirkte, an dem die Zeit schon seit langem stehengeblieben war. Der direkte Zugang erfolgte über einen langen, schmalen Weg, der von wuchernden Berberitzen gesäumt wurde, die über dem Pfad zu einem schützenden Dach zusammengewachsen waren. Der tunnelartige Weg mündete auf eine breite Weide, auf der zwei Ziegen grasten, die bei unserem Erscheinen zu blöken begannen. Auf der anderen Seite der Weide stand, fast völlig verborgen in einer Baumgruppe, im rechten Winkel am Fluß ein langes, schmales, mit roten Ziegeln gedecktes Haus mit einem Säulengang, der sich über die gesamte Vorderseite erstreckte. Die offene Wiese strahlte eine genauso private Atmosphäre aus wie ein von Mauern umgebener Garten in der Stadt, denn sie war nach allen Seiten durch hohe Zypressen und majestätische Eiben abgeschirmt.

»Sie wird nicht im Haus sein«, sagte Trygonion, »aber wir können trotzdem einen Blick hineinwerfen.«

Wir überquerten die Wiese und traten in den Schatten der Säulenhalle. Trygonion klopfte an die nächstgelegene Tür, bevor er sie aufstieß, über die Schwelle trat und mir und Belbo ein Zeichen machte, ihm zu folgen. Jedes Zimmer des langgestreckten Hauses ging in das folgende über, gleichzeitig hatte jedes Zimmer noch eine Außentür, so daß man die Länge des Hauses entweder im Schatten des Portikus oder von Zimmer zu Zimmer gehend abschreiten konnte.

Ich wußte sofort, daß das Haus leer war. Man konnte förmlich fühlen, daß es den ganzen Winter über unbewohnt gewesen und noch immer nicht zu neuem Leben erweckt worden war. Die Luft war still und kühl, die Wände und wenigen Möbelstücke rochen leicht muffig, und auf der Oberfläche hatte sich eine dünne Staubschicht abgelagert.

Wir folgten Trygonion, der immer wieder Clodias Namen

rief, langsam von Zimmer zu Zimmer. In einigen Räumen waren alle Gegenstände verhüllt, in anderen hatte man die Laken schon weggezogen und achtlos auf dem Boden liegen lassen. Als Besitzer eines möblierten Hauses auf dem Palatin weiß ich wenig über Möbel. Die Stücke, die ich in Clodias Haus am Tiber sah, hätten bei jeder Auktion erstaunliche Preise erzielt, vor allem bei der prosperierenden Schicht der Neureichen, in deren obskuren Familien es keine wertvollen Erbstücke gab – Schlafsofas, die aus dem brennenden Karthago gerettet worden waren, die Polster so verblichen, daß man die exotischen Muster kaum noch erkennen konnte; vergoldete Schränke und Truhen mit massiven Eisenbeschlägen, wie sie heute gar nicht mehr hergestellt werden; uralte Klappstühle, auf denen vielleicht schon Scipio oder die Gebrüder Gracchus gesessen hatten.

Außerdem gab es Gemälde in jedem Raum, und zwar nicht die Art theatralischer Wandgemälde, wie sie heute unter den Reichen Mode sind, sondern Porträts und historische Szenen auf Holz enkaustiert und kunstvoll gerahmt. Sie waren mit den Jahren dunkler geworden, und ihre glatten Oberflächen waren mit feinem Geäst aus winzigen Rissen überzogen. Sammler lieben solche Eigenschaften, die nicht von Menschenhand imitiert werden, sondern nur durch die Zeit selbst geschaffen werden konnten. Hier und dort standen kleine Statuen auf Sockeln, keine größer als der Unterarm eines Mannes, in perfekter Proportion zu den kleinen Räumen, und alle mit ländlichen Motiven, die der Atmosphäre des Hauses entsprachen – Pan und Silenos, ein Sklavenjunge, der sich einen Dorn aus dem Zeh zog, eine Waldnymphe, die auf einem Fels kniete.

Als wir das Ende des Hauses erreicht hatten, traten wir wieder in den Säulengang. Trygonion spähte in Richtung des Waldes auf der anderen Seite des Hauses, aber ich konnte dort nichts erkennen. »Nein, in den Küchen, Sklavenquartieren oder Ställen wird sie nicht sein«, meinte er. »Sie ist natürlich unten am Wasser.« Wir stapften erneut über die

Wiese auf einen Hain am Fluß zu. Im Schatten der Bäume stießen wir auf eine Venus-Statue – kein kleiner Zierrat wie die Skulpturen im Haus, sondern eine prachtvolle, hochragende Bronzeplastik auf einem Marmorsockel. Die Göttin blickte mit einem fast selbstgefälligen zufriedenen Blick auf das Wasser, als würde der Fluß nur fließen, um als Musik in ihren Ohren zu plätschern und sie zu erfreuen.

»Außergewöhnlich«, flüsterte ich. Belbo stierte benommen und mit einem Ausdruck religiöser Ehrfurcht auf die Statue.

»Findest du?« fragte Trygonion. »Du solltest die Venus in ihrem Stadthaus sehen.« Er drehte sich um und ging, eine Hymne für Kybele summend, weiter. Seine Stimmung schien sich mit jedem Schritt, der ihn näher ans Wasser und zu dem rotweiß gestreiften Zelt am Ufer brachte, zu bessern.

Wir traten aus dem Schatten der Bäume in die Sonne. Die satten Gräser wiegten sich in einer milden Brise. Das Zelt stach markant von der hellgrünen Wiese, dem dunkelgrünen Wasser des Flusses und dem azurblauen Himmel ab. Die dünnen seidenen Planen zitterten im Lufthauch. Rote Streifen wanden sich wie dahingleitende Schlangen auf einem weißen Pferd, bevor sich die Illusion durch eine optische Täuschung umkehrte und man weiße Schlangen auf einem roten Feld sah.

Von irgendwoher hörte man ein Platschen, doch das Zelt und die hohen Bäume zu beiden Seiten versperrten die Sicht auf den Fluß.

»Warte hier«, sagte Trygonion und betrat das Zelt. Kurz darauf steckte er den Kopf wieder heraus. »Tritt ein, Gordianus. Aber laß deinen Leibwächter draußen.«

Als ich auf den Eingang zuging, wurde die Plane von einem bis dahin unsichtbaren Sklaven hochgeschlagen, und ich trat ein.

Das erste, was ich bemerkte, war der Duft, ein Parfüm, das ich nie zuvor gerochen hatte – schwer faßbar, subtil und faszinierend. In dem Moment, als ich es zum erstem Mal roch, wußte ich, daß ich es nie wieder vergessen würde.

Die rotweiße Seide filterte die hellen Sonnenstrahlen und tauchte das Zelt in ein warmes Licht. Die Planen waren zum Fluß hin hochgerollt und rahmten das sich darbietende Bild. Sonnenlicht tanzte auf den grünen Wellen und warf seinen glitzernden Widerschein in das Zelt, wo er über meine Hände und mein Gesicht huschte. Wieder hörte ich ein Platschen, und jetzt sah ich eine Gruppe von etwa fünfzehn jungen Männern und Knaben, die in den Fluten direkt vor dem Zelt herumtollten. Einige trugen bunte Lendenschurze, doch die meisten waren nackt. Wassertropfen klebten an ihren geschmeidigen Körpern, die im Sonnenlicht glitzerten, als wären sie mit Juwelen besetzt. Und wenn die Schwimmer in den Schatten der Bäume tauchten, ließ das Spiel von Licht und Schatten auf ihrer Haut sie aussehen wie gefleckte Faune.

Ich ging in die Mitte des Zeltes, wo Trygonion mich mit einem strahlenden Lächeln erwartete. Er stand neben einem hohen, mit rotweiß gestreiften Kissen gepolsterten Sofa und hielt die Hand der darauf liegenden Frau. Sie hatte den Kopf abgewandt, so daß ich ihr Gesicht nicht sehen konnte.

Bevor ich das Sofa erreichte, stellte sich mir plötzlich eine Gestalt in den Weg. Sie sah kaum älter aus als ein Kind, trug jedoch ein langes grünes Kleid und hatte ihr rotbraunes Haar hochgesteckt. »Herrin!« rief sie, ohne den Blick von mir zu wenden. »Herrin, dein Gast ist jetzt hier.«

»Zeig ihn mir, Chrysis.« Die Stimme klang schwül und träge, tiefer als Trygonions, aber unverkennbar weiblich.

»Ja, Herrin.« Das Sklavenmädchen nahm meine Hand und führte mich vor das Sofa. Der Duft des markanten Parfüms wurde intensiver.

»Nein, nein, Chrysis«, sagte ihre Herrin und lachte sanft. »Stell ihn nicht direkt vor mich. Sonst versperrt er mir ja die Aussicht.«

Chrysis zupfte verspielt an meiner Hand und zog mich zur Seite.

»So ist es besser, Chrysis. Und jetzt geh. Und du auch,

Trygonion – laß meine Hand los, kleiner Galloi. Lauf zum Haus und sieh zu, daß du Chrysis mit irgendwas beschäftigst. Oder sucht am Flußufer nach hübschen Kieseln. Aber paßt auf, daß keiner dieser Flußsatyrn euch erwischt, wer weiß, was sonst passiert!«

Chrysis und Trygonion taten, was ihnen geheißen, und ließen mich mit der Frau auf dem Sofa allein.

X

»Die jungen Männer, die du mit den Lendenschurzen bekleidet im Fluß baden siehst, gehören mir. Das heißt, es sind meine Sklaven – Sänftenträger und Leibwächter. Hier in den *horti* lasse ich sie Lendenschurze tragen. Schließlich kann ich sie jederzeit nackt sehen, wenn ich will. Außerdem fällt es mir so leichter, die anderen zu erkennen. Jeder junge Römer, dessen nackter Anblick sich lohnt, weiß, daß er jederzeit nach Belieben an meinem Stück Tiberufer schwimmen darf – solange er es nur unbekleidet tut. Sie kommen über einen kleinen Pfad, der, unter Bäumen versteckt, von der Straße abgeht, und lassen ihre Tuniken an den Zweigen hängen. An heißen Nachmittagen im Hochsommer sind es manchmal mehr als einhundert, die in den Fluten tollen, sich gegenseitig naß spritzen oder sich auf den Felsen sonnen – nackt, wie ich es befohlen habe. Sieh dir die Schultern vom dem da an …«

Ich ertappte mich dabei, wie ich die nicht mehr junge Frau anstarrte – ich wußte, daß sie etwa fünf Jahre älter war als ihr Bruder Clodius und schätzte sie auf ungefähr vierzig. Es war schwer zu sagen, ob ihr Aussehen ihrem Alter entsprach. Doch wie alt sie auch immer aussehen mochte, es stand ihr. Clodias Haut war jedenfalls zarter als die der meisten Vierzigjährigen, von der Farbe weißer Rosen, weich und glatt; vielleicht schmeichelte ihr auch das durch die Zeltplanen gefilterte Licht. Ihr Haar war voll und schwarz und durch die

Magie verborgener Nadeln und Kämme zu einem kunstvollen Gewirr von Locken auf ihrem Kopf hochgesteckt. Die Tatsache, daß sie es streng aus ihrem Gesicht gekämmt hatte, unterstrich ihre hohen Wangenknochen und die stolze Linie ihrer Nase, die beinahe, aber eben nur beinahe zu groß war. Ihre Lippen waren von einem so satten Rot, daß es unmöglich natürlich sein konnte. Ihre Augen schienen bald blau, bald gelb, vor allem jedoch grün aufzublitzen wie funkelnde Smaragde oder das Glitzern des Sonnenlichts auf dem Tiber. Von diesen Augen hatte ich schon gehört; Clodias Augen waren berühmt.

»Sieh dir ihre Gänsehaut an!« Sie lachte. »Es wundert mich, daß sie es überhaupt im Wasser aushalten. Um diese Jahreszeit muß der Fluß noch eisig sein, egal, wie warm die Sonne schon brennt. Sieh nur, wie es ihre Männlichkeit zusammenschrumpeln läßt; schade an sich, denn das ist sonst schon der halbe Spaß beim Zusehen. Aber wenn du genau hinsiehst, wirst du feststellen, daß keiner von ihnen zittert. Sie wollen nicht, daß ich sie zittern sehe, die lieben, tapferen, dummen Jungen.« Sie lachte erneut – eine tiefes, kehliges Lachen.

Clodia saß mit dem Rücken an einen Berg von Kissen gelehnt und die Knie seitlich angewinkelt. Eine Stola aus gelblich schimmernder Seide, die unter ihren Brüsten und um die Hüfte gegurtet war, bedeckte sie vom Hals abwärts. Nur ihre Arme waren nackt. Trotzdem hätte kein Mensch ihr Gewand als schicklich bezeichnet. Der Stoff war so dünn, daß er durchsichtig schien, und im glitzernden Licht des sonnenüberfluteten Tiberufers war es schwer zu sagen, was an ihren schimmernden Konturen der glänzende Stoff und was ihr geschmeidiger Körper war. Ich hatte noch nie ein vergleichbares Kleid gesehen, was man offenbar an meinem erstaunten Gesicht ablesen konnte, denn Clodia lachte erneut, diesmal nicht über die jungen Männer im Fluß.

»Gefällt es dir?« Sie sah mir fest in die Augen, während sie mit der Hand über ihre Hüfte und ihren Schenkel bis hinab zu ihrem gebeugten Knie strich. Vor ihrer Hand schien sich die Seide wie Wasser zu kräuseln. »Es kommt den langen Weg aus Kos, das Allerneueste von einem berühmten dortigen Seidenmacher. Ich glaube nicht, daß noch eine Römerin ein solches Kleid besitzt. Vielleicht geht es ihnen aber auch wie mir und ihr Mut reicht nicht ganz, ein derartiges Kleidungsstück in der Öffentlichkeit zu tragen.« Sie lächelte sittsam und griff nach der silbernen Kette um ihren Hals. Sie spreizte die Finger, und dank der durchsichtigen Seide konnte ich deutlich erkennen, daß sie, während sie einen der eingefaßten Lapislazuli zwischen Daumen und Zeigefinger rollte, mit dem kleinen Finger zart eine ihrer großen blassen Brustwarzen streichelte, bis sie hart wurde.

Ich räusperte mich und sah mich um. Die jungen Männer warfen sich jetzt einen Lederball zu, riskierten jedoch, während sie vorgaben, in ihr Spiel vertieft zu sein, immer wieder verstohlene Blicke in Richtung Zelt. Kein Wunder, daß sie am ersten warmen Tag an den Fluß gekommen waren, dachte ich. Wie Clodia sie beobachtete, so kamen sie ihrerseits, um sie zu sehen. Ich räusperte mich erneut.

»Hast du eine trockene Kehle? Du bist doch nicht den ganzen Weg vom Palatin *gelaufen*?« Sie schien ernsthaft neugierig zu sein, als ob das Laufen auf den eigenen Füßen im Freien etwas war, wobei sie zwar ihren Sänftenträgern schon zugesehen, was sie jedoch noch nie selbst versucht hatte.

»Ja, ich bin gelaufen.«

»Du Armer, dann *mußt* du durstig sein. Chrysis hat uns zwei Becher bereitgestellt. In dem Tonkrug ist frisches Wasser, in der silbernen Karaffe Falerner. Ich trinke nie etwas anderes.«

Die Gefäße standen auf einem kleinen Tisch neben ihr. Einen Stuhl gab es nicht. Offenbar waren Besucher gehalten stehenzubleiben.

Mein Mund war in der Tat ziemlich trocken, was nicht nur an der Hitze des Tages lag. Clodias Becher war bereits mit Wein gefüllt, also griff ich nach dem Wasserkrug, schenkte mir einen Becher ein, leerte ihn langsam und füllte ihn erneut.

»Keinen Wein?« Sie klang enttäuscht.

»Besser nicht. Für einen Mann meines Alters ist es nicht gut, nach einer Anstrengung in der Hitze des Tages Wein zu trinken.« Und wenn nicht schlecht für meinen Magen, dachte ich, dann doch zumindest für meine Urteilskraft in ihrer Gesellschaft. Wie würde ihr durchsichtiges Seidenkleid erst nach zwei Bechern starken Falerners wirken?

»Wie du willst«, meinte sie achselzuckend. Die Seide fiel über ihre Schultern und kräuselte sich wie Wasser über ihren Brüsten.

Ich leerte den zweiten Becher Wasser und stellte ihn ab. »Du hattest einen bestimmten Grund, den Galloi nach mir zu schicken?«

»Ja, den hatte ich.« Sie wandte den Blick von mir ab und betrachtete wieder die jungen Männer im Fluß. Ich sah, wie ihre Augen, dem Flug des Balles folgend, hin und her zuckten, während ihre Miene ausdruckslos blieb.

»Trygonion sagte, es hätte etwas mit Dio zu tun.«

Sie nickte.

»Vielleicht sollte ich die Plane herunterlassen«, sagte ich.

»Was würden dann die jungen Männer am Fluß denken?« Die Vorstellung eines Skandals schien sie ebenso zu belustigen wie meine wachsende Verwirrung.

»Wenn wir eine Anstandsdame brauchen, kannst du ja deine Dienerin zurückrufen.«

»*Brauchen* wir eine Anstandsdame?« Sie warf mir einen irritierenden Blick zu. »Du kennst Chrysis ganz offensichtlich nicht; sie wäre für die Rolle wohl kaum geeignet.«

»Dann vielleicht Trygonion.«

Diesen Vorschlag quittierte sie mit einem lauten Lachen, bevor sie den Mund aufmachte, um etwas zu sagen, es sich dann aber anders überlegte. »Verzeih mir«, sagte sie. »Wenn ich etwas Geschäftliches mit einem gutaussehenden Mann zu besprechen habe, necke ich ihn zuvor gern ein wenig. Eine ungezogene Angewohnheit, aber meine Freunde haben gelernt, darüber hinwegzusehen. Ich hoffe, das wirst du auch tun, Gordianus, nachdem ich dir das jetzt gestanden habe.«

Ich nickte.

»Also gut. Ja, ich wollte dich bezüglich des verfrühten Todes unseres gemeinsamen Freundes Dio von Alexandria konsultieren.«

»Unseres *gemeinsamen* Freundes?«

»Ja, deines und meines Freundes. Schau mich nicht so überrascht an, Gordianus. Es gibt wahrscheinlich vieles, was du über Dio nicht weißt, genauso wie es wahrscheinlich vieles gibt, was du über mich nicht weißt – trotz allem, was du gerüchteweise gehört hast. Ich werde mich bemühen, kurz und präzise zu sein. Ich war diejenige, die Dio am Tag seiner Ermordung geraten hat, dich aufzusuchen und um Hilfe zu bitten.«

»Du?«

»Ja.«

»Aber du kennst mich doch gar nicht.«

»Trotzdem weiß ich vieles über dich, genauso wie du zweifelsohne vieles über mich wissen wirst. Dein Ruf reicht weit zurück, Sucher. Ich war ein Mädchen von siebzehn und wohnte noch zu Hause, als Cicero die aufsehenerregende Verteidigung eines Mannes übernahm, der des Vatermordes angeklagt war. Ich erinnere mich, daß mein Vater noch lange danach von diesem Fall gesprochen hat. Deine Rolle dabei erfuhr ich natürlich erst Jahre später, als Cicero selbst mir die Einzelheiten erzählte – er hat es wirklich geliebt, diesen alten Fall immer wieder aufzuwärmen, bis ihm sein Triumph über Catilina schließlich etwas noch Großartigeres bescherte, womit er sich brüsten konte! Cicero hat mit meinem verstorbenen Mann oft über dich gesprochen; ein paarmal hat er ihm sogar empfohlen, dich zu engagieren, aber Quintus war in diesem Punkt immer stur und zog es vor, seine eigenen Männer herumschnüffeln zu lassen. Ich will ganz ehrlich zu dir sein: Cicero hat nicht immer nur gut von dir gesprochen. Das heißt, gelegentlich gebrauchte er bei der Erwähnung deines

Namens Vokabeln, die eine anständige römische Matrone wie ich nicht wiederholen sollte. Aber wir hatten alle unsere Zerwürfnisse mit Cicero, nicht wahr? Wichtig ist, daß Cicero, selbst wenn er wütend auf dich war, stets deine Ehrlichkeit und Integrität gelobt hat. Als Quintus Statthalter im Cisalpinischen Gallien war, hat Cicero uns einmal mit seiner Frau Terentia besucht, und eines Abends haben wir nach dem Essen ein Frage-und-Antwort-Spiel gespielt; weißt du, wen Cicero genannt hat, als Quintus ihn fragte, welchem Mann er zutrauen würde, immer die Wahrheit zu sagen, egal, worum es ging? Ja, Gordianus, das warst du. Als Dio uns also fragte, an wen er sich um Hilfe wenden könnte, kam mir sofort der Name von Gordianus dem Sucher in den Sinn. Damals wußte ich nicht, daß du Dio bereits kanntest; davon hat mir Trygonion nach dem Besuch bei dir erzählt.«

»Vermutlich sollte ich mich geschmeichelt fühlen«, sagte ich. »Dann weißt du also, daß ich Dio vor Jahren in Alexandria getroffen habe?«

»Trygonion hat es mir erzählt.«

»Aber woher kanntest *du* Dio?«

»Durch seine Bekanntschaft mit meinem Bruder Publius natürlich.«

»Was hatten die beiden miteinander zu tun?«

»Sie haben sich kurz nach Dios Ankunft in Rom getroffen. Die beiden hatten viel zu besprechen.«

»Ich hätte gedacht, daß Dio und Publius Clodius Probleme haben würden, eine gemeinsame Basis zu finden, wenn man bedenkt, daß es dein Bruder war, der die römische Übernahme des ägyptischen Zypern organisiert hat.«

»Das ist Wasser unter der Brücke, wie die Etrusker sagen. Viel wichtiger war Dio die Opposition meines Bruders gegen Pompeius. Publius hat Dio einen dringend benötigten Verbündeten im Senat angeboten. Und Dio hat Publius eine Möglichkeit gezeigt, Pompeius' Ambitionen in Ägypten zu durchkreuzen.«

»Und was war dein Part bei alldem?«

»Ältere Männer mit scharfem Verstand haben für mich einfach etwas Unwiderstehliches.« Wieder warf sie mir einen zutiefst irritierenden Blick zu.

»Und was hat Dio in dir gesehen?« fragte ich freimütig.

»Vielleicht war es meine wohlbekannte Liebe zur Poesie.« Clodia zuckte anmutig mit den Schultern, so daß die fließende Seide sich an ihren Brustwarzen kräuselte.

»Wenn du und dein Bruder so große Freunde und Unterstützer Dios wart, warum hat er dann nicht in eurem Haus gewohnt, wo er sicher gewesen wäre, anstatt, dem Mörder nur mit Mühe einen Schritt voraus, von einem dubiosen Gastgeber zum nächsten zu ziehen?«

»Bei mir konnte Dio aus den gleichen Gründen nicht wohnen, aus denen du die Plane des Zeltes nicht herunterlassen durftest, Gordianus. Ein Mann und eine Frau zusammen, du verstehst. Dios Position gegenüber dem Senat war auch ohne den Makel sexueller Anspielungen prekär genug. Und bei Publius konnte er auch nicht bleiben; stell dir die Gerüchte vor, die das ausgelöst hätte: Der ägyptische Unruhestifter hat sich mit dem berüchtigten Anführer zusammengetan! Prominenz hat ihren Preis. Manchmal muß man Freunde zu ihrem eigenen Besten auf Distanz halten.«

»Nun gut, Dio war dein Freund, Verbündeter oder was auch immer, und du hast ihn auf der Suche nach Unterstützung geschickt. Ich mußte ihn abweisen. Ein paar Stunden später war er tot. Du und dein Bruder, ihr beide habt ihn nicht gerade besonders erfolgreich beschützt, was?«

Ihre Lippen spannten sich, und ihre Augen funkelten. »Genausowenig wie du«, erwiderte sie eisig, »der du ihn viel länger kanntest und ihm sehr viel tiefer verpflichtet gewesen sein mußt als ich.«

Ich verzog das Gesicht. »Mag sein. Aber wenn ich Dios Bitte erfüllt hätte, wäre es trotzdem zu spät gewesen, ihn zu retten. Als ich am nächsten Morgen aufwachte – nein, sogar noch bevor ich an jenem Abend einschlief –, war er bereits tot.«

»Aber was wäre gewesen, wenn du ja gesagt hättest? Was,

wenn du eingewilligt hättest, dich vom nächsten Morgen an um seine Sicherheit zu kümmern und ihm bei der Entscheidung zu helfen, wem er trauen durfte und wen er fürchten mußte? Hättest du dich nach seiner Ermordung nicht verpflichtet gefühlt, seine Mörder der gerechten Strafe zuzuführen?«

»Vielleicht...«

»Und empfindest du diese Verpflichtung jetzt nicht schlicht aus Respekt für einen alten Freund? Warum zögerst du mit deiner Antwort?«

»Weiß nicht jeder, wer hinter dem Mord an Dio steckt?«

»Wer?«

»König Ptolemaios natürlich.«

»Hat König Ptolemaios in Lucceius' Haus Gift in Dios Suppe getan? Hat sich Ptolemaios persönlich in Dios Zimmer geschlichen und ihn erstochen?«

»Nein, natürlich nicht. Es war jemand, der im Auftrag des Königs gehandelt hat –«

»Genau. Und fühlst du dich nicht verpflichtet, dafür zu sorgen, daß diese Person bestraft wird, und sei es nur, um Dios Schatten zu trösten?«

»Asicius wurde des Verbrechens bereits angeklagt –«

»Und freigesprochen, das Schwein!« Ihre Augen blitzten wütend auf. »Nemesis wird sich auf ihre Art mit ihm befassen müssen. Doch es gibt einen anderen Mann, der weit schuldiger ist als Asicius und noch zur Rechenschaft gezogen werden muß. Du könntest dabei helfen, Gordianus.«

Obwohl es ausgeschlossen war, daß die Männer im Fluß uns hören konnten, senkte ich meine Stimme. »Wenn du Pompeius meinst –«

»Pompeius! Glaubst du, ich würde *dich* gegen Pompeius ins Feld schicken? Das wäre, als würde man einen einarmigen Gladiatoren zum Kampf gegen einen Elefanten in die Arena jagen.« Ihr Lachen war wie ein Schlag in mein Gesicht. »Nein, Gordianus, was ich von dir möchte, ist ganz einfach und durchaus im Rahmen deiner Möglichkeiten. Wie oft hast du schon die Umstände eines Mordes untersucht? Wie oft hast du einem Anwalt geholfen, die Beweise zusammenzutragen, die belegten, daß ein Mann eines Verbrechens schuldig oder unschuldig war? Das ist alles, was ich von dir verlange. Ich bitte dich nicht, einen König von seinem Thron zu stürzen oder einen Koloß zu Fall zu bringen. Du sollst mir nur helfen, den Zorn des Gesetzes auf den Mann zu lenken, der Dio ermordet hat. Hilf mir, den kaltblütigen Mörder zu bestrafen, der den Dolch in Dios Brust gestoßen hat!«

Ich atmete schwer aus und wandte mich ab, um das Sonnenlicht auf dem Fluß zu betrachten.

»Warum zögerst du, Gordianus? Ich werde dich für deine Arbeit natürlich großzügig entlohnen. Doch ich hatte erwartet, daß du diese Gelegenheit aus Hochachtung für Dio begierig ergreifen würdest. Flüstert sein Schatten dir nicht bis zum heutigen Tag ins Ohr und fleht dich um Rache an? Als er noch lebte, hat er dich schon einmal um deine Hilfe gebeten –«

»Bei derartigen Fällen – bei Mordsachen – verweise ich Klienten mittlerweile meist an meinen Sohn Eco. Er ist jünger, stärker und schneller als ich. Und darauf kommt es, wenn so viel auf dem Spiel steht, oft in entscheidender Weise an. Scharfe Augen und Ohren können den Unterschied zwischen Leben und Tod bedeuten. Ein alter Mann wie ich –«

»Aber dein Sohn hat Dio gar nicht gekannt, oder?«

»Trotzdem ist Eco der Mann, den du brauchst.«

»Nun, ohne ihn je gesehen zu haben, fällt es mir schwer zu sagen, ob er brauchbar ist oder nicht. Sieht er aus wie eine jüngere Ausgabe von dir?« Sie musterte mich von oben bis unten wie einen Sklaven auf einer Auktion. Als ich mir Eco an meiner Stelle allein mit dieser Kreatur vorstellte, biß ich mir auf die Lippen, daß ich ihn überhaupt erwähnt hatte.

»Meine beiden Söhne sind adoptiert«, sagte ich. »Sie sehen mir überhaupt nicht ähnlich.«

»Dann müssen sie häßlich sein«, sagte sie mit einem gespielt enttäuschten Stirnrunzeln. »Nun, dann bist du der

Mann, den ich will, Gordianus, daran führt kein Weg vorbei. Wirst du mir helfen oder nicht?«

Ich zögerte.

»Um Dios willen?«

Ich seufzte, weil ich keinen Ausweg sah. »Du willst, daß ich herausfinde, wer Dio ermordet hat?«

»Nein, nein!« Sie schüttelte den Kopf. »Habe ich mich nicht klar genug ausgedrückt? Das wissen wir bereits. Wir brauchen nur deine Hilfe, um Beweise zu sammeln, mittels derer man den Mann verurteilen kann.«

»Du kennst Dios Mörder?«

»Natürlich. Du kennst ihn bestimmt auch. Bis vor ein paar Tagen hat er nur ein paar Häuser weiter in derselben Straße gewohnt wie du. Sein Name ist Marcus Caelius.«

Ich starrte sie leeren Blickes an. »Woher weißt du das?«

Sie beugte sich vor und strich abwesend mit der Hand über ihre Schenkel. Die Bewegung drückte ihre Brüste zusammen und ließ den Stoff, der ihre Brustwarzen betonte, schimmern. »Bis vor kurzem haben Marcus Caelius und ich sehr vertraut miteinander verkehrt. Auch er und mein Bruder standen sich nahe. Man könnte sagen, daß Marcus Caelius für uns beide fast so etwas wie ein Bruder war.«

So, wie sie das sagte, klang es ein wenig obszön. »Und weiter?«

»Kurz vor dem Giftanschlag auf Dio in Lucceius' Haus kam Caelius zu mir und bat mich, ihm eine beträchtliche Summe zu leihen.«

»Und?«

»Er sagte, er bräuchte das Geld, um irgendwelche Spiele zu bezahlen, die in seiner Heimatstadt Interamnia abgehalten würden. Offenbar ist Caelius dort Ehrenmitglied im Stadtrat oder so. Dafür ist er verpflichtet, bei lokalen Festivitäten auszuhelfen; so hat Caelius es mir jedenfalls erklärt. Es war nicht das erste Mal, das er mich um ein Darlehen gebeten hat.«

»Und hast du jedesmal eingewilligt?«

»Für gewöhnlich schon. Man könnte sagen, daß ich die Angewohnheit entwickelt hatte, Marcus Caelius zu verwöhnen. Er hat seine Schuld immer beglichen, wenn auch selten mit Geld.«

»Wie dann?«

»Mit Gefälligkeiten.«

»Politische Gefälligkeiten?«

Clodia lachte. »Wohl kaum. Sagen wir es so: Ich empfand ein brennendes Verlangen, und Caelius wußte, wie er es befriedigen konnte. Aber ich komme vom Thema ab. Die Summe, um die er mich bat, war sehr hoch – beträchtlich mehr Geld, als er je zuvor von mir verlangt hat.«

»Genug, um eine sehr gründliche und ausgiebige Befriedigung erwarten zu dürfen«, sagte ich.

Ihre Augen blitzten. »Nun, vielleicht habe ich das gedacht, als ich törichterweise zugestimmt habe, Caelius das Darlehen zu gewähren. Hinterher beschlichen mich Zweifel, und ich stellte ein paar Nachforschungen an. Du kannst dir gewiß mein Mißvergnügen vorstellen, als ich erfuhr, daß die Spiele in Interamnia im Herbst und nicht im Frühling stattfinden. Caelius' Geschichte war nichts als eine Lüge.«

»Er dürfte wohl kaum der erste junge Mann sein, der eine schöne Frau belogen hat, um an ihr Geld zu kommen.«

Darüber mußte Clodia lächeln, und mir fiel auf, daß ich sie, ohne nachzudenken, schön genannt hatte; ich hatte bestimmt sagen wollen ›eine ältere Frau‹. Das Kompliment war ob seiner Spontanität um so ehrlicher, und ich glaube, sie spürte das.

Plötzlich erstarb ihr Lächeln. »Ich glaube, Marcus Caelius hat mit dem Geld Gift erworben und einen oder mehrere von Lucceius' Sklaven bestochen, Dio damit zu ermorden.«

»Du hast gesagt, es wäre eine große Summe gewesen.«

»Gift ist nicht billig; das Zeug muß wirklich verläßlich sein, genau wie die Person, die es verkauft. Außerdem ist es teuer, die Sklaven eines reichen Herrn anzustiften, ein derartiges Verbrechen zu begehen.« Clodia sprach so, als hätte sie in derlei Angelegenheiten Kenntnisse aus erster Hand. »Der

Zusammenhang fiel mir erst später auf, als Dio schon tot war. Kleinigkeiten – der Tonfall von Caelius' Stimme und sein Gesichtsausdruck, wenn die Sprache auf Dio kam, kryptische Bemerkungen, die er gemacht hat, meine eigene Intuition.«

«Das alles sind aber keine Beweise.«

»Beweise will ich von dir, Gordianus.«

»Was immer sich in Wahrheit abgespielt haben mag, es war nicht das Gift, das Dio getötet hat. Was ist mit dem eigentlichen Mord?«

»Am frühen Abend vor dem Mord war Caelius bei mir, und mein Haus liegt nicht weit entfernt von Titus Coponius' Villa, wo Dio getötet wurde. Caelius trug ein Messer, verborgen unter seiner Tunika.«

»Wenn er es versteckt hat, wie –«

»Ich kann dir versichern, daß mir an jenem Abend nichts von dem verborgen blieb, was Marcus Caelius am Leibe trug. Außerdem wirkte er nervös und gereizt, so hatte ich ihn noch nie erlebt; und er trank mehr, als gut für ihn war. Ich fragte ihn, was los sei; er meinte, er hätte eine unangenehme Pflicht zu erledigen und wäre froh, wenn sie erst hinter ihm läge. Ich drängte ihn, mir zu sagen, worum es ging. Doch er weigerte sich. Na ja, ihr Männer und eure Geheimnisse. Ich sagte: ›Diese unangenehme Pflicht, die du hinter dich bringen mußt, ist hoffentlich nicht das, worum ich dich gebeten habe.‹ ›Natürlich nicht!‹ sagte er und beeilte sich, es mir zu beweisen. Doch unser Zusammensein an jenem Abend verlief enttäuschend, um es vorsichtig zu formulieren. Caelius war in etwa so einsatzfähig wie unsere eingeschrumpelten Freunde im Fluß. Als sein Freund Asicius ihn später abholte, wirkte er, als könnte er es gar nicht erwarten aufzubrechen. Nun denn, dachte ich, laß die Jungen ziehen und miteinander spielen. Wenig später am selben Abend – kurz nachdem die beiden mein Haus verlassen hatten – wurde Dio erstochen.«

Ich schwieg für einige Zeit, nicht verwirrt durch die Einzelheiten von Clodias Geschichte, sondern von ihrer Art zu reden. Ich hatte eine Frau noch nie so freimütig und bissig über ihre sexuellen Beziehungen sprechen hören. »Du bist dir doch darüber im klaren, daß alles, was Caelius laut deinen Angaben mit dem Mord an Dio in Verbindung bringt, nichts als Indizien sind.«

»Dann höre ein weiteres Indiz: Als mich Caelius am nächsten Abend wieder besuchte, brachte er mir ein kleines Geschenk mit – eine silberne Kette mit eingefaßten Lapislazuli und Karneolen – und prahlte, er könnte mir jetzt das Geld, das ich ihm geliehen hätte, bis auf die letzte Sesterze zurückzahlen.«

»Und hat er das getan?«

Sie lachte. »Natürlich nicht. Aber so, wie er redete, hatte ich keinen Zweifel, daß er irgendwie zu Geld gekommen war. Er hat seine Pflicht erfüllt, verstehst du, und ist dafür großzügig entlohnt worden.«

»Ist das lediglich eine Vermutung von dir?«

Doch Clodia hörte mir nicht zu. Sie starrte in Erinnerungen versunken an die Zeltdecke. »Unser Liebesspiel in jener Nacht war genau das Gegenteil der jämmerlichen Vorstellung am Vorabend. Caelius war ein wahrer Minotaurus – die Hörner zum Angriff gereckt, mit feurigem Blick, die Flanken glänzend vor Schweiß...«

Ich öffnete den Mund, um etwas zu sagen, doch bevor ich sie unterbrechen konnte, hörte ich das nahende Lachen eines Mannes, tief und kehlig, begleitet von platschenden Schritten. Clodia wurde aus ihrem Tagtraum gerissen, beugte sich auf ihrem Sofa vor, und der Ausdruck auf ihrem Gesicht spiegelte erwartungsvolle Freude.

Ich drehte mich um und sah einen Mann mit großen Schritten ans Ufer waten und auf das Zelt zukommen. Wie die anderen Männer im Fluß war er nackt. Hinter ihm glitzerte das Wasser im Licht der sinkenden Sonne, eine schimmernde Silhouette; die Wassertropfen auf seinen Schultern und Gliedmaßen funkelten wie die Spitzen kleiner weißer Flammen, die die massige dunkle Gestalt seines Körpers noch betonten. Als er ans Ufer trat, strich er sich mit beiden Händen das Wasser aus den Haaren, wobei man das Muskelspiel seiner geschmeidigen Arme und Schultern bewundern konnte. An Land wurden seine Schritte zu einem fast prahlerischen Schlendern, und obwohl seine Gesichtszüge noch immer im Schatten lagen, konnte ich an seinem Gesicht ein breites Grinsen aufblitzen sehen.

»Liebling!« Das Wort entwich Clodias Lippen spontan wie ein Stöhnen oder Seufzer. Ihre Stimme klang nicht falsch oder neckend, nicht gerissen oder andeutungsvoll. Sie sprang von ihrem Sofa und lief dem Mann entgegen, als er das Zelt betrat. Es war schwer zu sagen, wer von beiden nackter wirkte, der sehnige, großgewachsene, nur von Wassertropfen bedeckte Mann oder Clodia in ihrem durchscheinenden seidenen Gewand. Sie umarmten sich und küßten einander auf den Mund.

Nach einer Weile löste sich Clodia von ihm und ergriff seine Hände. Wo ihr Kleid durch die Umarmung feucht geworden war, schmiegte es sich wie eine zweite Haut an ihren Körper und war so noch durchsichtiger als zuvor. Sie wandte den Kopf, sah mich mit offenem Mund dastehen und lachte. Der Mann tat dasselbe, als wäre er ihr Spiegelbild.

»Aber Liebling«, sagte sie, drückte seine Hand und kicherte wie ein Mädchen, »warum bist du nicht einfach durch den Eingang gekommen? Was um alles in der Welt hast du bei den anderen im Wasser gemacht? Und wann hast du dich zu ihnen gesellt? Wie konnte ich dich nur übersehen!«

»Ich bin gerade erst angekommen«, sagte er lachend. Sein Lachen war tiefer als Clodias, ähnelte ihm aber auf geradezu unheimliche Weise. »Ich dachte, es wäre amüsant, mich unter deine Bewunderer zu mischen, um zu sehen, ob ich deine Aufmerksamkeit gewinnen könnte. Nun, das ist mir offensichtlich nicht gelungen!«

»Aber ich war abgelenkt, Liebling, durch sehr wichtige Angelegenheiten!« Sie nickte mir mit übertrieben ernster Miene zu. Der neckende Unterton war in ihre Stimme zurückgekehrt. Sie gab wieder eine Vorstellung, obwohl nicht klar war, für wen. »Es geht um Dio, Liebling, und um den Prozeß. Das ist Gordianus, der Mann, von dem ich dir erzählt habe. Er wird uns helfen, Marcus Caelius zu bestrafen.«

Der Mann wandte mir sein strahlendes Lächeln zu. Und erst jetzt erkannte ich ihn. Ich hatte ihn schon oft von weitem auf dem Forum gesehen, wo er seine Anhänger aufhetzte oder sich in Gesellschaft der mächtigsten Vertreter des Staates zeigte, aber noch nie nackt und mit glatt zurückgekämmtem Haar. Es war erstaunlich, wie sehr Publius Clodius seiner Schwester ähnelte, vor allem, wenn man die beiden nebeneinander sah.

XI

»Mir fällt ein Rat ein, den du mir zu Anfang meiner eigenen Karriere gegeben hast, Papa: ›Nehme nie einen Auftrag ohne irgendeine Art Vorschuß an, und sei er noch so klein.‹ Eco legte den Kopf zur Seite und sah mich eindringlich an.

»Was willst du damit sagen?« fragte ich.

»War deine Börse, als du Clodias *horti* heute nachmittag verlassen hast, schwerer als bei deiner Ankunft?« Das war seine Art zu fragen, ob ich Clodias Auftrag angenommen hatte, den Mord an Dio zu untersuchen – typisch Eco, immer sofort zum Kern der Sache vorzustoßen!

Trotz der fast sommerlichen Wärme des Tages war es früh dunkel geworden, schließlich hatten wir erst Martius. Als ich Clodias *horti* kurz nach Eintreffen ihres Bruders verlassen hatte, sank die Sonne bereits und hatte den Tiber in ein flammend goldenes Band verwandelt. Als Belbo und ich nach dem Rückweg über die Brücke, die schon geschlossenen Viehmärkte und den Hang des Palatin hinauf zu Hause ankamen, dämmerte es bereits, und der Abend senkte sich mit kühler Frische über die Stadt. Nach einem eiligen Mahl mit Diana und Bethesda war ich trotz meiner müden Beine mit

Belbo erneut zu einem Marsch durch die Stadt aufgebrochen, um mich mit meinem älteren Sohn zu beraten.

Wir saßen im Arbeitszimmer des Hauses auf dem Esquilin, das einst mein Haus und davor das meines Vaters gewesen war. Jetzt gehörte es Eco und seiner Familie. Seine Frau Menenia war nirgends zu sehen, vermutlich war sie damit beschäftigt, die aufgeweckten Zwillinge ins Bett zu bringen, deren schrilles Lachen gelegentlich in der Abendluft widerhallte.

Ich hatte Eco gerade mein Gespräch mit Clodia geschildert, als dieser seine direkte Frage stellte.

»Als ich die *horti* der Dame verlassen habe«, sagte ich, »war meine Börse *beträchtlich* schwerer geworden.«

»Also hast du ihren Auftrag angenommen?«

Ich nickte.

»Dann glaubst du, daß Marcus Caelius Dio ermordet hat?«

»Das habe ich nicht gesagt.«

»Aber du willst nach Beweisen suchen, die ihn überführen könnten.«

»Wenn es solche Beweise gibt.«

»Clodias Verdachtsmomente erscheinen mir ziemlich dürftig«, sagte Eco. »Andererseits hast du bei Ermittlungen auch schon mit weniger angefangen und es trotzdem geschafft, die Wahrheit herauszufinden.«

»Ja, aber wohl ist mir bei der ganzen Sache nicht, um ehrlich zu sein.«

»Das will ich doch schwer annehmen!«

»Wie meinst du das?«

»Nun, Papa, jeder weiß, daß Caelius Clodias Liebhaber war. Und Caelius und Clodius sind politische Verbündete und Trinkgesellen oder waren es zumindest. Es ist auch durchaus vorstellbar, daß die beiden mehr als Freunde waren. Oder die drei, sollte ich wohl besser sagen.«

»Du meinst, die drei haben ein Bett geteilt?«

Eco zuckte die Schultern. »Guck mich nicht so entsetzt an. Eine Frau wie Clodia – nun, du hast selbst gesagt, daß es außer ihrem Sofa kein anderes Möbelstück gab.«

»Und?«

»Papa! Du hast angenommen, daß du stehenbleiben solltest. Nach allem, was ich gehört habe, ist die Frau sehr viel gastfreundlicher. Wenn es keinen Stuhl und kein einzelnes Sofa gab, hieß das vielleicht, daß du eingeladen warst, *ihr* Lager zu teilen.«

»Eco!«

»Also dem Kleid nach zu urteilen, das sie trug –«

»Ich hätte es vielleicht nicht so ausführlich beschreiben sollen.«

»Du hättest mich mitnehmen sollen. Dann hätte ich es mit eigenen Augen gesehen.«

»Du hast die Dreißig jetzt schon ein paar Jahre überschritten, mein Sohn. Du solltest inzwischen in der Lage sein, auch mal an etwas anderes zu denken als an Sex.«

»Menenia hat sich noch nie beschwert«, erwiderte er grinsend.

Ich versuchte mißbilligend zu grunzen, doch es hörte sich eher an wie ein neugieriges Summen. Eco hatte eine schwarzhaarige Schönheit zur Frau gewählt, die Bethesda nicht unähnlich war. Ich hatte mich manchmal gefragt, in welcher Hinsicht sie vielleicht noch wie Bethesda war, so wie ein Mann meines Alters sich Gedanken über das Treiben der jüngeren Generation macht. Eco und Menenia... der nackte Clodius und seine Schwester in ihrem durchsichtigen Gewand...

Genau in diesem Moment stieß irgendwo im Haus einer der Zwillinge einen Schrei aus, der mich aus meiner Träumerei riß und mich unsanft daran erinnerte, daß körperliche Lust zu ganz und gar unerotischen Konsequenzen führen konnte.

»Wir kommen vom Thema ab«, sagte ich. »Ich meinte, mir wäre bei Clodias Auftrag nicht ganz wohl, und du sagtest: ›Das will ich doch schwer annehmen!‹«

»Nun, das Ganze hat einen unappetitlichen Beigeschmack, findest du nicht? Vielleicht sogar einen verdächtigen. Ich meine, es ist irgendwie anrüchig. Sieh mal, Papa, alles, was du in dem Gespräch mit Clodia erfahren hat, ist, daß er sich – zugegebenermaßen unter falschem Vorwand – Geld von einer älteren, reichen Frau geliehen und es ihr nicht zurückgezahlt hat. Ach ja, und daß er ein Messer am Leib trug, was innerhalb der Stadtmauern theoretisch zwar verboten ist, heutzutage jedoch von den meisten vernünftigen Menschen trotzdem getan wird. Bis vor kurzem waren die beiden Liebhaber, und jetzt ist sie auf Beweise aus, um ihn des Mordes zu überführen. Was soll man davon halten? Caelius war der Vertraute ihres Bruders, und jetzt beschuldigen ihn beide Clodii, ein von König Ptolemaios oder Pompeius gedungener Mörder zu sein, was aufs gleiche hinausläuft. Und zu allem Überfluß ist Clodius auch noch Caelius' Vermieter – Caelius wohnt in derselben Straße wie du.«

Ich schüttelte den Kopf. »Nicht mehr. Clodius hat ihn rausgeworfen.«

»Wann?«

»Vor ein paar Tagen. Ich habe es auch erst heute von ihm selbst erfahren – er hat in Clodias Zelt, tropfnaß und splitternackt, beiläufig über Immobilien geplaudert. Komisch, auf dem Weg zu Clodias Haus sind der Galloi und ich an dem Gebäude vorbeigekommen, und als ich sah, daß alle Läden geschlossen waren, dachte ich, daß Caelius drinnen seinen Kater ausschlafen würde. Statt dessen stellt sich nun heraus, daß die Wohnung leer steht. Caelius ist wieder ins Haus seines Vaters auf dem Quirinal gezogen – wo er zweifellos auch bis zum Ende des Prozesses bleiben wird.«

»Das heißt, sie werden ihn definitiv anklagen?«

»O ja, die Anklage ist bereits eingereicht worden. Allerdings *nicht* von Clodius.«

»Von wem dann?«

»Kannst du es nicht erraten?«

Eco schüttelte den Kopf. »Marcus Caelius hat zu viele Feinde, als daß es Sinn machen würde, blind zu tippen.«

»Die Anklage wurde vom siebzehnjährigen Sohn von Lucius Calpurnius Bestia erhoben.«

Eco lachte und streckte den rechten Arm aus. »›Richter‹«, parodierte er, »›ich erhebe nicht anklagend den Finger – *ich weise auf den schuldigen Finger!*‹«

»Dann kennst du die Geschichte also auch?«

»Natürlich, Papa, jeder weiß, daß Caelius Bestia beschuldigt hat, seine Ehefrauen vergiftet zu haben. Ich bedaure nur, daß wir beide gerade bei Meto waren, als der Prozeß stattfand. Ich habe alles aus zweiter Hand von Menenia erfahren.«

»Und ich von Bethesda. Nun, es sieht ganz so aus, als würde Bestia bald seine Rache an Caelius bekommen.«

»Steht der Termin für den Prozeß schon fest?«

»Ja. Die Anklage wurde vor fünf Tagen eingereicht. Bei den üblichen zehn Tagen, die beiden Seiten zur Prozeßvorbereitung eingeräumt werden, müßte der Prozeß heute in fünf Tagen beginnen.«

»Schon so bald! Da bleibt dir nicht mehr viel Zeit.«

»Ist das nicht immer so? Sie kommen zu uns und glauben, wir könnten die Beweise aus der Luft zaubern.«

Eco legte den Kopf zur Seite. »Warte, du sagtest, der Prozeß beginnt zwei Tage nach den Nonen des Aprilis. Wenn er länger als einen Tag dauert, würde er sich mit der Eröffnung der Feiern zu Ehren der Großen Mutter überschneiden.«

Ich nickte. »Der Prozeß wird trotz des Feiertages fortgesetzt. Niedere Kammern treten für die Dauer der Feierlichkeiten nicht zusammen, aber Verfahren wegen politischem Terrorismus werden nicht ausgesetzt.«

»Politischer Terrorismus? Dann ist es also kein normaler Mordprozeß?«

»Wohl kaum. Caelius ist in vier Punkten angeklagt worden. Die ersten drei betreffen die Planung der Angriffe auf die alexandrinische Gesandtschaft – die mitternächtlichen Überfälle in Neapolis, die Steinigung in Puteoli und der Brand auf Pallas Anwesen. Mit der Untersuchung dieser Angelegenheiten habe ich nichts zu tun. Mein Augenmerk gilt lediglich dem vierten Anklagepunkt, der sich direkt auf Dio bezieht.

Caelius wird beschuldigt, versucht zu haben, Dio im Haus von Lucceius zu vergiften.«

»Was ist mit dem eigentlichen Mord, Dios Erdolchung im Haus von Coponius?«

»Theoretisch ist auch das Teil der Anklage. Aber in diesem Punkt ist schon Publius Asicius freigesprochen worden, und die Anklage scheut sich davor, denselben Tatvorwurf nun gegen Caelius zu richten. Statt dessen will man sich jetzt auf den gescheiterten Giftanschlag konzentrieren. Natürlich werde ich zur Erhärtung der Anklage versuchen, auch so viel wie möglich über die Tat in Coponius' Haus in Erfahrung zu bringen.«

»Und um deine eigene Neugier zu befriedigen.«

»Natürlich.«

Eco preßte seine Fingerspitzen gegeneinander. »Ein politisch aufgeladenes Verfahren, das über die Feiertage hinweg abgehalten wird, an denen Rom voller fremder Besucher ist, mit Ciceros ehemaligem Günstling als Angeklagten und einer skandalumwitterten Frau im Hintergrund – das wird ein Spektakel werden!«

Ich stöhnte. »Um so mehr haben wir Grund zur Besorgnis. Jetzt fehlen nur noch ein paar von König Ptolemaios oder Pompeius gedungene Schläger, die an meine Tür pochen und mich davor warnen, meine Ermittlungen fortzusetzen.«

Eco zog eine Braue hoch. »Meinst du, daß so etwas passieren könnte?«

»Ich hoffe nicht. Aber mir war von Anfang an nicht wohl bei der Sache. Wie du schon sagtest: Sie ist irgendwie anrüchig, und das gefällt mir nicht.«

»Warum machst du nicht einfach einen Rückzieher? Du schuldest Clodia doch keinen Gefallen – oder? Hast du mir wirklich alles erzählt, was heute in ihrem Zelt vorgefallen ist?« fragte er und grinste vielsagend.

»Sei nicht albern. Ich schulde der Frau nichts als den Vorschuß, den sie mir gegeben hat. Aber ich fühle mich trotzdem verpflichtet.«

Er nickte. »Dio gegenüber, meinst du.«

»Ja. Als er mich um Hilfe gebeten hat, habe ich ihn einfach zurückgewiesen. Dann habe ich mich davor gedrückt, dem Prozeß gegen Asicius beizuwohnen –«

»Du warst krank, Papa.«

»Ja, aber war ich *so* krank? Und als Asicius dann freigesprochen wurde, sagte ich mir, daß die Sache damit erledigt sei. Aber wie konnte sie erledigt sein, wenn niemand des Verbrechens verurteilt worden war? Wie konnte Dio zur Ruhe kommen? Trotzdem gelang es mir, mich vor meiner Pflicht zu drücken und meine Schuldgefühle zu verdrängen – bis heute, als der Galloi kam und mich direkt mit meiner Verantwortung konfrontierte. Es war Clodia, die mich gerufen hat, aber sie war es nicht allein.«

»Du meinst, ihr Bruder Clodius steckt dahinter?«

»Nein, ich will sagen, daß die beiden nur Agenten einer höheren Macht sind. Mit Dio hat es angefangen, und wo es endet, kann nur die Zeit zeigen. Irgendeine andere Macht scheint entschlossen, mich in diese Sache hineinzuziehen.«

»Nemesis?«

»Ich dachte an eine andere Göttin: Kybele. Einer ihrer Priester hat Dio zu meinem Haus begleitet, und derselbe Priester hat mich heute abgeholt. Meinst du, es ist bloß ein Zufall, daß der Prozeß ausgerechnet an den Feiertagen der Großen Mutter Kybele abgehalten wird? Wußtest du, daß es eine von Clodias Ahninnen war, die die Statue der Kybele davor gerettet hat, im Tiber zu versinken, als sie vor langer Zeit aus dem Orient hergebracht wurde? Siehst du den Zusammenhang?«

»Papa, du wirst mit dem Alter immer religiöser«, sagte Eco leise.

»Mag sein. Auf jeden Fall furchtsamer vor den Göttern, wenn schon nicht ehrfürchtiger. Meinetwegen laß sie aus dem Spiel. Sagen wir, daß es nur eine Angelegenheit zwischen mir und Dios Schatten war. Mein Gefühl der Verpflichtung geht tiefer als meine Besorgnis.«

Eco nickte ernst. Er verstand mich, wie immer. »Was willst du von mir, Papa?«

»Das weiß ich noch nicht genau. Vielleicht gar nichts. Vielleicht nur, daß du dir meine Zweifel anhörst und nickst, wenn ich etwas halbwegs Sinnvolles sage.«

Er ergriff meine Hände. »Sag mir, wenn du mehr als das brauchst, Papa. Versprich es mir.«

»Ich verspreche es, Eco.«

Er ließ meine Hände los und lehnte sich zurück. Irgendwo im Haus hörte ich einen der Zwillinge kreischen. Ich dachte, daß sie eigentlich wohl längst im Bett liegen sollten. Durch die Schlitze in den Fensterläden sah ich, daß die Welt draußen dunkel geworden war.

»Was hält Bethesda von der Sache?« fragte Eco.

Ich lächelte. »Wie kommst du darauf, daß ich ihr etwas erzählt hätte?«

»Du wirst ihr doch irgendwas gesagt haben, als du heute abend mit ihr gegessen hast.«

»Ja – eine leicht entschärfte Version meines Besuches in Clodias *horti.*«

»Ha! Ich bin sicher, das mit den nackten Schwimmern hätte Bethesda gefallen«, meinte Eco lachend.

»Mag sein, aber ich habe es ausgelassen, genauso wie die Beschreibung des Kleides, das dich ziemlich zu faszinieren schien.«

»Zunächst mal hat es wohl dich fasziniert, Papa. Und Clodius, wie er nackt aus den Fluten steigt wie ein junger Gott?«

»Hab' ich auch weggelassen – obwohl ich die Umarmung der Geschwister erzählt habe.«

»Ihren Kuß auch?«

»Den Kuß auch. Ein *bißchen* was zum Tratschen mußte ich Bethesda schon bieten.«

»Und was hält sie von den Anschuldigungen gegen Marcus Caelius?«

»Bethesda hat sie schlichtweg für absurd erklärt.«

»Wirklich?«

»›Unmöglich‹, hat sie gesagt. ›Marcus Caelius könnte ein solches Verbrechen nie begehen. Die Frau verleumdet ihn!‹ Ich fragte sie, worauf sich ihre Meinung denn gründe, erhielt als Antwort aber nur ihren Medusenblick. Bethesda hatte schon immer eine Schwäche für unseren schneidigen jungen Nachbarn. Oder Ex-Nachbarn, muß ich jetzt wohl sagen.«

»Sie wird ihn vermissen.«

»Wir alle werden es vermissen, hin und wieder das Spektakel zu beobachten, wie Caelius um die Mittagszeit mit zerzaustem Haar und blutunterlaufenen Augen aus seiner Tür taumelt, mit einer Prostituierten aus der Subura zecht oder wie seine betrunkenen Freunde des Nachts auf seinem Balkon obszöne Gedichte zum besten geben.«

»Hör auf, Papa!« Eco rang vor Lachen nach Luft.

»Das Ganze ist wirklich kein Witz«, sagte ich plötzlich ernst. »Schließlich steht die Zukunft des jungen Mannes auf dem Spiel. Wenn er verurteilt wird, kann er bestenfalls hoffen, ins Exil zu entkommen. Seine Familie müßte die öffentliche Schande ertragen, seine Karriere wäre beendet, und all seine Zukunftspläne wären ruiniert.«

»Wenn er wirklich schuldig ist, kann die Strafe gar nicht hart genug sein.«

»*Wenn* er schuldig ist«, sagte ich mit Nachdruck. »Und es ist an mir, das herauszufinden.«

»Und wenn du herausfindest, daß er unschuldig ist?«

»Werde ich genau das Clodia berichten.«

»Meinst du, daß das für sie einen Unterschied machen würde?« fragte Eco hinterlistig.

»Eco, du weißt genauso gut wie ich, daß es in römischen Prozessen nur nebenbei um Schuld und Unschuld geht.«

»Du meinst, Clodia wäre mehr daran interessiert, Caelius zu vernichten, als Dios Mörder zu bestrafen.«

»Der Gedanke kam mir jedenfalls. Eine verschmähte Frau…«

»Es sei denn, *sie* hat *ihn* verschmäht, Papa.«

»Das gehört vermutlich zu den Dingen, die ich herausfinden muß.«

»Wenn man dem Klatsch glauben will, wäre Caelius nicht der erste Mann, den sie vernichtet hat«, sagte Eco. »Obwohl Exil und Demütigung vermutlich immer noch besser sind als der Tod durch Gift.«

»Du meinst die Gerüchte, sie hätte vor drei Jahren ihren Ehemann ermordet.«

Er nickte. »Es heißt, Quintus Metellus Celer wäre an einem Tag noch kerngesund und am nächsten schon mausetot gewesen. Man sagt, seine Ehe mit Clodia wäre überaus stürmisch gewesen – und daß Celer und ihr Bruder Clodius zu erbitterten Feinden wurden. Der Bruch war vordergründig politischer Natur – aber welcher Mann könnte seinen Schwager als Rivalen im ehelichen Bett dulden?«

»Aber welcher Schwager war der Eindringling – Clodius ... oder Celer?«

Er zuckte die Schultern. »Das mußte wohl Clodia entscheiden. Celer hat jedenfalls verloren und sein Leben gleich dazu. Und jetzt Caelius? Vielleicht riskiert ein Mann, der zwischen dieses Geschwisterpaar gerät, mehr, als er ahnt.«

Ich schüttelte den Kopf. »Du wiederholst diese skandalösen Vorwürfe, als wüßtest du, daß sie wahr sind, Eco.«

»Das tue ich nur deshalb, weil ich meine, daß du sehr sorgfältig überlegen solltest, mit welcher Art von Leuten du es zu tun hast. Jedenfalls, du hast dich entschlossen, die Sache durchzuziehen.«

»Die Wahrheit über den Mord an Dio zu ergründen, ja.«

»Unter Clodias Schirmherrschaft?«

»Sie war diejenige, die mich engagiert hat. Die Umstände haben sie zu mir geführt – die Umstände oder Kybele.«

»Aber die politische Gefahr, sich in irgendeiner Weise mit Clodius zu verbinden –«

»Ich habe mich entschieden.«

Er strich nachdenklich über sein Kinn. »Dann sollten wir wenigstens rekapitulieren, was wir über die Clodii wissen, bevor du losrennst, um ihre Interessen zu verfolgen, oder noch mehr von ihrem Silber einsackst.«

»Also gut, was wissen wir über sie? Und wir wollen Fakten und üble Nachrede sorgsam voneinander unterscheiden.«

Eco nickte. Er sprach bedächtig, seine Gedanken sorgsam abwägend: »Sie sind Patrizier und stammen aus einer sehr alten und vornehmen Familie. Sie haben zahlreiche bedeutende Ahnen, von denen viele als Konsuln gedient haben, deren öffentliche Bautätigkeit in ganz Italien zu besichtigen ist – Straßen, Aquaedukte, Tempel, Basiliken, Pforten, Torbögen, Säulenhallen. Ihre Sippschaft hat sich so lange mit Familien gleichen Ranges verheiratet, daß nicht einmal ein Seidenmacher alle Fäden entwirren könnte. Die Clodii zählen zum Kern der herrschenden römischen Klasse.«

»So zersplittert und in sich uneinig diese Klasse auch sein mag. Ja, ihre vornehme Herkunft und ihre erstklassigen Beziehungen stehen außer Zweifel«, stimmte ich ihm zu. »Obwohl man sich immer fragen sollte, wie die Reichen und Mächtigen eigentlich dazu gekommen sind, reich und mächtig zu sein.«

Eco drohte mit dem Finger. »Aber, Papa, jetzt hast du deine eigene Regel gebrochen und Fakten mit Andeutungen vermischt.«

»Nur Fakten«, gelobte ich Besserung. »Gerüchte müssen zumindest deutlich als solche bezeichnet werden«, fügte ich hinzu, weil mir der Gedanke kam, daß man andernfalls vielleicht gar nicht über Clodia und Clodius reden konnte.

»Nun gut«, fuhr Eco fort, »betrachten wir zunächst die Schreibweise ihres Namens. Die patrizische Form lautet Claudius, und ihr Vater hieß Appius Claudius. Doch vor einigen Jahren haben Clodius und seine drei Schwestern die Schreibweise des Familiennamens der üblichen Form angepaßt und das vornehm klingende *au* durch ein gewöhnliches *o* ersetzt. Das muß zu dem Zeitpunkt gewesen sein, als Clodius entschieden hat, sich als Politiker mit Hang zum Populismus und Unruhestifter zu versuchen. Vermutlich hat es bei ihm

Methode, einen so normal wie möglich erscheinenden Einfache-Leute-Charme zu pflegen, wenn er sich mit seinen Schlägern und Steinewerfern trifft oder bei den Wählern auf Stimmenfang geht, die von der kostenlosen Getreideverteilung leben, die er eingeführt hat.«

»Ja, aber welchen Vorteil hat Clodia davon?« fragte ich meinen Sohn.

»Nach deiner Schilderung über das Treiben in ihren *horti* heute nachmittag, könnte ich mir vorstellen, daß auch sie sich nach der Nähe zum gemeinen Volk sehnt. Eine Vermutung, wie ich gestehen muß!« fügte Eco eilig hinzu, als ich einen Finger hob.

»Dann lieber noch eine Tatsache«, sagte ich. »Sie sind nicht ganz leibliche Geschwister.«

»Nicht? Interessant.«

»Clodia ist die Älteste und hatte eine andere Mutter als ihre jüngeren Geschwister. Ich glaube, ihre Mutter ist bei der Geburt gestorben. Kurz darauf heiratete Appius Claudius seine zweite Frau und zeugte drei Söhne, deren jüngster Publius Claudius, also Clodius, ist, sowie zwei weitere Töchter. Clodius muß ungefähr so alt sein wie du, Eco, etwa fünfunddreißig, und Clodia ist ungefähr fünf Jahre älter als er.«

»Dann sind sie also nur Halbgeschwister«, sagte Eco. »Das heißt, jede Kopulation – vermeintlich oder sonstwie – wäre nur ein halber Inzest.«

»Nicht, daß diese Unterscheidung für irgend jemanden diesseits von Ägypten einen Unterschied machen würde«, sagte ich. »Clodius ist angeblich – weitere Gerüchte – Liebhaber aller seiner Schwestern gewesen, seiner beiden jüngeren Vollschwestern ebenso wie der seiner älteren Halbschwester Clodia. Außerdem heißt es, Clodius wäre als Junge von seinen älteren Brüdern als Lustknabe an wohlhabende Lebemänner verkauft worden.«

»Aber ich dachte, Clodius und seine Familie wären schon immer reich gewesen.«

»Nach unseren Maßstäben sogar unermeßlich reich, Eco,

aber nicht nach den Vorstellungen von ihresgleichen. Während des Bürgerkrieges, als Clodia und Clodius noch Kinder waren, stand ihr Vater Appius auf Seiten Sullas. Als Sullas Stern zu sinken schien, mußte Appius für ein paar Jahre aus Rom verschwinden, und seine Kinder waren gezwungen, in einer Stadt voller Feinde alleine zurechtzukommen. Clodia, die Älteste, war damals kaum zehn Jahre alt. Es war bestimmt nicht leicht für die Kinder. Für uns waren das harte Jahre.« Eigentlich war das etwas, was ich Eco nicht lange erklären mußte; in jenen chaotischen Jahren des Bürgerkriegs war sein leiblicher Vater gestorben, und seine Mutter mußte in so bitterer Armut leben, daß sie ihn schließlich verließ; er war gezwungen, sich allein auf der Straße durchzuschlagen, bis ich ihn in mein Haus nahm und adoptierte.

»Als Sulla schließlich triumphierte und Diktator wurde, kehrte Appius Claudius für ein paar Jahre nach Rom zurück. In dem Jahr, als Sulla in den Ruhestand ging, wurde er zum Konsul gewählt. Dann trat er die Statthalterschaft in einer Provinz an – Makedonien war es, glaube ich –, wo er die Einheimischen mit Steuern überziehen und Tribute von den Stammesfürsten kassieren wollte, um so seine Töchter mit einer standesgemäßen Mitgift und seine Söhne mit genug Silber ausstatten zu können und ihre politischen Karrieren auf den Weg zu bringen. Wie das bei einem Römer, der Erfolg in der Politik hat, so ist. Allerdings nicht im Fall von Appius Claudius. Er starb in Makedonien. Die Steuern und Tribute wurden von seinem Nachfolger einkassiert, und Appius Claudius' Kinder bekamen aus Makedonien nur die Asche ihres Vaters. Danach müssen sie eine üble Zeit durchgemacht haben. Sie waren nie so arm, daß sie ganz aus dem Blickfeld verschwanden, doch man kann sich das Sparen an allen Ecken und Enden vorstellen, das nötig war, um den äußeren Schein zu wahren – es ist diese Art von Demütigung, die eigentlich privilegierten Patriziern am meisten mißfällt.

Und ohne den Vater im Haus müssen die Kinder sich ihre eigene Form des Zusammenlebens geschaffen haben. Es gab ja niemanden, der ihnen betimmte Regeln aufgezeigt hätte. Ich weiß es nicht, aber in einer so chaotischen und oft feindlichen Stadt aufzuwachsen, während der Vater jahrelang nicht zu Hause war, bevor sie ihn in jungen Jahren ganz verloren, muß die Geschwister sehr eng zusammengeschweißt haben – wie eng? Und auch wenn ich bezweifle, daß der junge Clodius sich wirklich professionell prostituiert hat – derlei Gerede klingt mir zu sehr nach Verleumdung –, so fällt es einem unter den gegebenen Umständen doch nicht schwer, sich vorzustellen, daß er alle Reize, über die er verfügte, eingesetzt hat, um sich bei denen einzuschmeicheln, die ihm und seinen Brüdern helfen konnten, voranzukommen. Auch ist es nicht schwer, sich vorzustellen, daß es Menschen gegeben hat, die ihn begehrenswert fanden. Selbst heute sieht Clodius noch beinahe jungenhaft aus – schlank, geschmeidig und mit breiter Brust, glatter Haut, das Gesicht seiner Schwester…«

»Ja, ich vergaß, daß du ihn erst unlängst nackt gesehen hast«, sagte Eco und zog die Brauen hoch.

Ich beachtete sein Gestichel nicht. »Der Beiname ihres Zweiges des claudischen Geschlechts ist Pulcher, wie du sicher weißt – ›schön‹. Clodius' vollständiger Name lautet Publius Clodius Pulcher, und seine Schwester heißt Clodia Pulcher. Ich weiß nicht, wie weit dieser Beiname zurückreicht oder welcher ihrer Vorfahren so eitel war, ihn seinem Namen hinzuzufügen, doch auf die jüngste Generation trifft er eindeutig zu. Pulcher, fürwahr! Ich bin schließlich gut informiert, da ich sie beide erst kürzlich nackt oder so gut wie nackt gesehen habe – und das ist eine Tatsache, kein Gerücht! Weißt du, ich kann mir denken, daß es Leute gibt, die sich, nachdem sie die beiden einmal zusammen gesehen haben, gerne vorstellen, wie Clodia und Clodius kopulieren, unabhängig davon, ob es stimmt oder nicht.«

»Papa, du hast ja ganz glänzende Augen!«

»Sicher nicht. Aber lassen wir das. Jeder weiß, daß die Clodii gut aussehen, und jeder vermutet, daß beide viel mehr

Sex haben, als es für irgend jemanden gut sein kann. Was wissen wir sonst noch über sie? Ich glaube, zum ersten Mal habe ich von Clodius gehört, als er in den Prozessen um die Vestalischen Jungfrauen als Ankläger aufgetreten ist.«

»Ach ja, er hat Catilina angeklagt, die Vestalin Fabia verführt zu haben.«

»Aber nachdem sowohl Catilina als auch die Vestalin freigesprochen worden waren, wurde der Boden in Rom für ihn zu heiß, und er mußte nach Baiae fliehen, bis sich der Sturm der Entrüstung gelegt hatte. An der Sache hat er sich die Finger verbrannt. Ich glaube, er war damals noch nicht einmal zwanzig. Ich habe nie begriffen, was sein eigentliches Ziel war, außer Unruhe zu stiften. Vielleicht wußte er es selbst nicht genau und hat nur seine Kräfte erprobt.«

»Der nächste Zwischenfall, bei dem sein Name ins Spiel kam, ereignete sich ein paar Jahre später«, sagte Eco. »Er soll eine Meuterei angestiftet haben.«

»Ach ja, als er im Osten als Leutnant unter seinem Schwager Lucullus diente. Clodius hat sich damals zum Held der Legionäre aufgeschwungen. Sie waren schon immer unzufrieden darüber gewesen, daß Lucullus sie ohne absehbares Ende und Aussicht auf Kriegsbeute von Feldzug zu Feldzug scheuchte, während Pompeius' Truppen schon für weniger Dienstjahre mit Anwesen auf dem Lande abgefunden wurden. Clodius hielt eine berühmte Rede an die Truppen, in der er sagte, daß sie von ihrem General mehr verdient hätten als die Gelegenheit, beim Schutz seiner persönlichen Karawane mit Gold beladener Kamele ihr Leben zu lassen. ›Wenn es uns denn nicht vergönnt sein soll, ein Ende der Schlachten zu erleben, sollten wir dann nicht, was von unseren Körpern und Seelen noch übrig ist, für einen Feldherrn aufsparen, dessen höchster Ruhm es ist, den Wohlstand seiner Soldaten zu mehren?‹«

»Du hast wirklich ein unglaubliches Gedächtnis für Reden, Papa, sogar für solche, die du nur aus zweiter Hand kennst.«

»Ein solches Gedächtnis ist ebenso sehr ein Fluch wie ein

Segen. Wie dem auch sei, schon damals war Clodius ein Aufrührer, der sich zum Anwalt der Massen gegen ihre Führer aufschwang und sich der herrschenden Ordnung widersetzte. Kein Wunder, daß er die plebejische Form seines Namens annahm.«

»Und dann ein weiterer Skandal«, sagte Eco. »Die Affäre um die Entweihung der Riten der Guten Göttin.«

»Ja. Ist das erst sechs Jahre her? Eine Ironie der Geschichte, daß der Mann, der seine Karriere mit einer Anklage gegen eine Vestalische Jungfrau und ihren vermeintlichen Liebhaber begonnen hat, später selbst in einen derartigen Skandal verstrickt sein sollte. Dem Hörensagen nach – Klatsch, keine Tatsache – hatte Clodius etwas mit Caesars Frau Pompeia. Doch Caesar hatte Wind davon bekommen und seine Mutter darauf angesetzt, Pompeia wie ein Habicht zu bewachen, damit sich die Liebenden nicht mehr treffen konnten. Doch Clodius war nicht der Mann, sich sein Begehren verweigern zu lassen, und so heckte er einen Plan aus, trotzdem an Pompeia heranzukommen. Er beschloß, sich in die Feier der Frauen zu Ehren der Guten Göttin, Fauna, einzuschleichen, die in jenem Jahr in Caesars Haus abgehalten wurde. Männern war der Zutritt natürlich strikt untersagt. Wie gelangte Clodius ins Haus? Indem er sich als Frau verkleidete! Stell dir vor, wie er als Sängerin in einer safranfarbenen Robe, purpurroten Strümpfen und Pantoffeln ausgesehen haben muß – ich frage mich, ob seine Schwester ihm beim Verkleiden geholfen hat.«

»Vielleicht hat er nicht zum ersten Mal eine Stola getragen«, sagte Eco.

»Vermutlich konnte er der Idee nicht widerstehen, Pompeia in Caesars eigenem Bett zu nehmen, während im Nebenzimmer Caesars Mutter und eine Schar anderer Frauen fromme Gesänge anstimmten und Weihrauch verbrannten. Ich frage mich, ob Clodius vorhatte, seine Stola anzulassen, während er es tat.«

»Papa, ich erhebe Einspruch! Du läßt dich von deiner lüsternen Phantasie dazu verführen, ein Gerücht für bare Münze zu nehmen und dann die Verleumdung auch noch auszuschmücken.«

»Du hast recht, Eco. Ich werde mich bemühen, mich wieder an die Tatsachen zu halten. Jedenfalls hätte es Clodius fast geschafft. Inmitten des Weihrauchnebels, Singens und Tanzens – wer weiß, was für Rituale diese Frauen hinter geschlossenen Türen praktizieren – gelang es Clodius, sich unbemerkt ins Haus zu schleichen, wo er eine von Pompeias Dienerinnen traf, die ihn erwartete. Sie ging, um ihre Herrin zu holen, doch als sie nicht zurückkehrte, wurde Clodius ungeduldig und begann auf eigene Faust durchs Haus zu stöbern, wobei er sich nach Möglichkeit im Schatten hielt und das Treiben beobachtete.«

»Wüßtest du nicht gern, was er gesehen hat?«

»Wüßte das nicht jeder Mann gern, Eco? Doch zu seinem Pech wurde Clodius von einer anderen Sklavin entdeckt, die sein zögerndes Gebaren bemerkte und ihn unschuldig fragte, wonach er suche. Er erklärte ihr, daß er Pompeias Dienerin suche, war jedoch offenbar nicht in der Lage, seine tiefe Stimme zu verbergen. Die Sklavin stieß einen Schrei des Entsetzens aus. Clodius gelang es, sich in der Vorratskammer zu verstecken, doch die Frauen entzündeten Fackeln und durchsuchten das Haus, bis sie ihn aufgespürt und auf die Straße getrieben hatten.«

»Immerhin«, meinte Eco trocken, »hat Clodius, wenn schon sonst nichts, zumindest den alten Aberglauben widerlegt, den wir alle als Jungen gelernt haben, daß nämlich jeder Mann, der Zeuge der geheimen Zeremonien der Guten Göttin wird, auf der Stelle mit Blindheit geschlagen wird.«

»Zugegeben, Clodius konnte noch sehen, aber vielleicht hat er sich gewünscht, mit Taubheit geschlagen zu werden, um das Geschrei nicht hören zu müssen, das er auslöste. Die Frauen liefen nach Hause und erzählten es ihren Männern, und du weißt ja, wie Männer sind, wenn es um Klatsch geht. Am nächsten Morgen war der Skandal *das* Gesprächsthema in jeder Taverne und an jeder Straßenecke Roms. Die Frommen waren empört, die Unfrommen amüsiert, und ich bin sicher, daß Vertreter beider Lager mehr als nur ein wenig neidisch waren. Die Angelegenheit war eine Zeitlang in aller Munde und dann monatelang vergessen, bis einige von Clodius' Feinden beschlossen, ihn des begangenen Frevels anzuklagen.

Beim Prozeß behauptete Clodius, daß er unschuldig sei und die Frauen sich geirrt haben müßten, weil er am Feiertag der Guten Göttin fünfzig Meilen von Rom entfernt gewesen wäre. Damals standen Clodius und Cicero noch gut miteinander, so daß Clodius, als die Anklage Cicero als Zeugen aufrief, erwartete, daß jener sein Alibi bestätigen würde. Statt dessen erklärte Cicero pflichtschuldig, er hätte Clodius am fraglichen Tag in Rom gesehen. Clodius war rasend vor Zorn. Damit nahm das böse Blut zwischen den beiden seinen Anfang.«

»Aber Clodius wurde trotzdem freigesprochen«, sagte Eco.

»Ja, von einer hauchdünnen Mehrheit der etwa fünfzig Geschworenen. Manche sagen, daß es auf beiden Seiten offene Bestechung gegeben hätte. Clodius wurde jedenfalls freigesprochen und war nun stärker denn je. Er wurde unverfrorener im Einsatz der von ihm gebildeten Straßenbanden und vergrößerte sein Gefolge, um seine Feinde einzuschüchtern. Caesar blieb als gehörntem Ehemann nur, sich von Pompeia scheiden zu lassen, obwohl er in der Öffentlichkeit darauf beharrte, daß zwischen ihr und Clodius nichts Unschickliches vorgefallen wäre. Als man ihn auf den Widerspruch hinwies – warum ließ er sich von Pompeia scheiden, wenn sie doch angeblich treu gewesen war? –, sagte er: ›Ich habe nicht den geringsten Zweifel an ihrer Treue, doch Caesars Frau muß über jeden Verdacht erhaben sein!‹ Aber Caesar war Clodius offensichtlich nicht wirklich böse. Die beiden wurden politische Verbündete.«

»Was sich zeigte, als Caesar Clodius half, sein Tribunat zu erlangen.«

»Genau. Clodius wollte zum Tribun gewählt werden, was ihm jedoch verwehrt war, weil es sich um ein strikt plebejisches Amt handelt, das Patrizier nicht bekleiden dürfen. Wie löste Clodius das Problem? Es gelang ihm, sich von einem Plebejer adoptieren zu lassen, der fast jung genug war, um sein Sohn zu sein, und Caesar sorgte dafür, daß die bürokratischen Einzelheiten rasch geregelt wurden. Damit konnte sich Clodius offiziell *als Plebejer* eintragen – was seine Mitpatrizier empörte und den Pöbel entzückte, der ihn postwendend zum Tribun wählte. Endlich war Clodius nicht nur dem Namen nach, sondern auch tatsächlich ein gemeiner Bürger.«

»Ich erkenne ein Muster«, sagte Eco. »Wenn ein Mann nicht an den Riten der Guten Göttin teilnehmen kann, macht Clodius sich eben zur Frau. Wenn ein Patrizier nicht als Tribun kandidieren kann, macht sich Clodius trotz seines patrizischsten aller römischen Stammbäume eben einfach zum Plebejer.«

»Jedenfalls kein Mann, der sich von Formalitäten aufhalten läßt«, stimmte ich ihm zu. »In seinem Jahr als Tribun hat er einiges geleistet – die Einführung der kostenlosen Getreideverteilung zur Befriedigung des Pöbels, die Organisation der ägyptischen Übernahme Zyperns, mit der das kostenlose Getreide finanziert wurde, und die Verabschiedung eines Gesetzes zur Exilierung Ciceros.«

Eco nickte. »Aber jetzt ist Cicero zurück in Rom, und Clodius' Verbündeter Caesar ist mit der Eroberung Galliens beschäftigt. Das große aktuelle Thema ist die ägyptische Krise, was uns zu Dio und seiner glücklosen Mission führt. Wenn wir Clodia glauben können, hat sich Clodius mit dem armen Dio angefreundet, bevor jener ermordet wurde – und jetzt wollen sie, daß du Beweise findest, die Clodias Liebhaber Marcus Caelius des Mordes überführen.«

»Eine bewundernswerte Zusammenfassung«, sagte ich. »Ich denke, wir haben es geschafft, ein paar Tatsachen von Verleumdungen zu trennen und einige Schlüsse über Clodius' Charakter zu ziehen, obwohl ich nicht sicher bin, ob wir dadurch viel klüger geworden sind. Ich habe meine Meinung jedenfalls nicht geändert. In der Vergangenheit habe ich schon für Männer mit mindestens ebenso zweifelhaften Moralvorstellungen und Methoden gearbeitet. Ich sehe keinen Sinn darin, einen Auftrag von Clodius abzuweisen, wenn er mich zu der Wahrheit über den Mord an Dio führt.«

»Und was ist mit Clodia?«

»Was soll mit ihr sein? Also gut, wollen wir uns Clodia einmal genauer ansehen. Nach denselben Regeln: Nur Wahrheiten, es sei denn, Gerüchte sind als solche gekennzeichnet – obwohl ich glaube, daß es bei Clodia noch schwieriger wird, sich an diese Regeln zu halten. Ich denke, daß wir mehr über sie *gehört* haben, als wir über sie *wissen.* Aber laß mich beginnen. Sie war das erste Kind von Appius Claudius und wurde von ihrer Stiefmutter zusammen mit ihren Halbgeschwistern großgezogen – haben diese Umstände sie stärker, verantwortungsbewußter und unabhängiger gemacht? Reine Spekulation. Wir wissen, daß sie jung geheiratet hat, noch bevor ihr Vater starb und die Familie in einer finanziellen Notlage zurückließ; also konnte sie eine gute Mitgift in die Ehe mit ihrem Vetter Quintus Metellus Celer einbringen – was möglicherweise ihre Unabhängigkeit erklärt, wenn es zu Auseinandersetzungen mit ihrem Mann über Familienangelegenheiten oder politischen Fragen kam. Offenbar hat sie sich in jedem Streit mit Celer auf die Seite ihrer Geschwister geschlagen.«

»Die Clodier gegen den Rest der Welt«, sagte Eco.

»Wenn du es so formulierst, klingt es bewundernswert römisch. Könnte es sein, daß all die Gerüchte über Inzest nur den Neid weniger schöner und geliebter Außenseiter widerspiegeln? Warum sollte man die Gerüchte über Clodias Unzucht und ihren Inzest nicht bösartigen Zungen zuschreiben?«

»Du bist derjenige, der den Nachmittag in ihren *horti* verbracht hat, Papa, während sie nackte Männer bewundert hat.«

»Nun ja, es ist wahr, daß sie wenig tut, um die Lügen über sie zum Verstummen zu bringen. Und niemand bezweifelt, daß ihre Ehe mit Celer stürmischer Natur war. Dafür gibt es jede Menge Zeugen, einschließlich Cicero, der ein häufiger Gast in ihrem Haus war, als er noch freundschaftlich mit den Clodii verkehrte. Aber man sollte auch bedenken, daß Clodia und Celer trotz ihrer Probleme zwanzig Jahre verheiratet geblieben sind –«

»Bis Celer vor drei Jahren auf mysteriöse Weise verstorben ist.«

»Ja, über das Gerücht, sie hätte ihn vergiftet, haben wir schon gesprochen. Es ist doch bemerkenswert, daß niemand je Anklage gegen sie erhoben hat, wie es ein Verwandter Celers durchaus hätte tun können, wenn es irgendwelche Beweise gegeben hätte. Jedesmal, wenn ein halbwegs bekannter Römer an etwas anderem als einem Unfall stirbt, wird sich jemand finden, der behauptet, es wäre Gift gewesen, genauso wie es immer jemanden gibt, der flüstert, daß jede außergewöhnlich schöne Frau – oder auch Mann – eine Hure ist. Und obwohl wir beide jede Menge Gerüchte gehört haben, *wissen* wir eigentlich recht wenig über Clodia, oder nicht?«

Eco lehnte sich zurück und legte die Stirn in Falten. »Ich glaube, dieses gelbe durchsichtige Kleid hat dein Urteilsvermögen getrübt, Papa.«

»Unsinn!«

»Es bedeckt deine Augen wie ein Schleier.«

»Eco!«

»Das ist mein Ernst, Papa. Du hast mich gebeten, ehrlich zu sein, also bin ich es. Ich glaube, daß Clodia ziemlich sicher eine sehr gefährliche Frau ist, und es gefällt mir nicht, daß du für sie arbeitest. Wenn es um Dios willen denn sein muß, dann hoffe ich, daß du sie wenigstens möglichst selten siehst.«

»Ich habe bereits eine ganze Menge von ihr gesehen.«

»Das meine ich so, wie ich es sage, Papa.« Jede Leichtigkeit war aus seiner Stimme gewichen. »Es gefällt mir nicht.«

»Mir auch nicht. Aber manchmal muß ein Mann den Wegen folgen, die ihm die Götter bereiten.«

»Na ja«, meinte Eco mit einem scharfen Unterton, »mit einem religiösen Argument kann man vermutlich jede Diskussion beenden.«

Und wenn nicht damit, dann bestimmt mit dem, was als nächstes geschah, denn im selben Augenblick sausten zwei kleine menschliche Geschosse, wie von einem Katapult abgefeuert, durch den Raum. Eines folgte dem anderen mit solcher Geschwindigkeit, daß ich nicht ausmachen konnte, wer Verfolger und wer Verfolgter war; ich finde es oft schon schwierig genug, die Zwillinge auseinanderzuhalten, wenn sie still stehen. Im Alter von vier gab es nicht viel, wodurch man sie unterscheiden konnte. Gordiana (die Eco seit ihrer Geburt Titania nennt, weil sie so groß war) war vielleicht ein Stück größer als ihr Bruder Titus, doch zum Schlafengehen trugen beide die gleiche langärmelige und knöchellange Tunika, und beide hatten lange goldene Locken – eine Mitgift der Familie mütterlicherseits; vielleicht war das der Grund, warum Menenia sich bisher geweigert hatte, auch nur eine davon abzuschneiden.

Ohne abzubremsen flitzten die beiden durchs Arbeitszimmer und verschwanden im Nachbarraum, dicht gefolgt von ihrer bemerkenswert ruhigen, sogar lächelnden Mutter.

»Seid ihr Männer endlich fertig mit eurem Gespräch?« fragte sie. Menenia stammte aus einer uralten plebejischen Familie, ebenso ehrwürdig wie unbekannt. Vor hunderten von Jahren war es einigen ihrer Vorfahren gelungen, ein Konsulat zu erringen, was zwar eine Ehre ist, aber auch kein Essen auf den Tisch bringt. Trotzdem konnte sich Eco mit dem ungleich weniger vornehmen Stammbaum seines Adoptivvaters glücklich schätzen, diese Partie gemacht zu haben, und Menensa selbst ist über jeden Vorwurf erhaben: ein Vorbild für jede römische Matrone. Sie versteht es sogar, ihre Schwiegermutter mit charmantem Taktgefühl zu behandeln; ich wünschte nur, ich könnte das bei Bethesda genausogut.

»Ja, Frau«, sagte Eco, »ich glaube, wir haben jetzt genug über Leben und Tod, Gerechtigkeit, die Götter und andere Trivialitäten philosophiert.«

»Gut. Dann habt ihr beide vielleicht einen Moment Zeit für euren Nachwuchs. Die Zwillinge toben nur deshalb so durchs Haus, weil sie sich weigern, ins Bett zu gehen, ohne ihrem Großvater vorher gute Nacht zu sagen.«

»Nun, dann dürfen wir sie auf keinen Fall länger warten lassen«, sagte ich lachend, und bevor ich mich versah, kamen aus dem Nichts zwei blondgelockte Feuerköpfe auf meinen Schoß gesprungen.

Es war spät geworden, und Bethesda würde mich daheim erwarten. Ich verabschiedete mich rasch von Eco und Menenia, und zu guter Letzt gelang es mir auch, mich den überraschend festen Griffen von Titus und Titania zu entziehen – keine leichte Aufgabe, denn jeder von ihnen packte eine meiner Hände und weigerte sich loszulassen. Als ich Belbo um Hilfe rief, war das schon fast nicht mehr scherzhaft gemeint.

Unter dem Licht des wächsernen Mondes marschierten wir den Esquilin hinunter und zurück durch die Subura, deren Straßen auch um diese Zeit noch belebt waren, und weiter über das Forum, wo die Tempel still und die breiten mondbeschienenen Plätze fast menschenleer dalagen. Am klaren Nachthimmel standen zahlreiche Sterne. Als wir am Haus der Vestalinnen vorbeikamen, zitterte ich und zog meinen Umhang fester um mich, weil ich dachte, es wäre nur die nächtliche Kälte, die mir in die Glieder kroch.

Direkt neben dem Tempel der Vestalinnen, unweit der Treppe zum Castor-Tempel, bogen wir scharf nach Norden ab und folgten einem breiten Fußweg, der die Rampe genannt wird, eine Abkürzung zu meinem Haus. Die Rampe ist ein vielbegangener Weg, der jedoch selbst bei Tageslicht einsam und verborgen wirken kann, am Fuße des Hangs eingepfercht zwischen dem felsigen Sockel des Palatin und den hohen Mauern auf der Rückseite des Hauses der Vestalinnen und im weiteren Verlauf von einer engstehenden Reihe Zypressen verdeckt. Nachts liegt die Rampe selbst bei Vollmond in tiefem Schatten. »Der perfekte Ort für einen Mord«, hatte Bethesda einmal erklärt, bevor sie auf halber Strecke kehrtgemacht und sich fortan geweigert hatte, den Pfad je wieder zu betreten.

Ich verspürte einen weiteren Schauer und wußte, daß er nicht von der kühlen Nachtluft herrührte. Jemand folgte uns auf dem Pfad, und zwar nicht zufällig, sondern ganz bewußt, denn als ich Belbo ein Zeichen machte, stehenzubleiben, hörte ich in unserem Rücken leise Schritte, die kurz darauf ebenfalls innehielten. Ich drehte mich um und blickte den weitgehend geraden Pfad hinunter, konnte jedoch aufgrund der Dunkelheit keinerlei Bewegung ausmachen.

»Ein Mann oder zwei?« flüsterte ich Belbo zu.

Er runzelte die Stirn. »Einer, glaube ich, Herr.«

»Ich bin ganz deiner Meinung. Die Schritte verstummten ganz plötzlich, ohne Gerangel oder Geflüster. Meinst du, wir beide hätten von einem Mann etwas zu befürchten, Belbo?«

Belbo sah mich nachdenklich an. »Nicht, wenn er nicht am Ende des Pfades einen Freund hat, der uns erwartet, Herr. Dann wären wir zwei gegen zwei.«

»Und was, wenn dort oben mehr als nur ein Freund wartet?«

»Willst du umkehren, Herr?«

Ich spähte zurück in die Dunkelheit, dann hinauf zu den vor uns liegenden Schatten. »Nein. Wir sind fast zu Hause.«

Belbo zuckte die Schultern. »Manche Männer müssen bis nach Gallien ziehen, um zu sterben. Andere erwischt es direkt vor ihrer Türschwelle.«

»Halte bloß den Dolch unter deiner Tunika bereit, ich werde dasselbe tun. Und geh gleichmäßig weiter.«

Als wir uns dem Grat des Pfads näherten, erkannte ich, daß dies der perfekte Ort für einen Überfall war. Früher einmal konnte ich ohne Atemnot einen steilen Pfad erklimmen, doch das ist lange her; ein kurzatmiger Mann gibt ein leichtes Opfer ab. Sogar Belbo keuchte vernehmlich. Ich spitzte die Ohren und horchte auf Schritte in unserem Rücken oder Geräusche vor uns, vernahm jedoch nur das Pochen meines Herzens und meinen schnaufenden Atem.

Kurz vor Ende der Rampe wurde der Zypressenbestand zu beiden Seiten des Pfades dünner und der Weg breiter, so daß das Mondlicht hier und da den Schatten durchbrach und vor uns die ersten Häuser zu sehen waren. Ich konnte sogar das Dach meines eigenen Hauses erkennen, was mich gleichermaßen zuversichtlicher und beklommener machte. Der Anblick meines Heims gab mir Sicherheit, erinnerte mich aber auch daran, daß die Götter gelegentlich auf ironisch anmutende Grausamkeiten zurückgreifen, wenn sie dem Leben eines Sterblichen ein Ende bereiten. Wir hatten den Pfad fast hinter uns, doch noch immer gab es genug schattige Nischen, in denen sich eine beliebige Anzahl von Attentätern verbergen konnte. Ich wappnete mich innerlich und spähte in die Dunkelheit.

Schließlich kamen wir nur wenige Schritte von meinem Haus entfernt auf der Rampe auf die gepflasterte Straße. Der Weg war in beiden Richtungen frei, die Straße lag ruhig und verlassen da. Aus dem Obergeschoß eines Hauses vernahm ich den leisen Gesang einer Frau, ein Wiegenlied. Alles war friedlich.

»Vielleicht sollten *wir* ihm einen Hinterhalt stellen«, flüsterte ich Belbo zu, nachdem ich wieder zu Atem gekommen war, denn jetzt konnte man die nahenden Schritte unseres Verfolgers deutlich hören. »Wenn jemand hinter uns her ist, würde ich ihn mir gern einmal ansehen.«

Wir zogen uns in den Schatten zurück und warteten.

Die Schritte kamen näher, und der Mann mußte uns jeden Augenblick eingeholt haben und ins Mondlicht treten.

Neben mir rang Belbo nach Luft. Ich erstarrte und fragte mich, was los war.

Und dann mußte Belbo niesen.

Es war nur ein halbes Niesen, weil er sein Bestes tat, es zu unterdrücken, doch in der Stille der Nacht hätte es genausogut ein Donnerschlag sein können. Die Schritte blieben stehen. Ich blickte angestrengt in die Dunkelheit und konnte die Umrisse des Mannes vage ausmachen, eine Silhouette zwischen Schatten und Halbschatten. Seiner Haltung nach zu urteilen, schien er meinen Blick zu erwidern, offenbar versuchte er zu erkennen, woher das Niesen gekommen war. Im nächsten Moment war er verschwunden, und ich hörte Schritte die Rampe hinunterlaufen.

Belbo fuhr zusammen. »Sollen wir ihm nachsetzen, Herr?«

»Nein. Er ist viel jünger als wir – und wahrscheinlich sehr viel schneller.«

»Woher weißt du das?«

»Hast du ihn schwer atmen gehört?«

»Nein.«

»Eben. Ich nämlich auch nicht, und er war so nahe, daß wir es hätten hören müssen, wenn er außer Puste gewesen wäre. Er hat eine kräftige Lunge.«

Belbo ließ bekümmert den Kopf hängen. »Tut mir leid, daß ich geniest habe, Herr.«

»Es gibt Dinge, die können nicht einmal die Götter aufhalten. Vielleicht war es besser so.«

»Glaubst du wirklich, daß er uns gefolgt ist?«

»Ich weiß nicht. Aber er hat uns einen ganz schönen Schrecken eingejagt, was?«

»Und wir haben ihm einen Schrecken eingejagt!«

»Dann sind wir quitt, und vielleicht ist das das Ende der Geschichte«, sagte ich, ohne wirklich daran zu glauben.

Eilig gingen wir die Straße hinunter bis zu meinem Haus. Belbo klopfte an die Tür. Während wir warteten, daß einer der Sklaven öffnete, zog ich ihn beiseite. »Belbo, egal, ob wir nun verfolgt worden sind oder nicht – kein Wort zu deiner Herrin. Wir müssen den Ärger ja nicht herausfordern. Hast du mich verstanden?«

»Natürlich, Herr«, sagte er ernst.

Ich überlegte kurz. »Erzähl es auch Diana nicht.«

»Das versteht sich von selbst, Herr.« Belbo lächelte, bevor sein Kiefer auf einmal zu beben begann und seine Gesichtszüge sich verzerrten. Alarmiert packte ich seine Schulter.

Belbo warf den Kopf in den Nacken und nieste erneut.

XII

Am nächsten Morgen stand ich früh auf, nahm ein einfaches Frühstück aus Brot und Honig zu mir, bevor ich mir von Belbo den Bart stutzen ließ. (Er ist der einzige Mensch, den ich mit einem scharfen Gegenstand in die Nähe meines Halses lasse.) Da ich vorhatte, verschiedenen Leuten einen förmlichen Besuch abzustatten, legte ich meine gute Toga an und verließ das Haus. Die frische, taugeschwängerte Luft war beißend, doch die Kälte der Nacht wurde von der warmen Morgensonne gemildert. Ich atmete tief ein und ging, von Belbo begleitet, die Straße hinunter.

An jenem Morgen kam mir der Palatin besonders anmutig vor. Jedesmal, wenn ich in jüngster Zeit die unmittelbare Nachbarschaft meines Hauses verlassen hatte, war mir aufgefallen, wie dreckig und schmuddelig weite Teile Roms mittlerweile waren, vor allem die Subura mit ihren Bordellen, Tavernen und stinkenden Seitenstraßen und das Forum mit seinen togagewandeten Horden von Politikern und Finanzleuten, die ihren hektischen Geschäften nachgingen. Um wie vieles angenehmer war der Palatin mit seinen schattigen, sauber gepflasterten Straßen, seinen anheimelnden kleinen Läden und den schönen Häusern. In einer solchen Nachbarschaft konnte man atmen und auch zur geschäftigsten Stunde des Tages herumlaufen, ohne von Hunderten unhöflichen, drängelnden Fremden angerempelt zu werden.

Ich hatte mich vollkommen daran gewöhnt, in einem Reiche-Leute-Viertel zu wohnen, und die Umstellung war mir gar nicht schwergefallen. Was würde mein Vater sagen, der sein Leben lang in der Subura gewohnt hatte? Wahrscheinlich wäre er stolz auf den materiellen Erfolg seines Sohnes, dachte ich, wie unkonventionell er auch errungen sein mochte. Wahrscheinlich würde er mich ermahnen, meine Sinne beisammen zu halten und mich nicht vom äußeren Schein täuschen zu lassen. Die raren und hübschen Dinge, die man mit Reichtum und Macht erlangen kann, sind häufig nur Verzierungen, die überdecken sollen, wie dieser Reichtum und diese Macht erworben wurden. Ja, auf dem luftigen, weitläufigen Palatin kann ein Mann frei atmen – doch er kann ebensogut aufhören zu atmen. Dio war etwas viel Schlimmeres widerfahren, als von Fremden angerempelt zu werden. Die Qualität eines Lakens nützt einem Mann wenig, wenn er für immer schläft.

Der Weg zur Villa von Lucius Lucceius führte mich an dem Wohnhaus vorbei, aus dem Marcus Caelius unlängst vertrieben worden war. Ich blieb stehen, um mir das Gebäude genauer anzusehen. Das obere Stockwerk stand nicht nur leer, an der Ecke des Hauses war auch ein Schild angebracht worden, auf dem in ordentlichen schwarzen Buchstaben stand:

ZU VERKAUFEN DURCH DEN EIGENTÜMER
PUBLIUS CLODIUS PULCHER

Darunter war eine Art Zeichnung. Ich überquerte die Straße, um das Kunstwerk eingehender zu betrachten, und erkannte, daß es ein grob hingekritzeltes Graffito war, das einen Mann und eine Frau beim Geschlechtsverkehr zeigte. Auf den ersten Blick erschien mir ihre Position absurd akrobatisch, nach genauerer Betrachtung entschied ich, daß sie physisch unmöglich war. Aus dem offenen Mund der Frau quoll eine Sprechblase, in der fast alle Wörter falsch geschrieben waren:

NICHTS GEHT ÜBER BRUDERLIEBE!

Der Zeichner war ein zu schlechter Künstler, als daß ihm irgendwelche wiedererkennbaren Gesichtszüge gelungen wären, doch ich hatte keinen Zweifel, wen die kopulierenden Figuren darstellen sollten. Wahrscheinlich war das Graffito von Milos Schlägern hinterlassen worden, obwohl Clodius und seine Schwester noch zahlreiche andere Feinde hatten. In Anbetracht der Rechtschreibfehler konnte man diesen Akt des Vandalismus schwerlich Marcus Caelius zuschreiben. Oder doch? Caelius war hinterhältig und gerissen genug, sein Kunstwerk als das eines geringeren Geistes zu tarnen.

Belbo und ich gingen weiter. Nach zahllosen Abzweigungen in kleinere Straßen erreichten wir das Haus von Lucius Lucceius. Wie es dem Domizil eines wohlhabenden und angesehenen älteren Senators entsprach, präsentierte es zur Straße hin eine untadelige Fassade. Die einzige Verzierung war eine massive, sehr alt wirkende Holztür mit Schnitzereien und einem eisernen Schloß, das aussah wie feinste karthagische Handarbeit. Es war keineswegs unwahrscheinlich, daß die Tür nach der Plünderung Karthagos als Kriegsbeute nach Rom gebracht worden war; in Familien, deren Ahnen damals Roms alten Rivalen besiegt hatten, habe ich schon oft derartige Trophäen gesehen. Belbo hingegen sah, unbeeindruckt von Geschichte und Machart, bloß eine Tür, an die er nun klopfte wie an jede andere Tür auch.

Umgehend wurde sie von einem Sklaven geöffnet, mit dem Belbo die vorgeschriebenen Formalitäten austauschte. Einen Moment später wurde ich in die Halle und dann weiter in ein karg möbliertes Arbeitszimmer geführt. Die Wände waren mit Kriegstrophäen aus Karthago verziert – Speere, Schwerter, Teile von Rüstungen und sogar ein Paar Elefantenstoßzähne. Der weißhaarige Herr des Hauses saß vor einem von Schriftrollen, Stylus, Wachstäfelchen und Pergamentfetzen bedeckten Tisch.

»Ich habe nur einen Moment Zeit für dich«, sagte er, ohne aufzublicken. »Ich weiß natürlich, wer du bist, und kann mir vorstellen, weswegen du gekommen bist. Dort ist ein Stuhl.

Setz dich.« Endlich legte er die Schriftrolle, über der er gebrütet hatte, aus der Hand und blinzelte mich an. »Ja. Ich erinnere mich an dein Gesicht. Zum ersten Mal habe ich es gesehen, als Cicero mich auf dem Forum auf dich aufmerksam machte – das muß jetzt fünfzehn Jahre her sein, während des Prozesses um die Vestalischen Jungfrauen. Der verdammte Catilina, verführt eine Vestalin und kommt ungeschoren davon! Ich selbst habe ihn einmal des Mordes angeklagt, mußt du wissen, ein Jahr, bevor er seinen kleinen Aufstand inszeniert hat. Habe den Prozeß leider verloren, was? Wäre für alle Beteiligten besser gewesen, wenn es damals anders ausgegangen wäre, auch für Catilina – er könnte jetzt irgendwo im Exil hocken und all die hübschen Jungen in Massilia oder sonstwo belästigen. Beim Herkules, du siehst aber rüstig aus! Ich hätte gedacht, mittlerweile wärst du so alt geworden wie ich!« Zu diesen Worten lächelte Lucius Lucceius breit und stieß sich mit beiden Händen vom Tisch ab. Er war ein bemerkenswert häßlicher Mann mit großen buschigen Augenbrauen und einer ungepflegten weißen Mähne.

Er lehnte sich zurück und rieb sich die Augen. »Ich brauche sowieso eine Pause. Ich arbeite an einer Geschichte der Karthagischen Kriege. Mein Ur-Ur-Ur-Großvater hat Scipio Africanus geholfen, Hannibal zu besiegen und der Familie einen Haufen Schriftrollen hinterlassen, die seit Jahren niemand mehr gelesen hat. Faszinierende Materie. Wenn ich fertig bin, werde ich alle meine Freunde und Verwandten so lange tyrannisieren, bis sie eine Kopie erwerben. Sie werden es zwar nicht lesen, aber immerhin habe ich eine Arbeit, die mich beschäftigt. Gordianus, Gordianus«, sinnierte er und starrte mich mit gerunzelter Stirn an. »Ich dachte, du hättest dich aufs Altenteil zurückgezogen und würdest längst nicht mehr in Rom leben. Ich meine, jemand hätte mir erzählt, daß du deine Karriere für ein bäuerliches Anwesen in Sizilien aufgegeben hättest.«

»In Etrurien. Doch das liegt schon eine Weile zurück. Ich bin schon seit mehreren Jahren wieder in Rom.«

»Im Ruhestand?«

»Ja und nein. Hin und wieder nehme ich einfache Fälle an, nur um etwas zu tun zu haben. Wahrscheinlich ungefähr so wie deine Geschichte der Karthagischen Kriege.«

Das Aufblitzen seiner Augen deutete an, daß Lucceius seine Rolle als Historiker doch ernster nahm, als seine eigenen abschätzigen Bemerkungen nahegelegt hatten. »Cicero schickt dich also, meine Aussage abzuholen«, sagte er knapp. »Ich fürchte, sie ist noch nicht fertig.«

Ich starrte ihn leeren Blickes an.

»Nun, ich hatte so viel zu tun«, sagte er. »Deswegen kommst du doch, oder? Der Prozeß, den diese Schurken gegen den jungen Marcus Caelius angestrengt haben, weil er Dio umgebracht haben soll.«

»Ja«, sagte ich langsam. »Deswegen bin ich hier.«

»Hat mich überrascht – na ja, hat wohl alle überrascht –, als ich hörte, daß Cicero die Verteidigung des Jungen übernommen hat. Ich dachte, die beiden hätten sich endgültig überworfen, aber da kann man mal sehen. Wenn es eng wird, kommt der ungezogene Schuljunge zu seinem Tutor zurückgelaufen. Eigentlich rührend.«

»Ja, das ist es«, sagte ich leise. War es wirklich möglich, daß Cicero Caelius' Verteidigung übernommen hatte? Die Nachricht war überraschend, machte jedoch durchaus Sinn. Cicero hatte schon Asicius erfolgreich vertreten, wahrscheinlich um Pompeius einen Gefallen zu tun. Pompeius wäre sicher sehr angetan, wenn auch Caelius freigesprochen würde, und Cicero war ein Mann, der das bewerkstelligen konnte. Was die Fehde zwischen Caelius und Cicero betraf, funktioniert derselbe Pragmatismus, der aus Freunden mit einem Blinzeln Feinde machen kann, auch umgekehrt. »Deine Aussage für Cicero ist also noch nicht fertig?«

»Nein. Komm morgen wieder. Es überrascht mich übrigens, daß er dich und nicht seinen Sklaven geschickt hat, der immer in allen Details herumstochert.«

»Tiro?«

»Genau. Schlauer Sklave.«

»Ja, nun, also ich vermute, daß Tiro deine Aussage auch irgendwann abholen wird. Aber wenn ich schon hier bin, könnte ich dir vielleicht ein paar Fragen stellen.«

»Nur zu.«

»Über Dio.«

Er winkte ab. »Das wird alles in meiner Aussage stehen.«

»Trotzdem könnte es uns allen – dir, mir, Tiro und Cicero – vielleicht Zeit sparen, wenn du mir in groben Umrissen skizzieren würdest, was in deiner Aussage stehen wird.«

»Genau das, was ich Cicero erzählt habe. Dio war eine Weile zu Gast in meinem Haus und ist dann weitergezogen. So einfach ist das. Dieser ganze Unsinn von wegen einer Vergiftung – ›Bösartige Gerüchte breiten sich aus wie Olivenöl und hinterlassen Flecken wie Rotwein‹.«

»Aber es hat in diesem Fall doch einen Todesfall gegeben, oder nicht? Dios Sklave, sein Vorkoster –«

»Der nutzlose Sklave ist eines natürlichen Todes gestorben, und damit basta!«

»Und warum ist Dio dann in das Haus von Titus Coponius umgezogen?«

»Weil er sogar Angst vor seinem eigenen Schatten hatte. Wenn er einen Stock auf dem Boden sah, hat er geschworen, es sei eine Schlange.« Lucceius schnaubte verächtlich. »Dio war hier so sicher wie eine Jungfrau im Haus der Galloi.«

»Trotzdem war Dio der Ansicht, jemand hätte in diesem Haus versucht, ihn zu vergiften.«

»Dio war ein verdammter Narr! Sieh dir an, was ihm in Coponius' Haus widerfahren ist, und sage mir dann, wo er sicherer war!«

»Das klingt logisch. Dann warst du also ein guter Freund Dios?«

»Natürlich! Denkst du, ich würde einen Feind einladen, unter meinem Dach zu schlafen? Tagsüber pflegte er dort zu sitzen, wo du jetzt sitzt, und wir sprachen über Aristoteles, Alexandria oder Karthago in den Tagen Hannibals. Er hat mir ein paar wertvolle Anregungen für meine Geschichte gegeben.« Lucceius blickte zur Seite und biß sich auf die Unterlippe. »Er war kein schlechter Kerl. Es hat mir leid getan, ihn gehen zu sehen. Er hatte natürlich ein paar unangenehme Angewohnheiten.« Er lächelte grimmig. »Die Früchte ernten, bevor sie reif sind, und dergleichen.«

»Was meinst du damit?«

»Vergiß es. Es hat keinen Sinn, über Tote soll man nichts Schlechtes sagen.«

»›Die Früchte ernten ...‹?«

»Er mochte sie jung. Einer von denen. Das ist an sich nichts Schlimmes, aber ein Mann sollte den Finger vom Besitz seines Gastgebers lassen. Mehr werde ich dazu nicht sagen.« An seiner Miene erkannte ich, daß es ihm ernst war.

»Du hast gesagt, Dios Sklave wäre eines natürlichen Todes gestorben. Woran denn?«

»Woher soll ich das wissen?«

»Aber ein Tod im Haus –«

»Nur der Tod eines Sklaven, dazu noch eines Sklaven, der nicht einmal mir gehörte.«

»Irgendjemand muß doch die Symptome bemerkt haben.«

»Glaubst du, ich würde jedesmal einen teuren, griechischen Arzt rufen, wenn ein Sklave Bauchschmerzen hat? Täglich werden irgendwo Sklaven krank, und manchmal sterben sie halt.«

»Dann kannst du nicht ausschließen, daß es Gift war. Das glaubte zumindest Dio.«

»Dio hat eine Menge geglaubt. Hatte eine lebhafte Phantasie – auf jeden Fall ein besserer Philosoph als Historiker.«

»Wenn mir trotzdem jemand aus dem Haus schildern könnte, wie der Sklave genau gestorben ist und worüber er vor seinem Tod geklagt hat –«

Der Ausdruck auf Lucceius' Gesicht ließ mich innehalten. Er starrte mich eine Weile an und runzelte die buschigen Brauen über seinen funkelnden Augen. »Wer hat dich hierher geschickt?«

»Das würde ich lieber für mich behalten.«

»Es war jedenfalls nicht Cicero, oder?«

»Ich komme als ein Freund Dios.«

»Willst du damit sagen, daß ich das nicht war? Hinaus!«

»Ich will nur die Wahrheit über Dios Tod herausfinden. Wenn du wirklich sein Freund wärst –«

»Hinaus! Los, geh. Raus! Ab mit dir!« Lucceius ergriff einen Stylus und schwenkte ihn wie einen Dolch, während er mit wütendem Blick zusah, wie ich zur Tür ging. Ich ließ ihn, über seine Pergamentrollen ärgerlich vor sich hin murmelnd, zurück.

Der Sklave, der mich hereingeführt hatte, wartete im Flur, um mich wieder hinauszugeleiten, doch bevor wir die Halle erreicht hatten, trat uns eine Frau von wahrhaft gewaltigen Körpermaßen in den Weg.

»Geh, Cleon«, sagte sie zu dem Sklaven. »Ich werde unseren Gast selbst hinausbegleiten.« Dem Ton ihrer Stimme nach war sie ganz offensichtlich die Herrin des Hauses, und aus der unterwürfigen Art, wie der Sklave zurückwich, schloß ich, daß sie nicht zu dem Typ römischer Matrone zählte, die ihren Sklaven große Freiheiten gewährte.

Lucceius' Frau war genauso häßlich wie ihr Mann, obwohl sie ihm überhaupt nicht ähnlich sah. Statt buschiger Augenbrauen hatte sie nur zwei dünne gemalte Linien über ihren Augen. Vielleicht war ihr Haar so weiß wie seines, wenn sie es nicht mit Henna rot gefärbt hätte. Sie trug eine wallende grüne Stola und eine Kette aus grünen Glasperlen, dazu passende Ohrringe. »Du bist also Gordianus der Sucher«, sagte sie unvermittelt und musterte mich streng. »Ich habe gehört, wie der Sklave dich meinem Mann gemeldet hat.«

»Was hast du sonst noch gehört?« fragte ich.

Sie schien meine Offenheit zu schätzen. »Alles. Wir sollten uns unterhalten.«

Ich sah mich um.

»Keine Sorge«, sagte sie, »in diesem Haus gibt es keine heimlichen Lauscher. Sie würden es nicht wagen.«

Ich folgte ihr nur in einen anderen Flügel des Hauses, doch ich hätte genausogut eine andere Welt betreten können. Während Lucceius' Arbeitszimmer ein karges Museum aus Kriegstrophäen und verstaubten Dokumenten war, waren die Gemächer seiner Frau mit kunstvoll bestickten Vorhängen und kostbaren Objekten aus Glas und Metall extravagant dekoriert. Eine lange Wand wurde vom Gemälde eines blühenden Gartens geschmückt, alles in blassen Grün-, Gelb- und Rosétönen gehalten.

»Du hast meinen Mann getäuscht«, meinte sie trocken.

»Er dachte, ich käme von Cicero. Ich habe ihm nur nicht widersprochen.«

»Das heißt, du hast ihn lediglich glauben lassen, was er glauben wollte. Ja, das ist die beste Art, mit Lucius umzugehen. Er hat dich nicht vorsätzlich angelogen, mußt du wissen. Er ist fest davon überzeugt, daß sich in diesem Haus nichts Übles ereignet hat. Lucius hat Schwierigkeiten mit der Wahrheit. Wie die meisten Männer«, fügte sie leise hinzu. Sie ging im Zimmer umher, nahm dieses und jenes in die Hand und stellte es wieder ab.

»Bitte, sprich weiter«, sagte ich.

»Der äußere Schein ist Lucius wichtiger als die Tatsachen. Die Vorstellung, daß ein Gast seines Hauses oder auch nur der Sklave eines Gastes unter seinem Dach vergiftet worden sein könnte, ist für ihn undenkbar. Also ist es einfach nicht passiert, verstehst du? Lucius würde nie im Leben etwas anderes zugeben.«

»Aber *ist* es denn nicht passiert?«

Sie trat an einen kleinen Tisch, auf dem eine Reihe identischer Tonfiguren stand. Sie ergriff eine von ihnen und spielte damit herum. »Wer hat dich hergeschickt, um Fragen zu stellen?«

»Wie ich deinem Mann schon erklärt habe, bin ich ein Freund Dios.«

Sie schnaubte verächtlich. »Laß nur. Ich kann auch so erraten, wer dich geschickt hat.«

»Tatsächlich?«

»Clodia. Habe ich recht? Mach dir nicht die Mühe zu antworten. Ich kann dein Gesicht ebensogut lesen wie das von Lucius.«

»Wie konntest du das nur erraten?«

Sie zuckte mit den Schultern und ließ die kleine Figur zwischen Daumen und Zeigefinger kreisen. Es war eine Votivstatue von Attis, dem Eunuchen und Begleiter der Großen Mutter, Kybele; auf dem Kopf trug er eine rote phrygische Kappe mit abgerundeter, nach vorn fallender Spitze, die Hände hatte er auf seinen fülligen Bauch gelegt. »Wir haben Methoden, unser Wissen zu teilen.«

»Wir?«

»Wir Frauen.«

Ich spürte ein Kribbeln im Rückgrat und hatte das Gefühl, das gleiche Gespräch schon einmal geführt zu haben – mit Bethesda nämlich, als sie mir erzählt hatte, daß Clodia und Caelius kein Paar mehr wären und ich sie gefragt hatte, woher sie das wissen wollte: Wir haben Methoden, unser Wissen zu teilen. Für den Bruchteil einer Sekunde hatte ich den Schimmer einer Erkenntnis, als hätte sich mir eine Tür gerade so weit aufgetan, daß ich einen Blick in ein unvertrautes Zimmer werfen konnte. Dann sprach sie weiter, und die Tür fiel wieder zu.

»Es gibt gar keinen Zweifel, daß Dios Sklave vergiftet wurde. Du hättest den armen Kerl sehen sollen. Wenn Lucius die Augen offengehalten hätte, anstatt wegzusehen, als der Mann starb, würde ihm seine glatte Erklärung von der ›natürlichen Ursache‹ nicht so leicht über die Lippen kommen. Aber Lucius war schon immer feige. Er kann seine kleinen Berichte darüber schreiben, wie beim Fall von Karthago Frauen aufgespießt und Kinder in Stücke gehackt wurden, doch den Anblick eines sich übergebenden Sklaven erträgt er nicht.«

»War das eines der Symptome?«

»Ja. Der Mann wurde weiß wie Marmor, und sein Körper begann heftig zu zucken.«

»Aber wenn der Sklave sich vergiftet hat, als er das Essen kostete, das für Dio bestimmt war, wie ist das Gift dann in das Essen gelangt?«

»Es wurde natürlich von Küchensklaven hineingetan. Ich glaube, ich weiß, von wem.«

»Ja?«

»Von Juba und Laco. Die beiden Burschen führen ständig etwas im Schilde; sie sind gerissener, als für sie selbst gut ist. Haben davon geträumt, sich eines Tages freizukaufen. An jenem Nachmittag muß Juba sich aus dem Haus geschlichen haben. Ich habe ihn nämlich beim Zurückkommen erwischt. Als ich ihn zur Rede stellte, versuchte er, sich dumm zu stellen und mit den üblichen verlogenen Ausflüchten von Sklaven herauszureden. Er sagte, er wäre auf dem Markt gewesen, um etwas zu besorgen, ich weiß nicht mehr was, und hielt zum Beweis einen kleinen Beutel hoch. Diese Tollkühnheit! Wahrscheinlich war es das Gift. Später ertappte ich ihn, wie er Laco in der Küche etwas zuflüsterte, und fragte mich, was sie vorhatten. Sie waren auch diejenigen, die das Gericht zubereitet haben, das Dios Sklaven getötet hat.«

»Dio hat mir erzählt, daß dein Mann an jenem Tag Besuch hatte.«

»Von Publius Asicius. Er wurde später beschuldigt, Dio in Coponius' Haus erstochen zu haben, obwohl man es beim Prozeß nicht beweisen konnte. Ja, er kam her, um Lucius zu besuchen, etwa zur selben Zeit, als Juba sich kurz aus dem Haus geschlichen hat. Aber ich glaube nicht, daß Asicius das Gift gebracht hat, wenn du das denkst. Er ist nicht einmal in die Nähe der Küchensklaven gekommen.«

»Aber vielleicht sollte er deinen Mann beschäftigen und ablenken, während Juba aus dem Haus ging und das Gift von jemand anderem erhalten hat.«

»Welch lebhafte Phantasie!« meinte sie trocken.

»Wo ist Juba jetzt? Würdest du mich mit ihm sprechen lassen?«

»Das würde ich, aber er ist weg. Juba und Laco sind weg.«

»Wohin?«

»Nach dem Tod seines Vorkosters war Dio ziemlich aufgebracht. Er hat geschrien und getobt und verlangt, Lucius solle feststellen, welche Sklaven versucht hätten, ihn zu vergiften. Ich wies auf das verdächtige Verhalten von Juba und Laco hin, doch Lucius wollte von der Andeutung, daß Gift im Spiel gewesen sein könnte, nichts wissen. Trotzdem entschied er ein paar Tage später, daß Juba und Laco – ausgebildete Küchensklaven! – als Arbeiter in einer Mine nützlicher wären. Lucius besitzt einen Anteil an einer Silbermine oben in Picenum. Also wurden die Sklaven weggeschickt, außer Reichweite, aus den Augen, aus dem Sinn.«

Sie hielt die kleine Tonfigur von Attis hoch und strich mit dem Zeigefinger darüber. »Doch das Erstaunlichste ist, daß Juba und Laco bei Lucius' Ankündigung plötzlich anboten, sich freizukaufen. Irgendwie war es ihnen gelungen, die paar Kupfermünzen, die wir ihnen jedes Jahr zur Feier der Saturnalien geben, zu einer Summe zusammenzusparen, die ihrem eigenen Wert in Silber entsprach.«

»War das möglich?«

»Völlig ausgeschlossen. Lucius beschuldigte sie, die Haushaltskasse bestohlen zu haben.«

»Hätten sie das tun können?«

»Meinst du, ich bin eine Frau, die sich von ihren Sklaven bestehlen läßt?« Sie bedachte mich mit einem Blick, der dazu angetan war, einen Sklaven panisch das Weite suchen zu lassen. »Doch für diese Erklärung hat Lucius sich entschieden, und nichts wird ihn davon abbringen. Er nahm ihnen ihr Silber ab, schickte sie in die Minen, und damit hatte es sich.«

»Und woher hatten die Sklaven das Silber *deiner* Meinung nach?«

»Nun mal nicht so schüchtern«, sagte sie. »Natürlich hat sie jemand bestochen, Dio zu vergiften. Wahrscheinlich haben sie nur einen Teil ihrer Bezahlung erhalten, weil sie die Sache nicht erfolgreich abgeschlossen hatten. Wenn ich Herr dieses Hauses gewesen wäre, hätte ich sie foltern lassen, bis die Wahrheit ans Licht gekommen wäre. Aber die Sklaven gehören Lucius.«

»Die Sklaven kennen die Wahrheit.«

»Die Sklaven wissen etwas. Aber sie sind jetzt weit weg von Rom.«

»Und ohne die Zustimmung ihres Herren kann man sie nicht zur Aussage zwingen.«

»Und die würde Lucius nie geben.«

»Wer hat ihnen das Silber gegeben?« murmelte ich. »Wie läßt sich das nur herausfinden?«

»Ich nehme an, das ist deine Aufgabe«, erklärte sie schroff. Sie ging zu dem kleinen Tisch zurück und stellte die Attis-Figur auf ihren Platz zurück. Ich trat neben sie und betrachtete die Statuen.

»Warum so viele und alle gleich?« fragte ich.

»Für die Feier der Großen Mutter natürlich. Das sind Abbilder von Attis, ihrem Begleiter. Als Geschenke.«

»Von einem solchen Brauch habe ich noch nie gehört.«

»Wir schenken sie uns gegenseitig.«

»›Wir‹?«

»Es hat nichts mit dir zu tun.«

Ich streckte den Arm aus, um eine der Figuren zu nehmen, doch sie packte mich mit erstaunlich festem Griff am Handgelenk.

»Ich sagte, es hat nichts mit dir zu tun.« Schließlich ließ sie mich wieder los und klatschte in die Hände. Ein Mädchen erschien. »Du solltest jetzt besser gehen. Die Sklavin wird dich hinausführen.«

XIII

Die bequemste Route zum Haus von Titus Coponius, in dem Dio gestorben war, führte mich auf demselben Weg zurück, den ich gekommen war. Als ich erneut an der früheren Wohnung von Marcus Caelius vorbeikam, bemerkte ich, daß das Zu-Verkaufen-Schild unberührt war, während man das obszöne Graffito darunter mit frischer Farbe übermalt hatte. Man konnte Clodius' Schlägern alles mögliche vorwerfen, nicht jedoch Untätigkeit.

Titus Coponius empfing mich umgehend, und bald saß ich mit einem Becher Wein in seinem Arbeitszimmer. Wenn Lucius Lucceius' Arbeitszimmer eine rückwärtsgewandte Huldigung an die Eroberung Karthagos war, präsentierte Titus Coponius' Arbeitszimmer sich als Tribut an den andauernden Triumph griechischer Philosophie. Auf Regalen waren schwarzrote Trinkgefäße zu sehen, die zu alt und wertvoll waren, um tatsächlich daraus zu trinken. Auf Sockeln entlang der Wände standen kleine Statuen großer Helden und Büsten bedeutender Denker. In einem Schrank mit Fächern für Schriftrollen stapelten sich runde lederne Etuis mit kleinen farbigen Etiketten, auf denen ich die Namen alter griechischer Dramatiker und Historiker las. Der Raum war stilecht mit griechischen Stühlen mit hoher Lehne und einem griechischen Teppich mit geometrischem Muster möbliert, alles in harmonischster Proportion zu der Größe des Raums.

Coponius war ein großer Mann mit einem langen eckigen Gesicht und einer attraktiven Nase; selbst im Sitzen wirkte er imposant. Er hatte kurz geschnittenes, dicht gelocktes schwarzes Haar, das an den Schläfen grau meliert war. Seine Kleidung und sein Gebaren waren ebenso elegant wie der Raum, in dem wir saßen. »Ich nehme an, du bist wegen Dio gekommen«, begann er.

»Wie kommst du darauf?«

»Komm schon, Gordianus. Ich kenne deinen Ruf. Außerdem weiß ich, daß Bestias Sohn Marcus Caelius unter anderem des versuchten Giftmordes an Dio angeklagt hat. Es bedarf kaum eines Philosophen, den Grund deines Besuches in dem Haus zu erschließen, in dem Dio gestorben ist. Ich weiß allerdings nicht, wer dich geschickt hat – Bestias Junge für die Anklage oder Caelius für seine Verteidigung.«

»Keiner von beiden, um ehrlich zu sein.«

»Das ist in der Tat rätselhaft.«

»Offenbar nicht für alle«, sagte ich und dachte an Lucceius' Frau. »Spielt es eine Rolle, wer mich geschickt hat, solange ich die Wahrheit zu ergründen suche?«

»Die meisten Menschen haben irgendein verstecktes Eigeninteresse, selbst wenn sie nach der Wahrheit streben. Rache, Erniedrigung, Macht –«

»Gerechtigkeit. Für Dio.«

Coponius stellte seinen Weinbecher ab und legte seine schlanken, gepflegten Hände in den Schoß. »Wenn wir beide irgendwann einmal sehr viel mehr Zeit haben, sollten wir über das Wort ›Gerechtigkeit‹ disputieren und sehen, ob wir zu einer Definition kommen, mit der wir beide einverstanden sind. Doch für den Moment nehme ich an, daß du die Wahrheit suchst, um die Identität von Dios Mörder zu lüften. Ein hinreichend klares und direktes Ansinnen – aber ich fürchte, ich kann dir nicht helfen.«

»Warum nicht?«

»Ich kann dir nicht berichten, was ich nicht weiß.«

»Vielleicht weißt du mehr, als dir selbst bewußt ist.«

»Ein Rätsel, Gordianus?«

»Das Leben ist voller Rätsel.«

Coponius musterte mich mit einem katzenartigen Blick. »Soweit ich weiß, beziehen sich die Vorwürfe gegen Caelius auf die Angriffe auf die ägyptische Gesandtschaft auf dem Weg nach Rom sowie auf einen angeblichen Versuch, Dio im Haus von Lucceius zu ermorden. Was in diesem Haus geschah, wird nicht einmal in der offiziellen Anklageschrift genannt.«

»Theoretisch nicht. Die Anklage plant, sich auf die versuchte Vergiftung zu konzentrieren und den eigentlichen Mord an Dio lediglich als erhärtendes Indiz anzuführen.«

»Dann kommst du also von der Anklage.« Coponius lächelte mich kalt an. »Nicht, daß du mich mißverstehst. Ich habe nichts dagegen, daß du herkommst und Fragen stellst.

Ich habe das alles schon einmal durchgemacht, als Asicius angeklagt wurde. Aber es ist nun einmal eine Tatsache, daß der oder die Mörder keine Spuren hinterlassen haben, die sie hätten verraten können. Die Anklage gegen Asicius gründete sich nicht auf Beweise, sondern nur auf vage Vermutungen. Ja, ›jedermann weiß‹, daß er irgendwie in die Sache verwickelt war, genau wie ›jedermann weiß‹, daß König Ptalemaios dahinter stecken muß, doch ein Beweis dafür wurde nie erbracht, und in diesem Haus wirst du auch keinen finden.«

»Trotzdem wüßte ich gerne, was hier vorgefallen ist.«

Coponius nippte an seinem Wein, bevor er mir wieder seinen Katzenblick zuwandte. »Ich kannte Dio aus Alexandria«, sagte er schließlich. »Vor ein paar Jahren haben mein Bruder und ich eine Zeitlang dort gelebt. Gaius, wie immer der Praktische, wollte die Funktionsweise des ägyptischen Getreidemarktes unter finanziellen Aspekten studieren, während es mich zu den Stufen der Bibliothek beim Serapis-Tempel zog, wo Philosophen genau dieselben Dinge erörtern, über die wir eben sprachen – Wahrheit, Gerechtigkeit, Rätselfragen. So habe ich Dio kennengelernt.«

»Genau wie ich«, sagte ich.

Coponius zog überrascht eine Braue hoch. »Du kanntest Dio aus Alexandria?«

»Es war nur eine kurze Zeit, und sie liegt sehr lange zurück. Ich war noch recht jung. Meine Ausbildung bei Dio war vollkommen informell.«

Coponius begriff sofort. »Ah, du warst einer dieser jungen Männer, die zu arm sind, sich ein Studium zu leisten, und die auf den Stufen herumlungern in der Hoffnung, die Aufmerksamkeit eines der Philosophen zu wecken. Bettler der Weisheit, hat Dio sie immer genannt.«

»Etwas in der Art.«

»Solche Anfänge sind nicht unehrenhaft. Je mehr man um die Weisheit kämpfen muß, desto mehr Ehre liegt in ihrer Erlangung. Meine Beziehung zu Dio war um einiges offizieller, nehme ich an. Als ich ihn kennenlernte, war er bereits bis in die höchsten Ränge der Akademie befördert worden und zeigte sich nur noch selten auf der Treppe vor der Bibliothek. Ich habe ihn nur durch Zufall getroffen und zu mehreren Abendgesellschaften eingeladen, die Gaius und ich in unserem gemieteten Haus im Regierungsviertel ausrichteten. Dio kannte alle griechischen Denker auswendig. Er konnte stundenlang über die Gesetze der Wahrnehmung und das logische Denken dozieren. Gaius gähnte dann meistens und ging früh zu Bett, doch ich habe ihm manchmal bis zum Morgengrauen zugehört.«

»Dein Bruder macht sich nichts aus Philosophie?«

Coponius lächelte. »Nicht viel. Doch Gaius und Dio haben trotzdem gemeinsame Interessen gefunden. Ich blieb zurück, wenn die beiden auf der Suche nach Abenteuern in den Rhakotis-Distrikt loszogen.« Er sah mich vielsagend an.

»Auf mich hat Dio nie einen besonders abenteuerlustigen Eindruck gemacht.«

»Dann kanntest du ihn nicht so wie ich und ganz bestimmt nicht wie Gaius.«

»Was soll das heißen?«

»Dio war um einiges älter als mein Bruder und ich, doch er hatte noch immer Gelüste. Ziemlich starke Gelüste sogar. Es machte ihm Spaß, Gaius die ›Geheimnisse von Alexandria‹ zu zeigen, wie er es nannte.«

»›Die Früchte ernten, bevor sie reif sind‹«, murmelte ich.

»Was?«

»Etwas, was jemand anders über Dio gesagt hat.«

»Reife ist eine Frage des Geschmacks. Bei Dio ging es mehr ums Anstoßen als ums Ernten der Früchte, würde ich sagen.«

»Das verstehe ich nicht.«

Wieder ließ Coponius seinen katzenartigen Blick auf mir ruhen. »Es gibt Menschen, für die Dios spezielle Vorliebe ein Charakterfehler war, Anzeichen für ein Ungleichgewicht seiner Körpersäfte. Ich selbst war nie ein Sklave meines Fleisches; mein Leben besteht aus Geistigem, was mir persönlich ideal erscheint. Bei meiner Lebenshaltung bin ich oft versucht, die Schwäche anderer Menschen zu verurteilen, doch bei Freunden verzichte ich auf solche Urteile. Wir müssen uns vergegenwärtigen, daß Dio dem Blut nach zwar Grieche, dem Geiste nach jedoch Ägypter war. Diese Menschen sind weltoffener als wir, erdgebundener, in vielerlei Hinsicht auch grober und primitiver. Dio war einerseits ein Vorbild an Logik und Rationalität, andererseits konnte er sich in einen Zustand der Ekstase jenseits allen Verstandes fallenlassen. Wenn seine Lust gelegentlich von Handlungen abhängig war, die du oder ich vielleicht für grausam und exzessiv halten würden –«

»Ich verstehe nicht, was du meinst.«

Coponius zuckte die Schultern. »Welche Rolle spielt das jetzt noch? Der Mann ist tot. Seine Lehren sowie die Anstrengungen, die er für seine Landsleute unternommen hat, werden sein Vermächtnis bleiben, und es gibt nur wenige, die eine solch stolze Hinterlassenschaft vorweisen können.« Er stand auf und begann langsam im Zimmer auf und ab zu gehen, wobei er mit der Hand über die Büsten strich, die entlang der Wand aufgereiht waren. »Aber du bist gekommen, um über Dios Tod zu reden, nicht über seinen Lebenswandel. Was willst du wissen, Gordianus?«

»Ich kenne die nackten Tatsachen seiner Ermordung – wie jeder. Doch Wasser ist an der Quelle immer am frischesten. Ich möchte wissen, was du – oder ein anderes Mitglied deines Haushalts – mir über die genauen Umstände in jener Nacht sagen kannst.«

»Laß mich überlegen …« Er blieb vor einer Alexanderbüste stehen. »Als Dio an jenem Abend nach Hause kam, war ich hier im Arbeitszimmer. Ich hatte gerade alleine zu Abend gegessen und war zum Lesen hierhergekommen. Ich hörte, wie ein paar Sklavinnen im Flur kicherten. Ich rief sie und fragte, was so komisch sei. Sie sagten, mein Gast wäre als Frau verkleidet heimgekommen!«

»Hatte er dieses Kostüm nicht schon vorher getragen?«

»Offenbar schon, er war, begleitet vom kleinen Galloi, der

ihn ständig besuchte, ein paarmal aus dem Haus geschlichen, ohne daß ich es bemerkt hatte. Dio hat sich stets heimlich durchs Haus bewegt. Er blieb auf seinem Zimmer und hielt die Türe verschlossen. Nicht einmal zu den Mahlzeiten leistete er mir Gesellschaft. Als er mich bat, ihn in in meinem Haus aufzunehmen, hatte ich gehofft, wir würden zivilisierte Unterhaltungen führen wie damals in Alexandria, würden gemeinsam essen und über Philosophie oder Politik diskutieren. Seine Distanziertheit hat mich enttäuscht und auch ein wenig verärgert.«

»Er war ein sehr ängstlicher Mann.«

»Ja, das wurde mir auch klar. Deswegen bin ich ihm aus dem Weg gegangen. Wenn er sich den ganzen Tag in seinem Zimmer verstecken oder, ohne mir etwas davon zu sagen, aus dem Haus schleichen wollte, hatte ich nicht vor, ihn darauf anzusprechen. Heute wünschte ich, ich hätte Vorkehrungen getroffen, obwohl ich nicht weiß, was ich hätte tun können.«

»Dio war ein gehetzter Mensch. Du mußt doch gewußt haben, daß er in schrecklicher Gefahr schwebte.«

»Natürlich. Deswegen habe ich jede Nacht einen Wächter an der Tür postiert. Trotzdem hätte ich nie gedacht, daß jemand tatsächlich ins Haus eindringen und eine solche Abscheulichkeit begehen würde. Es schien mir undenkbar.«

»Zeig mir, wo das Undenkbare geschehen ist.«

Coponius führte mich durch einen langen Flur in den hinteren Teil des Hauses. »Die Wache war in der Halle auf der Vorderseite postiert. Als die Attentäter in Dios Zimmer eindrangen, hat er nichts gehört. Ich selbst habe im Nebenzimmer geschlafen und ebenfalls nichts gehört.«

»Hat Dio geschrien?«

»Wenn ja, hat ihn niemand gehört.«

»Hättest du ihn gehört?«

»Ich habe, wie gesagt, geschlafen, aber ich denke, ein Schrei hätte mich aufgeweckt. Die Wände sind nicht besonders dick. An anderen Abenden konnte ich hören, wie – nun ja, das tut nichts zur Sache.«

»Du wolltest etwas sagen?«

»Das ist das Zimmer.« Coponius stieß die Tür auf und machte mir ein Zeichen einzutreten.

Es war ein kleiner Raum, karg möbliert mit einem Schlafsofa, einem Stuhl und einer Reihe kleiner Tische. Der Boden war von einem Teppich bedeckt. An den Wänden waren Haken für Kleidung und Lampen angebracht.

»Wie sind die Attentäter hereingekommen?«

»Durch das Fenster neben dem Sofa dort. Ich bin sicher, die Läden waren geschlossen und verriegelt. Darauf hätte Dio schon wegen der Kälte geachtet. Der Riegel ist repariert worden, aber man kann noch erkennen, wo das Holz zersplittert ist, als die Läden gewaltsam aufgebrochen wurden.«

»War der alte Riegel auch aus Bronze wie der hier?«

»Es ist genau derselbe Riegel, er wurde von einem Schmied glatt gehämmert und leicht versetzt wieder angebracht.«

»Sieht aus wie ein ziemlich kräftiger Riegel. Ich glaube, wenn man ihn gewaltsam von außen aufgebrochen hat, muß das einigen Lärm gemacht haben.«

»Vermutlich.«

»Beträchtlichen Lärm.«

»So laut kann es nicht gewesen sein –«

»Vielleicht nicht laut genug, um dich im Nebenzimmer zu wecken oder den Wächter an der Vordertür zu alarmieren, aber doch gewiß laut genug, um *Dio* zu wecken.«

»Das sollte man annehmen, ja. Aber wie ich schon sagte, niemand hat Dio schreien gehört. Vermutlich hatte er einen sehr festen Schlaf. Oder das Aufbrechen des Riegels hat nicht so viel Lärm gemacht, wie du vermutest.«

»Wir könnten endlos weiter über die Frage diskutieren«, sagte ich. »Oder sollen wir einen empirischen Versuch unternehmen?«

»Du meinst –?«

»Wenn du es erlaubst.«

Coponius zuckte die Achseln. »Nur zu.«

Ich entriegelte die Fensterläden und trat auf den von einer

hohen Mauer umgebenen Hof. Coponius schloß die Läden wieder und verriegelte sie von innen. Ich drückte dagegen, um den Widerstand zu testen, und mußte feststellen, daß es einer beträchtlichen Kraftanstrengung bedürfen würde, sie gewaltsam zu öffnen. Ich sah mich um und entdeckte einen losen Stein. Ich nahm ihn in die Hand und schlug damit heftig gegen die Läden. Man hörte das Bersten von Holz, und die Läden flogen auf, während das Schloß durch den Raum geschleudert wurde und auf dem Teppich landete.

Ich kletterte durch das Fenster. »Ist das aufgebrochene Schloß auf dem Fußboden gefunden worden?«

»Ja, da bin ich ganz sicher. Ich erinnere mich daran, weil ich mit nackten Füßen darauf getreten bin und mich geschnitten habe.«

»Dann können wir davon ausgehen, daß die Läden in jener Nacht mit mindestens ebensoviel Wucht aufgebrochen wurden, was ebensoviel Lärm verursacht haben muß. Ich würde sagen, das reicht, um jeden, der in diesem Zimmer schläft, zu wecken.«

»Ja«, stimmte Coponius mir zu und tippte nachdenklich mit dem Zeigefinger auf seine Unterlippe.

»Und trotzdem hat Dio nicht geschrien.«

»Vielleicht wurde er aus tiefem Schlaf gerissen und begriff nicht, was vor sich ging. Oder er begriff es nur zu gut und war gelähmt vor Angst.«

«Vielleicht. War sein Kehle durchschnitten?«

»Nein. Alle Wunden waren auf seiner Brust.«

»Wie viele?«

»Ganz genau weiß ich es nicht. Etliche.«

»Dann muß er stark geblutet haben.«

»Blut war auch da, ja.«

»Ein sich wehrender Mann, der wiederholt in die Brust gestochen wird – das ganze Zimmer muß voller Blut gewesen sein.«

Coponius runzelte die Stirn. »Als wir ins Zimmer kamen, war es natürlich stockfinster. Die Sklaven hielten Lampen hoch. Überall tanzten Schatten. Ich kann mich daran nicht erinnern, Blut gesehen zu haben – ich weiß nicht, wieviel es war. Spielt das eine Rolle?«

»Wahrscheinlich nicht. Du hast nicht zufällig noch die Schlaftunika, die Dio getragen hat, oder die Kissen?«

»Natürlich nicht. Sie wurden verbrannt.«

Ich sah mich im Zimmer um und stellte mir Dio auf dem Sofa vor, in stummem Entsetzen; doch irgend etwas an dem Bild schien nicht zu stimmen. »Dein Wächter hat schließlich doch etwas gehört und ist gekommen, um nachzusehen.«

»Ja.«

»Dürfte ich mit ihm sprechen?«

»Natürlich.« Coponius rief einen Sklaven, einen kräftigen jungen Griechen namens Philo, der ziemlich aufgeweckt wirkte. Ich fragte ihn, was er in der Nacht von Dios Tod genau gehört hatte.

»Ein Geräusch aus seinem Zimmer.«

»Was für ein Geräusch?«

»Eine Art Poltern.«

»Keinen Schrei oder ein Stöhnen?«

»Nein.«

»Berstendes Holz, aufbrechende Riegel?«

»Eher so, als ob etwas umgestoßen worden wäre –«

»Als wir hinzukamen«, unterbrach Coponius ihn, »war alles durcheinander. Tische und Stühle waren umgestürzt, und die Schriftrollen, die Dio neben dem Bett aufbewahrte, lagen im Zimmer verstreut.«

»Wann hast du das Poltern gehört«, fragte ich Philo, »und wie schnell warst du hier?«

»Ich bin sofort losgerannt. Als ich den Flur hinunterlief, hörte ich weitere Geräusche.«

»Woher wußtest du, woher die Geräusche kamen?«

»Als ich mich näherte, hörte ich, daß sie aus seinem Zimmer kamen.«

»Also hast du versucht, die Tür zu öffnen?«

Der Sklave zögerte. »Nicht direkt.«

»Weil du Angst hattest?«

»Nein...«

»Nicht? Ich hätte Angst gehabt. Es braucht viel Mut, eine Tür zu öffnen, hinter der man seltsame Geräusche hört, vor allem mitten in der Nacht.«

»Ich hatte keine Angst. Ich war schon irgendwie aufgeregt, mein Herz raste, aber ich hatte keine Angst.«

»Warum hast du dann nicht versucht, die Tür zu öffnen, Philo?«

»Ich habe statt dessen Dios Namen gerufen.«

»Hat er geantwortet?«

»Nein. Man hörte nur ein erneutes Poltern.«

»Hast du dann versucht, die Türe zu öffnen?«

»Nicht sofort...«

»Worauf hast du denn noch gewartet?«

»Daß sie fertig wurden!« rief Philo verzweifelt.

»Fertig mit dem Mord an Dio?«

»Natürlich nicht! Darauf, daß Dio das zu Ende brachte, was ich vermutete, was er tat.« Der Sklave verzog das Gesicht und wandte den Blick ab. »Der Herr weiß, was ich meine.«

Ich sah Coponius an, der meinen Blick mit nichtssagender Miene und geschürzten Lippen erwiderte. »Philo meinte, daß solche Geräusche nicht notwendigerweise Gefahr bedeuteten.«

»Jedenfalls nicht für Dio«, murmelte Philo.

»Das reicht, Philo«, sagte Coponius scharf. »Geh wieder an deine Arbeit.«

Nachdem der Sklave gegangen war, wandte ich mich an Coponius. »Diese Geräusche –«

Er seufzte. »Kurz nachdem Dio sich hier einquartiert hatte, hat er – wie soll ich mich ausdrücken – persönlichen Gebrauch von einem meiner Sklaven gemacht.«

Ich nickte. »Der letzte Sklave, den er besaß, ist beim Vorkosten von Dios Essen gestorben.«

»Das meine ich nicht.« Coponius schüttelte den Kopf. »Er war ein geplagter Mann, sehr verzweifelt. Wenn je jemand Ablenkung von seinen Problemen gebraucht hat, dann war es

Dio. Ein junges Sklavenmädchen hat seine Aufmerksamkeit erregt. Er beschloß, sie zu benutzen. Zu seinem Vergnügen. Fast jede Nacht.«

»Mit deiner Erlaubnis?«

»Er hat mich nicht gefragt. Es war natürlich anmaßend von Dio, sich einfach zu nehmen, was er wollte, aber unter den gegebenen Umständen entschied ich, daß ich ein egoistischer Gastgeber wäre, wenn ich einem Gast den Gebrauch einer Sklavin verweigern würde, zumal ich selbst keine diesbezüglichen Absichten hatte.«

»Ich verstehe. Dann hat Philo angenommen, daß er nur hörte, wie Dio das Mädchen nahm.«

»Genau.«

»Das ganze Gepolter – du hast es doch bestimmt auch gehört.«

»Irgendwann bin ich davon aufgewacht. Zunächst habe ich dasselbe vermutet wie Philo. ›Schon wieder!‹ dachte ich. Ich schloß die Augen und versuchte wieder einzuschlafen.«

»Hat Dio immer solchen Lärm gemacht?«

»Nicht immer.«

»Was um alles in der Welt hat er mit dem Mädchen gemacht?«

»Ich wüßte nicht, warum dich das etwas angeht, Gordianus. Schon was ich dir bisher erzählt habe, war äußerst indiskret. Möge Dios Schatten mir verzeihen! Diese Befragung beginnt mich zu ermüden –«

»Aber irgendwann begriff Philo, daß irgend etwas ganz und gar nicht stimmte«, drängte ich weiter.

»Ja. Als das Gemurmel und Gepolter aufhörte, wurde es plötzlich zu still. Immer wieder rief er Dios Namen – ich konnte ihn hören, also hätte Dio ihn auch hören müssen. Ich hörte auch, wie er an Dios verschlossene Tür hämmerte. Ich stand auf und schickte Philo nach Verstärkung. Sie brachten Fackeln mit, und gemeinsam gelang es ihnen, die Tür aufzubrechen. Die Fensterläden waren aufgebrochen, und das Zimmer war verwüstet...«

»Und die Sklavin?«

»Wie sich herausstellte, war sie gar nicht in Dios Zimmer, sondern in den Schlafquartieren der Sklaven.«

Ich trat ans Fenster und blickte hinaus. »Wie sind die Attentäter überhaupt auf die Terrasse gekommen? Sie ist von allen Seiten von einer hohen Mauer umgeben.«

»Sie müssen drüber geklettert sein. Von vorne können sie wegen Philo nicht gekommen sein, und beide Seitenmauern schließen mit dem Haus ab. Die Mauer, die den kleinen Hof auf der Rückseite begrenzt, verläuft parallel zu einer kleinen Gasse. Es gibt ein Tor, aber das war sicher verschlossen. Sie müssen von der Gasse über die Mauer geklettert sein.«

Ich nickte. »Es ist eine hohe Mauer – zu hoch, um sie ohne Hilfe zu erklimmen, würde ich meinen.«

»Willst du das auch ausprobieren?« Coponius sah mich fragend an.

»Nein, ich denke, wir können von mindestens zwei Attentätern ausgehen, die sich gegenseitig über die Mauer geholfen haben. Haben die Nachbarn irgendwas bemerkt?«

»Keiner der Nachbarn kann den Hof hinter dem Haus einsehen. Die Gasse wird praktisch nie benutzt. Ich bezweifle, daß irgend jemand etwas hätte sehen können, es sei denn, er hätte zufällig auf dem Dach gestanden, was in einer kühlen Januarnacht höchst unwahrscheinlich ist. Außerdem hätte man es mir erzählt, wenn jemand etwas gesehen hätte. Ich verstehe mich gut mit meinen Nachbarn. Sie waren alle ziemlich schockiert über den Mord.«

Ich ging durchs Zimmer und tippte beiläufig mit dem Finger an die Haken an der Wand. »Die Sklavin war also nicht bei Dio, als der Mord passierte?«

»Wie gesagt, sie war in den Schlafräumen des Gesindes.«

»Könnte ich mit ihr sprechen?«

Coponius schüttelte den Kopf. »Das ist nicht möglich.«

»Warum nicht?«

»Ich habe sie an einen Sklavenhändler in der Stadt verkauft.«

»Stimmte irgendwas nicht mit ihr?«

Coponius zögerte. »Nachdem Dio sie benutzt hatte, war sie als Dienerin in meinem Haus nicht mehr zu gebrauchen.«

»Du meinst, sie war verkrüppelt?«

»Natürlich nicht. Nur ein paar Striemen und Blutergüsse vielleicht, aber nichts, was nicht mit der Zeit verschwinden würde. Vielleicht ein oder zwei Narben, die man aber nur sehen konnte, wenn sie nackt war. Trotzdem war sie beschädigte Ware. Ich konnte sie einfach nicht länger im Haus behalten; es war viel besser, sie weiterzureichen. Ich bin sicher, ein anderer Herr wird viel mehr mit ihr anfangen können – vielleicht ist ihr diesbezüglicher Wert durch Dios Erziehung sogar noch gesteigert worden.« Er zuckte die Schultern. »Ich habe das Mädchen nie als Lustsklavin angesehen, aber es muß der Wille der Schicksalsgöttin gewesen sein.«

»Oder der von Dio.« Mein Mund war trocken.

»Das Thema ist mir unangenehm«, sagte Coponius. »Wie mich überhaupt dieses ganze Gespräch schon seit einer Weile ermüdet. Ich denke, du hast mittlerweile mehr erfahren, als du wissen mußt.«

»Jedenfalls mehr, als ich erfahren wollte.«

»Dann solltest du vielleicht jetzt gehen. Ich rufe einen Sklaven, der dich hinausgeleitet.« Er klatschte in die Hände.

Der Sklave, der auf das Zeichen hin kam, war erneut Philo, was Coponius jedoch nicht zu bemerken schien. Seine Stimmung wurde auf einmal düster, und er verabschiedete sich nicht förmlich von mir, sondern trat ans Fenster und blickte in den Hof, während er gedankenverloren mit dem neuerlich aufgebrochenen Riegel spielte.

In der Halle legte ich die Hand auf Philos Schulter und zog ihn zur Seite. »Die Sklavin, von der wir gesprochen haben – wie heißt sie?«

»Zotica. Aber sie ist nicht mehr hier.«

»Ich weiß. Dein Herr hat sie an einen Händler verkauft. Du weißt nicht zufällig, an welchen?«

Der Sklave zögerte und musterte mich. Er spähte in den

Flur und biß sich auf die Lippe. »Der Herr hat sie an den Mann am Ende der Straße der Sichelmacher verkauft«, sagte er schließlich. »Seinen Namen weiß ich nicht.«

Ich nickte. »Nur um sicherzugehen, daß ich alles richtig verstanden habe. Als ihr die Tür aufgebrochen habt, war Dio alleine und tot. Zotica war nicht bei ihm.«

»So ist es.«

»Und was passierte früher an diesem Abend?«

Er sah mich an und spähte erneut in den Flur. »Also gut, warum soll ich es dir nicht erzählen? Sie ist jetzt weg, das arme Kind. Ja, zuerst war Zotica bei Dio. Er kam in dieser lächerlichen Aufmachung nach Hause, in einer Stola, wenn du mir das glauben kannst, und hatte miserable Laune, sogar noch übler als sonst. Er schnippte mit den Fingern nach Zotica und befahl ihr, mit auf sein Zimmer zu kommen und sich um ihn zu kümmern. ›Um ihm beim Abschminken zu helfen‹, lästerte eine der anderen Sklavinnen. ›Nicht nur das…!‹ sagte eine andere. Sie waren immer gemein zu Zotica, weil sie die jüngste und schönste von ihnen war, aber ich glaube, sie waren auch froh, daß Dio sich für Zotica und nicht für sie entschieden hatte.«

»Dio ist also auf sein Zimmer gegangen und hat das Mädchen mitgenommen.«

»Ja, aber später muß er sie fortgeschickt haben.«

»Wie kommst du darauf?«

»Der Rest des Hauses war schon schlafen gegangen. Ich hielt an der Eingangstür Wache. Ich hörte etwas im Flur und sah nach. Es war Zotica, die aus Dios Zimmer kam. Sie war nackt, hielt ihr Gewand zusammengeknüllt in den Händen und weinte.«

»Ihr Gewand hielt sie in den Händen? Warum hat sie es nicht angehabt?«

»Was glaubst du wohl? Ich vermute, der alte Mann hatte es ihr vom Leib gerissen und so zerfetzt, daß sie es nicht mehr tragen konnte. Ich fragte sie, was los war, doch sie schüttelte nur den Kopf und rannte zu den Sklavenunterkünften. Ich dachte, er wäre früher als gewohnt fertig geworden und hätte sie dabei noch übler zugerichtet.«

»War das lange vor den Geräuschen, die du gehört hast, als die Attentäter kamen?«

»O ja, eine ganze Weile vorher.«

»Aber eben hast du mir doch erzählt, daß du gedacht hättest, es könnten Dio und Zotica sein, die die Geräusche verursachten ...«

Er zuckte die Achseln. »Ich dachte, sie hätte sich vielleicht noch einmal aus dem Zimmer geschlichen, doch das hatte sie eben nicht. Als wir die Tür zu Dios Zimmer aufbrachen, war Zotica bei den anderen Sklavinnen im Quartier. Das steht außer Frage. Sie hat beim Hereinkommen mit ihrem Schluchzen ein paar der anderen Sklavinnen aufgeweckt, die wegen des fortwährenden Weinens nicht wieder einschlafen konnten. Sie haben ihr gedroht, sie zu schlagen, aber sie konnte nicht aufhören. Es besteht kein Zweifel daran, daß sie bei den anderen war, als Dio erstochen wurde.«

»Trotzdem möchte ich mit ihr reden. Nachdem du die Tür aufgebrochen hattest, was genau hast du da gesehen?«

Philo sah mich nachdenklich an. »Stühle und Tische waren umgestoßen. Die Fensterläden standen offen. Dio lag tot auf dem Sofa.«

»Woran hast du erkannt, daß er tot war?«

»An seinem Gesichtsausdruck!« Die Erinnerung ließ Philo blaß werden. »Dieser Blick – Augen und Mund vor blankem Entsetzen weit aufgerissen, als hätte er das Antlitz von Zerberus persönlich gesehen.«

»Blankes Entsetzen – und trotzdem hast du ihn nicht schreien gehört?«

»Nein.«

»Aber bei einem solchen Gesichtsausdruck muß er doch gewußt haben, daß er angegriffen wurde, er muß die Stiche gespürt haben. Warum hat er nicht geschrien?«

»Ich weiß es nicht. Ich weiß nur, daß ich ihn nicht gehört habe.«

»Hast du seine Wunden gesehen?«

»Ganz deutlich. Als später die Männer von der Nekropole kamen, habe ich geholfen, ihn auszuziehen.«

»Wie oft haben die Täter zugestochen?«

»Sechs- oder siebenmal, glaube ich. Alle Stiche in die Brust, dicht nebeneinander.«

»Wie dicht?«

Er legte seine gespreizten Hände nebeneinander. »Man hätte seine Wunden mit zwei Händen bedecken können.«

»Aber er muß sich doch gewehrt haben. Ein ängstlicher, aus dem Schlaf hochgeschreckter Mann, panisch. Man sticht zum ersten Mal auf ihn ein – da muß er doch schreien und sich wehren, um den nächsten Stich zu verhindern.«

»Vielleicht wurden ihm die Arme fest- und der Mund zugehalten.«

»Wie viele Männer würde das erfordern?«

»Das Zimmer war völlig verwüstet. Vielleicht hat eine ganze Bande dort drinnen herumgetobt.«

»Vielleicht. Ich nehme an, Teppiche und Wände waren blutverschmiert.«

Philo runzelte die Stirn. »Eigentlich nicht.«

»Aber seine Schlaftunika muß doch blutgetränkt gewesen sein.«

»Um die Wunden, ja.«

»Aber nicht –«

»Philo! Ich dachte, du wolltest Gordianus zur Tür begleiten.« Am Ende des Flurs stand mit verschränkten Armen Coponius.

»Ja, Herr!«

»Ich hatte noch etwas vergessen zu fragen«, sagte ich. »Nur eine Kleinigkeit –«

»*Leb wohl*, Gordianus.«

Ich atmete tief ein. »Leb wohl, Titus Coponius.«

Belbo wartete vor der Tür und sonnte sich. Gemeinsam gingen wir schweigend durch die Straßen des Palatins, rochen die Düfte mittäglicher Mahlzeiten und lauschten den

Geräuschen, die vom Forum widerhallten. Ich ging nur, um zu gehen, ohne ein bestimmtes Ziel. Ich mußte nachdenken.

Ich begann eine Seite von Dio zu entdecken, die ich bei ihm nie vermutet hätte. Außerdem war es mir gelungen, den Ablauf seiner letzten Tage und Stunden einigermaßen genau zu rekonstruieren. Das blutrünstige Drama seines Todes schien eigentlich ganz offen vor mir zu liegen; man mußte nur noch feststellen, wer in jener schicksalhaften Nacht in sein Zimmer eingedrungen war. Trotzdem wurde ich das beunruhigende Gefühl nicht los, daß irgend etwas an der Sache sehr, sehr faul war.

XIV

»Das Mädchen ist wichtig. Ich weiß nicht genau, warum, aber ich bin mir ganz sicher.«

»Welches Mädchen?« fragte Eco.

»Die Sklavin Zotica. Die Dio ...«

»Wichtig?« fragte Eco. »Wie denn das? Wenn sie im Raum gewesen wäre, als die Mörder eindrangen, wäre sie eine Zeugin, obwohl ich bezweifle, daß sie dann noch leben würde. Es sei denn, sie war Teil eines Komplotts, doch dann hätten sie die Läden nicht aufbrechen müssen – sie hätten ja mit ihrer Hilfe ins Haus gelangen können. Andererseits hätten sie vielleicht doch die Läden aufgebrochen und sie trotzdem umgebracht, damit sie nicht redet ... all das führt uns aber weg von dem, was wir wissen, nämlich daß die Sklavin *nicht* im Zimmer war, als Dio ermordet wurde.«

»Trotzdem ...«

Ich war des Herumlaufens und Grübelns schließlich müde geworden und zum Essen nach Hause gegangen, um festzustellen, daß auch Eco und seine Familie da waren. Während die Frauen und Kinder sich im Garten des Hauses aufhielten, saßen Eco und ich in dem kleinen Atrium hinter der Eingangshalle und sonnten uns im warmen Sonnenlicht, das in den Hof fiel. Ich berichtete ihm alles, was ich am Morgen bei meinen Besuchen bei Lucceius und Coponius erfahren hatte.

»Zu dumm, daß Cicero mit ins Spiel gekommen ist«, sagte Eco kopfschüttelnd. »Man stelle sich das vor, Cicero übernimmt Marcus Caelius' Verteidigung, nach all dem bösen Blut, das es zwischen ihnen gegeben hat!«

»Es geht um sehr viel«, sagte ich. »Die Anklagepunkte sind gravierend, gravierend genug, um selbst einen so forschen Kerl wie Caelius reumütig zu seinem alten Lehrer zurückkehren zu lassen. Ich bin sicher, Cicero hat ihm das Versprechen abgenommen, von jetzt an ein braver Junge zu sein und in alle Zukunft den Status quo zu unterstützen. Muß ein ziemlicher Triumph für Cicero gewesen sein, sein verirrtes Schaf zurück zur Herde zu bringen.«

»Und vorausgesetzt, Cicero haut ihn da raus, erhält Caelius erneut Gelegenheit, seinen alten Mentor zu verraten«, bemerkte Eco.

Ich lachte. »Genau. Die beiden sind wahrscheinlich füreinander geschaffen.«

»Trotzdem zu dumm, daß Cicero die Verteidung übernommen hat. Selbst wenn du zwingende Beweise für Caelius' Schuld findest –«

»– wird Cicero sie vermutlich in Rauch aufgehen lassen, während er die Richter über einen komplett irrelevanten Seitenpfad zum Freispruch führt. Ja, das dachte ich auch gerade. Da wir selbst oft genug für Cicero gearbeitet haben, wissen wir, wie durch und durch skrupellos und verwerflich, aber auch, wie überzeugend er sein kann. Es macht wirklich keinen Spaß, auf der anderen Seite zu stehen.«

Eco schloß die Augen, lehnte sich an eine Säule und ließ sich von der Sonne das Gesicht wärmen. »Doch die wirklich schlechte Nachricht ist die, daß Lucceius' Küchensklaven in die Minen von Picenum geschickt worden sind. Wenn Lucceius' Frau recht hat, stecken sie tief in der Sache mit drin. Wenn sie bestochen wurden, das Essen zu vergiften, müßten sie zumindest einen Hinweis darauf geben können, wer sie bezahlt hat. Sie sind das Glied in der Kette, das du dir als nächstes vornehmen mußt. Aber sie sind weit weg, und egal, was sie wissen, es klingt nicht so, als würde Lucceius sie aussagen lassen.«

»Ja, es ist entmutigend. Aber vielleicht könnte jemand nach Picenum reisen und versuchen, bis zu ihnen vorzudringen. Selbst wenn sie selbst nicht aussagen dürfen, können sie uns vielleicht zu jemandem führen, der es kann.«

Eco öffnete halb die Augen und sah mich von der Seite an. »Ich habe in den nächsten paar Tagen keine dringenden Geschäfte, und es ist immer nett, eine Weile aus Rom wegzukommen. Du mußt nur ein Wort sagen, Papa.«

Ich lächelte und nickte. »Schon möglich, daß ich das tue. Es wäre wohl der nächste logische Schritt. Trotzdem geht mir dieses Mädchen nicht aus dem Sinn.«

»Das Mädchen?«

»Die Sklavin, Zotica. Ich sollte mit ihr reden. Vielleicht weiß sie etwas.«

»Ich bin sicher, daß sie eine Menge weiß, Papa. Aber willst du das wirklich hören?«

»Wie meinst du das?«

Eco sah mich verschlagen an und kniff zum Schutz gegen die blendende Sonne die Augen zusammen. »Sag mir, Papa, willst du mit Zotica reden, um herauszufinden, was sie über den Mord weiß, vermutlich gar nichts – oder willst du mit ihr reden, um deine eigene lüsterne Neugier wegen der Dinge zu befriedigen, die Dio mit ihr gemacht hat?«

»Eco!«

»Wenn sie dir erklären würde, daß die Behandlung, die sie von Dio erfahren hat, nicht halb so brutal war, wie man dich hat glauben lassen, wärst du doch erleichtert, oder etwa nicht?«

Ich seufzte. »Ja.«

»Und was, wenn das Gegenteil herauskäme? Was, wenn die Dinge, die Dio ihr angetan hat, so abstoßend sind, wie du fürchtest, oder sogar noch schlimmer? Ich weiß, was du für Dio empfunden hast, Papa – über seinen Tod und die Tatsache, daß er vorher zu dir gekommen ist und dich um Hilfe gebeten hat. Aber ich weiß auch, was du über Menschen denkst, die ihre Sklaven in dieser Weise mißbrauchen.«

»Vielleicht hat Coponius Dio verleumdet«, sagte ich.

»Es klingt mir nicht danach. Laut deiner Schilderung hat Coponius nur höchst widerwillig über Dios sexuelle Vorlieben geredet, eher verlegen als verurteilend, so als ob er dir berichtet hätte, Dio würde an Flatulenz leiden oder schnarchen. Und was ist mit dem Sklaven Philo? Er hat dir die gleiche Geschichte erzählt.«

»Sklaven tratschen genauso gern wie ihre Herren.« Ich schüttelte den Kopf. »Es gefällt mir nicht, daß meine Erinnerung an Dio von Gerüchten getrübt wird.«

»Und aus dem Mund des Mädchens wären es keine Gerüchte, wie du es nennst, mehr?«

»Du glaubst also, ich will das Mädchen nur finden, um Gewißheit über Dio zu bekommen?«

»Ist es nicht so, Papa?« Sein mitfühlender Blick ließ mich auf einmal selbst an meinen Motiven zweifeln.

»Zum Teil schon. Aber das ist nicht der einzige Grund«, beharrte ich. »Da ist noch etwas anderes, etwas, was ich nicht genau benennen kann.«

»Eine weitere Eingebung der Göttin Kybele, die dich weiterführt?«

»Ich meine es ernst. Ich werde das Gefühl nicht los, daß diese Zotica etwas weiß oder gemacht hat …«

»Oder mit sich hat machen lassen«, sagte Eco leise.

»Du hast gesagt, ich könnte mich an dich wenden, wenn ich Hilfe brauche, Eco. Ich möchte, daß du Folgendes tust: Suche den Sklavenhändler am Ende der Straße der Sichelmacher auf und finde heraus, was aus Zotica geworden ist.«

»Bist du sicher, Papa? Mir scheint, die Zeit wäre besser genutzt mit dem Versuch, Lucceius' Küchensklaven zu kontaktieren. Denn wenn ich das tun soll, müßte ich mich unverzüglich auf den Weg machen. Nach Picenum brauche ich einen Tag, zurück einen weiteren, plus die Zeit, die ich dort verbringe. Wenn der Prozeß in vier Tagen beginnt –«

»Nein, finde erst heraus, was mit dem Mädchen ist. Du kannst am Nachmittag anfangen. Für heute ist es ohnehin zu spät, noch nach Picenum aufzubrechen.«

Eco schüttelte den Kopf über meine Sturheit. »Also gut, Papa. Ich werde sehen, ob ich diese Zotica für dich auftreiben kann. Wenn ihre Geschichte schrecklich genug ist, spart sie mir vielleicht die Mühen einer Reise nach Picenum.«

»Wie meinst du das?«

»Na ja«, setzte Eco an, doch dann wurde er plötzlich unterbrochen.

»Wenn Dio so ein böser Mensch war, warum machst du dir dann überhaupt die Mühe herauszufinden, wer ihn ermordet hat?«

»Diana!« Ich drehte mich um und sah meine Tochter im Türrahmen stehen.

»Kann ich nicht hier bei dir bleiben, Papa?« Sie kam auf mich zu und nahm meine Hand. Ihr langes glattes Haar glänzte blau-schwarz in der Sonne. »Mutter und Menenia reden bloß über die Zwillinge, und die ärgern mich die ganze Zeit. Sie sind wirklich zwei richtige kleine Monster! Ich würde viel lieber hier bei dir und Eco bleiben.«

»Diana, warum hast du das gesagt?«

»Weil die Zwillinge *wirklich* Monster sind – Titania ist eine Harpyie und Titus ein Zyklop!«

»Nein, warum hast du das über Dio gesagt? Niemand hat behauptet, daß er ein böser Mensch ist.«

Diana sah mich nichtssagend an.

»Ich glaube«, meinte Eco, »eine gewisse Person hat uns belauscht, und zwar schon eine ganze Weile.«

»Nein, habe ich nicht!«

»Das ist eine sehr schlechte Angewohnheit, Diana, vor allem wenn ich mit deinem Bruder über berufliche Dinge rede.«

»Aber ich sage dir doch, daß ich gar nicht gelauscht habe.« Sie machte einen Schritt zurück, verschränkte die Arme und bedachte mich mit ihrer Version des Medusenblicks.

»Diana...«

»Außerdem, ist Lauschen nicht genau das, womit ihr beide, du und Eco, euren Lebensunterhalt verdient? Ich sehe nicht ein, warum du mich dafür tadelst, selbst wenn ich es getan hätte, und das habe ich nicht.«

»Es ist eine Frage des Respekts gegenüber Papa«, sagte Eco.

»In diesem Haus scheint niemand irgendwelchen Respekt vor mir zu haben«, sagte Diana. »Immer wenn die Monster kommen, könnte ich genauso gut aus Stein sein.« Sie drehte sich um und verschwand im Haus.

»O je, so ist das also, wenn man eine dreizehnjährige Tochter im Haus hat.«

»Warte nur ab«, erwiderte ich seufzend.

»Vielleicht hast du Diana wirklich ein bißchen vernachlässigt.«

»Wahrscheinlich. Sie kommt in ein schwieriges Alter.«

»Mit Meto war es genauso, weißt du nicht mehr?«

»Mit Meto hat es später angefangen, und das war etwas anders. Das habe ich verstanden, ob es mir gefallen hat oder nicht. Aber bei Diana verstehe ich es nicht einmal, überhaupt nicht. Sie ist die einzige, die tatsächlich von meinem Fleisch und Blut ist, doch manchmal glaube ich, Bethesda hat sie ganz alleine erschaffen.«

»Sie ist dir ähnlicher, als du denkst, Papa.«

»Ja, da hast du bestimmt recht.« Ich versuchte mich zu erinnern, worüber wir gesprochen hatten, doch statt dessen ertappte ich mich dabei, über den Duft nach Jasmin zu sinnieren, der in der warmen Luft hing. In letzter Zeit hatte Diana angefangen, dasselbe Duftöl zu benutzen, mit dem Bethesda ihre Haare pflegte, genauso wie sie jetzt hin und wieder Schmuck und Schals ihrer Mutter trug. Ich schloß die Augen und atmete den Duft ein, den beide hätten hinterlassen können. Diana wurde immer mehr wie ihre Mutter...

Ein Räuspern riß mich aus meinen Gedanken. Ich öffnete die Augen und blinzelte in die Sonne. »Was ist, Belbo?«

»Ein Besucher, Herr. Wieder der kleine Galloi. Er sagt, du mußt sofort mit ihm kommen.«

»Mit ihm kommen?« Ich wandte das Gesicht wieder in die Sonne und schloß die Augen. Meine Beine schmerzten vom vielen Laufen, und die Sonne machte mich schläfrig.

»Ja, das mußt du!« flötete eine vertraute Stimme. Ich öffnete die Augen und sah Trygonion an Belbo vorbei ins Atrium schlüpfen. Seine silbernen Armbänder klimperten und glitzerten in der Sonne, und sein rot-gelbes Gewand strahlte im hellen Licht. Eco zog die Brauen hoch, während Belbo Trygonion wütend ansah.

»Clodia braucht dich«, sagte Trygonion. »Sofort. Es ist eine Frage von Leben und Tod!«

»Von Leben und Tod?« wiederholte ich skeptisch.

»Und Gift!« fügte Trygonion verzweifelt hinzu. »Das Ungeheuer plant, sie zu vergiften!«

»Wer?«

»Caelius! Clodia!«

»Trygonion, wovon redest du überhaupt?«

»Du mußt sofort kommen. Draußen wartet eine Sänfte.«

Müde erhob ich mich.

»Willst du, daß ich mitkomme, Papa?« fragte Eco.

»Nein. Mir wäre es lieber, du würdest dich auf die Suche nach Zotica machen.«

»Nimm Belbo mit, Papa.«

»Es ist nicht nötig, diesen ungeschlachten Kerl mitzunehmen«, sagte Trygonion. »Du wirst in der Sänfte sitzen, und die ist gut bewacht.«

»Soll ich Bethesda sagen, daß du zum Abendessen zurück bist?« fragte Eco.

»Du kannst mich piesacken, wie du willst, Eco. Du kommst nicht mit«, sagte ich. Sein Gelächter folgte mir durch die Halle.

Die Sänfte, die vor meinem Haus wartete, war weit imposanter, als ich es selbst Clodia zugetraut hätte, zumal mit dem Gefährt lediglich ein so unbedeutender Mensch wie ich abgeholt werden sollte. Die Kabine war wie Clodias Zelt am Tiber mit rot-weiß gestreifter Seide überzogen. Die Stangen waren aus geschliffenem Eichenholz und wurden von einer Mannschaft halbnackter Sklaven mit ochsengleichen Schultern getragen. Alle waren blond – Skythen vielleicht oder bei Caesars Eroberungen gefangengenommene Gallier. Ich hatte sie schon unter den im Fluß bei Clodias *horti* herumtollenden Männern gesehen. Dahinter stand ein kleines Gefolge von Leibwächtern, die wahrscheinlich aus Clodias Truppe rekrutiert worden waren. Ihr Aussehen gefiel mir nicht, das heißt, für Leibwächter sahen sie genau richtig aus.

Trygonion schnippte mit den Fingern. Mit geübter Behendigkeit ließen die Träger die Kabine zu Boden. Ein Sklave stellte einen Holzklotz bereit, damit wir leichter einsteigen konnten.

Ich machte Trygonion ein Zeichen, genau das zu tun, doch er schüttelte den Kopf. »Ich habe anderswo Geschäfte zu erledigen. Nur zu, steig ein!«

Ich stieg auf den Holzblock und teilte die Vorhänge. Eine Mischung exotischer Düfte schlug mir entgegen, darunter Jasmin, Weihrauch, Sandelholz und flüchtigere Essenzen – Clodias Geruch. Die inneren Vorhänge waren aus einem schweren, undurchsichtigen Stoff, so daß die Kabine nach dem hellen Sonnenlicht auf der Straße sehr dunkel wirkte. Ich war schon eingestiegen, hatte es mir in den Kissen bequem gemacht, während das Gefährt angehoben wurde und sich in Bewegung setzte, als ich bemerkte, daß ich nicht allein war.

»Danke, daß du gekommen bist.« Eine Hand berührte meinen Arm. Ich spürte ihre Gegenwart, roch ihren Duft und spürte die Wärme ihres Körpers.

»Clodia!«

Sie rührte sich neben mir, und ihr Bein streifte meines. Sie lachte leise, und ich roch ihren Atem, warm und feucht, an meinem Gesicht, mit einem Hauch von Nelken.

»Du scheinst überrascht, mich zu sehen, Gordianus.«

»Ich dachte, die Sänfte wäre leer.« Als sich meine Augen an das dämmrige Licht gewöhnt hatten, erkannte ich einen weiteren Passagier. Uns gegenüber saß, an die Kissen auf der Vorderseite der Kabine gelehnt, die Zofe mit dem kastanienbraunen Haar, Chrysis. Sie lächelte und nickte.

»Eine Frau lernt früh, nie in eine Sänfte zu steigen, ohne zu wissen, wer drinnen sitzt«, sagte Clodia. »Ich denke, Männer könnten von dieser Regel ebenfalls profitieren, auch wenn die drohenden Gefahren vielleicht andere sind.«

Die Fahrt verlief absolut ruhig. Ich schob einen Vorhang beiseite und sah, daß wir schnell vorankamen. Hinter uns hörte ich die stampfenden Schritte der Leibwächter, die Mühe hatten, mit uns mitzuhalten.

»Offenbar sind wir nicht auf dem Weg zu deinem Haus, Clodia.«

»Nein. Was ich dir zu sagen habe, bespricht man am besten weit weg von neugierigen Ohren.« Sie bemerkte den Blick, den ich ihrer Zofe zuwarf. »Mach dir wegen Chrysis keine Sorgen. Niemand ist loyaler als sie.« Clodia streckte die Beine aus und strich mit dem nackten Fuß über den ihrer Sklavin. Dann beugten sich beide Frauen vor, bis sie sich fast berührten. Clodia küßte das Mädchen auf die Stirn und strich ihr sanft über die Wange.

Dann lehnte sie sich zurück, und ich spürte wieder ihre Wärme dicht neben mir. »Es ist zu dunkel«, murmelte sie. »Chrysis, meine Liebe, öffne die inneren Vorhänge.«

Die Sklavin bewegte sich behende durch die Kabine, zog die schweren inneren Vorhänge zurück und band sie an Haken, die an jeder Ecke angebracht waren. Die Kabine verströmte nach wie vor eine private Atmosphäre, verdeckt durch die durchscheinenden rot-weiß gestreiften Vorhänge, die im Lufthauch wogten. Die Straßengeräusche waren gedämpft, während wir geschwind dahinglitten. Hin und wieder blies der Anführer der Sänftenträger auf einer Pfeife, um einen Halt oder eine Abbiegung anzukündigen, doch die Kabine schwankte oder neigte sich nie. Ein lethargisches Gefühl von Luxus durchströmte mich, mühelos emporgehoben in eine private Welt, aus der der Dreck der Straße ausgeschlossen war.

Die unvermittelte und unerwartete Nähe von Clodias Körper war berauschend. Sie war so nahe, daß ich sie immer nur kurz von der Seite und nie ganz ansehen konnte; wie ein Objekt, das man sich zu dicht vor die Augen hält, dominierte sie meine Sinne, auch wenn sie sich ihnen gleichzeitig entzog. Im von den Seidenvorhängen gefilterten Licht der Sonne erschien ihre Haut auf den Armen und im Gesicht glatt wie Wachs, aber wie von einer inneren Wärme leuchtend. Ihre Stola war durchsichtig wie die, die sie beim letzten Mal getragen hatte, nur in einer anderen Schattierung, einem crèmefarbenen Weiß, das dem Ton ihrer Haut genau glich. Als wir so durch Licht und Schatten getragen wurden, war die Illusion, daß sie nackt war, bisweilen geradezu unheimlich real, bis sie sich plötzlich wieder bewegte, woraufhin das Kleid ein Eigenleben entwickelte, als ob der schimmernde Stoff, durch ihre Berührung erregt, sie an den verborgenen Stellen ihres Körpers liebkosen wollte.

Die Kabine war so konstruiert, daß sie eben blieb, auch wenn die Tragestangen selbst schräg gehalten wurden, doch ich bemerkte trotzdem, daß wir den steilen Abstieg über den Westhang des Palatin zum Forum Boarium angetreten hatten. Die Straßengeräusche wurden lauter, als wir den großen Viehmarkt überquerten. Die verstopften Straßen zwangen die Träger zu diversen Stops, und der Geruch von geröstetem Fleisch und lebenden Tieren mischte sich mit dem Duft von Clodias Parfüm. Der Bann in der Kabine löste sich, und ich hatte das Gefühl, aus einem Traum zu erwachen.

»Wohin geht die Fahrt?« fragte ich.

»Zu einem Ort, an dem wir uns vertraulich unterhalten können.«

»Zu deinen *horti* am Tiber?«

»Du wirst schon sehen. Erzähl mir, was du heute herausgefunden hast.«

Während wir den Viehmarkt hinter uns ließen und durch ein Tor in der alten Stadtmauer zum Forum Holitorium, dem großen Gemüsemarkt, kamen, erzählte ich ihr, was ich in den Häusern von Lucceius und Coponius erfahren hatte. Mein Bericht war geschäftsmäßiger und vorsichtiger als der, den ich Eco gegeben hatte; schließlich bezahlte sie mich nicht dafür, Dios sexuelle Gewohnheiten zu erkunden.

»Wie du siehst, wäre es schwierig, Caelius wegen des Mordes an Dio anzuklagen«, sagte sie. »Man konnte schon Asicius das Verbrechen nicht nachweisen, und wahrscheinlich würde es einem mit Caelius genauso ergehen, obwohl jeder weiß, daß die beiden Komplizen waren. Der Giftanschlag ist der Schlüssel. Aber du hast recht, Lucceius würde seinen Sklaven nie erlauben auszusagen. Eher würde er sie töten lassen, als durch ein öffentliches Gerichtsverfahren das Gesicht zu verlieren. Was für ein Heuchler! Ein wahrer Gastgeber würde doch wollen, daß das Verbrechen an seinem Gast gerächt wird, anstatt so zu tun, als wäre es nie geschehen.« Sie bewegte sich, und mir war, als würde ihr Körper noch mehr Wärme ausstrahlen als vorher. »Ich frage mich, ob wir Lucceius irgendwie überlisten können, mir die beiden Sklaven zu verkaufen?«

»Das wäre möglich«, sagte ich, »ist aber nicht wahrscheinlich.«

»Dann könnte ich ihnen befehlen auszusagen. Das Gericht würde natürlich darauf bestehen, daß ihre Aussage durch die Folter erzwungen wird, womit es meiner Kontrolle entzogen wäre...«

»Bin ich gekommen, um mögliche Strategien zu erörtern? Trygonion hat sich gebärdet, als drohe unmittelbare Gefahr. Er sagte irgendwas von Gift...« Ich schob einen Vorhang beiseite und warf einen Blick über den Markt. Händler verkauften gerupfte Hühner und Bündel von frühem Spargel.

Clodia legte einen Finger auf ihre Lippen. »Wir sind fast da.«

Wenig später hielt die Sänfte an. Ich dachte, wir würden in

einem weiteren Stau feststecken, bis ich spürte, wie die Sänfte zu Boden gelassen wurde. Chrysis sprang auf, um die Vorhänge zu öffnen. Sie zog einen Kapuzenumhang hervor und breitete ihn schlicht über ihre Herrin. Ich blieb, wo ich war, unsicher, ob ich folgen sollte. Wir befanden uns offenbar am Fuß des Südwesthangs vom Capitol, am Rand der Gemüsemärkte und noch fast im Zentrum der Stadt. Welche Vertraulichkeit konnte dieser Ort bieten?

Chrysis lehnte sich in die Kissen zurück. Sie lächelte und sah mich aufforderd an. »Nur zu! Nicht so schüchtern. Du bist nicht der erste Mann, der mit ihr durch dieses Tor geht.«

Ich stieg aus. Clodia wartete, in ihren Umhang gehüllt, auf mich. Als sie mich sah, drehte sie sich um und ging rasch auf eine hohe Backsteinmauer zu, die ein Stück Land am felsigen Fuß des Capitols zu umgeben schien. In die Mauer war eine Holztür eingelassen, für die sie einen Schlüssel hervorzog. Die Scharniere quietschten, als sie die Tür aufstieß. Ich folgte ihr hinein, und sie schloß die Tür hinter uns.

Wir standen inmitten von Gräbern aus verwittertem Marmor, verziert mit Platten und Inschriften, gemeißelten Tafeln und Statuen. Zypressen und Eiben erhoben sich aus dem Marmor. Die hohe Mauer schloß die geschäftige Stadt hinter uns aus. Der schroffe Hang des Capitols ragte in den blauen Himmel.

»Es gibt in der ganzen Stadt keinen abgeschiedeneren Ort«, sagte Clodia.

»Wo sind wir hier?«

»Dies ist die uralte Begräbnisstätte der Claudier. Sie wurde uns in den Tagen von Romulus zugesprochen, als unsere Vorfahren von sabinischem Boden nach Rom zogen. Wir wurden in die Liste der Patrizier eingetragen und erhielten direkt jenseits der alten Stadtmauer dieses Stück Land als Familienfriedhof. Im Laufe der Jahrhunderte hat es sich mit Grabstätten und Gedenksteinen gefüllt. Als Kinder haben Clodius und ich oft hier gespielt, wir haben uns vorgestellt, es wäre unsere eigene kleine Stadt. Wir haben Verstecken gespielt und sind in imaginären Prozessionen die Pfade auf und ab marschiert. Die Grabmäler waren große Paläste, Tempel und Festungen, die Wege breite Straßen und geheime Gassen. Ich konnte ihm immer damit angst machen, ich würde die Geister unserer Vorfahren wecken.« Clodia lachte. Sie schob den Umhang von ihren Schultern und legte ihn achtlos auf eine steinerne Bank.

Der Widerschein der tiefstehenden Sonne tauchte die Fassaden in einen milden, blaßroten Glanz, der auch Clodia und ihr schimmerndes Kleid erfaßte. In dem Bestreben, sie nicht anzustarren, betrachtete ich die Mauer eines nahen Grabmals mit einer verwitterten Tafel, in die die Gesichter eines lange verstorbenen Ehepaars gemeißelt waren.

»Als ich dann älter wurde, kam ich hierher, um allein zu sein«, sage Clodia. Sie begann zwischen den Monumenten auf und ab zu gehen und mit der Hand über die vernarbten Steine zu streichen. »Das waren die schlimmen Jahre, in denen mein Vater ständig weg war, entweder von seinen Feinden ins Exil getrieben oder für Sulla in der Schlacht. Mit meiner Stiefmutter habe ich mich nicht verstanden. Rückblickend weiß ich, daß sie sich nur um uns sorgte, aber damals habe ich es nicht mit ihr ausgehalten, also bin ich hierhergekommen. Hast du Kinder, Gordianus?«

»Zwei Söhne und eine Tochter.«

»Ich habe eine Tochter. Quintus wollte immer Söhne«, fügte sie mit einem verbitterten Unterton hinzu. »Wie alt ist deine Tochter?«

»Dreizehn. Sie wird im August vierzehn.«

»Genauso alt wie meine Metella! Gerade zu Beginn dieses schwierigen Alters sind die meisten Eltern froh, ihre Tochter an irgendeinen Mann zu verschachern, damit sie das Problem los sind.«

»Wir haben für Diana noch keine Pläne in dieser Hinsicht.«

»Sie hat Glück, zu Hause sein zu können, und Glück, daß ihr Vater da ist. Mädchen brauchen das, weißt du. Alle reden immer über Jungen und ihre Väter. Alle Welt kümmert sich nur um die männlichen Nachkommen. Mädchen brauchen genauso einen Vater, der sie vergöttert, sie liebt. Und sie beschützt.«

Einen Moment lang schien sie sich in ihren Gedanken zu verlieren, bevor sie die Umgebung wieder wahrnahm. »Und als ich noch ein wenig älter war, bin ich natürlich mit Jungen hierhergekommen. Meinen Brüdern hat meine Stiefmutter alles erlaubt, aber mit ihren eigenen Töchtern und mir war sie sehr streng, oder sie hat es zumindest versucht, obwohl es ihr nichts als Kummer bereitet hat. O ja, hier hatte ich so manches geheime Stelldichein, unter diesen Bäumen, auf genau dieser Bank. Das hatte natürlich ein Ende, als mein Vater mich mit meinem Vetter Quintus vermählte«, sagte sie düster.

»Und nun, als Witwe, bringst du deine Verehrer wieder hierher?«

Clodia lachte. »Was für eine absurde Vorstellung. Warum fragst du?«

»Chrysis hat so etwas gesagt, als ich aus der Sänfte gestiegen bin.«

»Die ungezogene Chrysis. Sie hat dich bestimmt nur geneckt. O ja, vermutlich sagen mir die Leute so etwas nach – ›Clodia trifft ihren Liebhaber um Mitternacht auf dem alten claudischen Friedhof! Sie zerrt die jungen Männer in die Gruft und entjungfert sie, während ihre Vorfahren vor Scham nach Luft schnappen!‹ Aber heutzutage sind mir ein Sofa und Kissen allemal lieber. Dir nicht?« Sie stand dicht neben mir und wandte den Kopf, um mich direkt anzusehen. Die Sonne schien ihre Stola in einen dünnen Nebel zu verwandeln, der um ihren nackten Körper schwebte und mit einem Hauch zu vertreiben gewesen wäre.

Ich wandte mich ab und sah mich dem stattlichen Relief eines Pferdekopfes gegenüber, dem alten Symbol des Todes. Tod als Aufbruch und Tod als etwas, das stärker war als der Mensch. »Du wolltest mir diese Sache mit dem Gift erklären«, sagte ich.

Sie setzte sich auf die Bank, wobei sie ihren Umhang als Kissen benutzte. »Marcus Caelius plant, mich noch vor Prozeßbeginn zu vergiften.«

Sie ließ diese Aussage einen Moment nachhallen, bevor sie fortfuhr. »Er weiß, daß ich Beweise gegen ihn habe und gegen ihn aussagen will. Er will mich tot sehen, und wenn es nach ihm ginge, würde ich meinen Vorfahren schon vor dem morgigen Sonnenuntergang Gesellschaft leisten. Glücklicherweise sind die Sklaven, die Caelius glaubte verführen zu können, loyal geblieben und haben mich über seinen Plan informiert.«

»Welchen Plan?«

»Heute morgen hat Caelius Gift erworben, das er benutzen will. Er hat auch einen Sklaven gekauft, um es zu testen. Der arme Mann starb unter entsetzlichen Qualen, während Caelius zusah. Es dauerte nur wenige Augenblicke. Du mußt wissen, daß Caelius ein schnell wirkendes Gift wollte, und er mußte sich vergewissern, daß es auch wirken würde.«

»Woher weißt du das?«

»Weil ich meine Spione in Caelius' Haus habe, natürlich. Genau wie er glaubt, Spione in meinem zu haben.« Sie erhob sich und begann auf und ab zu laufen. »Der Plan sieht folgendermaßen aus: Morgen soll ein Freund von ihm einige meiner Sklaven in den Bädern des Senia treffen und ihnen das Gift geben, damit sie es in mein Haus bringen, wo Chrysis mich vergiften soll. Sein Mittelsmann hat die Sklaven, auch Chrysis, gestern angesprochen. Sie haben vorgegeben, auf seinen Vorschlag einzugehen, sind dann aber zu mir gekommen und haben alles erzählt.«

»Wie kommt Caelius darauf, er könnte deine Sklaven zu so etwas bewegen?«

»Marcus Caelius war ein willkommener Gast in meinem Haus. Er hat einige Sklaven, darunter auch Chrysis, ziemlich gut kennengelernt – so gut jedenfalls, daß er annahm, er könnte sie mit Versprechungen dazu bringen, ihre Herrin zu ermorden. Er hat ihre Loyalität mir gegenüber unterschätzt.«

Ich musterte sie und überlegte, ob ich ihr glauben sollte, ertappte mich jedoch dabei, wie ich die Umrisse ihres Körpers musterte. Ich schüttelte den Kopf. »Dann ist der Plan also aufgeflogen. Du hast ihn im Keim erstickt. Was soll dann all die Heimlichtuerei? Warum erzählst du mir überhaupt davon?«

»Weil Marcus Caelius nicht weiß, daß sein Plan aufgeflogen ist. Er glaubt, die Sklaven hätten eingewilligt, seine Befehle zu befolgen, und deshalb wird er von seinem Plan natürlich nicht lassen. Morgen nachmittag wird sein Mittelsmann mit einem Döschen Gift in die Bäder des Senia kommen. Meine Sklaven werden dort sein, um sie in Empfang zu nehmen – und Zeugen natürlich auch. Wir werden das Gift sichern, den Mittelsmann entlarven und vor Gericht Beweise für einen weiteren Mordversuch von Marcus Caelius präsentieren können.«

»Und du willst, daß ich anwesend bin?« fragte ich.

Sie drängte sich näher an mich. »Ja, um das Gift zu sichern und alles zu beobachten.«

»Bist du sicher, daß du deinen Sklaven vertrauen kannst, Clodia?«

»Natürlich.«

»Vielleicht erzählen sie dir nicht alles.«

»Am Ende bleibt uns allen nichts anderes übrig, als unseren Sklaven zu vertrauen, oder?«

»Warum hast du mich dann hierhergebracht, weit weg von deinem Haus, weg von deinen Leibwächtern und Sänftenträgern, wo nicht einmal Chrysis zuhören kann?«

Sie schlug die Augen nieder. »Du durchschaust mich. Ja, ich kann mir nicht sicher sein. Niemand kann sich in dieser Welt irgendeiner Sache sicher sein. Ja, ich habe Angst – sogar vor meinen eigenen Sklaven. Aber aus irgendeinem Grund vertraue ich dir, Gordianus. Das hast du vermutlich schon oft gehört.«

Sie neigte den Kopf und hielt den Blick gesenkt, so daß ich die bemerkenswerte Linie ihrer Augenbrauen bewundern konnte, geschwungen wie die Flügel eines Vogels im Flug. Dann blickte sie wieder auf, und ich sah nur noch ihre tiefen, leuchtenden grünen Augen.

»Clodia, du hast mich gebeten, Beweise dafür zu finden, daß Marcus Caelius Dio ermordet hat. Ob du diese Sache aus Gründen der Gerechtigkeit oder des politischen Vorteils verfolgst oder nur, um Caelius zu vernichten, weiß ich nicht, und es ist mir im Grunde auch egal. Ich habe nur aus einem Grund eingewilligt: Ich will mein möglichstes tun, damit Dios Schatten seinen Frieden findet. Der Krieg zwischen dir und Caelius – eine zerbrochene Liebe, schwelender Haß, was auch immer –, er hat nichts mit mir zu tun.«

Sie trat noch näher an mich heran und sah mir fest in die Augen. Ich spürte die Hitze ihres Körpers – genau wie in der Sänfte. Ihre Augen schienen unheimlich groß. »Liebe und Haß haben nichts damit zu tun. Verstehst du nicht, Gordianus, das alles hängt mit dem Mord an Dio zusammen. Deswegen will Caelius mich umbringen, nicht weil ich ihn einmal geliebt habe und jetzt nicht mehr liebe, sondern weil ich versuche zu beweisen, was er Dio angetan hat. Deswegen möchte ich, daß du morgen zu den Bädern des Senia kommst und mir hilfst, das Komplott gegen mich zu vereiteln und es vor ganz Rom offenzulegen. Nur so kann Dios Mörder seiner gerechten Strafe zugeführt werden.«

Ich machte einen Schritt zurück. »Die Bäder des Senia«, sagte ich matt. »Ich denke, ein heißes Bad kann nicht schaden. Wann?«

Auf ihren Lippen zeichnete sich kaum merklich ein Lächeln ab. »Ich werde dir morgen nachmittag eine Sänfte schicken, die dich dorthin bringt. Chrysis wird mitkommen und dir unterwegs die Einzelheiten erklären.« Sie nahm ihren Umhang, gab ihn mir und drehte sich um, damit ich ihn ihr über die Schultern hängen konnte. Sie lehnte sich zurück, so daß sich unsere Körper leicht berührten. »Oh, und heute abend schicke ich dir das Silber, das du vielleicht brauchen wirst.«

»Silber? Wofür?«

»Um die beiden Küchensklaven von Lucceius zu kaufen natürlich, die an der Intrige gegen Dio beteiligt waren. Das heißt, wenn du sie aufspüren kannst. Dann wirst du Silber dringend brauchen, um sie unter der Nase von Lucceius' Verwalter wegzukaufen oder ihn zu bestechen, sie dir zu überlassen. Wieviel Silber würde das erfordern? Sag es mir noch, bevor wir uns trennen, dann schicke ich es dir heute abend.«

»Und ich werde mit demselben Boten eine Empfangsbestätigung zurückschicken«, sagte ich.

Sie zog den Umhang um ihren Hals und lächelte. »Das ist nicht nötig. Ich bin sicher, du wirst alles Silber, das du bis zum Ende des Prozesses nicht ausgegeben hast, zurückgeben. Du siehst, Gordianus, ich vertraue dir tatsächlich.«

»Hättest du etwas dagegen, einen kleinen Umweg zu machen?« fragte Clodia, als wir wieder in der Sänfte saßen.

»Solange ich rechtzeitig zum Abendessen wieder zu Hause bin«, antwortete ich, an Bethesda denkend.

»Es dauert nicht lang. Es zieht mich auf den Capitol, einfach nur, um die Aussicht zu genießen. Die Luft ist heute so klar, und jetzt geht gerade im Westen die Sonne unter.« Sie nickte Chrysis zu, die ihren Kopf durch die Vorhänge steckte und die Anweisung an den Anführer der Sänftenträger weitergab.

Wir kamen wieder am Gemüse- und Viehmarkt vorbei, durchquerten das Tal zwischen Palatin und Capitol und erreichten das Forum. Der Tag neigte sich seinem Ende zu, doch ein Blick nach draußen sagte mir, daß die Plätze noch immer mit Toga tragenden Männer bevölkert waren, die ihren Geschäften nachgingen. Ich genoß die Privatheit der Sänfte – wie sonst hätte ein Mann Seite an Seite mit einer skandalumwitterten Frau den belebtesten Ort Roms passieren können, ohne daß jemand ihn sah?

Clodias Gefolge hingegen blieb nicht unbemerkt. An einer Stelle kreuzten sich unsere Wege mit einigen Anhängern Milos, die an den auffälligen rot-weißen Vorhängen erkannt haben mußten, wer sich in der Sänfte befand.

»Raus mit der Hure!« brüllte einer von ihnen.

»Bist du mit ihr da drinnen, Clodius?«

»Hast du wieder ins Bett gemacht und bist zu deiner großen Schwester gerannt?«

»Sie küßt dich, und es wird wieder gut!«

»Oder größer!«

Mit einem plötzlichen Ruck kam die Sänfte zum Stehen. Von draußen hörte man weitere höhnische Obszönitäten und dann die Geräusche einer Auseinandersetzung. Der Augenblick hatte etwas Alptraumhaftes; wir waren zwar in der Kabine verborgen, konnten jedoch auch nicht sehen, was draußen vor sich ging, so daß die Schmähungen von körperlosen Stimmen zu stammen schienen und das Gerangel um so bedrohlicher wirkte, weil seine Ursache unsichtbar blieb. Ich hörte, wie Klingen aus Scheiden gezogen wurden. Clodias Körper neben mir schien Hitze auszustrahlen. Ich sah in ihr Gesicht, das trotz der Ereignisse außerhalb der Kabine ausdruckslos blieb. Mir war, als wären ihre Ohren gerötet, aber das konnte auch eine Täuschung des Lichts in der Kabine gewesen sein.

Die Sänfte setzte sich wieder in Bewegung.

»Stürzt sie um!« rief jemand.

»Auf den Scheiterhaufen mit der Hexe!«

Clodia ergriff meine Hand, starrte jedoch weiter starr geradeaus. Ich biß die Zähne aufeinander und hielt die Luft an. Draußen hörte man das Klirren von Schwertern, dazu Schreie und Stöhnen.

Schließlich setzte sich die Sänfte erneut in Bewegung, gewann rasch an Tempo, und wir ließen den Chor obszöner Schmähungen hinter uns. Clodia starrte noch immer geradeaus, löste jedoch langsam ihren Griff um meine Hand. Sie stieß einen kaum hörbaren Seufzer aus und fuhr zusammen, als eine laute Stimme von draußen ihren Namen rief.

»Der Chef der Leibwache«, sagte sie zu mir und bemühte

sich um Haltung, bevor sie den Vorhang zurückzog. Ein Gladiator mit strohfarbenem Haar und einer krummen Nase trottete neben der Sänfte her.

»Tut mir leid«, sagte er. »Kein Grund zur Sorge. Denen haben wir ordentlich was verpaßt. So 'ne Aktion werden Milos Männer so bald nicht noch mal versuchen!«

Clodia nickte. Der Mann grinste und entblößte dabei seine verfaulten Zähne. Clodia ließ den Vorhang sinken.

Wir nahmen eine scharfe Wendung nach links, dann gleich wieder nach rechts und begannen den Aufstieg über die lange steile Rampe hinauf zum Gipfel des Capitols.

Wir passierten die heiligsten Monumente, das Auguraculum und den großen Jupiter-Tempel, und kamen an dem Tarpeischen Felsen auf dem weniger bebauten Südhang vorbei. Die Sänfte blieb stehen. Clodia warf ihren Umhang über, und wir stiegen aus der Kabine. Der Ort war menschenleer; bis auf das Säuseln des Windes war es vollkommen still.

Am Himmel kräuselten sich orange- und purpurfarbene Wölkchen vor einem spektakulären Sonnenuntergang. Der Tiber war wie ein goldenes Laken, und der ganze westliche Horizont stand in Flammen. »Siehst du?« sagte Clodia und hüllte sich fester in ihren Umhang. »Ich wußte, daß es großartig sein würde!«

Ich stand neben ihr und betrachtete den Sonnenuntergang. Sie wies auf etwas direkt unter uns. »Wenn du über die Klippe steil nach unten siehst, kannst du ein Stück von der Backsteinmauer erkennen, die die Grabstätte der Claudier einschließt, wo wir eben waren. Siehst du, dort? Und direkt dahinter der Tempel der Bellona, von einem meiner Vorfahren auf demselben Stück Land erbaut. Es war der Appius Claudius, der vor zweihundert Jahren die Etrusker besiegt hat. Anstatt einen Triumphzug abzuhalten, hat er auf eigene Kosten einen Tempel erbaut, ihn der Friedensgöttin Bellona geweiht und dem römischen Volk als sein Denkmal vermacht. Sulla mochte Bellona besonders gern, mußt du wissen. Ihr schrieb er seine Siege zu. Ich weiß noch, wie er einmal zu meinem Vater sagte: ›Dank deinem Vorfahren von mir, wenn du das nächste Mal mit ihm sprichst, daß er Bellona hier in Rom eine so prachtvolle Wohnung gebaut hat.‹«

Sie lächelte, kehrte dem Sonnenuntergang den Rücken und ging langsam auf die andere Seite des Hügels hinüber. Uns gegenüber erhob sich der Palatin mit seinem Dächergewirr. Im Tal zwischen Palatin und Aventin lag der gewaltige Komplex des Circus Maximus mit seiner langen Rennstrecke. Clodia wies auf die dahinter liegende Landschaft. »Dort drüben beginnt die Via Appia, die bis nach Campanien und weiter führt. Und dort drüben kreuzt das Aqua Appia die Via Appia und verläuft ein Stück an der Stadtmauer entlang. Seit dreihundert Jahren wird Rom durch dieses Aquädukt mit Wasser versorgt, diese Bauwerke sind das Vermächtnis meiner Familie. Und diese Männer auf dem Forum wagen es, mich so zu beschimpfen!«

Eine Weile genoß sie die Aussicht, bis sie blinzeln mußte, als hätte der Wind ihr Staub in die Augen geblasen. Sie sah über ihre Schulter. Einen Steinwurf entfernt stand der südlichste aller Tempel, die sich auf dem Capitol drängeln. »Ich muß für einen Moment hineingehen«, sagte sie und schritt eilig auf die Stufen des Tempels zu. Ich blieb zurück und fragte mich, ob ich gerade Zeuge eines frommen Wunsches einer Patrizierin geworden war, ein wenig Weihrauch für ihre Vorfahren zu verbrennen, oder ob nur eine Frau ihren plötzlichen Tränenausbruch verbergen wollte.

Die Sänftenträger erholten sich, die Leibwächter würfelten. Chrysis war in der verhängten Kabine sitzengeblieben. Ich schlurfte über den gepflasterten Platz vor dem Tempel und betrachtete die Steinplatten. Dabei wurde mir klar, daß es sich um den Tempel der Staatsreligion handelte, und mir fiel die Inschrift wieder ein, die vor nicht allzu langer Zeit in die marmorne Brüstung vor dem Gebäude gemeißelt worden war.

Sie war nicht schwer zu finden. Im blasser werdenden Licht

las ich die gemeißelten Buchstaben mit einem Gefühl seltsamer Distanz:

PTOLEMAIOS THEOS PHILOPATOR PHILADELPHOS NEOS DIONYSOS FREUND UND VERBÜNDETER DES RÖMISCHEN VOLKES

Am Ende führten alle Wege wieder zu König Ptolemaios zurück. Er war der eigentliche Auslöser der zurückliegenden Ereignisse: Dios Reise nach Rom und sein grausamer Tod, die ägyptischen Machenschaften von Pompeius und Clodius und Teilen des römischen Senats, der bevorstehende Prozeß gegen Marcus Caelius. Aber wie sagen die Philosophen: Aus einem einzigen Stamm, der am Boden noch klar zu erkennen ist, kann ein Gewirr aus Ästen werden, das immer undurchschaubarer wird, je höher es wächst.

Ich mußte mich nicht umsehen, um zu wissen, daß Clodia ihren Tempelbesuch beendet hatte und leise die Stufen herunterkam. Ich roch ihr Parfüm.

XV

Ich stieg aus Clodias Sänfte auf die Straße vor meinem Haus, als das letzte Licht des Tages sich von den Dächern der Häuser in den Äther verflüchtigte. Die rot-weiß gestreifte Sänfte setzte ihren Weg fort, das Getrampel von Clodias Leibwächtern hatte Staub aufgewirbelt, der die leere dämmrige Straße noch düsterer wirken ließ. Ich klopfte an meine Tür, doch Belbo war nicht gleich zur Stelle.

Irgendeine Vorahnung – ein Wink Fortunas, vermute ich – ließ mich über meine Schulter blicken.

Auf der anderen Straßenseite sah ich die Gestalt eines Mannes. Er trug eine Toga und schien mich zu beobachten. Ich drehte mich um und klopfte erneut an die Tür. Ich drückte dagegen für den Fall, daß sie unverriegelt war. Doch das war sie nicht. Ich sah mich wieder um.

Die Gestalt war in die Mitte der Straße getreten. In der Dämmerung und inmitten der Staubwolken konnte ich nur ihre Umrisse erkennen.

Wo war Belbo, wenn man ihn brauchte? *Es ist unnötig, diesen ungeschlachten Kerl mitzunehmen,* hatte Trygonion zu mir gesagt. Jetzt stand ich allein und unbewaffnet vor meiner eigenen Haustür. Ich klopfte erneut und wandte mich dann wieder dem Mann zu. Wenn ich schon erstochen werden sollte, wollte ich meinem Angreifer wenigstens in die Augen sehen. Vermutlich war der Mann nur ein zufällig vorbeikommender Fremder, sagte ich mir, während ich gleichzeitig im Kopf die Liste derer durchging, die meiner Untersuchung des Mordes an Dio möglicherweise ein Ende setzen wollten – König Ptolemaios, Pompeius, Marcus Caelius, Clodias Feind Milo, dessen Bande sie auf dem Forum bedroht hatte –, allesamt Männer, die dafür berüchtigt waren, jedes nur erdenkliche Mittel zur Vernichtung ihrer Gegner einzusetzen.

Die Gestalt kam mit langsamen Schritten näher. Sein Gang machte mir Angst. Wenn er mich kannte, warum kam er dann nicht direkt auf mich zu oder rief meinen Namen? Wenn er lediglich zufällig vorbeikam, um auf seinem Weg die Straße zu überqueren, warum ging er dann so langsam?

Mit einem Mal fiel mir der Mann wieder ein, der uns in der vergangenen Nacht nachgeschlichen war, bevor er abrupt kehrtgemacht hatte und in die Dunkelheit geflohen war.

»Bürger«, sagte ich mit einer Stimme, die sicherer klang, als ich mich fühlte. »Kenne ich dich?«

Ein Windstoß wirbelte den Staub in der Luft auf und zerstreute ihn. Hoch über der Erde fiel ein letzter Lichtstrahl auf eine Wolke und tauche die düstere Straße in einen blassen Glanz. Ich sah kurz das Gesicht des Fremden und dachte: das ist gewiß kein Mörder. Nicht mit einem solchen Gesicht…

Trotzdem pochte das Herz in meiner Brust.

Die Tür klapperte, und ich hörte, wie drinnen der Riegel beiseite geschoben wurde. Die Tür schwang auf, und ich wich rasch einen Schritt zurück, wobei ich mit etwas zusammenstieß, mich umdrehte und Belbo sah, der mich dümmlich angrinste. »Tut mir leid, daß es so lange gedauert hat, Herr. Die Herrin hat darauf bestanden, da ich ihr erst –«

»Macht nichts, Belbo. Kennst du diesen Mann?«

»Welchen Mann, Herr?«

Die Gestalt war verschwunden, so rasch und endgültig wie der Staub in der Luft. Ich blickte die Straße hinunter.

»Wer war es, Herr?«

»Ich weiß nicht, Belbo. Vielleicht niemand.«

»Niemand?«

»Ein Fremder, meine ich. Ein Mann, der zufällig vorbeigekommen ist. Eigentlich niemand.«

Trotzdem ertappte ich mich am späteren Abend dabei, wie ich mich an das Gesicht des jungen Mannes zu erinnern versuchte – ein dunkles, hageres Gesicht mit einem Stoppelbart und bohrendem Blick. Es war ein Gesicht, aus dem ein schreckliches Unglück sprach, mit einem Ausdruck, wie man ihn bei Männern einer gefallenen Stadt sieht, benommen vor Verzweiflung und mit Augen, die vor Hoffnungslosigkeit und Sehnsucht brennen. Die Erinnerung ließ mich erschaudern. Es war ein Gesicht, das ich niemals wiedersehen wollte.

Es war Zeit fürs Abendessen. Bethesda nahm meine Komplimente für ihr Lammragout mit Linsen mit einem kaum merklichen Nicken entgegen und bemerkte, daß Diana das meiste zubereitet hätte.

Kurz darauf traf ein Bote von Clodia ein, der das versprochene Silber brachte. Sie mußte die Münzen selbst gezählt haben, denn auch sie rochen ein wenig nach ihrem Parfüm.

Als wir uns fürs Bett fertig machten, fragte Bethesda, wie ich mit meiner Arbeit vorankäme. Ich vermutete, daß Diana von meinem Gespräch mit Eco berichtet hatte, zumindest, soweit sie es belauscht hatte, und gab ihr eine möglichst oberflächliche Antwort, ohne die Unwahrheit zu sagen.

»Und was wolllte diese Frau heute nachmittag von dir?« fragte sie und löste den Gurt ihrer Stola.

»Sie wollte hören, was ich bisher erfahren habe.« Den angeblichen Plan eines neuerlichen Giftanschlags erwähnte ich ebensowenig wie Clodias Idee, mich zu den Bädern des Senia zu schicken.

»Die Frau hat dich auf eine falsche Fährte geführt, weißt du.«

»Eine falsche Fährte?«

»Auf die Fährte von Marcus Caelius.«

»Aber Bethesda, ›jedermann weiß‹, daß Caelius in die Sache verwickelt ist.«

Bethesda ließ ihre Stola zu Boden fallen und stand einen Moment lang nackt vor mir. »Du neckst mich immer damit, daß ich alles glaube, was so geklatscht wird. Warum? Weil ich eine Frau bin? Du bist derjenige, der an den Klatsch glaubt.« Sie griff nach ihrem Schlafgewand und streifte es über. Ich versuchte sie mir in einem Gewand aus durchsichtiger Seide aus Kos vorzustellen. Bethesda sah meinen Gesichtausdruck, und ihre Züge wurden weicher. »Du hast keinen Grund, Caelius zu verdächtigen, außer durch die Anschuldigungen dieser Frau. Es wäre doch schrecklich, wenn ein junger Mann für ein Verbrechen verurteilt würde, das er gar nicht begangen hat.«

»Und wenn er es doch begangen hat?«

Sie schüttelte den Kopf und begann die diversen Nadeln und Klammern zu lösen, mit denen sie tagsüber ihr Haar hochsteckte. Sie setzte sich vor den Spiegel und begann ihr Haar zu bürsten. Sie schien ein wenig überrascht, hatte jedoch keine Einwände, als ich ihr die Bürste aus der Hand nahm und es für sie tat. Auch als ich die Bürste beiseite legte, meine Hände über ihre Schultern gleiten ließ und mich vorbeugte, um ihren Hals zu küssen, protestierte sie nicht.

In jener Nacht liebten wir uns mit einer Hitze, die uns die Kühle im Zimmer vergessen ließ. Ich bemühte mich sehr, nicht an Clodia zu denken. Vielleicht wäre es mir sogar gelungen, wenn da nicht ihr Parfüm gewesen wäre. Es hatte meine Kleider und meine Haut durchdrungen. Ich roch es an meinen Händen und damit auch an Bethesda. Es war nur ein schwacher, schwer faßbarer Duft. Doch sobald ich ihn, das Gesicht in Bethesdas Haaren, wieder vergessen hatte, wehte er mich aufs neue an, setzte sich in meinem Kopf fest und beschwor Bilder herauf, die ich nicht kontrollieren konnte.

Am nächsten Morgen kam Eco mit Neuigkeiten über die Sklavin Zotica. Während ich am Nachmittag zuvor in Clodias Sänfte durch die Stadt gegondelt war, hatte er sich auf den Weg in die Straße der Sichelmacher gemacht und den Sklavenhändler ausfindig gemacht.

»Zotica ist nicht mehr in Rom«, erzählte er. »Der Händler behauptet, er hätte zunächst versucht, sie im Haus eines reichen Mannes unterzubringen, weil er dachte, daß er den höchsten Preis erzielen würde, wenn er sie an einen Haushalt vermitteln könnte, der dem ähnelte, aus dem sie kam. Doch offenbar waren die Spuren auf ihrem Körper ein wenig auffälliger, als Coponius zugegeben hatte. Niemand wollte sie als Serviermädchen oder Zofe haben. Am Ende hat der Mann sie an einen anderen Händler verkauft, der sich auf Lustsklaven spezialisiert hatte.«

»Dann ist sie in einem Bordell gelandet?«

»Mag sein, aber nicht in Rom. Der zweite Händler hat sich geziert und die Hand aufgehalten, bis ihm schließlich ›einfiel‹, daß er sie mit einer Lieferung von Sklaven zu einem Etablissement in Puteoli geschickt hat.«

»Ich werde dir das Bestechungsgeld ersetzen, Eco. Was meinst du, würde es kosten, eine solche Sklavin zu kaufen?« Ich zückte den kleinen Beutel voll Silber, den Clodia mir geschickt hatte.

»Deutlich weniger als das«, sagte Eco. »Woher hast du es?«

Ich erklärte es ihm.

»Clodia ist eine gerissene Frau«, sagte er. »Ich verspüre mehr und mehr den Wunsch, sie kennenzulernen. Wenn mir nur mein Vater nicht ständig in die Quere kommen würde.«

»Clodia könnte uns beide zum Frühstück verspeisen, uns das Mark aussaugen und unsere Knochen zum Knöchelspiel verwenden, ohne mit der Wimper zu zucken.«

»Das könnte eine interessante Erfahrung werden.«

»Ich rate dir, halte dich an Menenia und bleib beim Thema.«

»Dann sage ich es noch einmal: Clodia ist eine gerissene Frau. Es ist eine schlaue Idee zu versuchen, Lucceius diese Sklaven unter der Nase wegzukaufen. Natürlich könnte man bei dem Versuch zu Tode kommen …«

»Deswegen brauchst du dir keine Sorgen zu machen.«

»Papa, ich habe nur einen Witz gemacht. Natürlich reite ich nach Picenum. Ich werde versuchen, diese Sklaven aufzutreiben und herauszufinden, was sie wissen. Und wenn es irgendwie möglich ist, werde ich sie zum Prozeß mitbringen.«

»Nein, das wirst du nicht.«

»Papa, du denkst doch nicht etwa daran, es selbst zu tun?«

»Nein.«

»Dann tue ich es. Ich hasse es, mir den Hintern wund zu reiten, aber Menenia kennt ein Heilmittel, auf das ich mich jetzt schon freue.«

»Nein, Eco, du reitest nicht nach Picenum. Aber du kannst dir deinen Hintern genausogut auf dem Weg nach Puteoli wund reiten.«

»Puteoli? Papa, du willst doch nicht etwa, daß ich Zotica hinterherjage, anstatt die Küchensklaven zu finden, die vielleicht den Schlüssel zu allem in der Hand halten? Ich kann unmöglich beides erledigen. Picenum liegt im Norden, Puteoli im Süden, und der Prozeß beginnt in drei Tagen. Mir bleibt kaum genug Zeit, es bis zu einem der beiden Orte und zurück zu schaffen. Ich kann nur entweder hierhin oder dorthin reiten.«

»Ja. Finde Zotica.«

»Papa!«

»Eco, du mußt tun, worum ich dich bitte.«

»Papa, dein Urteilsvermögen ist von Gefühlen getrübt.«

»Das hat nichts mit Gefühlen zu tun.«

Er schüttelte den Kopf. »Papa, ich weiß, wie dein Verstand funktioniert. Aus irgendeinem Grund glaubst du, es wäre deine Aufgabe, dieses Sklavenmädchen zu retten. Nun gut – aber dafür bleibt *nach* dem Prozeß noch jede Menge Zeit. Im Moment brauchen wir diese beiden Sklaven aus Picenum. Die Aussicht auf Erfolg ist zweifelhaft genug, wenn man alle Komplikationen bedenkt, die auftreten können, aber zumindest ergibt es einen Sinn. Es wäre jedenfalls keine Zeitverschwendung.«

»Du meinst also, es wäre Zeitverschwendung, nach Puteoli zu reiten, Zotica aufzuspüren und herauszufinden, was sie über Dios Tod weiß?«

»Ja, eine ungeheure Zeitverschwendung, wenn man bedenkt, wie wenig wir in der Hand haben. Was soll denn diese Zotica überhaupt über Dios Tod wissen?«

»Finde sie für mich, Eco.« Ich legte den Beutel mit Silber in seine Hand. »Ich werde dir beweisen, daß das nichts mit Gefühlen zu tun hat. Wenn das Mädchen nichts weiß und uns nichts darüber sagen kann, wer Dio ermordet hat, brauchst du sie auch nicht zu kaufen. Laß sie, wo sie ist. Aber wenn sie etwas zu sagen hat, kauf sie und bring sie zurück nach Rom.«

Er biß sich auf die Lippen, während er den Beutel von einer Hand in die andere warf. »Das ist ungerecht, Papa. Du weißt, daß ich sie sowieso kaufen werde, um dir einen Gefallen zu tun.«

»Was immer du für das Beste hältst, Eco. Ich würde vorschlagen, daß du dich jetzt auf den Weg machst. Die Tage sind noch kurz, und du verpaßt die beste Zeit zum Reiten.«

Am Nachmittag kam eine Sänfte für mich, genau wie Clodia gesagt hatte.

Es war ein deutlich weniger auffälliges Gefährt als ihre Prachtsänfte mit dem rot-weiß gestreiften Baldachin. Diese Sänfte hatte schlichte Wollvorhänge und war gerade geräumig genug für zwei einander gegenübersitzende Personen.

Belbo schloß sich der Handvoll Leibwächter an, während ich in die Kabine stieg und Chrysis gegenüber Platz nahm, die mich mit einem rätselhaften Lächeln anblickte, während sie eine Strähne ihres kastanienbraunen Haars um ihren Zeigefinger wickelte. Ich ertappte mich bei dem Gedanken, daß sie unmöglich so jung und naiv sein konnte, wie sie aussah. Die Sänfte wurde hochgehoben und setzte sich in Bewegung.

»Und«, fragte ich, »was genau soll ich nach Clodias Wünschen heute in den Bädern tun?«

Chrysis hörte auf, mit ihrem Haar zu spielen, und strich sich mit dem Zeigefinger über die Lippen, als wollte sie ihr Lächeln ausradieren, was einen noch rätselhafteren Ausdruck auf ihrem Gesicht zurückließ.

»Es ist ganz einfach. Praktisch nichts, eigentlich. Du sollst im Umkleideraum warten. Dort wird einer von Clodias Männern an dich herantreten.«

»Woran erkenne ich ihn?«

»Er kennt dich. Übrigens, Caelius' Mittelsmann, der das Gift bringt, heißt Publius Licinius. Kennst du ihn?«

»Ich glaube nicht.«

»Macht nichts. Wenn Clodias Gefolgsmann kommt, wird er dir Licinius zeigen.«

»Und was dann?«

»Laut Caelius' Plan muß Licinius das Gift an einen von Clodias Sklaven übergeben. Sobald Licinius jedoch das Döschen überreicht, werden einige von Clodias Freunden ihn ergreifen und das Döschen aufmachen, damit jeder den Inhalt sehen kann. Dann werden sie Licinius den Arm verdrehen, bis er gesteht, was er vorhatte und wer ihn geschickt hat.«

»Warum sollte er gestehen?«

»Einige von Clodias Freunden sind ziemlich gut im Armeverdrehen. Und das meine ich durchaus wörtlich.« Chrysis lachte über ihren eigenen Witz.

»Und was soll ich tun? Ich bin ein Sucher, kein Ringer.«

»Du sollst als Zeuge anwesend sein, der alles, was geschieht, bestätigen kann.«

»Warum?«

»Clodia sagt, du hast den Ruf, ein guter Beobachter zu sein.«

Wir folgten einem gewundenen Pfad den Osthang des Palatins hinunter und drängelten uns bald mit zahlreichen anderen Sänften vor den Bädern des Senia. »Ich warte hier«, sagte Chrysis. »Benachrichtige mich, sobald etwas passiert. Und keine Ungezogenheiten mit den anderen Jungen.«

»Was soll das heißen?«

»Ich bitte dich! Wir wissen doch alle, was ihr Männer in den Bädern so miteinander treibt.« Sie zog eine Braue hoch, eine von Clodias Gesten imitierend.

»Sind alle Sklaven im Haus deiner Herrin so unverschämt wie du?«

»Nur ihre Lieblingssklaven.« Chrysis kicherte und sah noch mehr aus wie ein Kind.

Ich stieg die Stufen hinauf und machte Belbo ein Zeichen, mir zu folgen.

Ich bezahlte den Türsteher in der Halle, der Belbo ein Handtuch gab. Wir gingen den Flur hinunter bis zu dem langen schmalen Umkleideraum mit seiner kunstvoll kassettierten Decke und den langen Reihen von Holzbänken. Besucher in diversen Stadien der Entkleidung kamen und gingen. Eine Reihe vollständig bekleideter Sklaven stand allein oder in kleinen Gruppen gelangweilt herum und wartete darauf, daß ihre Herren ihr Bad beendeten. Jedesmal wenn die schwere Holztür zu den Baderäumen aufging, hörte man das Echo von Gesprächen und Gelächter, das sich mit dem Geräusch platschenden Wassers vermischte. Der typische Bädergeruch umfing mich – eine Mischung aus Schweiß und Dampf mit einem Beigeschmack von Holzrauch aus den Öfen und dem modrigen Hauch von Schimmel.

Ich wartete also darauf, daß mich jemand ansprach. Schließlich kam ich mir in meiner Straßenkleidung zu auffällig vor. Ich zog meine Tunika aus und gab sie Belbo, der sie in einem der Fächer an der Wand verstaute. Ich hob die

Arme, und Belbo wickelte sein Handtuch um meine Hüften. Ich streifte meine Schuhe ab und stieß einen kleinen Seufzer aus, als meine nackten Füße den Boden berührten, der wegen der darunter liegenden Heißwasserrohre genau die richtige Wärme ausstrahlte.

»Diesen Seufzer kenne ich!« sagte eine Stimme neben mir. »Der Laut, den ein Mann ausstößt, wenn seine nackten Zehen einen beheizten Boden berühren.«

Ich drehte mich um und nickte knapp, weil ich annahm, der Mann wäre bloß ein weiterer Besucher; doch dann erkannte ich das Gesicht wieder.

Der verzweifelte Ausdruck war verschwunden, statt dessen umspielte ein spöttisches Lächeln seine Lippen. Es war trotz seiner Ausgezehrtheit und des stoppeligen Barts ein attraktives Gesicht, auch wenn der Blick des Mannes so drängend war, daß es mir schwerfiel, in seine braunen Augen zu blicken.

»Du warst gestern abend vor meinem Haus«, sagte ich.

»Das war ich wohl.«

Das war also die Erklärung – er war Clodias Mann, den ich treffen sollte. Aber warum war er mir dann die Rampe hinauf gefolgt und hatte oben kehrtgemacht? Warum hatte er sich am Abend vor meinem Haus herumgetrieben und war dann verschwunden, ohne sich vorzustellen?

»Die Bäder des Senia sind noch immer die besten von Rom«, sagte er, während er sich sein feuchtes Haar abtrocknete. Er war nackt und noch naß von seinem heißen Bad. Er hatte einen geschmeidigen Körper, eine schmächtige Brust und kein einziges Gramm Fett am Leib. Ich hätte seine Rippen zählen können. »Das kalte Wasser ist wirklich kalt und das heiße wirklich heiß. Außerdem liegen sie nahe beim Forum, so daß man immer einen interessanten Gesprächspartner trifft. Allerdings sind sie auch nicht weit von der Subura entfernt, so daß man immer wieder auf den Abschaum der Stadt trifft, der die Atmosphäre zusätzlich belebt. Wie diese lüsterne Schlange Vibennius.«

»Vibennius?«

Er wies mit dem Kopf auf die andere Seite des Raumes. «Siehst du die drei Burschen dort? Vibennius ist der Hagere mit dem fleischigen Riemen zwischen den Beinen, der sich mit verschränkten Armen an die Wand lehnt und nichts zu verbergen hat. Flinkfinger wird er genannt – aus mehr als einem Grund. Guck dir seinen verdorbenen Gesichtsausdruck an – man sieht gleich, daß der was Schmieriges vorhat. Der Bursche mit dem bemerkenswert behaarten Po, der sich über die Bank beugt und seine Schuhe auszieht, ist sein Sohn. Hast du je einen so haarigen Hintern gesehen? Wirklich, mir wird ganz übel, wenn ich nur hinschaue; wie ein Bart, der am falschen Ende wächst. Vermutlich angemessen, da das Loch da unten gefräßig ist wie ein Mund. So wie er seine Arschbacken zusammenkneift und anspannt, könnte man meinen, er würde etwas Zähes kauen. Und genau das hat offenbar der dritte Bursche im Sinn, der einfältige Glatzkopf, der auf der Bank sitzt und mit hängendem Kinn auf Juniors Hinterteil starrt. Ich weiß nicht, warum er sich ein Handtuch in den Schoß gelegt hat. Es verdeckt seine Absichten in keiner Weise! Wie ein Soldat, der in seinem Zelt strammsteht! Meinst du, der Dummkopf wartet auf einen Kuß von Juniors haarigen Lippen?«

Ich betrachtete den Fremden neben mir und versuchte, seine Miene zu deuten – war es Verachtung, Belustigung, Neid? Was auch immer, seine Aufmerksamkeit schien sich weit von dem eigentlichen Grund unseres Hierseins entfernt zu haben, worauf ich ihn gerade hinweisen wollte, als er meinen Arm packte und heftig nickte. »Siehst du, Junior hat sich seiner Kleidung jetzt vollständig entledigt. Er bückt sich nach seinen Schuhen, also wirklich, er könnte sich genauso gut in eine Haarnadel verwandeln. Jetzt richtet er sich wieder auf, nimmt seine Kleidung und dreht sich zur Wand. Meinst du, er muß sich wirklich auf Zehenspitzen stellen, um das Fach dort zu erreichen, oder will er nur seine wohlgeformten Schenkel präsentieren? Der kahle Einfaltspinsel weiß es jedenfalls zu schätzen – o Eros, er faßt sich tatsächlich an!

Guck dir das Grinsen in Papa Vibennius' Gesicht an! Jetzt schreitet Junior hoheitsvoll zur Tür zu den Bädern, reckt die Schultern, schwenkt sein Hinterteil und läuft ein kleines bißchen auf Zehenspitzen – das würde kein ägyptischer Lustknabe hinbekommen! Und natürlich springt der Dummkopf auf den Köder an. Er folgt dem haarigen Hintern zur Tür wie ein Hund einem Kaninchen, jetzt ist er verschwunden. Und nun sieh dir den Flinkfinger da drüben an!«

Vibennius sah sich verstohlen um, ließ seine Arme sinken und begann in einem der Fächer zu wühlen.

»Oh, das geht wirklich zu weit!« Der Mann neben mir warf sein Handtuch zu Boden und ging durch den Raum. Ich folgte ihm, und Belbo trottete hintendrein.

Der Mann trat neben Vibennius und tippte ihm auf die Schulter. Vibennius zuckte zusammen und fuhr mit schuldbewußter Miene herum.

»Immer noch die gleichen alten Tricks, Flinkfinger? Geile Badbesucher ausrauben, während dein Junge sie durch die Anlage lockt?«

»Was?« Der Mann wirkte einen Moment perplex, bevor er ein unsicheres Lächeln aufsetzte. »Catull! Was, zum Hades, tust du hier? Ich dachte, du mimst irgendwo den Statthalter des Imperiums?«

»Irgendwo, ja, mehr oder weniger. Ein Jahr unter Gaius Memmius in Bithynien war mehr als genug. Ich dachte, er würde mich reich machen, statt dessen hat er mich nur mitgenommen, damit ich ihm meine Gedichte vorlese. Obwohl ich es ihm nicht übelnehmen kann, daß er sich nach ein wenig Kultur gesehnt hat; Bithynien ist ein Höllenloch. Ich konnte es kaum erwarten, dort wieder wegzukommen; ich bin früher heimgekehrt, sobald das Wetter es erlaubte. Es ist gut, wieder an einem wahrhaft zivilisierten Ort wie Rom zu sein, wo man Gefahr läuft, ausgeraubt zu werden, wenn man es auf ein Paar behaarter Arschbacken abgesehen hat.«

»Wovon redest du überhaupt?« Vibennius kicherte nervös und sah sich verschlagen um.

»Vibennius, du widerst mich an. Um Kybeles willen, laß die Sachen des armen Trottels in Ruhe. Was hast du zu finden erwartet, das zu stehlen sich lohnen könnte? Seinen stinkenden Lendenschurz?«

»Du beliebst zu scherzen, Catull. Ich habe bloß nachgesehen, ob mein Sohn seine Schuhe weggestellt hat. Oh, das muß es sein – ich habe mich im Fach geirrt. Ich habe mich schon gefragt, warum mir die Sachen so fremd vorkamen.«

Catull lachte verächtlich und schüttelte den Kopf. »Vibennius, ich sollte dich bei der Geschäftsführung melden. Aber sie würden dir vermutlich deine flinken Finger abschneiden und in den Ofen werfen, und wir alle müßten den Gestank ertragen. Warum gehst du nicht nachsehen, was dein Sohn treibt? Dann könnt ihr beide euren anderen Badehaus-Trick abziehen.«

»Was meinst du damit?«

»Du weißt schon, wo Junior sich eine dunkle Ecke sucht und sich an die Knöchel faßt, um einen arglosen Trottel anzulocken, und sobald er ihn im Todesgriff seines behaarten Mundes hat, schleichst du dich von hinten an und kitzelst den Burschen mit deinen flinken Fingern, um ihn für das, was kommt, locker zu machen.«

»Catull, du verleumdest mich!«

»Ganz im Gegenteil, Vibennius, deine ›Massagen‹ sind regelrecht berühmt.«

Vibennius verschränkte die Arme und musterte sein Gegenüber selbstzufrieden. »Deiner üblen Laune nach zu urteilen, könntest du eine ›Massage‹ brauchen, Catull.«

»Wenn du mit deinem häßlichen Ding noch einen Schritt näher kommst, mache ich dir einen Knoten rein.«

»Und was, wenn der Riemen dafür nicht schlaff genug ist?« erwiderte Vibennius feixend.

Catull machte einen Schritt auf ihn zu. In Erwartung einer Schlägerei wich ich in Belbos Richtung zurück. »O Vibennius, es ist gut, wieder daheim zu sein.«

Vibennius breitete die Arme aus. »Du mieser Bock, wir alle

haben deine scharfe Zunge vermißt«, sagte er, umarmte Catull und klopfte ihm auf die Schulter.

Ich blinzelte, unsicher, was ich von dem Schauspiel halten sollte, als plötzlich eine Hand meine Schulter berührte. »Gordianus?« sagte eine Stimme hinter mir.

Ich sah mich um und blickte in das vage vertraute Gesicht eines kräftigen jungen Mannes mit einem ordentlich gestutzten Bart und ausdrucksstarken braunen Augen. Es war die Art, wie seine Augenbrauen zu einer geraden Linie zusammengewachsen waren, die meinem Gedächtnis auf die Sprünge half – es war der Sklave, der Clodias Tür geöffnet hatte. Er stand vollständig bekleidet und leicht außer Atem vor mir. »Barnabas«, sagte ich. »Hebräisch für ›Trost‹.«

»Genau.« Er nickte und senkte die Stimme. »Chrysis hat mir gesagt, daß du schon hier bist. Publius Licinius ist jetzt mit seinem Döschen auf dem Weg hierher.«

Ich runzelte die Stirn. »Du bist der Mann, den ich treffen sollte?«

»Ja.«

»Aber wer –?« Ich drehte mich zu Catull um und sah nur noch sein rätselhaftes Lächeln aufblitzen, bevor mich Barnabas an der Schulter packte und mir ins Ohr flüsterte: »Licinius ist gerade hereingekommen! Kommt mit!« Er faßte meinen Arm und führte mich, dicht gefolgt von Belbo, durch den Raum. »In der grünen Tunika«, flüsterte Barnabas.

Vage erinnerte ich mich an den jungen Mann. Ich hatte ihn zwar noch nie persönlich getroffen, jedoch schon auf dem Forum und in Begleitung von Marcus Caelius auf den Straßen des Palatin gesehen. Er sah sich nervös in alle Richtungen um und nestelte nervös an einem Objekt in seiner Hand.

»Wir trennen uns jetzt«, flüsterte Barnabas. »Steh einfach da und beobachte alles. Und achte darauf, daß du die Pyxis im Auge behältst!« Damit meinte er das Döschen, das Licinius in der Hand hielt, eines dieser kunstvoll verzierten Behältnisse mit aufklappbarem Deckel und einem kleinen

Schloß, wie es Damen für Puder und Salben benutzen – und Giftmischer für ihre Gifte. Die Pyxis, die Licinius in der Hand hatte, schien aus Bronze zu sein, mit erhöhten Griffen und Intarsien aus Elfenbein. Wieder und wieder drehte er sie in seiner Hand.

Als er Barnabas entdeckte, seufzte Licinius erleichtert. Er ging auf den Sklaven zu, aber Barnabas machte ihm mit dem Kopf ein Zeichen, daß sie sich in eine der Ecken zurückziehen sollten. Als Barnabas sich umdrehte, trafen sich unsere Blicke kurz, und er vergewisserte sich, daß ich ihm folgte. Ich blickte über die Schulter und fragte mich, wohin Catull und Vibennius entschwunden waren, konnte sie jedoch in dem Getümmel bekleideter und nackter Körper nicht ausmachen. Der Umkleideraum schien auf einmal viel voller als zuvor.

Barnabas erreichte die Ecke und drehte sich um. Licinius folgte und streckte die Hand aus, offensichtlich begierig, die Pyxis loszuwerden. Und dann brach ein wahnwitziges Gerangel und Geschrei los.

Seit meiner Ankunft im Umkleideraum hatte ich die Besucher auf der Suche nach Clodias Ringern gemustert. Einige hatte ich wegen ihres kräftigen Körperbaus zu den potentiellen Kandidaten gezählt, und tatsächlich waren sie unter den Männern, die sich plötzlich auf Licinius stürzten. Doch es waren weit mehr, als ich erwartet hatte, mindestens zehn, unter ihnen zu meiner Überraschung auch Vibennius mit den flinken Fingern.

Sie wollten Licinius in dem Moment ergreifen, in dem das Döschen seinen Besitzer wechselte, doch sie kamen zu früh. Jemand hatte das Kommando den Bruchteil eines Augenblicks zu früh gegeben oder war auf das Döschen losgestürzt, bevor er es hätte tun sollen; vielleicht war Licinius einfach so nervös, daß er in Panik erstarrte, bevor die Übergabe über die Bühne gegangen war. Wie immer sich die Ereignisse sich im einzelnen abgespielt haben mögen, die Pyxis wurde nicht übergeben, sondern war noch in Licinius' Besitz, als er alarmiert herumfuhr und hektisch drängelnd durch den Raum zu hasten begann, dem Griff seiner Häscher immer wieder entgleitend. Ich sah kurz sein Gesicht und dachte, daß ich noch nie einen Mann gesehen hatte, der einem Kaninchen, einem besonders ängstlichen noch dazu, so ähnlich sah. Doch er hielt das Döschen weiter fest in seiner geballten Faust.

Die stämmigen Ringer wären eigentlich überzeugende Häscher gewesen, doch was sie an Muskelkraft hatten, fehlte ihnen an Behendigkeit. Arme und Hände griffen ins Leere, während das Kaninchen vorbeihuschte. Köpfe schlugen gegeneinander, doch Licinius schlüpfte zwischen ihnen hindurch. Es war wie eine komödiantische Pantomime, wenngleich kunstvoller choreographiert als alles, was ich je auf einer Bühne gesehen hatte.

Das Kaninchen stürzte auf den Ausgang zu, doch der Weg war versperrt.

»Gib das Döschen her!« brüllte jemand.

»Ja, das Döschen!«

»Her damit!«

»Gift! Gift!«

Die Umstehenden, die Zeugen dieses Spektakels wurden, trugen Mienen verschieden stark ausgeprägter Verwirrung, Empörung oder Erheiterung zur Schau. Einige schienen zu glauben, das Ganze sei lediglich ein Spiel, während andere sich unter den Holzbänken in Sicherheit brachten. In dem Getümmel entdeckte ich den scharfzüngigen Catull, der mit vor Überraschung weit aufgerissenen Augen zusah.

Als Licinius erkannte, daß der Ausgang versperrt war, fuhr er herum und stürzte auf die unbewachte Tür zu den Bädern zu. Als er sie gerade erreicht hatte, wurde sie von einem alten, in ein Handtuch gewickelten Mann geöffnet. Licinius stieß ihn zu Boden. Mit lautem Geschrei folgten Clodias Ringer und sprangen über den am Boden liegenden alten Mann wie Hunde über einen Baumstamm.

»Verdammt!« murmelte Barnabas, als er an mir vorbeirannte und meinen Arm packte.

Wir folgten dem Kaninchen vorbei an einem riesigen Becken voller johlender und lachender Badegäste. Einer der Ringer war auf dem nassen Boden hingefallen und rutschte bei dem Versuch aufzustehen immer wieder aus. Wir drückten uns an ihm vorbei und rannten durch eine weitere Tür in die innerste Kammer, wo die Luft dick war vom Dampf aus dem heißen Becken. Hier regierte das Chaos: Wildes Platschen und Geschrei hallte in dem nur schwach beleuchteten Raum wider.

»Versperrt die Tür! Er wird versuchen, den Hinterausgang zu nehmen!«

»Gift!«

»Paßt auf, daß er das Döschen nicht ins Becken wirft!«

»Hat da jemand was von ›Gift im Becken‹ gesagt?«

»Gift? Laßt mich raus!«

Es gab ein großes Gerenne, Gerutsche und Gerempel, als die Ringer versuchten, Licinius zu finden; einige traten, begleitet von einem unbehaglichen Zischen, in kochend heißes Wasser.

»Er muß hier irgendwo sein!« sagte Barnabas. »Die Tür ist blockiert, und es gibt keinen anderen Weg nach draußen.«

»Natürlich gibt es den«, sagte ich und wies auf eine dunkle Ecke. »Die Tür zum Heizraum.«

Barnabas stöhnte, rannte zur Tür und riß sie auf. Aus dem dahinter liegenden, dunklen Gang schlug uns heiße Luft entgegen. Barnabas machte ein paar zögernde Schritte, stieß mit dem Fuß gegen etwas und erstarrte. »Hades! Eine Leiche!«

Im Dunkel rührte sich etwas zu Barnabas' Füßen, aber es war keine Leiche, es sei denn Leichen haben zwei Köpfe und zappeln herum.

»Verschwindet!« stöhnte der eine.

»Such dir selbst einen!« keuchte der andere.

Barnabas schreckte zusammen. »Was –?«

»Der haarige Hintern und der kahle Dummkopf!« sagte ich.

Eigentlich sagte das Barnabas gar nichts, doch er begriff

schnell genug. »Ist hier sonst noch jemand entlanggekommen?«

»Ja«, keuchte eine der Stimmen. »Der Idiot ist mir auf die Hand getreten! Er müßte inzwischen durch den Heizraum und draußen auf der Gasse sein. Also, wenn ihr nichts dagegen habt –«

Barnabas stöhnte.

Die sich windenden Gestalten am Boden zuckten und stöhnten ekstatisch.

Ich zerrte Barnabas ins Bad zurück und schloß die Tür hinter uns. Nun hatte die Schmierenkomödie wirklich alles, einschließlich eines Höhepunkts.

DRITTER TEIL

NOX

XVI

Den ganzen Weg bis zu Clodias Haus war Chrysis am Grübeln. Sie hatte darauf bestanden, daß ich mitkam, um alles zu erklären. Ich glaube, sie hatte Angst, ihrer Herrin die Nachricht allein zu überbringen.

Die Sänfte war, gefolgt von den Leibwächtern und Belbo, in die kleine Sackgasse eingebogen und hatte uns vor dem Haus abgesetzt. Belbo und ich warteten auf der schwarz-rotgefliesten Schwelle, während Chrysis an die Tür klopfte, dann meine Hand ergriff und mich ins Haus zog. Belbo kam hinterher.

»Was soll das heißen, sie ist nicht hier?« hörte ich sie den Sklaven anfahren, der die Tür öffnete.

»Sie ist weggegangen«, sagte der alte Mann. »Ich weiß nicht, wohin.«

»Weswegen? Für wie lange?«

Er zuckte die Schultern. »Mir sagt ja keiner etwas. Aber –«

»Sie wird doch bestimmt nicht beschlossen haben, selbst zu den Bädern des Senia zu kommen«, murmelte Chrysis und knabberte an einem Fingernagel. »Nein, dann hätte sie mich gesehen. Es sei denn, sie ist einen anderen Weg gekommen. O Attis!« Chrysis stieß einen kleinen Verzweiflungsschrei aus. »Warte hier«, fügte sie hinzu und machte eine vage Geste in Richtung des Hausinneren.

Während Belbo in der Halle blieb, wanderte ich durch das angrenzende Atrium, weiter durch einen breiten Flur und einen Säulengang entlang, zuletzt eine kurze Treppe hinunter an die frische Luft und in die Sonne. Der Garten war quadratisch angelegt und von einem überdachten Säulengang umgeben. Auf der gegenüberliegenden Seite erstreckte sich eine niedrige Plattform, offenbar eine Bühne, denn sie wurde auf der Rückseite von einer Mauer begrenzt, auf die eine chaotische Stadtlandschaft gemalt war wie in einer Theaterkulisse. In jeder Ecke des Gartens stand eine Zypresse, die das Dach überragte. In der Mitte des Gartens befand sich ein kleiner Brunnen mit der Skulptur eines nackten Adonis. Zu seinen Füßen tummelten sich Fische aus Bronze, aus deren weit geöffneten Mäulern sich Wasser in das Becken ergoß. Ich trat näher heran, um die Mosaike auf dem Boden des Brunnens zu bewundern. Unter dem plätschernden Wasser oszillierten Bilder von Delphinen und Tintenfischen.

Der Adonis war kniend dargestellt, die erhobenen Hände ausgestreckt, das Gesicht mit strahlendem Ausdruck nach oben gewandt. Es war offensichtlich, wem er seine Referenz erwies, denn auf der Treppe, die ich gerade heruntergekommen war, thronte auf einem hohen Sockel eine riesige Venus aus Bronze, die den gesamten Garten überblickte, noch kunstvoller gearbeitet als das Standbild in Clodias *horti* am Tiber. Die Göttin war halb nackt dargestellt; ihr Gewand kräuselte sich um ihre Hüften und schien im Moment des Zubodenfallens festgehalten worden zu sein. Die Rundungen ihres Körpers waren voll, die bemalte Bronze sah aus wie geschmeidige Haut, doch die Figur sprengte jeden Maßstab, sie war geradezu beunruhigend groß, eher einschüchternd als schön. Ihre Hände waren in einer Geste beredter Zärtlichkeit dargestellt, weniger erotisch als mütterlich, was in seltsamem Widerspruch zu ihrer Miene stand, die in ihrer Schönheit eigenartig passiv und ernst wirkte. Ihre starren Augen aus Lapislazuli blickten auf mich herab.

Als ich so vor dem Brunnen stand und Venus aus Adonis' Blickwinkel betrachtete, vernahm ich irgendwo in der Nähe das leise Echo von Gesang und Instrumenten, das, vom Plätschern des Springbrunnens überdeckt, bald lauter, bald leiser herüberwehte, bis es plötzlich abrupt lauter und schneller wurde. Ich hörte Flöten, das Rasseln von Tamburinen und das Geklimper von Glöckchen, begleitet von einem seltsamen Gejammer, in nichts mit normalem Gesang vergleichbar. Ich glaubte, einzelne Worte zu hören, doch der plätschernde Springbrunnen hinderte mich daran, sie zu verstehen. Die Musik wurde immer lauter und schneller. Ich starrte in das Antlitz der Venus. Je länger ich in ihre Lapislazuli-Augen blickte, desto mehr war mir, als könnte sich die Statue bewegen und zu mir sprechen. Sie blinzelte – oder ich blinzelte –, und ein ahnungsvoller Schauer durchfuhr mich. Ich war nicht allein.

Doch es war nicht die Göttin, die sich zu mir gesellt hatte. Die Stimme in meinem Rücken war ausgesprochen männlich. »Geht das schon wieder los!«

Ich drehte mich um und sah auf der flachen Bühne einen Mann in einer Toga stehen. Bei unserer letzten Begegnung war er nackt gewesen.

»Jedes Jahr dasselbe.« Clodius zuckte die Schultern und verzog das Gesicht. »An Clodias Stelle würde ich mich beschweren, aber vermutlich ist meine Schwester zu fasziniert von den Galloi, um ihnen den Spaß zu verderben. Und es *ist* nur einmal im Jahr.«

»Was ist nur einmal im Jahr?«

»Das Fest der Großen Mutter natürlich. Der Tempel der Kybele ist gleich dort drüben«, sagte Clodius und wies hinter sich. »Das Haus der Galloi ist gleich nebenan. Vor dem Fest tun sie tagelang nichts anderes als üben, üben, üben. Für römische Ohren klingt das Ganze hoffnungslos schräg und dissonant, nicht wahr? Und der Gesang – ein ziemliches Gejammer. Aber ich würde vermutlich auch jammern, wenn man mir die Eier abgeschnitten hätte.« Er sprang von der Bühne auf die Wiese und schlenderte auf mich zu. »Weißt du, es ist wirklich albern, aber ich habe deinen Namen vergessen.«

»Gordianus.«

»Ach ja. Clodias neuer Mann, der das Material gegen Marcus Caelius besorgt. Viel Arbeit gehabt?«

»Genug.«

»Clodia ist im Moment nicht da. Sie hat irgendwas zu erledigen. Das hätte der Türsklave dir sagen sollen. Er wird langsam alt.«

»Er hat tatsächlich etwas in der Richtung gesagt. Aber Chrysis hat vorgeschlagen, ich solle hier warten.«

»Ich verstehe. O ja, stimmt, heute sollte das kleine Drama in den Bädern des Senia über die Bühne gehen. Wie ist es gelaufen?«

»Deshalb bin ich hier. Um Clodia Bericht zu erstatten.«

Er starrte mich mit seinen grünen Augen an, die denen seiner Schwester auf geradezu unheimliche Weise ähnelten. »Und? Was ist passiert?« Als ich zögerte, sah er mich finster an, obwohl ich den Ausdruck in seinem Gesicht nicht zu deuten wußte. Täuschte er kindlichen Trotz vor, oder war er ernsthaft wütend? Seinem guten Aussehen tat seine grimmige Miene indes keinen Abbruch. »Oh, ich verstehe«, sagte er. »Du sollst *Clodia* Bericht erstatten, nicht mir. Es heißt, du wärst ein loyaler Typ, was heutzutage in Rom selten genug ist. Aber meine Schwester und ich haben keine Geheimnisse voreinander. Überhaupt keine. Und ich will hoffen, daß du nichts vor mir zu verbergen hast, Gordianus. Ich habe jedenfalls bestimmt nichts vor dir zu verbergen.« Er warf mir einen wissenden Blick zu. Als ich nichts sagte, lachte er. »Das war ein Witz. Darüber, was ich am Tag unseres Kennenlernens getragen habe.« Er schüttelte den Kopf. »Sie meinte auch, du hättest keinen Humor.«

»Ihr scheint euch ja lang und breit über mich ausgelassen zu haben.«

»Meine Schwester möchte immer gern meine Meinung über die Männer hören, mit denen sie zu tun hat. Und fürwahr: einen guten Rat kann sie immer brauchen! Wenn es darum geht, wem man trauen kann, hat Clodia nicht immer die beste Menschenkenntnis bewiesen. Wie etwa im Fall von Marcus Caelius, was uns wieder zu den Bädern des Senia bringt. Wie ist es gelaufen? Komm, wir setzen uns auf die Bank im Schatten, und wenn wir Glück haben, kommt Chrysis vorbei, und ich schicke sie, um Wein zu holen.«

Als wir Platz nahmen, bemerkte ich, daß ein weiterer Mann auf die Bühne getreten war, ein Riese, dessen Gesicht in der Sonne glänzte wie Ebenholz. Er lehnte sich mit verschränkten Armen an die bemalte Wand und beobachtete uns aus der Ferne. Er war unglaublich häßlich, mit einem Stiernacken und gewaltigen Armen. Neben ihm hätte Belbo ausgesehen wie ein Kind. Er kräuselte verächtlich die Lippen, und mir gefror das Blut in den Adern.

Clodius bemerkte meine Reaktion und sah sich um. »Das ist ein Äthiopier. Clodia hat ihn mir letztes Jahr geschenkt. Folgt mir überallhin und paßt auf mich auf. Genauso loyal wie du. Vor ein paar Monaten ging einer von Milos Männern auf dem Forum mit gezücktem Messer auf mich los. Er hat den Äthiopier gar nicht kommen sehen – laß dich von seiner Größe nicht täuschen, er ist blitzschnell. Er hat den Burschen von hinten gepackt und ihm beide Arme gebrochen, einfach so.« Clodius schnippte zweimal mit den Fingern. »Seitdem hat mich nie wieder jemand auf dem Forum bedroht. Aber keine Sorge, gegenüber meinen Freunden ist er vollkommen harmlos. O dieser Lärm! Wenn diese Galloi nicht sowieso schon verrückt sind, werden sie sich bis zum Einbruch der Dämmerung bestimmt gegenseitig in den Wahnsinn getrieben haben. Kannst du dir vorstellen, dich in einem Raum mit ihnen aufzuhalten? Welche Göttin würde schon in einem Tempel wohnen wollen, in dem ein derartiger Radau veranstaltet wird? Nun, was die Bäder angeht...«

Ich erzählte Clodius von der Farce, deren Zeuge ich geworden war. Er hörte schweigend zu und tat nur hin und wieder seinen Ekel oder seine Belustigung kund. »Dann ist Licinius also glatt entwischt?«

»Ja.«

»Und mit ihm die Pyxis?«

»Ich fürchte ja.«

Er schnaubte verächtlich. »Ich wünschte, ich wäre dabei gewesen. Ich hätte Licinius an den Eiern gepackt und zugedrückt, bis er ausgespuckt hätte, was er weiß. Dann hätte ich ihm das Gift samt Pyxis in den Schlund gestopft, hätte die Leiche bei den Fersen gepackt und sie so vor Gericht geschleift – als Beweisstück der Anklage! Du willst Beweise sehen, Cicero? Hier ist dein Beweis!«

Der Äthiopier auf der Bühne hörte den Ärger in der Stimme seines Herrn und musterte mich, als würde er überlegen, welchen Arm er mir zuerst brechen sollte. Ich rutschte unbehaglich auf der Bank hin und her. »Deine Schwester wird vermutlich sehr unzufrieden sein.«

Im Handumdrehen war Clodius' Gebaren wie verwandelt. Er lachte. »Darauf würde ich nicht wetten. Sie liebt ein bißchen Drama, mußt du wissen. Komödien gefallen ihr aber noch besser. Sieh dir nur an, was sie aus diesem Garten gemacht hat. Sie hat ihn in ihr privates Theater verwandelt, damit sie zur Unterhaltung ihrer Freunde Schauspieler aus Ägypten auftreten lassen oder zu Rezitations-Abenden des jeweiligen Dichters einladen kann, auf den sie gerade ein Auge geworfen hat. Nein, wenn Clodia erst einmal ein oder zwei unbezahlbare Vasen zerschlagen und ein paar Sklaven eine ordentliche Tracht Prügel verabreicht hat, wird sie das Komische an der Sache sehen. Nun, sieh einer an, wer da ist – und gerade als meine Kehle trocken zu werden drohte.«

Auf dem Absatz der Treppe unter der Venus-Statue war Chrysis aufgetaucht. Als sie uns sah, wollte sie umkehren, doch Clodius klatschte in die Hände und winkte sie zu uns herüber.

»Chrysis, meine Liebe, bring uns ein wenig mit Honig gesüßten Wein – mir ist nach etwas Lieblichem. Und vielleicht ein paar Datteln. Und ein paar von den Kümmelplätzchen, die Clodias Koch immer vorrätig hält. Wäre das genehm, Gordianus?«

Ich nickte.

»Ist das dann alles?« fragte Chrysis und schlug die Augen nieder.

Clodius knurrte. »Reiz mich nicht, Kleine.«

»Ich wollte dich nicht reizen«, sagte Chrysis, die den Kopf weiter gesenkt hielt.

»Harpyie! Geh und hol Wein, bevor ich dich packe und an Ort und Stelle vor unserem Gast vernasche. Oder noch besser, ich laß das den Äthiopier machen, und Gordianus und ich sehen zu, wie ihr beide auf der Bühne ein Baby macht.« Chrysis wurde blaß und entfernte sich eilig. Clodius sah ihr nach und murmelte: »So jung. Das kastanienbraune Haar, die blasse Haut. Köstlich – ich sollte sie von oben bis unten mit Honig übergießen und ablecken. Aber Clodia verbietet es. Vermutlich glaubt sie, ich würde sie verderben. Vielleicht ist Chrysis auch in den einen oder anderen Sklaven verliebt; was das angeht, ist Clodia sentimental. Jedenfalls behalte ich meine Hände bei mir. Meine Schwester und ich respektieren stets den Besitz des anderen.«

Mir fiel auf, daß der Gesang der Galloi einen Moment lang verstummt war. Plötzlich hob er mit schrillem Pfeifen und Cymbelgeklirr wieder an. Clodius verzog das Gesicht. »Nun, ich denke, wir werden den Verlust der Pyxis verkraften«, sagte er und betrachtete abwesend die Adonis-Statue. »Dieser verrückte Versuch, Clodia zu vergiften, ist nur eine weitere Bestätigung dafür, daß Caelius in Lucceius' Haus bei Dio das gleiche versucht hat. Er hat Clodias Geld benutzt, um das Gift zu kaufen und Lucceius' Sklaven zu bestechen; sie schöpfte Verdacht, und jetzt versucht er sie daran zu hindern auszusagen, indem er *sie* vergiftet. Ein skrupelloser und verzweifelter Mann – das ist das Bild, was wir für die Richter zeichnen werden. Clodia sagt, du hättest ein paar Sklaven aufgespürt, die Lucceius irgendwo in einer Mine versteckt hat.«

»Schon möglich.«

»Hat sie dir nicht Silber gegeben, um sie zu kaufen, für den Fall, daß du diese Sklaven findest?«

»Etwas in der Art wurde erwähnt«, erwiderte ich voller Unbehagen. »Doch vielleicht ergibt sich ja auch nichts von Belang.«

»Das will ich aber nicht hoffen. Wir brauchen handfestere Beweise. Clodias und deine Aufgabe ist es, das Material gegen Caelius bezüglich des Giftanschlags gegen Dio zusammenzutragen. Andere konzentrieren sich auf die Verbrechen, die Caelius gegen die äyptische Gesandtschaft begangen hat, als diese auf dem Weg nach Rom war. Wir können nur hoffen, daß dabei etwas Substantielleres herausspringt. Zeugen! Das ist es, was wir brauchen. Glaubwürdige Zeugen – wir könnten jetzt gleich übers Forum gehen und fünfzig Männer finden, die beschwören würden, daß Caelius schuldig ist, aber sie wären in etwa so respektabel wie ein betrunkener General; nichts schwächt eine gute Rede mehr als unglaubwürdige Zeugen. Unser stärkstes Argument ist die Frage, die sich jeder insgeheim stellt: Wenn Marcus Caelius Dio nicht ermordet hat, wer war es dann?«

»Darüber habe ich auch schon gegrübelt.«

»Wir wollen aber nicht, daß die Richter ins Grübeln geraten. Sonst kommen sie am Ende noch auf jemand anderen!« Clodius grinste.

»Du glaubst nicht an Caelius' Schuld?«

»Natürlich tue ich das«, erwiderte er scharf. »Du hast wirklich keinen Sinn für Humor, was?«

»Wie kommt es, daß ihr beide in die Affäre verwickelt seid? Du und deine Schwester, meine ich.«

»Wir haben beide unsere Gründe zu wünschen, daß Marcus Caelius bekommt, was er verdient. Genau wie du, übrigens.«

»Ich?«

»Caelius hat deinen alten Lehrer ermordet. Bist du nicht deswegen hier? Dein Grund ist persönlicher Natur, genau wie Clodias. Meiner ist politisch. Jeder hat seine eigenen Motive. Aber was kümmert das die Richter?«

Ich nickte. »Was ich meinte, ist, tut ihr beide, du und deine Schwester, *alles* gemeinsam?« Schon als ich es sagte, fiel mir der Doppelsinn der Worte selbst auf, doch da war es bereits zu spät, sie zurückzunehmen.

»Ich glaube, da kommt unser Wein und unser Gebäck«, sagte Clodius.

Chrysis stieg, ein Tablett in Händen, die Stufen hinab, gefolgt von einer weiteren Sklavin, die einen Klapptisch trug. Während sie für uns auftrugen, verstummte der Gesang der Galloi erneut für einen Moment, bevor er in einem anderen Tempo wieder einsetzte. Die Priester intonierten jetzt einen neuen Choral, wenn die jammernden Laute überhaupt eine erkennbare Melodie darstellen sollten.

Clodius nippte an seinem Becher und blickte nachdenklich vor sich hin. »Ich kann nie Wein mit Honig trinken, ohne an die schlechten alten Zeiten zu denken.«

»Die schlechten alten Zeiten?« Clodia hatte einen ähnlichen Ausdruck verwendet.

»Nach Papas Tod. Die mageren Jahre. Als wir darauf warteten, daß er mit Wagen voller Gold aus Makedonien heimkehren würde, während er uns in Wirklichkeit einen Haufen Schulden hinterließ. Nun, solche Krisen kommen in den besten Familien vor. Und ein Gutes hatte es am Ende doch: Es hat uns enger zusammengeschweißt; wir haben die Erfahrung gemacht, daß wir uns aufeinander verlassen können. Clodia war die Älteste und Aufgeweckteste. Sie war für uns andere wie eine Mutter.«

»Du hattest doch schon eine Mutter.«

»Clodia stand uns näher als eine Mutter. Zumindest mir.« Er blickte in seinen Becher. »Aber ich sprach über den honiggesüßten Wein. Wir waren arm, mußt du wissen, doch wir gaben in einem fort Abendgesellschaften. Diese Gastmähler waren unsere Investition in die Zukunft. Meine Schwestern brauchten Ehemänner. Meine älteren Brüder mußten ihre Karrieren auf den Weg bringen. Deshalb die Gesellschaften, jeden Abend. Für die Gäste Wein mit Honig. Aber nicht für uns. In unsere Becher gossen die Sklaven heimlich den billigsten Wein, den wir dann lächelnd tranken. Die Gäste haben sich täuschen lassen und nie erfahren, daß wir uns honiggesüßten Wein für alle nicht leisten konnten. Das war eine hervorragende Schule für eine Karriere auf dem Forum, wo man auch ein freundliches Gesicht machen muß, wenn man etwas Unerträgliches zu hören bekommt.«

Er führte den Becher an die Lippen und trank; ich tat es ihm nach. »Der Wein ist ausgezeichnet«, sagte ich. »Aber wenn deine Schwester nicht da ist, gibt es für mich eigentlich keinen Grund zu bleiben.«

Er zuckte die Schultern. »Sie könnte jeden Augenblick wiederkommen.«

»Wo ist sie?«

»Wahrscheinlich in ihren *horti* oder einen Besuch machen. Sie hat Metella mitgenommen.«

»Ihre Tochter?« Es fiel mir schwer, mir Clodia als Mutter vorzustellen, und noch schwerer, mir auszumalen, wie ihre Tochter wohl war.

»Meine liebe Nichte. Eigensinnig wie ihre Mutter. Aber auch genauso schön. Und sie bewundert ihren Onkel.«

»Wie ihre Mutter?«

Er nahm ein Kümmelplätzchen. »Vielleicht nicht gar so sehr. Verdammt, jetzt singen sie wieder!«

»Ich glaube, ich fange langsam an, mich daran zu gewöhnen«, sagte ich. »Die eine Phrase, die sie immer wiederholen, klingt doch recht hübsch. Da, die Stelle meine ich.« Die Musik trieb über unsere Köpfe hinweg.

Clodius lachte und schüttelte den Kopf. »Paß auf, sonst verspürst du als nächstes den unwiderstehlichen Drang, nach Phrygien zu laufen und dir die Eier abschneiden zu lassen.« Er goß seinen Becher wieder voll und bestand darauf, auch mir noch einmal nachzuschenken.

Der Wein breitete sich wohlig warm in meinem Körper aus. »Wo ich gerade hier bin, sollte ich dich etwas fragen«, sagte ich.

»Nur zu.«

»Vor ein paar Tagen war ich nach Einbruch der Dunkelheit noch unterwegs und bemerkte, daß mir jemand folgte. Ich glaube, ich habe denselben Mann gestern vor meinem Haus gesehen, und heute hat er mich in den Bädern angesprochen. Ich dachte, er wäre einer von Clodias Männern, aber ich habe mich geirrt. Du weißt nicht zufällig etwas darüber?«

»Über einen Mann, der dir folgt? Nein.«

»Du scheinst sehr besorgt um die Sicherheit deiner Schwester. Ich dachte, du hättest vielleicht –«

»Du meinst, ich hätte dich beschatten lassen? Einen ›Mietling‹ meiner Schwester? Sei nicht albern. Ich biete Clodia meinen Rat an, wenn sie darum bittet, aber sie hat Umgang, mit wem sie will. Ich kontrolliere weder ihre Bekannten noch ihre Freundinnen oder Liebhaber. Wie sah der Bursche denn aus?«

»Jung – noch nicht ganz dreißig, würde ich sagen. Mittelgroß. Schlank, dunkel, Stoppelbart, und er ist eben erst von einer Reise zurückgekehrt; vielleicht war er in den Bädern, um sich rasieren zu lassen. Irgendwie gutaussehend. Seine Augen – sie haben etwas, etwas fast Tragisches an sich. Aber heute in den Bädern wirkte er alles andere als traurig. Er hat eine scharfe Zunge.«

Clodius sah mich neugierig an. »Hat er dir seinen Namen genannt?«

»Nein, aber ich habe gehört, wie ihn jemand –«

»Catull«, sagte Clodius.

»Woher weißt du das?«

»Es gibt nur einen Gaius Valerius Catull. Er ist demnach schon zurück?«

»Seinem Freund gegenüber erwähnte er etwas von einem Regierungsposten im Osten, den er frühzeitig verlassen hätte.«

»Ich wußte, daß er es hassen würde. Catull liebt Rom einfach zu sehr. Wie alle diese Bürschchen vom Lande, wenn sie erst einmal auf den Geschmack der Großstadt gekommen sind.«

»Er ist kein gebürtiger Römer?«

»Wohl kaum. Er stammt von irgendwo aus dem Norden; Verona, glaube ich. Clodia hat ihn in dem Jahr kennengelernt, als Quintus Statthalter im Cisalpinischen Gallien war und sie dort oben festsaßen.«

»Dann *gibt* es also eine Verbindung zwischen Clodia und diesem Catull?«

»Zumindest gab es sie mal. Aber das war schon vorbei, als Catull Rom im letzten Frühjahr verlassen hat. Von Clodias Seite aus jedenfalls. Du meinst, er wäre dir gefolgt?«

»Ja. Hast du eine Ahnung, warum?«

Clodius schüttelte den Kopf. »Er ist ein seltsamer Typ. Schwer zu durchschauen. Er interessiert sich überhaupt nicht für Politik; hält sich für einen Dichter. Clodia hat das auch geglaubt; die Hälfte seiner Gedichte handeln von ihr. Frauen stehen auf solchen Mist, vor allem bei Idioten wie Catull. Er ist der Typ, der das Leiden aus Liebe anbetet; das materialisierte Leiden sozusagen, und auch noch verbittert darüber ist. Ich kann mich noch erinnern, wie er unter dem Mond eines warmen Sommerabends auf dieser Bühne stand und, begleitet vom Zirpen der Zikaden, seine Gedichte vorgetragen hat, umringt von schönen jungen Dichtern und ihren verträumten Bewunderern. Er lullte sie mit Worten wie Honig ein, bevor er im Topf rührte und ihnen die Würmer am Boden zeigte. Ein selbstgerechtes, an allem leidendes Lästermaul. Er hat sogar ein Gedicht über mich gemacht.«

»Ein Gedicht?«

Clodius nickte mir zu. »Na ja, es war nicht besser als die Spottverse, die Milos Leute auf mich singen, aber um einiges gemeiner. Er ist also zurück! Ich nehme an, Clodia wird früh genug von ihm hören. Wenn du ihn noch einmal dabei erwischst, daß er dich verfolgt, würde ich dir raten, ihm einen ordentlichen Kinnhaken zu verpassen. Er ist kein Kämpfer. Seine Waffe ist die Zunge. Er ist gut darin, sich Schmähungen und Gedichte auszudenken, aber sonst taugt er wenig, sagt meine ... sagen Leute, die es wissen müssen. Diese Häppchen haben mich noch hungriger gemacht, und die Sonne steht schon tief. Ich gehe erst, wenn ich Clodia gesehen habe. Bleibe und nimm ein anständiges Mahl mit mir ein.«

Ich zögerte.

»Wie gesagt, sie könnte jeden Moment auftauchen. Sie wird haargenau wissen wollen, was in den Bädern passiert ist, und zwar aus deinem Mund. Wenn ich es ihr erzähle, werde ich bloß wütend oder muß an den falschen Stellen lachen.«

Sklaven räumten den Wein und das Gebäck ab. Ich bat einen von ihnen, Belbo aus der Halle zu holen. Er kam die Treppe heruntergestapft und blickte mit angemessener Ehrfurcht zu der Venus-Statue auf. Dann entdeckte er den Äthiopier. Beide Männer spannten ihre Schultern an, blähten die Nüstern und beäugten sich mißtrauisch.

»Ja, Herr?«

»Bring Bethesda eine Nachricht«, erklärte ich ihm. »Sage ihr, daß ich heute auswärts esse.«

»Hier, Herr?«

»Ja, hier in Clodias Haus.« Ich zuckte innerlich zusammen, als mir bewußt wurde, wie das in Bethesdas Ohren klingen mußte. Wenn sie nur wüßte, daß ich, begleitet von Eunuchen-Gesang, alleine mit einem anderen Mann dinierte, mit einem äthiopischen Riesen als Anstandsdame noch dazu!

»Soll ich später zurückkommen, Herr?«

Bevor ich antworten konnte, hob Clodius die Hand. »Das wird nicht nötig sein, Gordianus. Ich werde zusehen, daß du sicher nach Hause kommst.«

Er sah mich mit kühlem Blick an, als wollte er mich zu einer Mißtrauensbekundung provozieren. Ich zuckte die Schultern und nickte. »Du brauchst nicht wiederzukommen, Belbo«, sagte ich. »Ich finde schon allein nach Haus.«

Belbo bedachte den Äthiopier mit einem letzten argwöhnischen Blick, bevor er sich umdrehte und die Treppe hochstieg, den Hals gereckt, um die Venus in ihrer vollen Schönheit bewundern zu können.

Die Dämmerung senkte sich über den Garten. Mit einem wilden Crescendo aus Tamburinschlägen und schrillem Flöten kam der Gesang der Galloi zu einem abrupten Ende. Anschließend herrschte feierliche Stille.

»Nun«, meinte Clodius, »ich nehme an, selbst Galloi müssen essen. Es ist ein warmer Abend. Sollen wir hier draußen im Garten speisen, nachdem der Lärm jetzt endlich vorbei ist?« Ich stimmte zu.

Sofas und Lampen wurden hinausgetragen. Das Essen war schlicht, aber köstlich. Offenbar umfaßten Clodias Genüsse auch solche, die einem nur ein exzellenter Koch bereiten konnte. Es war ein Mahl, das man langsam und bei einem entspannten Gespräch genießen mußte.

»Die Galloi!« sagte Clodius, während er geräuschvoll seine Fischsuppe schlürfte. »Was weißt du über den Kult der Kybele, Gordianus?«

»Nicht viel. An den Tagen, an denen sie offiziell betteln dürfen, sehe ich die Galloi manchmal auf den Straßen. Ich habe die Anrufungen Kybeles beim Fest der Großen Mutter gehört. Und ich habe natürlich Trygonion, den Freund deiner Schwester, kennengelernt. Aber so etwas wie die Musik heute nachmittag habe ich noch nie in meinem Leben gehört.«

»Den Kult gibt es schon sehr lange in Rom, doch die meisten Leute scheinen nicht viel darüber zu wissen. Wie Kybele überhaupt bis nach Rom kam, ist eine interessante Geschichte.«

Der Wein und das Essen hatten mich entspannt. Es gelang mir sogar fast, die bedrohliche Anwesenheit des Äthiopiers zu vergessen, der mit verschränkten Armen auf der Bühne stand und uns beim Essen zusah.

»Es geschah in den Tagen, als Hannibal durch Italien zog und ihn scheinbar niemand aufhalten konnte. Das Kollegium der Fünfzehn Priester konsultierte die sibyllinischen Bücher und fand ein Orakel: Wenn sich ein Eroberer in Italien festsetzt, könnte er nur vertrieben werden, wenn die Große Mutter-Göttin aus ihrem Schrein in Phrygien nach Rom gebracht würde. Zu jener Zeit regierte in Phrygien König Attalus, zum Glück ein Verbündeter Roms. Trotzdem mußte auch die Göttin selbst noch befragt werden. Als ihre phrygischen Priester ihr die Frage stellten, ließ sie die Erde erbeben und erklärte: ›Laßt mich gehen! Rom ist ein würdiger Ort für jede Gottheit!‹ Also willigte König Attalus ein, Rom die Statue der Kybele zu schenken, zusammen mit einem großen schwarzen Felsen, der zu Anbeginn der Zeit vom Himmel gefallen war und die Menschen zur Anbetung Kybeles inspiriert hatte.«

»Woher weißt du das alles?« fragte ich.

»Gordianus, du scheinst kein frommer Mann zu sein. Weißt du nicht, daß ich Mitglied im Priester-Kollegium bin? Ich genieße das Privileg, die sibyllinischen Bücher einsehen zu dürfen. Ich sitze in dem Komitee, das für die Galloi und den Kult der Großen Mutter zuständig ist. Was schon deswegen angemessen ist, weil die Verbindung meiner Familie zu Kybele bis zu ihrer Ankunft in Rom zurückreicht.«

»Du meinst die Geschichte von Claudia Quinta«, sagte ich.

»Du kennst sie?«

»Nur vage, und ich habe sie noch nie von einem Nachfahren der berühmten Frau erzählt bekommen.«

Clodius lächelte. »Das Schiff mit dem vom Himmel gefallenen Felsen und der Kybele-Statue erreichte die Mündung des Tibers und segelte, begleitet von großen Menschenmengen an beiden Ufern, weiter nach Rom. Doch als das Schiff anlegte, um seine göttliche Fracht zu entladen, schlug es leck und begann zu sinken. Die Würdenträger an Land gerieten in Panik. Man stelle sich das nur vor: Eine Gruppe von Politikern bei einem Außentermin, um die Massen zu beeindrucken, sah sich plötzlich einem katastrophalen Omen gegenüber – die Mutter-Göttin, die geschickt worden war, um Rom vor Hannibal zu retten, drohte im Tiber zu versinken! Noch ein wenig honiggesüßten Wein?«

»Für mich nicht, danke.«

»Ein kleines Schlückchen.« Er machte einem der Sklaven ein Zeichen, meinen Becher erneut zu füllen. »Jedenfalls war es meine Ahnin Claudia Quinta, die die Katastrophe verhindert hat. Nur die reinsten Jungfrauen und vornehmsten Gattinnen durften die Große Mutter in Rom begrüßen, und es hatte wegen der Teilnahme von Claudia Quinta offenbar Gemurre gegeben. Irgendwas von wegen lockerer Moralvorstellungen und schlechter, verdorbener Gesellschaft – klingt das nicht irgendwie vertraut? Doch an jenem Tag wurde sie rehabilitiert. Sie trat vor, ergriff das Anlegetau, und das Schiff begann wundersamerweise wieder aufzusteigen. So zeigte Kybele ihre göttliche Wertschätzung für Claudia Quinta. Die Frommen sagen, daß damit ihre Reinheit bewiesen war. Wenn man sich die Szene bildhaft vorstellt – eine Frau packt ein dickes Seil, und das riesige Boot taucht wie ein gefüllter Weinschlauch wieder aus den Fluten auf –, nun, Claudia Quinta muß erstaunlich fachmännisch angepackt haben.

Der schlammbespritzte Meteorit und die Statue wurden entladen und gesäubert – das rituelle Bad der Statue ist noch immer Teil der alljährlichen Feiern. Der Tempel der Kybele wurde hier auf dem Palatin errichtet und mit einer feierlichen Zeremonie eingeweiht, an der Claudia Quinta als Ehrengast teilnahm. Und genau wie das Orakel versprochen hatte, wurde Hannibal aus Italien vertrieben. Dafür müssen wir heute, etliche Generationen später, in Clodias Garten den Gesang der Galloi ertragen!

Was sie wohl gedacht haben, unsere gesetzten und strengen Vorfahren, als sie erstmals der phrygischen Priester mit ihren exotischen Kostümen, dem Schmuck, dem langen, gefärbten Haar und den hohen, lispelnden Stimmen ansichtig wurden? Oder als sie sahen, wie sie Kybele mit wilden ekstatischen Tänzen und geheimen nächtlichen Ritualen huldigten? Oder als sie erfuhren, daß der Begleiter der Großen Mutter ein schöner, kastrierter Knabe namens Attis war? Nicht der Begleiter, der einer Frau viel Freude bereiten kann, würde ich denken. Vielleicht zieht Kybele eine Frau mit erfahrener Hand vor, wie Claudia Quinta. Mir persönlich ist Venus lieber. Daran, was Venus von Adonis will, gibt es nichts zu deuteln, oder?« Er blickte an der aufragenden Statue hoch. »Als sie eine Ahnung davon bekommen hatten, wie der Kult der Großen Mutter wirklich war, muß unseren Vorfahren mit ihrem steifen Gebaren recht unbehaglich zumute gewesen sein.

Andererseits hat Rom die Gabe, alles zu verdauen, was ihm vorgesetzt wird, und es dann als etwas originär Römisches hinzustellen – Kunst, Sitten und Gebräuche, sogar Götter und Göttinnen. Das ist das römische Genie, die Welt zu erobern und zur eigenen Bequemlichkeit zu adaptieren. Der Kybele-Kult wurde einfach für den öffentlichen Gebrauch gereinigt. Der Feiertag der Großen Mutter ist jetzt wie jeder andere Feiertag auch, mit Theatervorstellungen, Wagenrennen und Tierkämpfen im Circus Maximus. Nichts von den unergründlichen Ritualen, die die Anhänger der Kybele im Orient praktizieren – ekstatische Verehrer, die Straßenaufstände provozieren, gemeinsame nächtliche Tempelwachen von Männern und Frauen und wenige Auserwählte, die durch Tunnels kriechen, von deren Decke Blut tropft. Für dergleichen haben wir Römer nichts übrig, egal unter welchem religiösen Deckmäntelchen. Und auch Attis wird tunlichst nicht erwähnt! An den kastrierten Liebhaber wollen wir lieber nicht erinnert werden. Also mutierte die offizielle Feier zu Ehren Kybeles zu einem weiteren Anlaß, bei dem Priester und Politiker Dramen und Circusspiele für die Massen aufführen können. Was die Galloi und der innere Zirkel der Gläubigen hinter verschlossenen Türen treiben, ist natürlich etwas ganz anderes... Oh, ich glaube es nicht!«

Mit einem Tamburinrasseln hatte die Musik wieder begonnen.

»Wahrscheinlich sind sie mit dem Abendessen fertig und legen jetzt wieder los«, sagte Clodius finster. »Meinst du, sie essen wie andere Menschen auch?«

»Als Trygonion in meinem Haus zu Gast war, hat er jedenfalls einen beträchtlichen Appetit an den Tag gelegt.«

»Wann war denn das?«

»Er hat Dio begleitet, als der mich um Hilfe bat. Am Abend seiner Ermordung.«

»Ach ja. Als er den armen alten Mann zu dieser Verkleidungskomödie überredet hat. Clodia hat mir davon erzählt. Dio in einer Stola – die Vorstellung ist einfach zu verrückt. Typisch Trygonion, er sehnt sich danach, etwas zu sein, was er nicht ist, und zieht andere in seine Phantasie-Welt hinein.«

»Der Galloi scheint eine seltsame Beziehung zu deiner Schwester zu pflegen.«

Clodius grinste. »Ein weiteres Beispiel für Clodias fragwürdige Menschenkenntnis. Wie bei Catull, Marcus Caelius …«

»Du willst doch nicht etwa andeuten, daß sie und Trygonion …?«

»Sei nicht albern. Aber in gewisser Weise ist er nicht anders als die Männer, die mit intakten Hoden in dieses Haus gekommen und wieder gegangen sind: Alle lassen sie sich von Clodia behandeln wie Sklaven – eine Zeitlang jedenfalls. In jüngster Zeit haben wir Trygonion nur noch selten gesehen. Er hat alle Hände voll zu tun, mit den anderen Galloi das Fest vorzubereiten. Vielleicht bläst er die Flöte, die wir gerade hören.« Er runzelte die Stirn. »Vielleicht ist Clodia drüben im Haus der Galloi, um eine Unterhaltungseinlage für ihre Gesellschaft zu planen.«

»Ihre Gesellschaft?«

»Am Vorabend des Festes der Großen Mutter gibt Clodia jedes Jahr eine Gesellschaft. Es ist das erste gesellschaftliche Ereignis des Frühlings. Es findet heute in drei Tagen statt.«

»Aber das ist auch der Eröffnungstag des Prozesses.«

»Reiner Zufall. Ein weiterer Grund zu feiern, wenn alles gut läuft. Der Garten wird voller Menschen sein, und auf der Bühne – na ja, Clodia muß sich jedes Jahr selbst übertreffen. Vielleicht spielt Trygonion in diesem Jahr für uns auf seinem Instrument.« Er lachte zynisch. »Ich kann leider nicht kommen. Ich habe mich zum Aedilen wählen lassen und muß die offiziellen Feiern überwachen – zu beschäftigt, um mich zu amüsieren. Wahrscheinlich werde ich auch den Prozeß verpassen. Wirklich schade. Ich würde Caelius gern zappeln sehen. Nichts geht über einen guten Prozeß.« Seine grünen Augen glänzten. Im Licht der Lampe sah er seiner Schwester noch ähnlicher. »Sogar bei meinem eigenen Prozeß habe ich mich amüsiert. Daran erinnerst du dich doch noch, Gordianus?«

»Ich war nicht dabei«, erwiderte ich vorsichtig. »Aber jeder erinnert sich an die Affäre um die Gute Göttin.«

Er nahm einen großen Schluck von seinem Wein. »Die ganze Tortur hat mich dreierlei gelehrt: Erstens, vertraue nie darauf, daß Cicero dir den Rücken stärkt. Es ist wahrscheinlicher, daß er dich hinterrücks meuchelt! Zweitens, wenn du Geschworene bestichst, sorge für eine komfortable Mehrheit. Dann schläfst du in der Nacht vor dem Prozeß besser. Zumindest habe ich diese Erfahrung gemacht.«

»Und drittens?«

»Überlege es dir zweimal, bevor du in Frauenkleider schlüpfst, aus welchem Grund auch immer. Mir hat es jedenfalls gar nichts genützt.«

»Dio auch nicht«, meinte ich.

Clodius lachte kurz und trocken. »Vielleicht hast du am Ende doch Humor.«

Je älter ich werde, desto leichter schlafe ich ein, ohne es zu wollen.

Nach dem Essen entschuldigte Clodius sich, um sich zu erleichtern. Ich entspannte mich, schloß die Augen und lauschte dem Gesang der Galloi. Die wohlklingende Passage, die mir schon zuvor aufgefallen war, erklang wieder, und ich folgte ihr, bis ich das Gefühl hatte, auf fremden Klängen über Clodias Garten zu schweben, bis ich der riesigen Venus direkt in die Augen sehen konnte, und noch höher hinauf. Rom lag unter mir wie eine Spielzeugstadt, mondbeschienen und mit Tempeln wie aus kleinen Bauklötzen. Die Musik schwoll an und ab, und ich wurde mit ihr fortgetragen wie Schaum auf einer Welle, wie eine Feder im Wind, bis jemand in mein Ohr flüsterte: »Wenn Marcus Caelius Dio nicht ermordet hat, *wer war es dann?*«

Ich schreckte hoch. Die Stimme war so deutlich und nahe gewesen, daß ich überrascht war, allein zu sein. Die Lampen waren erloschen. Am Himmel standen zahllose Sterne; der Garten war dunkel, und bis auf das leise Plätschern des Brunnens war kein Geräusch zu hören. Jemand hatte eine Decke über mich geworfen.

Sie roch nach Clodias Parfüm.

Zu viel honiggesüßter Wein, dachte ich. Zu viel gehaltvolles Essen. Trotzdem hatte ich einen klaren Kopf und fühlte mich erfrischt. Wie lange hatte ich geschlafen?

Ich schob die Decke beiseite, die Nacht war noch immer warm. Ich stand auf, streckte die Arme und sah mich um, noch immer nicht überzeugt, daß ich wirklich allein war. Doch im Garten war niemand bis auf den bittenden Adonis und die thronende Venus, die nur als riesige schwarze Silhouette auszumachen war. Ihre Augen glänzten matt im Mondlicht. Wieder hatte ich das irritierende Gefühl, die Statue würde jeden Moment zum Leben erwachen. Mir lief ein Schauer über den Rücken, und ich hatte es auf einmal eilig, den Garten zu verlassen.

Auf dem Absatz der Treppe blieb ich stehen und rief leise: »Clodius? Clodia? Chrysis?« Aber niemand antwortete. Das Haus war vollkommen still. Ich hätte genausogut in einem leeren, über Nacht geschlossenen Tempel sein können. Ich ging durch den Flur und das Atrium in die Halle. An der Tür war bestimmt ein Sklave postiert, vielleicht derselbe alte Mann, der uns am Nachmittag hereingelassen hatte.

Doch der Türsklave, Barnabas, schlief tief und fest. Er saß auf dem Boden, an die Wand gelehnt, sein Kopf halb in den Nacken gelegt, so daß ich im Licht der Sterne, das aus dem Atrium in die Halle fiel, sein Gesicht mit den zusammengewachsenen Brauen erkennen konnte. Um ihn herum zeichneten sich auf dem Boden seltsame Konturen ab, die ich erst nach einer Weile als Chrysis erkannte, die, den Kopf in seinen Schoß gelegt, ebenfalls schlief. In der vollkommenen Stille hörte ich sie leise atmen.

Clodius hatte versprochen, dafür zu sorgen, daß ich sicher nach Hause kommen würde, was nur bedeuten konnte, daß er mir eine Begleitung stellen wollte. Es wäre also völlig normal gewesen, Chrysis oder Barnabas zu wecken und ihnen zu erklären, was ich brauchte. Aber sie lagen so friedlich da, daß ich mich aus Angst, sie zu stören, kaum zu rühren wagte.

Eine Hand berührte meine Schulter. Ich drehte mich um und starrte in die Finsternis. Der Äthiopier war so dunkel, daß ich ihn auf den ersten Blick gar nicht sehen konnte.

»Mein Herr hat gesagt, ich soll mich um dich kümmern, wenn du aufwachst«, sagte er mit einem kaum verständlichen Akzent.

»Ist Clodius noch hier?«

Der Riese nickte.

»Und Clodia?«

»Sie ist gekommen, während du geschlafen hast.«

»Vielleicht sollte ich noch mit ihr sprechen, bevor ich gehe.«

»Sie sind ins Bett gegangen.«

»Schlafen sie schon?«

»Was tut das zur Sache?« Im schwachen Licht konnte ich nicht erkennen, ob der Riese grinste oder die Zähne fletschte. Seine Knoblauchfahne war schier überwältigend; Gladiatoren und Muskelpakete essen das Zeug roh, um sich zu stärken.

Er entriegelte die Tür und ließ sie mit einem verächtlichen Grinsen gegen die Schlafenden auf dem Boden schlagen. Chrysis stieß ein schläfriges Wimmern aus. Barnabas grunzte.

»Ein erbärmlicher Ersatz für einen Türsklaven«, schnaubte der Äthiopier verächtlich. »Sie ist zu weich gegenüber ihren Sklaven. Na, dann mal los. Ich folge dir.«

»Nein«, sagte ich. »Ich gehe allein.« Der Mann machte mich nervös.

Der Äthiopier verschränkte die Arme und sah mich grimmig an. »Der Herr hat mir ausdrückliche Anweisungen gegeben.«

»Ich finde schon allein nach Hause«, erwiderte ich. Unser »Gespräch« war zu einem Duell des Willens geworden.

Schließlich verzog der Äthiopier angewidert das Gesicht und zuckte seine muskulösen Schultern. »Wie du willst«, sagte er und schloß die Tür hinter mir.

Es war nur ein kurzer Weg bis zu meinem Haus, und es herrschte tiefe, stille Nacht, so daß ich gewiß nichts zu befürchten hatte.

XVII

Rom schlief. Die großen Villen und Mietshäuser auf dem Palatin waren dunkel, die Straßen bis auf den Widerhall meiner Schritte still. Wie spät mochte es sein? Abend- und Morgendämmerung schienen gleich weit entfernt, wie entgegengesetzte Ufer, die von der Mitte eines riesigen schwarzen Sees unmöglich auszumachen waren. Ich hatte das Gefühl, vollkommen allein zu sein, der letzte wache Mensch Roms.

Dann hörte ich Schritte hinter mir.

Ich blieb stehen. Einen Herzschlag später verharrten auch die Schritte.

Ich ging ein Stück weiter. Die Schritte folgten mir.

Gordianus, flüsterte es in mir, jetzt hast du es endgültig geschafft, du bist nach einem Leben voller Wagnisse das Wagnis deines Lebens eingegangen. Du hast die gefährliche Angewohnheit entwickelt, dich auf Fortunas Gunst zu verlassen, bist stets davon ausgegangen, daß die Göttin dir deine Torheiten verzeihen und dich im letzten Moment beschützen würde, weil das einzigartige Drama deines Lebens sie aus irgendeinem Grund so fasziniert, daß sie wünscht, es möge weitergehen. Jetzt war Fortunas Interesse scheinbar erlahmt; sie hatte ihre Aufmerksamkeit für die Dauer eines Augenzwinkerns anderen Dingen zugewandt, lange genug, um mich auszulöschen und für immer aus der Geschichte der Welt zu streichen.

Ein Teil von mir glaubte das wirklich und machte sich auf das Schlimmste gefaßt. Doch ein anderer Teil von mir wußte, daß ich unmöglich schon jetzt sterben konnte, und räumte die Möglichkeit lediglich in einem Lippenbekenntnis ein, um Fortuna wissen zu lassen, daß ich ihre Hilfe nicht für selbstverständlich hielt, und sie sanft daran zu erinnern, daß sie besser rasch etwas unternehmen sollte.

Die Schritte hinter meinem Rücken wurden schneller. Ich kämpfte gegen den Drang, einfach loszurennen, und drehte mich statt dessen um. Ich war nicht bereit, wie jene Unglücklichen zu enden, die man erstochen in der Gosse fand.

Die Straße war eng und dunkel. Die Gestalt bewegte sich mit leicht schwankendem Gang auf mich zu. Der Mann war allein, und wenn ich mich nicht täuschte, hatte er zu viel Wein getrunken. Am Ende ist es bloß der Dichter Catull, sagte ich mir, der Mann, von dem Clodius meinte, daß ich ihn nicht zu fürchten bräuchte.

Oder aber es war doch der betrunkene Marcus Caelius, der mir mit einem Messer auflauerte. Oder ein namenloser Lakai von König Ptolemaios. Oder ein Knoblauch fressender Gladiator, den Pompeius geschickt hatte. Oder sonst jemand, der mich töten wollte, weil er glaubte, ich wüßte etwas, was ich in Wirklichkeit gar nicht mußte.

Ein paar Schritte entfernt blieb er stehen. Ich konnte sein Gesicht noch immer nicht erkennen, doch der Äthiopier war es ganz offensichtlich nicht; dafür war der Mann nicht groß genug. Er war von mittlerer Größe und schlanker Statur. Als er das Wort ergriff, erkannte ich Catulls Stimme.

»Dann ist sie es jetzt also überdrüssig, die Früchte vom Baum zu pflücken, bevor sie reif sind. Jetzt wildert sie schon in der Gruft.« Er klang nur leicht betrunken, spöttisch und nicht besonders bedrohlich.

»Ich fürchte, ich kann dir nicht folgen«, sagte ich.

»Bist du nicht viel zu alt, um den Platz in ihrem Bett zu wärmen?«

»Wessen Bett? Ich weiß nicht, wovon du redest.«

Er kam ein paar Schritte näher. »Wir sollten ins Licht treten, damit ich dein Gesicht sehen kann, während du mich anlügst. Du weißt, welches Bett ich meine.«

»Mag sein. Aber du irrst dich.«

»Wirklich? Der verdammte Galloi übermittelt Nachrichten zwischen dir und ihr und bringt dich in ihre *horti.* Ihr gondelt in einer Sänfte mit geschlossenen Vorhängen durch die Stadt, und du bleibst bis tief in die Nacht in ihrem Haus. Du mußt ihr neuer Liebhaber sein.«

»Mach dich nicht lächerlich.«

Er wich ein wenig zurück und begann mich zu umkreisen. Auf einmal wurde mir klar, daß er vermutlich mehr Angst vor mir hatte als ich vor ihm. Er war es schließlich auch gewesen, der auf der Rampe die Flucht ergriffen hatte.

»Zumindest ist sie mit Caelius fertig, obwohl ich nicht verstehe, wie sie ihm für jemanden wie dich den Laufpaß geben konnte.«

»Du beleidigst mich«, sagte ich. »Soll ich weiterhin auf der Wahrheit bestehen – daß ich nämlich nicht Clodias Liebhaber bin – und die Schmähung meiner Männlichkeit überhören? Oder soll ich dich, um die Beleidigung von mir zu weisen, anlügen und sagen, daß Clodia tatsächlich meine Geliebte ist und mir jede Nacht sagt, daß ich zweimal mehr Mann bin als Caelius und viermal mehr Mann als du.«

Ich dachte, ich wäre vielleicht zu weit gegangen, doch mein Instinkt war richtig gewesen: Er blieb stehen und stieß ein gellendes Lachen aus. »Du mußt ein rhetorischer Korinthenkacker sein wie Caelius. Einer dieser Advokaten vom Forum, die die Worte verdrehen und die Wahrheit entstellen. Warum habe ich noch nie von dir gehört, alter Mann?«

»Weil ich kein Redner bin, sondern ein Sucher, Catull.«

»Nun, meinen Namen hast du schon herausgefunden. Wie lautet deiner?«

»Gordianus.«

Er nickte. Ich sah ihn jetzt deutlicher. Trotz seines Besuches in den Bädern trug er noch immer seinen Stoppelbart. Der tragische Ausdruck in seinen Augen war zurückgekehrt, selbst wenn er lächelte.

»Bist du durstig, Gordianus?«
»Nicht besonders.«
»Aber ich. Kommt mir mir.«
»Wohin?«
»Es wird Zeit, daß wir uns unterhalten. Über sie.«
»Ich fragte nicht, *warum*. Ich fragte, *wohin*?«
»Wohin soll man um diese Nachtzeit schon gehen?«

Man folgt dem gewundenen Pfad den Palatin hinunter bis zu einem Punkt direkt hinter dem Tempel von Castor und Pollux, biegt links ab und geht eine kleine (nach Urin stinkende und stockfinstere) schmale Gasse hinunter, die hinter den Gebäuden am Nordrand des Forums entlangführt. Wenn der Palatin links des Weges ein wenig zurückweicht, so daß die Gasse breiter wird, gelangt man schließlich zu einer Ansammlung kleiner Handwerksbetriebe und Lagerhäuser. Man muß nach den kleinen Pfeilern Ausschau halten, die Namen und Art des Gewerbes anzeigen. Wenn man die neunte Säule erreicht, sieht man eine Lampe über der Tür eines Lokals hängen, das all die willkommen heißt, die nicht schlafen können oder mit dem Trinken, Huren und Spielen nicht aufhören wollen. Das ist der Ort, den Catull die »geile Kneipe« nannte.

Eigentlich hat das Lokal gar keinen Namen, jedenfalls ist keiner an dem Pfeiler vor der Tür angeschlagen. Statt einer Inschrift prangt dort ein aufrechtstehender Phallus aus Marmor. Die Lampe, die ein gespenstisches Licht wirft, ist ähnlich modelliert. Möglicherweise inspiriert durch diese Exponate prächtiger Handwerkskunst, haben weniger begabte Künstler obszöne Graffiti auf die Außenmauer gekritzelt, die die verschiedenen Anwendungsmöglichkeiten solcher Phalli aufs anschaulichste verdeutlichen.

Catull klopfte an die Tür. Eine kleine Klappe ging auf, und wir wurden von blutunterlaufenen Augen gemustert, bevor die Tür aufging.

»Man kennt mich hier«, sagte Catull. »Und ich kenne den

Laden. Der Wein ist erbärmlich, die Huren sind verlaust und die Gäste Abschaum. Und ich muß es wissen. Schließlich bin ich seit meiner Rückkehr jeden Abend hier gewesen.«

Wir traten in einen langen schmalen Raum, der hier und da durch aufklappbare Wandschirme unterteilt war. Er war zum Bersten voll mit Gästen, die in Gruppen standen oder auf Bänken und Stühlen um kleine Tische saßen. Die Lampen wurden offenbar mit einem billigen Öl gespeist, so daß sie ebensoviel Qualm wie Licht verbreiteten und der Raum von einem elfenbeinfarbenen Dunst erfüllt war, der meine Augen tränen ließ. Ich hörte Lachen, Flüche und das Geklapper von Würfeln, gefolgt von Triumphgejohle oder enttäuschtem Aufstöhnen. Die Gäste waren fast ausschließlich Männer, die wenigen Frauen gingen offensichtlich alle einem bestimmten Gewerbe nach.

Eine von ihnen tauchte plötzlich aus dem Dunst auf und wickelte sich wie rankender Wein um Catulls hageren Körper. Ich blinzelte, und das Weingewächs entpuppte sich als eine üppige Rothaarige mit einem herzförmigen Gesicht.

»Gaius«, schnurrte sie. »Eins der Mädchen hat mir erzählt, daß du zurück bist. Und mit Bart! Laß mich ihn küssen.«

Catull versteifte sich und wich mit Leidensmiene zurück. »Nicht heute nacht, Ipsithilla.«

»Warum nicht? Es ist ein ganzes Jahr her, seit ich dich zum letzten Mal vernascht habe. Ich bin ganz ausgehungert.«

Catull brachte ein Lächeln zustande. »Nicht heute nacht.«

Sie zog sich zurück und schlug die Augen nieder. »Trauerst du noch immer deiner Lesbia hinterher?«

Er verzog das Gesicht, packte meinen Arm und führte mich an einen eben freigewordenen Tisch. Ein Sklave brachte uns Wein. Catull hatte recht; er war von erbärmlicher Qualität, vor allem nach dem honiggesüßten Wein, den Clodius mir angeboten hatte. Aber Catull trank ohne Zögern.

Um den Nebentisch hatte sich eine Gruppe ziemlich rauher Burschen versammelt, die mit den traditionellen Knöcheln würfelten, hergestellt aus den rechteckigen Sprungbeinen von Schafen, auf deren vier Längsseiten die Zahlen I, II, III und IV gemalt waren. Die Männer gaben die Würfel abwechselnd in einen Becher, schüttelten ihn, riefen den Namen einer Gottheit oder ihrer Geliebten und warfen sie auf den Tisch. Ein Schiedsrichter wertete die Zahlenkombination aus und gab den Namen des Wurfes lauthals bekannt, was jeweils mit begeisterten oder zornigen Rufen quittiert wurde.

»Als ich jung war, wurden die Gesetze gegen das Glücksspiel noch strenger kontrolliert«, sagte ich, »außer an den Saturnalien natürlich.«

»Hier sind immer Saturnalien«, meinte Catull trocken.

»Herkules!« rief einer der Spieler. Knöchel klapperten im Becher. »Ein Stier!« verkündete der Schiedsrichter – drei Einser und eine Sechs.

Der nächste Spieler rief den Namen einer Frau und warf die Würfel. »Hunde!« schrie der Schiedsrichter. »Vier Einser – schlechter geht es nicht!« Der Spieler stöhnte über so viel Pech und verfluchte die Geliebte, die er als Glücksbringerin angerufen hatte.

Catull stierte mit schweren Lidern in die Menge. Die Luft war so dick, daß ich die Gesichter kaum ausmachen, geschweige denn erkennen konnte. »Du wolltest reden«, sagte ich.

»Ich habe meine Zunge verschluckt. Ich will mehr Wein.«

»Dann werde ich reden. Bist du mir vor zwei Nächten die Rampe hinauf gefolgt?«

»Ja.«

»Wer hat dich geschickt?«

»Niemand.«

»Warum bist du mir dann gefolgt?«

»Ich bin dir schon vorher gefolgt. Vielleicht bist du doch nicht so schlau, wie du denkst. Ich war vor ihrem Haus, als du sie an jenem Nachmittag zusammen mit Trygonion besucht hast. Ich war gerade nach Rom zurückgekehrt.«

»Du bist gleich nach deiner Rückkehr zu Clodias Haus gegangen?«

Er legte einen Finger auf seine Lippen. »Nenne sie an diesem Ort lieber Lesbia.«

»Warum?«

»Es ist mein geheimer Name für sie. In Gedichten. Oder an Orten wie diesem.«

»Warum ›Lesbia‹?«

»Lesbos war die Insel der Sappho, die die Liebe besser verstanden hat als irgendein Dichter vor oder nach ihr. Und Homer nennt die Frauen von Lesbos ›die schönsten Frauen der Welt‹.«

»War Homer nicht blind?«

Er warf mir einen säuerlichen Blick zu. »Es ist Agamemnon, der diesen Vers spricht.«

»Also gut: Lesbia. Hat man dir, als du an jenem Tag zu Lesbias Haus gekommen bist, nicht gesagt, daß sie ausgegangen war?«

»Nein. Ich habe nicht an die Tür geklopft. Ich habe gewartet und alles beobachtet. Ich war noch nicht bereit, sie wiederzusehen, nicht von Angesicht zu Angesicht.«

»Von wo aus hast du alles beobachtet? Die Straße ist eine Sackgasse.«

»Es gibt genug Hauseingänge, in denen man sich verstecken kann. Dann kamst du mit deinem Leibwächter und dem kleinen Galloi vorbei. Ich war nahe genug, um das Wort *horti* zu verstehen, also bin ich euch gefolgt. Was habt ihr beide allein in ihrem Zelt getrieben?«

»Ich glaube nicht, daß dich das etwas angeht.«

»Oder, um genauer zu sein, was habt ihr drei getrieben, nachdem Lesbius sich, nackt und tropfnaß aus dem Fluß kommend, zu euch gesellt hat?«

»Lesbius?«

»Du weißt schon, wen ich meine.«

»Du hast ihn das Zelt betreten sehen?«

»Ich habe mich bei den Bäumen und Sträuchern am Ufer versteckt.« Er grinste freudlos. »Du mußt mich für einen kompletten Idioten halten.«

»Bist du mir gefolgt, als ich gegangen bin?«

»Den ganzen Weg bis zu deinem Haus, dann zu dem anderen Haus in der Subura und zurück. Bis zur Rampe hast du es gar nicht bemerkt, oder? Dann habt ihr mir oben auf dem Berg eine Falle gestellt, du und dein Leibwächter, also bin ich abgehauen. Ich dachte, wenn du bist wie die anderen Halbwelttypen, die sie sich als Liebhaber nimmt, könnte es ziemlich gefährlich werden.«

»Ich habe dir doch schon gesagt, daß ich nicht ihr Liebhaber bin. Nur ihr ›Mietling‹, wie Clodius mich nennt.«

»Lesbius!« verbesserte er. Der billige Wein begann seine Wirkung zu tun. »Wie dem auch sei, du könntest ihr Liebhaber *und* ihr ›Mietling‹ sein. Sie steht weit über deinesgleichen, aber für die Liebe hat sie sich bekanntermaßen schon zu einigem herabgelassen.«

»Der Venus-Wurf!« rief der Schiedsrichter und löste am Nebentisch einen Tumult aus. Jemand hämmerte mit der Faust auf den Tisch, daß die Würfel sprangen, und brüllte etwas von Betrug. Die anderen bemühten sich, ihn zu beruhigen.

»Der Venus-Wurf«, sagte Catull. »Alle vier Würfel zeigen eine andere Augenzahl. Nicht die höchste Augenzahl, aber die glücklichste. Warum, glaubst du, ist das so?«

»Weil Venus die Abwechslung liebt?«

»Genau wie Lesbia. Außer wenn sie ihr eigen Fleisch und Blut begehrt:

Lesbius ist schön; warum nicht? Lesbia mag ihn lieber als dich, Catull, samt deiner Sippe. Doch diese Schöne möge den Catull samt seiner ganzen Sippe verkaufen, wenn er drei Bekannte findet, die ihn küssen wollen!«

Ich lächelte und nickte. »Clodius meinte, deine Gedichte wären besser als die von Milos Leuten. Und gemeiner.«

»*Lesbius*«, beharrte Catull, »will mich mit solchem Lob erniedrigen.«

»Du wirst ja immer redseliger.«

»Aber ich bin so durstig wie eh und je. Wo ist die Bedienung?« Er klopfte mit seinem Becher auf die Bank, doch das Geräusch ging in dem allgemeinen Radau unter.

»Ich nehme an, irgendwann wirst du sie doch wiedersehen«, sagte ich.

Er stierte mich durch den trüben Dunst an. »Das habe ich schon.«

»Ich meine, von Angesicht zu Angesicht, um mit ihr zu reden.«

»Ich habe heute mit ihr gesprochen. Wir haben den Nachmittag zusammen verbracht.«

»Was?«

»Heute morgen habe ich schließlich an ihre Tür geklopft. Der alte Sklave erklärte mir, sie wäre früh ausgegangen und würde mit ihrer Tochter irgendeine Verwandte besuchen. Also bin ich herumgelaufen und am Ende in den Bädern des Senia gelandet. Es war reiner Zufall, daß ich dich dort getroffen und dann diese lächerliche Jagd auf Caelius' Freund miterlebt habe. Was sollte das Ganze?«

»Das erzähle ich dir später. Sprich weiter über ... Lesbia.«

»Ich habe die Bäder schließlich wieder verlassen und bin zurück zu ihrem Haus gegangen. Auf dem Weg habe ich ihre Sänfte vor dem Haus eines Metelli stehen sehen. Sie kam gerade mit ihrer Tochter aus der Tür. Bevor ich mich abwenden konnte, erkannte sie mich. Es war schwer, ihren Gesichtsausdruck zu deuten. Aber das war es schon immer. Ein Gesicht, das keinem anderen gleicht, außer einem. Meinst du, Lesbia und Lesbius wissen die Miene des anderen mit einem Blick zu deuten? So, als würden sie in einen Spiegel blicken? Wir anderen können ihre Gesichter stundenlang betrachten, ohne genau zu wissen, was in ihrem Inneren vorgeht. Es hat etwas mit ihren Augen zu tun – wie ein Gesicht in einer fremden Sprache. Aber perfekter als jedes Gedicht. Und schmerzhafter.

Sie lud mich in ihre Sänfte ein. ›Wohin?‹ fragte ich. ›Nach Hause. Ich erwarte einen Mann, der mir Neuigkeiten bringen soll‹, sagte sie. Damit meinte sie vermutlich dich. ›Wenn noch jemand da ist, will ich nicht mitkommen‹, erklärte ich. Sie sah mich lange wortlos an, bevor sie schließlich meinte: ›Metella kann noch eine Weile bei ihren Vettern und Basen bleiben. Wir beide gehen in die *horti.*‹

Das war natürlich ein Fehler. An einem warmen Tag wie heute, wenn all die nackten Kröten im Wasser herumhüpfen und sie lüstern anstarren, während Lesbia zurückstarrt. Hat sie nur mit ihnen geflirtet, um mich zu verletzen? Wenigstens war Chrysis nicht da, um die niedlichste Kröte in ihr Zelt zu holen, eigentlich ihr übliches Spiel. Sie hat mich zu ihrer bevorstehenden Gesellschaft eingeladen. Sie war sehr höflich. ›Deine Reise muß dich zu neuen Gedichten inspiriert haben, die du uns vortragen kannst.‹ Als ob ich ein flüchtiger Bekannter wäre, den sie auffordert, ihre Verehrer zu unterhalten. Weißt du was?« Er lächelte grimmig. »Zufällig habe ich wirklich ein neues Gedicht, und ich *werde* es auf ihrem Fest vortragen. Etwas dem Feiertag der Großen Mutter Angemessenes. Ich nehme an, du kommst auch.«

»Ich? Ich bin nicht eingeladen worden. Seltsam, nicht wahr, wenn man bedenkt, daß ich ihr neuer Liebhaber bin und so weiter.«

»Neck mich nicht, Sucher. Ich bin für einen Tag genug gehänselt worden. Bei Sonnenuntergang beschloß sie, daß es Zeit wäre, die *horti* zu verlassen, gerade als ich so weit war, ihr endlich zu sagen, was ich ihr unbedingt sagen wollte. Sie müsse Metella abholen, meinte sie, und würde am Abend ihren Bruder erwarten. ›Du kannst gerne mitkommen‹, sagte sie – als ob ich beide gleichzeitig ertragen könnte. Ich habe ihr erklärt, daß ich allein in die Stadt zurücklaufen würde.«

»Doch dann bist du doch wieder vor ihrer Tür gelandet.«

»Wie eine Motte beim Licht, nur daß diese Flamme einen nicht verbrennt, sondern erfrieren läßt.«

Wie aus dem Nichts tauchte ein Sklave auf und goß auf Catulls Drängen neuen Wein in unsere Becher. Ich probierte und war versucht, ihn wieder auszuspucken, doch Catull trank klaglos.

»Was genau ist denn nun heute in den Bädern des Senia vorgefallen?« fragte er. »Als ich Lesbia in den *horti* erklärte, ich wäre in den Bädern des Senia gewesen, war sie auf einmal sehr interessiert und drängte mich, alles zu schildern, was ich von der lächerlichen Jagd gesehen hatte. Sie wußte, worum es ging, nicht wahr? Aber sie war genauso verschlossen wie du.«

Kein Wunder, daß Clodia sich nicht die Mühe gemacht hatte, mich zu wecken, als sie heimgekommen war. Von Catull und Barnabas hatte sie wahrscheinlich mehr als genügend Einzelheiten über die mißglückte Ergreifung von Licinius gehört. Oder hatte sie die Begegnung mit ihrem Bruder so sehnsüchtig erwartet, daß sie sich nicht mehr mit dem Bericht eines ›Mietlings‹ abgeben wollte?

»Du hast von den Vorwürfen gegen Marcus Caelius gehört?« fragte ich.

»Seit ich wieder in Rom bin, habe ich nichts anderes gehört. Man sagt, diesmal stecke er bis zum Hals im Dreck.«

»Deine Lesbia und ihr Lesbius haben auf seiten der Anklage die Hand im Spiel. Nicht offiziell, aber sie sind eifrig bemüht, Beweise wegen versuchten Mordes gegen ihn zusammenzutragen.«

»Das habe ich gehört. Hat sie dich deshalb engagiert?«

»Ja.«

»So weit ist es also gekommen zwischen ihr und Caelius. Ich habe sie beide geliebt. Die glitzernde Venus der römischen Gesellschaft und den trotzigen Adonis. Wer wäre überrascht gewesen, daß sie einander liebten und den Bauerntrottel aus Verona aus ihren Betten verstießen? Die beiden zusammen, ohne mich – das war mehr, als ich ertragen konnte.« Unter dem Einfluß des Weines hatte er ein wenig zu lallen begonnen. »Es war besser, als ihr Mann noch lebte. Der gute Quintus Metellus Celer, der zähe alte Bock. Damals war sie mir noch treu! Doch nach Celers Tod wurde sie die Frau von jedem, den sie wollte. Doch selbst das war noch besser, als daß sie sich einen neuen Liebling auserkor und mich gänzlich ausschloß. Doch dann entschied sie sich für Caelius, und ich war nur einer aus der Heerschar ihrer abgelegten Liebhaber. Diese Taverne ist voll von solchen erbärmlichen Kreaturen. Ich könnte dir ein Dutzend Männer zeigen, die sie gehabt hat. Ich dachte, ein Jahr weit weg von Rom würde den Schmerz lindern. Doch die Wunde blutet noch immer, und ich verzehre mich nach wie vor nach dem Messer, das sie gerissen hat.«

»Sie liebt Caelius nicht mehr«, sagte ich. »Soweit ich weiß, hat er sie zurückgewiesen. Sie ist verbittert, und sie ist entschlossen, ihn zu vernichten, sie ist geradezu besessen von dieser Vorstellung, wenn dir das ein Trost ist.«

»Ein Trost? Zu wissen, daß ein anderer Mann wirklich zu ihr vorgedrungen ist, daß sie für ihn genug empfindet, um Schmerz zu fühlen, daß er sie so hat leiden lassen, daß sie ihn vernichten will? Mich hat sie mit einem Achselzucken entlassen – wie einen Niemand! Dann verläßt Caelius sie, und sie spielt verrückt. Wie soll mich das trösten?«

»Der Wunsch, den anderen zu vernichten, beruht offenbar auf Gegenseitigkeit, zumindest laut Lesbia. Darum ging es auch bei dem Zwischenfall in den Bädern. Caelius' Freund Licinius war dort, um einem ihrer Sklaven Gift zu überbringen, weil Caelius glaubte, er könnte sie bestechen, ihre Herrin zu ermorden.«

»Clodia ermorden?« Catull war so überrascht oder betrunken, daß er das Pseudonym vergaß. »Nein, das würde Caelius nie tun. Das glaube ich nicht.«

»Sie behauptet, er habe das Gift zunächst an einem Sklaven ausprobiert und zugesehen, wie jener vor seinen Augen starb.«

»Das kann ich einfach nicht glauben. Ja, Caelius könnte ohne jeden Anflug eines schlechten Gewissens einen Sklaven töten. Aber ich kann mir nicht vorstellen, daß er dasselbe Gift auch gegen sie verwenden wollte.«

»Nicht einmal aus Verzweiflung? Die Vorwürfe gegen ihn sind nicht so leicht von der Hand zu weisen. Wenn er schuldig gesprochen wird, ist er für immer erledigt. Ruiniert müßte er Rom verlassen.«

»Rom verlassen – dieses traurige Gefühl kenne ich.« Catull starrte in seinen Becher.

»Glaubst du nicht, Caelius würde deine Lesbia vernichten, um sich selbst zu retten?«

»Lesbia vernichten? Nein, nicht sie. Nie.«

»Vielleicht hat er sie nie so geliebt wie du.«

»Keiner von ihnen hat sie so geliebt wie ich.« Catull stierte in die Menge und erstarrte plötzlich. »Hades«, flüsterte er. »Sieh nur, wer gerade hereingekommen ist.«

Ich blinzelte durch den Dunst in Richtung der neuen Gäste, die bei der Tür stehengeblieben waren und nach einem Sitzplatz Ausschau hielten. »Marcus Caelius höchstpersönlich«, sagte ich. »In Begleitung seiner Freunde Asicius und Licinius, wenn ich nicht irre.«

Caelius erkannte Catull. Seine Miene verriet Erstaunen, gefolgt von einem kurzen, aber leidenschaftlichen Aufflackern seiner Augen. Dann hatte er sein Gesicht wieder unter Kontrolle, und nur als er mich sah, ließ er für einen Augenblick seine Verwirrung erkennen. Er zögerte, machte seinen Begleitern dann ein Zeichen, ihm zu folgen, und kam auf uns zu.

»Catull!« sagte er und zeigte ein spöttisches Grinsen. »Wie lange bist du schon wieder da?«

»Ein paar Tage.«

»Und du hast mich noch nicht besucht? Ich bin empört.«

»Um ehrlich zu sein, ich habe bei dir vorbeigeschaut«, sagte Catull. »Aber in deiner *alten* Wohnung. Die Nachbarn erzählten mir, Clodius hätte dich rausgeschmissen und wollte das Haus verkaufen. Sie meinten, ich würde dich in der Bruchbude deines Vaters auf dem Quirinal finden.«

»Du solltest wirklich vorbeikommen.« Caelius lächelte.

»Der Quirinal liegt ein wenig abseits meines üblichen Orbits. Außerdem glaube ich kaum, daß das Haus deines Vaters ein angemessener Ort wäre, deine Gäste in gewohntem Stil zu empfangen.«

»Ich weiß nicht, was du meinst.«

»Den Wein, den Gesang, die Huren, die einfallsreichen Schlafkonstellationen. Ich kann mir nicht vorstellen, daß dein Papa damit einverstanden wäre.«

»All das liegt jetzt hinter mir«, sagte Caelius.

»Zumindest bis nach dem Prozeß. Danach mußt du vielleicht alles hinter dir lassen, ob du willst oder nicht.«

Die Maske wäre fast gesprungen. »Ich wollte sagen, daß ich den wildesten Ausschweifungen meiner Jugend abgeschworen und einige meiner fragwürdigen Bekanntschaften gekappt habe. Vielleicht war es doch richtig, mich nicht zu besuchen, Catull. Man muß schon auf ein gewisses Niveau achten, wenn man Gäste ins Haus seines Vaters einlädt. Es war sehr rücksichtsvoll von dir, mir die Peinlichkeit zu ersparen, dir die Tür vor der Nase zuzuschlagen.«

Es entstand eine lange Pause, in der Catull die Reste seines Weins in seinem Becher kreisen ließ, während er auf den Boden starrte und nachdenklich die Lippen bewegte. »Ich denke«, sagte er schließlich mit harter, aber leiser Stimme, die mir den Atem stocken ließ, »wenn du mich derart beleidigst, Marcus Caelius –«

Caelius erstarrte, genau wie seine Freunde.

»Wenn du mich derart beleidigst«, fuhr Catull fort, »und damit meine ich, mit komplizierten Sätzen und logischen Schritten einen Streit vom Zaun brechen – nun, was ich darüber denke, Marcus Caelius, ist, daß du heute nacht noch nicht genug Wein getrunken hast!«

Caelius sah ihn mit leerem Blick an, bevor er laut loslachte. »Nicht annähernd genug. Und so nachlässig und schludrig wie deine Schmähungen sind, Gaius Catull, hast du wohl schon viel zu viel getrunken!«

»Dem kann ich nicht widersprechen«, sagte Catull und stürzte den Rest seines Weins hinunter.

»Macht nichts«, meinte Caelius. »Die Nacht ist noch jung. Reichlich Zeit für mich, sturzbetrunken zu werden, während du dich ausnüchtern kannst.«

»Ich nehme an, du kennst meinen Freund Gratidianus hier«, sagte Catull.

»Gordianus«, verbesserte ich ihn. »Ja, Marcus Caelius und ich sind einander bekannt. Wir waren früher Nachbarn.«

»Ein paarmal haben sich unsere Wege auch vor Gericht gekreuzt«, fügte Caelius hinzu. »Allerdings noch nie so wie zur Zeit.«

Ich zuckte die Schultern. »Ich weiß nicht, ob ich –«

»Ist es nicht so, Gordianus, daß eine gewisse Dame dich engagiert hat, und zwar nicht zu dem Zweck, zu dem sie ihre Männer für gewöhnlich engagiert?«

»Du bist es nicht wert, ihren Mittelfinger zu küssen«, sagte Catull in merklich unfreundlicherem Ton. »Und du bist es ganz bestimmt nicht wert, sie zu beleidigen.«

Licinius, der mich die ganze Zeit gemustert hatte, sagte auf einmal: »Jetzt weiß ich, wo ich den Mann schon mal gesehen habe. Er war heute in den Bädern, als ich –«

»Halt die Klappe, Licinius«, knurrte Caelius.

»Es stimmt doch nicht, oder, Caelius?« Catull beugte sich ernsthaft interessiert vor, seine Stimmung war mit einem Schlag wie ausgewechselt. »Was Gratidianus mir erzählt hat, stimmt doch nicht – du würdest ihr doch nicht ernsthaft ein Leid antun, oder? Nicht ihr. Aus welchem Grund auch immer. Und gewiß nicht durch –«

»Halt's Maul, Catull«, sagte ich mit zusammengebissenen Zähnen.

»Moment mal, jetzt erkenne ich ihn auch!« Asicius kam näher und starrte mich an. »Das war der Mann, der sich gegenüber deiner alten Wohnung auf dem Palatin im Schatten versteckt hat, als wir den alten –«

»Halt die Klappe, Asicius!« rief Caelius laut genug, um die Spieler am Nebentisch aufzuschrecken. Einer von ihnen zog seinen Wurf zurück, so daß die Würfel auf dem Boden landeten – ein schlechtes Omen, das einige Spieler umgehend vom Tisch vertrieb, während die übrigen die Aufbrechenden als abergläubisch verhöhnten.

Catull erhob sich, ein wenig unsicher auf den Beinen. »Suchst du einen Sitzplatz, Caelius? Hier, nimm Platz. Die geile Kneipenwirtschaft ist selbst für meinen Geschmack ein wenig zu geil geworden. Kommst du, Gratidianus?«

»Gordianus«, sagte ich leise und stand auf. Asicius und Licinius drängten sich an mir vorbei auf die Bank. Als ich an Caelius vorbeikam, packte er meinen Arm und flüsterte mir ins Ohr: »Du irrst dich. Ich schwöre, ich habe Dio nicht getötet.«

»Das ist nur einer der Anklagepunkte gegen dich, Marcus Caelius.«

Er hielt meinen Arm weiter fest umklammert und sagte mit gesenkter Stimme: »Aber dir geht es doch nur um Dio, oder nicht? Du willst seiner armen Seele Frieden verschaffen, weil du ihn gut kanntest.« Sein attraktives Gesicht hatte jede Lässigkeit verloren. *Einen skrupellosen, verzweifelten Mann* hatte Clodius ihn genannt. Ich blickte in seine Augen und sah Angst.

»Woher weißt du diese Dinge, Caelius? Woher weißt du das von Dio und mir und daß Clodia mich engagiert hat?«

»Das tut nichts zur Sache. Wichtig ist, daß du dich irrst. Ich war es nicht. Ich habe den alten Ägypter nicht getötet. Ich schwöre es dir beim Schatten meiner Vorfahren!«

»Und dein Freund Asicius?«

»Er hat Dio auch nicht getötet.«

»Wer dann?«

»Ich weiß es nicht. Ich war es jedenfalls nicht.«

»Und wo bist du am Abend des Mordes mit Asicius gewesen, als ich euch gesehen habe? Was hattet ihr beide vor? Sage mir das und dann schwöre bei deinen Ahnen.«

»Das ist mehr, als ich offenbaren kann.«

»Aber noch immer nicht genug.«

Caelius drückte meinen Arm. »Gordianus –«

»Gratidianus!« rief Catull und packte meinen anderen Arm. Caelius ließ mich los, und ich wurde in Richtung Tür gezerrt, während sich in meinem Kopf vom Gestank des Ölqualms und dem billigen Wein alles drehte.

In meinem Rücken hörte ich einen Fremden rufen: »Bei Venus! Ich wette alles und vertraue der Göttin der Liebe!«

Dann das Klappern von Würfeln und dieselbe Stimme, die inmitten von niedergeschlagenem Stöhnen jubelnd rief: »Der Venus-Wurf! Der Venus-Wurf! Der schlägt alles!«

Auf der Straße sog ich die frische Luft ein und blickte zum sternenklaren Himmel. »Warum hattest du es plötzlich so eilig, mich aus dem Laden zu zerren?«

»Ich konnte dich doch nicht mit ihnen zurücklassen, damit du ihnen alles erzählst, was ich dir gerade gestanden habe … über sie.«

»Das hätte ich ohnehin nicht getan. Und bitte hör auf, mich Gratidianus zu nennen. Mein Name –«

»Ich weiß, wie du dich nennst. Aber für mich wirst du immer einen anderen Namen haben, den, den ich dir gegeben habe. Genau wie sie auch einen anderen Namen hat. Für den Fall, daß ich ein Gedicht über dich schreiben sollte.«

»Ich kann mir nicht vorstellen, was für ein Gedicht das sein sollte.«

»Nicht?

Gratidianus hält sich für schlau. Natürlich!
Da Lesbia lieber
Ihn für sich wünscht als dich, Catull, und dein ganzes Geschlecht –«

»Hör auf, Catull. Du bist zu betrunken, um noch zu wissen, was du das redest.«

»Ein Mann ist nie zu betrunken, um ein Gedicht zu machen.«

»Nur zu betrunken, um noch etwas Sinnvolles zustande zu bringen. Ich glaube, ich sollte mich auf den Heimweg machen.« Ich blickte die Gasse hinunter. Jenseits des trüben Lichts der phallischen Lampe verlor sich der Weg in eine wenig vertrauenerweckende Dunkelheit.

»Ich bringe dich nach Hause«, bot Catull an.

Ein betrunkener Dichter als Leibwächter! Was würde geschehen, wenn Caelius und seine Freunde beschlossen, uns nachzugehen? »Dann schnell. Kennst du noch einen anderen Weg, dem zu folgen niemand in den Sinn käme?«

»Ich kenne jeden Weg, der zur geilen Kneipenwirtschaft führt. Folge mir.«

Er führte mich auf einem Umweg zwischen den Lagerhäusern hindurch, die teilweise so eng beieinander standen, daß ich mich seitlich zwischen ihnen hindurchdrücken mußte, vorbei an Haufen von Unrat, zwischen denen quiekende Ratten hin und her huschten, und schließlich einen steilen Pfad den Westhang des Palatin hinauf. Um potentiellen Attentätern auszuweichen, schien er bestens geeignet, für einen Mann, der so viel getrunken hatte wie Catull, war er jedoch voller Tücken. Ich erwartete, daß er jeden Moment abstürzen, sich den Hals brechen und mich mit in die Tiefe reißen würde, doch er bewältigte den Aufstieg mit erstaunlich wenig Fehltritten. Der Marsch schien ihn zu ernüchtern, und seine Lunge war auf jeden Fall kräftig genug. Während ich mühsam nach Atem rang, hatte er noch genügend Luft, um seinen Gedanken Ausdruck zu verleihen.

»Wenn wir nur alle Eunuchen werden könnten!« proklamierte er. »Welcher Mann könnte glücklicher sein?«

»Ich nehme an, wir könnten Eunuchen werden, wenn wir wollten.«

»Ha! Es ist schwieriger, als du denkst. Ich weiß es, ich habe die Tortur mit eigenen Augen mitangesehen. Als ich in Bithynien war, habe ich eine Reise zu den Ruinen des alten Troja unternommen, um die Stelle zu finden, wo mein Bruder begraben liegt. So weit weg von zu Hause! Auf dem Rückweg fragte mich ein Fremder, ob ich mir die Initiationsriten der Galloi ansehen wollte. Natürlich verlangte er Geld. Er führte mich zu einem Tempel am Hang des Berges Ida. Die Priester wollten ebenfalls Geld. Ich kam mir vor wie ein schnöder Tourist, der in jede gierig ausgestreckte Hand eine Münze drückt, bloß um den Geschmack des ›wahren‹ Orients zu erleben. Ich wurde in einen Raum geführt, der von Weihrauch so vernebelt war, daß ich kaum etwas erkennen konnte, und in dem der Lärm von Flöten und Tamburins so ohrenbetäubend widerhallte, daß ich fürchtete, taub zu werden. Der Ritus war in vollem Gange. Die Galloi sangen und wirbelten in einem seltsamen Tanz durch den Raum wie Finger der Göttin, die den Rhythmus hielten. Der junge Novize hatte sich zu den Wellen der Musik in Ekstase geschaukelt, nackt und schweißnaß. Jemand drückte ihm eine Tonscherbe in die Hand – ›Töpferwerk aus Samos‹, flüsterte der Führer mir ins Ohr, ›die einzige Sorte, die Blutvergiftungen verhindert.‹ Der Novize machte sich vor meinen Augen selbst zum Galloi. Ganz alleine – niemand half ihm. Es war ein denkwürdiger Anblick. Erst hinterher, als ihm das Blut an den Beinen hinablief und er nicht mehr stehen konnte, umringten die anderen ihn, schunkelnd, singend und kreischend. Der Führer kicherte, stieß mir in die Rippen und tat, als würde er seine Hoden schützen. Ich habe den Ort in Panik verlassen.«

Catull verfiel für eine Weile in Schweigen. Wir erreichten die Kuppe des Hügels und betraten das Gewirr der dunklen, stillen Straßen.

»Stell dir die Freiheit vor«, flüsterte Catull, »den Gelüsten des Fleisches entronnen.«

»Dafür haben die Galloi andere Gelüste«, sagte ich. »Sie essen wie echte Männer.«

»Ja, aber ein Mann ißt, wenn er Hunger hat, dann ist es vorbei. Der Hunger, von dem ich spreche, nährt sich aus sich selbst heraus. Je mehr er gestillt wird, desto stärker wird er.«

»Ein Römer kontrolliert seine Gelüste, nicht umgekehrt.«

»Dann sind wir vielleicht keine Römer mehr. Zeige mir einen Mann in Rom, der größer ist als seine Gelüste.«

Darüber dachte ich eine Weile nach, während wir durch die gewundenen, tief im Schatten liegenden Straßen gingen.

»Aber nicht einmal eine Kastration garantiert ein Ende der

Leidenschaft«, begann Catull von neuem. »Man braucht sich bloß Trygonion ansehen!«

»Was ist mit ihm?«

»Weißt du nicht, woher sein Name stammt? Aus dem berühmten Epitaph von Philodemos.«

»Sollte ich diesen Namen kennen?«

»Barbar! Philodemos von Gadara. Wahrscheinlich der größte lebende Dichter griechischer Sprache.«

»Oh, *der* Philodemos. Ein Epitaph, sagst du?«

»Vor Jahren geschrieben für einen toten Galloi namens Trygonion. Verstehst du Griechisch?«

»Ich werde es im Kopf übersetzen.«

»Nun gut:

Hier liegt das zarte Wesen,
die Glieder schmächtig wie von einer Dame,
Trygonion, Prinz der Entmannten, taub für Eros.
Der Großen Mutter, Kybele, Geliebter
Als einziger Galloi von einer Frau verführt.
Die heilige Erde möge diesem Grabstein
ein Kissen aus knospenden weißen Veilchen schenken.

Aus diesem alten Gedicht hat *unser* Trygonion seinen Namen. Als ich ihn einmal wegen seiner Schwäche für Lesbia necken wollte, habe ich ihn unseren kleinen Trygonion genannt, der Galloi, der einer Frau verfiel. Der Name ist an ihm hängengeblieben, so wie er selbst an Lesbia hängt. Jedesmal wenn ich erwäge, mich zu kastrieren, denke ich an ihn. Vielleicht nützt es einem gar nichts, verstehst du. Eine nutzlose Geste. Manchmal ist die Leidenschaft stärker als das Fleisch. Liebe kann den Tod überdauern, und in seltenen Fällen kann die Schwäche eines Mannes für Schönheit sogar seine Hoden überleben.«

»So hingebungsvoll verehrt Trygonion Lesbia?«

»Er leidet, so wie ich leide, mit einem großen Unterschied allerdings.«

»Und der wäre?«

»Trygonion leidet ohne Hoffnung.«

»Und du?«

»Solange ein Mann noch seine Eier hat, hat er auch noch Hoffnung!« Catull stieß sein eigentümliches gellendes Lachen aus. »Sogar ein Sklave hat Hoffnung, solange er noch seine Eier hat. Aber ein Galloi, der in eine schöne Frau verliebt ist –«

»So sehr, daß er alles für sie tun würde?«

»Alles, ohne Frage.«

«So verliebt, daß er vor Eifersucht blind ist?«

»Wahnsinnig vor Eifersucht!«

»Er könnte gefährlich sein. Unberechenbar...«

»Nicht annähernd so gefährlich wie Lesbia.« Catull wirkte auf einmal aufgekratzt, er torkelte voraus und machte wieder kehrt, sprang hoch, um Lampen anzustoßen, die aus Fenstern im ersten Stock hingen. »Das verdammte Luder! Die Medea vom Palatin!«

»Medea war eine Hexe, wenn ich mich recht erinnere, und eine ziemlich bösartige noch dazu.«

»Nur weil sie ›am Herzen krank und verwundet von grausamer Liebe‹ war, wie der Dichter schreibt. Eine Hexe, jawohl, und verwundet – nur daß sie mich verhext und Caelius sie verwundet hat. Medea des Palatin! Clytemnestra-*quadrantaria!*«

»Eine ›Viertelmünzenfrau‹? So billig?«

»Warum nicht? Der Eintrittspreis für die Bäder des Senia.«

»Aber Clytemnestra hat ihren Gatten ermordet.«

»Agamemnon hatte es verdient!« Er wirbelte herum wie ein ekstatischer Galloi. »Medea vom Palatin! Clytemnestra-*quadrantaria!*« sang er.

»Wer nennt sie so?«

»Ich!« sagte Catull. Er blieb abrupt stehen und taumelte, nach Luft ringend, vor meine Füße. »Ich habe mir diese Schmähungen gerade ausgedacht, einfach so. Was hältst du davon? Ich brauchte ein paar neue Beschimpfungen, um ihre Aufmerksamkeit aufs neue zu erringen.«

»Du bist ein seltsamer Verehrer, Catull.«

»Ich liebe eine seltsame Frau. Willst du ein Geheimnis über sie erfahren? Etwas, das sonst niemand auf der Welt weiß, nicht einmal Lesbius? Ich wüßte es selber nicht, wenn ich ihr nicht eines Nachts nachspioniert hätte. Kennst du die monströse Venus in ihrem Garten?«

»Ja, die ist mir durchaus aufgefallen.«

»Der Sockel wirkt massiv, aber das ist er nicht. Einer der Steine läßt sich verschieben, dahinter ist ein Geheimfach, in dem sie ihre Trophäen aufbewahrt.«

»Ihre Trophäen?«

»Erinnerungsstücke. Als ich eines Nachts nach stundenlanger leidenschaftlicher Umarmung glücklich vor mich hin döste, spürte ich ein Kitzeln in den Lenden. Ich öffnete ein Auge und sah, wie sie ein wenig von meinem Schamhaar abschnitt und sich damit aus dem Zimmer schlich. Ich folgte ihr in den Garten und beobachtete, im Schatten verborgen, wie sie den Sockel öffnete und ihre Beute hineinlegte. Später kehrte ich in den Garten zurück, fand heraus, wie sich das Fach öffnen ließ, und entdeckte, was sie dort aufbewahrte. Gedichte, die ich ihr geschickt hatte. Briefe von anderen Liebhabern. Schmuckstücke, abgeschnittene Locken, kindliche Geschenke, die ihr ihr Bruder als kleiner Junge gemacht haben muß. Ihre Liebestrophäen!«

Er taumelte unvermittelt gegen eine Mauer und fuhr sich mit den Händen übers Gesicht. »Ich wollte alles vernichten«, flüsterte er heiser. »Ich wollte all ihre Schätze zusammenraffen, auf den Kohlenrost werfen und zusehen, wie sie in Flammen aufgehen. Aber ich konnte es nicht. Ich spürte die Augen der Göttin auf mir. Ich trat von dem Sockel zurück und blickte zu ihr auf. Ich ließ die Erinnerungsstücke, wo sie waren. Ich wußte, daß sie es mir nie vergeben würde, wenn ich sie zerstören würde.«

»Wer würde dir nie vergeben – Venus oder Lesbia?«

Er sah mich mit tragischem Blick an. »Wo ist der Unterschied?«

XVIII

Der Zorn des Achilles muß harmlos gewesen sein verglichen mit dem Zorn von Bethesda.

Ihre Wut ist kalt, nicht heiß. Eher gefriert sie, als daß sie brodelt. Sie ist unsichtbar, heimlich und heimtückisch. Sie macht sich nicht durch aufbrausenden Aktionismus Luft, sondern in kalt berechneten Nicht-Handlungen, ungesprochenen Worten, unerwiderten Blicken, dem Überhören von Bitten. Ich glaube, daß Bethesda ihrer Wut so passiv Ausdruck verleiht, weil sie als Sklavin geboren wurde und den Großteil ihres Lebens Sklavin blieb, bis ich sie freigelassen und geheiratet habe, damit sie unsere Tochter in Freiheit zur Welt bringen konnte. Ihre Art ist die Art von Sklaven (und die des Helden aus Homers *Ilias*): Sie schmollt, brütet und wartet den passenden Augenblick ab.

Es war schon schlimm genug, daß ich Belbo von Clodia allein nach Hause geschickt und somit für meinen Heimweg über den Palatin keinen Leibwächter gehabt hatte. Auch schlimm, daß ich mitten in der Nacht nach billigem Wein und dem ranzigen Qualm von Tavernenlampen stinkend nach Hause gekommen war. Aber die Nacht mit *dieser* Frau verbracht zu haben!

Das war natürlich lächerlich, und das sagte ich auch, zumal ich Clodia den ganzen Abend nicht gesehen hatte.

Wie ich mir dann den Geruch ihres Parfüms an mir erklären würde?

Ein klügerer Mann (vielleicht sogar ich selbst, an einem Morgen, an dem ich weniger ausgelaugt und unausgeschlafen gewesen wäre) hätte es sich zweimal überlegt, bevor er erklärt hätte, daß das Parfüm von einer Decke stammte, die die fragliche Dame über ihn gebreitet haben mußte, als er, ohne es zu wollen, in ihrem Garten eingenickt war...

Das war's. Ich verbrachte den Rest der Nacht mit dem Versuch, eine bequeme Stellung auf dem schmalen Eßsofa in meinem Arbeitszimmer zu finden. Außerdem bin ich es gewohnt, neben einem warmen Körper zu schlafen.

Ich bin es ferner gewohnt, mindestens bis Tagesanbruch zu schlafen, vor allem wenn ich zuvor die halbe Nacht wach war. Doch das sollte nicht sein. Nicht, daß Bethesda mich geweckt hätte; sie machte es mir nur unmöglich weiterzuschlafen. War es wirklich notwendig, die Putzmagd vor Anbruch der Dämmerung in mein Arbeitszimmer zu schicken?

Nachdem ich einmal wach war, weigerte sich Bethesda nicht, mich zu beköstigen. Doch der Hirsebrei war klumpig und kalt und wurde von keinerlei Gespräch erwärmt.

Nach dem Frühstück scheuchte ich die Putzmagd aus meinem Arbeitszimmer und schloß die Tür. Ich entschied, daß es ein guter Morgen war, um einen Brief zu schreiben.

An meinen geliebten Sohn Meto, in militärischen Diensten unter dem Oberbefehl von Gaius Julius Caesar in Gallien, von seinem Vater in Rom, möge Fortuna mit dir sein.

Ich schreibe diesen Brief nur drei Tage nach meinem letzten; der Martius ist vorüber, und wir haben die Kalenden des Aprilis. In der Zwischenzeit ist viel passiert, und alles hängt mit dem Mord an Dio zusammen.

Unser Nachbar Marcus Caelius (oder genauer: unser früherer Nachbar; Clodius hat ihn rausgeworfen) ist des Mordes an Dio und weiterer Verbrechen im Zusammenhang mit den Übergriffen auf die ägyptischen Gesandten sowie des versuchten Mordes (durch Gift) an Dio angeklagt worden. Freunde der Ankläger haben mich engagiert mitzuhelfen, Beweise gegen Caelius zusammenzutragen. Mein Interesse gilt nur der Entlarvung von Dios Mörder, damit ich diese quälende Angelegenheit zu Ende bringen kann, wenn schon nicht um der Gerechtigkeit willen, dann wenigstens für meinen eigenen Seelenfrieden.

Ich werde später versuchen, dir die Einzelheiten zu schildern. (Vielleicht nach dem Prozeß, der übermorgen beginnt.) Was mich jedoch zur Zeit am meisten beschäftigt und worüber ich mit dir sprechen will, ist etwas anderes.

Was ist dieser Wahnsinn, den die Poeten Liebe nennen? Welche Macht zwingt einen Mann, sich an der grausamen Gleichgültigkeit einer Frau wundzureiben, die ihn nicht mehr liebt? Was treibt eine Frau dazu, die totale Zerstörung eines Mannes zu betreiben, der sie zurückweist? Welche grausamen Gelüste treiben einen Mann von rationalem Verstand dazu, sich an der Erniedrigung seiner hilflosen Sexualpartner zu delektieren? Wie kann ein für die Liebe vermeintlich unempfindlicher Eunuch für eine schöne Frau entflammen? Ist es natürlich, daß Bruder und Schwester ein Bett teilen, wie es auch die Götter und Göttinnen der Ägypter dem Vernehmen nach gelegentlich tun? Warum entmannen sich die Verehrer der Großen Mutter in religiöser Ekstase selbst? Warum sollte eine Frau heimlich eine Locke vom Schamhaar ihres Geliebten abschneiden und sie als Erinnerungsstück verehren?

Du mußt dir Sorgen um meinen Geisteszustand machen, da ich mir solche Fragen stelle. Doch sie haben möglicherweise genausoviel mit der Ermordung Dios und dem bevorstehenden Prozeß gegen Caelius zu tun wie die Intrigen der ägyptischen Politik, und ich stehe staunend davor. Ich fürchte, ich bin zu alt geworden für diese Arbeit, für die man einen Geist braucht, der sich auf die Welt um einen herum einlassen kann. Ich würde gern denken, daß ich klüger geworden bin, aber was nützt einem alle Weisheit beim Verständnis einer Welt, die dem Diktat wahnwitziger Leidenschaften folgt? Ich komme mir vor wie der einzige nüchterne Mann auf einem Schiff voller Trunkenbolde.

Man sagt, es sei die Hand der Venus, die uns zu diesem seltsamen Verhalten antreibt, als ob das die Sache erklären würde, wo wir doch in Wahrheit von »der Hand der Venus« sprechen, weil wir diese Leidenschaften eben *nicht* verstehen und erklären, sondern sie, wenn es sein muß, nur erdulden und dem Leiden anderer ratlos zusehen können ...

Es klopfte. Ich wappnete mich gegen den eisigen Wind und rief: »Herein.« Doch es war nicht Bethesda, die ins Zimmer kam, sondern Diana.

Sie schloß die Tür hinter sich und setzte sich auf den Stuhl gegenüber dem Schreibtisch. Auf ihrem Gesicht lag ein Schatten; irgend etwas bekümmerte sie.

»Mutter ist wütend auf dich«, sagte sie.

»Wirklich? Das ist mir noch gar nicht aufgefallen.«

»Was machst du?«

»Ich schreibe einen Brief an Meto.«

»Hast du ihm nicht erst vor ein paar Tagen geschrieben?«

»Ja.«

»Was steht in dem Brief?«

»Dies und das.«

»Geht es um deine Arbeit?«

»In gewisser Weise. Ja, es geht um meine Arbeit.«

»Du schreibst Meto, weil du Eco auf eine Reise geschickt hast und jemanden zum Reden brauchst. Ist es nicht so?«

»Du bist sehr aufmerksam, Diana.«

Sie hob die Hand und strich eine Strähne ihres Haars zurück, die ihr ins Gesicht gefallen war. Sie hatte auffällig glänzendes Haar, genau wie ihre Mutter, bevor die grauen Strähnen den Glanz hatten matter werden lassen. Es fiel über die Schultern bis fast auf ihre Brüste und rahmte ihr Gesicht und ihren Hals. Im weichen Licht der Morgensonne glänzte ihre Haut wie Tautropfen auf einer Rosenblüte.

»Warum teilst du deine Sorgen nicht mit mir, Papa? Mutter tut es. Sie erzählt mir alles.«

»Ich nehme an, das ist der Lauf der Welt. Mütter und Töchter. Väter und Söhne.«

Sie sah mich fest an. Ich versuchte ihren Blick zu erwidern, mußte aber die Augen niederschlagen. »Die Jungen sind älter als du, Diana. Sie haben mit mir gearbeitet und sind mit mir gereist.« Ich lächelte. »Jeder zweite Satz, den ich anfange, wird von Eco beendet.«

»Und Meto?«

»Meto ist anders. Du bist alt genug, dich an einiges von dem zu erinnern, was passiert ist, als wir das Gut noch hatten – Catilina, der Streit zwischen mir und Meto, Metos Entscheidung, Soldat zu werden. Das war eine schwere Probe für die Bande zwischen uns. Er ist jetzt sein eigener Herr, und ich verstehe ihn nicht immer. Trotzdem kann ich ihm stets erzählen, was ich denke.«

»Aber Eco und Meto sind nicht deine leiblichen Söhne. Du hast sie adoptiert. Ich trage dein Blut in mir, Papa.«

»Ja, Diana, ich weiß.« Warum bist du dann so rätselhaft, dachte ich, und warum besteht diese Kluft zwischen uns? Und warum behalte ich all diese Gedanken für mich, anstatt sie laut auszusprechen?

»Kann ich den Brief lesen, Papa?«

Die Frage traf mich unvorbereitet. Ich blickte auf das Pergament und überflog die Worte. »Ich bin nicht sicher, ob du ihn verstehen würdest, Diana.«

»Dann könntest du es mir erklären.«

»Ich weiß nicht, ob ich das will. Vielleicht, wenn du älter wärst.«

»Ich bin kein Kind mehr, Papa.«

Ich schüttelte den Kopf.

»Mutter sagt, ich bin jetzt eine Frau.«

Ich räusperte mich. »Und ich nehme an, das gibt dir das Recht, die persönlichen Briefe deiner Mutter zu lesen.«

»Das ist gemein, Papa. Du weißt genau, daß Mutter nicht lesen und schreiben kann, was wohl kaum ihre Schuld ist. Wenn sie als römisches Mädchen erzogen worden wäre ...«

Anstatt als ägyptische Sklavin, dachte ich. War es das, was Diana bekümmerte, die Herkunft ihrer Mutter, die Tatsache, daß sie selbst die Tochter einer geborenen Sklavin war? Diana und ich hatten nie wirklich darüber gesprochen, aber ich nahm an, daß Bethesda es in irgendeiner Weise mit ihr erörtert haben mußte. Genügend Zeit mit privaten Gesprächen verbrachten sie jedenfalls. Hegte Diana irgendeinen Groll gegen mich, weil ich ihre Mutter auf einem Sklavenmarkt gekauft hatte? Doch ich war schließlich auch der Mann, der Bethesda befreit hatte. Auf einmal kam mir alles schrecklich kompliziert vor.

»Sogar die meisten römischen Frauen lernen weder Lesen noch Schreiben, Diana.«

»Ich nehme an, die Frau, für die du arbeitest, kann lesen.«

»Das kann sie bestimmt.«

»Und du hast dafür gesorgt, daß ich Lesen gelernt habe.«

»Ja, das habe ich.«

»Aber was nützt mir diese Fähigkeit, wenn du mir verbietest, sie anzuwenden?« Sie blickte auf den vor mir liegenden Brief.

Es war geradezu unheimlich, wie sie die Strategien ihrer Mutter anwandte, um zu bekommen, was sie wollte – logisches Herangehen, stures Beharren und das Wecken von Schuldgefühlen, derer ich mir gar nicht bewußt gewesen war. Man sagt, die Götter können die Gestalt eines uns vertrauten Menschen annehmen und sich unbemerkt unter uns bewegen. Für einen kurzen seltsamen Moment schien sich ein Schleier zu lüften, und ich spürte, daß Bethesda selbst mit mir im Zimmer war, verkleidet, um mich zu täuschen. Wer war schließlich dieses Wesen Diana, und wo war sie hergekommen?

Ich gab ihr den Brief und beobachtete, wie sie ihn las. Sie las langsam und bewegte beim Lesen die Lippen. Sie war nicht so gründlich unterrichtet worden wie Meto.

Ich erwartete, daß sie nach der Identität der erwähnten Menschen fragen oder vielleicht um eine deutlichere Beschreibung der aufgeführten Leidenschaften bitten würde, doch als sie den Brief aus der Hand legte, fragte sie: »Warum willst du den Mörder von Dio so unbedingt finden, Papa?«

»Wie drücke ich es in dem Brief aus? ›Für meinen eigenen Seelenfrieden‹.«

»Aber warum sollte deine Seele in Unfrieden leben?«

»Diana, wenn ein Mensch, der dir nahesteht, verletzt würde, würdest du diesen Menschen dann nicht rächen und das geschehene Unrecht wieder gutmachen wollen, wenn du könntest?«

Darüber dachte sie nach. »Aber Dio stand dir nicht nahe.«

»Das ist eine anmaßende Feststellung, Diana.«

»Du kanntest ihn kaum.«

»Das ist in gewisser Hinsicht richtig. In anderer Hinsicht –«

Sie nahm den Brief erneut zur Hand. »Meinst du ihn mit dem ›Mann von rationalem Verstand‹?«

»Ja, wenn du es genau wissen mußt.«

»War er dann nicht ein grausamer Mann?«

»Ich weiß es wirklich nicht.«

»Aber in dem Brief schreibst du –«

»Ja, ich weiß, was ich geschrieben habe.« Die Vorstellung, es sie laut vorlesen zu hören, ließ mich innerlich zusammenzucken.

»Woher weißt du so etwas über ihn?« Sie sah mich eindringlich an.

Ich seufzte. »Weil mir gewisse Männer, in deren Haus er zu Gast war, gewisse Dinge erzählt haben. Offenbar hat sich Dio Freiheiten mit einigen ihrer Sklavinnen herausgenommen. Möglicherweise hat er sie dabei mißhandelt. Aber ich weiß es wirklich nicht genau. Über so etwas reden die Menschen nicht gerne.«

»Als du ihn in Alexandria kanntest, war er nicht so?«

»Wenn er so war, wußte ich nichts davon. Ich habe eine ganz andere Seite von ihm kennengelernt.«

Sie sah mich lange nachdenklich an. Es war kein Blick, den sie von Bethesda gelernt hatte, sondern ein wacher, aufmerksamer Blick, sehr eindringlich und ganz ihr eigener – oder vielleicht hatte sie ihn von mir abgeschaut, dachte ich, mir selbst schmeichelnd. Wie töricht und fern mir jener seltsame, verwirrte Augenblick jetzt erschien, als ich mir vorgestellt hatte, sie wäre ihre verkleidete Mutter.

Sie stand auf und nickte ernst. »Danke, daß ich den Brief lesen durfte, Papa. Und danke, daß du mit mir geredet hast.« Mit diesen Worten verließ sie das Zimmer.

Ich nahm den Brief und las ihn erneut. Der Katalog menschlicher Leidenschaften, vor allem, was ich über Dio geschrieben hatte: *Welche grausamen Gelüste treiben einen Mann von rationalem Verstand dazu, sich an der Erniedrigung seiner hilflosen Sexualpartner zu delektieren?*

Was hatte ich mir dabei gedacht, solche Gedanken in einem Brief zu äußern?

Ich würde das Ende des Prozesses abwarten und Meto erst schreiben, wenn ich etwas Substantielles zu berichten hatte. Ich rief einen Sklaven und trug ihm auf, mir am Küchenfeuer eine Kerze anzuzünden. Als er zurückkam, legte ich das Pergament auf den Kohlenrost und verbrannte es zu Asche.

Ich verbrachte den Tag mit Herumschnüffeln.

Wenn Caelius die Vergiftung von Dio und Clodia geplant hatte, wo hatte er dann das Gift erworben?

Vergiftungen sind in Rom mittlerweile beklagenswert verbreitet, und in den letzten Jahren war ich mit tödlichen Tränken und Pudern vertrauter geworden, als ich es mir je hätte träumen lassen. Gelegentlich wandern auch durch meine Hände beträchtliche Mengen diverser Gifte, und ich hebe sie in einer eigens dafür vorgesehenen Kassette auf; Klienten, die eine bestimmte Giftmenge als Beweismaterial gesichert haben, ziehen es vor, das Zeug in meiner Verwahrung zu lassen, statt es in ihren eigenen Häusern aufzubewahren, vor allem, wenn sie ein Mitglied der Familie oder einen Sklaven verdächtigen, sie umbringen zu wollen.

Für Silber kann jeder in Rom Gift erwerben, doch es gibt nur relativ wenige verläßliche und diskrete Quellen – und ich nahm an, daß Caelius eine von ihnen benutzt hatte. Im Laufe der Jahre hatte ich im Rahmen meiner Arbeit mit den meisten von ihnen mehr oder weniger enge Bekanntschaft gemacht. Die Befragung dieser Gestalten war etwas, was ich lieber Eco überlassen hätte, doch da Eco nicht da war, machte ich mich mit einer Börse voller Münzen und in schützender Begleitung Belbos selbst an die Arbeit. Es war eine unangenehme Pflicht, so als würde man unter Steinen verborgene Schlangen aufscheuchen. Doch da ich zufällig wußte, welche Steine die Schlangen bevorzugten, marschierte ich einfach von einem zum nächsten, hob ihn hoch und wappnete mich für eine Folge unangenehmer Begegnungen.

Meine Suche führte mich zu einer Reihe verrufener Läden am Rande des Forums, weiter durch die heruntergekommenen Bäder um den Circus Flaminius zu den Docks und Lagerhäusern der Navalia und schließlich, auf Anraten eines Informanten, zurück zu dem Lokal, das Catull die geile Kneipenwirtschaft genannt hatte. Im Licht des Tages wirkte sie eher baufällig als geil; die Spieler waren verschwunden, und die Huren sahen zehn Jahre älter aus. Die einzigen Gäste waren ein paar unrasierte Trinker, die nicht imstande schienen, ihre Bänke zu verlassen; ich erkannte einige wieder, die ihren Platz offenbar noch gar nicht verlassen hatten.

Man hatte mir gesagt, ich sollte mich an einen Mann halten, der sich Salax nannte. (»Nach ihm ist die Taverne benannt«, hatte meine Quelle gescherzt.) Er war leicht zu finden, weil er an Stelle einer richtigen Nase eine aus Leder trug. (»Was immer du tust, frage ihn nicht, wie er seine Nase verloren hat!« war ich gewarnt worden.) Er gab freimütig zu, Marcus Caelius zu kennen – ein häufiger Gast der Taverne –, doch was Gifte anging, stellte er sich vollkommen unwissend und wurde auch nicht kenntnisreicher, als ich die Münzen in meiner Börse klimpern ließ. Statt dessen wies er auf die faulenzenden Huren und schlug vor, meine Börse auf andere Art zu erleichtern.

Ich hatte unter allen mir bekannten Steinen nachgesehen. Die Schlangen hatten ihre Fangzähne gebleckt und gezischt, aber keine von ihnen hatte mir Gift präsentiert.

Es war möglich, sogar wahrscheinlich, daß Caelius das Gift nicht selbst erworben, sondern von derselben Quelle erhalten hatte, die ihn engagiert hatte, die ägyptischen Gesandten zu terrorisieren – also direkt von König Ptolemaios oder von Pompeius, dem Freund des Königs. In diesem Fall durfte ich beim Aufspüren des Giftes kein Glück erwarten. Das Netz von Spionen und Lakaien, das für Pompeius und den König arbeitete, würde einem Außenseiter wie mir nichts enthüllen.

Wenn Caelius Dio nur auf Geheiß von dessen Feinden getötet hat, warum hat er es dann überhaupt getan? Weil er so hoch bei Pompeius verschuldet war? Das schien durchaus möglich. Wenn dem so war, konnte ich vielleicht jemanden auftreiben, der zumindest von den Schulden wußte. Ich kehrte aufs Forum zurück und wandte mich an andere Informantenkreise, die weniger mit Giften als vielmehr mit politischen Intrigen vertraut waren. Es war nicht schwer, Männer zu finden, die gewillt waren zu reden, aber es war schlechterdings unmöglich, an handfeste Fakten heranzukommen. Es war genau, wie Clodius gesagt hatte: Zahlreiche Männer behaupteten von sich, ›die Wahrheit zu kennen‹, (Caelius hatte versucht Dio zu vergiften und war gescheitert, dann hatten Caelius und Asicius Dio gemeinsam erstochen), aber keiner von ihnen schien irgendwelche konkreten Beweise zu haben.

Ich traf Männer, die dem Prozeß gegen Asicius beigewohnt hatten, und unterhielt mich lange mit ihnen. Es galt allgemein als ausgemachte Sache, daß Asicius schuldig war und daß das auch jeder wußte, doch die charakterschwachen Richter hatten sich von Ciceros Rede blenden lassen, ihre willensschwachen Kollegen von Ptolemaios' Gold – was zusammen eine sichere Mehrheit ergeben hatte. Doch wenn ich all diese Männer über den eigentlichen Prozeß befragte, schien es mir, daß die Anklage kaum mehr vorzuweisen gehabt hatte als das, was ich jetzt in Händen hielt – Vermutungen und Andeutungen. Vielleicht hatten die Richter Asicius wirklich aus Mangel an Beweisen freigesprochen.

Es war ein frustrierender Tag.

Die Sonne stand schon tief, als ich die Rampe hinauftrottete. Auf einmal fiel mir auf, daß ich den ganzen Tag noch nichts von Catull gehört hatte. Vielleicht hatte ich ihn schließlich doch davon überzeugt, daß ich nicht sein Liebesrivale war. Die Absurdität seiner Anschuldigung ließ mich lächeln.

Doch mein Lächeln gefror, als wir das Ende der Rampe erreicht hatten und ich sah, was vor meinem Haus stand.

»Belbo, ich glaube, ich habe Visionen. Jedenfalls hoffe ich das.«

»Was meinst du, Herr?«

»Siehst du eine Truppe gelangweilter Leibwächter vor meinem Haus herumlungern?«

»Ja, Herr.«

»Und kommen dir ihre Gesichter bekannt vor?«

»Ja, Herr. Nur zu gut.«

»Und ist das nicht eine Sänfte, die da an der Mauer lehnt, während sich die Träger auf der Straße entspannen?«

»So ist es, Herr.«

»Und hat diese Sänfte nicht rot-weiß gestreifte Vorhänge, die zurückgezogen sind, so daß wir sehen können, daß die Kabine leer ist?«

»In der Tat, Herr.«

«Weißt du, was das bedeutet, Belbo?«

Die Erkenntnis ließ ihn erzittern. »Ich glaube schon, Herr…«

»Kybele, verschone meine Männlichkeit! Clodia ist in meinem Haus – zusammen mit Bethesda.«

Einer von Clodias Leibwächtern hatte die Frechheit, mich vor meiner eigenen Haustür aufzuhalten. Glücklicherweise erkannte sein Hauptmann mich. Er schalt seinen Untergebenen und war sogar so höflich, sich bei mir zu entschuldigen. Nicht alle von Clodius' Anhängern waren unzivilisierte Barbaren, doch jeder von ihnen sah aus, als wäre er in der Lage, einen Mann zu töten, ohne mit der Wimper zu zucken. Sie vor meinem Haus versammelt zu sehen, beunruhigte mich zutiefst.

Nachdem ich drinnen war, zog ich eine Sklavin beiseite, die durch die Halle kam. »Ist deine Herrin zu Hause?«

»Ja, Herr. Im Garten.«

»Psst. Nicht so laut. Habe ich einen Besucher?«

»Ja, es ist Besuch da, Herr.«

»Sage mir, daß die Herrin einen Mittagsschlaf im Garten macht und mein Besuch mich alleine in meinem Arbeitszimmer erwartet.«

Die Sklavin sah mich verwirrt an. »Nein, Herr. Die Herrin unterhält den Besuch in dem kleinen Garten hinter dem Haus.«

»O je. Ist der Besuch schon lange hier?«

»Schon eine ganze Weile, Herr. Lange genug, um den ersten Krug Wein geleert und nach einem neuen verlangt zu haben.«

»Hast du... Schreie gehört?«

»Nein, Herr.«

»Harsche Worte?«

Sie runzelte die Stirn. »Bitte, Herr, ich lausche nie.«

»Aber du hättest doch bemerkt, wenn deine Herrin die andere Frau, sagen wir, erwürgt hätte oder umgebracht?«

Das Mädchen musterte mich seltsam und brachte dann ein verlegenes Lachen zustande. »Oh, du machst Scherze, nicht wahr, Herr?«

»Tue ich das?«

»Soll ich der Herrin sagen, daß du gekommen bist?«

»Nein! Geh einfach weiter deinen Pflichten nach, als wäre ich gar nicht hereingekommen.«

Ich schlich mich in den hinteren Teil des Hauses. Von einem Flur vor meinem Schlafzimmer konnte man durch Efeuranken in den kleinen privaten Garten sehen, in dem Bethesda und Clodia saßen. Sie waren nicht allein. Auf einem Kissen zu Füßen ihrer Herrin hockte Chrysis. Diana saß neben ihrer Mutter und hielt ihre Hand. Sie hatten ihre Stimmen gesenkt, und ihr Ton wirkte gesetzt. Sie schienen in ein ernstes Gespräch vertieft, was so ziemlich das Letzte war, was ich erwartet hatte. Was um alles in der Welt konnten diese Frauen gemeinsam haben?

Mit meinem Zeigefinger schob ich ein Efeublatt beiseite, um Clodia genauer zu betrachten. Selbst in einer schlichten grauen Wollstola sah sie unglaublich schön aus. Zumindest war sie so klug gewesen, schickliche Kleidung anzulegen, bevor sie meinem Haus einen Besuch abstattete. Ich blickte zu Bethesda und erwartete in ihrem Gesicht Eifersucht zu sehen, doch ihre Miene war nachdenklich und wehmütig wie die der anderen Frauen.

Clodia sprach so leise, daß ich mich anstrengen mußte, sie zu verstehen.

»Bei mir war es ein Onkel, kein Blutsverwandter, sondern einer der Brüder meiner Stiefmutter. Genau wie du habe ich es für mich behalten. Ich war damals fünfzehn, ein wenig älter als deine Diana. Mein Vater hatte mich gerade mit Vetter Quintus verlobt, aber da Vater nicht in Rom war, mußte die Hochzeit warten. Das war mir nur recht. Ich war nicht begierig aufs Heiraten wie manche Mädchen. Aber wenn ich verheiratet gewesen wäre, dann wäre vielleicht...« Sie atmete tief ein und fuhr fort. »Onkel Marcus hatte mich immer auf eine gewisse Art angesehen, wenn ihr wißt, was ich meine.« Die anderen Frauen nickten mitfühlend. »Vielleicht war es die Verlobung, die ihn animiert hat, weil er glaubte, daß er, wenn Quintus mich erst einmal genommen hätte, nie wieder die Gelegenheit bekommen würde. Eines Tages erwischte er mich allein in den *horti* der Familie.« Wieder atmete sie tief durch. »Hinterher fragt man sich, wie die Götter so etwas zulassen können.«

»Du hast es deiner Stiefmutter nie erzählt?« fragte Bethesda.

»Ich habe sie damals gehaßt. Nach dem, was Onkel Marcus getan hatte, haßte ich sie sogar noch mehr. Schließlich war er ihr Bruder. Ich habe ihr nie vertraut. Ich dachte, sie könnte sich auf seine Seite schlagen.«

»Was ist mit deinen eigenen Brüdern?« fragte Diana.

»Ihnen hätte ich es erzählen sollen. Ich habe es Publius erzählt, aber erst Jahre später, als Onkel Marcus schon tot war.«

»Aber deinen Schwestern hast du es doch bestimmt erzählt«, sagte Bethesda.

»Meine Schwestern standen ihrer Mutter näher als mir. Ich konnte mich nicht darauf verlassen, daß sie es ihr nicht weitersagen würden. Nein, der einzige Mensch, dem ich mich anvertraut habe, war eine alte Sklavin, die schon vor meiner Geburt in Diensten meines Vaters gewesen war, und ich erzählte auch ihr es erst, als ich begriff, daß Onkel Marcus ein Kind in mich gepflanzt hatte. Sie hat mir gezeigt, was zu tun war, aber sie hat mich gewarnt, daß ich vielleicht nie Söhne gebären könnte, wenn ich abtreiben würde.«

»Ein römischer Aberglaube!« Bethesda schnalzte mit der Zunge.

»Trotzdem hat er sich als zutreffend erwiesen. Das war ein weiterer Grund, warum ich meinem Mann nie gesagt habe, was Onkel Marcus mir angetan hatte und was daraus folgte; Quintus hätte mir die Schuld dafür gegeben, daß ich ihm eine Tochter und keinen Sohn geboren habe. Wahrscheinlich hätte er mir vorgeworfen, Onkel Marcus provoziert zu haben. So denken die Männer eben. Quintus wußte, daß er nicht der erste war, aber von Onkel Marcus hat er nie etwas erfahren. Er starb, ohne es zu wissen.«

Ich lauschte irritiert und war erstaunt darüber, was Clodia als nächstes tat: Sie beugte sich vor, ergriff Bethesdas Hand (die, die nicht schon Diana hielt) und drückte sie mit beiden Händen. »Aber du hast doch gesagt, bei dir wäre es dasselbe gewesen, Bethesda – du hättest dein Geheimnis ebenfalls gewahrt.«

Bethesda schlug die Augen nieder. »Wem hätte ich es erzählen sollen? Ein freies römisches Mädchen hätte sich an die Justiz oder die Familie wenden können – aber eine ägyptische Sklavin in Alexandria? Als meine Mutter noch lebte, hatte der Mann ihr diese Dinge so oft angetan, daß sie mir erklärte, der Mißbrauch ihres Herren würde sie am Ende umbringen, und so war es dann auch. Als sie tot war, wandte er sich mir zu. Ich war viel jünger als du, Clodia, nicht einmal alt genug, ein

Kind zu empfangen. Er hat es nur einmal getan oder es zumindest versucht. Ich nehme an, er dachte, ich wäre sanft wie meine Mutter, aber nach den Dingen, die sie mir erzählt hatte, wußte ich, was mich erwartete und beschloß, daß ich lieber sterben würde, als ihm zu Willen zu sein. Er fesselte meine Handgelenke mit einem Strick, wie er es so viele Male bei ihr getan hatte. Er liebte es, sie an einen Haken an der Wand zu hängen. Ich selbst hatte sie so hängen sehen, hatte gesehen, was er ihr antat, und als er versuchte, dasselbe mit mir zu machen, wurde ich von einer Art Wahnsinn ergriffen, die Art Wahnsinn, die die Götter Männern und Frauen eingeben, um ihnen übermenschliche Kräfte zu verleihen. Ich war gewandter, als er vermutet hatte, und es gelang mir, mich aus meinen Fesseln zu befreien. Es kam zu einem Kampf. Ich biß ihn, so fest ich konnte. Er schleuderte mich gegen die Wand, daß ich glaubte, wie ein Käfer zerquetscht zu werden. Ich bekam keine Luft, mein Herz hörte auf zu schlagen. Danach hätte er seinen Willen bekommen können. Er hätte mich töten können. Er war ein mächtiger und angesehener Mann, niemand hätte ihn wegen des Todes einer Sklavin geringer geachtet. Niemand machte sich Gedanken über den Tod meiner Mutter, und niemand hätte meinen Tod hinterfragt.«

»O Mutter!« Diana drückte sich näher an sie. Clodia biß sich auf die Lippe. Chrysis senkte den Kopf. Bethesdas Augen glänzten, doch ihre Wangen blieben trocken. »Ich lag fassungslos auf dem Boden. Ich konnte mich nicht bewegen, nicht einmal einen Finger heben. Ich wartete darauf, daß der Himmel auf mich herabstürzen würde. Aber wißt ihr, was er tat? Er wurde weiß wie eine Wolke, murmelte einen Fluch und verließ den Raum. Ich glaube, der Schatten meiner Mutter muß ihm ins Ohr geflüstert und ihn beschämt haben. Anstatt mich umzubringen, wollte er mich auf einmal nur noch loswerden. Er schickte mich auf einen Sklavenmarkt. Offenbar war ich keine besonders zufriedenstellende Sklavin.« Sie brachte ein sprödes Lächeln zustande. »Männer kauften mich und schickten mich noch vor dem Abend wieder zurück. Ich würde so oft zurückgeschickt, daß der Mann auf dem Sklavenmarkt einen Witz daraus machte. Ich war noch jung und vermutlich auch schön – fast so schön wie du, Diana. Aber unter den Käufern breitete sich das Gerücht aus, ich wäre das reinste Gift, bis am Ende niemand mehr für mich bieten wollte. Natürlich kam schließlich doch der richtige Mann für mich. Ich denke, es muß eine Laune der Göttin gewesen sein, die die Römer Venus nennen, die ihn an jenem Tag auf den Sklavenmarkt schickte, mit nur wenigen Münzen in seiner Börse. Ich war die billigste Sklavin weit und breit, und trotzdem konnte er sich mich kaum leisten!«

Darüber mußten die anderen Frauen lachen, während sie noch ihre Tränen abwischten.

»Und dein Mann weiß nichts von dem, was dir geschehen ist, bevor ihr euch getroffen habt?« fragte Clodia.

»Nein. Ich habe es ihm nie erzählt, und ich glaube, das werde ich auch nie tun. Meiner Tochter habe ich es erzählt, weil ich dachte, daß sie wissen sollte, was ihrer Großmutter widerfahren ist. Und jetzt habe ich es dir erzählt.«

Ich war entsetzt, verwirrt und sprachlos – nicht nur über das, was Bethesda gesagt hatte, und die Tatsache, daß sie es vor mir geheimgehalten hatte, sondern auch über die unerklärliche Vertraulichkeit zwischen den Frauen in meinem Garten. Welcher eigenartiger Zauber war dafür verantwortlich, daß sie so offen miteinander redeten? Wo waren die üblichen Barrieren von Sklaverei und Status, die sie eigentlich hätten trennen müssen? Die Erde schien unter meinen Füßen zu beben, und meine Finger zitterten, als ich das Guckloch im Efeu wieder schloß und leise in mein Arbeitszimmer flüchtete.

IXX

Nach einer Weile befahl ich einer Sklavin, Bethesda zu melden, daß ich heimgekommen wäre und mich in meinem Arbeitszimmer aufhalten würde. Wenig später erschien Clodia in Begleitung von Chrysis. Sie lächelten beide, als hätten sie sich prächtig amüsiert. Der Besuch bei Bethesda und Diana war offensichtlich in fröhlicher Stimmung zu Ende gegangen, was mich um so mehr verwirrte – wie konnten sie über derartig schreckliche Dinge sprechen und dann lachend auseinandergehen?

»Ich bin vorbeigekommen, um zu sehen, ob du irgend etwas Neues erfahren hast, aber du warst nicht da«, sagte Clodia mit gespieltem Trotz. »Ich gehe davon aus, daß du in meinem Auftrag unterwegs warst, um etwas Brauchbares über Caelius herauszufinden – vielleicht neue Erkenntnisse über die Sklaven, die er bestochen hat, Dio zu vergiften?«

»Ich fürchte, ich habe nicht viel herausgefunden. Bist du schon lange hier?«

»Eine Weile.«

»Ich hoffe, du hast dich nicht gelangweilt.«

»Überhaupt nicht. Deine Frau hat mich sehr herzlich empfangen.«

»Hat sie das?«

»Ja.«

Das war in etwa der Tenor unseres Gespräches, und kurz darauf brachen Clodia und Chrysis auf.

Es dämmerte, und das Abendessen wurde aufgetragen. Ich war verlegen und hatte Schwierigkeiten, Bethesda und Diana in die Augen zu sehen. Ich fragte Bethesda, was sie denn nun von unserer Besucherin halte. »Eine interessante Frau«, war alles, was sie erwiderte.

»Ich nehme an, sie hat dich, was meinen Aufenthaltsort in der vergangenen Nacht betrifft, beruhigen können?«

»Ja«, antwortete Bethesda, ohne weitere Ausführungen zu machen.

»Nun, gut. Dann ist also alles wieder im Lot?«

»Ich war mir keiner Störung unseres gewohnten Alltags bewußt«, sagte Bethesda.

Ich biß auf eine Brotkruste, um mir nicht auf die Zunge zu beißen.

Es wurde ein stilles Mahl. Als man den letzten Gang, pikante Zwiebeln und Wein, auftrug, räusperte sich Bethesda. »Unsere Besucherin hat uns zu einer Gesellschaft eingeladen.«

»Einer Gesellschaft?«

»Übermorgen. Clodia sagt, sie würde jedes Jahr zum Auftakt der Feiern der Großen Mutter ein Fest geben.«

»Und sie hat *dich* eingeladen?«

Bethesda schnaubte pikiert. »Sie hat uns beide eingeladen.«

»Ich glaube nicht, daß die Art Feste, die Clodia gibt, dir –«

»Es wird schwierig werden, eine passende Stola für den Anlaß zu finden.« Sie blickte nachdenklich vor sich hin, im Geiste ihre Garderobe durchgehend.

Ich seufzte. Für Bethesda war die persönliche Einladung einer Patrizierin wie Clodia wahrscheinlich fast zu schön, um wahr zu sein; eine Gelegenheit, Aufnahme in die Gesellschaft des Palatin zu finden, und die wollte sie sich keinesfalls entgehen lassen. Ich war selbst überrascht, obwohl ich langsam lernte, mich über nichts mehr zu wundern, was Clodia tat.

Als wir später am Abend im Bett lagen, preßte Bethesda sich an meinen Körper und bat mich, sie in die Arme zu nehmen. Als ich dies tat, wollte ich ihr sagen, daß ich ihr Geheimnis kannte und ihr Schweigen verstand und daß es für mich keinen Unterschied machte. Aber ich konnte nicht sprechen. Statt dessen zeigte ich ihr mit meinen Händen, meinen Lippen und mit meiner Zunge, was ich fühlte. Anschließend schlief sie zufrieden ein, während ich noch lange wach lag, in die Dunkelheit starrte und mich fragte, wie ein Mann je glauben konnte, die ganze Wahrheit über irgend etwas zu wissen.

Am nächsten Morgen schickte ich einen Boten zu Ecos Haus, um zu fragen, ob er zurück sei, doch der Bote kehrte mit der von mir erwarteten Nachricht heim: Eco war noch nicht wieder da. Er würde sofort nach seiner Rückkehr zu mir kommen, dachte ich, egal zu welcher Tages- oder Nachtzeit.

Wenn er nicht bald kam, würde alles, was er möglicherweise herausgefunden hatte, nutzlos sein. Der Prozeß sollte am nächsten Morgen beginnen.

Ich beschloß, den Tag in meinem Arbeitszimmer zu verbringen, anstatt erneut zum Forum zu gehen und nach Beweisen zu suchen, die Caelius mit dem Gift in Zusammenhang brachten. Ich hatte genügend Leute angesprochen; was ich zu erfahren suchte, würde vielleicht auch ohne mein Zutun ans Licht kommen. Vielleicht würde ein Zweig, der gestern noch karg war, heute Früchte tragen. Wenn dem so war, wäre es klüger, dort zu bleiben, wo ein Bote mich sicher antreffen würde. Und außerdem konnte Eco jederzeit kommen.

Ich begann einen weiteren Brief an Meto, den ich am Ende genauso verbrannte wie den vorherigen. Ich konnte die Dinge, die mich bewegten, nicht in einem Brief mit ihm teilen. Bethesda und Diana verbrachten den Tag nähend im Garten. Sie schienen gut gelaunt und sprachen und lachten leise miteinander. Ich sah still zu, zufrieden damit, aufmerksamer Beobachter zu sein – wie jemand, der über ihr Leben wachte.

Es war kein Informant, sondern Trygonion, der schließlich am Nachmittag so panisch an meine Tür klopfte, daß Belbo gar nicht erst versuchte, den kleinen Galloi daran zu hindern, in mein Arbeitszimmer zu stürmen.

»Komm!« rief er zitternd und nach Luft ringend. »Du mußt sofort kommen!«

»Was ist denn jetzt wieder, Trygonion?« seufzte ich.

»Er hat es getan! Er hat es wirklich getan! Trotz all ihrer Vorsichtsmaßnahmen. O Kybele, verfluche seine Augen!« Er zerrte an seinem Gesicht und stampfte mit dem Fuß auf.

»Trygonion, was ist passiert?«

»Er hat sie vergiftet. Sie stirbt! O bitte, komm sofort!«

Kein Wunder, daß Trygonion außer Atem war. Er war den ganzen Weg von Clodias Haus gerannt und erwartete jetzt von mir, daß ich mit ihm zurücklief. Wir erreichten die kleine Sackgasse wie keuchende Läufer nach einem Marathon. Die Tür zu Clodias Haus war nicht einmal geschlossen, sondern stand noch genauso offen, wie Trygonion sie verlassen hatte.

»Beeil dich!« Er packte meine Hand und zerrte mich hinter sich her. Für einen derart zerbrechlich wirkenden Mann war er erstaunlich stark. Ich versuchte, Schritt zu halten, doch er war schneller und schleifte mich durch die Halle und das Atrium, den Garten in der Mitte des Hauses, den Säulengang und weiter einen langen Flur hinunter. Vor einer mit einem schweren Vorhang verdeckten Tür stand eine Gruppe vor sich hin murmelnder Sklaven. Sie machten Trygonion Platz, der mich durch den Vorhang in das dahinterliegende Zimmer zerrte.

Draußen schien hell die Sonne, doch in diesem Raum hätte es genausogut Mitternacht sein können. Türen und Fenster waren mit schweren Stoffen verhängt. Das einzige Licht stammte von einigen schwach brennenden Lampen.

Nachdem sich meine Augen ein wenig an die Dunkelheit gewöhnt hatten, sah ich Clodia auf einem Schlafsofa mit kunstvoll geschnitzten Beinen aus Elfenbein und weichen Polstern ruhen. Sie war mit einer Wolldecke zugedeckt. In dem dämmrigen Licht sahen ihr Gesicht und ihre Hände blaß und wächsern aus. »Trygonion?« flüsterte sie.

»Herrin!« rief er, als wäre er ihr Sklave. Er stürzte an ihre Seite und ergriff ihre Hand. »Ich bin so schnell zurückgekommen, wie ich konnte.«

»Ist Gordianus bei dir?«

»Ja. Bitte spare deinen Atem.«

»Warum? Meinst du, ich hätte nur noch so wenig übrig?« Sie lachte matt. »Trygonion glaubt, ich würde sterben«, sagte sie und richtete ihre glänzenden Augen auf mich.

»Was ist geschehen, Clodia?«

»Es muß wohl etwas gewesen sein, was ich gegessen habe.« Sie krümmte sich und verzog das Gesicht.

»Hast du einen Arzt rufen lassen?«

»Mein Bruder kennt einen äußerst kundigen Heiler, der zufälligerweise auch eine Menge über Gifte weiß. Publius hat allen Grund, sich wegen Gift Sorgen zu machen, wie du dir vorstellen kannst. Der Arzt ist gekommen, als Trygonion weg war. Ich nehme an, er wartet jetzt vor der Tür; ich konnte es nicht ertragen, im selben Zimmer mit ihm zu sein.«

»Was hat er gesagt?« fragte Trygonion entsetzt.

»Er sagte: ›Ich denke, es muß etwas gewesen sein, was du gegessen hast.‹« Sie lächelte schwach. »Er wollte wissen, wieviel ich von dem Pulver geschluckt hätte und wann. Ich habe ihm erklärt, daß ich es heute am frühen Morgen zu mir genommen, doch erst gegen Mittag die Wirkung gespürt hätte. Er sagt, ich hätte großes Glück gehabt, nur so wenig davon zu essen. Auch so –«

»Welches Pulver?« fragte ich.

»Hat Trygonion dir das nicht erzählt?« fragte sie. »Stell dir das vor! Wie oft bin ich morgens schon vor dem Frühstück in der Küche gewesen? Noch nie. Aber heute bin ich aus irgendeinem Grund früh aufgewacht und hatte Hunger. Ich rief nach Chrysis, doch sie kam nicht, also ging ich selbst in die Küche. Du hättest Chrysis zusammenzucken sehen sollen, als ich den Raum betrat. Sie stand an einem kleinen Tisch, auf dem eine Schale honiggesüßten Hirsebreis stand. ›Ist das für mich?‹ fragte ich. Chrysis sagte gar nichts. Ich ging zu dem Tisch und sah, daß neben der Schale eine kleine Dose stand, die ein krümeliges, gelbes Pulver enthielt. ›Ein Gewürz?‹ fragte ich. Ich hatte nicht den leisesten Verdacht, mußt du wissen.«

»Ein krümeliges, gelbes Pulver?«

»Ja, es ähnelt keinem mir bekannten Gewürz. Ich befeuchtete meinen Finger, tippte mit ihm in das Pulver und leckte ihn ab, ohne nachzudenken. Eigentlich schmeckte es gar nicht schlecht, nur ein wenig erdig. Dann sah ich den Ausdruck in Chrysis' Gesicht und wußte sofort Bescheid.«

Hinter meinem Rücken hörte ich ein Wimmern. Ich drehte mich um. Es schien aus der gegenüberliegenden Ecke zu kommen. Zuerst dachte ich, es wäre ein am Boden liegender Hund. Dann nahm ich weiter oben eine Bewegung wahr. Ich spähte in die Dunkelheit und erkannte mit einem Mal die Umrisse eines von der Decke hängenden Körpers. Es war eine nackte Frau, die mit einem Seil an den Knöcheln gefesselt und aufgehängt worden war und sich leicht drehte. Sie wimmerte erneut.

»Ruhe!« rief Clodia. Sie richtete sich auf, sank jedoch sofort in ihre Kissen zurück. Trygonion wuselte um sie herum, bis sie seine sorgenden Hände mit einer Bewegung verscheuchte. »Ich habe sofort nach Trygonion geschickt. Er eilte aus dem Haus der Galloi an meine Seite. Er hatte auch die Idee, Clodius' Arzt rufen zu lassen. Ich habe auf den Mann gewartet und gewartet; wie sich herausstellte war er auf dem Kräutermarkt, ohne daß jemand wußte, wohin er genau gegangen war. Zunächst machte ich mir keine Sorgen. Ich fühlte mich gut. Doch um die Mittagszeit setzten die Beschwerden ein. Trygonion hat mich gepflegt, bis ich auf die Idee kam, ihn zu dir zu schicken, Gordianus.«

»Warum zu mir?«

»Du mußt mehr über Gifte wissen als die meisten Männer. Ich dachte, du könntest mir etwas über das gelbe Pulver sagen. Hol es, Trygonion.«

Er riß sich von ihr los und ging zu einem kleinen, mit Dosen und Fläschchen vollgestellten Tisch. Über diesem hing ein polierter Spiegel an der Wand, in dem sich das trübe Licht der Lampe spiegelte, zusammen mit dem erschreckenden Anblick der auf der anderen Seite des Zimmers von der Decke hängenden Chrysis. Trygonion kehrte mit einer kleinen Pyxis zurück. Ich trat ins Licht einer Lampe und studierte den Inhalt.

»Ist es zu dunkel?« fragte Clodia. »Heller kann ich die Lampe nicht machen. Das Licht schmerzt meine Augen.«

»Ich sehe gut genug. Ich kann mich irren, aber ich vermute, daß dies eine Substanz ist, die ›das Haar der Gorgonen‹ genannt wird. Man gewinnt sie aus den Wurzeln einer Pflanze, die wild an der Küste Mauretaniens wächst. Früher war sie in Rom sehr selten, aber heutzutage sieht man sie immer öfter. Sie ist sehr kräftig, wirkt relativ schnell und ist beinahe geschmacklos, so daß man sie mit fast jedem Essen mischen kann.«

Clodia schloß die Augen und nickte. »Siehst du, Trygonion, ich habe dir ja gesagt, daß Gordianus es kennen würde. Der Arzt hat dasselbe gesagt.«

»Hat er die Wirkung erklärt?«

»Das war wirklich nicht nötig. Ich habe sie ja selbst gespürt.«

»Schwindel, Übelkeit, Kälteschübe und eine schmerzhafte Lichtempfindlichkeit?«

Sie hielt die Augen geschlossen und nickte.

»Wieviel davon hast du geschluckt?«

»Nur diese eine kleine Fingerkuppe. Nachdem ich den Ausdruck in Chrysis' Gesicht gesehen hatte, wußte ich, was ich da eben zu mir genommen hatte.«

Wieder vernahm ich aus der anderen Ecke des Zimmers ein Wimmern. »Ruhe!« schrie Clodia.

»Wenn du nicht mehr geschluckt hast –«

»Werde ich überleben, ja. Das hat der Arzt auch gesagt.«

Ein Arzt, der einer mächtigen und gefährlichen Frau erklärt hätte, daß sie sterben würde, wenn es auch nur den Hauch einer Überlebenschance gab, wäre töricht gewesen. Die Mächtigen schätzen es nicht, schlechte Nachrichten zu erhalten, vor allem, wenn sie sich hinterher als falsch herausstellen. Für den Arzt war es allemal besser, der Schwester seines Herrn zu versichern, daß sie überleben würde. Und vermutlich hatte er recht. Ich wußte ein wenig über »das Haar der Gorgonen« und seine Wirkung; die Dosis war gering genug gewesen, um ihr Ableben unwahrscheinlich erscheinen zu lassen.

»Wenn der Arzt sagt, daß es dir bald besser geht, wirst du sicher –«

»Hast du keine eigene Meinung?« fragte sie scharf. »Du hast das Gift erkannt. Dann mußt du auch wissen, wie es wirkt.«

»Ich *kenne* vielerlei Gifte, doch es sind andere, die es *anwenden.*«

»Natürlich wirst du nicht sterben!« rief Trygonion. Clodia erlaubte ihm, an ihrer Decke herumzuzupfen und ihre Hände zu streicheln.

»Ich dachte, du hättest Vorkehrungen gegen einen möglichen Giftanschlag getroffen«, sagte ich.

»Das habe ich auch. Aber die Posse in den Bädern des Senia war offenbar nur ein von Caelius inszeniertes Ablenkungsmanöver. Er wollte, daß ich dachte, ich hätte ihn überlistet, während die Viper schon an meiner Brust lag. Die Sklavin, der ich mehr als allen anderen vertraut habe!«

Chrysis wimmerte und wand sich in der Luft. Mittlerweile hatten meine Augen sich an die Dunkelheit gewöhnt, und ich konnte deutlicher erkennen, daß ihre glatte, nackte Haut von Striemen übersät war.

»Die verräterische Spionin weint, weil ich sie habe auspeitschen lassen«, sagte Clodia leise. »Dabei hat ihre Bestrafung gerade erst begonnen.«

»Hat sie gestanden?«

»Noch nicht. Aber Caelius muß Spione in meinem Haus haben, genauso wie ich Spione in seinem habe. Wer wäre besser geeignet als Chrysis? Und ich habe sie dabei erwischt, wie sie mein Essen vergiften wollte! Wenn ich zufällig einen Moment später in die Küche gekommen wäre –«

»Wieso glaubst du, daß das Gift von Caelius kommt?«

Clodia bedachte mich mit einem derart vernichtenden

Blick, daß mir der Atem stockte. Kannte Catull diesen Blick? Sie fing an zu zittern und schloß die Augen. »Von wem sonst?« fragte sie mit matter Stimme. »Wir wissen, daß er das Gift schon hatte. Ich wußte nur nicht, welchen Sklaven er benutzen würde, um das Zeug in mein Haus zu schmuggeln. Chrysis, nicht Barnabas!«

»Glaubst du, daß es dasselbe Gift ist, das er an seinem Sklaven ausprobiert hat?«

»Natürlich.«

»Dem ist aber nicht so.«

Sie biß sich auf die Lippe und bewegte sich unter ihrer Decke. »Wie meinst du das?«

»Das Gift, das Caelius seinem Sklaven verabreicht hat, hat sehr schnell gewirkt. Das hast du mir selbst erzählt, und ich nehme an, deine Spione haben dich genau unterrichtet. Der Sklave verendete erbärmlich, während Caelius zusah. ›Es hat nur wenige Augenblicke gedauert‹, hast du gesagt. Das kann nicht dasselbe Gift gewesen sein. Die Mauretanier sagen, ›das Haar der Gorgonen‹ wäre wie eine ›im Bauch zusammengerollte Schlange‹. Wenn man es zu sich genommen hat, braucht es seine Zeit, bevor es zuschlägt. Eine Zeitlang spürt das Opfer nichts von der Vergiftung, bevor dann urplötzlich die Symptome auftreten. Du hast gesagt, du hättest das Pulver am Morgen probiert, aber erst mittags die Wirkung gespürt. Das klingt kaum wie Caelius' ›schnell wirkendes‹ Gift.«

»Na und? Dann hat er eben ein anderes Gift verwendet.«

»Mag sein. Wenn ich darf, würde ich die Reste dieses Gifts gern mit nach Hause nehmen. Wenn ich mich recht entsinne, habe ich zufällig noch ein wenig ›Haar der Gorgonen‹ im Haus, verschlossen in einer Schatulle, in der ich solche Dinge aufbewahre.« Eco hatte das Zeug vor Monaten von einem Mann bekommen, dessen Frau versucht hatte, ihn zu vergiften, und es mir zur sicheren Verwahrung gegeben, weil er wegen der Zwillinge kein Gift in seinem Haus aufbewahren will. »Ich würde das Pulver gern mit der Probe vergleichen, die ich zu Hause habe –«

Clodia zögerte. »Aber du mußt es mir auch bestimmt zurückgeben«, flüsterte sie und schloß die Augen. »Es ist Beweismaterial gegen Caelius.«

Das Gespräch schien beendet zu sein. Clodia wand sich auf ihrem Bett. Chrysis wand sich an ihrem Seil. Doch dann beugte Trygonion sich vor und flüsterte Clodia ins Ohr: »Die andere Dose.«

Sie runzelte die Stirn.

»Herrin, die andere Dose«, wiederholte er.

Die Grimasse, die sie zog, rührte augenscheinlich nicht von körperlichen Schmerzen her. »Ja, zeig sie ihm. Laß ihn selbst sehen.«

Trygonion nahm mir die Dose mit dem Gift ab, ging zu dem kleinen Schminktisch und kehrte mit einer anderen Pyxis zurück, mit spitzen Fingern, die Nase gekräuselt und den Arm ausgestreckt, als wollte er das Objekt möglichst weit von sich entfernt wissen. Ich erkannte sie sofort.

»Es ist dieselbe Pyxis, die Licinius in den Bädern des Senia bei sich hatte«, sagte ich.

»Bist du sicher?« flüsterte Clodia.

»Bronze mit erhöhten Griffen und Intarsien aus Elfenbein. Genau dieselbe.«

»Dieses Ungeheuer!« sagte Trygonion und drückte mir das Döschen in die Hand. »Los, schau hinein.«

»Es ist heute morgen gekommen«, sagte Clodia. »Ein Bote hat es vor der Haustür hinterlegt. Was hat er sich dabei gedacht? Wollte er mich mit diesem obszönen Scherz quälen, während ich mit dem Tode rang?« Sie zog zitternd die Luft ein und begann zu schluchzen.

Ich nahm Trygonion das winzige Behältnis ab und klappte es auf. Es enthielt eine perlenfarbig oszillierende Flüssigkeit, vielleicht eine Tinktur oder Salbe, dachte ich. Ich berührte sie mit dem Finger und zuckte so heftig zurück, daß ich die Dose fallen ließ und der Inhalt sich auf den Fußboden ergoß. Trygonion starrte mit angewiderter Faszination auf die kleinen Kugeln klumpigen Spermas.

»Der verdammte Mistkerl!« Clodia schlug auf dem Bett wie wild um sich. Trygonion eilte zu ihr. Ich wich zurück, stieß gegen den Schminktisch, fuhr herum und starrte blind auf die Salben und Zaubertränke. Unter ihnen fiel mir eine kleine Statue von Attis auf, dem kastrierten Begleiter der Kybele, die den Skulpturen, die ich im Zimmer von Lucius Lucceius' Frau gesehen hatte, zum Verwechseln ähnlich sah. Der blasse Schein der Lampen fiel auf seine rote Mütze und sein erhabenes Lächeln.

Clodia fluchte und stöhnte weiter, während sich Trygonion über sie beugte. Die Pyxis lag auf dem Boden, ihr verspritzter Inhalt glitzerte im matten Licht.

Ich wich erneut zurück. Eine der Lampen begann zu zischen, und der Raum wurde noch dunkler. Ich stieß gegen etwas Festes, das trotzdem nachgab. Hinter mir knackte das Seil, und ich hörte ein Wimmern. Erschreckt wurde mir klar, daß ich mit Chrysis' herabhängendem Körper zusammengestoßen war. Auf dem Kopf stehend wirkten ihre weit aufgerissenen Augen und ihre Nüstern so grotesk, daß ihr Gesicht nicht mehr dem eines Menschen ähnelte. Ihre Lippen bewegten sich. Ich beugte mich herab und versuchte zu verstehen, was sie sagte, doch ihr Flüstern wurde von Clodias schluchzendem Schrei übertönt.

»Bestraft sie! Bestraft sie!«

Hinter den schweren Vorhängen vor der Tür vernahm ich das Gemurmel und Schlurfen der im Flur versammelten Sklaven. Ich starrte auf Chrysis' sich stumm bewegende Lippen und wußte kaum, was ich sah, bis ich wieder zu Sinnen kam. Ich ging auf die Tür zu und schob den Vorhang beiseite.

Die Sklaven im Flur zerstreuten sich und scharten sich hinter mir wieder zusammen wie gluckende Hennen. Als ich den Flur hinunterging, kam mir eine Gestalt entgegen und ging mit langen, eiligen Schritten an mir vorbei in Clodias Zimmer. Es war Barnabas, der Sklave, der eine Lederpeitsche in Händen hielt. Er starrte stur geradeaus, die Zähne leicht zusammengebissen. Sein Gesicht war vollkommen reglos, nur in seinen Augen sah ich eine eigenartige Mischung aus Entschlossenheit und Furcht.

Zuhause traf ich Bethesda, auf der Suche nach passender Garderobe für Clodias Fest, bei der Inspektion ihres Kleiderschrankes an. »Was meinst du, die blaue oder die grüne Stola? Und als Halskette – die Perlen aus Karneol oder die Lapislazuli, die du mir letztes Jahr geschenkt hast?«

»Ich fürchte, es ist ziemlich unwahrscheinlich, daß das Fest überhaupt stattfinden wird.«

»Aber warum nicht?«

»Clodia ist krank.« Zu erklären, was gerade in Clodias Haus vorgefallen war, überstieg meine Kräfte.

»Vielleicht fühlt sie sich morgen besser«, meinte Bethesda stirnrunzelnd.

»Vielleicht. Wir werden sehen, ob sie morgen früh zum Prozeß erscheint.«

»Richtig, der Prozeß! Den wird sie auf keinen Fall verpassen. Sie muß sich einfach besser fühlen, und dann wird sie am Ende auch ihr Fest geben. Sie hat schon so viel dafür vorbereitet.«

»Für den Prozeß?«

»Für das Fest, du Dummkopf.«

Ich nickte. »Noch immer keine Nachricht von Eco?«

»Nichts.«

Plötzlich fiel mir ein, daß ich das Döschen mit dem »Haar der Gorgonen« vergessen hatte, das ich mir von Clodia hatte ausleihen wollen, um es mit dem Gift in meiner Schatulle zu vergleichen. Doch ich verspürte kein Verlangen, noch einmal zu ihr zurückzukehren, und vergaß es für den Augenblick völlig.

XX

Bethesda war offenbar prophetisch veranlagt. Denn als wir am Morgen zum Forum gingen, um den Prozeß zu verfolgen, saß Clodia schon inmitten eines großen Gefolges auf dem breiten Platz vor der Rostra in der zweiten Reihe hinter den Anklägern. Sie war blaß, und ihre Augen waren ruhelos, doch das Schlimmste war anscheinend überstanden. Sie blickte in unsere Richtung und brachte ein schwaches Lächeln zustande – das allerdings nicht mir galt, wie ich erkennen mußte, sondern Bethesda, die nickte und das Lächeln erwiderte. Für mich hatte Clodia kein Lächeln, sondern nur eine hochgezogene Braue übrig, als ob sie mich fragen wollte, ob ich irgendwelche neuen Informationen für sie hätte. Ich schürzte die Lippen und schüttelte den Kopf. Eco war noch immer nicht zurückgekehrt, und in keinem meiner Netze hatte sich ein Fisch verfangen.

Es war der Vortag der Feierlichkeiten zu Ehren der Großen Mutter. Sechs Tage lang würde Rom sie mit Spielen und Wettkämpfen, Prozessionen und Theateraufführungen, Privatfesten und öffentlichen Zeremonien begehen. Nach den Feiern würde der Senat noch einmal kurz zusammenkommen, bevor die Senatoren den traditionellen Aprilis-Urlaub auf ihren Landsitzen antraten. Danach würde das öffentliche Leben Roms zum Erliegen kommen – wie eine Windmühle, deren Flügel urplötzlich angehalten werden. Am Tag davor herrschte auf dem Forum eine Stimmung, in der sich Hektik und Muße vermischten – hastige Eile, um noch ein letztes Geschäft zu erledigen, verbunden mit der Vorfreude auf die kommenden Tage des Müßiggangs und Vergnügens.

Diese Stimmung nervöser Erwartung wurde durch die vor einem großen Prozeß üblicherweise angespannte Atmosphäre noch verstärkt, einem Prozeß zumal, der einen so aufsehenerregenden Skandal versprach wie dieser. Weil kein anderes römisches Gericht tagte, waren sämtliche Anwälte

Roms zugegen, und da es in jüngster Zeit so erregte Debatten über die ägyptische Situation und Dios Tod gegeben hatte, war auch fast der gesamte Senat erschienen. Wer klug und vorausschauend genug gewesen war, hatte bei Anbruch der Dämmerung Sklaven mit Klappstühlen zum Forum geschickt, um sich einen Platz zu sichern; und genau aus diesem Grund hatte ich auch Belbo losgeschickt. Ich ließ meinen Blick über die dicht gedrängten Reihen wandern und sah ihn von einem exzellenten Platz direkt hinter den Bänken der gut siebzig Richter winken. Wir bahnten uns einen Weg durch die Menge. Bevor Belbo sich unter die Gaffer und Müßiggänger mischte, die sich am Rand des Forums versammelt hatten, trug ich ihm auf, die Augen nach Eco offenzuhalten, der ja immer noch im letzten Moment auftauchen konnte.

Vor den Richterbänken erstreckte sich die Fläche, von der aus die Anwälte ihre Reden halten würden. Links saßen die Ankläger mit ihren Assistenten und Zeugen. Und dort saß auch Clodia. Neben ihr hatte Barnabas Platz genommen, in seiner Nähe erkannte ich »Flinkfinger« Vibennius und diverse andere Beteiligte der erfolglosen Jagd in den Bädern des Senia.

Zu unserer Rechten, den Anklägern direkt gegenüber, stand die Bank des Angeklagten, der von seinem Anwalt, seiner Familie sowie Anhängern und Leumundszeugen begleitet wurde. Die Eltern von Marcus Caelius trugen Schwarz, als ob sie in Trauer wären. Die Augen seiner Mutter waren gerötet und verquollen, ihre Wangen feucht von Tränen; sein Vater trug weiße Stoppeln am Kinn, sein Haar wirkte ungepflegt, ein Mann, der vor Sorge halbverrückt war. Wenn die Eltern eines Angeklagten vor Gericht erscheinen, sehen sie immer so aus. Wenn Caelius Kinder gehabt hätte, hätten sie weinend in Lumpen daneben gestanden. Der Einsatz derartiger Mittel reichte schon so lange zurück, daß es sich kein Anwalt erlauben konnte, die Familie eines Mandanten in einem anderen als einem zutiefst erbarmungswürdigen Aufzug erscheinen zu lassen.

Neben Caelius saßen seine beiden Anwälte. Cicero wirkte schlanker und wacher als bei unserer letzten Begegnung; das bittere Jahr im Exil hatte Bauch und Hängebacken verschwinden lassen und seinen Augen einen feinen Glanz verliehen. Die feiste Selbstzufriedenheit, die sich seiner nach seinem Konsulat und dem Triumph über Catilina bemächtigt hatte, war verschwunden. Statt dessen wirkte er gleichermaßen gehetzt und erwartungsvoll – gehetzt, weil er die Erfahrung gemacht hatte, daß Rom sich in bösartiger Weise gegen ihn wenden konnte, und erwartungsvoll, weil er erfolgreich gegen seine Feinde zurückgeschlagen hatte und wieder auf dem Weg nach oben war. Diese Erwartung in seinem Blick erinnerte an den eigensinnigen jungen Anwalt, als den ich ihn vor langer Zeit kennengelernt hatte, jedoch sein hartes Kinn und die verbitterten schmalen Lippen zeugten davon, daß die Jahre nicht spurlos an ihm vorübergegangen waren. Schon als junger Mann war Cicero ehrgeizig, skrupellos und brillant gewesen – vor Gericht ein gefährlicher Gegner. Und heute sah er furchteinflößender aus denn je.

Was Marcus Crassus anging, so alterte der reichste Mann Roms seit einigen Jahren scheinbar überhaupt nicht mehr. Er war ein paar Jahre älter als ich, sah jedoch erheblich jünger aus. Einige scherzten, er hätte einen Handel mit den Göttern gemacht, ihn mit der Zeit nicht älter, sondern reicher werden zu lassen. Wenn dem so war, stellte ihn dieses Geschäft offenbar noch immer nicht zufrieden; er sah so streng und mißvergnügt aus wie eh und je. Crassus war ein Mann, der nach eigenen Maßstäben nie erfolgreich genug sein konnte. Diese Rastlosigkeit trieb ihn in den Arenen von Hochfinanz und Politik von Triumph zu Triumph, wobei er ein Tempo vorgab, das mitzuhalten seinen weniger talentierten Kollegen unmöglich war – weswegen sie bitteren Groll gegen ihn hegten.

Neben den beiden alten Füchsen wirkte Marcus Caelius auffallend jung und frisch, fast jungenhaft. Ausreichend Schlaf oder aber andere Mittelchen hatten den Ausdruck des trägen Fatalismus ausradiert, den ich in der geilen Kneipenwirtschaft in seinem Gesicht bemerkt hatte. Caelius war schon immer ein Schauspieler gewesen, und zu diesem Anlaß trat er nun mit geradezu unheimlicher Präzision als die personifizierte Unschuld auf. Seine Gerissenheit hatte ihm schon früher Probleme bereitet; in den letzten Jahren hatte er sich weit von seinen Mentoren Crassus und Cicero entfernt und sie beim Streben nach eigenem Glück vielleicht sogar verraten. Es wäre durchaus verständlich gewesen, wenn sie ihm jetzt den Rücken gekehrt hätten, doch offenbar waren alle Differenzen ausgeräumt. Da saßen sie, die drei Füchse, in einer Reihe einträchtig nebeneinander.

Ich wandte den Blick von der Verteidigung zur Anklage. Anklageführer war der junge Lucius Sempronius Atratinus. Wenn Caelius neben seinen verwitterten Advokaten frisch wirkte, sah Atratinus wie ein Kind aus. Er war erst siebzehn, in den Augen des Gesetzes gerade eben ein Mann. Aber bei römischen Richtern, die schon zu viele Reden gehört haben, um sich von falscher Empörung oder ermüdendem Gepolter beeindrucken zu lassen, kann jugendliche Leidenschaft einiges bewirken, egal, wie erfahren ein Anwalt ist. Das Interesse des jungen Atratinus an der Anklage gegen Caelius war die Fortsetzung einer Familienfehde; Atratinus' Vater Bestia war derjenige, über den Caelius sein berüchtigtes Wortspiel mit dem »schuldigen Finger« geprägt hatte. In den Augen eines römischen Gerichtes, wo Loyalität gegenüber dem Vater noch etwas bedeutet, war Atratinus' Bemühen, Caelius zu vernichten, ein Akt der Tugend.

Atratinus wurde von seinen beiden Mitanklägern flankiert, über die ich nur wenig wußte. Lucius Herennius Balbus war ein Freund Bestias und mir nur vom Sehen bekannt. Ich hatte nie eine Rede von ihm gehört, doch der Anblick seines wohlgenährten, auf dem Forum hin und her eilenden Körpers (wie ein riesiges Ei in einer Toga, hatte Eco einmal gefrotzelt) war mir im Gedächtnis geblieben. Der dritte Ankläger war Publius Clodius – nicht Clodias Bruder, sondern ein von diesem Freigelassener, weshalb auch er den Namen seines ehemaligen Herrn trug; so waren die Clodier zwar namentlich, aber nicht persönlich unter den Anklägern vertreten, was ihnen zweifellos lieber war.

Gnaeus Domitius, der vorsitzende Richter, bestieg seinen Richterstuhl, die übrigen Richter wurden vereidigt, und der Prozeß begann mit der Verlesung der Anklageschrift.

Insgesamt wurden Caelius fünf Vergehen vorgeworfen. Die ersten vier behandelten die gewaltsamen Übergriffe auf die ausländischen Würdenträger, die als Personen sakrosankt waren; Gewalt gegen sie war, streng genommen, Gewalt gegen ihre Schutzmacht, den römischen Staat also, woraus die Anklage den Vorwurf des politischen Terrorismus abgeleitet hatte. Die Anklagepunkte waren gravierend: Marcus Caelius wurde beschuldigt, die Angriffe in Neapolis organisiert zu haben, um die soeben eingetroffene alexandrinische Gesandtschaft einzuschüchtern; weiter legte man ihm zur Last, den Aufruhr gegen die Delegation in Puteoli angestiftet und den Brandanschlag auf den Besitz von Palla begangen zu haben, wo die Gesandtschaft auf dem Weg nach Rom übernachtet hatte; schließlich einen vereitelten Giftanschlag auf Dio, den Leiter der Delegation, unternommen und anschließend als Mittäter an seiner Ermordung teilgenommen zu haben.

Diesen Anschuldigungen wurde ein weiterer, neuer Vorwurf hinzugefügt: Caelius hatte angeblich versucht, Clodia zu vergiften. Viele Zuschauer zeigten sich überrascht, so auch Bethesda.

»Wovon reden sie da?« flüsterte sie.

Ich zuckte die Schultern und versuchte, unwissend auszusehen.

»Du hast mir erzählt, sie wäre krank, von Gift hast du nichts gesagt!«

Ich legte meinen Finger auf die Lippen und wies mit dem Kopf auf die Verteidigerbank, wo Crassus sich erhoben hatte, um eine Erklärung abzugeben. »Der Vorsitzende Richter und seine Kollegen seien darauf hingewiesen, daß der letzte Anklagepunkt neu ist und von der Anklage erst gestern erhoben wurde. Damit wurde der Verteidigung nicht die übliche Vorbereitungszeit für die Entgegnung auf einen derart gravierenden Vorwurf eingeräumt. Deswegen könnten wir der Aufnahme dieses Anklagepunktes mit allem Recht widersprechen und sogar darauf bestehen, daß er ausgeklammert und in einem getrennten Verfahren verhandelt wird, oder andernfalls die Verschiebung des gesamten Prozesses verlangen. Eingedenk der Tatsache, daß dieses Gericht ausschließlich zur Verhandlung von Fällen politisch motivierter Gewalt zusammentritt, scheint es kaum angemessen, den Anklagepunkt der versuchten Vergiftung einer Privatperson aufzunehmen. Da jedoch die Anklage offenbar der Ansicht ist, daß dieser Vorwurf im Zusammenhang mit den anderen Anklagepunkten steht und mein geschätzter Freund und Kollege Marcus Cicero mir versichert hat, daß er sehr wohl darauf vorbereitet ist, unseren Mandanten gegen den neuen Vorwurf zu verteidigen, erheben wir keinen Einspruch gegen die Aufnahme dieses Punktes.«

Crassus nickte dem Vorsitzenden und den Richtern bedeutsam zu und nahm wieder Platz. Auf Ciceros Lippen sah ich die Andeutung eines kaum verhohlenen Grinsens. War es möglich, daß ihn die Aufnahme des neuen Anklagepunktes insgeheim freute? Welche Taschenspielertricks hatte er sich diesmal ausgedacht?

Nachdem die Formalitäten abgehandelt waren, konnte der eigentliche Prozeß beginnen. Zunächst würden die drei Ankläger zu Wort kommen, bevor Caelius und seine Anwälte darauf antworteten. Nach den Reden würden Zeugen beider Parteien ihre Aussage machen. In Anbetracht der Zahl der Redner und der Vielzahl der zu erörternden Anklagepunkte würde der Prozeß bestimmt länger als einen Tag dauern.

Vordergründig geht es in einem römischen Prozeß um die Feststellung von Schuld oder Unschuld. Allerdings haben in Rom alle Prozesse bis zu einem gewissen Grad auch mit Politik zu tun, und in einem Prozeß wegen politisch motivierter Gewalt war das sowieso der Fall. Römische Richter sind nicht nur die Bürger, die die Wahrheit über eine bestimmte Tat zu ergründen suchen, sie fungieren auch als Komitee des Staates, dessen Aufgabe es ist, ein sowohl politisches als auch moralisches Urteil zu fällen. Ein Prozeß behandelt üblicherweise das ganze Leben des Angeklagten – seinen Ruf, seine familiären Verbindungen, seine politischen Neigungen, seine sexuellen Vorlieben, Tugenden und Laster. Das gefällte Urteil bezieht sich also nicht nur auf die Frage, ob ein Angeklagter eine bestimmte Tat begangen hat, sondern auch auf seinen Charakter und das Wohl des Staatskörpers im ganzen. Cicero selbst hatte es bei einem Prozeß vor seinem Jahr im Exil folgendermaßen auf den Punkt gebracht: »Wenn sie ihr Urteil fällen, müssen die Richter das Allgemeinwohl *und* die Bedürfnisse des Staates im Auge haben.«

Außerdem weiß jeder, daß Richter sich mehr von den Reden der Anwälte als von den anschließenden Zeugenaussagen beeinflussen lassen. »Argumente zählen mehr als Zeugen«, wie Cicero es häufig ausdrückte. Die Schlüsse, die ein guter Redner aus Indizien zieht (nach dem Motto: »Wenn das der Fall ist, folgt logisch ...«), sind überzeugender als die oft widersprüchlichen Aussagen eines beliebigen Zeugen, ungeachtet der Tatsache, daß er unter Eid (oder im Falle von Sklaven unter Folter) aussagt.

Als erster erhob sich Atratinus, um sein Plädoyer zu halten. Seine klare junge Stimme war außerordentlich einnehmend, und sein Vortrag klang, wenn ihm auch der strahlende Glanz geschliffener Rhetorik abging, aufrichtig und ehrlich.

Atratinus beschäftigte sich ausschließlich mit Caelius' Charakter – seinen bekannten Ausschweifungen, seiner Extravaganz und den verrufenen Lokalitäten, die er frequentierte. Aus dem Mund vieler älterer Advokaten hätte Atratinus' selbstgerechte Empörung künstlich oder falsch geklungen, doch Atratinus war noch jung und unverdorben genug, um sich glaubwürdig über Caelius' Exzesse zu ereifern.

Er erklärte, daß Caelius kein vertrauenswürdiger Mensch wäre. Kein kluger Mann würde ihm den Rücken zukehren, weil er andernfalls Gefahr liefe, von ihm beleidigt oder verspottet zu werden, genauso wie er seine eigenen Mentoren hinter deren Rücken verspottet hätte, die Menschen also, *die ihm in diesem Moment am nächsten standen:* Seine notorische Respektlosigkeit für jene Männer wäre allen, außer ihnen selbst, schmerzlich bewußt. Nachdem er sich nun in eine Lage manövriert hatte, aus der er sich selbst nicht mehr zu befreien wußte, war dieser Opportunist sofort bereit, all jene Älteren wieder zu benutzen, die er zuvor verraten hatte, nicht nur seine Mentoren, sondern sogar seinen eigenen Vater, den er verlassen hatte, um alleine in einer Wohnung auf dem Palatin zu leben, wo er fern der väterlichen Aufsicht all seinen Lastern frönen und sich über das bescheidene Haus auf dem Quirinal lustig machen konnte, dem er entflohen und in das er nun in seiner Not zurückgekehrt war. Es gab ehrenvollere Wege, seinem Vater Respekt zu bekunden, betonte Atratinus und legte lächelnd eine bedeutungsschwere Pause ein, damit niemand das Beispiel übersehen konnte, das er selbst gab.

Genausowenig wäre es für eine Frau klug, Caelius den Rücken zu kehren, fuhr er fort, denn jener sei zu weit Schlimmerem als zu Hohn und Spott fähig – wie wir im Zusammenhang mit dem Vorwurf der versuchten Vergiftung Clodias noch sehen würden, auf den ein späterer Redner noch genauer eingehen werde.

Atratinus variierte die Themen Verlotterung und lasterhafter Lebenswandel, wendete sie, wie man ein Juwel in der Hand wendet, um zu beobachten, wie das Licht sich darin bricht. Caelius habe die Frauen römischer Bürger sexuell belästigt, was später aufzurufende Zeugen bestätigen würden. Weitere Zeugen würden Caelius' gewalttätige Neigungen belegen; wie im Fall eines Senators namens Fufius, den Caelius vor den Augen einer entsetzten Menschenmenge bei den Wahlen zum Pontifikat verprügelt habe. Und wem diese

Hinweise auf Caelius' Charakter nicht verwerflich genug erschienen, der sei an Caelius' prahlerische, herablassende und beleidigende Art erinnert, mit der er als Ankläger bei Prozessen und vor dem Senat aufzutreten pflege. Nicht zu vergessen die anstößige Farbe des Streifens auf seiner Senatorentoga! Während alle anderen traditionell einen dunklen, fast schwarzen Streifen wählten, trug er ein schreiendes, grelles Purpur zur Schau. Bei der Erinnerung an diese Unschicklichkeit sah ich nicht wenige Richter mit ihren ergrauten Häuptern nicken.

Am schlimmsten jedoch sei Caelius' verschwenderischer Umgang mit Geld – weil dieses Laster die ernsthafteste Bedrohung für die Republik darstelle. Diesbezüglich verkörpere er das tugendlose Gesicht seiner Generation, das sich in krasser Form von weiseren und älteren Männern wie den Richtern wie auch von unerfahreneren, aber gesitteteren jungen Männern in Atratinus' Alter unterscheide, die die achtlose Verschwendung, der Zeitgenossen wie Caelius frönten, nur mit Sorge und Entsetzen beobachten könnten. Was sollte aus der römischen Republik werden, wenn solche Männer nicht aufgehalten würden? Für ihren ausschweifenden Lebenswandel verschleuderten sie Vermögen, gaben riesige Summen für Wählerbestechung aus und korrumpierten so jeden und alles, mit dem sie in Berührung kamen. Wenn sie dann vor dem unvermeidlichen Bankrott standen und ihnen durch ihre Lasterhaftigkeit jedes moralische Empfinden abhanden gekommen war, begingen sie, ohne zu zögern, die teuflischsten Verbrechen, um ihre Kassen wieder zu füllen. Um an ägyptisches Gold zu kommen, hatte Caelius seine Hände mit ägyptischem Blut befleckt und damit auch die Ehre des römischen Staates besudelt.

»Wenn es je einen Fall gegeben hat, der die traurige Notwendigkeit dieses Gerichtshofes bewiesen hat, dann ist es dieser. Wenn es je einen Mann gegeben hat, der die Verurteilung durch dieses Gericht verdient hat, dann ist es Marcus Caelius«, schloß Atratinus.

Ich fragte Bethesda nach ihrer Meinung. »Ein wenig zu jung für meinen Geschmack«, sagte sie. »Aber er hat eine angenehme Stimme.«

Als nächster ergriff der Freigelassene, Publius Clodius, das Wort. Seine Rede behandelte die ersten drei Anklagepunkte gegen Caelius. Während Atratinus einen gezierten Widerwillen gezeigt hatte, sich mit der Aufzählung von Caelius' Verbrechen zu beschmutzen, ging Clodius mit der Wonne eines Mannes auf Caelius los, der einen glühenden Schürhaken schwingt. Er zögerte nicht, grobe Schläge und Stöße zu führen, wich jedoch immer wieder zurück, darauf vertrauend, daß seine Waffe auch aus der Distanz noch genug Schaden anrichten konnte. Immer wieder machte er abrupte Pausen, in die hinein er dann ruhig und emotionslos seine beißendsten Bemerkungen warf, so daß die Menge stöhnte und lachte. Es war eine rhetorisch ausgezeichnete Rede.

Caelius' Tugenden oder Laster seien am Ende möglicherweise Ansichtssache, räumte er ein, vor allem in einer Zeit, in der so viele Römer in diesen Fragen in beklagenswerter Verwirrung lebten, doch die schandhaften Verbrechen gegen die alexandrinischen Gesandten seien eine entsetzliche Tatsache. Einhundert der angesehensten Männer Ägyptens waren nach Rom gekommen, um dem Senat eine Petition zu überbringen. Als Botschafter standen sie unter dem Schutz der Götter und des Staates. Trotzdem war man ihnen mit Gewalt, Einschüchterung, Brandstiftung und schließlich mit Mord begegnet. Die Nachricht von diesem Frevel hatte sich von den Säulen des Herkules bis an die Grenzen Parthiens verbreitet, das Ansehen Roms bei seinen Untertanen und Verbündeten untergraben und die ohnehin heiklen Beziehungen zu dem unberechenbaren Königreich Ägypten weiter belastet.

Ort und Zeitpunkt dieser Übergriffe waren hinreichend dokumentiert, die Anklage würde Zeugen aufrufen, die beschwören könnten, daß Marcus Caelius jedesmal – in Neapolis, in Puteoli und auf Pallas Anwesen – kurz vor dem Angriff in der Nähe und in Begleitung berüchtigter Unruhestifter gesehen worden war. Weitere Zeugen würden berichten, wie Caelius in der Öffentlichkeit schamlos mit seiner Mittäterschaft an den Massakern geprahlt hatte. Welcher Mann konnte so unklug sein, sich der Organisation solcher Greueltaten zu rühmen? Natürlich nur ein Mann mit dem miesen Charakter eines Marcus Caelius.

Clodius fuhr fort, jeden Angriff anschaulich zu schildern, grausige Einzelheiten ans Licht zu ziehen und die Schatten der ungerächten Toten heraufzubeschwören.

Warum, fragte er, habe Marcus Caelius diese Gewalttaten begangen? Der Grund sei offensichtlich: aus finanziellem Gewinnstreben. Ein Mann wie Marcus Caelius, der aus einer bescheidenen, aber ehrbaren Familie stammte, konnte den hohen Lebensstandard, für den er berüchtigt war, kaum finanzieren, ohne sich massiv zu verschulden. Zeugen würden seine rücksichtslose Verschwendung bestätigen. Wenn Caelius die Aussagen dieser Zeugen in Zweifel ziehen wollte, sollte er dem Gericht seine privaten Bücher offenlegen. War er dazu bereit? Und wenn nicht, warum nicht? Weil, so behauptete Clodius, diese Bücher auch die Zahlungen offenbaren würden, die Caelius für die Organisation der Terror-Kampagne gegen die alexandrinischen Gesandten erhalten hatte. Um seine widerwärtigen Gelüste zu finanzieren, hätte Caelius den guten Namen des ganzen römischen Volkes verkauft. Clodius' Empörung kam zu einem angemessen donnernden Höhepunkt, der die Menge begeistert mit den Füßen trampeln ließ. Er kehrte auf die Bank zurück und wischte sich wie ein Faustkämpfer den Schweiß von der Stirn.

Ich sah Bethesda an und zog eine Braue hoch. »Und?«

»Jeder weiß, daß Freigelassene sich besonders anstrengen«, meinte sie. »Aber das ganze Gepolter und Gefuchtel mit den Armen macht mich bloß nervös.«

»Mir ist aufgefallen, daß du ganz zappelig warst. Hast du Angst um deinen kostbaren Marcus Caelius?«

»›Besser viel wissen als viel reden‹«, erwiderte sie. Ich sah sie verblüfft an, wie ich es immer tue, wenn sie unerwartet ein altes römisches Sprichwort zitiert. Es ist nur natürlich, daß sie solche Dinge von mir oder bei Gerichtsverhandlungen aufschnappt, aber sie sie mit ägyptischem Akzent wiederholen zu hören, ist trotzdem irgendwie irritierend. »Und bisher«, fuhr sie fort, »haben sie weder etwas über Dios Tod noch über die Giftanschläge auf Clodia gesagt.«

»Ich nehme an, das kommt als nächstes.«

Lucius Herennius Balbus bestieg die Rostra, um die Plädoyers der Anklage abzuschließen. Wenn Atratinus die empörte Jugend dargestellt hatte, so präsentierte sich Herennius als der strenge, mahnende Onkel, der Caelius' Charakter aus der Sicht eines älteren und weiseren, aber keineswegs weniger empörten Mannes geißelte. Er eröffnete und beendete seine Rede mit dem Herunterbeten von Caelius' Lastern. Dazwischen befaßte er sich mit Dios Tod und dem Anschlag auf das Leben einer gewissen römischen Dame, die das Pech hatte, mehr über Caelius' Verbrechen zu wissen, als ihrer Gesundheit zuträglich war.

Diese Dame, erklärte Herennius, würde über ein Darlehen aussagen, daß sie Caelius gewährt hatte, weil jener angeblich zur Förderung seiner politischen Karriere in seiner Heimatstadt Spiele veranstalten mußte – die in Wahrheit jedoch nie stattgefunden hatten. Das Geld, das er sich von ihr geliehen hatte, sei vielmehr dazu benutzt worden, Sklaven im Haus des Lucius Lucceius zu bestechen, die einen Giftanschlag auf Dio unternahmen, um die ohnehin dezimierte alexandrinische Gesandtschaft endgültig zu vernichten, indem man ihren Anführer beseitigte. Dieser Plan war jedoch gescheitert; Dio war, durch den Anschlag alarmiert, in ein anderes Haus geflohen, wo er schließlich sein trauriges Ende fand. Durch wessen Hand, sei allen vor diesem Gericht Versammelten bekannt: durch die Hand des Publius Asicius. Daß er bei seinem eigenen Prozeß freigesprochen worden war, täte nichts zur Sache; es sei allgemein bekannt, daß Anklage und Verteidigung sich verschworen hätten, den Fall zu Asicius' Gunsten zu wenden.

Caelius und Asicius, Partner schon in so vielen anderen Fällen, hätten sich auch bei dieser Schandtat zusammengetan – Zeugen würden bestätigen, daß beide am Mordabend in unmittelbarer Nähe des Hauses, in dem Dio sich aufhielt, gesehen worden waren. Wie Äste eines Baumes, die man abhackt, wären die Mitglieder der alexandrinischen Gesandtschaft einer nach dem anderen getötet worden, bis zuletzt nur noch der Stamm übriggeblieben war. Doch Caelius wäre erst zufrieden gewesen, als er auch diesen gefällt hatte.

An dieser Stelle hob Herennius zu einem Loblied auf Dio an, indem er seine zahlreichen Verdienste aufzählte und die Männer nannte, die ihm in den Tagen seiner Verzweiflung mutig Schutz angeboten hätten. Er beklagte den Verlust des brillanten Philosophen und die Schande, die durch seine Ermordung über das römische Volk gekommen sei.

Doch was war mit dem letzten Anklagepunkt gegen Caelius, in dem ihm ein skrupelloser Giftanschlag auf eine bedeutende römische Dame aus einer der ältesten und stolzesten Familien der Stadt und Witwe eines ihrer vornehmsten Bürger vorgeworfen wurde? Die Dame wäre persönlich zugegen und würde, vorausgesetzt ihre Kräfte ließen es zu, selbst über das schandhafte Komplott gegen ihre Person aussagen.

Irgendwann habe Caelius sich mit dem Bruder der Dame verbündet – eine weitere seiner launenhaften und wenig vertrauenswürdigen Allianzen –, was ihn in Bekanntschaft mit der betreffenden Dame gebracht habe. Ein trauriger Tag für sie! Gewiß, der junge und gutaussehende Mann habe durchaus seinen Charme – schon die Tatsache, daß er zwei Männer zu seiner Verteidigung hatte überreden können, denen er zuvor in den Rücken gefallen war, sei ein Beweis dafür! Unter Aufbietung all seines Charmes habe er der Dame ein beträchtliches Darlehen abgeschwatzt. Später habe sie ihr Vertrauen in den Halunken bereut, nicht nur weil die Schuld nie beglichen worden war, was typisch für den Angeklagten sei, sondern auch, weil sie mit wachsendem Entsetzen begriffen habe, wozu Caelius das Geld benutzt hatte. Seine ägyptischen

Schatztruhen waren versiegt, seine Mission jedoch noch nicht erfüllt, also benutzte er ihr Geld, um die Sklaven eines anderen zu bestechen, Dio zu ermorden. Diese schockierende Erkenntnis habe die Dame zu Sinnen gebracht. Angewidert von Caelius' Verdorbenheit und seinen mörderischen Neigungen und empört darüber, daß sie benutzt worden war, seine Verbrechen zu finanzieren, habe sie eingewilligt, als Zeugin bei diesem Prozeß auszusagen. Ein mutiger Schritt – mit beinahe fatalen Folgen, wie sich erweisen sollte. Denn um sie zum Schweigen zu bringen, habe Caelius beschlossen, sie zu vergiften.

»Diejenigen unter uns, die schon an allzu vielen Prozessen teilgenommen haben, kennen das traurige Muster«, sagte Herennius und senkte vertraulich die Stimme. »Wer sich einmal dazu herabläßt, Gift gegen ein anderes menschliches Wesen einzusetzen, wird es früher oder später wieder versuchen. Giftmord wird zur Gewohnheit, ein geheimes Laster wie manche andere Dinge, die die Menschen im Dunkeln treiben. Bis das Gesetz oder die Götter ihm Einhalt gebieten, wird ein Giftmörder sein schändliches Verbrechen wieder und wieder begehen.«

Nachdem Caelius diesem Laster bei dem Giftanschlag auf Dio erst einmal verfallen sei – wenn dies denn wirklich sein erster versuchter Giftmord gewesen sein sollte! –, hätte er, was kaum überraschen kann, erneut zum Gift gegriffen, um sich die lästige Dame vom Hals zu schaffen. Zuerst habe er das Zeug an einem seiner eigenen Sklaven ausprobiert. (Um das Gift zu testen, habe Caelius extra einen Sklaven erworben, so wie man ein billiges Kleidungsstück erwirbt, um es alsbald wieder wegzuwerfen. Wenn er diese Tatsache leugne, solle Caelius den bewußten Sklaven wohlbehalten vor Gericht präsentieren.) Dann hätte Caelius sich an Sklaven der Dame herangemacht und versucht, sie zu bestechen, ihr das Gift zu verabreichen (womit er wie ein typischer Giftmörder sein Tatmuster wiederholt habe). Doch die loyalen Sklaven hätten ihrer Herrin die Intrige offenbart, worauf diese umsichtig versuchte, Caelius' Mittelsmann bei der Übergabe des Giftes zu ergreifen.

Herennius fuhr mit todernster Miene fort, den Hergang der Farce in den Bädern des Senia zu schildern, was unter einigen Zuschauern Erheiterung auslöste; die Geschichte hatte bereits die Runde gemacht. Die Sklaven, die zu bestechen Caelius versucht hatte, würden diesen Zwischenfall bestätigen. Um sie nicht der unwürdigen Tortur der Folter auszusetzen und ihre Loyalität zu belohnen, wären sie freigelassen worden und würden als Freigelassene aussagen.

Herennius seufzte vernehmlich. »Caelius' Giftanschlag auf Dio scheiterte, ebenso wie sein erster Giftanschlag auf die Dame. Doch Caelius gab noch immer nicht auf! Erst vor wenigen Stunden ist diese Dame dem Tod nur mit Mühe entronnen, dank Caelius' unermüdlicher und heimtückischer Anstrengungen, sie aus dem Weg zu räumen. Seht sie euch an, ihre blasse Haut, ihre matten Augen und ihr hilfloses Zittern! Man muß sie nur anschauen, um zu erkennen, daß etwas wahrhaft Schreckliches geschehen sein muß. ›Was wurde ihr Grausames angetan?‹ fragt ihr. Aber nein, ich werde mich der Wiedergabe aller schmutzigen Einzelheiten dieses jüngsten, beinahe erfolgreichen Mordanschlags gegen sie enthalten. Da die Götter gewillt waren, sie vor Caelius' mörderischen Intrigen zu bewahren, soll sie ihre Geschichte selbst erzählen. Ich bete zu den Göttern, daß sie kräftig genug sein wird, den Zeugenstand zu betreten!«

Was diese letzte Schandtat anging, würden die Richter auch die schriftliche Aussage jener verräterischen Sklavin hören, die Caelius dazu verführt habe, ihre Herrin zu vergiften. Ihre Aussage würde in diesem Moment zu Protokoll genommen, unter der Folter versteht sich, wie es das Gesetz verlangte.

Ein dritter Überraschungszeuge würde all das bestätigen können. Herennius warf den gegenüber Sitzenden ein kühles Lächeln zu. »Ich kann mir vorstellen, daß die Aussage dieses Mannes von besonderem Interesse für die Verteidigung sein wird. Der geschätzte Marcus Cicero selbst hat diesen Zeugen einmal den ›ehrlichsten Mann in Rom‹ genannt. Warte, bis du gehört hast, was dieser Mann uns über die vereitelten Giftanschläge auf die Dame berichten kann, Cicero! Ich frage mich, was du dann über den gemeinen Mörder zu sagen hast, der jetzt neben dir sitzt!«

Die Strategie des Herennius, die Enthüllung des Mordversuchs nicht in seinem Plädoyer abzuhandeln, sondern sie seiner Zeugin zu überlassen, war ebenso schlau wie riskant. Der Vorteil war das Mitleid, das das Opfer eines Giftanschlags, noch dazu eine Frau, bei den Zuhörern wecken würde; es würde für die Verteidigung nicht leicht werden, alle Überraschungen, die eine solche Aussage mit sich bringen konnte, vorauszuahnen und zu neutralisieren. Und wer, fragte ich mich, war dieser vermeintlich »ehrlichste Mann in Rom«. Ich blickte zu Cicero, um seine Reaktion zu beobachten, und bemerkte überrascht, daß er mich seinerseits ansah.

XXI

»Ich glaube keinen Moment, daß er sie vergiftet hat«, sagte Bethesda, »genauso wenig wie ich glaube, daß er den Ägypter getötet hat.«

Nach drei langen Reden hatte sich das Gericht schon am frühen Nachmittag vertagt, damit die Anwälte der Verteidigung ihre Entgegnung am nächsten Tag zusammenhängend vortragen konnten. Bethesda und ich begaben uns sofort nach Hause, wo sie sich daran machte, sich für Clodias Fest vorzubereiten, obwohl es bis zum Abend noch viel Zeit war.

»Aber Clodia beharrt darauf, daß er es getan hat.«

»Sie irrt sich.« Bethesda runzelte die Stirn, als sie in den polierten Spiegel sah, den sie in der Hand hielt. »Diese Halskette tut's im Leben nicht. Reich mir doch bitte mal die silberne her.«

»Beides kann nicht stimmen«, sagte ich. »Einer von beiden

lügt. Was für ein Pech, daß du dich zwischen Clodia und Caelius entscheiden mußt. Für niemanden eine leichte Wahl!«

»Im Augenblick versuche ich, mich für eine Halskette zu entscheiden«, sagte sie. »Die silberne, bitte.«

Ich suchte auf ihrem Schminktisch nach der silbernen Kette und verlor mich zwischen Tonkrügen mit Salben und kleinen Glasfläschchen mit Parfüm. Mein Blick fiel auf etwas leuchtend Rotes. »Was ist denn das?«

Ich nahm die kleine Tonfigur des Attis zur Hand, die denen von Lucceius' Frau und Clodia bis zum Verwechseln ähnlich sah. Der Eunuch stand, die Hände auf seinem fetten Bauch verschränkt und eine leuchtend rote, phrygische Mütze auf dem Kopf, lächelnd da. Bethesda sah mich im Spiegel und sagte: »Das solltest du lieber nicht anfassen.«

»Wo kommt es her?«

»Es wurde heute gebracht, während wir beim Prozeß waren.«

»Ich habe gefragt, *wo* es herkommt, nicht seit wann es hier ist.«

»Es ist ein Geschenk.«

»Von wem?«

»Was denkst du wohl?« Bethesda nahm mir die Statue ab, stellte sie wieder auf den Schminktisch, ergriff die silberne Kette und nahm den Spiegel zur Hand. »Du bist ein hoffnungsloser Fall. Geh und sag Diana, daß sie mir beim Ankleiden helfen soll.«

Wir trafen im letzten Licht der Dämmerung bei Clodia ein, wenn die harten Kanten der Welt weicher werden und verschwimmen wie die Gedanken eines schläfrigen Mannes. Aber wenn die Welt auch vor sich hin dämmern mochte, die Gäste in Clodias Haus waren hellwach. Der erleuchtete Speisesaal mit Blick in den Garten summte von Musik und Gesprächen. Als wir eintrafen, wiesen Sklaven den Gästen gerade ihre Plätze auf den Speisesofas zu. Es war eine eigenartige Mischung aus makellos gewandeten Patriziern, leicht verwahrlosten jungen Dichtern, radikalen Politikern, alternden Kurtisanen, exotisch aussehenden Ausländern und sogar einigen Galloi. Die Luft war schwer von jener weltmüden Blasiertheit, die in Rom heutzutage als Stil vorherrscht.

Bethesda klammerte sich an meinen Arm. In ihrem Gesicht sah ich einen Ausdruck, der mir derart unvertraut war, daß ich einen Moment brauchte, um ihn zu deuten: Panik. »Was tun wir hier?« flüsterte sie.

»Wir sind zu Gast auf einer offenbar sehr schicken Feier mit einigen sehr modischen Menschen.«

»Warum?«

»Ich meine mich zu erinnern, daß du darauf bestanden hast, daß wir herkommen«, erwiderte ich trocken.

»Ich muß von Sinnen gewesen sein. Bring mich sofort nach Hause.«

»Aber wir haben doch noch gar nicht gegessen.« Die Düfte, die aus der Küche wehten, ließen mir das Wasser im Munde zusammenlaufen. »Wir haben noch nicht einmal unsere Gastgeberin begrüßt.«

»Deswegen sollten wir auf der Stelle gehen. Dann ist es so, als wären wir nie hier gewesen.«

»Bethesda –«

»Das ist absurd. Schau mich nur an.«

Ich machte einen Schritt zurück und tat genau das. »Ja? Ich sehe eine schöne Frau, makellos gewandet und geschminkt. Sie sieht aus wie sonst keine hier.«

»Genau! Jeder erkennt, daß ich nicht hierher gehöre.«

»Warum?«

»Ich bin nicht einmal Römerin.«

»Natürlich bist du das. Du bist meine Frau.«

»Wir sind nicht reich.«

»Bei dem Schmuck, den du trägst, könnte man das aber sehr wohl annehmen.«

»Mein Akzent!«

»Verleiht dir eine geheimnisvolle Aura.«

»Ich bin die älteste Frau hier.«

»Du bist die schönste Frau hier.«

»Da hat er unbedingt recht.« Ich drehte mich um und bemerkte Catull, der einen Becher Wein hochhielt und müde lächelte. »Gratidianus, ich hatte nicht erwartet, dich hier zu treffen.«

»Clodia hat uns eingeladen«, sagte Bethesda ein wenig zu nachdrücklich.

»Mich hat sie auch eingeladen, könnt ihr das glauben?« erwiderte Catull. »Bestimmt wider ihr besseres Wissen oder zumindest das ihres Bruders. Aber er ist nicht da – er ist mit der Organisation der morgigen Feierlichkeiten betraut –, und ich bin hier, also zum Hades mit ihm! Nichts soll meine triumphale Rückkehr in die Gesellschaft des Palatin stören! Was für ein Haufen von Blutsaugern, Lüstlingen und Versagern.« Catull ließ den Blick mit einem zynischen Lächeln über die Menge wandern. »Welch bizarre Menagerie Clodia hier versammelt hat: die schlechtesten Dichter und betrügerischsten Politiker Roms; bankrotte Adelige und obszön reiche Ex-Sklaven; schöne Jüngelchen und reizlose Dirnen! Sagte ich reizlos? So häßlich, daß ein Mann versteinern könnte – pardon, keinerlei pornographische Andeutung beabsichtigt. Und hier vor mir steht der ehrlichste Mann Roms in Begleitung –« Er machte eine Pause, und seine Miene wurde ein wenig ernster. »Genau wie du gesagt hast, Gordianus: in Begleitung der schönsten Frau des Abends.«

»Meine Frau«, sagte ich. »Und dies, Bethesda, ist Gaius Valerius Catull, eben zurückgekehrt von seinen staatlichen Diensten in Bithynien.«

Bethesda nickte wissend. »Der Dichter«, sagte sie.

Er zog eine Braue hoch. »Bin ich schon so berühmt? Oder hast du hinter meinem Rücken über mich getratscht, Gordianus?«

»Ich nicht«, sagte ich, während ich versuchte, Bethesdas kryptisches Lächeln zu deuten, und mich fragte, was Clodia ihr bei ihrer ersten und bisher einzigen Begegnung sonst noch über Catull erzählt hatte. Zumindest begann sich Bethesda offenbar ein wenig wohler zu fühlen, worüber ich froh war.

Ein Sklave führte uns zu unseren Plätzen. Die Sofas waren U-förmig um Tische gruppiert, wobei jeweils zwei Personen auf einem Sofa Platz nahmen, so daß genug Raum zum Sitzen oder Liegen blieb. Wie sich herausstellte, war Catull auf dem Sofa zu meiner Rechten plaziert worden, das er für den Augenblick offenbar mit niemandem teilte. Hatte Clodia uns absichtlich zusammengruppiert, oder waren wir einfach die letzten Gäste, die sie eingeladen hatte? Unsere Sofagruppe stand in einer Ecke des Saals, am weitesten von unserer Gastgeberin entfernt, was mir nur recht sein konnte, weil Bethesda sich so unbeobachteter und weniger auffällig fühlen würde. Catull hingegen war keineswegs begeistert. »Zurück in die bithynische Verbannung«, hörte ich ihn knurren.

Das Sofa neben Bethesda wurde einem Senator namens Fufius zugewiesen, dem Mann, den Caelius laut Atratinus während einer Wahl tätlich angegriffen hatte und der als Zeuge der Anklage aussagen würde. Fufius wurde von einer sehr jungen Kurtisane begleitet. Bethesda zog eine Braue hoch, und ich wußte, was sie dachte: Das Mädchen war kaum älter als Diana. Doch sie schien ein wenig besänftigt, als der Senator sie musterte und wohlwollend lächelte.

Clodia war noch nicht erschienen, ihr Sofa noch unbesetzt. Catull ließ den Blick über die nach wie vor Stehenden oder Umherwandelnden schweifen. »Wer wird heute abend den Ehrenplatz neben der Gastgeberin einnehmen? Mal sehen: Ihr Gatte Quintus ist unten im Hades, Bruder Publius trifft letzte Vorbereitungen für den morgigen Feiertag, und ihr Geliebter Caelius – ah, der ist doch des Mordes angeklagt, nicht wahr? Gift, wenn ich mich recht entsinne. Nun, einen Giftmörder wollen wir bei diesem Gastmahl lieber nicht dabeihaben, ungeachtet der Qualitäten, über die er als Deckhengst verfügen mag. Trotzdem wird jemand den Platz neben unserer Königin einnehmen müssen. Bestimmt keiner ihrer anderen Brüder, Publius würde wahnsinnig werden vor Eifersucht. Vielleicht der geifernde Freigelassene, der heute beim Prozeß gesprochen hat. Er heißt auch Publius, wenn er schon nicht so aussieht, und wir haben alle gesehen, daß er für seinen ehemaligen Herrn einspringen kann, zumindest, was öffentliche Reden angeht. Aber es fällt mir ziemlich schwer, mir seinen Kopf in ihrem Schoß vorzustellen, während sie ihn mit sautierten Spatzenhirnen füttert, oder? Ah, da ist ja unsere Lesbia. Allmächtige Venus! Wo um alles in der Welt hat sie dieses Kleid her?«

»Man kann glatt hindurchsehen«, murmelte Bethesda.

»Ich weiß zufällig, daß der Stoff aus Kos stammt«, sagte ich, um ein wenig anzugeben. »Eine neue Kreation eines berühmten dortigen Seidenmachers.«

»Ich dachte, du wärst nicht ihr Liebhaber«, knurrte Catull. Neckte er mich wieder, oder war er ernsthaft wütend? Auf einmal stieß er ein bellendes Lachen aus, so laut, daß sich mehrere Köpfe nach ihm umwandten. »O nein, nicht Egnatius!« flüsterte er. »Ich dachte, mit dem wäre sie fertig.«

Clodia nahm auf ihrem Sofa Platz. Zu ihr gesellte sich ein muskulöser junger Mann mit einem schwarzen Vollbart und einem strahlenden Lächeln. Ich erkannte sein Gesicht aus der geilen Kneipenwirtschaft wieder.

»Sehr attraktiv«, bemerkte Bethesda.

»Wenn ein Hengst aufrecht stehen und grinsen könnte, würde er aussehen wie Egnatius, und die Frauen würden ihn vermutlich attraktiv nennen.« Catull kräuselte seine Oberlippe. »Der Spanier mit dem Mundgeruch und dem strahlenden Lächeln. Aber haben Spanier nicht immer weiße Zähne? Ihr wißt, warum ihre Zähne so weiß sind, oder?«

Bethesda neigte fragend den Kopf.

»Wenn Egnatius der Herr dieser Feier ist, kann ich nur sagen: Überprüft eure Weinbecher, bevor ihr einen Schluck nehmt.«

»Wie meinst du das?« fragte Bethesda.

Catull räusperte sich und begann:

»Weil des Egnatius Zähne blendend weiß, lacht er beständig. Zum Prozeß –«

Er fing an zu lachen und bedeckte den Mund, bis er sich wieder beruhigt hatte. Der Senator und seine Kurtisane beugten sich vor, um zuzuhören. »Nein, wartet, laßt mich noch einmal von vorne beginnen. Ich werde es für den Anlaß ein wenig variieren. Laß mich überlegen ...« Er klatschte in die Hände. »Ja:

Weil er schneeweiße Zähne hat, lächelt Egnatius immer und überall. Kommt man zur Anklagebank: Wenn Cicero Tränen hervorlocken will, lächelt Egnatius. Herrscht Trauer ob des Caelius' Exil. Während die nun kinderlose Mutter ihren Einzigen beweint, lächelt Egnatius. Wo immer es sei, was immer er tun mag: Er lächelt. Das ist seine Krankheit; sie ist, wie ich meine, weder geschmackvoll noch fein.

Darum muß ich dich ermahnen, guter Egnatius. Wärest du ein Stadtrömer, Sabiner oder Tiburtiner, ein sparsamer Umbrer, ein wohlgenährter Etrusker, ein dunkelhäutiger Lanuviner mit schönem Gebiß oder ein Transpadaner (um auch meinen Stamm zu erwähnen) oder sonst ein beliebiger, der sich auf appetitliche Art die Zähne putzt, so wollte ich dennoch nicht, daß du immer und überall lächelst; denn nichts ist so unpassend wie Lachen im falschen Augenblick.

Nun aber bist du ein Spanier: In Spanien reibt jeder sich frühmorgens mit dem Wasser, das er ließ, Gebiß und rotes Zahnfleisch ein; darum, je gepflegter eure Zähne, desto mehr hast du – wie sie klar bezeugen – Harn getrunken.

Der alte Senator klatschte, seine Kurtisane kicherte. Bethesda rang sich ein verkniffenes Lächeln ab und flüsterte mir ins Ohr: »Sind alle seine Gedichte so vulgär?«

»Zumindest die Verse, die ich gehört habe.«

»Seine Liebesgedichte sind bestimmt anders«, seufzte sie mit ratloser Miene. Die Attraktion, die Marcus Caelius auf Clodia ausübte, war ihr absolut verständlich, doch Catulls Reize entzogen sich ihr.

Im selben Moment traf Catulls Sofapartner ein. Ich hätte es mir denken können, denn seine Anwesenheit machte das perverse Ungleichgewicht perfekt. »Komme ich gerade zum *Ende* eines deiner Gedichte?« spottete Trygonion und ließ sich auf das Sofa fallen. »Welch glücklicher Zeitpunkt.«

Catull knurrte und schnaubte, verbarg damit jedoch nur eine noch heftigere Reaktion. Sein Kinn bebte. Clodia hatte ihn nicht nur zurück nach Bithynien verbannt; sie hatte ihn Seite an Seite mit ihrem kastrierten Schoßhund plaziert. Doch offenbar fiel es außer mir niemandem auf, daß Catull nur mit Mühe die Tränen zurückhalten konnte.

Als alle saßen, hieß Clodia ihre Gäste in einer kurzen Rede willkommen und versprach, wenn irgend möglich, im Lauf des Abends noch jeden persönlich zu begrüßen; dies quittierte ein junger Mann mit Stoppelbart und einer wahrhaft verwegenen Sturmfrisur an einem der Nebentische mit einem anzüglichen Pfeifen, worauf sein Begleiter ihn für sein vorlautes Betragen rügte. Ich sah, wie Catull das Gesicht verzog.

Der Abend begann mit dem Auftragen des ersten Gangs, einer Gänseleberpastete, die den Göttern angemessen gewesen wäre. Ein erlesener Falerner tat ein übriges, alle Sorgen fortzuspülen. Bald bezauberte Bethesda Senator Fufius mit Geschichten aus ihrer Geburtsstadt Alexandria, während seine vernachlässigte Kurtisane im Essen herumstocherte und schmollte. Der Senator schien ehrlich fasziniert von allem, was Bethesda zu sagen hatte. »Ich war selbst nie in Ägypten«, erzählte er, »aber nach all den Debatten und Kontroversen der letzten Zeit muß man sich doch fragen, worum es bei dem ganzen Theater eigentlich geht.« Sogar Trygonion und Catull begannen anfallartig und hektisch miteinander zu plaudern, und sei es nur, weil keiner von beiden lange den Mund halten konnte. Sie tauschten spitze Bemerkungen aus und wetteiferten darin, diverse Anwesende zu verspotten, wobei sie die in Hörweite Sitzenden verschonten – der Hauptvorteil, ihr Tischnachbar zu sein, entschied ich.

Schließlich war das Mahl beendet oder zumindest das erste Mahl des Abends; später würde es noch mehr Wein und Speisen geben. Jetzt war es Zeit für die Unterhaltungseinlagen. Die Gäste hatten sich in den Garten begeben, wo vor der kleinen Bühne Klappstühle und Sofas aufgestellt worden waren. Ich war froh, Catull und Trygonion zu entkommen, doch der Senator klebte an Bethesda, gefolgt von seiner Kurtisane. Sklaven offerierten weiter kleine Leckereien und Köstlichkeiten für alle, die nicht genug kriegen konnten, und sorgten dafür, daß kein Becher lange leer blieb.

Das Unterhaltungsprogramm begann mit einem Mimenspiel, einer Vorstellung, bei der ein einzelner unmaskierter Schauspieler alle Rollen sprach. Der Künstler war neu in Rom (»Gerade erst in die Stadt gekommen«, verkündete Clodia, »nachdem er von Zypern bis Sizilien die Leute zum Lachen gebracht hat«), doch die kleinen Szenen, die er aufführte, waren die üblichen Standards, derbe Satiren über einen aufmüpfigen Sklaven, einen Kuppler, der einen Mann zu überzeugen sucht, sich eine zweite Ehefrau zuzulegen, und einen Arzt, der aus Versehen den falschen Patienten mit einer Reihe brüllend komischer, schmerzhafter Heilmittel traktiert. Der Schauspieler vollzog den Kostümwechsel binnen Sekunden und beschränkte sich auf die einfachsten Theaterrequisiten – ein Schal verwandelte ihn in ein schüchternes junges Mädchen, eine grotesk übertriebene Halskette in eine reiche Dame, ein Spielzeugschwert aus Holz in einen großspurigen General.

Die Menge ergötzte sich an jeder Obszönität, stöhnte bei miesen Wortspielen auf und wieherte beim Höhepunkt jeder Parodie vor Lachen. Der Schauspieler war außergewöhnlich gut; Clodia wußte eben, wie man einen Unterhaltungskünstler auswählt. In den Pausen zwischen den einzelnen Szenen informierte Bethesda den Senator, daß Mimenspiele ursprünglich auf den Straßen und Plätzen von Alexandria entstanden waren, wo wandernde Schauspieler ihre Requisitenkisten abstellten und improvisierte Vorstellungen gegen

Münzen gaben, die ihnen Passanten in den Hut warfen. Dies sei nach wie vor die einzig wahre Art, sich ein Mimenspiel anzusehen, insistierte Bethesda, obwohl Clodia offenbar einen Mann gefunden hatte, der versiert genug für ein römisches Publikum war.

Unter donnerndem Applaus beendete der Schauspieler seine letzte Parodie, und Clodia trat auf die Bühne.

»Und nun etwas ganz Besonderes«, sagte sie. »Ein alter Freund ist von seinen Wanderungen im Orient heimgekehrt –«

»Wie Odysseus?« rief jemand. Ich sah mich um und erkannte den jungen Mann mit der Sturmfrisur.

»Wenn Catull Odysseus heißt, heißt das, Clodia ist Penelope?« sagte einer seiner Freunde.

»Hoffentlich nicht«, entgegnete ein Dritter. »Ihr wißt doch, was Odysseus mit Penelopes Verehrern gemacht hat – er hat ihre Feier gestürmt und sie alle getötet!«

»Wie gesagt«, setzte Clodia erneut an, ihre Stimme über das Gelächter erhebend, »ist ein alter Freund zurückgekehrt. Vermutlich weiser, auf jeden Fall älter, wenn auch nur um ein Jahr, und mit neuen Gedichten, die er mit uns teilen möchte. Ich meine unseren lieben Freund aus Verona, Gaius Valerius Catull, dessen Worte uns alle berührt haben.«

»Und einige von uns verletzt!« fügte jemand hinzu.

»Bei seinem Aufenthalt im Osten hat Catull, wie er mir erzählt hat, auch eine Reise zu den Ruinen des alten Troja unternommen. Er hat die pinienbedeckten Hänge des Ida-Gebirges erklommen, von denen aus Jupiter zugesehen hat, wie Griechen und Trojaner sich auf der Ebene im Tal bekriegten. Er hat den Ort besucht, wo sein geliebter Bruder begraben liegt, und ein Beerdigungsritual zelebriert. Und auf dieser Reise hat er auch etwas gesehen, was vor ihm nur wenige Männer gesehen haben. Er wurde eingeladen, Zeuge der geheimen Riten im Tempel der Kybele zu werden, bei denen ein Mann zum Galloi in Diensten der Großen Mutter wird.«

An dieser Stelle hatte ich weitere zotige Bemerkungen erwartet, doch statt dessen verfiel das Publikum in gespanntes Schweigen.

»Catull hat mir erzählt, daß ihn diese Erfahrung zu einem Gedicht zu Ehren von Attis, dem Begleiter der Kybele, inspiriert hat, dem Liebhaber, der für sie sein Geschlecht aufgab und seither das Vorbild aller Galloi ist. Was könnte am Vorabend des Feiertags der Großen Mutter angemessener sein als die erste öffentliche Rezitation dieses Gedichtes?«

Sie verließ das Podium, und Catull nahm ihren Platz ein. Seine Lider wirkten schwer, sein Blick war glasig, und er schien sich kaum aufrecht halten zu können, als er die Bühne betrat. Ich hielt den Atem an und fragte mich, wie er überhaupt vor einem Publikum auftreten wollte. Er war zu betrunken, zu verbittert, zu unsicher und zu schwach. Er schien dasselbe zu denken. Lange stand er einfach nur da, vollkommen reglos, mit hängenden Schultern, zunächst auf seine Füße starrend, dann auf etwas über den Köpfen des Publikums. Wollte er sich von der riesigen Venus hinter uns inspirieren lassen, oder stierte er einfach ins Leere?

Doch als er schließlich den Mund öffnete, um zu sprechen, war seine Stimme mit nichts vergleichbar, was ich je zuvor gehört hatte. Sie war hell und luftig, gleichzeitig jedoch seltsam kräftig wie ein glitzerndes Netz, das er über seine Zuhörer ausgeworfen hatte, wie ein Flüstern in einem Traum.

Ich habe schon zahllose Redner auf dem Forum gehört und vielen Schauspielern auf der Bühne gelauscht. Ihre Stimmen sind ausgebildete Werkzeuge, um sich so zu äußern, daß es dem jeweiligen Anlaß angemessen ist; doch bei Catull war es anders. Die Worte hatten die Kontrolle über ihn; das Gedicht beherrschte den Dichter und benutzte nicht nur dessen Stimme, sondern dessen ganzen Körper, modellierte seine Mimik, gestikulierte mit seinen Händen, ließ seine Füße auf der Bühne auf und ab eilen, alles im Dienste der Lyrik. Das Gedicht hätte mit oder ohne Dichter existiert. Dessen Anwesenheit war reiner Zufall, da er seine Zunge hatte, derer sich das Gedicht bedienen konnte, um sich an jenem warmen

Frühlingsabend auf dem Palatin für Clodias Gäste Gehör zu verschaffen:

Über hohe See gefahren war Attis auf schnellem Schiff. Sobald er den phrygischen Hain begierig mit eilendem Fuß betreten hatte und den düstern, von Wäldern umkränzten Stätten der Göttin genaht war, schnitt er sich dort, aufgestachelt von besinnungsloser Raserei, geistesverwirrt mit scharfem Stein die Last der Lenden ab. Kaum hatte sie also wahrgenommen, daß ihr die Glieder ohne Manneskraft geblieben waren, nahm sie, den Erdboden mit noch frischem Blut befleckend, eilends mit schneeweißen Händen das leichte Tamburin, dein Tamburin, Cybele, dein Gerät der Einweihung, Mutter! Und indem sie das hohlklingende Stierfell mit zarten Fingern schlug, begann sie erbebend, ihren Gefährtinnen folgendes zu singen:

»Wohlauf, zieht allzumal zu den hohen Hainen der Cybele, ihr Gallae, zieht allesamt, ihr schweifenden Schafe der Herrin von Dindyma, die ihr, Verbannten gleich, nach fremden Orten strebt, als meine Begleiterinnen die raffgierige Salzflut erduldet habt und alle Grausamkeit der See, dann euern Leib entmanntet in überschwenglichem Haß auf Venus: Erfreut der Herrin Herz, indem ihr rastlos schweift!«

Es war ein langes, seltsames Gedicht. Manchmal wurde es zu einem Gesang und der Dichter zu einem Tänzer, der sich mit dem Körper hin und her wiegte und mit den Füßen aufstampfte, angetrieben von dem Rhythmus, der ihn beherrschte. Das Publikum lauschte gebannt.

Es war die Geschichte von Attis und seinem Wahnsinn, der ihn in einer dunklen Nacht weit von zu Hause fort in einen dunklen Wald trieb, wo er sich selbst kastrierte und sein Dasein der Großen Mutter Kybele weihte. Noch immer blutend rief er die Anhänger der Göttin zusammen und führte sie in einer wilden, ekstatischen Prozession die Hänge des Ida hinauf bis zu ihrem Tempel. Sie stimmten schrille Gesänge an, schlugen Trommeln und Zymbeln, wirbelten, angeführt von Attis, in wilden Tänzen umher, bis sie schließlich erschöpft in einen tiefen traumlosen Schlaf sanken.

Als Attis erwachte, war sein Wahnsinn verflogen. Er sah, was er getan hatte, und war entsetzt. Er rannte zur Küste, starrte auf den Horizont und bereute, sein Heimatland je verlassen zu haben. Als Junge war er der Held aller athletischen Spiele gewesen, ein preisgekrönter Läufer und Ringer. Mit seinem Bart wurde er zum angesehensten Mann seiner Heimatstadt, bekannt und begehrt. Und was war er jetzt? Ein Schiffbrüchiger, der nie wieder heimkehren konnte, weder Mann noch Frau, ein Schatten seines früheren Selbst, unfruchtbar, elend und einsam. Seine fanatische Hingabe hatte ihn von allem entfremdet, was ihm einmal lieb und teuer gewesen war, hatte ihn alles gekostet, sogar seine Männlichkeit.

Oben auf dem Berg hörte Kybele sein erbärmliches Klagen. Sie blickte hinab und sah Attis am Strand weinen. Erbarmte sie sich des Attis, oder tat sie einfach das Notwendige, als sie ihren Löwen zum Strand hinunterschickte, um ihn endgültig in den Wahnsinn zu treiben? Klaren Kopfes war er zu elend, sein Leben der Lobpreisung der Kybele zu widmen, doch zu welchem anderen Leben wäre er in seinem entmannten Zustand fähig gewesen? Also fegte der brüllende Löwe die Hänge hinab und trieb Attis zurück in den Wald, zurück in den Wahnsinn und die geifernde Ekstase, zurück in ein Leben loyaler und geschlechtsloser Sklaverei in Diensten der Großen Mutter.

Catull schauderte, als ob das Gedicht ihn langsam wieder loslassen würde. Seine Stimme wurde leiser, bis die letzten Verse kaum noch zu hören waren:

»Große Göttin du, Kybele, Herrin auf dem Dindymos,
Bleib dein Wahnsinn, Herrin, fleh' ich, meinem Hause immer fern!
Andre reize auf und jag sie, andre stürz in Wildheit du!«

Catull war wie verwandelt. Als er die Bühne erklomm, hatte er ausgesehen wie ein Mann, der von Wein und Selbstmitleid betäubt war, schwach und unsicher. Jetzt wirkte sein Gesicht ausgezehrt, und seine Augen leuchteten wie die eines Mannes, der eine grausame Tortur überstanden hat und auf das Wesentliche seines Selbst reduziert worden ist. Beim Verlassen der Bühne stolperte er ein wenig, nicht wie ein Betrunkener, sondern wie ein Mensch, aus dessen Körper alle Kraft gewichen war.

Der Garten war still. Um mich herum bemerkte ich hochgezogene Brauen, unsicheres Stirnrunzeln, nachdenkliches Nicken und Grimassen des Ekels. Clodia saß dicht bei der Bühne und blickte starr auf die Stelle, wo Catull eben noch gestanden hatte. Ihre Miene war ausdruckslos. Hielt sie das Gedicht für eine Huldigung oder eine Beleidigung ihrer Person? Oder erkannte sie sich nicht wieder im Hymnus eines jungen Mannes, der von unentrinnbarer Besessenheit und dem Verlust von Würde und Freiheit durch eine überwältigende Leidenschaft und der ungleichen und katastrophalen Vereinigung eines bloßen Sterblichen mit einer distanzierten und gleichgültigen Göttin handelte?

In meinem Rücken vernahm ich ein unterdrücktes Schluchzen; es klang wie das Weinen einer Frau, so leise, daß es niemand gehört hätte, wenn es nicht so vollkommen still gewesen wäre. Ich wandte den Kopf. Auf der Treppe zum Garten saß abseits der anderen Gäste, versteckt im Schatten des Sockels der riesigen Venus, eine einzelne Gestalt. Sie hielt die Arme um die Beine geschlungen, um ihr Zittern zu verbergen, und den Kopf auf den Knien, doch an ihrem Gewand erkannte ich, daß es Trygonion war.

XXII

Nach Catulls Auftritt kam die Feier nie wieder richtig in Schwung, trotz der endlosen Parade von Unterhaltungskünstlern, die noch folgten, darunter einige andere Dichter, die bekannter waren als Catull, der deshalb ganz bewußt an den Anfang des Programmes gesetzt worden war. Aber kein anderer Poet rezitierte an jenem Abend irgend etwas, was bleibenden Eindruck gemacht hätte, zumindest auf mich nicht.

Des weiteren gab es Tänzer, Jongleure und eine abschließende Folge unglaublich derber, aber sehr komischer Sketche des Mimen. In einer Pause zwischen all diesen Darbietungen fand die Gastgeberin auch den Weg zu uns. Sie begrüßte Bethesda mit ausgestreckten Armen und einem Kuß. »Hast du mein Geschenk bekommen?«

»Ja, danke. Es ist in unserem Haus abgegeben worden, als wir unten auf dem Forum waren.« Bethesda streifte mich mit einem Seitenblick.

Clodia nickte. »Gut. Jetzt bist du eine von uns. Ja, ich habe euch beide beim Prozeß gesehen. Was denkst du, Gordianus? Wie ist es heute für uns gelaufen?«

»Bethesda hat es wohl am treffendsten formuliert: ›Besser viel wissen, als viel reden‹.«

Clodia warf mir ein fragendes Lächeln zu. »War es Bethesda, die das gesagt hat? Ich dachte, es wäre mein Ahnherr Appius Claudius gewesen, derjenige, der... na ja, egal. Kann ich dich kurz unter vier Augen sprechen? Senator, unterhalte diese Dame für einen Moment, während ich ihren Mann in einer geschäftlichen Angelegenheit entführe.«

Sie führte mich aus dem Garten in eines ihrer Privatgemächer. Die Wände waren dunkelrot bemalt und mit ländlichen Szenen von Satyrn und Nymphen verziert.

»Du siehst heute schon wieder viel besser aus«, sagte ich.

»Wirklich? Ich fand, ich sah schrecklich aus, als ich mich heute morgen im Spiegel gesehen habe. Ich habe ernsthaft erwogen, das Fest abzusagen, aber das wäre das erste Mal gewesen, daß mein Fest am Vorabend des Feiertags der Großen Mutter ausgefallen wäre. Sogar als ich mit Quintus im Cisalpinischen Gallien war –«

»Hast du Chrysis heute foltern lassen?«

Sie sah mich einen Moment lang ausdruckslos an. Selbst im Widerschein des warmen Lichtes sah ihr Gesicht blaß aus.

»Eigentlich habe ich dich beiseite genommen, um über wichtigere Dinge zu sprechen. Aber da du fragst, Gordianus – ja, Chrysis ist heute gefoltert worden. Nicht von mir persönlich, natürlich. Von Offiziellen des Gerichtshofes. Du weißt doch sicher, daß ein Sklave nicht vor Gericht aussagen darf, ohne gefoltert worden zu sein? Ansonsten könnte sie einfach sagen, was ihre Herrin ihr aufgetragen hat.«

»So lautet die offizielle Logik, ja.«

»Das Miststück wollte mich vergiften. Ich habe sie auf frischer Tat erwischt.«

»Hat sie gestanden?«

»Ja.«

»Hat sie Caelius beschuldigt?«

»Selbstverständlich. Du kannst ihr Geständnis morgen lesen, direkt vor meiner Aussage.«

»Ein Geständnis, das sie unter der Folter gemacht hat.«

»Du scheinst heute abend eine ungesunde Fixierung auf die Folter zu haben, Gordianus. Man sollte meinen, nach dem schrecklichen Gedicht von Catull hättest du für diesen Abend genug an Folter! Also wirklich, als er sagte, er hätte das perfekte Gedicht für den Feiertag der Großen Mutter ...« Sie schauderte heftig, bevor ihre Miene sich wieder aufhellte. »Aber ich hoffe, ich muß keine Folter anwenden, um dich morgen zur Aussage zu bewegen.«

»Mich?«

»Natürlich. Wen hätte Herennius sonst meinen sollen, als er sagte, der Mann, den Cicero den ›ehrlichsten Mann in Rom‹ genannt hat, würde gegen Caelius aussagen? Du mußt nur bezeugen, was du in den Bädern des Senia und gestern in meinem Haus gesehen hast, die geplanten Anschläge auf mich.«

»Und wenn ich mich weigere auszusagen?«

Sie schien überrascht. »Niemand kann dich zwingen. Aber ich dachte, du wolltest, daß Caelius seine gerechte Strafe bekommt.«

»Ich wollte Dios Mörder entlarven.«

»Das ist doch dasselbe, Gordianus. Jeder in Rom hat das längst begriffen, warum also nicht du? Ach, du bist ja ein Mann, der handfeste Beweise verlangt. Nun, du hättest eben diese Sklaven von Lucceius aufspüren müssen, die in den Giftanschlag verwickelt waren. Du hast doch gesagt, daß du sie finden und für mich kaufen wolltest. Ist daraus irgendwas geworden?«

»Nein.«

»Schade. Sie hätten großartige Zeugen abgegeben. Ich hatte dir doch Silber für ihren Kauf gegeben, oder nicht?«

»Ich werde dir das Silber zurückgeben.«

»Der Prozeß ist noch nicht vorüber. Es besteht kein Grund zur Eile.«

»Ich muß warten, bis mein Sohn Eco nach Rom zurückkehrt –«

»Vergiß das Silber, Gordianus. Du mußt es mir nicht zurückgeben. Hast du mich verstanden?«

»Ich bin mir nicht sicher.«

»Betrachte es als Teil deines Honorars. Und natürlich wirst du morgen aussagen. Du mußt.«

»Muß ich?«

»Wenn dir irgend etwas an Gerechtigkeit liegt. Wenn du Dios Schatten Frieden verschaffen willst.«

»Wenn mir nur klar wäre, wie Dio wirklich gestorben ist.«

Sie seufzte verzweifelt. »Asicius und Caelius sind in Coponius' Haus eingebrochen und haben den armen Kerl erstochen.«

Ich achtete nicht weiter auf ihre Worte, sondern zählte statt dessen im Kopf die Tage. »Es besteht noch immer die Möglichkeit, daß Eco heute abend oder morgen eintrifft –«

»Gut. Wenn dem so ist und er Nachricht von diesen Sklaven mitbringt, können wir ihre Aussage noch aufnehmen. Aber ich sagte doch, du sollst das Silber vergessen.«

Wir redeten derart aneinander vorbei, daß ich sie kaum hörte. »Da war noch etwas«, sagte ich, »was ich vergessen habe. Als ich dein Haus gestern verließ, wollte ich etwas von dem Gift mitnehmen, um es mit der Probe vom ›Haar der Gorgonen‹ zu vergleichen, die ich zu Hause in einer Schatulle aufbewahre. Ich muß es irgendwie vergessen haben ...«

Ich erschauderte in Erinnerung an die grausame Behandlung von Chrysis und meine Flucht aus Clodias Schlafzimmer. »Könnte ich das ›Haar der Gorgonen‹ heute abend mitnehmen?«

Clodia zögerte. »Ich fürchte, das geht nicht. Herennius hat das Gift. Er sagte, daß er es morgen vielleicht als Beweisstück präsentieren will, wenn ich meine Aussage mache. Obwohl ein Klumpen Gift die Richter vermutlich nicht so schockieren wird wie ein blutiger Dolch. Ist es wichtig?«

»Nein, vermutlich nicht. Ich wollte mich, nur um sicherzugehen, vergewissern, um welches Gift es sich handelt.«

»Wenn es dich zu einer Aussage bewegen könnte, wünschte ich, ich hätte es noch hier. Ich nehme an, ich könnte es irgendwie organisieren, das Zeug von Herennius holen zu lassen, obwohl es schon ziemlich spät ist. Und morgen früh wird kaum Zeit bleiben –«

Ich schüttelte den Kopf. »Mach dir keine Umstände.«

»Nicht? Gut.« Sie lachte matt. »Ich glaube auch nicht, daß ich mich heute abend mit noch so einer ärgerlichen Lappalie befassen möchte. Eigentlich bin ich schrecklich müde. Clodius' Arzt meint, daß es noch eine ganze Weile dauern wird, bis ich mich wieder vollkommen erholt habe. Um die Wahrheit zu sagen, es geht mir ziemlich schlecht. Ich konnte keinen Bissen von dem essen, was mir heute abend aufgetischt wurde. Ich mußte mich einfach darauf verlassen, daß der Koch sich bemüht hat. Nun, Gordianus, du mußt mir versprechen, daß du morgen auf *jeden* Fall aussagen wirst. Bitte, laß mich nicht die ganze Nacht im Ungewissen. Und du mußt dem Gericht, wie gesagt, ja nur schildern, was du mit eigenen Augen gesehen hast.«

Ich sah sie lange an, ihre großen grünen Augen, die durch die Krankheit um so mehr glänzten, die glatte weiße Haut an ihrem Hals und die Rundungen ihrer Brüste, die Umrisse ihres geschmeidigen, von der Seide kaum verhüllten Körpers. Ich atmete ihr Parfüm ein. Was, wenn es Caelius gelungen wäre, sie zu vergiften? Dann wäre sie jetzt tot und würde bereits beginnen zu verwesen. Die Vorstellung war abstoßend, ja unerträglich: Die glänzenden Augen für immer geschlossen, der perfekte Körper von Würmern zerfressen, das Parfüm vom Verwesungsgestank überdeckt.

»Ja, ich werde aussagen. Ich wüßte nicht, was dagegen sprechen sollte.«

Sie lächelte, küßte mich auf den Mund und drängte ihren Körper an meinen, als hätte sie meine Gedanken gelesen und wollte mir beweisen, daß sie noch sehr lebendig war. Vom Garten her hörte ich einen Dichter seine Werke vortragen, unterbrochen von Gelächter und Beifall.

Clodia unterbrach den Kuß und trat einen Schritt zurück. »Jetzt sollte ich dich lieber zu Bethesda zurückbringen, bevor sie dich anfängt zu suchen. Ägyptische Frauen sind angeblich über alle Maßen eifersüchtig.«

Das Fest hatte kein förmliches Ende, oder ich blieb nicht lange genug, um es zu erleben. Nach der Zugabe des Mimen wurde ein weiteres Mahl aufgetragen, zu dem die Gäste sich neu gruppierten. Schließlich bahnten sich die, die genug gegessen, geplaudert, gelacht und getrunken hatten, ihren Weg zum Ausgang. Bethesda und ich gehörten zu den Gästen, die das Fest als erste verließen. Catull und Trygonion waren anscheinend verschwunden.

»Du machst einen sehr nachdenklichen Eindruck«, sagte Bethesda auf dem Heimweg.

»Und du wirkst ziemlich zufrieden. Hast du dich so gut amüsiert?«

»Es ging nicht darum, mich zu amüsieren«, erwiderte sie, auf einmal hochmütig.

»Was hat Clodia gemeint, als sie mit dir gesprochen hat?«

»Wann?«

»Als sie dich gefragt hat, ob du die kleine Attis-Statue bekommen hast. Du hast die Frage bejaht, und sie sagte: ›Gut, jetzt bist du eine von uns.‹«

»Hat sie das gesagt?«

»Bethesda, ich bin nicht in der Stimmung, mich ärgern zu lassen.«

»Sie meinte nur, daß ich jetzt von den Frauen hier auf dem Palatin akzeptiert werde. Zumindest von den Frauen, auf die es ankommt. Dank Clodia.«

»War das alles, was sie gemeint hat?«

»Was soll das heißen, war das alles? Bedenke, wo ich herkomme und wer ich bin. Ich hatte Angst, als wir von dem Gut zurück nach Rom und in dieses Viertel gezogen sind. Ich habe dir natürlich nie gezeigt, wie sehr es mich bekümmert hat, aber es war genauso, wie ich es befürchtet hatte. Anfangs haben sie mich sehr schlecht behandelt.«

»Dich schlecht behandelt?«

»Mich ignoriert und ausgeschlossen. Aber das wird sich nach heute abend ändern. Die anderen werden mich anders behandeln. Als ob ich eine von ihnen wäre.«

Das schien mir höchst unwahrscheinlich, aber ich zuckte die Schultern. »Warum nicht? Heutzutage scheint in Rom fast alles möglich.«

Aus irgendeinem Grund nahm Bethesda an dieser Bemerkung Anstoß und sprach kein Wort mehr mit mir, bis wir unser Haus erreicht hatten.

Diana war aufgeblieben und erwartete uns. Sie verlangte, daß ihre Mutter ihr alles über das Fest erzählte. Während sich die beiden in Dianas Zimmer zurückzogen und über Kleidung und Frisuren der anderen Frauen redeten, flüchtete ich in unser Schlafzimmer.

Ich legte meine Toga ab und streifte meine schäbige Alltagstunika über. Ich ließ eine Lampe brennen, damit Bethesda sich später orientieren konnte. Ich legte mich auf das Schlafsofa und schloß die Augen gegen das flackernde Licht, doch ich konnte nicht schlafen. Ich hatte zu viel getrunken, zu viel gegessen und zu viele Gedichte gehört.

Vom Ende des Flures vernahm ich Bethesdas und Dianas gedämpftes Lachen. Das Geräusch erinnerte mich an das entfernte Gelächter im Garten, als Clodia mich geküßt hatte...

Ich hatte sie um etwas gebeten, oder nicht? Das Gift, das war es. »Das Haar der Gorgonen«, damit ich es mit der Substanz vergleichen konnte, die Eco mir zur Aufbewahrung gegeben hatte. Wieder war ich ohne es nach Hause gekommen. Eigentlich brauchte ich Clodias Probe nicht, um einen Vergleich anzustellen; ich erinnerte mich noch deutlich genug daran, wie das Zeug ausgesehen hatte. Ich hatte es ins Licht der Lampe gehalten, während Chrysis sich wand und schluchzte...

Ich rutschte unruhig auf dem Schlafsofa hin und her und wollte unbedingt einschlafen, doch das Lachen aus Dianas Zimmer hielt mich wach, und meine Gedanken drehten sich endlos im Nichts wie die von der Decke hängende Chrysis. Schließlich stand ich auf und griff nach der Lampe.

Neben unserem Schlafzimmer befand sich ein kleiner Vorratsraum, der mit zusammengerollten Teppichen, zusammengeklappten Stühlen und Holzkisten vollgestellt war. Nach kurzem Suchen fand ich die Schatulle. Ich versuchte mich zu erinnern, wo ich den Schlüssel versteckt hatte, bis ich bemerkte, daß ich ihn gar nicht brauchte. Das kleine Schloß der Schatulle war aufgebrochen.

Ich trug sie ins Schlafzimmer und stellte die Lampe so ab, daß ihr Licht hineinfiel.

Viel enthielt die Schatulle nicht – einen blutverkrusteten Dolch, der bei einem anderen Prozeß von Bedeutung gewesen war, ein paar Briefe und andere Notizen, von denen ich nicht wollte, daß sie irgend jemand außer mir in die Hände bekam. Und eben die kleine Pyxis mit Gift, die aufzubewahren Eco mich gebeten hatte, weil er sie wegen der Zwillinge nicht im Haus haben wollte.

Ich faßte an den Deckel der Pyxis, und er löste sich sofort. Ich fuhr zusammen, weil ich glaubte, den Inhalt achtlos verschüttet zu haben, bis mir klar wurde, daß es gar keinen Inhalt zum Verschütten gab.

Die Pyxis war leer. Nur in den Ecken des Döschens klebten noch ein paar Krümel des Giftes, die genauso aussahen wie das krümelige gelbe Pulver, das Clodia mir gezeigt hatte.

Was hatte das zu bedeuten?

Ich stellte die Pyxis zur Seite und nahm erneut die Schatulle zur Hand, weil ich annahm, daß das Döschen sich in eines ihrer Fächer entleert haben mußte. Gelbes Puder entdeckte ich nicht, dafür aber etwas anderes, einen kleinen, leicht zu übersehenden Gegenstand: einen Ohrring in Form eines schlichten silbernen Hakens mit einer grünen Glasperle zur Verzierung. Ich erkannte ihn sofort; es war einer von Bethesdas alten Ohrringen.

Der Haken war verbogen. Ich untersuchte noch einmal das aufgebrochene Schloß der Schatulle. Die Metallverkleidung war mit winzigen Kratzern übersät. Der Schlitz war sehr schmal, und der Haken des Ohrrings hatte die passende Größe, um darin herumzustochern.

Es war ganz offensichtlich: Das Schloß war mit dem Ohrring geöffnet worden.

Ich saß da und starrte dumpf auf den Ohrring, die Schatulle und die leere Pyxis, zunächst verwirrt, dann verblüfft und schließlich wütend.

Diana und ihre Mutter schreckten zusammen, als ich den Vorhang beiseite schob und das Zimmer betrat, die leere Pyxis in der ausgestreckten Hand.

»Könnt ihr mir das erklären?« fragte ich, bemüht, meine Stimme ruhig zu halten.

Sie sahen mich an, als würden sie mich kaum kennen. Hätte ich in jenem Moment mein eigenes Spiegelbild erkannt?

Keine von beiden regte sich. »Ich habe gefragt, ob ihr mir das erklären könnt«, wiederholte ich. Sie starrten mich mit leerem Blick an.

»Also gut. Es bedarf auch keiner Erklärung.« Ich hielt den

Ohrring hoch. »Du mußt ja ziemlich in Eile gewesen sein, Bethesda, daß du den hier vergessen hast. Das war unvorsichtig, sehr unvorsichtig. War dir nicht klar, daß ich ihn irgendwann finden würde?«

Sie sah den Ohrring ausdruckslos an. »Bitte tu nicht so, als würdest du ihn nicht erkennen, Bethesda. Sogar ich habe ihn erkannt, obwohl du immer behauptest, ich würde deinem Schmuck keine Beachtung schenken! Er gehört zu einem Paar, das du schon seit Jahren besitzt.« Ich seufzte, auf einmal eher traurig als wütend. »Hat es dir so viel bedeutet, ihre Gunst zu gewinnen? Wußtest du nicht, wozu sie das Gift benutzen würde – nicht nur, um das Gericht zu täuschen, sondern auch, um mich zum Narren zu halten!« Ich ließ die Pyxis zuschnappen und warf den Ohrring auf den Boden. Diana fuhr zusammen und drängte sich ängstlich an ihre Mutter. Einen Moment lang war ich beschämt, doch dann kehrte mein Zorn zurück. Ich lief im Zimmer auf und ab.

»Sie hat auch dich zum Narren gehalten, siehst du das nicht? Sie hat dich zu ihrem Fest eingeladen, dir diese abscheuliche Statue geschenkt und dich glauben lassen, du würdest zu ihrem Kreis zählen. Peinliche Geheimnisse miteinander teilen und hinter meinem Rücken im Garten tuscheln! Ich kann mir vorstellen, daß sie sich ausgedacht hat, was immer du hören wolltest. Darin hat sie große Übung. So macht sie es auch mit ihren Liebhabern, warum also nicht mit dir? Hast du wirklich geglaubt, sie wollte deine Freundin sein? Eine Frau, die von ihren Vorfahren spricht, als wären es Götter, läßt sich zu einem Plausch mit einer als Sklavin Geborenen herab?«

Ich blieb stehen und versuchte, meine Wut zu zügeln, doch dadurch wurde ich nur noch wütender. Ich umklammerte die Pyxis so fest, daß ihre Kanten in meine Handfläche schnitten. »Frau, du hast geholfen, mich zu täuschen! Leugnest du das?«

Bethesda antwortete nicht.

»Du hast mich vorsätzlich getäuscht! Leugnest du das?«

»Mutter –«, sagte Diana und umklammerte Bethesdas Arm. Bethesda bedeckte das Gesicht des Mädchens und drückte sie an ihren Busen, um sie zu beruhigen.

»Leugnest du das?« brüllte ich.

Bethesda sah mir fest in die Augen, bis zum Ende nicht zu erschüttern. »Nein, Mann. Das leugne ich nicht.«

»Du hast dabei mitgeholfen, mich zu täuschen?«

»Ja.«

Wir starrten uns lange an. Bethesda blinzelte kein einziges Mal. Ich schleuderte die Pyxis zu Boden und stürmte wütend aus dem Zimmer. Mein Gebrüll hatte Belbo geweckt, der mir nacheilte, als ich aus der Tür auf die nachtschwarze Straße rannte.

Die höfliche Art ist es, leise anzuklopfen, doch in jener Nacht hämmerte ich mit der Faust gegen Clodias Tür. Das Pochen hallte laut genug in der stillen Nachtluft wider, um die Nachbarn zu wecken, dachte ich, aber die Sklaven brauchten sehr lange, um an die Tür zu kommen. Hatte der Lärm ihnen angst gemacht, oder hielten sie mich schlicht für unhöflich? Endlich ging ein Guckschlitz auf, und zwei Augen spähten heraus. Selbst im Dunkeln erkannte ich die zusammengewachsenen Brauen.

»Ich will deine Herrin sprechen, Barnabas.«

»Es ist spät. Du kannst sie morgen beim Prozeß sprechen.«

»Nein, ich muß sie noch heute nacht sprechen.«

Seine Augen musterten mich abschätzig. Mir wurde klar, wie ich in meiner Schlaftunika und mit zerzaustem Haar aussehen mußte. Der Sehschlitz ging zu. Ich lief auf der schmalen Stufe vor der Tür auf und ab, während Belbo gähnend und blinzelnd hinter mir auf der Straße stand.

Endlich ging die Tür auf. Ich schlüpfte hinein, doch Barnabas schlug Belbo die Tür vor der Nase zu.

Er führte mich durch die Halle und den Garten. Im Licht einiger schwach brennender Lampen konnte ich erkennen, daß er noch nicht völlig verlassen war. Im Schatten bewegten sich flüsternde Paare. Wie ein Waldfaun kreuzte auf einmal mit großen, hüpfenden Schritten ein nacktes Mädchen unseren Weg. Es war die, die mit Senator Fufius gekommen war. Sie wandte den Kopf, stieß ein überraschtes Lachen aus und verschwand. Kurz darauf erschien der nackte und betrunkene Fufius auf der Bildfläche und setzte ihr nach.

Barnabas führte mich in den rot getäfelten Raum mit Blick auf den Garten. Er stellte eine kleine Lampe auf den Tisch und ging. Ich hatte reichlich Zeit, die Nymphen und Satyrn an den Wänden zu betrachten, bevor Clodia auf der Schwelle erschien. Ihr Haar hing offen über ihre Schultern, sie trug eine durchsichtige Robe, nur in der Hüfte gegurtet, so daß sie zwischen ihren Brüsten offen war. Ihre nackte Haut schimmerte im roten Widerschein des Lichts. Sie lächelte müde.

»Wenn du bleiben wolltest, Gordianus, warum bist du dann gegangen? Ach ja, um Bethesda nach Hause zu bringen. Aber jetzt bist du wieder hier. Ist dir irgend jemand auf dem Fest ins Auge gefallen?« Sie kam mit halb geschlossenen Augen geschmeidig auf mich zu, auf den Lippen die Andeutung eines Lächelns.

»Du hast grundlos eine Sklavin foltern lassen.«

Ihre Lider wurden schwerer, das Lächeln erstarrte. »Ach, das wieder? Bitte, Gordianus, in deinem Alter sollte sich ein Mann doch an den Lauf der Dinge gewöhnt haben.«

»Es gibt Dinge, an die man sich nie gewöhnt. Lügen, Täuschungen, Verschwörungen.«

»Wovon redest du überhaupt?«

»Und Bestechung, natürlich. Dafür war doch das Silber, oder nicht? Nicht um die Sklaven zu kaufen, damit sie aussagen konnten, sondern eine ganz ordinäre Bestechung, nicht mehr und nicht weniger – damit ich im entscheidenden Moment genau das tun würde, was du wolltest. Der Mann, dessen Ehrlichkeit selbst Cicero gerühmt hat – deshalb wolltest du mich überhaupt nur, weil du dachtest, daß ich mich auf diese Art als nützlich erweisen könnte. Ach ja: Wir werden Cicero den ehrlichen Menschen am letzten Prozeßtag direkt ins Gesicht schleudern. Soll er seine Rede halten, bevor der Mann, von dem er selbst sagt, er wäre der ehrlichste Mann Roms, in den Zeugenstand treten und Cicero wie einen Narren aussehen lassen würde. Hast du wirklich geglaubt, du könntest mich mit Silber kaufen? Hast du noch nie einen Mann getroffen, den du nicht mit Silber oder deinem Lächeln kaufen konntest?«

»Also wirklich, Gordianus, es ist schrecklich spät –«

»– und der Prozeß schon zu weit fortgeschritten, als daß ich deinen Plan noch durcheinanderbringen könnte. Die vermeintliche Übergabe des Giftes in den Bädern des Senia – hast du das auch selbst inszeniert?«

»Sei nicht albern!«

»Vielleicht war das Teil deines Plans, vielleicht auch nicht. Aber was immer du vorhattest, irgend etwas ist schiefgelaufen. Das Beweismaterial gegen Caelius, das du zusammenzutragen oder zu fabrizieren hofftest, ist nicht zustande gekommen. Dir wurde klar, daß die bloße Behauptung, Caelius habe dich vergiften wollen, zu dünn war, um die Richter zu beeindrucken. Also hast du etwas Neues ausgeheckt. Woher wußtest du, daß ich Gift im Haus haben würde? Oder hat Bethesda dir dieses Wissen freiwillig anvertraut, und du hast dann umgehend Gebrauch davon gemacht?«

»Ich weiß nicht, wovon du redest. Wie gesagt, Gordianus, es ist spät –«

»Hast du die Symptome nur vorgetäuscht? Der Arzt deines Bruders hätte dir sagen können, wie man das macht, nachdem du ihm erst einmal das Gift gezeigt hattest, das du dir hattest besorgen lassen. Oder hast du tatsächlich ein wenig von dem Zeug geschluckt, und er hat dich bezüglich der Dosierung beraten – auf keinen Fall zu viel, daß es dich umbringen würde, aber gerade genug, um dich erkranken zu lassen, die Vorstellung perfekt zu machen und sicherzugehen, daß du mich und auch alle anderen täuschen würdest. Ja, ich denke, das würde dir ähnlich sehen, mit dem höchstmöglichen Einsatz zu spielen. Aber das arme Mädchen um der

Glaubwürdigkeit willen der Folter auszuliefern – damit hast du es ein bißchen zu weit getrieben, Clodia, selbst für deine Verhältnisse. Natürlich konntest du dich darauf verlassen, daß sie ihnen die Geschichte genau so erzählt, wie du es wolltest, da man sie dir, wenn alles vorbei ist, einfach zurückgegeben wird, und wenn sie ihre Pflicht nicht anständig erfüllt hat, kannst du ihr Leben zu einer einzigen Qual machen. Die Absurdität, Sklaven zu foltern, um die Wahrheit herauszubekommen –«

»Du bist vollkommen übergeschnappt, Gordianus. Du redest wirres Zeug.«

»Warum habe ich dann das Gefühl, hellwach und klar zu sein, eigentlich zum ersten Mal, seit ich dich getroffen habe? Es ist genauso, wie man sagt: Du hast mich in deinen Bann geschlagen. Ich dachte, ich wäre immun dagegen, doch nur ein Narr konnte so etwas glauben, und genau das wolltest du aus mir machen. Doch jetzt sind mir die Augen geöffnet worden, und ich muß mich fragen, wie tief du dich in diesen Feldzug zur Zerstörung von Marcus Caelius verstrickt hast. Wenn der Vorwurf der versuchten Vergiftung erfunden war, was ist dann mit dem Anklagepunkt des Mordes? Was ist mit Dio – ›dem armen Kerl‹, wie du ihn nanntest? Hattest *du* vielleicht auch bei seiner Ermordung die Hand im Spiel – und sei es nur, um Marcus Caelius zu bezichtigen?«

»Lächerlich! Als Dio starb, waren Caelius und ich noch –«

»Dann hat dir Caelius vielleicht bei dem Mord geholfen. Wer sagt, daß am Ende nicht dein Bruder hinter allem steckt, wenn Caelius damals noch sein Verbündeter war, genau wie er noch dein Geliebter war? Und dieses Geld, das du Caelius gelichen hast und das er angeblich für den Giftanschlag auf Dio benutzt hat – vielleicht wußtest du die ganze Zeit, wofür es war; vielleicht war der ganze Plan ursprünglich der deine und Caelius bloß eine deiner Marionetten. Ich sehe jetzt klarer, Clodia, und doch wird alles nur noch düsterer und undurchschaubarer. Angesichts meiner wachsenden Verwirrung sollte ich morgen beim Prozeß wohl besser doch nicht aussagen, meinst du nicht auch? Jedenfalls nicht für die Anklage. Vielleicht könnte ich für die Verteidigung aussagen – ja, soll Cicero den ehrlichsten Mann in Rom aufrufen, um zu schildern, wie Clodia ihn hereingelegt hat, um Marcus Caelius als potentiellen Giftmörder zu bezichtigen.«

»Das würdest du nicht wagen!«

»Nicht? Dann schlage ich vor, du läßt alle Vorwürfe im Zusammenhang mit diesem vermeintlichen Giftanschlag fallen. Zerreiße die Aussage, die Chrysis unter der Folter gemacht hat. Und erwähne ›das Haar der Gorgonen‹ bei deiner Aussage mit keinem Sterbenswörtchen. Hast du mich verstanden? Andernfalls werde ich selbst aussagen und alles bestreiten, was du sagst. Wie würde deine Anklage gegen Caelius aussehen, wenn deine Intrige entlarvt wird? Soviel zu den schockierenden Enthüllungen, die Herennius als Höhepunkt des Prozesses versprochen hat!«

Clodias Augen blitzten auf. Ihre Lippen zitterten. Wut loderte in ihrem Gesicht auf und verblaßte wieder, als es ihr gelang, sie zu zügeln. Erneut fiel mir auf, wie schwach und ausgezehrt sie aussah – war sie wirklich verrückt genug, sich selbst vorsätzlich zu vergiften? War sie derart unbarmherzig von der Idee besessen, Caelius zu vernichten? Was war das für eine Liebe, die in solchem Haß und solcher Raserei endete? Und am rätselhaftesten – zumindest für mich: Wie konnte Clodia – ihr Körper von selbst verabreichtem Gift verwüstet, ihr falsches Spiel entlarvt, ihr Plan, mich zu benutzen, vereitelt – in meinen Augen noch immer so atemberaubend schön aussehen? So schön, daß ich sie nicht ansehen konnte, sondern ihr den Rücken zuwenden und die brünftigen Nymphen und Satyrn betrachten mußte, die mit steriler, geist- und gewissenloser Leidenschaft über die Wände tollten.

»Empörend«, murmelte sie schließlich. »Deine Behauptungen sind absolut empörend. Wo soll ich anfangen? Es ist absurd. Es ist verrückt. Hat Caelius sich irgendwie an dich herangemacht? Oder Cicero? Warum hast du dich gegen mich gewandt, Gordianus?«

»Ich habe dir von Anfang an gesagt, daß mein einziges Interesse der Entlarvung von Dios Mörder gilt. Ich werde mich nicht als Werkzeug deiner Rache gegen einen ehemaligen Liebhaber benutzen lassen. Vermutlich bist du es gewohnt, daß sich Männer von dir benutzen lassen und es auch noch genießen, aber ich mache da nicht mit, Clodia.«

»Ja, das habe ich gleich gemerkt.« Ihre Stimme klang leise und müde. Obwohl ich ihr den Rücken zugewandt hatte, spürte ich, wie sie näher kam. Ich spürte ihren warmen Atem in meinem Nacken. »Deswegen habe ich es erst gar nicht versucht, dich auf diese Art zu überreden. Du hättest es doch durchschaut und mißbilligt. Du bist ein ungewöhnlicher Mann, Gordianus. Solche Stärke und Integrität bin ich nicht gewohnt – ja, es ist genau, wie Cicero gesagt hat. Glückliche Bethesda! Also habe ich nie versucht, dich zu verführen, Gordianus. Ich habe den Gedanken verworfen, obwohl ich mehr als einmal versucht war...«

Ich atmete tief ein und drehte mich zu ihr um. Ihre Miene war mutlos, bitter und absolut überzeugend. »Clodia. Du bist eine bemerkenswerte Frau. Du gibst wohl nie auf?«

Ich hatte aufblitzende Wut oder die Andeutung eines Grinsens erwartet, doch ihr Gesichtsausdruck wurde nur noch bestürzter und gequälter. »Bemerkenswert!« flüsterte ich.

Ich ging an ihr vorbei und hatte es auf einmal eilig zu verschwinden, weil ich befürchtete, am Ende doch noch etwas zu tun, was ich später bereuen könnte. Doch mein Weg wurde von einem großen, beeindruckend muskulösen jungen Mann versperrt, der, nur mit einem winzigen Ledenschurz bekleidet, mit verschränkten Armen in der Tür stand. Catulls Spottvers war unheimlich und unfehlbar treffend gewesen. Selbst als er mir demonstrativ den Weg verbaute, grinste der Spanier Egnatius noch.

»Wer ist dieser Wurm?« fragte er. »Soll ich sein Gesicht zu Brei schlagen?«

»Schweig, du Schwachkopf«, fauchte Clodia. »Geh ihm aus dem Weg.«

Egnatius trat zur Seite. Als ich an ihm vorbeikam, kräuselte ich die Nase. Was ich roch, war nichts weiter als eine Weinfahne, doch ich fragte: »Ist das Urin, wonach dein Atem stinkt?«

Das Grinsen des Spaniers zeigte Risse.

XXIII

Belbo wartete vor der Haustür auf mich. Wortlos begann ich die Straße hinunterzulaufen, bis mir bewußt wurde, daß ich keine Ahnung hatte, wohin ich gehen sollte. Heim zu Bethesda kam nicht in Frage. Ich hätte mich bei Menenia einquartieren können, doch was hätte meine Schwiegertochter denken sollen, wenn ich mitten in der Nacht, um einen Schlafplatz bettelnd, vor ihrer Tür gestanden hätte? Wenn nur Eco endlich zurückkommen würde...

Auf einmal grunzte Belbo und zog mich zur Seite. Eine im Schatten eines Hauseingangs verborgene Gestalt hatte ihn alarmiert. Der arme Belbo hielt den Mann für einen Dieb oder Mörder. Ich wußte es besser.

Ich schüttelte halb angewidert, halb erleichtert den Kopf. »Catull! Hast du keinen besseren Platz, wo du dich zu dieser späten Stunde herumtreiben kannst?«

»Nein. Genausowenig wie du offenbar.« Er löste sich aus dem Schatten des Hauseingangs, und ich sah, daß sein Gesicht so ausgezehrt und gequält war wie Clodias bei meinem überstürzten Aufbruch. Wir starrten einander im Mondschein an. »Ich hoffe, ich sehe nicht so erbärmlich aus wie du«, sagte Catull.

»Ich wollte gerade dasselbe sagen.«

Er rang sich ein schiefes Lächeln ab. »Was sollen wir machen?«

»Warten, daß die Sonne aufgeht, nehme ich an.«

»Und bis dahin? Wohin sollen wir gehen?«

»Wohin wohl!«

Am Vorabend des Feiertags machte die geile Kneipenwirtschaft ein großes Geschäft. Wir hatten Glück, noch Sitzplätze zu finden.

»Mir gefällt es nicht, wie dieser Laden aussieht, Herr«, sagte Belbo.

»Ah, aber wie du aussiehst, scheint einigen Mädchen sehr zu gefallen, großer Bursche«, sagte Catull. Belbo blickte sich unsicher um.

»Ich nehme nicht an, daß wir wieder auf Marcus Caelius und seine Freunde stoßen.« Durch den dunstigen Qualm musterte ich die Menge.

»Hier? Während seines Prozesses?« Catull stieß ein gellendes Lachen aus. »Sehr unwahrscheinlich. Meinst du nicht, daß er daheim bei Mama und Papa ist, Beerdigungslieder summt und für morgen etwas möglichst Schäbiges zum Anziehen aussucht? ›O Papa, ich weiß, daß ich einen niedergeschlagenen Eindruck machen soll, aber was kann ich dafür, daß ich großartig aussehe, egal was ich anhabe?‹«

Sogar Belbo mußte grinsen. Wein wurde gebracht. Catull trank gierig und wischte sich den Mund ab. »Was hast du heute abend, nur mit deiner Schlaftunika bekleidet, in ihrem Haus gemacht?«

»Catull, bitte! Schluß mit dem Blödsinn über sie... und mich.«

»Warum warst du dann bei ihr?«

»Eine unerledigte geschäftliche Angelegenheit zwischen uns beiden.«

»Mitten in der Nacht?«

»Sie duldete keinen Aufschub.«

Er schnaubte und verlangte, man solle ihm mehr zu trinken bringen.

Ich ließ den unangerührten Wein in meinem Becher kreisen. »Hätte es nicht gereicht, wenn Caelius all dieser Verbrechen gegen die alexandrinischen Gesandten für schuldig befunden worden wäre? Warum mußte sie unbedingt weitere Anklagepunkte gegen ihn fabrizieren? Du kennst sie besser als ich. Traust du ihr zu, daß sie selbst Gift nehmen würde, um andere glauben zu machen, daß Caelius sie vergiftet hat?«

»Du treibst mich zur Raserei mit deinen Rätseln«, knurrte Catull.

»Clodia ist es, die uns beide zur Raserei getrieben hat.«

»Lesbia!« verbesserte er mich.

Ich starrte auf den Wein, und mir wurde übel. »Wenn ich auch nur einen Schluck von dem Zeug trinken soll, muß ich es mit sehr viel Wasser verdünnen.«

»Na, dann lassen wir den Mann eben ein wenig Wasser aus dem Aqua Appia schöpfen!«

»Du meinst das Aquaedukt, das *ihr* Vorfahre für uns erbaut hat?«

»Genau!« erwiderte Catull feixend. »Anschließend können wir dann auf einer der Straßen wandeln, die ihre Vorfahren fürsorglicherweise für uns entworfen haben –«

»Und in einem der Tempel, die sie für uns errichtet haben, einem Gott ein Trankopfer darbieten.«

Catull lachte. »Wie ich sehe, hast du die große Ansprache über die Errungenschaften ihrer Vorfahren und ihre unvergleichliche Größe auch schon gehört. Ohne all die Appius Claudii in der Morgenröte der Geschichte wäre Rom nämlich noch immer ein Schweinestall am Ufer des Tiber.«

»Jedenfalls scheint Clodia – Lesbia – das zu glauben.«

»Aber ich wette, sie hat dir nicht von jenem Appius Claudius erzählt, der versucht hat, Verginia zu vergewaltigen.«

»Nein. Ein Skandal?«

»Nun, diese Geschichte zählt zumindest nicht zu den ganz so erbaulichen Legenden über ihre Vorfahren, die die Clodier jedem Fremden erzählen, der ihren Weg kreuzt. Aber sie ist trotzdem wahr und sagt mehr über Lesbia aus als das ganze Gequatsche über Aquaedukte und Straßen.«

»Erzähl!«

Catull machte eine Pause, um der Bedienung seinen Becher hinzuhalten, schwankte dabei jedoch so heftig, daß der Wein auf dem Fußboden landete.

»Vielleicht hattest du genug«, sagte ich.
»Vielleicht hast du recht.«
»Was ich brauche, ist ein Bett.«
Catull rülpste und nickte. »Ich auch.«
»Wo wohnst du in der Stadt?«
»Ich habe eine Wohnung in einem Haus auf dem Palatin gemietet. Im Grunde besteht sie nur aus einem Bett und ein paar Büchern. Willst du mitkommen?«
»Du würdest deine Schlafstatt mit mir teilen?«
»Du wärst nicht der erste!« erwiderte Catull lachend. »Du kannst ja deinen Sklaven als Wachhund mitnehmen. Er kann im Vorraum auf dem Boden schlafen und Alarm schlagen, wenn er dich ›Vergewaltigung‹ rufen hört!«

Catulls Wohnung auf dem Palatin war tatsächlich so karg möbliert, wie er gesagt hatte. An einer Wand stand ein großes Schlafsofa, die andere war mit Fächern voller Schriftrollen bedeckt.
Er sah mich im schwachen Licht der Lampe die Etiketten studieren. »In der Hauptsache griechische Lyrik«, erklärte er, während er sich seiner Toga entledigte. »Literatur und eine Liege. Mehr braucht ein Mann nicht. Alles andere würde ihn nur von der Erfahrung ablenken.«
»Der Erfahrung zu lesen?«
»Oder die Liege zu benutzen.« Er streifte sich eine Tunika über und ließ sich auf das Schlafsofa fallen. »Komm schon, hier ist genug Platz für zwei. Obwohl ich dich warnen muß. Ich bin betrunken genug, um über dich herzufallen.«
»Ich bin ein alter Mann mit steifen Gelenken und einem grauen Bart.«
»Ja, aber du riechst unwiderstehlich.«
»Was?«
»Du riechst nach ihrem Parfüm.«
»Und du stinkst nach Wein, Catull. Immer noch besser als Urin, nehme ich an.«
»Was?«

Ich schilderte ihm meine Begegnung mit Egnatius, weil ich dachte, es würde ihn amüsieren, daß ich eine Zeile aus seinem Gedicht als Abgang benutzt hatte. Allerdings wurde mir schnell klar, daß das ein Fehler gewesen war.

»Dann ist er jetzt bei ihr«, sagte er zähneknirschend. »Egnatius und Lesbia. Verdammt seien sie beide!«

»In der Taverne hast du angefangen, mir eine Geschichte zu erzählen«, sagte ich, um ihn abzulenken.

»Eine Geschichte?«

»Ein Skandal um einen ihrer Vorfahren. Ein Appius Claudius. Nicht der Erbauer eines Tempels oder Aquaedukts –«

»Ach ja, derjenige, der versucht hat, Verginia zu vergewaltigen. Der einzige Vorfahre, über den sie *nicht* gerne sprechen. Dabei verkörpert er die jetzige Generation besser als all die Tugendbolde auf ihren Sockeln. Du hast mich gefragt, ob sie etwas so Verrücktes tun würde, wie sich selbst zu vergiften, nur um sich an einem Liebhaber zu rächen. Es liegt ihr im Blut.«

»Im Blut?«

»Höre meine Geschichte. Sie hat sich vor langer Zeit in den Anfangstagen der Republik ereignet, nachdem die Könige vertrieben worden waren, aber bevor Patrizier und Plebejer einen Weg gefunden hatten, in Frieden miteinander zu leben. Die Chronologie der Ereignisse kenne ich nur sehr vage – ich bin schließlich Dichter, kein Historiker! –, aber irgendwann gelang es jedenfalls einer Gruppe von zehn Mächtigen, die Kontrolle über den Staat an sich zu reißen. Sie nannten sich Dezemvirn und errichteten eine Schreckensherrschaft. Zum Wohle Roms, versteht sich – um die herrschende Krise zu lösen und den wachsenden Unmut zu beheben, et cetera, et cetera.«

»Und Appius Claudius war einer dieser Dezemvirn?«

»Ja. Nun gab es in Rom zu jener Zeit auch ein wunderschönes junges Mädchen namens Verginia, Tochter des Verginius. Sie war eine Jungfrau und mit einem aufstrebenden jungen Politiker verlobt. Doch eines Tages sah Appius Claudius sie zufällig auf dem Weg zu ihrer Mädchenschule auf dem Forum und wurde augenblicklich von brennendem Begehren für sie erfaßt. Er stellte ihr überall auf den Straßen und Märkten nach und versuchte, sie von ihrer wachsamen Kinderfrau wegzulocken, um sie zu verführen. Doch Verginia war ein tugendhaftes Mädchen und wollte nichts mit dem Lüstling zu tun haben. Sie wies ihn offen zurück, doch je heftiger sie ihn abwies, desto entschlossener wurde er in seinem Ansinnen, sie zu besitzen.

Schließlich heckte er einen Plan aus, sie in seine Gewalt zu bringen, und sei es nur lange genug, um sie einmal zu nehmen. Er wartete, bis ihr Vater in militärischem Auftrag von zu Hause weg mußte und gab einem seiner Lakaien, einem Mann namens Marcus, entsprechende Anweisungen. Als Verginia eines Morgens in Begleitung ihrer Kinderfrau zur Schule kam, ergriffen Marcus und einige seiner Männer das Mädchen. Die Menschen waren entsetzt und wollten wissen, was das zu bedeuten hätte. Marcus erklärte, das Mädchen sei eine Sklavin von ihm, die er zurückfordere. Die Leute wußten nur zu gut, daß Verginia die Tochter des Verginius war, aber sie wußten auch, daß Marcus Appius Claudius' Lakai war, und hatten Angst vor ihm, so daß sie, nachdem er ein großes Getue um Gerechtigkeit und seine Rechte gemacht hatte, zuließen, daß er Verginia vor ein Tribunal zerrte, um die Sache richterlich klären zu lassen.

Natürlich war der Vorsitzende Richter niemand anderes als der Dezemvir Appius Claudius selbst. Sein Lakai Marcus trug eine lachhafte Geschichte vor: Verginia wäre gar nicht Verginius' Tochter, sondern in Wirklichkeit die eines seiner eigenen Sklaven und als Säugling aus seinem Haus gestohlen und Verginius als sein eigen Fleisch und Blut untergeschoben worden. Marcus behauptete, später Beweise für all seine Behauptungen vorlegen zu wollen. Entscheidend jedoch wäre, daß das Mädchen in Wahrheit eine Sklavin sei, seine Sklavin, die er mit Fug und Recht zurückfordere.

Der Richter Appius Claudius gab vor, alles sorgsam abzuwägen, als würde er es zum ersten Mal hören, während er in Wahrheit der Urheber des Komplotts war. Man kann sich vorstellen, wie er die Lippen mit Marcus bewegte, während dieser die Zeilen aufsagte, die Appius ihm eingegeben hatte! Schließlich erklärte er, der Status des Mädchens könne endgültig nur in einer förmlichen Anhörung festgestellt werden. Verginias Freunde erklärten, daß ihr Vater in militärischem Auftrag unterwegs sei, jedoch am nächsten Tag nach Rom zurückkehren könnte. Appius Claudius willigte ein, den Fall dann erneut zu verhandeln. In der Zwischenzeit, so entschied er, würde das Mädchen in der Obhut von Marcus verbleiben. Verginia schrie verzweifelt! Die Menge protestierte lautstark, und die Kinderfrau des Mädchens fiel auf der Stelle in Ohnmacht, doch Appius Claudius wies darauf hin, daß man Marcus laut Gesetz nicht zwingen könne, das Mädchen irgend jemand anderem als ihrem Vater auszuhändigen, und daß sie in dessen Abwesenheit in der Obhut von Marcus bleiben müsse. Verginia würde also die ganze Nacht in Marcus' Händen – und Appius Claudius' Gewalt – bleiben. Man kann sich bildlich vorstellen, wie der Fuchs sich die Lippen geleckt und unter seiner Toga an sich herumgespielt hat.

Die Entscheidung war grotesk, und es gab ein ziemliches Gemurre, aber niemand wagte es, sich offen dagegen auszusprechen. So untertänig waren die Menschen unter der Herrschaft der Dezemvirn. Marcus wollte sogleich den Gerichtsplatz mit der weinenden Verginia im Schlepptau verlassen.

In diesem Moment traf Verginias junger Verlobter, der aufstrebende Politiker, am Schauplatz des Geschehens ein und hielt eine empörte Rede darüber, daß Appius Claudius das Gesetz benutze, um jeden in Rom zum Sklaven zu machen; zu dem alleinigen Zweck, seine eigene Lust zu befriedigen. Eher würde er sterben, gelobte der junge Mann, als zuzulassen, daß seine Verlobte eine Nacht außerhalb des väterlichen Hauses verbrachte. Das Mädchen sei Jungfrau, und als Jungfrau wolle er sie auch heiraten.

Es gelang ihm, die Menge aufzustacheln. Appius Claudius mußte bewaffnete Liktoren zur Hilfe rufen, um die Ordnung wiederherzustellen, und er drohte, den jungen Redner wegen Anstiftung zum Aufruhr verhaften zu lassen. Um zu verhindern, daß die Situation außer Kontrolle geriet, willigte Appius Claudius ein, das Mädchen für die Nacht mit ihrem Onkel nach Hause gehen zu lassen, nachdem jener eine große Summe in Silber als Pfand hinterlegt hatte, die sicherstellen sollte, daß Verginia am nächsten Tag zu der Anhörung erschien.

Als der Morgen dämmerte, erwachte die Stadt in fiebriger Erregung. Verginius, der seinen militärischen Auftrag abgebrochen hatte, erschien, die Hand seiner Tochter umklammernd, auf dem Forum – er in Schwarz, sie in Lumpen gekleidet, gefolgt von sämtlichen weiblichen Verwandten, die ein lautes Wehklagen anstimmten. Es gab einen Prozeß oder doch eine Art Prozeß, bei dem beide Seiten dem Vorsitzenden Richter Claudius Appius ihre Argumente vortrugen. Beweise und gesunder Menschenverstand allerdings zählten nichts. Sobald die Plädoyers gehalten waren, verkündete Appius Claudius, daß Verginia die Sklavin des Marcus und nicht die Tochter des Verginius sei. Marcus stünde es frei, seinen Besitz einzufordern.

Die Zuschauer waren wie erstarrt. Niemand sagte ein Wort. Marcus begann sich einen Weg durch die Menge zu Verginia zu bahnen. Die Frauen um sie herum brachen in Tränen aus. Verginius drohte Marcus mit der Faust und rief: ›Ich habe meine Tochter für das Brautbett gezeugt, nicht für dein Bordell! Kein Mann, der ein Schwert besitzt, wird solchen Frevel dulden!‹

Doch darauf war Appius Claudius vorbereitet. Er habe alarmierende Berichte über einen geplanten Aufstand gegen die Dezemvirn gehört, behauptete er, so daß er einen Trupp bewaffneter Liktoren zur Wahrung der Ordnung bereitgestellt habe. Er gab ihnen den Befehl, vorzutreten, ihre Schwerter zu zücken und den Platz zu räumen, damit Marcus seinen Besitz in Empfang nehmen konnte. Jeder, der sich diesem Akt der Justiz widersetze, würde wegen Störung der öffentlichen Ordnung an Ort und Stelle getötet. Marcus schritt durch den Kordon der Schwerter und packte Verginia.

Verginius schien schließlich doch der Mut zu verlassen. Mit Tränen in den Augen rief er Appius Claudius zu: ›Vielleicht bin ich in all den Jahren *tatsächlich* einem schrecklichen Irrtum unterlegen, und das Mädchen ist gar nicht meine Tochter. Laß mich das Mädchen und ihre Amme für einen Moment beiseite nehmen und vertraulich mit ihnen sprechen. Dann werde ich sie ohne Gegenwehr aufgeben.‹ Appius gewährte ihm diese Bitte, obwohl man sich rückblickend fragen muß, warum. Vielleicht wollte er den Moment der eigentlichen Inbesitznahme des Mädchens genießen, wollte zusehen, wie sie Marcus in die Hände fiel, und hatte nichts dagegen, die Tortur ein wenig in die Länge zu ziehen.

Verginius führte seine Tochter in eine kleine Nebenstraße zum Forum, rannte in eine Metzgerei, packte ein Messer und lief zu Verginia zurück. Bevor irgend jemand ihn aufhalten konnte, stach er ihr ins Herz. Sie starb in seinen Armen, zuckend und Blut spuckend, während er über ihr Haar strich und immer wieder flüsterte: ›Es war die einzige Möglichkeit, dich zu befreien, mein Kind, die einzige Möglichkeit.‹ Ihre Leiche in den Armen, taumelte er aufs Forum zurück. Die Menge teilte sich vor ihm in entsetztem Schweigen, so daß Verginius' Schreie auf dem ganzen Forum widerhallten. ›Dieses Blut klebt an deinen Händen, Appius Claudius! Der Fluch des Blutes meiner jungfräulichen Tochter soll dich treffen!‹«

Catull verstummte. Ich starrte in die Dunkelheit. »Was für eine Geschichte«, sagte ich schließlich. »Was geschah dann?«

»Verginius und der Verlobte seiner Tochter führten eine bewaffnete Erhebung an. Die Dezemvirn wurden gestürzt. Appius Claudius wurde verhaftet.«

»Wurde er bestraft?«

»Er nahm sich, im Gefängnis auf seinen Prozeß wartend, das Leben.«

»Kein Wunder, daß Clodia ihn verschwiegen hat. Aber ich sehe nicht, welchen Bezug deine Geschichte zu Lesbia hat.«

»Nicht? Sie haben alle einen Schuß Wahnsinn im Blut, verstehst du? Ja, die Claudier können auf eine lange Geschichte des Erbauens, Schaffens und Aufstiegs zu Ruhm und Ehre zurückblicken. Aber es gibt auch diesen anderen Aspekt, diese ungesunde Neigung zur Besessenheit, die Unfähigkeit, von etwas, was sie begehren und nicht bekommen können, abzulassen. Wenn sie etwas wirklich wollen, tun sie alles, um es zu bekommen. Alles! Und wenn ihr Verlangen sie auf einen falschen Weg schickt, darf man nicht erwarten, daß sie ihren Irrtum erkennen und umkehren … O nein, wenn sie sich einmal für etwas entschieden haben, folgen sie diesem Kurs, selbst wenn er sie direkt ins Verderben führt. Und alles im Namen der Liebe! Sie setzen alles – auf die hauchdünne Chance hin, den Venus-Wurf zu schaffen.«

»Bist du sicher, daß du von Clodia sprichst? Oder könnte es sein, daß du eher dich selbst beschreibst, Catull?«

Er verfiel in ein so langes Schweigen, daß ich dachte, er wäre eingeschlafen, bis er murmelte: »Morgen spricht Cicero.«

»Was?«

»Bei dem Prozeß.«

»Sie hätte es nie mit ihm aufnehmen dürfen. Cicero ist ein gefährlicher Mann.«

»Ich weiß. Ich habe gesehen, was er mit Catilina gemacht hat, nachdem er beschlossen hatte, ihn zu vernichten. Dazu brauchte er nichts als Worte.«

»Clodia glaubt, am Ende reduziere sich alles auf körperliches Verlangen. Sie begreift die Macht des Wortes nicht. Deswegen gefallen ihr auch meine Gedichte nicht.« Er schwieg und sagte dann: »Cicero war auch einmal verliebt in sie. Wußtest du das?«

»Ich habe diesbezüglich einmal ein sehr vages Gerücht gehört, aber es klang absurd für mich. Cicero verliebt in jemand anderen als sich selbst?«

»Jedenfalls vernarrt. Er war ein enger Freund ihres Mannes Quintus. Er hat sie ständig besucht, als Quintus noch lebte und das Haus noch … nun ja, respektabel genug war, daß ein Mann wie Cicero dort verkehren konnte. Clodia war damals noch viel zurückhaltender; diskreter jedenfalls. Ich glaube, es hat ihr gefallen, Affären hinter dem Rücken von jemandem zu haben – die geheimen Treffen, die Gefahr, erwischt zu werden, der gemeine Kitzel, ihrem Mann Hörner aufzusetzen. Und natürlich kann eine verheiratete Frau ihrem Liebhaber jederzeit den Rücken kehren, wenn sie seiner überdrüssig ist …«

»Aber Cicero? Lächerlich. Er verachtet Menschen wie sie.«

»Gibt es noch andere Menschen, die so sind wie Clodia?«

»Du weißt, was ich meine.«

»Vielleicht verachtet er sie jetzt, aber damals … das war während der schlimmsten Zeit von Clodias Ehe, die letzten Jahre vor Quintus' Tod, als die beiden sich ständig gestritten haben, sogar vor anderen Leuten. Vor allem vor anderen Leuten. Sie haben über alles gestritten – Clodias Affären, die Karriere ihres Bruders, Geld, Politik. Ich habe immer gedacht, daß es das war, was Cicero faszinierte – sie im Streitgespräch zu erleben. Die Tatsache, daß sie schön ist, konnte er ignorieren, aber sie war auch scharfsinnig. Eine sinnliche Schönheit, die mit ihrer scharfen Zunge einen Mann wie Quintus in Grund und Boden reden konnte – na ja, Cicero hat jedenfalls eine ziemliche Vernarrtheit für sie entwickelt. Das passiert Männern wie ihm, die ihre natürlichen Gelüste vollkommen unter Verschluß halten, gelegentlich: Auf einmal verlieben sie sich Hals über Kopf in die unpassendste Person. Ich nehme an, Clodia war ihrerseits durchaus fasziniert von ihm – die perverse Anziehung der Gegensätze. Ich weiß nicht, ob die beiden dieser Anziehung nachgegeben haben. Sie hat behauptet, sie hätten, aber ich dachte mir, daß sie lügen würde, um mich zu verletzen. Das Ganze ist Jahre her, aber das macht ihn für sie heute um so gefährlicher.«

»Gefährlich?« fragte ich, nicht ganz begreifend, was er meinte. Ich war mittlerweile sehr müde.

»Männer wie Cicero mögen es nicht, mit solchen Erinnerungen zu leben. Sie halten es für eine Schwäche. Sie ziehen es vor, sie auszulöschen.«

Ich versuchte mir Cicero als Liebhaber vorzustellen – den strengen, mürrischen Cicero –, doch ich war zu müde, um dafür die geistige Energie aufzubringen. Vielleicht hatte ich auch Angst, anschließend schlecht zu träumen.

»Morgen – o nein, das Licht dringt durch die Läden. Es wird schon hell«, stöhnte Catull. »Nicht morgen also, sondern heute. Heute beginnen die Feiern zu Ehren der Großen Mutter, und auf dem Forum wird jemand vernichtet werden.«

»Wie kannst du dir dessen so sicher sein?«

Er tippte an sein Ohrläppchen. »Die Götter flüstern manchmal ins Ohr des Dichters. Heute wird jemand öffentlich vernichtet werden. Gedemütigt, für immer ruiniert.«

»Du meinst Marcus Caelius.«

»Tue ich das?«

»Wen sonst?«

Er räkelte sich und gähnte heftig. »Die Dinge können so oder so laufen. Sogar die Götter werden abwarten müssen.«

»Was meinst du damit?« murmelte ich. Danach muß ich eingeschlafen sein, oder Catull, denn seine Antwort hörte ich nicht mehr.

VIERTER TEIL

NEXUS

XXIV

Nach ein oder zwei Stunden unruhigen Schlafes schlug ich die Augen auf. Das Morgenlicht kroch durch die Läden, doch ich glaube, es war Catulls Schnarchen, das mich geweckt hatte.

Ich kroch in den Vorraum, weckte Belbo mit einem Tritt und befahl ihm, so schnell er konnte, nach Hause zu laufen und meine beste Toga zu holen. Er war zurück, bevor ich mir auch nur das Gesicht gewaschen hatte.

»Ich nehme an, jemand hat an der Tür gewartet«, sagte ich, während er mir beim Ankleiden half.

»Ja, Herr.«

»Irgendeine Nachricht von Eco?«

»Nein, Herr.«

»Gar nichts?«

»Nichts, Herr.«

»War deine Herrin schon auf?«

»Ja, Herr.«

»Was hatte sie zu sagen? Irgendeine Nachricht für mich?«

»Nein, Herr. Sie hat kein Wort gesagt. Aber sie sah –«

»Ja, Belbo?«

»Sie sah mißvergnügter aus als gewöhnlich, Herr.«

»Tatsächlich? Komm, Belbo, wir müssen uns beeilen, wenn wir den Anfang des Prozesses nicht verpassen wollen. Wir können unterwegs etwas essen. Am Feiertag sind bestimmt jede Menge Händler unterwegs.« Als wir gerade gehen wollten, wankte Catull mit blutunterlaufenen Augen aus dem Schlafzimmer. Er versicherte mir, pünklich zu Prozeßbeginn auf dem Forum zu sein, obwohl ich den Eindruck hatte, daß er dafür erst von den Toten auferweckt werden mußte.

Belbo und ich trafen ein, als die Verteidigung gerade mit ihren Reden begann. Da ich keinen Sklaven vorgeschickt hatte, mir einen Sitzplatz freizuhalten, fand ich mich am Rand der Menge wieder, die sogar noch größer war als am Vortag. Ich mußte mich auf die Zehenspitzen stellen, um überhaupt etwas zu sehen, konnte jedoch ohne Probleme alles hören. Die geübte Rednerstimme von Marcus Caelius hallte über den Platz.

Wie am Vortag Atratinus als jüngster Ankläger mit den Plädoyers begonnen hatte, so eröffnete jetzt der junge Caelius seine eigene Verteidigung; und so wie Atratinus sich über den Charakter des Angeklagten ausgelassen hatte, tat Caelius nun dasselbe. War dies der moralisch verworfene, vergnügungssüchtige und durchtriebene junge Mörder, den die Anklage gezeichnet hatte? An Caelius' Erscheinung und Gebaren konnte man dergleichen jedenfalls nicht ablesen. Er trug eine Toga, die so alt und verblichen war, daß selbst ein armer Mann sie weggeworfen hätte. Sie mußte aus einer verstaubten Kiste vom Speicher seines Vaters stammen.

Seine Art war so bescheiden wie seine Kleidung schäbig. Der feurige junge Redner, der für seine Forschheit und seine beißenden Angriffe berühmt war, sprach an diesem Tag in einer ruhigen, gemessenen und nachdenklichen Weise, die vor Respekt gegenüber den Richtern nur so triefte. Er erklärte sich in allen Anklagepunkten für unschuldig; diese schrecklichen und falschen Beschuldigungen seien von Menschen erhoben worden, die einst seine Freunde gewesen, jetzt aber zu Feinden geworden wären, die nur danach trachteten, ihn zu ihrer persönlichen Befriedigung zu vernichten. Den Verrat falscher Freunde könne man einem Mann wohl kaum zum Vorwurf machen; trotzdem bedauerte Caelius sein schwaches Urteilsvermögen, das ihn dazu verleitet habe, sich mit solchen Leuten einzulassen, denn er müsse nun den Schmerz und das Leid ertragen, welches er seinen Eltern damit zugefügt habe, die heute übrigens wieder in Trauerkleidung, die Tränen mühsam zurückhaltend, an seiner Seite verharrten. Weiter entschuldigte er sich für die Bürde, die dieser Prozeß auf die Schultern seiner loyalen Freunde, geliebten Mentoren und geschätzten Advokaten Marcus Crassus und Marcus Cicero gelegt habe, zwei wahrhaft große Römer, deren Beispiel zu folgen ihm zugegebenermaßen nicht gelungen sei, an die er sich jedoch nach Ende dieser harten Prüfung um erneute Inspiration wenden würde, vorausgesetzt, die Richter würden sich in ihrer Weisheit darauf verständigen, ihm diese zweite Chance zu gewähren.

Caelius war respektvoll, aber nicht unterwürfig; bescheiden, aber nicht kriecherisch, unerbittlich im Beharren auf seiner Unschuld, aber nicht selbstgerecht; bekümmert über die Bösartigkeit seiner Feinde, aber nicht aggressiv. Er war das Abbild eines aufrechten Bürgers, der fälschlicherweise angeklagt worden war und sich nun vertrauensvoll an die verehrten Institutionen der Justiz wandte, auf daß ihm Gerechtigkeit widerfahren möge.

Jemand tippte auf meine Schulter, und als ich mich umdrehte, blickte ich in Catulls blutunterlaufene Augen. »Ich nehme nicht an, daß ich schon viel Skandalöses verpaßt habe«, sagte er.

»Eher nicht«, bemerkte ein Mann in unserer Nähe. »Dieser Caelius könnte keiner Fliege was zuleide tun!« Gelächter brandete auf, wurde jedoch von anderen, die kein Wort verpassen wollten, ärgerlich niedergezischt.

»Das wird sich bald ändern«, flüsterte Catull mir ins Ohr, »und zwar ziemlich heftig.«

»Was meinst du?«

»Caelius kämpft besser mit dem Schwert als mit dem Schild. Warte ab und höre aufmerksam zu.«

Und tatsächlich begann sich der Ton von Caelius' Rede zu verändern, als ob es nun, nachdem er die notwendige Selbstkasteiung absolviert hatte, an der Zeit wäre, in die Offensive zu gehen. Der Übergang war so fließend, die sarkastischen Andeutungen so subtil, daß man unmöglich einen Punkt hätte benennen können, an dem die Rede von einer bloßen

Unschuldsbeteuerung in eine beißende Anklage gegen die Ankläger umschlug. Caelius attackierte ihre Plädoyers, wies darauf hin, daß sie allein auf Gerüchten und Indizien beruhten, geißelte logische Brüche und die offenkundige Absicht, seine Person in den Schmutz zu ziehen. Er ließ die Ankläger nicht nur rachsüchtig und kleinlich, sondern auch lächerlich erscheinen, nicht zuletzt deshalb, weil es ihm selbst gelang, eine Aura makelloser Würde zu bewahren, während er ihre Argumente und Motive anzweifelte und sie mit zweideutigen Wortspielen traktierte.

»Siehst du«, flüsterte Catull.

»Woher wußtest du das?«

Er zuckte die Schultern. »Du vergißt, wie gut ich Caelius kenne. Ich könnte dir den weiteren Verlauf seiner gesamten Rede skizzieren. So wird er sich beispielsweise als nächstes *ihr* zuwenden.« Er blickte zu der Bank, auf der Clodia saß, und das spöttische Lächeln auf seinen Lippen verblaßte, bis er genauso ernst aussah wie sie.

Und tatsächlich fuhr Caelius mit indirekten Angriffen auf Clodia fort, auch wenn er sie nicht beim Namen nannte. Hinter der Anklage und ihren falschen Beschuldigungen, sagte er, stünde eine gewisse Person, die ihm Schaden zufügen wolle – nicht umgekehrt, wie sie behauptet hatte. Die Richter wüßten schon, wen er meinte – »Clytemnestra-quadrantaria«: Die krude Anspielung implizierte, daß Clodia nicht nur eine Gattenmörderin, sondern auch eine billige Hure sei, und löste anzügliches Gelächter aus. Wo hatte ich das nur schon einmal gehört?

»Ich behaupte nicht, die Dame sei mir unbekannt«, sagte Caelius. »Ja, ich kenne sie – oder kannte sie – ziemlich gut. Zu meiner Schande und meiner Pein. Aber wohl kaum zu meinem Vorteil; denn was im Speisezimmer noch wie Cos aussieht, verwandelt sich im Schlafzimmer bisweilen in Nola.« Das löste weiteres Gelächter und sogar anerkennenden Beifall aus. Das Wortspiel war vielschichtig und von ausgeklügelter Gemeinheit. Cos war die Insel, von der Clodias durchscheinende Seidengewänder stammten, eine offene, vulgäre Anspielung auf Sex; Nola war berühmt als uneinnehmbare Festung, die nicht nur Hannibal, sondern auch der Belagerung durch Clodias eigenen Vater getrotzt hatte. Cos klang dabei wie *coitus*, Nola wie *nolo*, also kein Sex. Mit anderen Worten, was die Dame lüstern beim Essen versprach, wurde später im Schlafzimmer frigide verweigert. Mit einem einzigen Wortspiel und ohne es ausdrücklich zu sagen, hatte Caelius die Vermutung nahegelegt, daß Clodia nicht nur eine Verführerin war, sondern auch eine Frau, die mit den Männern spielte, ohne am Ende wirklich etwas zu geben, und mit der er selbst nie geschlafen hatte, während er die Richter gleichzeitig an eine militärische Niederlage ihres Vaters erinnerte, die Belagerung der Festung Nola. Nach einer kurzen Pause gab es erneut donnernden Beifall, nachdem weitere Zuhörer begriffen hatten, was für einen Edelstein prägnanter Formulierungskunst Caelius abgeliefert hatte.

Ich sah, daß Catull weder lachte noch applaudierte. »Wirklich ziemlich gerissen«, bemerkte ich und fragte mich, ob er das Wortspiel verpaßt hatte.

»Danke«, murmelte er, offenbar ohne mich gehört zu haben. Sein Blick war auf Clodia gerichtet, der sichtlich unbehaglich zumute war. Catull lächelte traurig.

Caelius entwickelte die Metapher weiter. Genauso wie ein Mann sich in der Nachbarschaft Nolas aufhalten konnte, ohne ihre Mauern zu überwinden (weiteres Gelächter von denjenigen, die den Witz erst jetzt verstanden hatten), so könne man sich in der Nähe von Neapolis oder Puteoli aufhalten, ohne sich deswegen der Organisation von Übergriffen auf ausländische Gäste schuldig zu machen, oder einen nächtlichen Spaziergang auf dem Palatin unternehmen, ohne deswegen unterwegs einen Botschafter zu ermorden. »Ist es schon so weit gekommen«, fragte Caelius, »daß nicht die Verbindung mit, sondern die bloße geographische Nähe zu einem Verbrechen als Beweis der Schuld gilt? Müssen die Feinde eines Mannes jetzt nur noch jeden seiner Schritte verfolgen, alle Verbrechen, die sich zufällig in der unmittelbaren Nachbarschaft ereignen, aufzeichnen und ihn dann dieser Vergehen anklagen, weil er kein Alibi hat? Mir scheint, selbst die unfähigsten Advokaten würden sich nicht erhoffen, daß ein römisches Richterkollegium diese Art von ›Beweisführung‹ ernst nimmt. Schlußfolgerungen sollten sich darauf gründen, was man sieht und weiß, nicht auf Unsichtbarem und Vermutungen.«

Er zog einen kleinen Gegenstand aus den Falten seiner Toga. Einige Zuschauer in den ersten Reihen lachten laut, als sie ihn erkannten. »Welchen Inhalt«, fuhr Caelius fort und hielt das Objekt hoch, so daß es in der Sonne glitzerte, »würde man in einer Pyxis wie dieser vermuten? Eine medizinische Tinktur, einen kosmetischen Puder oder vielleicht eine parfümierte Salbe – etwas, was jeder mit in die Bäder nehmen könnte. Zumindest würde das ein vernünftiger Mensch annehmen. Eine Person von morbiderer Geisteshaltung könnte hingegen argwöhnen, daß das Döschen etwas anderes enthält – Gift vielleicht. Vor allem dann, wenn diese Person selbst mit der Anwendung von Giften vertraut ist.« Aus der Entfernung konnte ich den Gegenstand natürlich nicht erkennen, doch in meiner Phantasie sah ich eine Pyxis aus Bronze mit leicht erhobenen Griffen und Intarsien aus Elfenbein – identisch mit jener Pyxis, die Caelius' Vertrauter Licinius in den Bädern des Senia bei sich gehabt hatte und die mit unaussprechlichem Inhalt vor Clodias Tür deponiert worden war, während sie selbst vergiftet darniederlag.

Wieder brandete Gelächter auf. Ich sah Clodia an. Ihre Augen loderten, und ihr Kiefer war starr wie Granit.

»Und ein besonders lüsterner Geist könnte sich als Inhalt dieser kleinen, unschuldigen Pyxis noch etwas viel Skandalöseres vorstellen – ein Pfand verausgabter Lust, möglicherweise hinterlegt von einem frustrierten Liebhaber, der es überdrüssig war, sich an Nolas Mauern abzumühen.« Diese Bemerkung quittierte die Menge mit lautem Gejohle. Offenbar hatte sich die Geschichte von der Pyxis und ihrem obszönen Inhalt bereits in der Stadt verbreitet. Wer hatte eine derartig skandalöse Geschichte weitergetragen – ein Sklave aus Clodias Haus? Oder der Mann, der ihr die Dose geschickt hatte? Der Ausdruck in Clodias Gesicht ließ erkennen, daß Caelius' unverfrorene Anspielung auf das unanständige Präsent sie vollkommen unvorbereitet getroffen hatte und die gefühllose Reaktion der Massen sie völlig entsetzte. Ohne sie eines Blickes zu würdigen, stellte Caelius die Pyxis ab und lächelte selbstgefällig.

»Herr!« Belbo zupfte an meiner Toga.

»Belbo, ich versuche, dem Prozeß zu folgen.«

»Aber, Herr, er ist hier!«

Ich drehte mich um und wollte ihn ohrfeigen, wurde jedoch statt dessen von einer Woge der Freude übermannt. Ganz in der Nähe, am Rand der Menge stand Eco auf Zehenspitzen und blickte suchend über das Meer der Köpfe.

»Belbo, du Adlerauge! Komm, hier zwischen den Leuten entdeckt er uns nie.«

»Du willst doch nicht etwa schon gehen?« fragte Catull.

»Ich komme wieder.«

»Aber das Beste kommt erst noch.«

»Merk dir die witzigsten Stellen für später«, sagte ich.

Als wir Eco erreichten, wollte der sich gerade ins Getümmel stürzen. Seine Tunika war schmutzig, seine Stirn schweißverklebt, wie es von einem Mann, der gerade einen Ritt von Puteoli nach Rom hinter sich hatte, nicht anders zu erwarten war. Sein Gesicht wirkte ausgezehrt, doch als er mich sah, leuchteten seine Augen auf, und er brachte ein müdes Lächeln zustande.

»Papa, bitte umarme mich nicht. Ich bin total verdreckt. Außerdem tut mir alles weh! Ich bin die ganze Nacht durchgeritten, weil ich wußte, daß der Prozeß schon begonnen hatte. Er ist doch noch nicht vorbei, oder?«

»Noch nicht. Es steht noch ein Tag voller Reden an –«

»Gut. Dann bleibt vielleicht noch genügend Zeit.«

»Zeit wofür?«

»Um Marcus Caelius zu retten.«

»Wenn er überhaupt gerettet werden muß«, sagte ich und dachte, daß Caelius sich gerade ziemlich erfolgreich selbst verteidigte. »Wenn er es verdient, gerettet zu werden.«

»Ich weiß nur, daß er es nicht verdient, für die Ermordung Dios bestraft zu werden.«

»Was sagst du da?«

»Caelius hat Dio nicht getötet.«

»Bist du ganz sicher?«

»Ja. Ich habe die Sklavin Zotica gefunden, die am Abend seiner Ermordung bei ihm war.«

»Wenn es nicht Caelius und Asicius waren, wer dann?«

»Ich habe das Mädchen mitgebracht...« Eco sah auf einmal sehr müde aus.

»Du meinst, das Mädchen hat Dio getötet?« Ich runzelte die Stirn. Diese Möglichkeit hatten wir bereits erwogen und wieder verworfen.

»Nein.«

»Aber sie weiß, wer es war?«

»Nicht direkt.« Warum konnte Eco mir nicht in die Augen sehen? »Ich kann nur sagen, daß deine Intuition richtig war, Papa. Das Mädchen ist der Schlüssel.«

»Und? Was hast du herausgefunden?«

»Ich glaube, du solltest besser selbst mit ihr reden, Papa.«

Die Menge hinter uns lachte laut auf. Ich sah mich um. »Caelius kommt gerade zum Höhepunkt seiner Rede. Dann spricht Crassus, dann Cicero –«

»Ich glaube trotzdem, du solltest kommen, Papa. Und zwar schnell, bevor der Prozeß noch weiter fortschreitet.«

»Kannst du mir nicht einfach berichten, was das Mädchen gesagt hat?«

Seine Miene verdüsterte sich. »Ich glaube nicht, daß das klug wäre, Papa. Es wäre auch nicht gerecht.«

»Wem gegenüber? Der Sklavin?«

»Bitte, Papa! Kommt mit mir.« Sein Gesichtsausdruck überzeugte mich schließlich. Welch schreckliches Geheimnis hatte meinen Sohn derart erschüttert, ihn, dem nichts fremd war, was Rom an Korruption und Verlogenheit zu bieten hatte?

Er hatte das Mädchen in seinem Haus in der Subura zurückgelassen. Wir gingen, so schnell wir konnten, und bahnten uns einen Weg durch die mit Essensständen, Akrobaten und Komödianten gefüllten Straßen.

»Wo hast du sie gefunden?« fragte ich, während ich einigen betrunkenen Gladiatoren auswich, die uns entgegentorkelten und Belbo anknurrten, als sie vorbeigingen.

»In einem kleinen Dorf am Hang des Vesuvius, Meilen von Puteoli entfernt. Es war eine ziemliche Sucherei. Zuerst mußte ich den Bordellbesitzer aufspüren, der die ganze Ladung Sklaven einschließlich Zotica gekauft hatte. Hast du eine Vorstellung davon, wie viele solcher Lokalitäten es rund um die Bucht von Neapolis gibt? Einer nach dem anderen erklärten sie mir, sie hätten Zotica nie gesehen, und alle wollten ein Schmiergeld, nur um mir das zu erzählen, während einige so aussahen, als würden sie lügen, nur um mich zu ärgern. Schließlich fand ich den Mann, der sie gekauft hatte. Doch er meinte, sie wäre vollkommen wertlos. ›Schlimmer als wertlos – keiner will ein Mädchen mit Narben‹, erklärte er mir, ›nicht mal die Abgebrühtesten.‹ Außerdem sei sie wild geworden.«

»Wild?«

»So nannte er es. Vermutlich bekommt ein Mann wie er Sklaven in einem Zustand zu Gesicht, in dem die meisten von uns sie noch nie oder nur sehr selten gesehen haben. Sie ist nicht ganz bei Verstand. Vielleicht war sie schon immer ein bißchen verwirrt, ich weiß es nicht. Ich denke, anfangs hat man sie im Haus des Coponius einigermaßen gut behandelt, obwohl die anderen Sklaven sie immer gehänselt haben. Dann kam Dio. Das Mädchen war unschuldig, naiv, vielleicht sogar eine Jungfrau. Sie hatte keine Vorstellung von dem, was Dio mit ihr vorhatte. Sie konnte nicht begreifen, warum er sie bestrafen wollte, obwohl sie doch gar nichts getan hatte. Zunächst hielt sie den Mund, weil sie zu viel Angst hatte, sich Dio zu widersetzen, und sich zu sehr schämte, um sich irgend jemandem anzuvertrauen. Als sie sich schließlich bei den anderen Sklaven beklagte, haben einige versucht, für sie Partei zu ergreifen, doch Coponius wollte sich nicht damit befassen. Nachdem Dio dann tot war, konnte Coponius das Mädchen gar nicht schnell genug loswerden. Danach wanderte sie von Hand zu Hand, wurde mißbraucht und mißhandelt. Es muß ihr vorgekommen sein wie ein Alptraum, aus dem sie nicht wieder aufwachen konnte. Das hat ihren Verstand beeinträchtigt. Manchmal spricht sie absolut klar und zusammenhängend, dann wieder ... aber du wirst ja selbst sehen. Sie war jedenfalls für keine Sklavenarbeit mehr geeignet. Ich habe sie schließlich auf einem bäuerlichen Anwesen aufgespürt. Sie lebte wie ein Tier in der Wildnis. Der Bauer hatte sie als Küchensklavin gekauft, doch sie hatte sich als wertlos erwiesen. ›Das Mädchen kratzt und beißt‹, meinte er. ›Ohne jeden Grund, wie eine ägyptische Katze. Selbst Schläge helfen nicht.‹ Niemand in der Gegend wollte sie kaufen, also hat der Bauer sie freigelassen, wie man es bisweilen mit alten oder verkrüppelten Sklaven tut, um sie nicht durchfüttern zu müssen. Ich mußte nicht mal für sie bezahlen. Das einzige, was ich zu tun hatte, war, sie zu finden und dazu zu bewegen, mit mir zu kommen. Ich dachte, ich hätte ihr Vertrauen gewonnen, doch sie hat zweimal versucht auszureißen, einmal vor Puteoli und dann noch einmal heute morgen, als wir Rom fast erreicht hatten. Jetzt verstehst du wahrscheinlich, warum es so lange gedauert hat. Und ich hatte gedacht, du schickst mich auf eine leichte Mission, Papa!«

»Wenn das Mädchen dir erzählt hat, was wir wissen müssen, hättest du sie vielleicht laufen lassen sollen.«

Wieder legte sich ein Schatten auf sein Gesicht. »Nein, Papa. Ich konnte dir ihre Geschichte nicht einfach erzählen. Ich mußte das Mädchen zurück nach Rom bringen, damit du sie mit eigenen Ohren hören kannst.«

Menenia erwartete uns mit verschränkten Armen und untypisch mißmutiger Miene. Ich dachte, der Blick gälte Eco, weil er sofort wieder losgerannt war, um mich zu finden, nachdem er das Sklavenmädchen zu Hause abgeliefert hatte – junge Ehefrauen verlangen von ihren Männern nach einer Reise ein wenig mehr Aufmerksamkeit. Doch dann begriff ich, daß der Blick mir galt. Was hatte ich mir außer einem häuslichen Streit und einer nicht daheim verbrachten Nacht zuschulden kommen lassen? Davon konnte Menenia unmöglich schon erfahren haben – oder doch? Manchmal glaube ich, die Erde unter der Stadt ist von zahllosen Gängen durchzogen, in denen fortwährend Boten auf und ab laufen, um geheime Nachrichten zwischen den Frauen Roms zu übermitteln.

Eco hatte das Mädchen in eine Vorratskammer hinter der Küche gesperrt. Als sie uns sah, sprang sie von einer Holzkiste auf und kauerte sich an die Wand.

»Wahrscheinlich hat sie Angst vor Belbo«, sagte Eco.

Ich nickte und schickte ihn hinaus. Das Mädchen entspannte sich, aber nur ein wenig.

»Du brauchst keine Angst zu haben. Das habe ich dir doch schon erklärt, oder nicht?« sagte Eco in eher verzweifeltem, als beruhigendem Tonfall.

Unter anderen Umständen hätte die Sklavin Zotica vielleicht einigermaßen hübsch aussehen können. Für meinen Geschmack war sie viel zu jung, flach und knochig, wie ein Junge, doch in ihren hohen Wangenknochen und den dunklen Augenbrauen konnte man bereits die zarte Andeutung eines fraulichen Gesichts erkennen. Mit ihren ungewaschenen, verschwitzten und verfilzten Haaren und den dunklen Ringen unter den Augen war es schwer, sie sich als das Objekt irgend jemandes Begierde vorzustellen. In ein Bordell gehörte sie gewiß nicht. Sie sah eher aus wie eines jener verlorenen Kinder, die, auf der Suche nach etwas zu essen, wie die wilden Tiere rudelweise durch die Straßen geisterten.

Eco seufzte. »Hast du etwas gegessen, Zotica? Ich habe meiner Frau gesagt, sie solle dafür sorgen, daß du etwas zu essen bekommst.«

Das Mädchen schüttelte den Kopf. »Ich bin zu müde zum Essen. Ich will schlafen.«

»Ich auch. Bald darfst du schlafen. Aber jetzt möchte ich, daß du dich mit jemandem unterhältst.«

Das Mädchen sah mich gleichgültig an.

»Das ist mein Vater«, fuhr Eco fort, obwohl ich mich fragte, was das Wort einem Kind bedeuten konnte, das wahrscheinlich nie so etwas wie einen Vater gekannt hatte. »Ich will, daß du ihm erzählst, was du mir erzählt hast. Über den Mann, der im Haus deines Herrn hier in Rom zu Gast war.«

Die bloße Erwähnung Dios ließ sie erzittern. »Darüber, wie er gestorben ist, meinst du?«

»Nicht nur das. Ich will, daß du ihm alles erzählst.«

Das Mädchen starrte verloren in die Ferne. »Ich bin so müde. Mein Bauch tut weh.«

»Zotica, ich habe dich hierhergebracht, damit du meinem Vater von Dio erzählen kannst.«

»So habe ich ihn nie genannt. Ich kannte nicht einmal seinen Namen, bis du ihn mir gesagt hast.«

»Er kam als Gast ins Haus deines Herrn und blieb eine Weile.«

»Bis er gestorben ist«, sagte sie dumpf.

»Er hat dich mißbraucht.«

»Warum hat der Herr das zugelassen? Ich habe gedacht, daß der Herr es nicht wüßte, aber er wußte es doch. Es war ihm einfach egal. Dann bin ich mißhandelt worden, und er wollte mich loswerden. Keiner will mich mehr haben.«

»Schau dir ihre Handgelenke an, Papa. Das Seil hat sich so tief in ihr Fleisch geschnitten, daß es Narben hinterlassen hat.«

»Weil ich daran gezerrt habe«, murmelte das Mädchen und rieb sich ihre Handgelenke. »Er hat sie fest zusammengebunden und mich dann an einen Haken gehängt.«

»Einen Haken?« fragte ich.

»An den Wänden in seinem Zimmer waren Haken aus Eisen. Er hat meine Handgelenke gefesselt und mich, die Arme nach oben, an den Haken gebunden, so daß ich mit den Zehen kaum auf die Erde kam. Meine Handgelenke haben geblutet. Das Seil zog sich immer fester, wenn er mich gedreht hat. Er hat mich erst von hinten, dann von vorne benutzt. Er hat mich geknebelt und dann geschlagen, zerkratzt und gestoßen.«

»Du solltest die Narben sehen, Papa, doch ich würde mich schämen, sie für dich ihr Kleid lüften zu lassen. Ist dir klar, daß sie über Dio redet?« Eco sah mich anklagend an, als ob ich für die heimlichen Laster eines Mannes verantwortlich war, den ich so viele Jahre bewundert hatte. Mein Gesicht wurde heiß.

»Ein Haken«, flüsterte ich.

»Was?«

»Ein *Haken.*«

»Ja, Papa, stell dir das vor!«

»Nein, Eco, es ist etwas anderes...«

»Ja, die Geschichte geht noch weiter. Los, Zotica. Erzähl ihm von jenem letzten Abend.«

»Nein.«

»Du mußt. Danach lassen wir dich in Ruhe, ich verspreche es. Du kannst so lange schlafen, wie du willst.«

Das Mädchen schauderte. »Er kam herein, angezogen...« Sie verzog das Gesicht und zuckte hilflos die Schultern. »Wie eine Frau, nehme ich an. Er sah schrecklich aus. Er zwang mich, mit auf sein Zimmer zu kommen und mein Kleid auszuziehen. ›Benutze es als Lappen‹, sagte er. ›Wisch mir damit die alberne Schminke ab.‹ Er saß auf dem Stuhl, während ich sein Gesicht abwischte. Dabei unterbrach er mich immer wieder, befummelte mich, steckte mir die Hand zwischen die Beine, und ich mußte mich vorbeugen – wie immer.« Das Mädchen schüttelte den Kopf und schlang die Arme um ihren Körper.

»Doch dann stieß er mich plötzlich weg. Er verzerrte das

Gesicht und hielt sich den Bauch. Er kroch ins Bett, und ich mußte mich neben ihn legen. Weil ihm kalt wäre, sagte er. Doch er fühlte sich ganz heiß an. Er drängte sich nackt an mich, und ich hatte das Gefühl, überall, wo er mich berührte, verbrannt zu werden. Dann fing er so heftig an zu zittern, daß seine Zähne klapperten, und er befahl mir, weitere Decken zu holen. Außerdem sollte ich die Lampen kleiner drehen, weil das Licht seinen Augen weh tat. Er wollte aufstehen, aber er war zu schwach. Ich habe ihn gefragt, ob ich Hilfe holen sollte, doch er verneinte. Er hatte Angst. So große Angst, wie ich sie noch nie bei einem Menschen gesehen habe. Nicht einmal bei einem Sklaven, der ausgepeitscht werden soll. So große Angst, daß ich fast aufhörte, ihn zu hassen. Er hüllte sich in die Decken, wiegte seinen Körper hin und her, schlang die Arme um seinen Körper und kaute an den Fingernägeln. Ich stand zitternd, nackt und frierend in der anderen Ecke des Zimmers, so weit von ihm entfernt, wie ich nur konnte. Dann drehte er sich auf die Seite und kotzte auf den Boden. Es war schrecklich. Er schloß die Augen und fing an zu keuchen und nach Luft zu ringen. Dann war er still. Nach einer Weile trat ich ans Bett und rüttelte an seiner Schulter, aber er wachte nicht auf. Ich saß bloß da, auf seinem Bett, und starrte ihn lange an, voller Angst, mich zu rühren. Dann war es vorbei.«

»Was meinst du mit ›vorbei‹?«

Sie sah mich zum ersten Mal direkt an. »Er starb. Ich habe gesehen, wie er gestorben ist.«

»Wie konntest du dir dessen so sicher sein?«

»Sein ganzer Körper fing auf einmal heftig an zu zittern. Er riß Augen und Mund auf, als wollte er schreien, doch außer einem grauenhaften Rasseln drang kein Laut aus seiner Kehle. Ich sprang vom Bett auf und drückte mich an die Wand. Er schien plötzlich zu Stein erstarrt, Augen und Mund weit aufgerissen. Nach einer Weile ging ich zu ihm und legte mein Ohr auf seine Brust. Ich hörte keinen Herzschlag. Wenn du seine Augen gesehen hättest – jeder hätte gewußt, daß es die Augen eines Toten waren.«

»Aber die Stichwunden«, sagte ich. »Das aufgebrochene Fenster und das verwüstete Zimmer –«

»Laß sie zu Ende erzählen, Papa.« Eco nickte dem Mädchen zu.

»Ich wußte nicht, was ich machen sollte.« Ihr Kinn zitterte, und Tränen liefen über ihre Wangen. »Ich konnte nur denken, daß mein Herr mir die Schuld geben und mich bestrafen würde. Er würde glauben, daß ich den alten Mann umgebracht hätte. Also wischte ich das Erbrochene auf – mit meinem Kleid, mit dem ich auch schon Dios Gesicht abgewischt hatte. Dann habe ich mich aus dem Zimmer geschlichen.«

»Und der Türsklave, Philo, hat dich in der Halle gesehen. Er dachte, Dio wäre früher als sonst mit dir fertig gewesen. Doch Dio war schon tot. Hast du es deinem Herrn erzählt?«

Sie zitterte und schüttelte den Kopf.

»Aber warum nicht?«

»Ich habe die ganze Nacht auf meinem Lager wach gelegen und darüber nachgedacht, was geschehen war. Der Herr würde glauben, ich hätte den alten Mann vergiftet. Aber das hatte ich nicht! Aber der Herr würde es glauben, und was würde er dann mit mir machen? Ich weinte und weinte, bis die anderen Sklaven zischten, ich solle ruhig sein, damit sie schlafen könnten. Aber wie sollte ich schlafen? Auf einmal hörte ich aus dem Zimmer des alten Mannes ein schreckliches Getöse. Das ganze Haus wurde geweckt. Man hatte sein Zimmer aufgebrochen und ihn gefunden. Jetzt kommen sie, um mich zu holen, dachte ich. Sie töten mich gleich hier an Ort und Stelle! Mein Herz klopfte so heftig in meiner Brust, daß ich glaubte, ich müßte sterben.«

Sie schluchzte einmal laut auf, bevor sich ihre Lippen zu einem schiefen Lächeln verzogen. »Aber etwas Erstaunliches war geschehen. Sie gaben nicht mir die Schuld. Sie glaubten, der alte Mann wäre erstochen worden. Irgend jemand war in sein Zimmer eingedrungen, nachdem ich ihn verlassen hatte, und hatte mit Dolchen auf ihn eingestochen. Ich wußte nicht, was ich davon halten sollte. Aber der Herr gab mir nicht die Schuld, also habe ich keinem erzählt, was passiert war. Nachdem der alte Mann tot war, dachte ich, alles würde wieder so werden wie vorher.« Ihr Lächeln erstarb. »Doch statt dessen wurde alles anders. Der Herr hat mich verkauft. Alles wurde immer schlimmer...«

»Jetzt bist du in Sicherheit«, sagte Eco leise.

Das Mädchen sank an der Mauer in sich zusammen und schloß die Augen. »Bitte, zwingt mich nicht, weiter zu reden. Wenn ich nur schlafen könnte...«

»Schluß mit dem Reden«, versprach Eco ihr. »Warte hier. Einer der Sklaven wird dir deinen Schlafplatz zeigen.«

Wir ließen sie, weinend und leise vor sich hin murmelnd, allein, ihr Gesicht an die Wand gepreßt, als wollte sie so mit dem Mauerwerk verschmelzen.

Ich folgte Eco in den Garten. »Was hat das zu bedeuten?«

»Es bedeutet, daß Dio vergiftet wurde, Papa.«

»Aber die Stichwunden –«

»Er wurde erstochen, nachdem er schon *tot* war. Du hast doch selbst gesagt, daß er für die Vielzahl seiner Wunden nur sehr wenig geblutet hat, daß alle Einstiche dicht beieinander lagen und daß es keine Anzeichen dafür gab, daß er sich gewehrt hat. Weil er schon tot war.«

»Aber irgend jemand ist in jener Nacht in sein Zimmer eingedrungen und hat es verwüstet. Und irgend jemand hat auf ihn eingestochen. Warum?«

»Vielleicht war es Titus Coponius selbst, der, weil er nicht wollte, daß bekannt wurde, daß Dio unter seinem Dach vergiftet worden war, seinen Tod als das Werk von Attentätern hinstellte. Aber darum geht es doch in Wirklichkeit gar nicht, oder?«

»Was meinst du damit, Eco?«

»Entscheidend ist, daß Dio vergiftet wurde.«

»Aber wie? Wo? Von wem? Wir wissen, daß er sich weigerte, das Essen in Coponius' Haus auch nur anzurühren. Und er hatte mein Haus erst kurz vorher verlassen, mit vollem

Bauch! So vorsichtig wie er war, hätte er an jenem Abend bestimmt nicht noch etwas zu sich genommen.«

»Genau, Papa.«

»Eco, sag mir, was du meinst!«

»Du mußt mich deswegen nicht anbrüllen, Papa. Du denkst doch dasselbe.«

Ich blieb wie angewurzelt stehen. Wir starrten uns an. »Vielleicht.«

»Die Symptome, die das Mädchen beschrieben hat: Wenn es Gift war, was meinst du –«

»›Haar der Gorgonen‹«, sagte ich.

»Ja, das denke ich auch. Vor einiger Zeit habe ich dir ein wenig ›Haar der Gorgonen‹ zur Aufbewahrung gegeben, weil ich es wegen der Zwillinge nicht im Haus haben wollte. Erinnerst du dich?«

»O ja«, sagte ich. Mein Mund war trocken.

»Hast du es noch? Ist es noch dort, wo du es deponiert hast?«

Mein Schweigen gab ihm die Antwort. Eco nickte langsam. »Das letzte Mahl, das Dio zu sich genommen hat, hat er in deinem Haus gegessen, Papa.«

»Ja.«

»Das heißt, er muß auch dort vergiftet worden sein.«

»Nein!«

»Hat jemand das ›Haar der Gorgonen‹ benutzt, das ich dir gegeben habe? Hast du es noch oder nicht?«

»Clodia!« flüsterte ich. »Dann war ihre Vergiftung doch nicht vorgetäuscht. Das ›Haar der Gorgonen‹, das sie mir gezeigt hat, könnte also doch von Caelius stammen. Jedenfalls bestimmt nicht von Bethesda – nicht, wenn das ›Haar der Gorgonen‹ aus meinem Haus schon verbraucht worden war...«

»Was murmelst du da, Papa?«

»Aber Caelius kann Dio nicht getötet haben, wenn jener schon vergiftet worden war. Du hast recht, er ist unschuldig, zumindest dieses Verbrechens...«

»Ich kann dich nicht verstehen, Papa.« Eco schüttelte

müde und verzweifelt den Kopf. »Ich kann nicht begreifen, warum überhaupt jemand in deinem Haus Dio hätte vergiften wollen. Wer kannte den Mann und hatte darüber hinaus auch noch einen Grund, ihm den Tod zu wünschen?«

Ich dachte an meinen alten ägyptischen Lehrer, der heimlich junge Sklavinnen fesselte und mißbrauchte, sie an den Handgelenken an Haken hängte. Ich erinnerte mich der Frauen in meinem Garten, die Geheimnisse über Männer ausgetauscht hatten, die sie vergewaltigt hatten, als sie noch sehr jung waren. Ich dachte an Bethesda und ihre Zeit als Sklavin in Alexandria, an ihren angesehenen Herrn, der ihre Mutter so brutal mißhandelt hatte, daß sie an den Folgen gestorben war, und der dasselbe mit Bethesda getan hätte, wenn sie sich nicht gewehrt hätte und statt dessen auf einem Sklavenmarkt gelandet wäre, wo ein armer junger Römer, von ihrer Schönheit betört, seine Börse leerte, ohne sich je träumen zu lassen, daß er sie mit nach Rom und später sogar zur Frau nehmen würde, was sie verpflichtete, seinen Gästen das Essen zu servieren, wobei sie die erste üppige Portion natürlich einem geschätzten Besucher wie Dio aus Alexandria auftischen würde…

Du hast mich vorsätzlich getäuscht! Leugnest du das? hatte ich sie gefragt.

Und sie hatte geantwortet: *Nein, Mann. Das leugne ich nicht.*

»Und ich dachte, ich hätte alles verstanden!«

«Papa, sprich lauter –«

»Kybele, hilf uns!« Ich schüttelte den Kopf. »Ich glaube, ich kenne die Antwort, Eco.«

XXV

Eco bestürmte mich um eine Erklärung, aber ich schüttelte nur stumm den Kopf. Schweigend gingen wir durch die heißen, bevölkerten Straßen der Subura. Am Himmel war keine einzige Wolke zu sehen, die Sonne stand direkt über uns und warf ein grelles Licht auf eine schattenlose Welt. So hell beleuchtet wirkten die Gegenstände merkwürdig vage. Konturen verschwammen, und der Blick in der Ferne war ohne Tiefe. Die Menschenmassen, die gemeinsam den Feiertag begingen, erschienen mir gesichtslos. Ich starrte sie an, ohne sie wirklich zu sehen. Alt, jung, männlich, weiblich, lächelnd oder finster blickend, alles war verschwommen und gleichermaßen fremd. Die Stadt selbst schien irreal, traumartig und absurd. Als wir das Forum erreichten und uns wieder zu der riesigen Menschenmenge gesellten, die den Prozeß gegen Marcus Caelius verfolgte, wurde dieses Gefühl sogar noch stärker.

Catull hatte seinen Standort nicht verlassen. »Du hast Caelius' Höhepunkt verpaßt!« sagte er. »Er spritzte in die kleine Pyxis, damit jeder es sehen konnte. Nein, das war bloß ein Witz! Aber es war trotzdem ein atemberaubender Höhepunkt. Eins muß man Caelius lassen, er bemüht sich stets, nicht nur sich selbst, sondern auch alle anderen Beteiligten zu befriedigen. Kein Richter oder Zuschauer mußte unbefriedigt vor Nolas Mauern schmachten.«

Ich starrte ihn leeren Blickes an, ohne zu begreifen, was er sagte. Er redete unbeirrt weiter. »Außerdem hast du Crassus' gesamte Rede verpaßt. Aber das ist, ehrlich gesagt, nicht weiter tragisch. Bei Crassus hatte bestimmt niemand einen Höhepunkt! Offenbar hat er versucht, Caelius zu entlasten, was all die Morde auf dem Weg von Neapolis nach Rom angeht, aber wenn du mich fragst, Crassus hat nie gelernt, eine anständige Rede zu halten. Schwerfällig und zäh! Worte, Worte, Worte und keine einzige erinnerungswürdige geistreiche Wendung. Er sollte sich an das halten, wovon er etwas versteht, nämlich haufenweise Geld zu scheffeln und die Richter schnöde zu bestechen, anstatt sie mit schlechter Rhetorik zu Tode zu langweilen. Bei ihm hat Caelius mindestens so schuldig ausgesehen, wie er nach seiner eigenen Rede unschuldig gewirkt hat. Jetzt hängt alles an Cicero. »Wer ist denn das?«

»Mein Sohn«, erwiderte ich abwesend und stellte Eco vor.

»Nun, gut, daß ihr beide zu der *eigentlichen* Rede wieder zurück seid. Kommt, wir versuchen uns ein bißchen weiter nach vorne zu drängeln ...«

Wir kamen sogar ein gehöriges Stück weiter nach vorn, so daß ich die Gestalt, die in diesem Moment vor die Richter trat, recht gut erkennen konnte. Als ich ihn vor vielen Jahren kennengelernt hatte, war Cicero schlank und zerbrechlich gewesen, aber mit dem Erfolg war er ziemlich feist geworden. Doch dem politischen Triumph seines Konsulats war der Beinahe-Ruin gefolgt, als es seinen Feinden gelungen war, ihn in die Verbannung zu treiben. Ciceros Verbündete brachten schließlich Gesetze durch, die diese Verbannung wieder aufhoben, doch in der Zwischenzeit hatte der große Mann eineinhalb Jahre im Exil verbracht, und ein Großteil seines Besitzes war vom Pöbel zerstört worden. Während seiner Abwesenheit von Rom sei Cicero hager vor Sorge geworden, hieß es. Doch aus der Art, wie die Toga an seinem Körper haftete, während er sich vor den Richtern aufbaute, schloß ich, daß er mit der Wiederherstellung von Statur und Umfang schnell vorangekommen war.

Einst war Clodius Ciceros politischer Verbündeter gewesen, später seine Nemesis. Selbst jetzt noch versuchte er Cicero daran zu hindern, sein zerstörtes Haus auf dem Palatin wieder aufzubauen, weil das Grundstück angeblich vom Staat beschlagnahmt und einer religiösen Nutzung zugeeignet worden war, weshalb Cicero den Besitz nicht zurückbekommen könnte. Die beiden Rivalen fochten ihren Krieg auf jeder sich anbietenden Bühne aus – im Senat, vor Gericht und bei der Deutung priesterlicher und augurialer Omen. Zwischen ihnen loderte die Art von Haß, die nur der Tod löschen kann.

Das allein war für Cicero schon Grund genug, Clodia zu hassen, da sie die getreueste Anhängerin ihres Bruders und Mitwisserin seiner Intrigen war. Doch was war mit jenem vagen Gerücht über eine kümmerliche Affäre der beiden, als

Cicero und Clodius noch Verbündete gewesen waren? Vielleicht haßte er Clodia aus Gründen, die gar nichts mit Politik oder Clodius zu tun hatten. Das wäre zumindest eine Erklärung für seinen Auftritt an jenem Tag. Vielleicht war er aber auch einfach nur ein guter Anwalt, der genau das tat, was notwendig war, um sicherzugehen, daß Marcus Caelius freigesprochen wurde.

Als ich zusah, wie Cicero die letzte Rede dieses Prozesses hielt – eine der besten seiner Karriere, wie manche später meinten –, hatte ich das Gefühl, einem Schauspiel beizuwohnen. Wie bei einem Schauspiel schien die Handlung weit entfernt, der Dialog jenseits meiner Kontrolle; ich war lediglich ein ohnmächtiger Zuschauer, der den Lauf der Dinge weder aufhalten noch ändern konnte. Doch ein Stückeschreiber bemüht sich wenigstens darum, ein kleines Stück Wahrheit zum Tragen zu bringen – sei sie profan, komisch, grandios oder tragisch. Aber wo war die Wahrheit in diesem seltsamen Stück? Wer war der Schurke und wer der tragische Held? Ich hatte das Gefühl, einem dieser Dramen zuzusehen, in dem die Handlung immer verworrener und absurder wird, bis es keinen anderen Ausweg aus der Wirrnis mehr gibt, als einen Gott oder Boten zu schicken, der einen Monolog hält, in dem alles erklärt wird. Der Bote aus der Kulisse war bereits eingetroffen: Eco, gemeinsam mit Zotica. Ich kannte jetzt die Wahrheit über Dios Tod, doch niemand auf der Bühne schien sie zu kennen – weder Cicero noch Caelius noch Clodia. Und mir war es unmöglich, den deus ex machina zu spielen und zu enthüllen, was ich wußte. Wie könnte ich meine eigene Frau beschuldigen?

Ich konnte nur hilflos und stumm zusehen, während die Schlacht zwischen Clodia und Caelius ihren Höhepunkt erreichte. Bei Attacke und Gegenattacke waren bereits Gift, Täuschung und falsche Anschuldigungen zum Einsatz gekommen. Jetzt war Cicero an der Reihe – ein alter, ergrauter General, der den entscheidenden Schlag führen sollte. Seine Waffe würde das Wort sein. *Sie begreift die Macht der Worte nicht,* hatte Catull über Clodia gesagt. Sie sollte es lernen, und ganz Rom würde Zeuge werden.

»Richter«, begann Cicero, neigte respektvoll den Kopf und ließ dann seinen Blick an den Gesichtern der Geschworenen entlangwandern, »stellt euch vor, es wäre jemand hier, der unsere Gesetzes- und Gerichtspraxis nicht kennt. Er müßte sich verwundert fragen, was dieser Fall denn für eine Bedrohung darstellt. Denn während sämtliche Gerichtsverfahren an den Tagen der Feste und Spiele ruhen, wird allein dieser Prozeß durchgeführt. Und dieser Jemand würde nicht daran zweifeln, daß man den Angeklagten eines ungeheuren Verbrechens beschuldigt, das, falls es ungeahndet bliebe, den Staat in seinen Grundfesten bedroht!

Wenn der Betreffende dann von dem Gesetze hörte, wonach gegen aufrührerische, verbrecherische Bürger, die bewaffnet den Senat belagern, Magistraten gegenüber Gewalt anwenden oder sich gegen den Staat erheben, ungeachtet von Feiertagen zu verhandeln ist, würde er ein solches Gesetz sicher nicht tadeln, das schließlich dem Schutze des Staates selbst dient. Doch er würde nach dem Verbrechen fragen, das hier abgeurteilt werden soll. Man stelle sich nun seine Reaktion vor, wenn er erfährt, daß hier über keine Untat, kein freches Wagnis, keinen Gewaltstreich verhandelt wird, sondern ein junger Mann, hervorragend begabt, strebsam und angesehen, vom Sohn ausgerechnet des Mannes angeklagt wird, gegen den er selbst kürzlich prozessiert hat. Und daß obendrein die ganze Anklage organisiert und finanziert wurde von einer Dirne.«

Die Menge hielt den Atem an. Es gab ein paar vereinzelte Lacher, die in der allgemeinen Stille besonders laut nachhallten. Caelius hatte kunstvolle Andeutungen über Clytemnestra gemacht und Wortspiele über Cos und Nola ersonnen. Er hatte sogar die Pyxis hochgehalten und auf die Geschichte mit dem Döschen voller Sperma angespielt. Doch Cicero hatte Clodia gleich zu Beginn seiner Rede offen eine Hure genannt. Es war Ankündigung und Warnung zugleich: Nichts würde zurückgehalten werden! Ich versuchte Clodias Reaktion zu erkennen, doch meine Sicht war durch nachdrängelnde Schaulustige verdeckt.

»Was würde unser hypothetischer Beobachter von alldem halten?« fuhr Cicero fort. »Er würde zweifelsohne Nachsicht mit dem Hauptankläger üben, der einen derart dürftigen Fall präsentiert – Atratinus ist jung und unerfahren, seine Sohnesliebe verständlich. Des weiteren würde unser Beobachter meinen, man müsse den Kaprizen der betreffenden Frau einen Riegel vorschieben oder sie zumindest auf ihr Schlafzimmer beschränken. Euch aber, gute Richter, hielte er für vielgeplagte Leute, die ihr nicht einmal an einem freien Tag frei habt!«

Das löste in den ersten Reihen zustimmendes Gelächter aus und lockerte die angespannte Atmosphäre ein wenig auf. Nur die Bank der Ankläger blieb ernst. Ich konnte einen kurzen Blick auf Clodias Gesicht erhaschen. Es wirkte starr wie eine Maske.

Cicero fuhr mit einer Verteidigung von Caelius' Charakter fort. Er tat alle politischen Differenzen, die ihn und seinen jungen Günstling in der Vergangenheit getrennt haben mochten, als belanglos ab. Das alles liege nun hinter ihnen. Wenn Caelius Fehler gemacht habe, sei das sein gutes Recht wie das jeden jungen Mannes, solange er sich integer und ehrlich verhalten habe.

»Die Anklage aber hat ihm Schulden vorgeworfen, die ihn angeblich verwundbar für schlechte Einflüsse und verbrecherischen Umgang gemacht hätten. Sie hat gefordert, er möge seine Rechnungsbücher offenlegen. Zu diesem Punkt kann ich mich kurz fassen. Es gibt keine Rechnungsbücher! Rechnungsbücher führt doch niemand, der noch der väterlichen Gewalt untersteht. Die Anklage behauptet, Caelius habe sich hoch verschuldet, wird jedoch dafür keinen Beweis erbringen können. Man hat ihm verschwenderischen Aufwand vorgeworfen, weil er in einer Luxuswohnung auf dem Palatin gelebt hat, die er (so wollen sie uns erzählen) für die unglaubliche Summe von dreißigtausend Sesterzen gemietet hätte. Die Zahl ist absurd! Zehntausend ist weit realistischer. Begreift ihr nicht, was hier vor sich geht, wenn ihr hört, daß Clodius das Haus seit kurzem zum Verkauf anbietet und weit mehr als seinen tatsächlichen Wert verlangt? Da hat die Anklage dem Clodius wohl ein bißchen unter die Arme greifen wollen und etwas zu seinen Gunsten geflunkert, damit irgendein Tor das Dreifache dessen bezahlt, was dieser rattenversuchte Schandfleck in der Landschaft wirklich wert ist!«

Die Menge lachte. Cicero schüttelte in gespieltem Entsetzen den Kopf, während er ein Grinsen über die eigene Gerissenheit kaum unterdrücken konnte. Ein wichtiger Prozeß über die Ermordung ausländischer Gesandter war zu einer Anhörung über maliziöse weibliche Rache und halbseidene Immobiliengeschäfte verkommen. War Clodius des Mordes angeklagt oder die Clodier für ihre Laster? Doch die Menge schien dem Pfad, den Cicero eingeschlagen hatte, bereitwillig zu folgen, solange er sie nur gut unterhielt.

»Ihr habt Marcus Caelius einen Vorwurf daraus gemacht, daß er aus dem Haus seines Vaters auf den Palatin gezogen ist, als ob er deswegen ein schlechter Sohn wäre. Dabei hat er dies nicht nur mit Erlaubnis, sondern sogar auf Zureden seines Vaters getan. Ihr habt angedeutet, dieser Umzug wäre geschehen, damit er wilde Gelage veranstalten konnte, während er in Wahrheit eine politische Karriere anstrebte und eine Wohnung brauchte, die näher am Forum lag. Obwohl ihr absolut recht habt, wenn ihr sagt, es wäre ein Fehler gewesen, diese Wohnung auf dem Palatin zu nehmen, denn dort nahm alles Übel – oder vielmehr alle Rederei – seinen Anfang. Aber dorthin verschlug es unseren jungen Jason nun einmal – und damit auch in die Nachbarschaft dieser Medea vom Palatin.«

»Medea vom Palatin« – diese Wendung hatte ich schon einmal gehört, genauso wie jemand Clodia schon vor Caelius »Clytemnestra« genannt hatte. Es war Catull gewesen, in der

Nacht, als er mich zum ersten Mal in die geile Kneipenwirtschaft mitgenommen hatte. *Wer nennt sie so?* hatte ich ihn gefragt. *Ich! Ich habe mir diese Schmähungen gerade ausgedacht, einfach so. Was hältst du davon? Ich brauchte ein paar neue Beschimpfungen, wenn ich ihre Aufmerksamkeit aufs neue erringen will...*

Ich drehte mich um und starrte Catull an, doch der blickte starr geradeaus.

»Ich werde auf diese Medea und ihre Rolle in dieser Affäre zum angemessenen Zeitpunkt zurückkommen«, sagte Cicero mit leicht drohendem Unterton. »Für den Augenblick jedoch möchte ich ein paar Worte über jene Zeugen und die diversen Lügengebäude verlieren, die aufgebaut wurden, um die Anklage zu stützen. Eine dieser Geschichten bezieht sich auf den Senator Fufius. Der alte Herr soll angeblich auftreten und bezeugen, er sei von Caelius bei den Oberpriesterwahlen tätlich angegriffen worden. Ihn will ich, wenn er auftritt, zunächst fragen, warum er nicht augenblicklich gerichtliche Schritte eingeleitet hat. Tritt er jetzt aus eigenem Antrieb oder auf Betreiben jener vor, die hinter der Anklage stehen? Wenn letzteres der Fall ist, wie wir alle annehmen, wirft es ein trauriges Licht auf die Spielleiter dieses abgeschmackten Dramas, daß sie nur einen einzigen Senator dazu drängen konnten, die Maske eines Mimen aufzusetzen und die Zeilen aufzusagen, die sie für ihn geschrieben haben!

Auch die andere Gattung von Zeugen, die angeblich beeiden werden, daß sich Caelius an ihren tugendhaften, von einem Gastmahl heimkehrenden Ehefrauen habe vergreifen wollen, beeindrucken mich wenig. Das werden gewiß Ehrenmänner sein, die so etwas unter Eid zu behaupten wagen, zugleich aber zugeben müssen, daß sie niemals den Versuch gemacht haben, sich für solche Übergriffe Genugtuung zu verschaffen, nicht einmal durch eine private Absprache oder außergerichtliche Regelung mit Caelius.

Angeblich werden noch weitere Zeugen mit schockierenden Enthüllungen auftreten. Aber ich glaube kaum, daß wir etwas auch nur ansatzweise Verläßliches hören oder jemanden im Zeugenstand sehen werden, der auch nur entfernt glaubwürdig wäre. Ihr Richter wißt selber, was für Gesindel sich an jedem beliebigen Tag auf dem Forum herumtreibt. Wie viele sind darunter, die unter Eid bereitwillig beinahe alles bezeugen würden, solange man sie dafür bezahlt? Wenn die Anklage jedoch darauf besteht, gekaufte Schauspieler in diesem Prozeß auftreten zu lassen, vertraue ich darauf, daß ihr, meine Herren, das mit eurer Erfahrung und Urteilskraft und eurem gesunden Menschenverstand durchschauen werdet.«

Bildete ich mir das nur ein, oder sah Cicero mich direkt an? Soviel zu dem Überraschungszeugen, den Herennius versprochen hatte, der Mann, dessen Ehrlichkeit sogar Cicero Respekt abnötigte! Mit einer einzigen abfälligen Bemerkung war ich als jemand abgestempelt, der gegen Geld einen Meineid leisten würde. Allerdings war der Angriff völlig unnötig gewesen, da ich mich ohnehin schon geweigert hatte, als Clodias Überraschungszeuge aufzutreten. Aber zu dem Zeitpunkt hatte ich auch noch Grund zu der Annahme gehabt, daß sie sich ›das Haar der Gorgonen‹ von Bethesda geliehen hatte, um mich zu täuschen. Nun hatte es ganz den Eindruck, als wäre sie wirklich vergiftet worden. Ich betrachtete ihr Gesicht und bemerkte, wie teilnahmslos sie wirkte. War sie also doch in Todesgefahr gewesen?

»Ich für meinen Teil«, fuhr Cicero fort, »habe jedenfalls nicht die Absicht, euch mit irgendwelchen Zeugen zu behelligen. Was ist das für eine Wahrheit, die in das Belieben von Zeugen gestellt wird, die sich nur allzu leicht beeinflussen, ohne Schwierigkeit hierhin und dorthin lenken oder ganz offen kaufen lassen. Mit Argumenten wollen wir vorgehen und die Beschuldigungen mit Beweisen widerlegen, die mehr als sonnenklar sind, Lügen mit Tatsachen beantworten und alles offenlegen, auf daß ein jeder Beweisführung und Beweggrund einer streng logischen Prüfung unterziehen kann.

Daher lasse ich mir gern gefallen, daß Marcus Crassus in ebenso gewichtiger wie kunstreicher Art über Caelius' Rolle bei den Unruhen in Neapolis und den tätlichen Angriffen auf die Leute in Neapolis und die Leute in Puteoli und die Güter des Palla gesprochen hat. Ich wünschte nur, er hätte ebenso auch über Dios Ermordung gesprochen. Jedoch, was erwartet ihr darüber noch zu hören? Schließlich hat doch der Täter dieses Verbrechens nichts zu befürchten, er kann es sogar offen zugeben – denn er ist ja ein König, der nicht der römischen Gerichtsbarkeit unterliegt! Der aber, der als Helfershelfer und Mitwisser galt, Publius Asicius, der ist ja von der Anklage freigesprochen worden. Es heißt, unsaubere Machenschaften vor Gericht hätten zu seinem Freispruch geführt, aber ich sage, das ist Unsinn – und ich sollte es wissen, ich habe den Mann ja verteidigt. Jetzt wollen uns die Ankläger glauben machen, Caelius wäre bei jenem grausamen Mord Asicius' Komplize gewesen. Wo haben die Ankläger die vergangenen Monate verbracht? Könnte es sein, daß sie die Nachricht von Asicius' Freispruch nicht mitbekommen haben? Was für eine Vergeudung ihrer und eurer Zeit, verehrte Richter, Caelius eine Verbindung zu Asicius nachzuweisen, da auch Asicius freigesprochen wurde!« Cicero hob theatralisch die Hände.

»Lassen wir das also beiseite, damit wir endlich zum entscheidenden Punkt des Prozesses kommen. Die Anklage hat ausführlich über Charakter gesprochen, und ich bin absolut ihrer Meinung: Charakter ist in der Tat die entscheidende Frage, wenngleich nicht notwendigerweise der Charakter von Marcus Caelius. Ich habe nämlich bemerkt, ihr Richter, daß ihr meinem Freund Lucius Herennius sehr aufmerksam zugehört habt. Er sprach ja lang und breit über Genußstreben, über Begierden, über die Laster der Jugend und über Unmoral. Herennius, der im sonstigen Leben so milde ist und über jene liebenswürdige menschliche Duldamkeit verfügt, in der man sich heute allgemein gefällt. Aber in diesem Prozeß zeigte er sich als grämlicher alter Onkel, als Sittenrichter und Schulmeister. Er hat Marcus Caelius schlimmer zugesetzt als jemals ein Vater seinem Sohn und sich langatmig über dessen maß- und zügellose Art verbreitet. Mir jedenfalls lief ein Schauder über den Rücken, so finster und schroff war seine Rede. Er verlangte zu wissen, ob es rechtens sei, daß ich einen Mann verteidige, der keine Einladung ausschlug, der in den mondänen Gärten entlang des Tibers lustwandelte, der Parfüm verwendete und sogar gelegentlich in gemischter Gesellschaft in Baiae gesehen worden ist? Solch schandhaftes Gebaren ist wahrhaft unverzeihlich!

Ist es das wirklich? Ach, Herennius, ich denke, wir alle kennen Mitbürger, die vom Becher des süßen Lebens nicht nur genippt haben und die doch tüchtige und angesehene Männer geworden sind. Man billigt es doch allgemein der Jugend zu, daß sie über die Stränge schlägt; die Natur selbst hat ja die Jugendzeit so reich mit Trieben und Neigungen ausgestattet. Wenn sie sich also so Luft machen, daß sie kein Leben ruinieren und keine Familie zerstören, ist es klug, der Natur ihren Lauf zu lassen. Vertreter der älteren Generation wie auch ich sind verständlicherweise besorgt über die Unbilden, die die Ausschweifungen der Jugend nach sich ziehen können. Aber es scheint mir nicht billig, Herennius, den allgemein schlechten Ruf der Jugend dazu zu benutzen, um Mißstimmung gegen Caelius zu schüren. Du rezitierst eine lange Liste von Lastern, um unsere moralische Empörung anzufachen, doch deine Pose lenkt uns von der Person des Angeklagten ab. Caelius ist dieser Ausschweifungen nicht schuldiger als die meisten jungen Männer und verdient nicht weniger Nachsicht. Man darf ihn nicht für die Sünden anderer, für die Laster seiner Altersstufe und unserer Zeit büßen lassen!

Ich will lieber auf etwas Konkreteres zu sprechen kommen, nämlich die Sache mit dem Gold und dem Gift. Dabei geht es um ein und dieselbe Person. Das Gold hat man von Clodia bekommen, das Gift besorgt, um es ihr zu verabreichen, so wird jedenfalls behauptet. Hier haben wir es nun wenigstens mit konkreten Beschuldigungen zu tun! Alles andere sind keine Anklagepunkte, sondern Verleumdungen, das entspricht eher leichtfertigen Klatschereien als einer Prozeßrede. ›Ehebrecher, Wüstling, Stimmenfänger‹ – das sind Verleumdungen, keine Anklagen. Denn es gibt keinerlei Grundlage für solche Anschuldigungen, keinen Ansatzpunkt, Schmähworte sind das, die der Ankläger in blindem Zorn ohne Gewähr ausgestoßen hat. Aber diese beiden letzten Vorwürfe bezüglich des Goldes und des Giftes sind ein wenig konkreter. Ja, ich spüre, daß mehr dahinterstecken muß – eine Quelle, ein Anstifter, ja sogar eine bestimmte namentlich bekannte Person mit einem ganz bestimmten Ziel.

Hier ist die erste Geschichte: Caelius brauchte das Gold, er lieh es sich von Clodia, er lieh es ohne Zeugen und behielt es, solange er wollte. Darin sehe ich ein deutliches Zeichen höchster Vertrautheit. Die zweite Geschichte: Caelius wollte Clodia umbringen, er verschaffte sich Gift, er stiftete dafür Sklaven an, bestimmte einen Ort und eine Zeit zur Übergabe des Giftes an die, die es verabreichen sollten. Darin wiederum sehe ich den Ausbruch eines tödlichen Hasses aufgrund eines äußerst schmerzhaften Zerwürfnisses!

In diesem Prozeß dreht sich alles um Clodia, ihr Richter, um eine Frau von hoher Geburt und geringem Ruf. Ich bin nicht hier, um einen Skandal anzufachen, und ziehe auch keine Befriedigung daraus, die Tugend einer römischen Matrone in Zweifel zu ziehen. Wenn jedoch die Ankläger, sobald diese Dame aus dem Feld geschlagen ist, keinen Anklagepunkt und keine Handhabe mehr besitzen, um Marcus Caelius zu attackieren – dann ist es doch meine Pflicht als Anwalt, die Angreifer auszuschalten. Ich würde das mit noch mehr Nachdruck tun, wären da nicht meine persönlichen Querelen mit dem Mann dieser Dame.«

Das Publikum brach in Gelächter aus. Cicero tat, als sei er verwirrt. »Oh, sagte ich *Mann*? Ich wollte sagen, mit dem Bruder, hier verspreche ich mich doch jedesmal.« Er zuckte die Schultern und lächelte. »Nun denn, ich bitte um Verzeihung, werte Richter, den Namen dieser Dame in dieses Verfahren ziehen zu müssen. Ich habe es nämlich niemals für angebracht gehalten, mit Frauen Feindschaften auszutragen, schon gar nicht mit einer, die nach allgemeinem Urteil eher jedermanns Freundin als irgend jemandes Feindin ist.«

Er wartete, bis sich das Gelächter gelegt hatte. Die Menge hatte sich erneut verschoben, und ich konnte wieder Clodias Gesicht sehen. Es war nach wie vor starr, doch selbst von weitem konnte ich die Beunruhigung in ihren Augen sehen. Sie begann das volle Ausmaß ihres Fehlers zu begreifen, den sie begangen hatte, als sie ihren Groll gegen Caelius in die Öffentlichkeit getragen hatte.

Cicero räusperte sich. »Doch will ich sie zunächst selbst fragen, ob ich sie streng und hart nach alter Art behandeln soll, oder ob sie es lieber gelinde, sanft und höflich haben will. Soll es nach den alten rauhen Sitten von einst gehen, dann muß ich jemanden aus der Unterwelt heraufbeschwören, einen mit einem solchen Bartgestrüpp, wie wir es bei den alten Statuen und Ahnenbildern sehen. Warum nicht jemanden aus ihrer eigenen Familie? Appius Claudius, der Blinde, wäre geeignet; ihm wird es am wenigsten weh tun, denn er sieht sie ja nicht.«

Erneut erhob sich Gelächter, gefolgt von erwartungsvollem Murmeln, als Cicero mit zusammengekniffenen Augen, erhobenen Armen und todernster Miene in die Rolle von Clodias Ahnherr schlüpfte. »Frau, was hast du zu schaffen mit diesem Caelius, der so viel jünger ist als du? Warum warst du so innig befreundet mit ihm, daß du ihm Gold geliehen hast, und dann wieder so verfeindet, daß du Gift fürchten mußtest? Hast du keinen Stolz und keinen Anstand? Hast du nicht deinen Vater gesehen, hast du nicht von deinem Onkel, Großvater, Urgroßvater, von dessen Vater und Großvater gehört: Alle waren sie Konsuln. Und weißt du nicht mehr, daß du bis vor kurzem noch mit Quintus Metellus Celer vermählt warst, mit einem hochangesehenen, tüchtigen Mann, der, *als er noch lebte*, nur einen Schritt über die Schwelle seines Hauses zu tun brauchte, um alle seine Mitbürger an Tugend zu übertreffen? Aus einem alteingesessenen Geschlecht stammend, hast du in eine hochberühmte Familie eingeheiratet – warum warst du dann so eng verbunden mit diesem Caelius? War er mit dir verwandt, verschwägert, ein Freund deines Mannes? Nichts von alledem. Was war es also anderes als Leichtsinn und Leidenschaft?«

Noch immer in der Rolle des blinden Claudius schüttelte Cicero den Kopf. »Wenn dich schon die Ahnenbilder der Männer unserer Familie nicht beeindruckten, konnte dich da wenigstens mein weiblicher Sproß, die berühmte Quinta Clodia, die ihre Keuschheit bewies, als sie das Schiff vor dem Untergang bewahrte, das die Große Mutter nach Rom brachte, deren Feiertag wir heute begehen, dazu ermuntern, dem Ruhm der Frauen unseres Hauses nachzueifern? Oder die berühmte Vestalin Claudia, die ihren Vater mit ihrem eigenen keuschen Leib vor dem wütenden Pöbel schützte? Warum ließest du dich eher von den Lastern deines Bruders als von den Tugenden deines Vaters und deiner Vorväter beeindrucken? Habe ich deswegen den Friedensschluß mit Pyrrhus verhindert, damit du Tag für Tag die schimpflichsten Liebesbündnisse abschließt, habe ich Rom deshalb mit Wasser versorgt, damit du dich nach deinen inzestuösen Kopulationen waschen kannst, habe ich deswegen unsere berühmte Straße gebaut, damit du in Begleitung fremder Männer dort einherschwärmst?«

Ciceros harscher Ton ließ jetzt kein Lachen aufkommen. Er senkte die Arme und sah Clodia direkt an, die seinem Blick mit purem Haß begegnete. »Ich lasse die Rolle fallen und rede jetzt selbst mit dir. Wenn du tatsächlich in den Zeugenstand treten willst, dann mußt du Rechenschaft ablegen und erklären, was es mit dieser großen Vertraulichkeit auf sich hat. Die Ankläger reden ja ständig von Liebesabenteuern, Ehebruch, Aufenthalten in Baiae, von Strandfesten, Gastmählern, feuchtfröhlichen Umzügen, von Gesang, Musik und Wasserpartien. Und sie geben zu erkennen, daß sie es nicht ohne deine Einwilligung vorbringen. Hast du geglaubt, Caelius seine Ausschweifungen vorwerfen zu können, ohne daß das Gericht auch deine Ausschweifungen einer Prüfung unterziehen würde? Welch aberwitzige Vorstellung. Ich lese in deinem Gesicht, daß du dieses mißliche Spektakel gern vermeiden würdest. Doch dafür ist es nun zu spät!«

Cicero und Clodia starrten sich vor den Augen der Zuschauer einen Moment lang schweigend an. Dann trat er zurück, seine Haltung entspannte sich, und er lächelte süßlich. »Aber ich sehe, die strenge Standpauke liegt dir nicht. Ich lasse den fast bäuerlich groben alten Herrn abtreten und zitiere einen aus deiner Generation hierher, am liebsten deinen geliebten kleinen Bruder, der in dieser Hinsicht der geborene Weltmann ist. Seit euren Kindertagen liebt er dich über alles und ist gewohnt – ich weiß nicht genau, warum, sicher weil er so ängstlich ist und sich nachts vor Gespenstern fürchtet –, mit dir zu schlafen: der kleine Junge mit seiner großen Schwester. Schade, daß er für die Feierlichkeiten zuständig ist und heute nicht an deiner Seite sein kann. Aber ich kann mir ausmalen, was er vielleicht sagen würde.«

Cicero setzte ein affektiertes Lächeln auf und begann hektisch mit den Armen zu rudern, während die Menge vor Vergnügen kreischte. »Was machst du für einen Wirbel, Schwester – was regst du dich so auf? Was machst du mit deinem Gezeter aus einer Mücke einen Elefanten? Du hast auf einen netten jungen Mann aus der Nachbarschaft ein Auge geworfen, seine schlanke Gestalt, sein Gesicht und sein Blick haben es dir angetan. Du wolltest mehr von ihm sehen – jeden Zoll von ihm! Du, eine Frau aus reichem Hause, suchtest ihn, den Sohn eines knauserigen Vaters, mit deinen Geldmitteln an dich zu fesseln.

Aber, Schwester, es kam nicht so, wie du es wolltest, nicht wahr? Es gibt junge Männer, die nichts auf die Gesellschaft einer älteren, besitzergreifenden Frau geben, egal, wieviel Geld sie hat. Also such dir einen anderen. Du hast deine Gartenanlage am Tiber mit Bedacht dort angelegt, wohin alle jungen Leute zum Baden kommen. Du hast tagtäglich Gelegenheit, dir einen auszusuchen. Warum hängst du dich gerade an den einen, der dich nicht will?«

Cicero ließ die affektierte Rolle des Clodius fallen und wandte Clodia den Rücken zu. Er schritt über den freien Platz auf die Verteidigerbank zu. »Und nun komme ich wieder zu dir, Marcus Caelius, und übernehme die Rolle einer strengen väterlichen Respektsperson.« Er drohte mit dem Finger, und Caelius setzte die Miene eines aufmerksamen Schuljungen auf, die Augenbrauen hochgezogen, das Abbild reiner Unschuld. »Doch ich überlege noch, welche Vaterfigur ich wählen soll? Einen dieser alten Väter mit einem Herzen aus Eisen, der dir für alles die Schuld geben und dich fragen würde: ›Warum begabst du dich in Reichweite dieser Dirne? Warum hattest du nicht den Verstand, noch im selben Moment Reißaus zu nehmen, in der du ihrer ansichtig wurdest!‹ Diesem grämlichen, starrsinnigen Alten würde Caelius wohl antworten, daß nichts Unschickliches vorgefallen sei, was immer Gerüchte auch behaupten mögen. Doch wie viele gibt es, die dem Gerede entgehen können, in dieser schmähsüchtigen Stadt? Da wundert es dich, daß man dem Nachbarn und Bekannten dieser Frau Übles nachredete, deren eigener Bruder nicht einmal böswilligem Klatsch entgehen konnte.

Über die besagte Dame will ich hier nichts weiter sagen. Mir geht es um die Belehrung von Marcus Caelius. Aber stellen wir uns eine andere Frau vor; seid versichert, jede Ähnlichkeit mit Clodia wäre rein zufällig. Eine Frau, die sich schamlos mit jedermann einläßt, die sich ganz offen einen Liebhaber auswählt, in deren Gärten, in deren Hause, in deren Villa in Baiae jeder Lebemann freien Zutritt hat. Und die auch junge Männer durchfüttert und sie mit verschwenderischem Aufwand entschädigt. Wenn diese Dame als Witwe freizügig, als lockeres Frauenzimmer frivol, als reiche Frau verschwenderisch und als zügellose Person nach Art einer Dirne lebte – soll ich da jemanden für einen Ehebrecher halten, der sie ein wenig zu intim gegrüßt hat?

So weit geht die Hemmungslosigkeit dieser Frauensperson, daß sie keineswegs die Abgeschiedenheit und Dunkelheit, also das übliche Versteck der Unkeuschheit, sucht, nein, sie errichtet in ihrem Garten eine Bühne, um ihre besonderen Talente einem Publikum vorzuführen, das Schlange steht, sie zu genießen! Lacht nicht, ich will hier nur einen Sachverhalt erörtern, ich mache keine bestimmte Frau namhaft – das lasse ich auf sich beruhen. Aber alles an dieser hypothetischen Frau ist eine Einladung zur Unzucht: nicht nur die Art, wie sie einhergeht, ihre durchscheinenden Gewänder, ihr liederlicher Schmollmund, die feurigen Blicke, die losen Reden, sondern auch ihre Umarmungen und gierigen Küsse. Sie beträgt sich so, daß sie ganz offen als Dirne, ja als besonders lüsterne, verworfene alte Hure erscheint. Wenn sich nun aber ein junger Mann mit dieser Person einläßt, ist er ein Ehebrecher oder Schwerenöter, wollte er die Keuschheit mit Füßen treten oder nur seine Lust befriedigen?

Die Frau ist schließlich eine Hure – die hypothetische Frau, meine ich –, und wer nun aber der Meinung ist, der Umgang mit Dirnen sei jungen Männern untersagt, der ist in der Tat höchst sittenstreng. Aber er entfernt sich damit nicht nur von den großzügigen Moralvorstellungen unserer Zeit, sondern auch von dem, was bei unseren Vorfahren normal und gestattet war. Wann war das nicht allgemein üblich, wann gab es dafür Tadel, wann ein Verbot?

Da sagt nun sicher jemand: ›Das ist also deine Zucht und Ordnung? So erziehst du die Jugend? Dafür hat dir der Vater den Jungen anvertraut und in die Lehre gegeben, daß er seine Jugendzeit in Liebschaften und Vergnügungen hinbringt und du solche Neigungen gar noch zu rechtfertigen suchst?‹ Natürlich nicht. Aber, ihr Richter, einmal ganz ehrlich gesprochen, hat es je einen Mann mit solcher Willensstärke und Anlage zu sittlicher Kraft gegeben, daß er allen Versuchungen widerstanden und sich nur dem Streben nach Höherem gewidmet hätte? Einen Mann ohne das geringste Interesse an Freizeit, Liebschaften oder einfach nur Spaß?

Zeigt mir einen solchen Mann, er muß meiner Ansicht nach mit geradezu göttlichen Gaben bedacht und ausgezeichnet worden sein. Solche Männer existieren in Geschichtsbüchern, Tugendhelden, die unser Staatswesen aus kleinen Anfängen zur Größe erhoben haben, doch in den Straßen der Stadt werdet ihr sie heute vergeblich suchen. Selbst unter den griechischen Philosophen, die in ihren Schriften die Erinnerung an diese altehrwürdige Sittenstrenge bewahren (wenn sie dergleichen auch nicht in die Tat umsetzen konnten), haben sich Zeiten und Sitten geändert. Die Epikuräer behaupten, der Weise mache die Lust zum Ziel allen Handelns. Die Akademiker meinen, man müsse Lust und Moral in Einklang bringen, was sie mit virtuoser Beredsamkeit versuchen. Wer jedoch wie die Stoiker noch den geraden Weg predigt: ohne Schweiß kein Preis – der sieht sich in den Hörsälen allein gelassen.

Die Natur hat ja selbst allerhand Verlockungen für uns geschaffen, bei denen sich auch die Tugend bisweilen betören und einlullen läßt. So manchen schlüpfrigen Pfad weist sie der Jugend, doch dafür hat sie sie auch mit besonderer Ausdauer und außergewöhnlicher Empfindlichkeit ausgestattet. Zeigt mir einen jungen Mann, der es verschmäht, die Augen auf die Schönheit der Welt zu richten, der sich durch keinen Duft, keine Berührung, keinen Geschmack einnehmen läßt, der sein Ohr vor jedem lieblichen Klang verschließt, so werde ich und vielleicht noch ein paar andere von diesem glauben, die Götter seien ihm gnädig, die meisten allerdings werden meinen, die Götter hätten ihn im Zorn so geschaffen.

Deswegen genug dieser absoluten Maßstäbe. Wir wollen der Jugend ihren Freiraum gönnen. Sollen Unreife und Dummheit auch einmal den Sieg über die Vernunft davontragen. Ein junger Mann mit einem starken Charakter wird sich durch derlei Erfahrungen nicht kleiner machen lassen, sondern ihnen im Laufe der Zeit entwachsen und sich der Tätigkeit auf dem Forum und den Staatsgeschäften zuwenden. Wer wollte bezweifeln, daß Marcus Caelius das bereits getan hat? Ihr habt gehört, wie er selbst für sich sprach und den Stil seiner Rede, die Gewandtheit des Vortrags und seinen Gedanken- und Ausdrucksreichtum würdigen können. Aus eigener Erfahrung kann ich euch versichern, daß man solch überragende Fertigkeiten nur durch Hingabe und strikte Disziplin erlangen kann. Die Karriere des Marcus Caelius hat mittlerweile einen Punkt erreicht, an dem er weder die Zeit noch die Neigung besitzt, frivolen Abenteuern nachzugehen.

Nun habe ich, scheint mir, in meiner Rede die Untiefen überwunden und die Klippen umschifft und kann den Rest der Fahrt einen leichten Kurs steuern! Zwei Anklagepunkte gibt es ja, schwerwiegende Delikte: es geht einmal um das Gold, das sich Caelius angeblich von Clodia geliehen hat, um einen Sklaven des Lucceius zu bestechen, Dio zu töten. Eine fürchterliche Anklage: ein Attentat auf Gesandte zu verüben und Sklaven zur Ermordung eines Gastfreundes ihres Herrn aufzuwiegeln – ein ganz und gar verwegener und verbrecherischer Anschlag!

Angesichts dieser Beschuldigung stelle ich zunächst folgende Frage: Hätte Clodia ihm das Geld geliehen, ohne ihn zu fragen, zu welchem Zweck er es brauchte? Gewiß nicht! Wenn er aber etwas sagte, dann ist sie als Mitwisserin ebenfalls in das Verbrechen verstrickt. Bist du deshalb heute hierher gekommen, Frau, um ein Geständnis abzulegen? Um uns zu berichten, wie du das Gold aus dem Schrein der nackten Venus genommen hast, wo du all die Pfänder deiner Liebhaber aufbewahrst, um Caelius die Beute für seine Schurkerei zu übergeben? Hast du Venus selbst zur Mitwisserin und Mithelferin gemacht?«

Ich schaute Catull an, weil ich aus den Augenwinkeln sah, daß sich seine Lippen bewegten, als würde er Ciceros Rede zusammen mit ihm rezitieren. Er bemerkte meinen Blick, verzog das Gesicht zu einem verlegenen Lächeln und wandte sich ab. Ich warf einen Blick zu Clodia und sah ihr blasses, starres Gesicht, bevor die Menge mir die Sicht wieder versperrte.

Cicero fuhr fort. »Wenn Caelius so vertrauten Umgang mit Clodia pflegte, wie die Ankläger behaupten, hätte er ihr sicher verraten, wofür er das Geld brauchte. Wenn er aber nicht so intim mit ihr war, dann hat sie ihm auch nichts gegeben. Um es klar zu sagen: Wenn dir Caelius die Wahrheit verriet, Clodia, hast du das Gold wissentlich für ein Verbrechen hergegeben. Wenn er es aber nicht zu sagen wagte, dann hast du ihm auch nichts gegeben.

Die Anklage hält einer kritischen Prüfung schlicht nicht stand, und das nicht nur, weil ein solch gräßliches Verbrechen völlig unvereinbar ist mit dem Charakter des Marcus Caelius. Höchst unglaubwürdig ist es auch, daß es einem solch scharfsinnigen und überlegten Mann nicht in den Sinn gekommen wäre, er dürfe sich bei der Ausführung einer solchen Schandtat nicht fremden Sklaven in die Hände geben! Rein praktisch müßte ich fragen: Wie soll Caelius den Kontakt zu diesen Sklaven hergestellt haben? Hat er sie – tollkühn – selbst getroffen oder einen Mittelsmann geschickt? Und dürfen wir den Namen dieses Unterhändlers erfahren? Nein, weil es eine solche Person nicht gibt. Ich könnte zahllose weitere Fragen in der Art stellen. Wie viele muß ich vortragen, um aufzuzeigen, daß die Anklage vollkommen unbegründet und durch nichts bewiesen ist?

Um die Sache endgültig auszuräumen, wollen wir die eidesstattliche Erklärung von Lucius Lucceius selbst hören. Ich darf daran erinnern, daß er nicht nur ein guter Freund und aufmerksamer Gastgeber Dios war, sondern auch ein Mann ist, der jeder Kleinigkeit sorgfältigstes Interesse beimißt, wie jeder, der mit seinen historischen Schriften vertraut ist, bestätigen kann. Lucceius wäre es bestimmt nicht entgangen, wenn seine Sklaven zusammen mit einem Fremden die Ermordung seines Gastes geplant hätten, und hätte er auch nur den geringsten Verdacht gehabt, wäre er dem gewiß nachgegangen. Welcher Bürger würde, wenn es um seine Ehre geht, weniger tun? Aber hört selbst, was er uns zu sagen hat.«

Ein Gerichtsdiener trat vor, um die eidesstattliche Erklärung vorzulesen. Cicero ging zur Verteidigerbank, wo sein Sekretär Tiro ihm ein Glas Wasser reichte. Ich mußte an meine Befragung von Lucceius denken, daran, wie er sich standhaft geweigert hatte, auch nur die Möglichkeit, daß in seinem Haus etwas nicht stimmte, in Betracht zu ziehen, während seine Frau es besser wußte. Doch die Sklaven, die die Wahrheit gekannt haben mußten, waren in die Minen geschickt worden und konnten nichts mehr erzählen.

Der Gerichtsdiener räusperte sich: »Ich, Lucius Lucceius, gebe unter feierlichem Eid an den Kalenden des Aprilis folgende Erklärung ab: Im Monat Januarius war mein geschätzter Freund Dio von Alexandria eine Zeitlang Gast in meinem Haus. In dieser Zeit geschah nichts, was seine Sicherheit hätte gefährden können; gegenteilige Gerüchte, die behaupten, es hätte unter den Sklaven meines Hauses Verrat gegeben, sind verleumderisch. Dio hat mein Haus auf eigenen Wunsch und bei guter Gesundheit verlassen. Mir persönlich ist nichts bekannt, was Licht in die Umstände seines Todes bringen könnte.«

Cicero trat wieder vor die Richter. »Da habt ihr es: Das ganze Verbrechen ist die Erfindung eines feindlich gesinnten Hauses, voller Ruchlosigkeit, Grausamkeit, Ränke und zügelloser Begierden. Dem gegenüber steht das eidlich bekräftigte Zeugnis aus einem Haus, das ein Hort von Ehre und Anstand, von Pflichtbewußtsein und Gewissenhaftigkeit ist. Auf der einen Seite eine verantwortungslose, dreiste und rachsüchtige Frau, auf der anderen Seite der Eid eines würdigen, charakterfesten und besonnenen Mannes. So geht es also um eine Entscheidung, an der es keinen Zweifel gibt.

Was ist nun mit der Anschuldigung, Caelius hätte geplant, Clodia zu vergiften? Hierbei kann ich weder Anfang noch Ende des Knäuels finden. Aus welchem Grund hätte denn Caelius dieser Frau Gift verabreichen sollen? Damit er das Geld nicht zurückgeben mußte? Hat sie es denn verlangt? Um Clodia von einer Aussage über den Giftanschlag gegen Dio abzuhalten? Ein solcher Anschlag hat nie stattgefunden, wie wir gerade festgestellt haben. Ich würde vielmehr meinen, daß hier ein schweres Delikt erfunden wurde, damit ein Motiv da ist für eine weitere Fiktion! So türmt sich Lüge auf Lüge, Verleumdung auf Verleumdung!

Die Anklage unterstellt, daß Caelius erneut versucht hätte, die Sklaven eines Fremden zu bestechen – Clodias diesmal, damit sie ihre Herrin ermorden. Und das, nachdem der gleiche Plan mit Lucceius' Sklaven schon einmal gescheitert war! Er, dem ihr doch einige Intelligenz zubilligt, soll so von Sinnen gewesen sein, daß er sich und seine gesamte Existenz ein zweites Mal fremden Sklaven in die Hände gab!«

Und was für Sklaven – dieser Punkt ist nämlich wichtig. Solchen Sklaven, die, wie er wußte, wenn er das Haus je betreten hat, nicht das übliche Sklavendasein teilten, sondern recht ungebunden mit ihrer Herrin auf vertrautem Fuße lebten. Denn wo die Dame des Hauses nach Art einer Kurtisane lebt, wo ungewöhnlichen Gelüsten und Lustbarkeiten, ja unerhörten Lastern und Gemeinheiten aller Art gefrönt wird, dort sind Sklaven keine Sklaven mehr. Sie nehmen an den Ausschweifungen teil, ihnen vertraut man Geheimnisse an, und ihnen fließt ein Gutteil der tagtäglichen üppigen Verschwendungen zu. In einem solchen Haus sind die Untersten bisweilen im wahrsten Sinne des Wortes obenauf.«

Ich sah Clodia, die unter den Lachsalven, die über das Forum dröhnten, beinahe zu schrumpfen schien. Cicero hob die Hand, um die Menge zu beruhigen. »Seine Sklaven in dieser Art zu halten, hat jedoch mindestens einen Vorteil: Es muß so gut wie unmöglich sein, derart verdorbene und verwöhnte Sklaven zu bestechen. Wenn aber Caelius so vertraut mit der Dame war, wie ihr gerne wollt, dann wußte er genau, daß diese Sklaven auch mit ihrer Herrin recht vertraut waren. In diesem Fall hätte er sich tunlichst nicht zwischen eine solche Frau und ihre Sklaven gedrängt – eine in jedem Fall beengende Lage! Wenn die Beziehung aber nicht so eng war, wie konnte er da mit den Sklaven so vertraulich umgehen? Dieser Vorwurf ist ein Widerspruch in sich.

Und was das Gift angeht – woher wurde es beschafft, auf welche Art und Weise an welchem Ort übergeben, und so weiter. Er habe es bei sich zu Hause gehabt, behauptet man, und seine Wirkung an einem Sklaven erprobt, den er eigens dafür gekauft habe. Dessen augenblicklicher Tod habe ihn von der Wirkung des Giftes überzeugt. Das Gift ...«

Ciceros Stimme wurde unvermittelt von einem Schluchzen erstickt. Er ballte die Fäuste und verdrehte die Augen gen Himmel. »Oh, ihr unsterblichen Götter! Warum übt ihr bei den schrecklichsten Verbrechen der Menschen bisweilen solche Nachsicht, oder warum verschiebt ihr die Strafen für eine gegenwärtige Übeltat auf später?« Er rang nach Luft und zitterte, als wollte er gegen aufsteigende Tränen ankämpfen. Der zuvor durch nichts gebremste Redefluß kam zu einem abrupten Ende. Die Menge verharrte in unbehaglichem Schweigen.

Cicero stand vollkommen still, wie ein von seinen Gefühlen überwältigter Mann, der sich bemüht, seine Fassung wiederzugewinnen.

»Laßt mich erklären, Richter. Ich habe es gesehen, ja selbst gesehen habe ich es und dabei wohl den bittersten Schmerz meines Lebens verspürt, wie mein Freund Quintus starb. Ich meine Quintus Metellus Celer, der Mann, dessen Tod diese Frau zur Witwe machte und ihr die Freiheit gab, ihr Leben nach eigenem Belieben zu gestalten. Dieser feine Mann, der sich von Geburt an im Dienste unseres Reiches sah, der noch zwei Tage zuvor in der Kurie, auf der Rednertribüne, geglänzt hatte – in der Blüte seiner Jahre und im Vollbesitz seiner Kräfte. Zwei Tage später wurde ich an sein Sterbebett gerufen. Im Augenblick seines Todes, als sich sein Geist schon von allem übrigen abgewandt hatte, da bewahrte er noch einen letzten Gedanken an das Gemeinwesen. Er sah mich und meine Tränen und gab mir mit stockender und ersterbender Stimme zu verstehen, welch ein Unwetter sich über meinem Kopf zusammenzog. ›Cicero, Cicero, wie willst du ohne mich gegen sie bestehen?‹ Dann weinte er, nicht um sich, sondern um die Zukunft seiner geliebten Stadt und um die Freunde, die seines Schutzes beraubt waren. Ich frage mich häufig, wie die Dinge gelaufen wären, wenn er damals nicht gestorben wäre. Hätte Clodius, sein wahnwitziger Vetter, mit seinen Rasereien auch nur einen Bruchteil des Erfolges haben können, wenn Quintus Metellus Celer ihm in die Parade gefahren wäre? Wäre seine Gattin Clodia in jenen Strudel der Unehrbarkeit geraten, der uns schließlich hierher gebracht hat?

Und nun wagt diese Frau von einem schnellwirkenden Gift zu sprechen! Wieviel weiß sie darüber? Genug, offenbar! Wenn sie in den Zeugenstand tritt, wird sie uns vielleicht erzählen, wieviel *genau* sie über Gift weiß und woher. Wenn ich daran denke, daß sie noch immer das Haus bewohnt, in dem Celer starb, und was sie seither daraus gemacht hat, wundere ich mich, daß nicht die Wände selbst empört rebelliert haben und über ihr zusammengestürzt sind!«

Cicero senkte lange den Kopf, scheinbar von seinen Gefühlen überwältigt. Was Clodia anging, hätte niemand, der sie in diesem Moment ansah, geahnt, daß sie eine berühmte Schönheit war. Ihre Knochen schienen fast durch ihre Gesichtshaut zu stoßen, ihre Augen glühten wie Kohlen, und ihre blutleeren Lippen waren zu einem harten Strich zusammengepreßt.

»Verzeiht, Richter«, sagte Cicero, nachdem er sich wieder gefaßt hatte. »So weit ist es gekommen, daß mir durch die Erinnerung an einen hochangesehenen und tapferen Freund die Stimme vor Tränen bricht, und ich sehe, auch einige von euch sind tief berührt. Nun aber zurück zu jener erbärmlichen und geschmacklosen Angelegenheit, um sie ein für allemal zu erledigen.

Nun also zu dem Gift: Angeblich hat Caelius es, nachdem er es an seinem unglücklichen Sklaven ausprobiert hatte, seinem Freund Licinius gegeben, der heute hier stolz unter dem Anhang des Caelius sitzt, trotz der Verleumdungen gegen ihn ohne jede Furcht, sein Gesicht zu zeigen. Mit den

Sklaven sei verabredet worden, daß sie zu den Bädern des Senia kommen sollten. Dort würde sich auch Licinius einfinden, um ihnen das Gift in einer Büchse zu übergeben. Die Sklaven aber hinterbrachten ihrer Herrin den üblen Plan, und Clodia wollte Freunde schicken, die sich dort versteckten und, wenn Licinius gekommen sei, unvermutet hervorspringen und den Mann festhalten sollten. So lautet zumindest ihre Version.

Ich warte jedenfalls schon lange mit Spannung darauf, was das für wackere Männer sein werden, die als Zeugen auftreten für das Gift, das an Ort und Stelle übergeben werden sollte. Es sind nämlich bis jetzt noch keine Namen genannt worden. Ich zweifle freilich nicht, daß es sich um höchst würdige Personen handelt, einmal, weil sie das Vertrauen dieser Dame genießen, und dann, weil sie die überaus ehrenwerte Aufgabe übernommen haben, am hellichten Tag in den Bädern herumzulungern.«

Ich spürte, wie es mir kalt den Nacken hinunterlief. Cicero sprach unter anderem von mir. Auch ohne daß er meinen Namen erwähnte, fühlte ich mich von seiner beißenden Verachtung verletzt und bloßgestellt. Wie erst mußte sich Clodia fühlen?

»Doch was soll ich lange reden über die Ehrbarkeit dieser Zeugen«, fuhr Cicero fort, »ihr sollt selbst erfahren, wie tüchtig und umsichtig sie sind! Wir hören: ›Sie hielten sich im Bade versteckt und beobachteten alles.‹ Hervorragend, diese Zeugen. Der Typus beobachtet gern. ›Dann sprangen sie blindlings los.‹ Welche Kaltblütigkeit dieser Leute! So lautet ja eure Erfindung: Licinius hielt die Büchse in der Hand, wollte sie übergeben, hatte es aber noch nicht getan, als diese vortrefflichen, jedoch ungenannten Zeugen jählings hervorstürzten. Licinius aber zog seine Hand wieder zurück und suchte sein Heil in der Flucht!«

Cicero schüttelte den Kopf und verzog angewidert das Gesicht. »Wie groß ist doch die Kraft der Wahrheit: Gegen die Schlauheit und Verschlagenheit der Menschen, gegen ihre

Ränke und hinterhältigen Lügengespinste verteidigt sie sich mühelos durch sich selbst! So geht es auch in dieser ganzen Schmierenkomödie – in Szene gesetzt von einer gerissenen Fabulierkünstlerin, die einen reichen Stoff solcher Fabeleien auf Lager hat: Da fehlt ein roter Faden, da läßt sich kein richtiger Schluß finden! Wie konnte Licinius dem Zugriff jener Augenzeugen entschlüpfen, wo sie doch versteckt bereitstanden und er keinerlei Argwohn hegte? Wieso wollten sie ihn überhaupt bei der Übergabe des Giftes ergreifen? Gesetzt den Fall, er hätte das Gift schon übergeben, hätte Licinius doch lauthals um Hilfe rufend seine Unschuld beteuert und rundweg abgeleugnet, die bewußte Büchse je gesehen zu haben. Warum haben sie ihn nicht in dem Moment gepackt, als er die Bäder betrat, und ihn im Beisein aller Gäste zu einem Geständnis gezwungen? Statt dessen gelang Licinius die Flucht, während die Truppe der Dame, übereinander stolpernd, seine Verfolgung aufnahm. Am Ende gibt es keine Pyxis, kein Gift, keinen einzigen schlagenden Beweis in der Sache. Hier also haben wir den Ausgang einer Posse, nicht einmal einer Komödie. Denn wenn sich in einer Posse kein schlüssiges Ende findet, entschlüpft einer den Händen der Feinde, dann wird das Zeichen gegeben, und der Vorhang fällt.

Diese Zeugen, die Besetzung dieses kleinen Mimenspiels, erwarte ich nun allerdings ganz ohne Besorgnis, ja, ich erhoffe mir im Gegenteil einiges Vergnügen von ihnen, und dieser Prozeß kann zur Entspannung ein wenig Komödie gebrauchen. Ich bin richtig gespannt darauf, sie zu sehen, zum einen die sauberen Jüngelchen, die trauten Freunde der reichen, feinen Dame, die tapferen Helden, die auf Befehl ihrer Kommandeuse in den Bädern des Senia versteckt Posten bezogen. War es eine Badewanne oder ein Trojanisches Pferd, das so vielen unbesiegbaren Helden im Krieg für eine Frau Schutz und Schirm bot? Ich kenne den Typus: Mögen sie bei ihren Gelagen noch so witzig und schlagfertig und beim Wein mitunter noch so beredt sein, auf harten Gerichtsbänken Platz zu nehmen ist etwas anderes als auf dem Speisesofa. Das Licht der Sonne schließlich ist etwas ganz anderes als Kerzenschein. Wenn sie sich nicht einmal in den Bädern zurechtfinden, wie sollen sie da den Zeugenstand finden? Ich möchte diese sogenannten Zeugen warnen: Wir werden ihnen alle ihre Frivolitäten und Albernheiten austreiben, wenn sie hier auftreten. Deshalb: Tummelt euch auf einem anderen Feld, sucht euch anderswo beliebt zu machen, entfaltet meinetwegen euren Charme bei eurer Dame, liegt ihr zu Füßen, dient ihr sklavisch – aber haltet euch fern vom Leib eines Unschuldigen!

Und was ist mit dem Sklaven, dem das Gift übergeben werden und der ebenfalls als Zeuge auftreten sollte?« Ich ließ meinen Blick über die Gesichter auf der Bank des Anklägers wandern – zur Zeit überwiegend niedergeschlagene Mienen – und entdeckte Clodias Sklaven Barnabas, der aussah, als hätte er gerade etwas Unangenehmes verschluckt. »Wie ich höre, ist er soeben von seiner Herrin freigelassen und durch ihre Hand zum Bürger gemacht worden – oder genauer, durch die ihres Bruders, da eine Frau ihre Sklaven formaljuristisch nicht freilassen kann. Aber ich möchte gern wissen, worauf diese Freilassung hinausläuft. War es die Belohnung für Loyalität und Dienste, die über das normale Maß an Pflichten hinausgingen? Oder liegt dem eine ungleich praktischere Erwägung zugrunde? Denn als Bürger kann man den Burschen nicht mehr der üblichen Praxis unterziehen, unter der ein Sklave eine Aussage macht. Und die Folter bringt die Wahrheit ans Licht, selbst der beste Schmierenkomödiant kann sich in noch so vielen Proben nicht darauf vorbereiten, angesichts eines glühenden Eisens Unwahrheiten vorzutragen.

Da wundern wir uns noch, wenn die Pyxis, diese Fabelbüchse, der Ausgangspunkt für eine recht unanständige Geschichte war. Es gibt ja nichts, was man sich bei einer Frauensperson dieser Art nicht vorstellen könnte. Die Sache geht jedenfalls von Mund zu Mund, und sie wäre niemals so zum

Gesprächsstoff geworden, wenn nicht all solche Frivolitäten nur zu gut auf jene Dame paßten. Ihr habt längst verstanden, ihr Richter, was ich sagen oder besser nicht sagen will. Nun, wenn das Ganze wirklich ins Werk gesetzt wurde, dann sicherlich nicht von Caelius, sondern es wurde von irgendeinem jungen Mann, der zwar Witz hat, aber keinen Anstand, in fehlgeleiteter Neigung gleichsam aus dem Ärmel geschüttelt.«

Wieder glaubte ich aus den Augenwinkeln zu sehen, daß Catull die Lippen bewegte. Als ich mich umdrehte, wandte er sich mit finsterem Blick ab und verlor sich in der Menge.

Clodias Gesicht war eine Studie des Elends. Cicero ließ sich von Tiro erneut ein Glas Wasser reichen und wartete, bis das Gelächter sich gelegt hatte. »Richter, ich habe meinen Fall nun dargelegt. Nun ist es an euch, über das Schicksal eines unschuldigen jungen Mannes zu entscheiden.«

Danach kam Cicero zu seiner Zusammenfassung: Er rekapitulierte kurz Caelius' Karriere, zählte seine Tugenden auf, appellierte an die Richter, ob dessen verzweifelten Vaters Gnade zu üben und tat die Vorwürfe gegen Caelius ein letztes Mal als lächerlich ab. Ich hörte die Worte kaum. Ich konnte den Blick nicht von Clodia wenden. Ich sah eine Frau, die vollkommen fassungslos war, blaß, geschlagen, verwirrt und voller Zorn. Sie sah aus, als wäre sie erneut vergiftet worden: Aus Medea war Medusa geworden, zumindest ihren unruhig um sich blickenden Freunden nach zu urteilen, die um sie herumwuselten und nervös bald hierhin, bald dorthin sahen, das Gesicht von Clodia abgewandt, als ob ein Blick aus ihren gehetzten Augen genügen würde, einen Mann zu Stein erstarren zu lassen.

XXVI

Nach Ciceros Rede folgte eine Verhandlungspause, in deren Anschluß der Vorsitzende Richter erklärte, daß man nun mit den Zeugenaussagen beginnen wolle. In Anbetracht der Vielzahl der Zeugen ging man allgemein davon aus, daß der Prozeß sich noch mindestens einen weiteren Tag hinziehen würde. Doch als das Gericht wieder zusammentrat, mußten die Ankläger beschämt bekanntgeben, daß die meisten, ja praktisch alle vorgesehenen Zeugen nicht erschienen waren. Das Gefolge junger Männer, das die Bänke um Clodia gefüllt hatte, war verschwunden, ebenso wie Clodia selbst.

Caelius' Anhänger konnten ihren Triumph kaum verhehlen. Selbst Caelius' in Lumpen gekleideter Vater sah zufrieden aus.

Eine Handvoll Zeugen wagte es dennoch zu erscheinen – einige der empörten Ehemänner, deren Frauen von Caelius beleidigt worden waren, Senator Fufius und sogar ein paar der »tapferen Helden« aus den Bädern des Senia. Die Ankläger, die augenscheinlich der Mut verlassen hatte, befragten sie nur oberflächlich. Cicero nahm sie mit müheloser Gewandtheit ins Kreuzverhör, hielt sich jedoch mit seinem Witz zurück, um ihn nicht an derart unbedeutende Gegner zu verschwenden. Die Menge begann sich aufzulösen. Mit Ciceros Rede hatte das Drama seinen Höhepunkt erreicht, und nur die eingefleischtesten Anhänger von Gerichtsprozessen harrten aus, um das Urteil abzuwarten.

Die Richter gaben ihre Stimme ab und verkündeten das Urteil. Marcus Caelius wurde für nicht schuldig befunden.

Ich spürte, wie eine große Last von mir abfiel. Was, wenn sie ihn in allen Anklagepunkten einschließlich der Ermordung Dios für schuldig erklärt hätten? Wie hätte ich dann stumm bleiben können? Doch das war nicht geschehen und die Krise damit abgewendet. Was aber war mit dem Giftanschlag auf Clodia? Cicero hatte argumentiert, er wäre von Clodia selbst inszeniert worden, ein weiteres Glied in der Kette ihrer Verschwörung, sich an Caelius zu rächen, und die Richter hatten sich seiner Meinung angeschlossen. Aber was, wenn Caelius *wirklich* versucht hatte, sie zu vergiften? Mußte ich nicht meine Stimme erheben?

Doch das Urteil war gesprochen, und niemand konnte es

rückgängig machen. Ich sagte mir, daß es mir von Anfang an nur darum gegangen war, die Wahrheit über Dios Tod zu ergründen. Was Caelius und Clodia und die Wahrheit über ihre Intrigen anging, war ich gewiß keinem von beiden etwas schuldig.

Nach der Urteilsverkündung brachen Caelius' Anhänger in Jubel aus und scharten sich um ihn. Die Ankläger und ihre Assistenten stahlen sich mit deprimierter Miene davon. Einige Richter gratulierten Caelius zu seinem Freispruch und Crassus und Cicero zu ihren Reden. Die Zuschauer zerstreuten sich in der Stadt, um zu sehen, welche Feierlichkeiten zu Ehren der Großen Mutter noch andauerten. Sklaven klappten die Stühle zusammen und trugen sie fort.

»Wohin gehen wir jetzt?« fragte Eco.

»Ich glaube, ich möchte eine Weile allein sein«, sagte ich. »Nimm Belbo mit. Ich brauche keinen Leibwächter. Der Prozeß ist vorbei, ich bin für niemanden mehr eine Gefahr.«

»Trotzdem, Papa, es ist ein Feiertag. Die Leute werden dann manchmal unangenehm –«

»Bitte, Eco, nimm Belbo mit. Oder besser noch, schicke ihn heim zu Bethesda. Ich würde mich besser fühlen, wenn ich weiß, daß er dort ist, solange ich nicht daheim bin.«

»Wo gehst du hin?«

»Ich weiß nicht genau.«

»Warum gehst du nicht auch nach Hause?«

Ich schüttelte den Kopf. »Noch nicht.«

»Papa, was ist eigentlich los?« Er senkte seine Stimme. »Wenn Dio in deinem Haus vergiftet wurde, wer hat es getan? Und warum? Du weißt es, nicht wahr?«

Ich schüttelte den Kopf. »Wir reden später darüber.«

»Aber, Papa –«

»Ich werde bei dir übernachten, wenn du nichts dagegen hast. Die Sklaven sollen ein Schlafsofa zurechtmachen.«

»Natürlich, Papa. Bist du sicher, daß ich nicht mit dir kommen soll? Wir könnten reden.«

»Reden ist nicht das, was ich im Augenblick brauche. Ich muß nachdenken, und ich denke klarer, wenn ich allein bin.«

Letzteres erwies sich als Irrtum. Ich wanderte wie benommen durch die Stadt, ohne zu beachten, was um mich herum vor sich ging, während meine Gedanken sich im Kreis drehten.

Warum hatte Bethesda mich getäuscht? Hätte sie mir je die Wahrheit gesagt, wenn es allein an ihr gewesen wäre? Natürlich wußte ich, warum sie geschwiegen hatte. Wie erklärt eine Frau ihrem Mann, daß sie seinen verehrten alten Mentor unter seinem Dach und vor seinen Augen vergiftet hat? Aber sie hatte doch einen Grund. Glaubte sie, daß ich es nicht verstehen würde? Warum hatte sie mir nie vom Tod ihrer Mutter und den schrecklichen Dingen erzählt, die ihr widerfahren waren, bevor ich sie gefunden hatte? Vertraute sie mir selbst nach all den gemeinsamen Jahren so wenig?

Meine eigenen Gefühle verwirrten mich kaum weniger. War ich wütend oder verletzt? Wollte ich Bethesda bestrafen oder sie um Verzeihung bitten? Ich hatte das Gefühl, etwas falsch gemacht zu haben, aber ich wußte nicht, was. Man hatte mich zum Narren gehalten; Bethesda hatte die ganze Zeit über die Wahrheit gewußt und mich trotzdem bewußt im dunkeln tappen lassen. Hatte sie meine Torheit belustigt? Hatte sie meine Reaktion gefürchtet für den Fall, daß ich die Wahrheit entdeckte? Oder hatte sie einfach geglaubt, daß sie damit durchkommen würde, es mir zu verschweigen, in der Annahme, dies sei für alle das einfachste? Sie wußte, daß mir die Wahrheit kostbar war, und sie hatte sie mir trotzdem vorenthalten. Deswegen war ich wütend auf sie. Unter meinem Dach und vor meinen Augen hatte sie einen Mann getötet, den sie haßte. Ich verstand ihr Motiv, doch das Ausmaß der Tat entsetzte und erschütterte mich nach wie vor. Vielleicht hatte sie doch recht gehabt, mir die Wahrheit zu verschweigen.

Ich begegnete feiernden Leuten und Händlern, hörte das Toben der riesigen Menge im Circus Maximus, kam an einem

Platz vorbei, wo für den nächsten Tag eine Bühne aufgebaut wurde, hörte Tamburine, blickte auf und sah die Gruppe Galloi auf einem Häuserdach tanzen. Hin und wieder schnappte ich Gesprächsfetzen auf, die sich auf den Prozeß bezogen haben müssen: *Der junge Mann ist also glatt davongekommen... der gerissene Cicero... hatte ja keine Ahnung, daß diese Frau so zügellos... die Clodier werden es sich zweimal überlegen, bevor sie so was noch mal versuchen... alle haben gelacht – du hättest das Gesicht der Hexe sehen sollen... wen kümmern schon die Ägypter?... in anderen Ländern werden solche Frauen gesteinigt... ›Oh, sagte ich Mann? Ich wollte sagen, mit dem Bruder, hier verspreche ich mich doch jedesmal!‹... ›Nicht nur eine Dirne, ja eine besonders lüsterne, verworfene alte Hure‹... nach allem, was man über sie hört, sollte wahrscheinlich wirklich jemand hingehen und das Ungeheuer vergiften...*

Ich ging weiter. Stunden verstrichen. Es wurde dunkel, die Straßen leerten sich. Ich ging immer noch weiter. Erst als ich ankam, wußte ich, wohin ich gewollt hatte.

Die phallische Lampe über dem Eingang brannte hell und versprach Wärme und Licht. Ich klopfte an die Tür der geilen Kneipenwirtschaft, und der Türsteher ließ mich hinein. In der Regel trinke ich nie mehr als andere und weniger als die meisten. Doch an jenem Abend war mir danach, mich zu betrinken, und der Sklave, der den Wein brachte, war mir gerne dabei behilflich.

Der Raum war so laut, daß ich wieder nur Gesprächsfetzen mitbekam, die sich ebenfalls vor allem um den Prozeß drehten. Ciceros Witze wurden wiederholt und obszön ausgeschmückt. Die Geschichte der Pyxis und ihres Inhalts wurde in zahlreichen Variationen erzählt, und es gab Streit, welche Version nun die richtige war. Der Wein inspirierte die Gäste zu kruden Erkenntnisschüben: »Vielleicht hat Caelius die Nutte früher gefickt, aber heute war es Cicero!« Man war sich einig, daß Caelius nur um Haaresbreite davongekommen, Clodia für immer ruiniert und das Ganze zum Besten ausgegangen war. Ich saß, trank und unternahm keine besonderen

Anstrengungen, zuzuhören oder nicht zuzuhören. Ich ließ die Worte der Fremden nach Belieben zu mir durchdringen, und als mein Becher leer war, ließ ich ihn wieder füllen.

Es muß ziemlich spät am Abend gewesen sein, als die Tür aufging und eine größere Gesellschaft hereinplatzte. Die meisten von ihnen waren jung und für eine Kaschemme wie diese zu modisch frisiert und zu schick gekleidet. Sie kamen offensichtlich aus einem anderen, respektableren Lokal. Begrüßungen wurden gerufen, bevor sich ein allgemeines Gejohle erhob, als die Gäste Marcus Caelius erkannten. Er nahm die Beifallsbekundungen lächelnd und winkend entgegen, verbeugte sich beschwipst, drehte sich um und stolperte. Seine Freunde Licinius und Asicius packten ihn an den Armen und zogen ihn wieder hoch. Ich war überrascht, wenn auch nur mäßig, Catull in der Gruppe zu entdecken. Er sah sogar noch betrunkener aus als Caelius.

Caelius und seine Freunde besetzten eine Ecke des Raumes. Er bestellte eine Lokalrunde vom besten Wein, den die Taverne ausschenkte, was ihm den neuerlichen Jubel der Gäste eintrug. Die schläfrige Mitternachtsstimmung war wie weggeblasen, der Raum mit einem Mal wieder von lärmender Feiertagsstimmung erfüllt. Ich starrte trübe in die Reste meines Weins und fragte mich, ob ich es wagen sollte, meinen Becher noch einmal füllen zu lassen. Langsam wurde mir übel. Als der Sklave kam, bedeckte ich meinen Becher mit der Hand und schüttelte den Kopf.

»Was ist los?« rief eine Stimme. »Gordianus will den Wein nicht trinken, den ich ihm spendiere? Ich wette, er ist besser als der Fusel, den du bisher getrunken hast.«

Ich drehte mich um und sah, daß Caelius mich von der anderen Seite des Raumes beobachtete, die Lippen zu einem spöttischen Schmollmund verzogen.

»Nichts für ungut«, murmelte ich.

»Was? Ich kann dich nicht hören!« Caelius legte eine Hand an sein Ohr und grinste. »Du mußt schon näher kommen.«

Ich schüttelte den Kopf.

Caelius schnippte mit den Fingern, und kurz darauf standen links und rechts von mir zwei kräftige Kerle, die mich bei den Ellenbogen packten und mich quer durch das Lokal trugen. Sie setzten mich auf einer Bank gegenüber von Caelius ab, der lachend in die Hände klatschte wie ein Kind, das ein Zauberkunststück sieht.

»Du bist ja schrecklich gut gelaunt heute«, sagte ich.

»Warum auch nicht? Wenn die Sache heute schlecht gelaufen wäre, säße ich jetzt schon in einem Boot Richtung Massilia.« Er verzog das Gesicht. »Statt dessen sitze ich hier im Herzen der wunderbarsten Stadt der Welt, umgeben von meinen Freunden.« Auf einer Seite neben ihm saßen Asicius und Licinius, auf der anderen Catull. Der Rest seiner Gesellschaft hatte sich um einen Nebentisch geschart, um zu würfeln. »Ich bin frei!«

»Frei? Ich dachte, Cicero hätte dich wieder unter seiner Fuchtel. Du schuldest ihm jetzt einen ziemlich großen Gefallen. Weiß er, daß du heute nacht durch die Kneipen ziehst und ihn Lügen strafst?«

»Cicero?« Caelius machte ein obszönes Geräusch mit den Lippen. »Keine Sorge, den habe ich im Griff. Und das schon seit Jahren.«

»Der Schüler hat den Lehrer im Griff?«

»So in etwa.«

»Du bist ein verwöhntes Kind, Caelius.«

»Und die Leute lieben mich dafür! Außer dir vielleicht. Warum trinkst du den Wein nicht, den ich dir anbiete?«

»Ich hatte für heute abend genug. Du siehst aus, als hättest du selbst schon einiges erwischt. Du auch, Catull.«

Catull sah mich mit verschleierten Augen an und blinzelte mehrmals. Er schien einen Grad der Intoxikation erreicht zu haben, in dem er weder aufgekratzt noch sentimental, sondern einfach nur noch dumpf war.

»Du meinst also, wir hätten zuviel getrunken?« sagte Caelius. »Wir haben gerade erst angefangen! Kellner! Bring noch einmal von dem besten Wein für alle!«

»Bist du sicher, daß du dir derlei Extravaganzen leisten kannst?« fragte ich.

Caelius lächelte. »Alle meine Schulden sind bezahlt.«

»Ich dachte, du hättest keine Schulden.«

»Hast du heute vor Gericht nicht aufmerksam zugehört, als Cicero geredet hat? Ich führe nicht einmal Rechnungsbücher, Gordianus! Alle meine Finanzen laufen auf den Namen meines Vaters.«

»Das heißt, theoretisch hast du gar keine Schulden.«

»So funktioniert das heutzutage. Aber wie gesagt, alle meine Schulden sind bezahlt.«

»Sogar die bei Pompeius?«

Er zögerte nur einen Moment lang. »Sogar die.«

»Aber nicht mit Münzen?«

»Nein. Durch geleistete Dienste.«

Asicius und Licinius erstarrten. »Caelius!« sagte Asicius.

Caelius lachte. »Keine Sorge, der Prozeß ist gelaufen. Dein Prozeß, Asicius, und meiner, und wir sind beide so unschuldig, wie man nur sein kann.«

»Du solltest lernen, den Mund zu halten!« fauchte Licinius.

»Worüber soll er den Mund halten?« fragte ich.

»Oh, meine Freunde glauben, ich rede zuviel. Aber von wo droht jetzt noch Gefahr? Ich bin frei!«

»Dann könntest du für mich vielleicht einige Fragen klären, um die Ereignisse aufzuhellen«, sagte ich.

Licinius und Asicius rutschten nervös herum, doch Caelius lächelte mich blasiert an. »Warum nicht?« Der neben ihm sitzende Catull starrte in die Ferne und bewegte die Lippen, vielleicht arbeitete er an einem neuen Gedicht.

»Erinnerst du dich noch an das letzte Mal, als wir uns hier in der Taverne begegnet sind? Du hast beim Schatten deiner Vorfahren geschworen, du hättest Dio nicht ermordet.«

»Ja, ich erinnere mich. Es ist die Wahrheit.«

»Und du hast geschworen, daß es Asicius ebenfalls nicht gewesen ist.«

»Das stimmt.«

»Doch als ich dich gefragt habe, wo du am Abend von Dios Tod warst, hast du dich geweigert, es mir zu sagen.«

»Wie hätte ich dir das bei dem noch schwebenden Verfahren gegen mich sagen können –«

»Caelius, halt's Maul!« fauchte Asicius.

»Ich glaube dir«, sagte ich, »wenn du schwörst, daß du Dio nicht ermordet hast. Ich glaube, er ist an einer Vergiftung gestorben. Trotzdem ist an jenem Abend irgend jemand in Coponius' Haus eingedrungen, und Dio wurde mit Stichwunden in der Brust aufgefunden. Kannst du mir das erklären, Caelius?«

»Das ist in der Tat ein interessanter Punkt, den du da zur Sprache bringst«, sagte Caelius und zog eine Braue hoch, »und um ehrlich zu sein –«

»Caelius, halt die Klappe, du Schwachkopf!«

»Entspann dich, Asicius. Der Prozeß ist vorbei, und Gordianus kann man die Wahrheit ruhig anvertrauen. Oder nicht, Gordianus? Schwöre beim Schatten deines Vaters, daß du das Geheimnis wahren wirst, das ich dir jetzt anvertrauen werde.«

Ich zögerte nur einen kurzen Moment. »Ich schwöre es.«

»Caelius, du bist ein Idiot!« Asicius stampfte mit dem Fuß auf und verließ wütend den Raum. Licinius blieb zurück und sah sich ängstlich nach Lauschern um. Catull starrte mit leerem Blick in seinen Becher.

»Asicius! Was für ein Arsch! Er war schon immer unfähig, ein interessantes Gespräch zu führen.« Caelius lächelte. »Wo waren wir stehengeblieben?«

»In der Nacht, als Dio starb –«

»Ach ja. Nun, das war wirklich seltsam, weißt du. Ich *sollte* Dio wirklich töten. Es war genauso, wie du es dir wahrscheinlich gedacht hast. König Ptolemaios wollte Dio loswerden, genau wie Pompeius. Ich schuldete Pompeius einen Haufen Gold, den ich unmöglich zurückzahlen konnte. Also war es an mir, den alten Dio zu erledigen.«

»Genau, wie du die Angriffe auf die alexandrinischen Gesandten organisiert hast, nachdem jene in Neapolis gelandet waren.«

Caelius nickte. »Und die weiteren Attacken in Puteoli und auf dem Weg nach Rom. Es war fast zu einfach, den Ägyptern Angst einzujagen. Sie sind in etwa so mutig wie Tauben. Aber Tauben flattern eben auseinander, wenn man sie angreift, und es waren so verdammt viele!«

»Und die letzte, die übrigblieb, war Dio.«

»Genau. Und diese spezielle Taube hat uns ein schönes Durcheinander beschert.«

Licinius verdrehte die Augen. »Caelius, du bist verrückt, ihm das zu erzählen.«

»Halt's Maul, Licinius. Hat mich mein Urteilsvermögen jemals verlassen? Gordianus ist wie ein Hund, der einen Knochen riecht. Er läßt eine Sache so lange nicht ruhen, bis er die Wahrheit herausgefunden hat. Jetzt, wo er uns nichts mehr anhaben kann, ist es besser, sie ihm einfach zu erzählen, damit er sich einen anderen Knochen suchen kann. Er hat sich zu absoluter Verschwiegenheit verpflichtet! Also, wo war ich?«

»Alle Ägypter waren weg außer Dio.«

»Ach ja. Nun, natürlich habe ich versucht, die Küchensklaven in Lucceius' Haus zu bestechen, ihn zu vergiften. Ich hatte diesen Schwachkopf von Lucceius einmal bei einem Gastmahl getroffen und wußte, daß ich unter seinem Dach so ziemlich alles machen konnte, ohne erwischt zu werden. Aber die Sklaven haben es vermasselt und statt dessen Dios Vorkoster ermordet, und husch, war Dio in Coponius' Haus umgezogen. Ein Segen, daß Lucceius der Typ ist, der nirgendwo Böses vermutet, sonst hätte er seine Sklaven zwingen können, gegen mich auszusagen, und damit alles verdorben.

Also zu Titus Coponius' Haus. Titus ist kein Dummkopf, und seine Sklaven sind so loyal, wie es Sklaven nur sein können. Außerdem war Dio ängstlicher denn je, und Pompeius fing wirklich an, mich zu bedrängen. Nun, was blieb mir anderes, als die Messer zu wetzen und einen mitternächtlichen

Überfall zu unternehmen. Dafür brauchte ich Hilfe, also bat ich Asicius. Eigentlich hat er die Überfälle im Süden für mich organisiert. Er ist schon seit Jahren ein Agent von König Ptolemaios. Kennt sich sehr viel besser mit Blut, Dolchen und dergleichen aus als ich.«

»Den Göttern sei Dank, daß er dich jetzt nicht hören kann!« stöhnte Licinius und bedeckte sein Gesicht. Catull stocherte mit dem Finger emsig in seinem Weinbecher herum.

Ich nickte. »Dann bist du mit Asicius –«

»O ja, wir sind an jenem Abend mit der festen Absicht losgezogen, den alten Dio zu töten. Tut mir leid. Ich weiß, er war dein alter Lehrer und all das. Aber ägyptische Politik ist eine schmutzige Sache.«

»Du hattest keinen Verbündeten in Coponius' Haus?«

»Keinen einzigen. Zu gefährlich. Seine Sklaven sind, wie gesagt, loyal.«

»Aber du wußtest, in welchem Zimmer Dio untergebracht war.«

Caelius zuckte mit den Achseln. »Das war nicht schwer. Ich habe selbst schon als Gast in dem Haus übernachtet.«

»Also seid ihr beide über die Mauer geklettert, habt das Fenster aufgebrochen und seid in Dios Zimmer eingedrungen –«

»Wo Dio tot wie König Numa auf seinem Sofa lag. Den Anblick werde ich nie vergessen – den Mund weit aufgerissen, die Augen starr. O ja, er war mausetot.«

»Und was dann?«

»Was sollten wir machen? Pompeius hatte uns geschickt, um Dio zu töten, und er wußte, daß wir Dolche benutzen wollten. Ich wollte nicht, daß Pompeius denkt, Dio wäre eines natürlichen Todes gestorben oder ein anderer hätte ihn getötet. Ich wollte, daß meine Schuld getilgt wird! Also habe ich auf ihn eingestochen, oft genug, um ihn zu töten, wenn er noch gelebt hätte –«

»Mehr als genug, nach allem, was ich gehört habe.«

Caelius zuckte die Schultern. »Dann haben wir ein bißchen Unordnung geschaffen, als ob es einen Kampf gegeben hätte, bevor wir uns so schnell wie möglich aus dem Staub machten. Am nächsten Tag hieß es überall, Dio wäre in seinem Bett erstochen worden. Pompeius war zufrieden, meine Schulden wurden erlassen, und ich dachte mir, daß dies das Ende der Geschichte wäre. Aber Asicius hat aus seiner Verbindung zu König Ptolemaios nie ein Geheimnis gemacht. Seine Feinde beschlossen, ihn des Mordes an Dio anzuklagen. Ptolemaios engagierte Cicero für die Verteidigung, und der hat Asicius rausgehauen. Die Anklage hatte im Grunde nie genügend Beweise gegen ihn.«

»Genausowenig wie gegen dich, so scheint es.«

»Vor allem nicht mit Cicero an meiner Seite.« Caelius grinste.

»Ja, das erklärt alles«, sagte ich. »Erstochen, nachdem er schon tot war. In Coponius' Haus sind die Unstimmigkeiten keinem aufgefallen – die Tatsache, daß für so viele Wunden viel zu wenig Blut geflossen war und daß die Einstiche nicht weit auseinander, sondern dicht beieinander lagen. Kein Kampf. Und das Sklavenmädchen hatte zu viel Angst zu erzählen, was sie wußte …«

»Was murmelst du da, Gordianus?« fragte Caelius.

»Habe ich vor mich hin gemurmelt? Eine unangenehme Angewohnheit. Ja, was Dios Tod angeht, hast du mich beruhigt. Der alte Hund kann aufhören, nach diesem Knochen zu suchen. Aber ich habe noch einen anderen Knochen, der noch irgendwo versteckt liegt.«

»Tatsächlich? Kellner, mehr Wein!«

»Die Gewalttaten gegen Dio und die alexandrinischen Gesandten waren nicht die einzigen Vergehen, die man dir vorgeworfen hat.«

»Nein – zum Glück nicht!«

»Was soll das heißen?«

»Nun, Clodia kam im letzten Augenblick mit ihrer Anklage wegen versuchter Vergiftung daher. Crassus meinte, wir sollten die Verhandlung dieses Punktes wegen Nichteinhaltung der üblichen Fristen ablehnen, weil wir nicht genug Zeit zur Vorbereitung der Verteidigung hatten. Cicero erklärte ihn für verrückt, die Anklage sei vielmehr ein Geschenk der Götter. ›Verstehst du nicht? Sie haben uns genau den Vorwand geliefert, den wir brauchten. Jetzt haben wir allen Grund, Clodia in den Fall hineinzuziehen, und das bedeutet das Ende der Anklage.‹ Und er hatte natürlich recht. Wenn Clodia nicht auf der Bildfläche erschienen wäre, hätte ich mich in einer sehr viel schlimmeren Situation befunden. Aber nachdem Clodia höchstpersönlich auftauchte und ihre eigene Anklage gegen mich einbrachte, konnte Cicero den Prozeß auf den Kopf stellen. Es ging jetzt nicht mehr darum, ob Caelius die Ägypter ermordet hatte, sondern nur noch um die Frage: ›Hat diese böse Frau sich die Vorwürfe gegen den armen Jungen aus den Fingern gesogen?‹ Und es hat phantastisch funktioniert! Die Anklage war vollkommen diskreditiert. Der Vorwurf der versuchten Vergiftung Clodias hat alle anderen Anklagepunkte *geschwächt.*«

»Ja, Caelius«, sagte ich leise, »aber was ist mit dem Tatvorwurf an sich?«

Catull blickte von seinem Weinbecher auf und zeigte ein schwaches Lebenszeichen. Caelius grinste höhnisch. »Gordianus, ein römisches Gericht hat die Anklagen gegen mich als falsch verworfen und mich für unschuldig erklärt. Was mußt du sonst noch wissen?«

»Die Wahrheit«, sagte ich und packte dabei so heftig seinen Arm, daß er überrascht seinen Becher fallen ließ und sich Wein über den Boden ergoß. Caelius' Leibwächter sprangen auf. Er machte ihnen mit dem Kopf ein Zeichen einzuhalten und erwiderte zwischen zusammengebissenen Zähnen: »Du tust mir weh, Gordianus. Laß los, oder ich sage ihnen, sie sollen dir die Hand abhacken.«

»Die Wahrheit, Caelius. Außer mir wird sie niemand erfahren. Ich schwöre es beim Schatten meines Vaters.«

»Die Wahrheit? Unser Freund Licinius hier wäre in den Bädern des Senia beinahe mit einer Pyxis voller Gift erwischt worden. Er konnte sie bei seiner Flucht gerade noch in eine der Wannen entleeren – welche Verschwendung! Auch wenn ich für die Pyxis später noch eine gute Verwendung gefunden habe.«

»Caelius, halt die Klappe!« Licinius ballte die Fäuste.

»Und der zweite Versuch?« sagte ich. Catull starrte Caelius an.

»Die Wahrheit?«

»Sag es mir!«

Er riß seinen Arm los und rieb sein Handgelenk. »Der zweite Versuch wäre fast geglückt. Jetzt bin ich froh, daß er gescheitert ist. Cicero hatte recht. Tot hätte Clodia mir wirklich gefährlich werden können, ein Objekt allgemeinen Mitleids. Lebendig war sie das Objekt der Verachtung, wider ihren Willen ein Trumpf für mich. Clodia ist mit einer Magenverstimmung davongekommen, und mit mir hatten die Richter Mitleid.«

»Das Gift, das du beim zweiten Versuch benutzt hast –«

»– war ein anderes als beim ersten Mal. Ich wollte etwas schnell Wirkendes; ich wollte nicht, daß sie leidet. Aber Licinius mußte das Zeug wegwerfen, also habe ich am Ende etwas benutzt, das sich – wie hieß das Zeug noch, Licinius?«

»›Haar der Gorgonen‹.«

»Ja, genau, das ist es. Es hätte ein bißchen länger gedauert, habe ich mir sagen lassen, wäre aber genauso effektiv gewesen. Es tut mir leid, daß sie Chrysis erwischt hat. Das arme Ding. Sie ist so zart, und jetzt wird Clodia ihre ganze Wut an ihr auslassen.«

»Caelius, du hast mir erzählt –«, fiel Catull lallend ein.

»Ich habe dir erzählt, was du hören wolltest, Catull, und du willst doch nie die Wahrheit hören, oder? Ich habe also versucht sie zu vergiften, na und? Was kümmert es dich? Dich verachtet sie sogar noch mehr als mich.«

»Caelius, du verlogenes Schwein!« schrie Catull und stürzte sich auf ihn.

Caelius wich zurück und hob den Arm, ein Zeichen für seine Leibwächter einzuschreiten. Das Ganze ging so schnell, daß ich den Weg von der Bank auf die Straße nur als einen verschwommenen Moment des Schwebens wahrnahm, gefolgt von einer harten Landung auf meinem Hintern. Als mein Kopf aufgehört hatte, sich zu drehen, sah ich, daß Catull neben mir auf dem Pflaster hockte. Nach einer Weile sank er auf alle viere, krabbelte in die Gosse und übergab sich heftig.

Kurz darauf kam er zu mir zurückgekrochen. »Das solltest du auch mal versuchen«, sagte er, sich das Kinn abwischend. »Danach fühlst du dich besser.«

»Ich will mich nicht besser fühlen.«

»Selbstmitleidiger Jammerlappen. Du klingst ja schon wie ich. Welchen Grund hast du, traurig zu sein?«

»Frauenprobleme.«

»In deinem Alter?«

»Wenn du lange genug lebst, du Kindskopf, wirst du es schon merken. Es hört nie auf.«

»Aber wie ertragen die Männer das nur?« Die kurze Ernüchterung nach dem Erbrechen wich wieder seinem üblichen Jammern. »Dann hat Caelius also wirklich versucht sie zu vergiften?«

»Nicht nur einmal, sondern zweimal. Hat er dir etwas anderes erzählt?«

»Er hat mir offen ins Gesicht gelogen.«

»Stell sich das einer vor! Was hattest du heute abend überhaupt in seiner Gesellschaft zu suchen?«

Catull wirkte noch elender als zuvor.

»Nein, erzähl's mir nicht«, sagte ich. »Laß mich raten. Du hast mitgefeiert, weil du ihm geholfen hast, seine Rede zu schreiben. So wie du auch Cicero bei seiner Rede geholfen hast.«

»Woher weißt du das?«

»Ich erkannte es an dem Ausdruck auf deinem Gesicht heute beim Prozeß. Du konntest das Vergnügen daran, deine eigenen Wendungen laut zu hören, einfach nicht verhehlen. Diese Sache mit der ›Clytemnestra‹ und der ›Medea vom Palatin‹ – das mußte einfach von dir sein. Genauso wie die Anspielung auf die Liebestrophäen in ihrer geheimen Schatztruhe unter der Venus-Statue. Du hast mir erzählt, daß außer dir kein Mensch davon wußte und daß auch du nur durch Zufall darauf gestoßen bist. Ich habe ihr Gesicht gesehen, als Cicero es erwähnte. Genau wie du. Das war der Augenblick, in dem sie gebrochen wurde. Er hat sie nackt ausgezogen, und du hast ihm dabei geholfen. Du kanntest die Witze, die sie am meisten verletzen würden, die fiesesten Wortspiele und die gemeinsten Metaphern. Bist du der Dichter der Liebe oder der Dichter des Hasses?«

»Ich hasse und liebe. Warum ich das tue, fragst du vielleicht. Ich weiß es nicht; aber ich fühle, daß es mir widerfährt, und leide Qualen.«

»Hör auf, dich selbst zu zitieren! Warum hast du es getan?«

»Weißt du das nicht?«

»Ich dachte, du liebst Clodia. Und ich dachte, du haßt Caelius.«

»Und genau aus diesem Grund habe ich ihm geholfen, sie zu vernichten.«

»Du verblüffst mich, Catull!«

»Sie mußte vernichtet werden. Es war die einzige Möglichkeit. Jetzt kann ich sie zurückerobern.«

«Wovon redest du, Catull?«

Er packte meinen Arm. »Verstehst du nicht? Solange sie diese brennende Leidenschaft für Caelius empfand, hätte ich sie nie zurückbekommen. Sie ließ sich alles gefallen von ihm, jede Demütigung. Doch jetzt ist er zu weit gegangen. Jetzt kann sie ihn unmöglich noch lieben, nicht nach dem heutigen Prozeß. Caelius und seine Anwälte haben sie zum Gespött vom Rom gemacht! Ja, ich habe ihnen geholfen. An dem Morgen, nachdem wir ihn zufällig in der Taverne getroffen hatten, bin ich zu ihm gegangen. Ich sagte, ich hätte ein paar Ideen für seine Rede. Cicero war ganz erpicht darauf, mich dabeizuhaben. Wir drei hatten eine Menge Spaß, wir sind die Reden durchgegangen, haben hier und da einen Witz eingefügt und uns gefragt, wie weit wir gehen konnten. Dieses Wortspiel mit der Pyxis –«

»Erspar mir, das Ganze noch einmal zu hören!«

»Es ist nicht so, als ob ich stolz auf mich wäre. Aber es mußte sein. Sie mußte gestürzt werden. Nach Celers Tod, als sie anfing ihren eigenen Haushalt zu führen, war sie zu sehr von sich selbst eingenommen, sie wurde zu stolz, zu hochnäsig. Jetzt ist sie gebrochen, und nur so konnte es gehen. Wir haben alles in die Reden aufgenommen, was sie eigentlich stark machte – ihre Schönheit, ihren Stolz, ihre Lust am Vergnügen – und es gegen sie gewendet. Sogar ihre eigenen Vorfahren, mit denen sie immer prahlt! Sie wird nie wieder mit jemandem über die Monumente sprechen können, die ihre Familie hinterlassen hat, ohne daß jeder hinter ihrem Rücken kichert. Sie kann sich nicht einmal an Clodius wenden, jedenfalls nicht in der Öffentlichkeit. Deswegen wird sie sich mir zuwenden.«

Ich schüttelte den Kopf. »Catull, ich habe noch nie einen Menschen getroffen, der sich so in seine Illusionen verrannt hat wie du.«

»Meinst du? Dann komm jetzt gleich mit mir zu ihr. Du wirst schon sehen.«

»Nein danke. Clodias Haus ist so ungefähr der *letzte* Ort, an dem ich jetzt sein möchte. Nein, das stimmt nicht ganz. Der letzte Ort, an dem ich jetzt sein möchte, ist mein eigenes Zuhause. Aber es ist auch der einzige Ort, an dem ich sein möchte.«

»Wer von uns redet hier wirres Zeug?« Catull erhob sich schwankend. »Kommst du nun mit oder nicht?«

Ich schüttelte den Kopf, der auch, nachdem ich aufgestanden war, nicht aufhören wollte, sich zu drehen.

»Dann Leb wohl, Gordianus.«

»Leb wohl, Catull.« Er wandte sich noch einmal um und stierte mich an. »Und viel Glück.«

Er nickte und stolperte in die Dunkelheit. Ich wartete, bis sich mein Schwindel gelegt hatte, und versuchte dann, mich an den Weg zu Ecos Haus zu erinnern. Die Subura schien unendlich weit entfernt.

XXVII

Am nächsten Morgen erwachte ich spät. Mein Kopf fühlte sich an, als hätte man meine ganze Toga hineingestopft; ich konnte die kratzige Wolle auf der Zunge schmecken. Den Kopf in kaltes Wasser zu tauchen, half ein wenig. Genauso wie das karge Frühstück, das ich zu mir nahm. Zittrig trat ich in den Garten in der Mitte von Ecos Haus und setzte mich in die Sonne. Nach einer Weile kam Menenia unter dem Säulengang vorbei. Sie nahm meine Anwesenheit mit einem Nicken zur Kenntnis, lächelte jedoch nicht. Nach einer Weile kam Eco nach draußen geschlendert und gesellte sich zu mir.

»Du bist gestern recht spät nach Haus gekommen, Papa.«

»Wer ist hier der Sohn und wer der Vater?«

»Können wir jetzt reden?«

»Ich denke schon.«

»Über Dio und wie er gestorben ist. Du hast mir gestern nicht gesagt, was du denkst.«

Ich seufzte. »Du hattest recht, was das tödliche Gift angeht. Es wurde in meinem Haus verabreicht.«

»Aber wer hat es getan?«

Ich atmete zweimal tief durch. Es fiel mir schwer, es laut auszusprechen. »Bethesda.«

Eco sah mich fest an, offenbar weit weniger überrascht, als ich erwartet hatte. »Warum?«

Ich erzählte ihm von dem Gespräch zwischen Clodia und Bethesda, das ich belauscht hatte. »Sie muß von Dio gesprochen haben. Dio war der mächtige und angesehene Mann, dem ihre Mutter gehörte. Sie hat mir nie etwas davon erzählt.

Nie! Kein einziges Wort! Aber sie muß Dio sofort erkannt haben, als sie ihn gesehen hat.«

»Hat er sie erkannt?«

»Ich kann mich daran erinnern, daß er sie irgendwie seltsam angesehen hat. Doch als er ihr zum letzten Mal begegnet ist, war sie fast noch ein Kind, und er war ein vielbeschäftigter Mann. Nein, ich glaube nicht, daß er wußte, wer sie war. Aber sie hat ihn ganz bestimmt erkannt. Wenn ich heute daran zurückdenke, fällt mir auf, wie merkwürdig sie sich an jenem Abend benommen hat. Ich dachte, es läge an meiner bevorstehenden Reise! Ich finde es nur erschütternd, wie rasch sie den Entschluß gefaßt haben muß – ohne reifliche Überlegung und ohne jedes Zögern. Sie hat das Gift geholt, das Abendessen gekocht, eine Extraportion für den Gast zubereitet und dann direkt vor meinen Augen zugesehen, wie er sie gegessen hat!«

»Du mußt mit ihr reden, Papa.«

»Dazu bin ich noch nicht bereit. Ich weiß nicht, was ich sagen soll.«

»Sag ihr, daß du weißt, was sie getan hat. Und warte ab, was passiert.«

»Einfach abwarten, als ob es keinen Unterschied machen würde, daß meine Frau eine Mörderin ist? Daß sie die Ehre meines Hauses kompromittiert hat, indem sie einen Gast getötet hat? Sie hätte zu mir kommen sollen.«

»Bevor oder nachdem sie Dio vergiftet hat?«

»Wenn schon nicht vorher, dann auf jeden Fall danach! Siehst du, wie wütend es mich macht, nur darüber zu sprechen? Nein, ich bin noch nicht bereit, nach Hause zurückzukehren. Ich frage mich, ob ich das je sein werde.«

»Sag so was nicht, Papa. Du mußt doch ihre Motive verstehen. Sieh mal, was du mir gerade erzählt hast, hat mich nicht völlig überrascht. Auf dem Ritt von Puteoli hierher hatte ich viel Zeit zum Nachdenken, und ich habe mich gefragt, wie und von wem Dio in deinem Haus vergiftet worden sein könnte. Bethesda ist die Köchin, Alexandria war die Verbindung – ich bin zu dem Schluß gekommen, daß möglicherweise sie dafür verantwortlich war. Also hatte ich mehr Zeit, über die Sache nachzudenken als du, und zu entscheiden, daß es für mich keinen Unterschied macht. Ich war die ganze Zeit mit Zotica zusammen und habe gesehen, was dieser Unmensch ihr angetan hat. Ich kann keine Trauer darüber empfinden, daß jemand ihn ermordet hat. Und wenn es Bethesda war und sie genauso gute Gründe hatte, den Mann zu hassen wie Zotica, was gibt es dann zu verzeihen?«

»Aber es war Mord, Eco! Kaltblütig, berechnend und heimtückisch. Gilt mein Name und der meines Hauses denn nichts? Wir sind keine Mörder!« Ich stand auf und begann auf und ab zu laufen. »Reden hilft auch nicht weiter. Ich muß wieder allein sein. Ich muß nachdenken.«

»Du willst doch nicht schon wieder einen Spaziergang machen?«

»Warum nicht?«

»Du hast doch schon sämtliche Straßen Roms abgelaufen, Papa. Wohin willst du denn noch gehen?«

Unvermittelt kam mir ein Gedanke, der nichts mit dem vorherigen zu tun hatte. »Ich werde mich darum kümmern, meine Geschäfte mit Clodia ordnungsgemäß abzuschließen. Das Geld, das ich dir für die Reise nach Süden gegeben habe – davon ist doch bestimmt noch etwas übrig.«

»Eine ganze Menge sogar.«

»Es ist Clodias Geld. Damit wollte sie mich zu einer Aussage zu ihren Gunsten bewegen, oder vielleicht war es auch tatsächlich dafür gedacht, Lucceius' Sklaven zu erwerben. Wer weiß, was sie wirklich vorhatte? So oder so hat sie jedenfalls nicht bekommen, wofür sie bezahlt hat, und niemand soll sagen, ich wäre wie Caelius und hätte Geld von Clodia genommen, ohne es zurückzugeben. Hol es bitte, ja? Ich werde es ihr jetzt gleich wiedergeben. Dann kann ich meine Hände in Unschuld waschen und das Ganze vergessen.«

Eco ging ins Haus und kam mit einer Börse voller Münzen zurück.

»Wie geht es übrigens Zotica?« fragte ich. »Hat sie sich ein wenig beruhigt, nachdem sie sich ausgeruht hat?«

Eco senkte den Blick.

»Stimmt irgendwas nicht?«

»Nachdem du gestern mit ihr geredet hast, hat Menenia ihr einen Schlafplatz zugewiesen und sie allein gelassen. Es war ein Fehler, sie aus der verschlossenen Speisekammer herauszulassen. Als ich vom Forum zurückkam ...«

»O nein!«

»Sie ist weggelaufen, Papa. Ich kann nicht behaupten, daß mich das überrascht hat. Ich hab' dir ja gesagt, sie ist wild geworden wie ein Tier. Ich wage zu bezweifeln, daß wir sie je wiedersehen werden.«

Der kürzeste Weg zu Clodia hätte mich an meiner eigenen Haustür vorbeigeführt, also machte ich einen Umweg. Der Tag war heiß, der Aufstieg zum Palatin steil, so daß ich verschwitzt und außer Atem ankam.

Ich klopfte an die Tür. Nach einer langen Pause klopfte ich erneut. Schließlich öffnete sich der Guckschlitz, und ich wurde mit leidenschaftslosem Blick gemustert. »Mein Name ist Gordianus«, sagte ich. »Ich muß deine Herrin in einer geschäftlichen Angelegenheit sprechen.«

Der Guckschlitz ging wieder zu, und es dauerte eine ganze Weile, bis er erneut aufgeschoben wurde. Das Auge, das mich diesmal betrachtete, war von einem feinen Lidstrich umrahmt. Jenseits der Tür hörte ich eine vertraute, aber unerwartete Stimme. »In Ordnung, ich kenne ihn. Wir können ihn hereinlassen.«

Die Tür ging auf, und dahinter stand der Galloi Trygonion. Nachdem ich eingetreten war, machte er dem Sklaven ein Zeichen, die Tür hinter uns zu schließen. »Was für geschäftliche Angelegenheiten kannst du schon mit Clodia zu besprechen haben?« fragte er gepreßt. Eiligen Schrittes ging er in den Garten, und ich folgte ihm. »Hat sie vergessen, dich zu bezahlen?«

»Ganz im Gegenteil, sie hat mir zu viel bezahlt; sie hat mir Geld für Spesen gegeben, die ich nicht hatte.« Ich ließ die Münzen in dem kleinen Beutel klimpern. »Ich bin gekommen, um es zurückzugeben.«

Trygonion sah mich an, als wäre ich verrückt, bevor er nickte und seufzte. »Ich verstehe. Du brauchtest einen Vorwand, sie wiederzusehen.«

»Mach dich nicht lächerlich!«

»Nein, wirklich. Ich kann das verstehen. Aber ich fürchte, du kannst sie nicht sehen.«

»Warum nicht?«

»Sie ist weg.«

»Wohin?«

Er zögerte. »Sie hat sich in ihre Villa bei Solonium begeben. Heute am frühen Morgen, noch vor Anbruch der Dämmerung, ist sie aufgebrochen, weil sie die Stadt ungesehen verlassen wollte.« Wir hatten die Treppe in den Garten erreicht und blieben vor der riesigen Venus stehen. Unwillkürlich huschte mein Blick zu dem Sockel, in dem sie laut Catull die Trophäen ihrer Liebhaber in einem Geheimfach aufbewahrte. Trygonion bemerkte meinen Blick.

»Sie hat es geleert, bevor sie aufgebrochen ist. Sie hat alles verbrannt, soweit es ging. Du kannst noch die Asche auf dem Kohlenrost sehen. Was sie nicht verbrennen konnte – Juwelen, Halsketten und dergleichen –, hat sie mitgenommen. Um es ins Meer zu werfen, sagte sie.«

»Aber warum?«

Er zuckte mit den Schultern. »Was weiß ein Eunuch schon von solchen Dingen?« Er ging zum Brunnen. Auf einmal hallte Gesang vom Haus der Galloi im Garten wider.

»Warum bist du nicht bei ihnen?« fragte ich.

»Ich werde mich ihnen schon früh genug wieder anschließen. Sie hat mitten in der Nacht einen Boten zu mir geschickt, weil sie meine Hilfe brauchte. ›Ich muß hier weg‹, sagte sie. ›Ich halte es hier nicht aus.‹ Sie begibt sich jedes Jahr nach dem Feiertag der Großen Mutter gen Süden, wie viele reiche Leute. Nach Baiae für gewöhnlich. Aber dieses Jahr wollte sie das Ende der Feiern nicht abwarten und auch nicht nach Baiae reisen. ›Solonium‹, sagte sie. ›Das ist näher, außerdem kommt dort kein Mensch hin. Ich will nie wieder jemanden sehen.‹« Er lächelte traurig. »Ich dachte, sie wollte mich mitnehmen.«

Der Gesang wurde lauter und schneller. Trygonion schloß die Augen, bewegte seine Lippen zu den Worten und blinzelte dann in die Sonne, die sich im Brunnen widerspiegelte. »Aber sie wollte nicht, daß ich mitkomme. ›Ich brauche jemanden, der das Haus für mich bewacht‹, sagte sie. ›Ich würde Clodius fragen, aber er darf jetzt nicht einmal in die Nähe meines Hauses kommen, jedenfalls nicht für die nächste Zeit. Du wirst das für mich erledigen, Trygonion, nicht wahr? Du kümmerst dich darum, daß der gute Wein vor den Sklaven versteckt wird, die Fensterläden verriegelt und einige liegengebliebene Briefe verschickt werden und so weiter.‹ ›Selbstverständlich‹, sagte ich. ›Und gute Reise.‹«

Gemeinsam betrachteten wir die Brechung des Sonnenlichts im Wasser. »Beim Aufbruch wandte sie sich, schon in der Tür, noch einmal um und rief meinen Namen. Ich lief zu ihr. ›Und sag niemandem, wohin ich reise‹, sagte sie. ›Natürlich nicht‹, sagte ich. Aber ich nehme an, es ist in Ordnung, wenn ich es dir erzähle, Gordianus. Du kannst ein Geheimnis bewahren. Du bist *tatsächlich* der ehrlichste Mann Roms, was?« Seine Lippen formten sich zu einem spöttischen Lächeln.

»Hatte sie spät in der Nacht noch einen Besucher?«

Trygonion sah mich leeren Blickes an, bevor er matt lächelte. »Oh, den Dichter, meinst du, der auf dem Fest diese schrecklichen Dinge über Attis vorgetragen hat. Ja, einer der Sklaven hat mir erzählt, daß er mitten in der Nacht betrunken und randalierend an die Tür gepocht hätte. Ein denkbar schlechter Zeitpunkt; Clodia war nicht in der Stimmung, belästigt zu werden. Sie schickte Barnabas und ein paar stämmige Freigelassene, um ihn zu vertreiben. Aber ich glaube, außer einer gebrochenen Nase ist ihm kein größerer Schaden zugefügt worden.«

Ich dachte an den armen Catull, der verkatert und mit gebrochener Nase allein mit seinen Schriften in seinem schäbigen Zimmer hockte. »Und einem gebrochenen Herzen. Sie ist eine kalte Frau.«

Trygonion sah mich scharf an. »Du bist wie alle anderen. Du denkst, sie fühlt nichts. Aber natürlich fühlt sie etwas. Wie sollte es anders sein, da sie ist, wer sie ist? Sie fühlt *alles*. Ich staune, daß sie es ertragen kann.«

Der Gesang wurde traumartig und magisch. Die auf dem Wasser glitzernden Sonnenstrahlen schmerzten in den Augen. »Und du, Trygonion? Bist du genauso? Jeder denkt, du fühlst gar nichts, aber in Wirklichkeit –«

Er sah mich fest an, aber in seinen Augen standen Tränen, die mich herausforderten weiterzusprechen; doch ich ließ den Rest des Gedankens unausgesprochen.

Ich kehrte auf demselben Umweg zu Ecos Haus zurück.

»Vielleicht solltest du Meto einen Brief schreiben«, schlug Eco vor. »Das hat dir doch schon oft geholfen, deine Gedanken zu ordnen.«

»Ich glaube nicht, daß es klug wäre, belastende Informationen über meine Frau in einem Brief festzuhalten.«

»Du kannst ihn ja hinterher immer noch verbrennen. Tust du das nicht ohnehin oft?«

Manchmal denke ich, meine Söhne kennen mich einfach zu gut. Ich fragte Eco, wo er seine Schreibutensilien aufbewahrte, setzte mich in sein kleines Arbeitszimmer und starrte lange auf das Pergament, bevor ich zu schreiben begann:

> An meinen geliebten Sohn Meto, in militärischen Diensten unter dem Oberbefehl von Gaius Julius Caesar in Gallien, von seinem Vater in Rom, möge Fortuna mit dir sein. Ich schreibe diesen Brief an den Nonen des Aprilis, dem zweiten Feiertag zu Ehren der Großen Mutter…

Ich legte den Stylus beiseite und starrte erneut auf das Pergament, als ich von der Tür her ein Geräusch hörte. Ich blickte auf und sah Meto.

Die Götter lieben es, uns unvorbereitet zu treffen. Unsere Lebensfäden verweben und kreuzen sich in einem Muster, das kein Sterblicher je durchschauen kann: Ich hatte meine Gedanken Meto zugewendet, und nun stand er in Fleisch und Blut vor mir, als hätte meine Sehnsucht ihn heraufbeschworen.

»Beim Herkules!« flüsterte ich. »Was machst du denn hier?«

Plötzlich tauchte sein älterer Bruder hinter ihm auf, und beide brachen in lautes Lachen aus.

»Du wußtest es, Eco!« sagte ich. »Er war schon hier, als du vorgeschlagen hast, ich sollte einen Brief schreiben!«

»Natürlich! Aber ich konnte mir den Spaß nicht entgehen lassen. Meto ist eingetroffen, kurz nachdem du zu Clodia aufgebrochen warst. Als wir hörten, daß du zurückkommst, habe ich gesagt, er solle sich verstecken. Du solltest mal dein Gesicht sehen!«

»Seinem Vater Streiche zu spielen, ist verwerflich.«

»Ja, aber jetzt lächelst du wenigstens wieder«, sagte Eco.

Ich schob das Pergament beiseite. »Gut, daß du hier bist, Meto. Alles, was passiert ist, zu Papier zu bringen, wäre schlicht unmöglich gewesen!«

Er lächelte und setzte sich neben mich. »Ich kann von Glück sagen, daß ich heil hier angekommen bin.«

Ich legte meine Hand auf seine und hielt die Luft an. Ich machte mir ständig Sorgen um ihn, weil ich um die Gefahren wußte, denen er sich in Gallien gegenübersah. Aber das hatte er gar nicht gemeint.

»Unten beim Forum gibt es einen Aufruhr«, erklärte er. »Bestimmt hat sich die Lage noch immer nicht beruhigt. Hast du auf dem Weg vom Palatin nichts gesehen?«

»Ich habe einen Umweg genommen ...«

»Im Rahmen der Feiern wird ein Theaterstück aufgeführt«, warf Eco dazwischen. »Offenbar haben ein paar von Clodius' Schlägern die Bühnen gestürmt und eine Art Volksaufstand angezettelt. Prompte Rache für die Häßlichkeiten, die gestern beim Prozeß über ihn gesagt wurden.«

»Wenn man jemandem wie Clodius die Verantwortung für eine Feier überträgt, wird er sie immer für seine eigenen kleinen Ziele benutzen«, sagte Meto angewidert. »Politiker sind alle gleich. Aber was war das für ein Prozeß?«

Ich versuchte, ihm die Angelegenheit so knapp wie möglich zu erklären, doch nach einer Weile hob Meto die Hand. »Das ist mir alles zu kompliziert. Da ist mir Militärstrategie allemal lieber!«

Ich lachte. »Aber was machst du überhaupt hier in Rom? Ist Caesar hier?«

»Genaugenommen ist er in Ravenna, aber das habe ich offiziell nie gesagt. Er trifft sich heimlich mit Crassus. Danach zieht er nach Luca, um sich mit Pompeius zu treffen. Caesar will weitere Generäle ernennen und vier neue Legionen ausheben; er braucht die Hilfe der beiden, um den Senat zu bewegen, die Gelder dafür zu bewilligen, und möglichen Argwohn, er könnte zu mächtig werden, im Keim zu ersticken. Wenn du mich fragst, werden die drei ihr Triumvirat wieder auferstehen lassen, und zwar so, daß es diesmal auch funktioniert. Es ist unvermeidlich. Früher oder später wird der Senat absolut entscheidungsunfähig sein. Der Senat kann ja nicht einmal sich selbst regieren, geschweige denn ein Imperium! Inzwischen ist er nur noch ein Hindernis, ein weiterer Stein auf Caesars Weg. Ein verdorrter Ast, der gestutzt werden muß. Das ewige juristische Gefeilsche, Politiker, die sich ständig gegenseitig vor Gericht zerren – dieser ganze Unsinn muß früher oder später ein Ende haben. Nach allem, was du mir von diesem Prozeß gegen Caelius erzählt hast, ist er nur ein weiteres Beispiel dafür, wie tief Rom schon gesunken ist.«

»Aber was ist die Alternative?« fragte Eco.

Meto sah seinen Bruder verständnislos an. »Caesar natürlich.«

»Du sprichst von einem Diktator wie Sulla«, sagte ich kopfschüttelnd.

»Oder schlimmer«, meinte Eco, »einem wie Ptolemaios.«

»Ich spreche von einem Mann, der wirkliche Führungsstärke besitzt. Ich habe mit eigenen Augen gesehen, was Caesar kann. All diese kleinlichen Ränkespiele in Rom wirken von Gallien aus betrachtet absurd, wenn man gleichzeitig miterlebt, wie Römer die Welt erobern.«

»Auch Pompeius und Crassus sind mächtig«, sagte ich.

»Deswegen ist das Triumvirat auch die einzige Antwort«, erwiderte Meto. »Vorübergehend jedenfalls.«

»Was ist mit Männern wie Clodius und Milo?« fragte Eco. »Oder auch Cicero? Oder Caelius?«

Metos Gesicht drückte aus, daß diese Männer nicht einmal seiner Verachtung würdig wären. Was hatte der Dienst unter Caesar nur aus meinem Sohn gemacht?

Ich hatte nur einen Moment Zeit, über diese Frage nachzugrübeln, weil auf einmal die Zwillinge laut lachend und mit wehenden goldenen Haaren ins Zimmer stürmten. Meto mochte das eine oder andere über Militärstrategie wissen, aber seiner Nichte und seinem Neffen konnte er nicht das Wasser reichen. Titania attackierte ihn von links, Titus von rechts. Beide packten einen seiner Arme und kletterten an ihm hoch.

»Wann sind die beiden so groß geworden? Und so stark!« lachte Meto.

»Ich denke, sie haben vor, dich zu Boden zu kämpfen«, sagte Eco bekümmert.

»Oder dich zumindest bewegungsunfähig zu machen«, fügte ich hinzu.

»Das haben sie schon geschafft.« Meto grunzte. Die Zwillinge quietschten triumphierend.

»Du gibst besser auf, solange du noch kannst«, schlug ich vor. »Der in Gallien kampferprobte Onkel Meto verträgt eine ungleich rauhere Behandlung als ihr gebrechlicher alter Großpapa, und das wissen sie auch.«

»Ich gebe auf!« keuchte Meto. Die Zwillinge ließen ihn auf der Stelle los und drehten sich um, um ein Scharmützel mit mir zu beginnen, doch ihr Angriff entpuppte sich als eine Attacke harmloser Umarmungen und Küsse, die ich widerstandslos über mich ergehen ließ.

»Aber was ist das?« fragte ich.

»Was?« fragte Titania.

»Dieses Schmuckstück an deiner Tunika?«

»Ein Gorgonenauge!« rief Titus. »Es gibt ihr magische Kräfte, und ich muß es ihr unbedingt abnehmen, selbst wenn ich ihr dafür den Kopf abschneiden muß!«

»Aber wo kommt es her?« Mein Mund war auf einmal ganz trocken. Es war ein schlichter Ohrring, ein silbernes Häkchen mit einer grünen Glasperle – das Gegenstück zu dem Ohrring, mit dem das Schloß meiner Kassette aufgebrochen und der nach dem Diebstahl achtlos darin zurückgelassen worden war.

»Es kommt aus dem Land Lybien, wo die Gorgonen wohnen«, sagte Titania. «Man kann sich damit unsichtbar machen. Sagt Titus.«

»Ja, aber wie kommt es, daß du ihn hast?« An meinem Ton erkannte sie, daß ich eine ernsthafte Antwort verlangte.

»Sie hat ihn mir *geschenkt*«, sagte Titania. »Sie hat mir erzählt, daß sie den anderen verloren hat und ihn deshalb nicht mehr haben wollte.«

»Wer hat ihn dir geschenkt?«

Titania sagte es mir. Mein Herz fing an zu rasen.

»Und kann ich mich damit wirklich unsichtbar machen?« fragte sie.

»Nein.« Meine Stimme bebte. »Ich meine, ja. Warum nicht? Der andere Ohrring hat sie auch unsichtbar gemacht. Jedenfalls für meine Augen. Ich dachte, ich wüßte die Wahrheit, während ich noch vollkommen im dunkeln tappte. O Kybele!«

Eco runzelte die Stirn. »Papa, wovon redest du überhaupt?«

»Ich muß jetzt nach Hause gehen. Ich glaube, ich habe mich schrecklich geirrt.«

Belbo öffnete die Haustür. Als er mich sah, grinste er von einem Ohr zum andern. »Herr! Den Göttern sei Dank, daß du hier bist.«

»Stimmt irgendwas nicht?«

»Nein, alles in Ordnung... jetzt wo du zurück bist.«

»War ihre Laune so schlecht?«

»Wessen Laune?« Bethesdas Stimme klang wie Frost im Frühling.

Ich nickte, um Belbo zu entlassen, der sich rasch entfernte. Bethesda und ich sahen einander lange schweigend an. »Wo bist du gewesen?« fragte sie schließlich.

»Ich habe bei Eco übernachtet.«

»Und die Nacht davor?«

»Im Bett eines betrunkenen Dichters, um ehrlich zu sein.«

Sie schnaubte verächtlich. »Hast du den Prozeß gestern gesehen?«

»Ja.«

»Ein ziemliches Spektakel, was?«

»Du warst da?«

»Natürlich. Belbo hat mir einen Platz ganz vorne freigehalten. Aber ich habe dich nicht gesehen.«

»Ich habe ganz hinten gestanden. Ich habe dich auch nicht gesehen.«

»Seltsam, nicht wahr, daß wir uns so nahe waren und uns doch nicht gesehen haben.« Ihr Blick wurde weicher. »Caelius ist freigesprochen worden. Darüber bin ich froh.«

»Ich vermutlich auch.«

»Aber was sie Clodia angetan haben, war schrecklich.«

»Ja, es war widerwärtig.«

»Ich wollte sie aufhalten. Ich hätte sie aufgehalten, wenn ich gekonnt hätte.«

»So ging es mir auch.«

»Jetzt hat sie die Stadt verlassen«, sagte Bethesda.

»Woher weißt du das?«

Bethesda sah meinen Gesichtsausdruck und blickte mich wütend an. »Sei nicht so argwöhnisch. Glaubst du, es gäbe eine geheime Verschwörung der Frauen? Ein Sklave hat mir heute morgen eine Nachricht von Clodia gebracht. Ich sollte sie morgen besuchen, und sie wollte mir mitteilen, daß sie nicht zu Hause sein würde. Sie hat nicht gesagt, wohin sie wollte, nur, daß sie Rom unverzüglich verlassen würde.«

Sie verschränkte die Arme und ging in den Garten. Ich folgte ihr. Sie wandte mir weiter den Rücken zu. »Es tut mir leid, daß ich dich getäuscht habe, Mann. Du kennst die Wahrheit, nicht wahr?«

»Ich glaube ja.«

»Ich sollte das erklären. Der Mann – Dio –, ich kann seinen Namen kaum über die Lippen bringen. Damals in Alexandria, bevor du mich gekauft hast –«

»Ich weiß.«

»Wie kannst du das wissen?«

»Ich habe heimlich zugehört, als du neulich im Garten auf der Rückseite des Hauses mit Clodia gesprochen hast.«

Sie sah sich um. Ihre Augen leuchteten auf, als hätte sie verstanden, bevor sich ihr Blick erneut bewölkte. »Aber ich habe seinen Namen nicht genannt! Ich habe extra darauf geachtet, seinen Namen Clodia gegenüber nicht zu erwähnen.«

»Trotzdem...«

Sie nickte und wandte sich wieder ab.

»Du hättest es mir sagen sollen, Bethesda. Du hättest es mir schon vor langer Zeit sagen sollen.« Ich trat auf sie zu und legte meine Hand an ihren Nacken.

Sie umfaßte meine Finger. »Dann kannst du es verstehen?«

»Ich kann nicht um Dio trauern. Wenn ich daran denke, was er dir und deiner Mutter und wer weiß wie vielen anderen angetan hat...«

»Dann vergibst du mir also.«

»Erst mußt du mir vergeben, Bethesda, daß ich weniger Vertrauen in dich hatte, als ich hätte haben sollen.«

»Ich vergebe dir, Mann.«

»Und ich vergebe dir, Frau, daß du mich getäuscht hast.«

»Und daß ich in deinem Haus einen Gast vergiftet habe?«

»Du gestehst?«

Sie atmete tief ein. »Ja.«

Ich schüttelte den Kopf. »Nein. Ich kann dir nicht vergeben, daß du Dio vergiftet hast.«

Sie erstarrte.

»Aber ich werde dir vergeben, daß du mich mit einem falschen Geständnis weiter zu täuschen versuchst.«

Sie drehte sich um. An der Art, wie sie mich ansah und in meinem Gesicht nach Anzeichen dafür suchte, was ich wußte, erkannte ich, daß ich die Wahrheit endlich gefunden hatte.

Später saß ich in meiner Bibliothek und blickte durchs offene Fenster in den Garten. Die Ranken und Blumen blühten, Bienen und Schmetterlinge summten im Sonnenschein.

Diana tauchte in der Tür auf. »Du wolltest mich sprechen, Papa?«

»Ja.«

Sie sah einen Moment ernst aus, bevor ihre Miene sich aufhellte. »Mutter sagt, Meto ist zurück.«

»Ja, für einen kurzen Besuch. Er ist bei Eco. Sie werden demnächst alle zum Abendessen eintreffen.«

»Ich kann es kaum erwarten, ihn wiederzusehen.«

Ich nickte und merkte, daß ich sie nicht ansehen konnte. Statt dessen beobachtete ich die Bienen und Schmetterlinge. »Hat deine Mutter dir erzählt, weswegen ich dich sprechen wollte?«

»Ja, Papa.« Ihre Stimme klang auf einmal hart wie die ihrer Mutter zu Beginn eines Streites, wenn sie andeuten wollte, daß sie sich durch nichts erschüttern lassen würde.

»Wann hat dir Mutter zum ersten Mal von Dio erzählt? Und davon, was er ihr angetan hat?«

»Vor Jahren, Papa. Sobald ich alt genug war, es zu begreifen.«

»Und mir hat sie sich nie anvertraut!«

»Es war ein Geheimnis zwischen uns beiden, Papa. Etwas, was eine Mutter ihrer Tochter erzählt. Männer haben auch Geheimnisse, die sie nicht mit Frauen teilen.«

»Vermutlich schon. Als Dio also an jenem Tag in unser Haus kam –«

»Als du ihn vorgestellt hast, hatte ich keine Ahnung, wer er war. Mutter hatte den Namen des Mannes nie erwähnt, sondern nur über seine Bösartigkeit gesprochen. Doch als ich Mutter den Namen des Besuchers nannte und ihr erzählte, woher er kam, konnte ich an ihrer Reaktion sehen, daß irgend etwas nicht stimmte. Und auf einmal wußte ich es. ›Er ist es, nicht wahr?‹ sagte ich. Sie war sich nicht ganz sicher, also haben wir nachgesehen.«

»Ja, ich kann mich daran erinnern, wie ihr beide ihn angesehen habt und wie er euch angestarrt hat. Kein Wunder, daß euer Anblick ihn erschreckt hat, vor allem, weil ihr nebeneinander standet! Du siehst fast genauso aus wie Bethesda, als sie jünger war. Ich habe jeden Blick verfolgt, der zwischen euch dreien gewechselt wurde, und doch nichts begriffen – wie ein Hund, der einer Debatte von Rednern folgt. Und wenn ich daran denke, daß ich vorgeschlagen habe, daß ihr beide Dio etwas zu essen bereitet! Hat deine Mutter dir gesagt, du sollst das Gift holen?«

»Nein, Papa. Ich tat es aus eigenem Antrieb. Ich wußte, wo das Gift war –«

»Natürlich wußtest du das, weil ich noch ausdrücklich davor gewarnt hatte, als wir es von Eco bekommen haben. Ich dachte, es sei zu gefährlich, Gift im Haus aufzubewahren, solange die Kinder noch nicht erwachsen sind. Gefährlich nun auf eine Art, an die ich nie gedacht hätte! Aber deine Mutter muß doch gemerkt haben, wie du es unter Dios Essen gemischt hast?«

»Nein. Ich habe es gemacht, als sie mir den Rücken zuwandte, und dann darauf geachtet, daß ich die Teller selbst auftrage.«

»Du hast es also ganz allein getan! Du hast einfach beschlossen, einen Mann zu töten, dann das Gift geholt, es unter sein Essen gemischt...«

Diana schlug den Blick nieder.

»Alles ganz allein!«

Sie nickte. Ich schüttelte den Kopf. »Wann hat Bethesda dir ihre alten Ohrringe mit den grünen Glasperlen geschenkt?«

Diana seufzte. »Das ist schon Urzeiten her, Papa. Sie hatte sie satt, und das Glas war zerkratzt, also hat sie sie mir überlassen. Ich habe sie sogar hin und wieder getragen.«

»Und ich habe es nie bemerkt. Natürlich nicht, Bethesda trägt ihr Haar hochgesteckt, aber du trägst deins noch offen und lang wie ein Mädchen...«

»Es ist seltsam. Ich kann mich nicht erinnern, sie an diesem Tag getragen zu haben. Ich kann mich nicht einmal daran erinnern, damit das Schloß der Kassette aufgebrochen zu haben, um an das Gift zu kommen, aber so muß es wohl gewesen sein. Es ist, als wäre es nur ein Traum gewesen. Erst Tage später fiel mir auf, daß ich den Ohrring verloren hatte. Ich habe überall nach ihm gesucht. Überall, außer in der Kassette. Schließlich hab' ich es aufgegeben. Den übriggebliebenen Ohrring habe ich Titania geschenkt.«

»Ja, sie hat es mir erzählt.« Ich schüttelte erneut den Kopf. »Du hast das Schloß einfach aufgebrochen zurückgelassen. Du hast nie versucht, das Gift zu ersetzen, und sei es nur durch etwas, was so ähnlich aussah.« Ich zuckte innerlich zusammen. »Das allein hätte mir sagen müssen, daß Bethesda nicht verantwortlich war. Sie hätte ihre Spuren verwischt! Es war kindisch, Diana, zu glauben, du könntest all diese Indizien hinterlassen, ohne entdeckt zu werden. Wann hast du es deiner Mutter gestanden?«

»Erst am Tag nach Clodias Besuch.«

»Warum hast du so lange gewartet? Es überrascht mich nicht, daß du es mir nicht erzählt hast, aber ich dachte, vor deiner Mutter hättest du keine Geheimnisse?«

»Ich hatte vor, es ihr zu sagen, gleich nachdem Dio das Haus verlassen hatte. Ich wollte es ihr sagen. Aber ich hatte auf einmal Angst. Dann war ich durcheinander. Am nächsten Tag, nachdem du weg warst, erfuhren wir, daß Dio gestorben war. Ich konnte sehen, daß es für Mutter eine Genugtuung war, auch wenn sie kein Wort darüber verloren hat. Aber alle sagten, Dio wäre erstochen worden, und wenn dem so war, wie konnte ich ihn vergiftet haben? Vielleicht war das Zeug doch harmlos gewesen, dachte ich, und gar kein Gift, sondern bloß ein gelbes Gewürz. Es kam mir alles so merkwürdig vor. Ich wußte nicht, was ich tun sollte. Ich wollte es einfach nur vergessen und nichts mehr damit zu schaffen haben.«

Ich nickte. »Bethesda hat die Wahrheit also erst nach Clodias Besuch erfahren. All ihre Einwendungen, Caelius wäre unschuldig, waren bloße Vermutungen! Außerdem war sie sicher, daß Caelius Clodia nie und nimmer vergiften würde. Nun, sie hat sich in beiden Fällen geirrt – Caelius hat sein Bestes versucht, sowohl Dio als auch Clodia zu ermorden. Soviel zu Bethesdas Menschenkenntnis. Soviel auch zu meiner Bewunderung für Dio! Was hat dich veranlaßt, ihr doch noch alles zu sagen?«

»Ich hörte, wie sie Clodia erzählte, was ihr und ihrer Mutter widerfahren ist, als sie noch ein Mädchen war. Ich war erstaunt, daß sie mit einem anderen Menschen außer mir darüber sprach. Ich mußte weinen. Danach habe ich endlich beschlossen, ihr alles zu sagen, nicht weil ich stolz auf das war, was ich getan hatte, sondern weil ich vor ihr keine Geheimnisse haben wollte. Am Abend, nachdem Clodia gegangen war, habe ich es ihr gesagt. Sie meinte, wir dürften es keinem Menschen erzählen. ›Nicht einmal Papa?‹ fragte ich. ›Vor allem dem nicht!‹

Doch als ihr ein paar Tage später von Clodias Fest nach Hause kamt und Mutter in meinem Zimmer war, um mir von dem Fest zu erzählen, bist du auf einmal hereingestürmt und hast sie angeschrien. Du hattest nach dem Gift gesehen und das aufgebrochene Schloß und die leere Pyxis gefunden. Du hast den Ohrring auf den Boden geworfen – und mir fiel wieder ein, wo ich ihn verloren hatte. Aber was du gesagt hast, ergab überhaupt keinen Sinn. Aus irgendeinem Grund schienst du zu glauben, Mutter hätte das Gift für Clodia gestohlen …«

Ich schüttelte stöhnend den Kopf. »Ich habe sie beschuldigt, mich getäuscht zu haben, und sie hat es zugegeben – aber wir haben von unterschiedlichen Dingen gesprochen! Ich dachte, sie hätte Clodia hinter meinem Rücken das Gift gegeben, doch die Täuschung bezog sich auf etwas ganz anderes – sie wußte, daß du Dio vergiftet hattest, und hat es mir verschwiegen.«

Diana nickte. »Nachdem du aus dem Haus gestürmt bist, sagte Mutter zu mir: ›Wenn er die Wahrheit herausfindet, halt den Mund. Ich werde die Schuld auf mich nehmen.‹ Aber du hast dennoch herausgefunden, daß ich es war, oder, Papa?« Sie sprach ohne Reue, vielmehr mit einem stolzen Unterton – stolz, daß Bethesda sie gedeckt hatte und stolz, daß ich es trotzdem herausgefunden hatte.

Ich betrachtete ihr Gesicht in dem weichen Licht, das aus dem Garten hereinfiel, und sah eine Kindfrau mit glänzendem schwarzen Haar und den Ansätzen fraulicher Schönheit. »Ich weiß nicht, was ich von dir halten soll, Diana. Du bist mir ein Rätsel, genau wie deine Mutter. Warum hast du es getan? Was hat dir die Kraft gegeben, es wirklich zu tun?«

»Wie kannst ausgerechnet du das nicht verstehen, Papa? Weißt du noch, wie wir vor einer Weile in diesem Zimmer waren und ich den Brief sehen wollte, den du an Meto geschrieben hast? Es war ein Brief über deine Arbeit und deine Ermittlungen zu Dios Tod. Ich habe dich gefragt, warum es dir so wichtig war zu wissen, wer Dio getötet hatte. Du hast von Seelenfrieden gesprochen und gesagt: ›Wenn ein Mensch, der dir nahesteht, verletzt wurde, würdest du diesen Menschen dann nicht rächen und das geschehene Unrecht wieder gutmachen wollen, wenn du könntest?‹ Natürlich, Papa! Und genau das habe ich getan. Ich habe es für Mutter getan und für meine Großmutter, die ich nie kennengelernt habe. Würdest du wollen, daß ich es ungeschehen mache, wenn ich es könnte? Wenn du die Zeit zurückdrehen könntest, hätte ich dann deiner Meinung nach lieber gar nichts tun sollen?«

Ich betrachtete verwirrt ihr Gesicht, während ich versuchte mich zu erinnern, was ich über Mord und Recht, über richtig und falsch dachte.

»Hättest du nicht dasselbe getan, Papa?«

Einen Moment lang lüftete sich der Schleier des Geheimnisses. Die Augen, die mich ansahen, waren mir so vertraut und bar jeden Geheimnisses wie meine eigenen Augen im Spiegel. Fleisch von meinem Fleisch, Blut von meinem Blut. Ich legte meine Hand auf ihre Schulter und küßte sie auf die Stirn. Aus dem Garten hörte ich, wie die Familie zum Essen kam – Eco, Menenia, Meto und die alles erobernden Zwillinge. Ich ließ meine Hand sinken und blickte erneut in Dianas Augen. Mit einem Schaudern des Bedauerns sah ich, daß der Schleier wieder über ihr Gesicht gefallen war. Sie war wieder rätselhaft, ganz und gar sie selbst, eine weitere Sterbliche, die durch den Kosmos treibt, jenseits meiner Kontrolle und meines Verständnisses. Der Augenblick der Erkenntnis war flüchtig, wie es solche Augenblicke immer sind, wie Musik, die die Leere ganz und gar erfüllt und dann von einem Hauch verweht wird.

NACHBEMERKUNG DES AUTORS

Binnen dreizehn Jahren sollten die meisten am Prozeß gegen Marcus Caelius Beteiligten, wie es der Historiker T. P. Wiseman formuliert hat, »auf spektakuläre Weise ums Leben gekommen« sein – Clodius in einem Scharmützel mit Milos Anhängern ermordet (worauf am nächsten Tag ein wütender Mob das Senatsgebäude niederbrannte); Crassus auf seinem unglückseligen Feldzug zur Erringung militärischen Ruhms gegen die Parther zusammen mit zwanzigtausend Mann seiner Truppen massakriert; Pompeius ein Opfer des chaotischen Bürgerkrieges und Cicero ein Opfer des Friedens. Republikanische und juristische Beschränkungen »politisch motivierter Gewalt« waren also augenscheinlich gescheitert, ebenso wie Crassus', Caesars und Pompeius' zweiter Versuch, ein stabilisierendes Triumvirat zu gründen; am Ende der Straße stand Augustus.

Auch König Ptolemaios sollte bis dahin tot sein. Er hinterließ mehrere Kinder (unter ihnen die berühmte Cleopatra), die um die Herrschaft Ägyptens kämpften und die römische Vorherrschaft noch für eine Weile verhindern konnten.

Marcus Caelius hatte die Seiten schließlich einmal zu oft gewechselt und sich den falschen Mann zum Feind gemacht. Weil es ihm nicht gelang, mitten im Bürgerkrieg eine Garnison von Soldaten zur Revolte gegen Caesar zu bewegen, endete sein Ehrgeiz in einem gewaltsamen Tod. Seine lebhafte Korrespondenz mit Cicero blieb erhalten und machte ihn zum Liebling von Historikern wie Gaston Boissier (»Es gibt in der Geschichte, die wir studieren, vielleicht keinen eigenartigeren Charakter als Caelius«) und W. Warde Fowker, der Caelius die »interessanteste Gestalt seiner Epoche« nannte.

Schon früh hatte im ersten nachchristlichen Jahrhundert der Kommentator Quintilian das Urteil der Nachwelt gefällt: »Viel Talent findet sich bei Marcus Caelius [...], ein beachtenswerter Mann, wenn ihm eine bessere Gesinnung und ein längeres Leben beschieden gewesen wären.«

Catull starb von allen Beteiligten als erster, im Jahr 54 v. Chr., an unbekannter Ursache. Er wurde wahrscheinlich etwa dreißig Jahre alt.

Und was geschieht mit Clodia? Nach dem Prozeß verschwindet sie von der Bildfläche (obwohl ich den Verdacht habe, daß Gordianus sie vielleicht doch nicht zum letzten Mal gesehen hat). Etwa neun Jahre später taucht sie in einigen Briefen Ciceros an seinen Freund Atticus wieder auf, der sich offenbar gut mit Clodia verstanden hat. Auf der Suche nach einem Grundstück, auf dem er seinen Lebensabend verbringen kann (»Ein Ort zum Altwerden«, vermutet Atticus, worauf Cicero schroff erwidert: »Ein Platz, wo man mich begraben kann.«), bittet Cicero seinen Freund, sich diverse *horti* anzusehen, die in der Umgebung von Rom zum Verkauf standen. »Clodias Gärten gefallen mir, aber ich glaube, sie sind unverkäuflich.« Und ein paar Tage später: »Aber du sagtest etwas über Clodia. Wo ist sie, oder wann kommt sie? Ihr Grundstück ist mir mit Ausnahme des Landes von Otho das liebste. Aber ich glaube nicht, daß sie verkaufen wird: Sie mag den Ort und hat genug Geld. Und wie schwierig die andere Angelegenheit ist, weißt du ja selbst. Aber wir wollen uns mühen, einen Weg zu ersinnen, um zu bekommen, was ich haben will.«

Soweit ich weiß, hören wir letztmals in einem Brief vom 15. April 44 v. Chr. von ihr, in dem Cicero Atticus schreibt: *Clodia quid egerit, scribas ad me velim* (»Ich hätte gern, daß du mir berichtest, was Clodia getan hat«). Wollte Cicero sich ein Gerücht bestätigen lassen, das er gehört hatte, oder erkundigte er sich einfach aus heiterem Himmel nach Clodia? Wir wissen es nicht.

Ich würde gerne einige der Bücher erwähnen, auf die ich bei meinen Recherchen gestoßen bin.* Zuallererst T. P. Wisemans hervorragend kommentierte Studie *Catullus and His World: A Reappraisal* (Cambridge University Press, 1985), die ein umfassendes und lebhaftes Bild von Catull, seiner Geschichte und der um ihn entstandenen Legenden und akademischen Mythen zeichnet.

Es gibt unzählige Studien über Catull, von Tennery Franks Klassiker *Catullus and Horaz* (Henry Holt and Company, 1928) bis zu Charles Martins einfühlsamem und dezidiert modernem *Catullus* (Yale University Press, 1992). *Cybele and Attis: The Myth and the Cult* von Maarten J. Vermaseren (Thames and Hudson, London, 1977) ist eine wahre Fundgrube an Informationen über den Kult der Großen Mutter und ihre Eunuchen-Priester. Die dramatische Geschichte vom Dezemvirn Appius Claudius und der unglückseligen Verginia findet sich in Buch Drei von *Liviys History of Rome.* Eine Erläuterung des Nola-Wortspiels in Caelius' Rede (die wir aus zweiter Hand kennen) findet sich in T. W. Hillards »*In triclinio Coam, in cubiculo Nolam:* Lesbia and the Other Clodia« (Liverpool Classical Monthly, June 1981).

Ein Großteil meiner Recherchen wurden in der Doe Library an der University of California und der Perry-Casteñeda Library an der University of Texas in Austin durchgeführt.

Mein besonderer Dank gilt Brad Craft, der mir mit einer Ausgabe von Forbergs *Manual of Classical Erotology (De figuris Veneris)* von 1844 geholfen hat, mich auf Clodia und ihr Umfeld einzustimmen; Penni Kimmel für ihre Kommentare zum

* Die Gedichte Catulls liegen auf Deutsch in folgenden Übersetzungen vor: Gaius Valerius Catull (Catull), *Sämtliche Gedichte,* Lateinisch/Deutsch, übers. u. hg. von Michael von Albrecht, Philipp Reclam jun. Verlag GmbH & Co, Stuttgart, 1995.
Gaius Valerius Catullus (Catull), *Sämtliche Gedichte,* Lateinisch/Deutsch, hg. von Werner Eisenhut, Sammlung Tusculum bei Artemis, 10. Auflage 1993.

Manuskript; Terri Odom für die Fahnenkorrektur; Barbara Saylor Rogers, die mir gezeigt hat, daß die Welt voller unerwarteter Zusammenhänge und Verbindungen ist; und meinen Freunden in Austin, Cary Coody und Anne und Deborah Odom, die dem Autor Plätze angeboten haben, an denen er sich von seiner Arbeit erholen konnte.